이화한국문화연구총서 13

18세기 여성생활사 자료집 ❶

황수연 역주

보고사

이 역서는 2004년도 한국학술진흥재단의 지원에 의하여 연구되었음(KRF-2004-071-AS2018)

서문

한국 사회에서 '여성'이라는 단어는 사회, 정치 같은 현실적 영역에서는 물론 학문 영역에서도 하나의 확고한 영역을 차지한 것처럼 보인다. 따라서 이제 여성과 관련한 주제는 일견 진부하거나 반복적인 것으로 여겨질 정도가 되었다. 그러나 정작 여성의 역사가 포함된 전체사는 여전히 부재하며, 각각의 학문 영역에서도 사정은 마찬가지이다. 근래 미시사에 대한 연구가 활발해지면서 일상사, 생활사 등 주변적인 영역에 대한 관심이 확대되었고, 여성사에 대한 관심도 증대되었다. 이러한 연구 경향은 그간 역사 서술에서 배제되어 왔던 여성, 소수자 등 주변적인 존재들의 일상과 경험에 대한 자료를 발굴하고, 이들의 목소리를 통한 새로운 역사 기술의 가능성을 보여주고 있다. 여성사는 과거를 전체적으로 파악할 수 있게 하는 시각을 제공해 주기 때문이다. 중심이 아닌 주변, 주류가 아닌 소수자의 문제를 역사적인 맥락에 놓는 시각은 오늘날 여성의 문제나 소수자 문제에 대한 새로운 시각을 열어줄 수 있을 뿐만 아니라 과거에 대한 전체적이고도 완전한 파악을 가능하게 해줄 것으로 생각된다.

이런 생각에서 여성생활사 자료 번역팀이 여성 관련 자료를 읽기 시작한지도 7년이 넘었다. 그간 17세기 여성생활사 자료집을 출간했고, 이제 18세기 여성생활사 자료집을 출간한다. 이 책에 이어 현재 진행 중인 19세기 및 개화기 여성생활사 자료집이 번역 출간되면 양반여성생활 중심이라는 한계는 있지만 조선시대 여성생활사 연구에 든든한 기반이 될 것으로 생각된다. 역사 자료 역시 한 개인이나 사회, 그리고 국가의 이념이나 무의식이 배어 있다는 점에서 결코 객관적이지도 투명하지도 않다.

그러나 그렇기 때문에 이 자료를 통해 남성 문사들의 여성에 대한 의식과 무의식, 이데올로기를 더욱 구체적으로 다양하게 볼 수 있을 것이다. 이 점 또한 조선시대 젠더 인식을 이해하는 데 중요한 요소이다.

이 책은 17세기 여성생활사 자료집에 이어 18세기에 생존했던 사대부들의 개인 문집에서 여성과 관련된 글을 뽑아 모아서 번역한 것이다. 이 책에 수록된 글의 작가는 140명, 이들이 남긴 여성 관련 작품 수는 천 편이 넘는다.

이 책에 수록된 자료는 『한국문집총간』에 수록된 문집 가운데 1650년~1750년 사이에 태어나 18세기에 생존했던 남성 작가들의 문집 중에서, 여성을 대상으로 하거나 여성과 관련이 있는 산문 자료들이다. 여기에는 전(傳), 행장(行狀), 비문(碑文), 제문(祭文)·유사(遺事)·서발(序跋)·설(說)·잠(箴)·의(議)·애책문(哀冊文)·시책문(諡冊文)·혼서(婚書)·언행기(言行記)·부훈(婦訓) 등 다양한 장르의 글이 포함되어 있다. 이 자료집의 많은 비중을 차지하는 행장, 비문, 제문은 사람이 죽고 난 뒤에 쓰는 글로 글을 써주는 사람들도 친지들이거나 가족의 청탁을 받은 사람들이다. 따라서 죽은 이의 생애가 가감 없이 기록되었거나 정확한 평가가 이루어졌다고 기대하기는 어렵다. 죽은 이를 미화하고 칭송하기 위해 어느 정도의 선택과 배제의 과정이 있었을 것이기 때문이다. 이런 점에서 이 기록들은 일정한 한계를 갖는다. 그러나 동시에 이 기록들이 미화하거나 칭송한 부분들을 보면 당시 여성들을 어떤 규범이나 기준에 따라 평가했는지를 알 수 있다. 그런 점에서 이 자료들은 당시 여성의 일생에 대한 기록이면서 동시에 여성에게 요구했던 규범의 기록이기도 하다. 여성을 대상으로 한 시도 적지 않게 존재하고, 시도 여성 인식의 한 측면을 드러내고 있음에 틀림없지만 이 자료집에서는 일단 시는 제외하였다.

이 자료들의 내용은 시문을 읽고 쓰는 문학과 관련된 활동뿐 아니라 일상의 언어생활과 의복, 음식, 주거상의 생활 전반을 파악하게 해 주는 다방면의 생활사 원천 자료를 포함하고 있다. 이 자료들의 작가군에는 이의현, 이덕수, 박지원, 이덕무 등 18세기를 대표하는 학자와 문인들의 작품이 모두 포함되어 있다. 숙종부터 정조대에 이르는 18세기는 전환기적인 시대로 정치, 문화, 예술 방면에서 다채로운 면모를 보여주는 것으로 평가되는 시기이다. 이 시기 여성 관련 자료는 이러한 시대적 분위기를 반영하고 있다. 직접적인 이유는 더 따져보아야 하겠지만 이전 시기에 비해 현격하게 여성을 대상으로 한 글들이 많이 쓰여졌고 장르 또한 다양해진 것을 볼 수 있다. 또한 여성에 대한 인식도 달라지고, 가족 속에서의 여성의 위상, 부부관계, 친정과의 관계가 달라진 것을 볼 수 있다. 이러한 현상은 가족 제도의 변화와 같은 사회 구조적인 차원은 물론이고, 남성 사대부들의 여성 인식, 각 문학 장르에 대한 관점이 변화하던 것과 맞물려 있는 것으로 짐작된다.

이 책은 18세기 여성생활사 자료집이라는 제목으로 출간되지만 이 책에 포함된 자료들은 각각 작품으로서 완결된 형태를 취하고 있다. 따라서 각 작품을 번역, 주석하고 해제를 붙였다. 특히 해제를 통해 각 작품에서 대상으로 한 여성을 18세기 조선 사회의 가문이나 당시의 여성에 대한 이해와 관련하여 파악하고자 하였다. 대상 여성을 개별적으로 이해하기보다는 조선 사회의 맥락 속에서 파악하기 위해서이다. 이 자료들은 여성의 어문 생활, 여성과 가족 관계, 여성 노동, 서모나 유모 등 가족 주변부 여성의 삶, 딸에 대한 태도 등 여성 문학과 일상생활에 대한 다양한 내용을 보여준다. 이 자료들 가운데는 뛰어난 문학성을 인정받은 작품들도 포함되어 있다. 그러나 이 자료집에서는 문학성보다는 생활사 자료로서의 가치에 보다 주목하였다. 이 번역 연구가 18세기 여성사 및 생활문화, 여성문학사로 심화, 확대되고 그 문학적 가치까지 제대로 평가될 때 자료적 가치가 더할 것으로 생각된다.

이 책은 18세기 여성생활사 자료집이라는 제목으로 나가지만 자료 전체를 시간 순서로 배열하지는 않았다. 번역 문체나 스타일에 어느 정도의 통일성을 주기 위해 각 번역자들이 맡아서 번역한 자료들을 중심으로 책을 엮었기 때문이다. 그러나 각 권 안에서는 작가별로 시간 순서에 따라 자료를 배열하였다. 번역은 직역보다는 원문을 가능한 쉽게 풀어쓰려고 했다. 자료를 함께 강독하고 각자가 번역을 다듬는 방식으로 작업을 진행하면서 번역의 통일성을 기하고자 했으나 문장에 배여 있는 각 번역자의 개성은 숨길 수 없었다. 번역 또한 개성의 발현이요, 창작의 한 과정임을 인정할 수밖에 없다. 여전히 오역과 어색한 문장이 곳곳에 숨어 있을 것을 생각하면 책으로 내는 것이 두렵기만 하다. 다만 이 번역 작업이 조선시대에 존재했던 여성 개인을 만나고, 여성의 일상과 문화를 이해하고, 나아가 여성사를 재구하는 데 작은 도움이나마 되기를 바랄 뿐이다.

많은 분량의 원고를 선뜻 출간해주겠다고 하신 보고사의 김홍국 사장님, 편집하느라 오랜 시간 고생하신 민계연 씨에게 감사드린다.

역자들을 대신하여 김경미 씀

차 례

서문 / 3
일러두기 / 15

송징은

큰누님께 올리는 제문 ·· 19
딸에게 주는 제문 ·· 21
딸의 묘에 주는 제문 ·· 27
숙모 정부인 전주 이씨 행장 ··· 28

이형상

며느리 공인 심씨에게 주는 제문 ······································ 35
큰누님께 올리는 제문 ·· 38
안좌랑의 영인 최씨 묘갈명 ·· 41

김창흡

조카며느리 고령 신씨 묘지명 ··· 45
숙인 파평 윤씨 묘지명 ··· 48
정경부인 상주 황씨 묘지명 ·· 52
조카딸 조씨 부인 묘지명 ··· 55
숙인 청풍 김씨 묘지명 ··· 57
숙부인 청송 심씨 묘지명 ··· 61
큰형수 정경부인 박씨 묘지명 ··· 64

8

유인 풍천 임씨 묘지명 ················· 69
숙부인 노씨 묘지명 ·················· 71
숙인 완산'이씨 묘지명 ················ 75
유인 함평 이씨 묘지명 ················ 79
조카딸 이씨 부인 묘지명 ·············· 82
외손녀 이씨 광지 ··················· 86
숙인 영월 신씨 묘표 ················· 88
어머니 행장 ······················ 92
장모 숙인 김씨께 올리는 제문 ·········· 101
넷째 제수 이씨 부인에게 올리는 제문 ····· 104
조카며느리 신씨 부인에게 주는 제문 ······ 106
아내 이씨에게 올리는 제문 ············ 108
조카딸 조씨 부인에게 주는 제문 ········· 113
손녀 윤씨 부인에게 주는 제문 ·········· 114
둘째 며느리 박씨 부인에게 주는 제문 ····· 116
아내의 기일에 아뢰는 글 ············· 118
공인 이씨 묘지명 ·················· 120
누이동생에게 주는 제문 ·············· 123
누이동생의 생일에 주는 제문 ··········· 132
누이동생의 대상에 올리는 제문 ········· 134
외할머니 숙인 김씨께 올리는 제문 ······· 137
종생의 딸 서씨 부인에게 주는 제문 ······ 139
누이의 묘를 이장하면서 주는 제문 ······· 141
조카딸 이씨 부인에게 주는 제문 ········· 144
조카딸 오씨 부인에게 주는 제문 ········· 146
고모 송판서 부인께 올리는 제문 ········· 148
둘째 큰어머니께 올리는 제문 ··········· 151
둘째 형수에게 올리는 제문 ············ 155

아내에게 알리는 글 ······································· 158

홍세태

공인 정씨 묘지명 ······································· 161
딸 조씨 부인의 첫 제사에 주는 제문 ················ 163
딸 이씨 부인에게 주는 제문 ··························· 166
금비의 묘에 주는 제문 ································· 170

박태보

홍씨에게 시집간 누님께 올리는 제문 ··············· 175

권두경

아내 숙인에게 올리는 제문 ··························· 179
아내 숙인의 소상에 올리는 제문 ···················· 182
단인 영양 남씨 묘표 ·································· 184
증조 할머니 숙인 예안 김씨 묘지 ···················· 186
증조 할머니 숙인 완산 이씨 묘지 ···················· 188
할머니 풍산 김씨 묘지 ································· 190
정부인 박씨 묘지명 ···································· 192
이열부 김씨 정문명 ···································· 195
열부 지녀 정려명 ····································· 200
어머니 유인 김씨 언행기 ······························ 201

최석항

큰형수 임부인께 올리는 제문 ························· 209

이희조

딸 황씨 부인의 발인에 주는 제문 ·················· 215
효자 김상사 아내 애사 ························· 217
남감사 부인 이씨 애사 ························· 220
어감사 부인 원씨 애사 ························· 223
숙인 김씨 묘지명 ···························· 227
정부인을 추증 받은 남원 윤씨 묘지명 ·············· 230
유인 송씨 묘지명 ···························· 234
아내 정부인 김씨 묘지문 후기 ··················· 238
영인 박씨 정려비 ···························· 239
정경부인 윤씨 행장 ·························· 241
정경부인 채씨 행장 ·························· 246

송상기

사임당의 그림첩에 쓴 발문 ····················· 253
단의빈 지문 ······························· 255
민회빈 복위 반교문 ·························· 259
왕세자빈 시책문 ···························· 262
민회빈 시책문 ····························· 264
공인 동래 정씨 묘지 ························· 267
어머니 행장 ······························· 270

이이명

강빈의 신원를 아뢰는 글 ······················ 279
민회빈 강씨를 소현세자의 묘에 부장하는 것에 대한 의 ·········· 281

세자빈의 복중에 진하할 때 음악을 연주하는 절차에 대해 아뢰는 의
·· 283
외할머니 정경부인 이씨 묘지 ································ 285
정부인 김씨 묘지명 ··· 296
공인 능성 구씨 묘지명 ····································· 299
공인 청송 심씨 묘지명 ····································· 300
할머니 정경부인 임씨 묘표 ································ 303
유인 류씨 묘표 ··· 305
둘째 딸에게 주는 제문 ····································· 310
큰고모님께 올리는 제문 ··································· 313
둘째 딸의 묘에 주는 제문 ································· 315
큰형수 나씨에게 올리는 제문 ····························· 317
이모 정경부인 황씨에게 올리는 제문 ···················· 318
숙모 정부인 원씨에게 올리는 제문 ······················ 320
종자부 유씨에게 주는 제문 ································ 322
전염병으로 죽은 하인에게 주는 제문 ···················· 323

이재

아내 공인 김씨에게 올리는 제문 ························· 327
홍열부전 ··· 331
둘째 형수 광산 김씨 부인 광지 ·························· 342
홍씨 누님 묘지 ··· 347
정부인에 추증된 어머니 박씨의 가전 ···················· 351
장모 함양 박씨께 올리는 제문 ····························· 357
김씨 누이에게 주는 제문 ··································· 359
홍씨 누님께 올리는 제문 ··································· 361
김공인에게 고하는 글 ······································ 364

12

김공인에게 고하는 글 ·········· 366

일찍 죽은 넷째 다섯째 딸의 소상에 주는 제문 ·········· 367

작은어머니 김씨께 올리는 제문 ·········· 369

요의 아내 풍산 류씨에게 주는 제문 ·········· 371

작은어머니 유인 풍산 김씨께 올리는 제문 ·········· 372

강씨 부인의 빈소를 만들고 고하는 글 ·········· 374

둘째 형수 광산 김씨에게 올리는 제문 ·········· 375

김공인에게 고하는 글 ·········· 377

홍씨에게 시집간 딸에게 주는 제문 ·········· 378

문소 김씨 며느리에게 주는 제문 ·········· 379

외손녀 황낭자에게 고하는 글 ·········· 380

외손녀 황낭자에게 주는 제문 ·········· 381

김진규

사임당의 초충도 뒤에 붙이는 글 ·········· 385

할머니 행장 뒤에 쓰다 ·········· 387

오양 열부의 애사 ·········· 389

류열부의 정표를 청하기 위해 임금을 배알하고 직접 아뢰는 글 ···· 392

중궁의 존호를 올리는 옥책문 ·········· 398

할머니께 올리는 제문 ·········· 400

아내에게 봉작과 증직을 고하면서 올리는 제문 ·········· 403

아내의 묘에서 절제를 드리며 올리는 제문 ·········· 404

아내의 소상에 올리는 제문 ·········· 405

아내의 두 번째 기일에 올리는 제문 ·········· 408

한식에 아내의 묘에 올리는 제문 ·········· 410

아내의 묘에 석의를 배열하고 아들을 시켜 고하게 하는 제문 ········ 411

아내의 묘에 지를 묻고 고하면서 올리는 제문 ·········· 412

유배지에서 아내의 기일에 올리는 제문 ················· 413
무자년에 아내가 죽은 날 올리는 제문 ················· 414
김운빙의 처 열부 노분양 묘표 ················· 415
유관의 처 열부 지안례 묘표 ················· 417
제수 영인 장씨 묘지명 ················· 418
정부인을 추증 받은 아내 완산 이씨의 묘지명 ················· 421
숙인 안동 권씨 묘지명 ················· 426
큰딸 이씨 부인 묘지명 ················· 431
딸 오의 광지명 ················· 435
외할머니 숙부인 덕수 이씨 행장 ················· 437
할머니 행장의 습유록 ················· 442

조귀명

막내 작은어머니 이씨 묘지명 ················· 461
숙부인 조씨 묘지명 ················· 463
어머니 행장 ················· 467
정경부인에 추증된 외조모 이씨 전 ················· 472
정경부인을 추증 받은 할머니를 이장하면서 올리는 제문 ············· 475
사촌 누이동생 유인에게 주는 제문 ················· 476
사촌 누이 유인에게 주는 제문 ················· 478
서조모 염씨에게 올리는 제문 ················· 480

민우수

조카딸 윤씨 부인의 신혼 병풍명 ················· 485
어머니 정경부인 연안 이씨 묘지 ················· 487
고모 유인 민씨 묘지 ················· 500
유인 완산 이씨 묘지명 ················· 505

14

유인 정씨 묘지명 ··· 513

숙인 이씨 묘지명 ··· 517

막내 작은어머니 숙인 한산 이씨 행장 ···················· 521

누나 행장 ·· 526

사촌 누이 김씨에게 주는 제문 ······························ 532

아내에게 올리는 제문 ··· 534

이천보

외할머님께 올리는 제문 ·· 545

막내 작은어머니께 올리는 제문 ······························ 548

큰어머님께 올리는 제문 ·· 550

어머니 묘지 ·· 552

정부인 이씨 묘지명 ··· 557

유정원

셋째 며느리 김공인에게 주는 제문 ·························· 563

원문 / 567

찾아보기 / 736

일러두기

1. 이 책은 민족문화추진회에서 2000년에 간행한 『한국문집총간』에 수록된 문집 가운데 1650~1750년 사이에 태어나 18세기에 생존했던 문인의 개인 문집에 수록되어 있는 여성 관련 산문자료를 망라하여 번역, 해제한 것이다.

2. 각 권은 문인의 출생 연도별로 자료를 배열하였다.

3. 각 번역문 뒤에는 해당 여성 인물 및 자료 전반에 관한 이해를 돕기 위해 간략한 해제를 달았다.

4. 일반 교양인들도 쉽게 읽을 수 있도록 원문을 가능한 한 쉽게 풀어서 번역하는 것을 원칙으로 하였다.

5. 본문에 사용된 전문용어는 현대인들이 알기 쉬운 말로 풀어쓰는 것을 원칙으로 하였으며, 처음 나오는 관직명이나 인명, 지명, 관용구 등은 (   ) 안에 한자를 병기하였다.

6. 인물, 사건 등 설명이 필요한 부분은 번역자 각주로 처리하였으며 참고한 서적은 각주에 명시하였다.

7. 맞춤법과 띄어쓰기는 한글 맞춤법 통일안을 원칙으로 하였다.

8. 부호는 다음과 같은 원칙으로 사용하였다.

  - (   ) : 음이 같은 한자를 묶는다.
  - [   ] : 음이 다르거나 한글풀이에 대한 한자를 묶는다.
       예) 측실을 경계하는 글[戒側室文]
  - 【 】 : 원문의 세주

- " " : 직접 인용, 대화, 긴 인용문
- ' ' : 간접 인용, 강조, 짧은 인용문
- 『 』 : 책 명
- 「 」 : 편 명
- □ : 원문의 결자(缺字)

송징은 宋徵殷·1652~1720

송징은(宋徵殷) : 1652(효종3)~1720(숙종46) 본관은 여산(礪山). 자는 질부(質夫). 호는 약헌(約軒). 아버지는 현감 광순(光洵)이며, 어머니는 부평(富平) 이씨로 찰방 상재(尙載)의 딸이다. 박세채(朴世采)의 문하에서 수학하였다. 1675년(숙종1) 사마시에 합격, 생원·진사가 되고 1689년 증광문과에 갑과로 급제, 주서·정언·지평·사서·부수찬·교리 등을 거쳐 보덕·집의·판결사·동부승지·대사간을 지냈다. 그 뒤 이조참의·대사성을 거쳐 개성유수로 나갔다가, 형조 및 호조 참판 등을 지냈다. 박학하고 문명이 높았다. 저서로는 『약헌집』 14권 7책 외에 『국조명신언행록』 32책, 『역대사론』 41권 10책 등이 있다.

큰누님께 올리는 제문
祭伯姉文

유세차 신사년(1701) 5월 1일 정해일에 동생 홍문관 교리 아무개가 큰 누나 윤씨 숙인의 영전에 삼가 고하고자 안주와 술을 제수로 마련해 우러러 술을 따르며 말합니다.

아아! 슬픕니다. 우리 누나는 타고난 성품이 부드럽고 은혜로우며 정숙하면서도 영민하였고 또 안온하고 지혜로웠습니다. 오직 효도하고 우애하며 뜻과 행실이 순수함을 갖추어 할아버지와 할머니께서 중히 사랑하시고 지극히 여기셨습니다. 결혼을 해서는 시어머니께서 맞으시고 여러 사람이 축하하였으니 신은 그러한 사실을 듣고 의당 순수한 복록을 누려야 마땅하거늘 저 하늘은 어쩌면 편벽되어 바른 보답을 내리는 데 어그러졌는지요?

누님은 중년에 액을 만나 슬피 곡을 하게 되었고 아들이 일찍 죽어 문에서 기다리며 바라는 어머니의 역할이 끊어졌습니다. 재앙과 벌이 이리도 잔혹하니 애통한 마음이 심장과 간을 뚫는 것 같았습니다. 부모 잃은 어린 아이가 방에 가득해 친히 돌보며 성장해 조상의 업을 빛내길 바랐는데 슬픔이 쌓여 병이 들고 몸을 보양하는 혈기가 은연 중에 사그라져 갑자기 열병에 걸려 목숨을 재촉하게 되었습니다.

아아! 슬픕니다. 우리 누나는 진실로 여자 선비[女史]였습니다. 총명하여 윤리를 잘 알고 편안히 책을 읽으시며 화려한 것을 좋아하지 않았고 단정하고 공경하며 말을 적게 해 본보기가 되지 않는 것이 없었으나 행동은 규문에만 제한하셨습니다. 집안 살림이 어려워 항아리가 여러 번 비었지만 변변치 못한 제수라도 제사를 지낼 때는 정성을 다해 반드시

넉넉하게 했는데 신명은 도와주는 것이 없고, 하늘의 이치는 예측하기가
어려워 행실은 아름다운데 어찌 운명은 기구한지요?

아! 우리 어머니는 연세가 높으신데 자식들이 일찍 죽어 가도 만날 수
가 없으니 비록 마음을 관대하게 하려 해도 슬픔을 누르기 어렵습니다.
한 번 가서 돌아오지 못하니 어쩌면 이리도 무심한지요? 누님이 아프시
다는 소식을 듣고 바삐 가서 살펴보니 정신이 또렷해 깊이 걱정할 바가
없었는데 병이 깊어져 다시 만나지 못하게 되었습니다. 누님은 죽음에
임하여서도 여유를 보이셔 나의 슬픔을 더했습니다. 궁궐에 연일 숙직하
느라 장례에 참석하지 못하고 교외에 숨어 사느라 보잘 것 없는 제전도
올리지 못했으니 예와 마음이 어그러져 한이 유명(幽明)에 맺혔습니다.
세월은 점점 흘러 경치도 여러 번 변했습니다. 적막한 집에는 모습과 목
소리가 완연한데 이전의 일을 생각하니 어찌 긴 슬픔을 이길 수 있겠습
니까? 변변치 못하지만 제전을 갖추어 베풀고 붓을 드니 눈물이 가득합
니다. 영혼이 어둡지 않으시다면 바라건대 저의 정성을 살펴주십시오.
아아! 슬픕니다.

해제 송징은이 큰누나에게 올리는 제문이다. 동생에게 누나는 총명하며 윤리
를 잘 알고 사적에 통달한 '여자 선비'로 기억된다. 하지만 누나는 중년
에 아들을 잃어 병이 생기고 그로 인해 죽음에까지 이른 것으로 보인다. 송징은
은 누나의 죽음에 슬퍼할 자신의 어머니를 걱정하는 언급을 하고 있는데 이를
통해 제문이 청자를 배려하며 지어진 일면을 확인할 수 있다.

딸에게 주는 제문
祭亡女文

　유세차 삼월 임신 삭 초 5일 계해일에 아버지는 상을 당해 복을 입었다.[1] 이에 너의 생일날 아침에 생선과 과일, 술과 국수를 마련해 나의 죽은 딸 유인 이대래의 아내에게 곡을 하며 고한다.

　아아! 내 딸아! 너는 갑자기 부모를 버리고 어디로 갔느냐? 부모는 갑자기 너를 잃고 어디로 가야한다 말이냐? 네가 죽은 지 이미 한 달이 지났지만 목소리는 낭랑한 것이 마치 귀에 들리는 듯하고, 아름다운 모습은 마치 눈으로 보는 듯하여 아직도 네가 시부모 집에 있는 것 같아 네가 죽었다는 것을 깨닫지 못하겠구나. 네가 거처하던 방에 가보니 모습은 이미 하나의 나무토막 같이 고요하여 들리는 것이 없고 막막하여 보이는 것이 없구나. 너는 정말로 죽었느냐? 너는 정말 죽었단 말이냐? 관을 어루만지며 길이 슬퍼하고 벽을 치며 슬피 부르짖으니 내 장은 꺾인 듯하고 내 마음은 내려앉은 듯하구나. 하늘은 높고 귀신은 악하다지만 어찌 차마 이럴 수 있단 말이냐?

　빈소도 이미 거두었으니 교외로 돌아가야 한다. 네가 지내던 곳과 걸어 다니던 자취가 눈에 삼삼하여 보이는 것마다 슬프고 신산스럽다. 산집에서 긴 낮을 멍하니 홀로 앉아 깊이 생각하고 묵묵히 헤아리며 반복하여 따져보건만 마음만 아플 뿐 그 이유를 알지 못하겠구나. 사람의 수명이 길고 짧은 것은 각각 정해진 운명이 있다. 그러나 네가 산 날은 어찌 이에서 그쳤느냐? 장차 혈기[2]가 상해 근본이 모두 병이 났는데 일찍

---

1 복인(服人) : 1년 이하의 복(服)을 입은 사람. 복재기.
2 영위(榮衛) : 혈기(血氣). 혈액과 생기. '榮'은 血의 순환. '衛'는 기의 순환.

알지 못해 점점 고질병이 되어 마침내 구할 수가 없었던 것이냐?

　나는 비록 아들은 5명이 있지만 딸은 오직 너 하나였다. 네가 결혼하여 시집으로 가니 며느리 또한 오직 너 하나였다. 부모와 시부모가 애지중지하였고 네가 또 아들과 딸을 두었다. 너의 이러한 하찮은 복이 도리어 재앙을 불러 하늘이 짐짓 빠르게 빼앗은 것이냐? 아니면 나의 행실이 신명에게 위배되어 위 아래로 재앙을 주어 화의 조짐이 차츰차츰 이르다가 너에게까지 이른 것이냐?

　아아! 밝은 자질은 쉬이 어그러지고 아름다운 나무는 번성하지 않는다더니 너의 타고난 성품은 순수하고 아름다운데 수명이 인색한 것은 하늘의 뜻이다. 부모와 시부모가 사랑했고 자녀를 두는 것은 세상에 많이 있는 일인데 너만 유독 보존하지 못했으니 이것은 운명이다. 나는 일찍이 사물을 사랑하는 것에 마음을 두어 비록 작은 곤충[3]과 같은 미물과 푸른[4] 생물도 일찍이 해친 적이 없는데 나의 무죄함이 하늘에는 기구했으니 이는 운수이다. 나는 하늘과 운명과 운수에 또한 어찌할 바가 없는 것이냐? 오직 나는 내 마음을 다할 수 없어서 무궁히 애통하고 한스럽다.

　생각하니 너의 병의 근원은 그 유래가 점점 조짐이 있었다. 네 나이 14세에 거듭 홍진을 앓았고 숨어있던 열이 없어지지도 않아 항상 병이 생길 빌미가 되었고 여러 번 회임을 했으나 번번이 잘못되어 피를 흘린 적도 실로 많았다.

　임오년(1702)에 내가 동쪽 지방으로 갔을 때 너는 남편[5]의 집을 따라 충청도에 머물렀다. 서로 헤어진 몇 해 동안 그리워하는 것이 날로 쌓여 매번 너의 편지를 볼 때 마다 눈물이 눈동자에 먼저 가득차곤 했다. 너의 그리워하는 마음은 우울하여 병이 자주 났으니 그 상하고 다친 것이

---

3 소교(肖翹) : 아주 작으면서 날아다닐 수 있는 생물.
4 총천(蔥芊) : 푸르고 무성한 모양.
5 남편은 이태제(李泰躋)이다.

진실로 적지 않았다.

갑신년(1704) 여름 벼슬을 버리고 서쪽으로 돌아왔고 그 가을 너 또한 서울로 돌아왔지. 형제가 단란히 모여 즐겁게 지냈고 너 또한 아들을 낳아 기력을 지못 회복히는 것 같았는데 다음해 봄 너는 병에 걸려 몇 달을 괴로워했다. 음식도 거의 먹지 못하고 여러 증세가 고통스러워 혹 태기가 있는가 의심스러워하며 약을 쓰지도 못했다. 이로 말미암아 원기[6]가 날로 쇠약해지고 몸도 점점 말랐다. 이 때 명의가 있어 맥을 짚어보고 그 징후를 살펴 좋은 약을 처방해주고 기혈을 높이고 보충해 주었으면 보전하는 데 걱정이 없었을 텐데, 그러지 못한 것이 후회막급이다. 여름 철에 돌아가신 어머니가 여러 달 병으로 누워계셨고 너는 다른 곳에 있어 왕래하며 와서 살폈다. 어머니 상을 당하자 너는 할머니 때문에 항상 나를 생각하며 슬픔으로 몹시 애통해하며 먹지 않다가 마음으로 몸이 상하는 지경에 이르렀는데 게다가 덥고 눅눅한 것이 번갈아가며 이르자 가벼운 설사를 자주 했다.

가을에 또 너의 시댁이 상을 당해[7] 성 서쪽으로 왔을 때 제사 음식을 돕고 음식을 바치느라 숨을 쉴 겨를도 없었다. 장례를 마치고 비로소 교외의 집으로 와서 보니 너의 형색은 많이 변했고 병세는 깊었다. 하루는 너의 팔뚝을 만져보고 너의 무릎을 보니 피골이 상접했으며 살은 붙어 있지 않았다. 나는 놀라 두렵고 탄식하며 말하길,

"네가 말하지 않았고 나는 또 슬퍼하느라 경황이 없어 네 병을 이곳에 이르게 했으니 장차 어찌하면 좋으냐?"

라고 하고 급히 탕제를 지어 먹이니 차츰 차도가 있는 것 같았다. 시아버지가 네 병이 위독하다는 소식을 듣고 가마를 재촉해 서울에 이르렀

---

6 진원(眞元) : 사람의 원기.

7 봉휘(奉諱) : 거상(居喪). 상을 당한 경우, 졸곡 때까지는 생시의 예로 섬기다가 졸곡 후에는 생시의 이름을 기휘(忌諱)한 데서 이름. [禮·曲禮上] 卒哭乃諱.

다. 너 또한 서울 집으로 옮겨갔는데 더욱 아파하며 침상을 잠시도 떠나
지 못했다. 절기가 정월 초하루[8]에 이르러 내가 선산에 갔는데 이튿날
밤 꿈에 너의 얼굴빛이 초췌하고 슬피 울며 절하고 말하는 모습을 보아
깜짝 놀라 깨어나니 당황스럽고 마음이 마치 잃은 듯하여 장비를 꾸려
돌아갔다. 너의 병은 이미 위급해 며칠 남지 않아 이때부터 나는 주야로
부축하고 간호하며 잠깐도 떨어지지 않았다. 나는 애태우며 근심하고 매
번 벽을 향해 눈물을 뿌렸지만 네가 그 모습을 보고 마음에 근심할까 걱
정을 해 번번이 따뜻한 말로 돌려 말했다. 너는 병이 위급하다는 것을
모르는 것은 아니었으나 또한 부모의 상함을 걱정하여 그 마음에 끝내
한마디도 영결을 고하는 말을 하지 않았다. 죽는 날 정신이 오히려 또렷
해 아침에 네 숙부 의흥에게 말하길,

"서방님의 말이 오지 않았습니까? 고개 밖의 길이 멀어 이것이 마음
쓰입니다."

라고 하더니 조금 있다 돌아누운 후 마침내 죽었다.

애통하고 애통하다! 너는 어찌 이처럼 갑자기 갔단 말이냐? 나는 일찍
이 너를 구해줄 수 없었고 너의 죽음을 맞았으니 이는 아비의 죄이다.
내가 어찌 견딜 수 있겠느냐? 어찌 참을 수 있겠느냐? 아아! 너의 형제
는 혹 돌이 되기도 전에 죽었고 혹은 몇 살 안 되어 죽었으니 건장한 나
이에 죽은 것은 오직 너뿐이다. 게다가 나는 일찍 흉한 운세를 만나 여
러 번 상을 당하고 참척의 슬픔을 겪었다. 바야흐로 고통의 흙덩이에 있
는 듯하여 아침저녁으로 근심을 품고 있다. 나이 아직 육십이 되지 않았
는데 이는 빠지고 머리는 벗겨졌으니 남은 육신과 정신을 세상에 다시
맡길 수가 있겠느냐? 홀연히 이 끝없는 애통함을 안고 몸을 어루만지며
스스로 애도한다. 나는 만사에 의기 소침해[9] 지금 이후로 더욱 이 세상

---

8 삼시(三始) : 정월 초하루의 아침, 年·月·日의 처음이란 뜻. 三元.

에 뜻이 없다.

아아! 너의 타고난 성품은 맑고 깨끗했고 총명했다. 말을 배울 때부터 이미 백여 자를 외웠고, 성장하여서는 비록 문사에 애쓰지는 않았지만 성품과 행실은 냉숙하였으며 사리에 통달하니 조금도 어지러운 것이 없었고 옛 여사(女史)의 풍모가 있었다. 시부모를 모시는 데 효도와 공경이 아울러 이르렀고, 뜻을 앞서 이었으며 또한 능히 친척을 모시는 데 은의가 있었으며 베푸는 것을 좋아했다. 화장품과 옷을 다른 사람에게 빌려 줄 때는 조금도 아끼는 것이 없었고, 친척과 시집의 식구가 가난하여 마련하지 못하는 자가 있으면 반드시 후하게 도와주었다.

아! 너의 어짊은 족히 장수를 누려야 하고 덕은 족히 복을 누려야 하는데 운명은 어찌하여 촉박하고 운수는 어찌 그리도 짧단 말인가? 내 슬픔은 끝이 없을 것 같구나.

너의 시아버지 상서공은 곡을 하며 나에게 말하길,

"나의 삶과 죽음을 오직 며느리에게 의지했는데 지금 갑자기 이 지경을 당하니 어찌 애통하지 않겠습니까?"

라고 했으니, 그 말이 슬프고 간절한 것이 이와 같았다.

아아! 너는 아름다운 아이가 있으니 훌륭한 말[10]과 봉황의 새끼와 같다. 너는 비록 그 아이가 장대해지고 성장하는 것을 볼 수 없지만 이른 나이에 날개를 펴서 이씨의 가문을 창대히 할 것을 어찌 알지 못하겠는가? 이는 영원히 간 자의 혼백을 위로할 만한 것이다. 아아! 너의 시대의 선산은 철원 지역에 있어 서울과의 거리가 2백리 된다. 저승과 이승은 영원히 막혀있어 길이 멀다고 한다. 살아서의 이별 또한 슬펐는데 하물며 너의 죽어서의 이별이야 오죽하겠느냐? 비록 그러하나 영혼과 기운

---

9 회심(灰心) : 신념을 잃고 의기 소침해 짐.

10 기자(驥子) : 良馬. 재능이 뛰어난 사람의 비유.

은 가지 못하는 데가 없다. 긴 산은 서로 바라보고 있지만 단지 한 봄만 지나는 것이 아니니 천추만세토록 또한 어찌 저승에서 의지하지 않으랴?

아아! 오늘은 너의 생일[11]이다. 네 남편 또한 생일이 같아 실로 짝할 만한 이가 없어 백년해로를 바랐는데 어찌 오늘 다시 볼 수 없게 되었느냐? 너는 마땅히 주식을 갖추어 부모에게 올려야 하건만 지금 나는 변변치 않은 제수를 갖추어 너의 죽음을 보낸다. 세상의 이치가 어긋난다고 하지만 어찌 이 같겠느냐? 아! 옛 말에 이르길 지극한 정은 글로 쓸 수가 없다고 했는데 내가 너에 대하여 어찌 글을 쓸 수 있겠느냐? 애오라지 나의 슬픔을 풀어낼 뿐이다. 아아! 슬프다. 상향.

해제   송징은이 5남 1녀 가운데 외동딸인 이씨부인을 잃고 지은 제문이다. 딸이 죽은 이유를 자신의 기구함에서 찾는 죄책감과 하늘에 대한 원망 등일반 제망녀문과 내용과 표현이 유사한 면을 보인다. 그러나 본 제문은 딸이 병들었을 때 임신인 줄 알고 제대로 약을 쓰지 못하고 제 때에 처방을 하지 못한 것에 대한 깊은 후회와 잘못에 대한 죄책감이 자세하게 기록되어 있다.

---

11 설세(設帨) : 딸을 낳음. 아들을 낳으면 활을 대문 왼쪽에 걸어 표시하고, 딸을 낳으면 수건을 대문 오른쪽에 걸어 놓았던 데서 온 말. [禮・內則] 子生 男子設弧 于門左 女子 設帨于門右.

딸의 묘에 주는 제문

祭亡女墓文

무자년(1708) 8월 초 3일 병오일에 아버지 철원 도호 부사가 죽은 딸의 영령에 고한다. 아! 내가 와서 너를 장사 지낸 지 벌써 3년이 되었다. 네 얼굴과 목소리가 멀고 아득해지지만 말을 하려하니 가슴이 아프구나. 나는 아름다운 은혜를 받들어 마침 이 곳을 지키게 되었구나. 무덤[12]에 오니 마치 너를 보는 듯한데, 막상 와서 보니 거친 언덕에 쑥만 무덤가를 두르고 있어 네 모습을 보기 어려워 무덤을 두드리며 길이 통곡할 뿐이다. 이승과 저승이 비록 서로 격해 있지만 맑은 혼백은 보호를 받음이 있을 것이니 황천에서라도 네가 이를 안다면 심히 기뻐할 것이다.

내가 무슨 죄를 지었길래 신명께 미움을 받는단 말이냐? 네 두 아들이 연달아 모두 요절한 것을 슬퍼한다. 지독한 슬픔이 골수를 얽매는 듯하고 보이는 것마다 신산하고 슬프다. 나에게 남은 생명이 얼마나 되겠느냐? 차라리 속히 죽었으면 좋겠구나. 변변찮은 음식을 장만해 나의 속마음을 풀어보니 네가 어둡지 않다면 이르기를 바란다.

해제 3년 전에 죽은 딸의 묘에 들려 지은 제문이다. 송징은은 딸이 남기고 간 두 아들마저 모두 요절한 것에 대해 말하며 골수를 얽매는 듯한 지독한 슬픔을 토로하고 있다. 이 딸에게 준 <제망녀문>도 있다.

---

12 송추(松楸) : 소나무와 가래나무. 묘지에 많이 심기 때문에, 무덤의 뜻으로도 쓰인다.

숙모 정부인 전주 이씨 행장
叔母貞夫人全州李氏行狀

　　부인의 성은 이씨로 본관은 왕족에서 나왔다. 정종대왕의 일곱 번째 아들이신 덕천군 이후생[13]의 8세손이다. 증조는 이유간인데 동지중추부사를 지냈다. 할아버지 이경직[14]은 호조판서를 지냈고 우의정을 추증 받았으며 시호는 효민공이다. 아버지 이정영[15]은 판돈녕부사 겸 이조판서를 지냈다. 판돈공은 청송 심씨에게 장가들었는데 청송백 심덕부의 10세손이며 부사 심장세의 따님이다. 숭정 기묘년(1639) 1월 30일에 부인을 낳았다.

　　다음 해 5월 심부인이 세상을 떠났다. 판돈공의 둘째 누나인 강씨 부인이 젖이 나왔는데 이씨 부인이 강씨 부인을 보고 울어 부인이 애처롭게 여겨 젖을 주었다. 부인은 강씨의 아이를 볼 때마다 문득 젖을 물지 않고 그 아이에게 미뤄주니 친척들이 모두 기특하게 여겼다. 부인의 오빠 만성[16]과 외가에서 함께 컸는데 잠시도 서로 떨어져 지내는 것을 달갑게 여기지 않았고 떨어져 있게 되면 번번이 울며 밥을 먹지 않았다. 판돈공이 부사공 부인을 보러오면 반드시 옷을 끌어당기며 슬피 우니 보는 사람들이 코끝이 시큰할 정도로 슬퍼했다. 아마도 부인의 효성과

---

13 이후생(李厚生) : 1397(태조 6)~1465(세조 11). 시호는 적덕(積德)이다. 정종대왕의 열 번째 아들이며, 어머니는 성빈 충주 지씨이다.

14 이경석(李景奭) : 1595(선조 28)~1671(현종 12). 자는 상보(尙輔), 호는 백헌(白軒). 김 장생(金長生)의 문인이다.

15 이정영(李正英) : 1616(광해군 8)~1686(숙종 12). 자는 자수(子修)이며 호는 서곡(西谷)이다.

16 이만성(李晩成) : 1636(인조 14)~1708(숙종 34). 자는 기숙(器叔). 아버지는 판중추부사 이정영(李正英)이며, 어머니는 유기선(柳基善)의 딸이다.

우애는 천성이 그러해서인 것 같다. 7세에 여공을 익혔는데 보모를 번거롭게 하지 않았다.

15세에 숙부 참판공에게 시집오셨다. 숙부의 이름은 송광연이고, 자는 노심이다. 부인의 타고난 성품은 단정하고 아름다웠으며 용모는 예쁘고 유순해 처음에 가문에 들어왔을 때 공과 시어머니가 기쁘게 맞았고 감탄하며 축하하였다. 참판공과 함께 산 42년 동안 얌전하게 공경하는 것으로 스스로를 규제하고 밤낮으로 경계하였으며, 빗질하고 비녀 꽂는 일을 일찍이 하루도 그만두지 않았다. 게으르고 업신여기는 모습을 몸에 드러낸 적이 없었고, 집안의 비록 자잘한 일이라도 반드시 윗사람에게 아뢴 다음에 행했다. 참판공이 하는 일이 혹 뜻에 만족스럽지 않아도 부인은 장차 순순히 받들 것처럼 행동하다가 천천히 돌려서 자신의 마음을 말하였는데 경계하는 뜻이 극진하였다. 어려서 어머니를 잃은 것을 평생의 지극한 슬픔으로 여겨 계모 유부인[17]을 섬기는 데 정성과 효를 다하였다. 유부인이 부인을 돌보는 것도 또한 자신이 낳은 아이들과 차이가 나지 않게 하였다. 시부모를 섬기는 데 효성과 공경을 지극히 해 시부모님이 매우 마땅하게 여기며 항상 잘 섬긴다고 칭찬하였다.

신해년(1671)에 정부인의 상을 당했는데 참찬공이 북원으로 외직을 나가 집안에 사람이 없어 부인에게 일을 수행할 것을 명하였다. 부인은 윗사람의 뜻을 잇고 아랫사람을 감독하면서 적절하게 하지 않은 것이 없어 참찬공이 돌아가실 때 이 일을 칭찬하기를 그치지 않았다. 동서 8, 9인을 대하는 데 도를 다해 화목하였으며, 한 마디도 서로 기분 상하는 말을 하지 않았다. 개부[18]로서 집안일을 담당하였지만 감히 맏며느리[19]에게 맞먹으려고 하지 않았고 모든 일을 반드시 글을 써서 명을 청하였

---

17 유기선(柳基善)의 딸.
18 개부(介婦) : 적장자(嫡長子)의 처 외의 며느리를 일컬음.
19 총부(冢婦) : 종가의 적장자손의 부인. 종부(宗婦).

다. 집안의 형제들과 우애가 순수하였는데 나이가 들수록 더욱 돈독하였으니 그 행동이 순수하게 갖추어진 것이 이와 같았다.

참판공의 집안 살림이 청렴하고 가난하여 부인이 손수 여공을 행했는데 부지런히 하며 그만두지 않았고 옷과 먹을 것을 공급할 때는 지나치게 사치하거나 지나치게 검소하게 하지 않았다. 임자년(1672)에 참판공에게 세상을 피하고자 하는 뜻이 있어서 임영에 가서 살았는데 집안 식구들을 데리고 고개를 넘을 때 힘든 일이 여러 가지였다. 부인은 좌우에서 힘을 다해 애썼는데 모두 적당했으며 조금도 떠돌아다니는 고생에 대해서 말하는 것이 없었다. 돌아와 서호에 거하게 되자 부인은 비녀와 귀걸이를 팔아 밭을 일구고 농사일을 하며 종신토록 살려고 하였다. 매번 명절이 되면 형제와 숙질들이 모두 정자에 모였는데 반드시 술과 음식을 풍성히 갖추어 즐거움을 도왔다. 종들을 다스리는 데 은혜와 위엄을 병행하였고 밭가는 노비와 옷 짓는 여종들을 각각 힘을 다해 게으름을 피우지 않게 하여 쌀과 소금, 장작에서부터 부엌살림에 이르기까지 질서정연하지 않은 것이 없었다. 평생 화려하고 사치한 것을 좋아하지 않았고 세상 사람들은 기이하고 사특한 것을 앞 다투어 따라하려고 하였으나 일찍이 조금도 그러한 것에 뜻을 두지 않았다. 며느리를 맞이하는 날 마침 서울 집을 팔았는데 친척들이 모두 화장 도구를 사라고 권하자 부인이 말하길,

"세속에서 신부의 옷을 꾸미는 데 풍성하고 사치한 것을 숭상하지만 나는 그러한 것을 취하지 않는다. 차라리 옛집을 팔아 이익을 더해주는 것이 옳다."

라고 하자 여러 친척들이 모두 감탄하였다. 또 무당이 기도하는 일을 가까이 하지 않았고 모든 미신을 물리치고 멀리하였다. 참판공을 따라 고을의 관아로 다닐 때는 더욱 신칙하고 조심해 안에서의 다스림이 엄숙했다. 마을에 사는 친척과 종들도 모두 접견하지 않아 집안의 말이 밖으

로 나가지 않았고 밖의 말이 안으로 들어오지 않아 관아 안이 화목했다. 참판공이 일찍이 간신의 미움을 받아 진양의 수령으로 나가게 되었는데 진양은 험란한 곳으로 이 땅을 지키다가 살아 돌아온 자가 거의 없었다. 참판공이 옮기가 싫려고 하지 않자 부인이 스스로 환란과 생사를 함께 하고자 마음 먹어 반드시 따라갔다가 그만두었는데 돌아와 근심 끝에 병이 생겨 갑술년(1694) 8월 1일에 송도 집에서 세상을 떠났다. 춘추 56세 였다. 모월일에 장서 백암교 동북쪽을 등지고 서남쪽을 향한 언덕에 영원히 장사지냈다. 이곳은 정가공 서의 무덤 아래이다. 1년 뒤인 을해년 (1695)에 참판공이 돌아가시자 묘를 파서 함께 묻었으니 무덤은 같은데 묘혈은 다르다. 참판공은 일찍이 부인의 행실을 써서 원고에 수록하였는데 그런 후 반 년도 되지 못해 돌아가셨다.

아! 부인의 맑은 덕과 아름다운 행실은 후세에 없어져서는 안 되기에 삼가 그 원고를 이었다. 그리고 참판공이 부인을 제사지낸 글을 가져다가 대략 다듬어 이 행장을 만들어 후세에 살펴 믿는 바가 있게 하고자 한다. 부인은 자식이 없어 종자 징오(徵五)를 후사로 삼았다. 징오는 처음에 연안 이씨에게 장가들었는데 부제학 이단상(李端相)[20]의 딸이다. 1남 2녀를 두었다. 아들은 이인명(李寅明)인데 생원이고, 큰딸은 이한곤(李漢坤)에게, 차녀는 조적명(趙廸命)에게 시집갔다. 징오가 뒤에 전주 이씨에게 장가들었는데 사인 이만정의 딸이다. 1남 1녀를 낳았는데 모두 어리다. 인명은 아들 둘을 두었고 이한곤은 1남 2녀, 조적명은 2남을 두었는데 모두 어리다.

---

20 이단상(李端相) : 1628(인조 6)~1669(현종 10). 본관은 연안(延安)이다. 자는 유능(幼能) 이다. 호는 정관재(靜觀齋)·서호(西湖)이다. 할아버지는 좌의정 정구(廷龜)이다. 아버지 는 대제학 명한(明漢)이며, 어머니는 금계군(錦溪君) 박동량(朴東亮)의 딸이다. 시호는 문정(文貞)이다.

이 글은 송징은이 숙모 전주 이씨 부인의 행적을 기록한 행장이다. 이씨
부인(1639~1694)은 이정영과 청송 심씨의 딸이며 송광연의 아내이다.
송광연은 아내가 죽자 직접 아내의 행실을 기록하였는데 완성하지 못하고 죽었
다. 이에 송징은은 숙부의 미완성 원고와 제문을 토대로 이 행장을 지었다.

이형상(李衡祥) : 1653(효종 4)~1733(영조 9). 본관은 전주(全州), 자는 중옥(仲玉), 호는 병와(甁瓦), 순옹(順翁). 효령대군의 10세손이며 성균진사 주하(柱夏)의 아들이다. 1677년에 사마시를 거쳐 1680년 별시문과에 병과로 급제하였다. 그는 목민관으로서 학문을 진흥시켜고 문화재와 고적을 수리, 보존하였으며, 미신적인 인습과 악습을 타파하여 백성의 풍속을 교화시키고 생활개선을 주도하였다. 당시 백성들은 송덕비 4개를 세워 그의 청덕을 칭송하였다. 그 뒤 영광군수로 부임하였으나 사임하고, 영천의 호연정(浩然亭)에서 학문과 후학양성에 정진하였다. 그 뒤 1728년에 경상도 소모사(慶尙道召募使)로 부임, 그해 소론의 일파인 이인좌(李麟佐)의 난을 진압하여 공을 세웠으나 집권당인 노론의 모함을 받아 76세의 고령으로 투옥되었다. 그 뒤 억울함이 드러나 석방되고 경주부윤에 임명되고 서반직(西班職)을 받아 국록(國祿)을 받았다. 1735년에 영천의 성남서원에 제향되었고 1796년에 제주유생들이 그의 유덕을 추모하여 영혜사(永惠祠)에 추향(追享)되었다. 저서로는 문집인『병와집』18권이 손자인 만송(晩松)에 의하여 간행되었다. 이밖에도『둔서록(遯筮錄)』『악학편고(樂學便考)』『강도지(江都志)』『예학편고(禮學便考)』『성리학대전(性理學大典)』등 수십 권이 있다.

며느리 공인 심씨에게 주는 제문

祭亡婦恭人沈氏文

아! 너는 우리 가문을 창대하게 하지 않으려느냐? 어찌 아름다운 자질을 가지고 갑자기 죽었느냐? 네 아들과 두 딸은 각각 좋은 짝을 만났으며 게다가 너의 곧고 밝음은 여러 사람이 삼가 받들던 것이다. 여러 자손들은 점점 번성해 집안에 다 수용할 수가 없을 정도이니 다른 사람들이 나에게 복 있는 집안이라고 말하는 것은 모두 네 자녀로 말미암아 일컬어지는 것이었다. 너는 밤낮으로 나를 받드는 데 예의가 엄숙하고 정성을 다했다. 나는 자애롭게 잘 해주는 것이 며느리를 사랑하는 마음이라고 생각하지 않았고 너는 입에 맞는 음식을 바치는 것이 효도하는 것이라고 생각하지 않았으니 우리 서로가 힘쓰는 바가 있었다. 너는 부드럽고 아름다우면서도 삼갈 줄 알았으며 화락하면서도 공손했다. 나는 스스로 영원토록 길이 이러한 즐거움을 유지할 것이라 여겼는데 지금 모두 끝났으니 늙은이의 마음이 어떠하겠느냐?

네 병은 비록 날로 의심스러워진다고 했지만 내 성품이 본래 세속에 얽매이지 않으니 참으로 이 정도인 것을 알았다면 내 어찌 차마 두려워하여 꺼리며 너를 보러 가지 않았겠느냐? 엿새 후에 증세가 조금 나아졌고, 또 좋은 의사를 곁에 두게 되었는데 어찌 하루 사이에 갑자기 유명을 달리해 너에게 끝없는 원망을 안게 할 것이라고 생각이나 했겠느냐? 임종에 이르러 한 마디를 하는데 간절하게 나를 부탁하며 끝까지 효를 다하지 못하는 것을 한으로 여겼다고 하니 이 때를 당하여 내 마음이 어떠했겠느냐?

네 명의 며느리 가운데 한 자리가 비었고, 여섯 명의 아이들에겐 온갖 슬픔이 닥쳤으니 너의 죽음을 애석해하고 그 어미를 잃고 살아 있는 아이들을 불쌍히 여긴다. 네 나이 35세인데 하늘이 어쩌면 이리도 잔인하단 말이냐? 하늘이 어찌 이리 잔인한가? 필(必)이는 너의 뒤를 따라 이미 죽었고, 강삼(綱森)이에게는 유모를 얻어 주었다. 다른 아이들은 내가 세상에 살아 있으니 너는 또 어찌 연연할 필요가 있겠느냐? 게다가 아이들의 타고난 성품이 모두 밝은 구슬과 같아서 심은 나무에 남은 경사가 있을 것이니 너는 죽어도 또한 죽는 것이 아닐 것이다. 너는 혹 이것으로 위안을 삼을 수 있겠느냐?

슬프게 여기는 것은 내가 남쪽으로 낙향했을 때 너도 나를 따라 오느라 친정에 오랫동안 가지 못해 너의 지극한 마음을 펴지 못하게 했던 것이다. 매번 이것을 생각할 때마다 나도 모르는 사이에 마음이 슬퍼진다. 거기다 사방에 전염병이 퍼져 너의 관을 선영으로 운반할 길이 없어 임시로 무덤을 만들고 때를 기다리니 여기는 또한 귀신이 살기에 편치 않은 곳이다. 다만 바른 이치로 미루어 볼 때 네 몸이 비록 여기에 의탁하고 있으나 너의 기운은 이미 만물[1]과 상합했을 것이니 영남 지역이나 초혼[2]하는 곳에 구속되지 않고 우리 집안과 너의 집에 돌아갈 것이 분명하다고 생각한다. 너는 어떻게 생각하느냐?

가장 영특한 견식과 단정하고 아름다운 행실을 다시는 볼 수 없겠구나. 내일이면 저승[3]과 멀어질 것이니 새벽녘 해로가[4] 소리에 나는 장차 어찌 견딜 수 있겠느냐? 이미 기운은 흩어졌지만 정혼은 어둡지 않을테니 이 잔을 들고 흠향하거라. 아아 슬프다.

---

1 태화(太和) : 몸과 마음의 정기(精氣). 만물의 원기, 음양의 조화된 기, 생생화육(生生化育)의 덕, 만물 생성의 힘.

2 고복(皐復) : 사람이 죽은 뒤에 초혼(招魂)하는 의식.

3 중천(重泉) : 죽은 뒤 넋이 돌아간다는 저승, 구천.

4 해로(薤露) : 상여가 나갈 때 부르는 만가(輓歌). 인생은 염교 잎에 맺힌 이슬처럼 덧없이 사라진다는 뜻.

해제 이형상이 전염병으로 죽은 며느리를 위해 지어준 제문이다. 18세기에는 며느리에 대한 제문이 증가하는 경향을 보인다. 이형상은 일반 세속에서 중요하게 여기는 자애와 효도가 전부가 아니라고 생각하며 며느리와 자신은 따로 힘쓰는 바가 있었다고 말하고 있다. 자신이 낙향한 일 때문에 며느리가 근친하러 가지 못한 것에 대해 매우 미안한 마음을 드러내고 있다.

큰누님께 올리는 제문
祭長姉文

병신년(1716) 12월 누님의 부음이 영남에 이르렀는데 아우 형상은 바야흐로 큰아들의 상을 당해 바로 가지 못했습니다. 다음 해 정월 25일 삼가 3개의 변두와 한 잔 술을 갖추어 영좌에 제전을 보내고 글을 써서 권합니다.

아아! 하늘이 우리 집안에 재앙을 내린 것이 어쩌면 그리도 잔혹합니까? 갑오년(1714) 둘째 누님을 빼앗아가고 을미년(1715)에 큰형님을 앗아가더니 오늘 누님은 또 어찌하여 돌아가셔 피눈물이 마르지 않도록 합니까? 12월 8일에 돌아가셨다는 부음이 비로소 그달 27일에 이르렀고, 11월 26일에 보내신 편지를 또 12월 28일에 받았습니다. 말을 자세히 살펴보니 이미 영결의 뜻이 있었습니다. 더욱이 서로 만나지 못하는 것을 한으로 여기셨으니 애통합니다. 애통합니다. 이 마음을 어찌 말할 수 있겠습니까?

아마도 지독한 학질이 9월부터 이미 위독했는데 멀리 밖에 있어 자세히 듣지 못했던 것 같습니다. 또 중간에 병이 나아졌다는 소식을 듣고서 마음속으로 매우 기뻐하였습니다. 어찌 그 다음에 더욱 악화되어 이 지경에 이르렀는데 단지 저만 모르고 있는 줄 알았겠습니까? 생선이 드시고 싶다는 것과, 저를 그리워하느라 슬퍼하신다는 말씀은 이미 필경의 편지에 써서 알았으나 아우의 편지가 만일 도착하면 영좌에 펴놓으라고 하셨다니 그 얼마나 지극한 정입니까? 또 어찌 보내신 편지가 지체되어 부음을 들은 후에 이르게 되었습니까? 편지를 쥐고 우니 간장이 다 녹아내리는 듯합니다. 하늘은 어찌 이리 잔인합니까? 하늘은 어찌 이리 잔인합니까?

계사년(1713)에 천장하는 일로 들러서 밤새 옛 이야기를 나누었고 을미년(1715) 인주에 부임하는 길에 이틀 동안 누님의 가르침을 받았습니다. 마음을 진정하고 잡은 손을 놓을 석에 통곡하며 헤어졌으니 그 때의 상황은 하늘도 모습을 바꿀 정도로 슬펐습니다. 기력은 비록 심히 쇠약하지는 않았으나 저는 멀리 떨어진 곳에 살고 있었기 때문에 생전에 다시 만나기를 기약할 수 없었습니다. 서로 마주잡고 이별할 적에 심정이 무너지듯 메어졌는데 마음을 가다듬어 기도하며 오직 오래 사시기를 바랄 뿐이었습니다. 지금 생각해보니 그 또한 미혹한 것이었습니다.

무릇 사람의 우애를 누군들 힘쓰지 않겠습니까마는 부모님을 모시며 함께 같은 집에서 어려서부터 자라고 나이가 들어 늙으니 어찌 한 달인들 소식이 막히고 하루라도 서로 잊었겠습니까? 간혹 때때옷 입고 즐거워하고 가끔 웃으며 놀리기도 하면서 오직 부모님을 기쁘게 해드리는 것으로 마음을 삼아 그 단란하게 모여서 즐겁게 지내던 것이 실로 남들과 다른 것이 있었습니다. 그리고 자형이 저를 보살펴 주신 것이 더욱 돈독했습니다. 몸을 부빈 정이 뼈에 사무쳐 반드시 함께 살며 잠깐 동안이라도 서로 떨어져 있으면 곧 만나지 못하는 한이 있었는데 누님은 또한 이것을 다행으로 여기셨습니다. 누님은 머리를 어루만지며 사랑하시고 맛난 것을 나누어 먹여주셨습니다. 제가 영남으로 낙향했을 때 왕복하는 편지에 일마다 묻지 않으신 것이 없었고, 말마다 하지 않으신 것이 없었습니다. 형제를 잃은 후에 남아 있는 사람은 오직 누님과 저 뿐이었습니다. 길흉을 서로 의지하며 꿈에서도 서로 그리워 했던 것이 어릴 적과 비교해보면 그 배가 됩니다. 스스로 생각하기를 남은 생애 영원히 이와 같이 했으면 좋으리라 했는데 지금 어찌 아득히 저를 버리셨습니까?

귀신의 이치를 생각하여 보니, 이미 부모님과 누이들이 서로 만났겠으니 진실로 신령한 기운이 사라지지 않는다면 예전 같이 모여서 밤에 황천에서 즐거움을 누리실 것입니다. 그렇다면 비록 족히 서로 위로가 되실 테지만 이 몸을 더욱 외롭게 하십니다. 어찌 천지간의 슬픔과 고통을 저 혼자 안게 하십니까?

누님의 평생은 넉넉했다고 할 수는 없지만 십수 년 내에 가세는 더욱 곤란해졌습니다. 먹을 것이 자주 비었고 맛있는 것이 적었으며 상례와 장례를 치르는데도 또한 차림새를 갖추지 못했습니다. 이것은 두 아들의 무궁한 한이 되었고 저 혼자 세상에 살아있으면서 서로 도와주지 못했고 돌아가셨는데 보내드리지 못했으니 마음이 아픕니다. 마음이 아픕니다. 어찌합니까? 어찌합니까?

이미 이달 20일 영박에 장사지냈을 텐데, 장사지낼 적에 제가 몸소 무덤에서 뒤에 죽는 자의 책임을 다 하려 하였으나 근력이 모두 쇠약해져 천리를 가는 것을 또한 어찌 반드시 할 수 있었겠습니까? 그러나 한 몸에서 서로 나뉜 기운은 반드시 살고 죽음에 달라지지 않을 것입니다. 하물며 이 젓갈과 어포는 모두 지난번 편지에서 구하셨던 것인데 미처 드리지 못했던 것입니다. 영령께서 반드시 불쌍히 여기시고 제 잔을 받아주십시오. 아아! 슬픕니다.

| 해 |
| 제 |

큰누나에게 올리는 제문이다. 이형상은 마침 큰아들 상을 당해 장례를 치르는 중이라 큰누나의 장례에 직접 가지 못했는데 이에 대해 미안한 마음을 드러내고 있다. 여러 형제 가운데 큰누나와 자신만 생존해 서로 의지하며 살았는데 이제 그 누나마저 죽자 앞으로 의지할 사람이 없는 현실에 대해서는 매우 아쉬운 마음을 담고 있다. 누나와 끊임없이 편지로 안부를 묻고 정황을 전했던 사실이 엿보인다.

안좌랑의 영인 최씨 묘갈명
安佐郎令人崔氏墓碣銘

광주 안증의 자는 사겸이다. 먼 조상은 방걸인데 고려 초 임금을 도와 진국장군을 지냈고 호는 광릉군이었다. 그러나 세대가 너무 멀어 족보에 증험할 것이 없다. 그 다음에 안유가 있었는데 시어 벼슬을 하였다. 9대조 안지는 품계가 광록대부로 군기판사 상호군을 지냈고 8대조 안수 역시 조정에 나아가 광정대부 도평의사를 지냈다. 7대조 안해는 선대의 훌륭한 발자취를 여유 있게 이어 품계가 봉선대부에 이르렀고 침원서 령을 지냈다. 6대조 안기는 봉순대부를 지내고 전농판사에 임명되었으니 대대로 훌륭한 귀족의 자손이었다. 5대조 안국주는 합문지후 신호중랑을 지냈는데 나라는 망하였으나 이름은 빛났다. 고조 안강이 비로소 성조에 벼슬하여 소촌 찰방을 지냈으며 태종[5]에게 특별한 은전을 받았다. 증조 안숙량은 전옥부주를 지냈고 할아버지 안보문은 벼슬이 인의에 이르렀다. 아버지 안구는 효행이 매우 지극하였다. 점필재[6]의 문인으로서 깊은 산골의 그윽한 난초와 같은 분으로 사간을 지냈고, 호는 태만이었는데 문사(文詞)가 번쇄하고 또한 글솜씨를 드날렸다. 어머니 김씨의 본관은 진도인데 사정을 지낸 김저가 바로 외할아버지이다.

공은 갑인년(1497)에 출생하여 경자년(1540)에 사마시에 합격하였고, 무신년(1548)에 과거에 급제하여 조산대부의 영화로운 품계에 오르고 형조좌랑 겸 춘추관을 지냈다. 대저 숨어 살면서 재주를 숨겨 세상과 마음이 어긋나 뜻을 거두고 고향으로 돌아가 완귀에 정자를 짓고[7] 장차 그곳

---

5 헌릉(獻陵) : 태종(太宗)을 말함.
6 김종직의 호.

에서 늙고자 하였다. 그런데 남명⁸과 아계⁹가 서로 공의 지조를 시로 읊으니 공의 평생의 뜻을 이것으로 언급하기에 충분하다. 얼마 후에 곡성 현감에 제수되었으나 부임하지 못하고 돌아가니 가정 계축년(1553) 3월의 어느 날이었다.

아내 최씨는 월성이 본관이며, 도사 최숙강이 공의 장인이다. 부인은 을축년(1565) 11월 6일에 돌아갔다. 형의 아들인 종경을 양자로 들여 후사로 삼았다. 예전에 있던 비석은 신재¹⁰가 기록한 것이었는데 이제 글자가 깎여나가 거의 읽을 수가 없다.¹¹ 후손이 이를 슬피 생각해 나에게 다시 기록하여 주기를 청하였다.

영천의 아름다운 언덕에
서쪽을 향한 묘가 있으니
훼손하지 말고 잘 보존할지어다.
이곳은 쌍옥을 간직한 곳이니.

【해제】 안증의 부인 최씨의 묘갈명이다. 하지만 묘갈에는 묘주인 최씨에 대한 언급보다는 남편인 안증과 그의 선계에 대한 정보가 더 많은 부분을 차지한다. 예전에 주세붕이 비석에 글을 기록하였는데 오래되어 글자가 깎여 읽을 수 없게 되자 이형상이 다시 기록한 것이다. 안정복의 『순암선생문집(順菴先生文集)』에 안증에 관한 기록인 <완귀안공유사(玩龜安公遺事)>가 있다.

---

7 영양(永陽)의 호계(虎溪)가에 완귀정(玩龜亭)을 지었다.
8 조식의 호. 『남명집』에 <제완귀정(題玩龜亭)이란 칠언율시가 실려 있다.
9 이산해의 호.
10 주세붕의 호.
11 신재 주세붕이 찬한 비갈이 임진왜란 때 파괴되었다.

김창흡(金昌翕) : 1653(효종 4)～1722(경종 2). 본관은 안동, 자는
자익(子益), 호는 삼연(三淵). 좌의정 상헌(尙憲)의 증손자이며, 영
의정 수항(壽恒)의 셋째 아들이다. 어머니는 안정 나씨(安定羅氏)
로 성두(星斗)의 딸이다. 형은 영의정을 지낸 창집(昌集)과 예조판
서서 · 지돈녕부사 등을 지낸 창협(昌協) 등이다. 15세에 이단상(李
端相)의 문하에서 수학했다. 과거에는 관심이 없었으나 친명(親命)
으로 응시하여 1673년 진사시에 합격한 뒤 과장에 발을 끊었다.
백악 기슭에 낙송루를 짓고 동지들과 글을 읽으며 산수를 즐겼다.
1681년 김석주의 천거로 장악원주부에 임명되었으나 나가지 않았
고, 1689년 기사환국 때 아버지가 사사되자 영평에 은거하였다.
1696년에 서연간에 초선되고, 1721년 집의에 제수되었으나 이듬해
연잉군이 세제로 책봉되자 세제시강원에 임명되었으나 모두 사임
하고 나가지 않았다. 신임사화로 절도에 유배된 형 창집이 사사되
자 지병이 악하되어 죽었다. 시호는 문강(文康)이다. *참고문헌 :
『삼연집(三淵集)』.

조카며느리 고령 신씨 묘지명
姪婦高靈申氏墓誌銘

　나의 동생 대유의 큰아들 우겸의 아내 유인 고령 신씨가 병자년(1696) 9월에 죽어 그 해 11월에 땅에 묻었는데 지금 벌써 5년이 되었다. 전에 죽을 때 대유의 병이 위태로워 살지 죽을지를 알지 못했고 우겸 또한 깊은 근심의 병이 있어 상을 주관하지 못했다. 나와 유인의 아버지 숙이 머리를 맞대고 장사를 계획해 양주 율북의 선산에 땅을 구했다가 나중에 동쪽을 향한 곳의 작은 언덕을 구했다. 다른 사람의 계획과도 화합하여 마침내 유인을 그 가운데 장사지냈는데 날은 춥고 무덤은 얼어 일이 매우 힘들고 슬펐다. 반곡[1]할 날이 얼마 남지 않았는데 남겨진 아이가 따라 죽었다. 나는 신공과 그 발치에 묻고 남은 옷을 태우고 돌아왔다. 해가 바뀌어 우겸이 나았고 대유도 자리에서 일어나 그 무덤에 풀이 우거진 것을 보고 집에 돌아와 마침내 부자가 서로 향하여 신세를 어루만지니 슬픔을 알 만했다.

　우겸이 나에게 말하길,

　"저는 병 때문에 살아서도 일찍이 부부의 금실을 흡족히 하지 못했고 죽어서 함하고 염하는 데 충실히 하지 못해 백세 뒤에 아내를 볼 면목이 없습니다. 원컨대 숙부님의 한 말씀을 얻어 깊은 혼백을 위로하고자 합니다."

라고 하였다.

　나는 눈물을 흘리며 대답하기를,

---

1 반곡(反哭) : 시신을 무덤에 묻고 집으로 돌아와서 죽은 사람을 생각하며 곡을 하는 것.

"네 마음 속 슬픔은 나의 슬픔과 같다. 생각하니 네 처는 아름다웠고 나도 그 사실을 모두 안다. 내가 비록 무뚝뚝하지만 글을 사랑하니 자세한 것을 알아서 붓을 적셔야하지 않겠느냐?"라고 하였다.

이른바 규문의 기록은 말이 많은데 있지 않다. 숙부가 언젠가 죽음을 위로하는 글을 지었는데 번잡한 것을 없앴을 뿐이다. 내가 마침내 그 시종을 모아서 기록한다.

유인은 태어난 지 5년 만에 어머니 이유인을 잃었고 시집온 지 겨우 한 해가 지나 시어머니 이유인을 잃었다. 아이를 낳을 때 죽을 만큼 위험했는데 두 딸을 낳았으나 모두 기르지 못했다. 조물주에게 짧은 수명을 받았고 어려움 속에서 여위어 갔으니 그 죽음을 애도할 만하다. 하물며 그 어짊에 있어서랴!

유인은 친정에 있을 때부터 공경하게 여공을 익혔다. 심지어 자물쇠며 수저, 쌀, 소금, 저울, 물, 차, 약 등 모두 조부모의 손과 발이 되었고, 우리 집안에 시집와서도 그렇게 한 것이 많았다. 시어머니의 제사를 성실하게 드리고 시누이와 시아주버니를 은혜로 어루만졌다. 우리 어머니 나씨 부인이 이유인[2]을 잃은 후로 봉양 받는 뜻이 없으셨는데 유인이 계속 부드러운 음식을 마련하여 이유인의 효를 이었다. 시아버지의 병이 달을 넘기니 한 몸으로 애태우고 수고하면서도 나씨 부인이 와서 안위를 살피면 웃으면서 맞이하고 자리를 받들어 편안히 해 드렸다. 나씨 부인이 언젠가 새벽 찬 바람이 몸을 파고드는 것을 느꼈는데 조금 있다가 방이 따뜻해져 물어 보시니 유인이 섶을 때고 있어 매우 깊이 감동했다. 장사지냄에 무덤에 이르러 부르짖으니 슬퍼함이 일하는 사람들을 감동시켰다.

유인은 단정하고 정조가 있어 평소에 거만하게 말하거나 흘겨보는 눈

---

2 김창업의 부인을 말한다. 나씨 부인에겐 넷째 며느리가 된다.

을 하지 않았으며 머리를 숙이고 할 일을 매일 부지런히 하여 마침내 몸이 마를 정도였으니 이러한 것을 가족들이 잊지 못한다.

유인의 가계는 읍취헌의 망실의 행장에 자세하게 실려 있다. 할아버지 신익상은 우의정을 지냈다. 어머니 이유인은 좌의성 이난하의 따님이다. 대유의 이름은 창업인데 안동 김씨이다. 아버지는 영의정을 지낸 김수항[3]이다. 어머니는 나부인인데 안정이 본관이다. 이유인은 종실 익풍군 이속의 따님이다. 유인의 무덤은 이유인의 묘와 백보도 되지 않을 만큼 가깝다. 명에 이른다.

산 날은 짧으나 슬퍼하는 날은 길도다.
아름다운 자질을 지녔으나 하늘이 잘못 베풀었도다.
율원에서 시어머니를 의지하며 두 아이와 함께 할 것이니
진실로 너의 집인 것처럼 항상 편히 지내기를.

해제 질부 고령 신씨의 묘지명이다. 신씨 부인은 동생 김창업의 며느리이고 조카 김우겸의 아내이다. 부인이 죽을 때 김창업과 김우겸 모두 몸이 아파 상례를 주관하지 못해 김창흡이 대신 장사지냈다. 일 년 후 김우겸의 병이 나아 김창흡에게 묘지명을 부탁하여 이 글이 이루어졌다.

---

3 김수항(金壽恒) : 1629(인조7)~1689(숙종15). 본관 안동(安東). 자 구지(久之). 호 문곡(文谷). 시호 문충(文忠). 1646년(인조 24) 사마시(司馬試)를 거쳐 1651년에 알성문과(謁聖文科)에 응시하여 장원(壯元)으로 급제하였다. 1656년(효종 7) 문과중시(文科重試)에 을과(乙科)로 급제하고 정언(正言)·교리(校理) 등 청환직(淸宦職)을 거쳐 이조정랑(吏曹正郎)·대사간(大司諫)에 올랐다. 1689년 기사환국(己巳換局)으로 남인이 재집권하게 되자 진도(珍島)에 유배된 후 사사(賜死)되었다. 전서(篆書)를 잘 썼으며, 현종 묘정(廟庭)에 배향되었다. 영평(永平)의 옥병서원(玉屛書院), 진도(珍島)의 봉암사(鳳巖祠)와 영암(靈岩)의 녹동서원(鹿洞書院)에도 배향(配享)되었다. 문집에 『문곡집(文谷集)』, 편서에 『송강행장(松江行狀)』이 있다.

숙인 파평 윤씨 묘지명
淑人坡平尹氏墓誌銘

나의 집안 사람인 안동 김시보, 사경의 아내는 숙인 윤씨이다. 본관은
파평이다. 할아버지는 이천부사를 지낸 윤홍거이고 아버지는 온양군수
를 지낸 윤항이고 어머니는 연안 이씨이다. 병신년(1716) 4월 13일에 태
어나 17세에 우리 집안에 시집와서 효자이며 참판을 추증 받은 김성우
와 정부인을 추증 받은 남원 윤씨의 며느리가 되었다. 참판공은 바로 선
원 문충공⁴의 증손이고, 또한 그의 동생은 진사 김성운인데 순수하고 특
달하여 조상을 닮은 자손이라고 칭찬을 받았다. 큰형인 김성우는 효를
실행하다 죽었고 둘째 김성운은 병으로 죽었다. 윤부인은 동서 유유인과
서로 화목하며 사이가 없이 그 집안을 지켜 사람들이 종씨와 학씨⁵의 아
내⁶라고 하였다. 남의 집안 며느리가 되는 것은 어려운 데 숙인은 시집
오기 전에 '여사(女史)'의 영예를 받고 있었다. 시집와서 이숙인을 섬기는
것으로 시어머니 윤부인의 곁에서 처신하여 윤부인은 그가 자신의 딸이
아님을 알지 못했다. 윤부인이 죽자 또 유유인을 섬기는 데로 옮기니 유
유인 또한 자신의 며느리 아님을 알지 못했다.

유유인이 지키는 것은 문충공의 옛집이었는데 세상에서 이른바 '청풍
계'⁷라고 하는 것이다. 유인은 그곳의 연못과 누대와 꽃과 돌을 물려받아

---

4 김상용(金尙容, 1561~1637)을 말한다. 병자호란(1636) 때 왕족을 시종하고 강화도로 피
　란하였는데, 이듬해 강화성이 함락되자 화약에 불을 질러 자결하였다. 이때 문충(文忠)
　이란 시호가 내려졌다.
5 종학(鍾郝) : 부덕이 있는 아내. 진(晉)의 왕혼(王渾)·왕담(王湛) 형제의 아내인 종씨와
　학씨가 덕행이 있던 데서 온 말.
6 방하(房下) : 자기 아내에 대한 겸칭.

모두 매우 귀중하게 여겼는데 숙인이 유인을 도와 다스리며 조금도 두루 하지 않은 것이 없었다. 사경은 부인이 하는 일에 신경을 쓰지 않고 매일 여러 친구들과 술잔을 씻고 편지를 주고 받으며 밤낮으로 추위와 너위를 잊었다. 음식을 장만하는 일은 특별히 사경이 도모하지 않아도 풍족했고 종종 집안 살림이 곤궁했지만 사경은 그러한 사실을 알지 못했다. 부인은 남편이 고을을 맡아 다스리러 갈 때 따라가서는 손을 씻고 봉록을 받았고 백성을 대하는 도리를 권면하며 일을 처리할 때 화를 내지 않는 것을 중요하게 삼도록 하였다. 또 말하길,

"관직에 거하는 것이 조상의 묘를 지키는 것만 못하다"

고 하며 번번이 일찍 <귀거래>를 지어 사경으로 하여금 외우도록 하였다. 자식이 중병[8]에 걸렸는데 근심하고 사랑한다고 하여 가르침을 느슨하게 하지 않고 일찍이 '직(直)'과 '방(方)' 두 글자를 주었다. 『소학』과 『여계』를 읽는 것을 좋아하여 이것으로 부녀자들을 가르치는데 차근차근 풀어 해석해주며 옛날이나 지금이나 다른 것이 없음을 알게 하고 즐겨 의법을 좇도록 하였다. 이러한 일은 모두 사경이 지은 행장에 의거해 열에 그 하나를 뽑은 것이니 숙인의 덕은 갖추어졌다고 할 수 있다. 그런데 다만 같이 오래 살지 못한 것은 하늘의 뜻이다. 날이 지날수록 더욱 슬퍼지니 사경이 어찌 이와 같지 않겠는가?

나와 사경은 초목에 비유하자면 같은 종류의 나무[9]이다. 이른바 청풍계의 손님은 나의 왼쪽곁을 벗어난 적이 없었고 함께 다닐 때[10]부터 규문의 일도 제한이 있음을 알지 못했다. 마침내 생각해보니 부인은 엄숙

---

7 청운동 52번지 일대에 있었던 안동 김씨의 집.

8 융질(癃疾) : 중병(重病).

9 취미(臭味) : 같은 종류의 사물이나 사람의 비유. [左傳·襄 8] 誰敢哉 今譬於草木 寡君在君 君之臭味也耳.

10 주선(周旋) : ①빙빙 돎. 왔다 갔다 함. ②기거동작(起居動作) ③뒤좇아 감. 서로 좇고 좇김. ④돌보아 줌.

하고 곧으며 선량하고 온순하여[11]윤리에 돈독하며 즐거이 베풀고 자랑함이 없었다. 영민하면서도 삼가 마침내 부인의 법도가 이와 같았다. 또한 높고 명철한 식견이 있어 일마다 드러났다. 전에 기사환국의 변고에 위로는 숙종 임금이 자리를 잃었고 아래로는 우리 집이 전복되었는데 눈물을 흘리며[12] 슬퍼하다 마침내 진퇴의 의로움[13]에 미쳤으니 이러한 것은 모두 수염난 장부도 미칠 수 없는 것이니 아! 어질다고 할 수 있다.

숙인은 임오년(1762) 12월 1일에 풍계의 옛집에서 죽었다. 계미 2월에 양주 율촌 지역 동남쪽을 향한 언덕에 장사지냈다. 실로 진사공과 유유인의 무덤 옆이다. 사경의 벼슬은 군수이고 1남 2녀를 두었다. 큰딸은 이돈에게 시집갔고 둘째는 이몽언에게 시집갔다. 아들은 순행인데 부사 어사충의 딸에게 장가들어 1남 1녀를 낳았다. 숙인이 죽을 때 순행은 신체의 일부를 떼어 부모님의 목숨을 잇고자 하였으니 따라 죽어 아름다운 덕을 이으려는 생각이 있었다. 다만 문자에 의탁해 이것을 도모하고자 하였으니 정성스럽고 간절하다.[14] 내가 비록 글을 잘 짓지는 못하나 정황은 구양수가 매성유의 처에게 써준 것과 어찌 다르겠는가? 차마 인색하지 못하여 이에 명을 짓는다.

서산의 집은 깊숙이 못가에 있는데
숙인은 제사를 정결하게 지냈고
남편은 친구들과 여기에서 거문고 켜며 술을 마셨다.
사방의 가르침이 세워지지 않고 나라의 교화는 날로 무너졌는데
우뚝하니 벗어났으니 어찌 다만 아녀자에 국한되리오?

---

11 상순(祥順) : 선량하고 온순함.
12 현연(泫然) : 눈물을 줄줄 흘리는 모양.
13 현회(顯晦) : 벼슬살이함과 은둔함.
14 정중(鄭重) : 정성스럽고 간절함. 소중히 여김. 신중함.

스스로 언어가 용모가 온순하여 깊은 아름다움을 떨치고
삼가 일을 우러르니 내치(內治)에 향기가 있었다.
남편에게는 좋은 내조자였고 아이에게는 훌륭한 스승이었으며
가족과 이웃에게 은혜를 베푸니 모두 노래를 부를만하다고 하였다.
덕에는 처음과 끝이 있었는데 수명은 어찌 짧았는가?
이남(二南)에서 아름다움을 칭송할 때 오래살고 일찍 죽는 것으로 하지는 않는다.
비록 국사에는 없지만 동관에는 있을 것이니
곤도가 떳떳하여 이에 명을 새기고 시를 짓는다.
무덤에 남길 만한 자질이 되지 못하는 어리석은 자가 글을 남긴다.

해제　김창흡의 친척 김시보의 아내 남원 윤씨의 묘지명이다. 남원 윤씨(1716 ~1762)는 윤항의 딸이다. 시어머니와 시어머니의 동서를 섬긴 일과 안동 김씨 집안의 거처였던 청풍계를 지키며 가꾼 일, 남편으로 하여금 <귀거래>를 지어 외우도록 권면한 일, 자식들에게 '직(直)'과 '방(方)' 두 글자를 주어 경계한 일 등이 서술되어 있다.

정경부인 상주 황씨 묘지명
貞敬夫人尙州黃氏墓誌銘

　부인의 성은 황씨이고 본관은 상주이다. 광해조의 훈신 좌찬성 상산군 황효원의 7대손이다. 증조는 황우한인데 대사헌을 지냈다. 할아버지는 황정영이고 아버지는 황연인데 풍천부사를 지냈다. 어머니는 문화 류씨이다. 황씨 부인은 수양 오씨에게 시집가 형조판서를 지내고 영의정을 추증 받은 충정공 오두인[15]의 계비가 되었다. 부인은 공보다 16년 뒤인 갑신년(1704)4월 18일에 집에서 돌아가셨으니 향년 59세였다. 부인은 영민하고 아름다웠으며 도리를 알았고 베푸는 데 힘썼다. 부지런히 몸소 힘쓰고 민첩하게 일을 맡아하였으며 은혜로움으로 다른 사람을 여유 있게 대하였다. 처음에는 딸로서, 중간에는 며느리로서, 나중에는 어머니로서 한결같이 바른 도를 행하는 데 게으르지 않았다. 자식을 정성스럽게 기르고 집안을 다스리는 것을 반듯하게 하여 내외 사람들이 의지하러 오지 않는 사람이 없었다. 이에 아름다운 명성이 널리 퍼졌으니 한 집안에서만 통하는 사사로운 말이 아니다.

　심지어 큰 마을을 다스리는 것을 도울 때는 사사로움 없이 청렴결백하게 좋은 자리에서 처신하였다. 이어서 왕실과 혼인을 맺었으나[16] 얼굴빛을 바로하고 뇌물이나 청탁이 들어오는 샛길을 막았다. 자신이 낳지 않은 자식들을 대우하는 데 자신의 자식과 조금도 후박한 뜻을 두지 않았으니 이것은 더욱이 다른 사람들이 따라 하기 힘든 것이었다. 어찌 이른바 거스르지도 않고 구하지도 않는 사람이라고 하지 않겠는가? 그러

---

15 오두인(吳斗寅) : 1624~1689. 본관 해주, 자 원징(元徵). 호 양곡(陽谷). 시호 충정.
16 아들 오태주(吳泰周)가 현종의 셋째 딸 명안공주(明安公主)와 결혼하였다.

나 또한 그보다 크게 드러난 것이 있다. 기사년 변란에 공이 장차 항소하려고 하였는데[17] 여러 사람들이 모두 두려워했다. 그러나 부인은 홀로 의연하게 동요되지 않으며 말씀하시길,

"대장부는 나라를 위해 몸을 허락하니 어씨 재앙을 두려워합니까?"

라고 하였다. 마침내 큰 화를 당하자 말씀하시길,

"따라 죽는 것은 쉽다. 그러나 차마 여러 자식들이 위태로운 것을 보지 못하겠다."

라고 하며 오랜 세월동안 고생하며 힘쓰고 어린 아이들을 보호하며 몸은 야윈 채 도리를 끝까지 다하였다. 마침내 하늘의 해가 다시 밝아져 곤위가 다시 서고 정려가 행해져[18] 공과 부인의 운명이 이에 정해졌다. 그러니 애당초 공에게 의로움을 취할 것을 권면한 것은 왕장의 처의 현명함보다 더하지 않은가? 아아! 어찌 현명하지 않은가?

공은 양성에 장사지냈는데 원배와 같은 무덤을 쓰지 못했다. 부인은 미리 명을 내어 예를 어겨 합장하지 못하게 했다. 그래서 여러 자식들이 감히 어길 수 없어 이에 광주의 월곡 남쪽을 향한 언덕을 정해 6월 6일에 장사지냈다. 부인은 전에 정부인에 봉해졌는데 나중에 공이 추증됨에 따라 정경부인으로 봉작이 더해졌다. 공은 3번 장가를 들었다. 원배는 민씨이고 아들 관주가 있는데 생원이며 딸은 부사 남택하에게 시집갔다. 두 번째 부인은 김씨인데 아들 하나를 두었으니 부정을 지낸 정주이다. 딸은 계례를 치르지 못하고 일찍 죽었다. 부인은 3남 4녀를 두었다. 아들 태주는 현종대왕의 딸 명안공주와 결혼하여 해창위에 봉해졌다. 좌랑을 지낸 진주와 이주가 있다. 사위는 군수 김창열과 부제학 최창대와 사평

---

17 부인의 남편 오두인(吳斗寅)은 기사년 5월에 인현왕후 민씨가 폐위되자 이세화·박태보와 함께 이를 반대하는 소를 올려 국문을 받고 의주로 유배 도중 파주에서 죽었다.

18 죽은 해에 바로 복관되고 1694년 영의정에 추증되었으며 파주의 품계사·의성의 충렬사 등에 배향되었다.

김영행과 대사성 이재이다. 명에 이른다.

건에는 체와 용이 있고 곤에는 동과 정이 있는데
서로 화합하여 배척하지 않으니 덕이 어찌 크지 않겠는가?
옛부터 <鵲巢> 편에서 부인의 덕을 칭송했는데 부인은 그것을 근본
으로 세웠다.
보통 사람들은 말류를 함부로 이야기하고 게으름을 편안하게 여기는데
아아! 부인은 인을 좋아하여 의로움에 힘써
자녀를 정성껏 기르고 가르치며 감독하였다.
엄숙함을 가까이 하고 아부하는 이를 멀리하니 그 아름다움이 넉넉
하였다.
남편은 편히 여기며 집안 사정을 잊었다.
마침내 순절하려고 하였으니 그 열렬함이 어떠한가?
자신을 닦아 피눈물을 흘리니 위태로운 집안이 이에 온전해졌다.
풀치마와 짚신으로 평생을 마쳤는데
본말이 이에 온전해졌으니 아아 그 어짊이여!
글을 다듬어 사실을 기록하여 황천에 들여놓고자 하니
공의 열렬함과 더불어 오래도록 전하기를 바란다.

|해제| 오두인의 세 번째 부인인 상주 황씨의 묘지명이다. 오두인이 인현왕후 민씨 폐위에 반대하는 소를 올리려고 했을 때 부인이 동요하지 않고 남편이 소신껏 자신의 뜻을 펴도록 했던 사실이 부각되어 있다. 결국 남편 오두인은 국문을 받고 유배가는 도중 죽었는데 부인은 이후 어린 자식들을 보호하며 끝까지 도리를 다했던 의연한 여성이었다. 김창흡은 부인의 어짊이 남편의 열렬함과 더불어 오래 전하기를 바라는 내용의 명을 지었다.

조카딸 조씨 부인 묘지명

姪女趙氏婦人墓誌銘

유인 안동 김씨는 영의정 김수항의 손녀이고 진사 김창업 대유의 딸이다. 13세에 어머니를 잃고[19] 15세에 조씨에게 시집갔다. 도사 조인수가 시아버지이고 진사 문경 조숙장이 남편이다. 시집간 지 16년 만에 죽었으니 겨우 30세였다. 유인이 자랄 때 집안에 여러 재앙을 만나 놀라고 근심스럽게 곡하며 하루도 얼굴을 펼 날이 없었다. 여자 아이들이 즐기는 이른바 궁궁이 난과 얼굴 꾸미는 것과 잔치 등을 처음부터 이러한 것들이 있는지도 모르고 자랐다. 남편을 만난 후 편안하게 복을 누리기를 바랐는데 아아! 명이 짧았구나.

유인은 뛰어나고 준걸한 자태가 있어서 씩씩한 남자의 기상이 있었다. 총명하게 분별하고 강개하여 의로서 남편을 권면하고 남들과 즐기는 것을 좋아하지 않았다. 종종 눈썹을 찡그리고 마음속의 말을 하며 서로 기뻐했는데 그들의 활달함을 보면 마치 담과 벽이 없는 것 같았다. 그러나 능히 윗사람을 대접하는 것을 공경하게 하고 재물을 취하는 것을 따져 만일 옳지 않은 것을 알면 조금도 몸에 가까이 하지 않았는데 죽음에 미쳐서도 이처럼 생각했다. 일찍이 자기의 것을 덜어 다른 사람을 여유있게 하는 것을 즐거움으로 삼았고 눈앞의 솥과 창고가 아침이면 찼다가 저녁이면 텅 비는데도 모든 것을 기쁘게 베풀었다. 남편 숙장이 풍운이 있어 여러 선비들과 밤낮으로 문회를 여는 것을 좋아했는데 유인은 장신구 등을 팔아 차와 과일을 제공하면서 아까워하지 않았다. 이 때문에

---

19 1693년 이씨 부인이 죽었다.

집안이 더욱 쓰임이 많아져 안으로 궁핍한 것이 몇 년 되었다. 또 여러 번 아이가 태어나고 여러 번 상을 당해 마음을 다스리지 못했는데 하루 아침에 몸을 침상에 맡기고 의원에 의지해 궁함을 호소하였다가 마침내 죽었다. 이것이 숙장이 매우 애도하는 바이다.

유인의 어머니 완산 이씨는 종실 익풍군 이속의 딸이다. 순수한 덕이 있었으나 40세를 살지 못했다. 또 다산하였으나 얼마 기르지를 못해 딸은 유인이 있을 뿐이다. 대유가 이것을 가련하게 여겨 어루만지며 기도함에 정성을 다하지 않음이 없었다. 그런데 어찌 그 어머니의 명을 닮았는가? 게다가 또 거기에도 미치지 못했는가? 아아, 이것이 더욱 슬프다. 유인이 죽은 날은 경인년(1710) 8월 19일이다. 장례는 10월 모일에 치렀고 그 땅은 장서 모향의 언덕이다. 두 아들을 남겼는데 큰아들은 9세이고 작은 아들은 2세이다.

대유는 내 동생이다. 나는 유인을 자식처럼 돌보지 못하여 높은 산과 절벽에 한이 맺혀 있다. 그러니 한 마디 말로 슬픔을 씻어내지 못하는 것을 차마 할 수 있겠는가? 장례에 눈물을 흘리며 글을 지어 무덤에 묻도록 하니 또한 대유와 숙장이 원하는 바이다. 명에 이른다.

서른 해 사는 동안 울고 부르짖으며 산 때가 많았다.
그러다 땅에 묻히니 슬픔이 어떠한가?
바라건대 썩지 말고 기걸한 기운이 빛나기를.
매번 뭇 남자의 뜻이 있었으니
애오라지 이 말로 슬픔을 막는다.

┌──┐
│해│ 질녀 조씨 부인의 묘지명이다. 김씨 부인은 김창업의 딸이며 조숙장의
│제│ 아내이다. 시집간 지 16년만인 30세에 죽었다. 이 조카딸은 준걸한 남자
└──┘
의 기상이 있었고 남에게 베풀어주는 것을 좋아했다고 한다.

숙인 청풍 김씨 묘지명
淑人淸風金氏墓誌銘

　나의 친구 태복 판관 홍사익은 아내 숙인 김씨를 정해년(1707) 7월 27일에 여의고 9월 11일에 양주 지평구 남서쪽을 향한 언덕에 장사지냈는데 부인이 남긴 네 딸을 안고 시간이 지날수록 애도함이 더했다. 친구는 나에게 한 마디 무덤에 넣을 말을 얻어 산 자와 죽은 자를 위로하기를 원했다. 나는 슬퍼 차마 사양하지 못하고 행장을 살펴보았다.

　숙인은 청풍 대성으로 기묘년의 명현 대사성 김식이 혈통이다. 증조 김육은 영의정을 지냈고 할아버지 김우명은 청풍부원군을 지냈다. 아버지 김석익은 한성부좌윤을 지냈고 어머니 파평 윤씨는 제용정 윤협의 딸이다. 병오년(1666) 7월 9일 숙인을 서울 집에서 낳으셨다. 사람됨이 온화하고 맑고 고요하며 어려서 옛 가르침을 익혔고 언어와 행동이 규범을 잃지 않았다. 좌윤공이 항상 하늘에서 학문을 타고나 되풀이하여 훈계하지 않아도 된다[20]고 칭찬하였다. 사익에게 시집보내니 사익의 이름은 중건이고 아버지는 홍만용[21]으로 판서 벼슬을 지냈다. 할아버지 홍주원[22]은 영안위인데 호는 무하당으로 판서공이 큰아들이다. 이른바 '무하

---

20 신계(申戒) : 되풀이하여 훈계함.

21 홍만용(洪萬容) : 1631(인조9)~1692(숙종18). 본관은 풍산. 1662년 통덕랑으로 정시문과에 장원급제하여 지평, 정언, 교리, 이조참의 등을 역임하고 1675년에 대사간이 되었으나 1676년 인선왕후의 대상(大祥) 때에 크게 취한 죄로 파직되었다. 1680년 경기도 관찰사를 거쳐 이듬해 대사헌이 되었다.

22 홍주원(洪柱元) : 1606(선조 39)~1672(현종 13). 본관은 풍산(豊山). 자는 건중(建中), 호는 무하당(無何堂). 대사헌 이상(履祥)의 손자로 예조참관 영(靈)의 아들이며, 어머니는 좌의정 이정구(李廷龜)의 딸이다. 1623년(인조 1) 선조의 딸 정명공주(貞明公主)에게 장가들어 영안위(永安尉)에 봉하여졌다.

당'이라고 하는 것은 여러 아들이 궁에 함께 거한다는 뜻이다. 숙인이 이 가문에 시집와 매일 정명공주[23]를 모셨는데 무릇 그 곁에 늙고 젊은 동서들이 방에 가득했다. 그런데 공주가 다만 숙인을 칭하여 말씀하시길,

"어질도다. 이 며느리여."

라고 하셨다.

한 번은 궁궐에 들어가 명성왕후[24]에게 절을 하니 왕후가 여러 번 부인의 덕스런 얼굴을 칭찬하여 말씀하시길,

"아름답도다. 나의 조카여"

라고 하셨다.

대저 유순한 모습이 법도에 가득한 것은 스스로 특별한 인륜이 있기 때문이다. 기쁘고 화나는 것이 얼굴에 드러난 적이 드물고 화려하고 사치한 것이 눈에 미치지 않았다. 집안일을 부지런히 하고 학문에 민첩했으며, 자신을 간략하게 하고 은혜를 두루 베풀며 어짊으로 다른 사람을 품고 남편을 공경함으로 대우하였으니 무릇 집안에서 본받을 만한 것을 다 서술할 수가 없다. 다만 사익을 위해 힘쓴 한 마디가 매우 고상하여 나도 실로 세 번 반복해서 덕 있는 말씀을 암송하였다. 사익은 일찍이 여러 차례 과거 시험에 낙방해 실망하는 얼굴을 하였는데 숙인이 경계하여 말하길,

"대저 선비된 자가 성현의 책을 읽는 것은 성현의 도를 배우고자 해서일 뿐입니다. 어찌 득실을 가지고 내 마음을 묶을 수 있겠습니까? 하물

---

23 청풍 김씨 부인의 시할머니가 된다. 정명공주는 인목대비의 맏딸이고 서궁사건으로 죽은 영창대군의 누나이다. 송시열이 쓴 <貞明公主墓誌>가 있다. 『송자대전』 권187.

24 명성왕대비(明聖王大妃)를 말한다. 청풍 김씨 부인의 고모이다. 1642(인조 20)~1683(숙종 9). 조선 제18대 왕 현종의 비. 본관은 청풍(淸風). 아버지는 영돈녕부사 청풍부원군(淸風府院君) 김우명(金佑明)이다. 1651년(효종 2) 세자빈(世子嬪)에 책봉되었고, 1659년(현종 즉위년) 왕비에 책립되고, 1683년 12월 5일 창경궁의 저승전(儲承殿)에서 42세로 승하하였다.

며 지금 세상의 도리는 위험하니 벼슬의 급제를 귀하다고 하기에 부족합니다"

라고 하니 의론에 탁월한 것 이것은 대장부가 미치기 어려운 바인데 이것이 아녀자의 입에서 나왔다.

아! 오늘날의 유학자 가운데 성명을 터득하고 온몸을 닦느라 분주한 사람은 다만 과거가 있음만 알고 이 밖의 일은 알지 못한다. 아버지가 가르쳐야 자식이 본받고 하늘이 무너지면 바람도 따라서 없어지는 이치가 오래되었다. 게다가 여자가 지키는 것 중에 소견을 따르는 것은 적다. 영화와 이익의 한계를 넘어 내외의 분별을 확실히 하는 것은 오직 숙인이 이처럼 아름다운 견식이 있기 때문이다. 세상의 미혹함을 경계하고 선비의 뜻을 넓히는 것은 계명[25]의 '서로 경계한다'는 말에서 보았다. 그 발자취가 크고 광활하니 마땅히 동관[26]에 기록하여 뒷사람에게 권면해야 하는데 세상에 유향[27]이 없으니 그것이 애석하다.

숙인은 이미 결혼하고 나서도 부모를 사랑함이 깊어 부모님의 집과 담장을 이어 집을 지었다. 상을 당하자 백토를 만들었고 또 장사를 따르고자 하였는데 죽었으니 과연 그 말과 같다. 부인의 무덤은 좌윤공의 무

---

25 계명매조(雞鳴昧朝) : 어진 아내의 내조. 애공(哀公)이 여색에 빠지고 태만하자 그의 어진 왕후와 정녀(貞女)가 경계하여 서로 도를 이루었음을 읊은 시이다. 어진 왕비가 군주의 처소에서 군주를 모시고 있으면서 날이 새려고 하면 반드시 군주에게 "닭이 이미 울었으니 조정에 신하들이 가득 모였을 것"이라며 일찍 일어나 조회를 보게 한 것이다. 실제로는 닭울음이 아니라 창승의 소리였으니, 어진 왕비가 늦을까 염려하는 마음에서 비슷한 소리만을 듣고도 닭의 울음이라 여긴 것이다. 『시경』「제풍(齊風)」<계명(雞鳴)>, "雞旣鳴矣, 朝旣盈矣. 匪雞則鳴 蒼蠅之聲"

26 동관(彤管)은 붉은 빛의 붓대. 또 그 붓이다. 후궁에서 기록을 맡은 궁녀가 썼다. 여기서는 고대에 후부인(后夫人)의 공과(功過)를 기록하던 여사동관(女史彤管)의 전통이 사라졌다는 뜻으로 쓰였다.

27 유향(劉向) : 『열녀전(列女傳)』의 저자. 열녀전은 본래 8편 15권이었는데 송나라 방회(方回)가 7권으로 간추렸다. 모의(母儀)·현명(賢明)·인지(仁智)·정신(貞愼)·절의(節義)·변통(辯通)·폐얼(孽) 등 7항목으로 나누어, 각 항목마다 모범이 되는 사례를 실었다.

덤과의 거리가 오 리 정도로 가깝다. 순수하도다. 효성스러움이여! 내가
또 부인을 슬퍼한다.

　명에 이른다.

　진펄의 연꽃은
　진흙에 있어도 더럽혀지지 않는다.
　이슬 위의 매미는
　씻기어 허물을 벗는다.
　여인이 홀로
　세상을 소생하였다.
　머무는 것을 인색히 여기지 않아
　하루아침에 가버렸다.
　그 옆에서 그리워하며
　언덕에 묻는다.
　명을 새겨 아름다움을 기술하니
　영원히 가리어지지 않기를 바란다.

┌──┐
│해│　　김창흡의 친구 홍중건의 아내 숙인 김씨의 묘지명이다. 김씨 부인은 정
│제│　　명공주의 손자며느리이기도 하다. 김창흡은 숙인 김씨가 남편에게 했던
└──┘
따끔한 충고를 중점적으로 이야기하며 남성도 갖기 어려운 식견을 가졌다고 평
가하고 있다.

숙부인 청송 심씨 묘지명
淑夫人靑松沈氏墓誌銘

부인의 성은 심씨이며 본관은 청송이다. 증조는 심대형인데, 성균관 진사를 지내고 병조참판을 추증 받았다. 할아버지 심인은 함경도 관찰사를 지냈다. 아버지 심서견은 원주목사를 지냈다. 부인은 김씨 집안에 시집가니 진사를 지내고 참판을 추증 받은 김성우의 맏며느리가 되었다. 감사인 김시걸[28], 자는 사흥의 아내이다. 부인은 50세인 신묘년(1711) 정월 6일에 서울의 집에서 죽어 4월 15일에 홍주 조휘곡에 합장하여 장사 지냈다. 2남 4녀를 두었는데 큰아들 영행은 참봉이고 둘째 아들은 정행이다. 딸은 현감 조경명[29]과 참봉 박필언, 사인 조명우, 맹숙서에게 시집 갔다. 손자 이건과 이명은 영행의 자식이고 나머지는 어리다. 이정은 정행의 자식이다. 조경명은 아들 재건이 있다.

부인의 사람됨은 어질고 자상하며 관대하였다. 절도가 일찍 이루어져 어머니 황숙인을 곡할 때 이미 슬픔이 곡진하다고 소문이 났다. 시어머니 윤부인을 섬기는 데 한결같은 뜻으로 따르고 복종했다. 일찍이 사사로운 재산을 소유하지 않았고, 장례를 치르는 데 정성을 다했다. 먼 타향 장기가 심한 곳에서 변고가 일어났으나 빈소를 만들고 시신에 쓸 물건

---

28 김시걸(金時傑) : 1653(효종 4)~1701(숙종 27). 본관은 안동. 자는 사흥(士興), 호는 난곡(蘭谷). 광현(光炫)의 증손으로, 할아버지는 수인(壽仁)이고, 아버지는 성우(盛遇)이다. 어머니는 윤형성(尹衡聖)의 딸이다. 이조정랑, 전라도 관찰사, 대사간 등을 역임하였다. 조현명의 맏형인 조경명(趙景命)의 장인으로 조씨 집안과 관련이 있었다.

29 조경명(趙景命) : 1674(현종15)~1726(영조2). 본관은 풍양(豊壤). 자는 군석(君錫), 호는 귀락정(歸樂亭). 도사 조인수의 아들이며, 좌의정 조문명, 영의정 조현명의 형이다. 대사간을 지냈다.

에 유감이 있지 않게 하였다. 제사를 지내는 일[30]은 더욱 삼가고 힘써 죽을 때까지 게으르지 않았다. 매번 조상의 은덕에 보답하는 뜻으로 어리석고 어린 아이들을 가르쳤다. 한번은 화려한 수레[31]가 이르고 풍성한 봉양을 받자 눈물을 흘리며 말씀하시길,

"옛날에 항상 부족했는데 지금은 여유가 있다. 효도를 이처럼 돈독히 했다면 좋았을 것이다."

라고 하였다.

과부가 된 이후 몸을 상하는 데 이르렀고, 뼈가 튀어나올 정도로 몸이 말랐다. 3년 이상 과연 먹지 않았고 상일을 맞아 하는 곡은 이웃 사람들을 감동시켰다. 감사에게 동생이 있는데 간성의 수령 사경 김시보이다. 부인이 그를 매우 삼가며 대하여 사경이 의복과 거마[32]를 나눌 때에는 반드시 부인의 두 아들을 먼저 생각하였고, 제사를 받들고[33]우애를 지켜 집안의 대소사를 번번이 물어서 행하였다. 동서 윤숙인과 항상 틈이 없이 지냈으니 윤부인이 유씨 동서와 한 것과 마찬가지여서 사람들이 두 세대에 '종학'이라고 하였다. 사홍은 권원 문충공의 현손이다. 어짊과 효도로 이름이 났고 면면히 없어지지 않다가 부인에 이르러 아름다움에 짝하고 빛남을 이은 것이 이와 같다.

아아 성하다! 나와 사홍은 친족으로 거리낌 없는 사이이며 정으로는 친구와 같다. 부인의 규방에서의 아름다움에 익숙하고, 형수와 시아주버

---

30 빈조(蘋藻) : 네가래와 개구리밥. 문왕의 교화를 입어 대부의 아내가 제사를 잘 받들고 법도를 잘 따름을 읊은 시경의 구절. "于以采蘋, 南澗之濱" -『시경(詩經)』, 「채빈(采蘋)」.

31 어헌(魚軒) : 제후의 부인이 타는 어피(魚皮)로 장식한 수레. 전하여 귀부인이 타는 수레. -『詩經』, 「衛風」, <碩人>. 『左傳』, 「閔公」 2년 조에, "부인에게 어헌을 보내다. [歸夫人魚軒]"라 하였고, 그 주에 "어헌은 부인의 수레인데 어피(魚皮)로 꾸몄다."라고 되어 있다.

32 복어(服御) : 천자가 사용하는 의복과 거마 등.

33 황벽(皇辟) : 죽은 남편의 제사를 지낼 때 사용하는 경칭. 『예기』 「곡례 하」, "祭王父曰 皇辟考 …… 夫曰皇辟."

니 관계처럼 모든 것에 편안하니 또한 어찌 반드시 나열하겠는가? 게다가 사경이 행장을 기술한 것이 자못 상세하니 모두 싣기가 어려워 간략하게 다듬어 보내어 무덤에 묻게 하고 마침내 이른다. 명에 이른다.

집에서 어질고 효도하던 것을
며느리가 되어도 바꾸지 않았다.
위로 명석한 시어머니 계시니
뜻을 맞추기가 더욱 어려웠을 것이다.
나의 순종과 덕을 지녀
뜻을 얻지 못함이 없었다.
두루 사랑하고 베풀어
곤도의 화합을 이루고
여러 가족들을 여유있게 대하여
화합을 얻었도다.
몸이 다할 때까지 백토를 덮으니
그 얼마나 열렬한가?
아름다운 일 한 두 가지가 아니나
내가 그 대략을 간추려
무덤에 글을 지어
후세가 이어 신칙하게 한다.

해제 │ 김시걸의 아내 청송 심씨의 묘지명이다. 김창흡은 김시걸의 동생 김시보가 지어온 행장을 바탕으로 이 묘지명을 지었다. 효성이 남달랐던 점과 남에게 관대하게 대했던 점에 대해 언급하고 있다.

큰형수 정경부인 박씨 묘지명
伯嫂貞敬夫人朴氏墓誌銘

나의 큰형님인 의정공의 아내 정경부인 박씨의 본관은 반남이다. 세상에서 이른바 반남성생이라고 하는 박상충이 선조이다. 증조는 박동언인데 사복시정을 지냈고 이조참판을 추증받았다. 할아버지 박황은 사헌부 대사헌을 지냈다. 아버지 박세남은 이조참판에 추증되었다. 어머니 전의 이씨는 이조참판 지암공 이행진의 따님이며 북병사를 지내고 영의정에 추증된 청강공 이제신의 4세손이다.

부인은 숭정 병술년(1646) 5월 9일에 태어났는데 5세에 고아가 되어 외갓집에서 자랐다. 지암공이 항상 무릎에 앉히고 사람들에게 말하길,

"이 아이는 남다른 관상을 가졌다. 만약 남자였다면 어찌 높은 재상이나 장수가 되지 않았겠는가?"

라고 하셨다.

16세에 우리 김씨 집안에 시집왔는데 네 가지 덕을 이미 갖추어 부모와 형제가[34] 축하하였다. 아버님은 성품이 깔끔하시고 엄하셔서 마음에 들어하는 사람이 적었고 어머님은 간명하고 엄숙하셔서 기쁘게 해드리기 어려웠는데 처음부터 끝까지 부인을 매우 마땅하게 여기셨다. 어머님은 병상에 오래 누워 계셔서 문을 여시는 날이 날로 줄어들어 무릇 수고로움을 대신하고 음식 장만하는 맏며느리의 책임과 의무가 더욱 무거웠다. 큰 재앙을 만난 이후로 많은 어려움을 감당하기 어려웠으나 부인은 마음을 다해 모든 것을 해내며 충성스럽고 올곧게[35] 자신의 몸은 돌보지도 않은

---

34 육친(六親) : 부모, 형제, 처자.
35 건건(蹇蹇) : 충성스럽고 올곧은 모양.

채[36] 김씨 집안을 위해 몸과 마음을 다해 애쓴 것[37]이 50여 년이었다. 부인은 병이 들자 함과 염할 도구를 갖추도록 하였는데 편안하게 웃으며 말하니 마치 길을 떠나는 사람이 준비하는 것 같았다. 이에 병신년(1716) 12월 6일에 돌아가시니 향년 71세였다.

부인은 장대한 몸과 고귀한 얼굴을 지녔으며 두 눈은 거울처럼 빛났으며 겉모습과 속마음이 깊고 넓으며[38] 모습도 마음 같았다. 넓은 도량으로 널리 사랑하여 특별한 경계가 없었다. 늘상 널리 베푸는 것을 생각하고 뜻대로 향하여 비록 창고를 기울인다 해도 아까워하는 것이 없었으며 나중을 위해 조금이라도 계산하여 남겨두지 않았다. 혼인과 상을 당한 사람을 우선으로 생각하며 마치 굶주린 사람들을 구해주듯 도왔다. 그래서 앞뒤로 의뢰하고 일을 묻는 자가 매우 많았으나 수고로이 돌보아주시고 내치지 않으셨으며 베풀어주고서도 잊어버리니 그 덕량이 이와 같았다. 시부모를 섬기는 데 애써 힘쓰고 정성을 다했던 것은 특히 존망이 전폐되는 중요하던 때에 더욱 드러났다. 깊은 산골짝에 살 때 거칠고 춥고 궁핍해 다시 살 방도가 없는 듯 했다. 아버님은 조상을 봉양하려고 서울 집을 팔아 끼니를 이었고, 어머님은 상황에 구애받지 않으시며 더욱 삼가 부지런히 제사 물품을[39] 마련하시며 고기와 생선이 조금이라도 신선하지 않으면 쓰지 않으셨고 또 방과 문지방 사이에서 밥을 짓는 것을 원하지 않으셨다. 부인은 능히 어머니의 뜻을 헤아려 주선하였고 비록 여름에 장마가 들어 길이 막혀도 시장 물건을 구하며 나중으로 미루지 않았다. 몸소 밤새 추운 마루에서 지새며 수저를 들지 못하던 때가 여러 번이었다. 그러나 간혹 명령이 엄격하고 신속하게 내려지면

---

36 비궁(匪躬) : 자신의 몸을 돌보지 않고 충성을 다함.

37 진췌(盡瘁) : 마음과 힘을 다하여 애씀.

38 동활(洞豁) : 깊고 넓음.

39 필분(苾芬) : 제물의 향기, 제사에 쓰는 물품.

신칙하며 맡아하고 또한 모든 것에 순종하여 한 가지도 얼굴에 드러내지 않았다. 매번 아버님이 사랑해주신 것을 감동하여 종신토록 슬퍼하고 그리워하였다. 항상 말씀하시길,

"아버님의 식사 시중을 들어 아버님이 좋아하시는 것을 알았다. 아버님은 항상 국을 덜어 주셨다."

라고 하며 일찍이 오열하며 눈물을 흘리지 않은 적이 없었다. 아버님이 바다섬에 계실 때 결별하는 편지를 보냈는데 삼가 상자에 담아두었다가 상을 치를 때 자신의 몸에 함께 묻도록 하였다.

아! 부인의 덕과 아름다움이 갖추어진 것이 대강 이러하다. 그 재주와 뛰어난 것은 바느질부터 술 담그고 장 담그는 것과 기억하고 증험한 일들, 귀신의 솜씨 같은 편지 쓰기 등 모든 것이 다른 사람을 뛰어났다. 심지어 일이 꼬이고 막혀 더딘 일들은 풀어 차례대로 하여 마치 대나무가 갈리고 물길이 터지는 것 같이 하였다. 그래서 시어른이 하고자 하시는 것을 말씀하시면 바로 행하고 일을 모두 끝낸 때가 되지 않았으면 공을 말하지 않았다. 어머님이 언젠가 크게 기뻐하시면서 여러 사람의 몫을 하니 족히 여걸이라고 하셨다. 그러나 부인은 단지 자신의 식대로 모든 일을 하지 않았다. 동서나 시누이들과 함께 의논하여 일을 하는데 자신에게 미치지 못하는 사람을 보더라도 항상 실수를 감싸주고 졸렬함을 덮어주었다. 여러 친척이 모이면 방에 빈 곳이 없을 정도였는데 그들의 시고 짠 식성, 느리고 급한 성격, 기질이 모두 달랐지만 한결같이 감싸 받아들여 어긋남이 없었다. 내외 친당 또한 마음을 다하여 남과 나의 구분이 없었다. 규문의 다스림은 관대하고 간명하여 시기하고 가혹하며 엄하지 않았다. 종마다 그들이 있을 곳에 있게 하고 몰래 그들의 기상과 규범을 살피되 두루 너그럽게 대하니 쇠미해져가는 세상에 있는 일이 아니었다. 그 인후함으로 집 구석구석까지 채우고 또 상서로운 복을 이끌어 후사에게 넉넉히 드리우기에 충분하였는데 아직 그러하지 못했다.

아! 성하도다. 나는 안동 김씨이다. 고려 태사 김선평이 시조이다. 아버지는 김수항인데 벼슬이 영의정에 올랐다. 어머님은 안정 나씨이다. 형님은 김창집[40]인데 당시 좌의정이었다. 몽와는 그의 호이다. 부인은 아들 딸 10여명을 낳았으나 많이 기르지 못하고 오직 2남 2녀가 장성하였다. 아들 제겸은 진사와 검정을 지냈다. 호겸은 종숙 창숙의 후사가 되어 나갔으나 일찍 죽었다. 딸은 민개수 현감과 민창수 생원 참봉에게 시집갔다. 제겸은 5남 3녀를 두었다. 아들은 성행이다. 준행은 호겸의 후사가 되었다. 원행 또한 종숙 숭겸의 후사가 되었다. 나머지는 어리다. 민계수는 1남 2녀가 있다. 아들은 어리고 딸은 조겸빈 진사와 정지익에게 시집갔다. 민창수는 1남 2녀를 두었는데 모두 어리다. 형님은 선산의 땅이 조짐이 다하여 제겸이로 하여금 장저 정자포 궁시동 묘향의 언덕을 가서 알아보게 하고 마침내 정유년(1717) 2월 17일에 부인을 장사지냈다. 장차 하관하려 할 때 창흡에게 지를 짓도록 명하였다. 명에 이른다.

반남 박씨 집안의 큰 사람이
우리 김씨 집안에 시집와서 덕으로 가문을 지켰다.
사람들과 더불어 근심하고 즐기며 자신을 돌보지 않았고
부지런히 살다가 이제 장서의 물가에 쉬고 있다.
명을 들여 어두운 곳을 두텁게 하니 아아 그 어짊이여.

---

40 김창집(金昌集) : 1648(인조 26)~1722(경종 2). 본관 안동. 자 여성(汝成). 호 몽와(夢窩). 시호 충헌(忠獻). 영의정 수항(壽恒)의 아들. 1689년 기사환국(己巳換局) 때, 부친이 관련되어 사사(賜死)되자 산중으로 들어가 은거하였다. 1694년 갑술옥사(甲戌獄事)가 일어나자 아버지 수항 형제의 관직이 복구되고, 그를 병조참의(兵曹參議) 등에 임명하였으나 거듭 사양하였다.

김창흡의 큰형 몽와 김창집의 부인인 반남 박씨의 묘지명이다. 박씨 부인(1646~1716)은 박세남과 전의 이씨의 딸이다. 김씨 집안에 시집와 50여 년간 맏며느리로서 집안 살림을 주관한 내용이 구체적으로 서술되어 있어 이 시대 종부의 책임과 역할을 자세히 알 수 있다.

유인 풍천 임씨 묘지명
孺人豊川任氏墓誌銘

자가 경화인 임유하는 나와 함께 경주 이씨에게 장가든 동서이다. 임군은 성품이 밝고 옛것을 좋아하였는데 뜻한 과업을 다 궁구하지 못하고 일찍 죽어 내가 매우 애석해하였다. 그의 딸은 김상사 수집의 아내가 되었다. 딸은 비록 글을 배우지 못했으나 행실이 규범에 들어맞으니 그의 아버지를 많이 닮았다. 그러나 또 일찍 죽었으니 아아! 애석하다. 수집은 점잖은 사람이다. 부부의 기질과 취미가 서로 어우러져 실로 거문고와 비파, 오리와 기러기처럼 지냈으며 살아서는 부인을 손님처럼 대했고, 죽어서는 마치 좋은 친구를 잃은 것 같았다. 말하길,

"다시는 나의 잘못을 경계할 사람이 없으니 시간이 흐를수록 애도함이 더욱 심해집니다."

라고 하며 이에 부인의 행실 무릇 수십 조항을 엮어 나에게 무덤의 지(誌)를 청했다. 나는 글을 모두 실을 수 없어 그 중요한 것을 간추렸다.

부인은 온화하면서도 곧았고 간략하면서도 거만하지 않았다. 사람에게 경계를 짓지 않았고 화려하게 꾸미는 것으로 다른 사람을 즐겁게 하지 않았으며 몸이나 마음이 모두 깨끗하고 천성이 조용한 사람이었다. 일찍 부모를 잃었는데 능히 어른처럼 슬퍼하였다. 모훈을 삼가 받들어 일찍이 교만한 태도를 짓지 않았고 동생을 돈독히 사랑해 일마다 이끌어 가르쳤으니 난초를 단 진귀한 사람이라 하더라도 부인과 맞선다면 부족할 것이다. 시부모 곁에서 편안히 살피며 심한 병이 들어도 혼정신성을 게을리 하지 않았고, 음식 올리는 것도 충실히 하여 부모님의 환심을 얻었고 집안일을 다스리는 데는 질서정연하였다.

경인년(1710)에 서울이 난리로 어지러웠는데[41] 유인이 능히 편모의 사랑을 끊고 호중으로 남편을 따라갔다가 마침내 병이 들어 죽었다. 혈육이 있지 않으니 더욱 슬프다고 할 만하다. 유인은 갑자년(1684) 6월 19일에 태어나 신묘년(1711) 4월 10일에 죽어 그해 6월 교하 신포 동남쪽을 등진 언덕에 장사지냈다. 경화의 아버지 임진원은 목사였고 할아버지 임규는 감사를 지냈는데 실로 풍천의 큰 성이다. 김수집의 아버지 김명규는 도사를 지냈고 할아버지 김유는 현령을 지냈다. 본관은 광산이다.

명에 이른다.

성품이 온화한 것이
그 아버지를 꼭 닮았다.
행실이 순수한 것은
그 어머니를 이은 것이다.
시집가서 행실을 바꾸지 않고
효성스런 며느리가 되었다.
생명이 어찌 짧은지
착한 도리를 갖추고 있건만.
도서와 책 속의
아름다운 여인이다.

<table>
<tr><td>해
제</td><td>김창흡의 동서의 딸인 풍천 임씨(1684~1711)의 묘지명이다. 임씨는 김</td></tr>
</table>

김창흡의 동서의 딸인 풍천 임씨(1684~1711)의 묘지명이다. 임씨는 김수집의 아내이다. 김수집이 부인의 행실을 가지고 와 김창흡에게 묘지명을 부탁하였다. 김창흡은 임씨 부인이 자신의 부모를 닮아 훌륭한 인품을 지녔다고 말하고 있다.

---

41 소설(騷屑) : 난리로 어지러워짐.

숙부인 노씨 묘지명

淑夫人盧氏墓誌銘

　부인의 성은 노씨인데 본관은 경주이다. 증조 노전은 통덕랑을 지냈고 할아버지 노팔원은 진사를 지냈다. 아버지 노협은 부사를 지냈고 어머니는 평택 임씨이다. 부인은 숭정 20년 정해(1647) 9월 12일에 태어났다. 15세에 안동 김씨에게 시집와 관찰사 김성적[42]의 아내가 되었다. 관찰공은 성품이 강직하여 허락하는 것이 적었는데 취향이 서로 화합하는 것이 단지 배우자에게 있었다. 심지어 공사간의 일을 처리하는 것이 확연히 담장을 두른 것처럼 정확했는데 이러한 것은 부인이 도운 것이 많았다. 공이 옥당[43]에 있을 때 화가 난 후궁모가 참람되이 사람을 해치고자 하여 헌관에게 가마를 부수게 하였는데 관리가 이 때문에 죽임을 당했다. 공이 임금님의 잘못을 강력하게 항소하여 말하길,

　"전하께서 관리에게 죄를 내린 것은 선왕의 법에 죄를 지으신 것입니다."

라고 하였다.

　당시 임금이 벽력같은 화를 내었으나 공은 굴복하지 않았다. 부인은 여유 있게 유배갈 차비를 하였는데 다행히 큰 벌은 면하였다. 부부가 함께 호남의 집으로 가서 기쁜 마음으로 십 무랑의 땅으로 즐거움을 삼으며 종신토록 지내려고 하였다. 이러한 처사는 배필로서 가진 큰 덕이 보

---

42 김성적(金盛迪, 1643~1699) : 본관 안동, 자 중혜(仲惠). 숙종 때 여러 관직을 거쳐 1698년 이조참의, 1699년 충청도 관찰사를 역임하고, 이어 대사간에 재임명되었으나 부임 도중 죽었다.

43 옥당(玉堂) : 홍문관(弘文館). 조선시대에 궁중의 경서(經書) · 사적(史籍)의 관리, 문한(文翰)의 처리 및 왕의 자문에 응하는 일을 맡아보던 관청.

통 사람보다 몇 배 높은 것이니 모범으로 삼아 새길 만한 것이다. 입후
한 아들 시정이 나에게 묘지를 와서 부탁하였는데 행장은 종질 시보가
지은 것이다. 그 말이 빛나고 일이 갖추어져 있고 아름다움이 드러나니
내가 무엇 다듬을 것이 있겠는가? 단지 요점을 추려 뽑았다.

부인은 단정하고 웃으며 말하는 것이 적었다. 어려서 부모님이 편찮
으셨는데 마음을 졸이며 하늘에 울며 기도를 하니 어짊과 효성을 하늘
로부터 얻은 것이 이와 같았다. 위대한 집안에 시집갔는데 시아버지 덕
산공은 위로 석인 심씨를 모시고 있었다. 동서들이 앞에 가득했으나 유
독 부인만을 아름다운 며느리라고 칭찬하였다. 시아버지가 돌아가고 시
어머니가 늙자 더욱 진심어린 봉양을 다했는데 자신의 배고픔과 추위를
잊을 정도였다. 음식 봉양[44]을 할 때 시어머니가 배부르기를 기다리는
것이 마치 어린아이를 돌보는 것 같았다. 시어머니가 돌아가시고 시동생
들이 어렸는데 어머니처럼 돌보아 주고 짝을 찾아 주었다. 또 자식을 기
르는 데 스승과 아내를 가려 주어 성취하는 바가 있게 하였다. 친척들과
화목하고 외손 제사를 성심껏 하며 모두 관찰공의 마음에 들게 하였다.
후사로 들어온 아들을 보살핌에 자기가 낳은 자식처럼 사랑하였다. 부인
이 성절(盛節)하지 않았을 때 묘지를 청하며 매번 나아가니 또한 보답하
기 어려운 덕이 있음을 알았다. 삼종지간에 처함을 생각하여 남은 유감
이 없었다. 관찰공은 단아하고 책 읽는 것을 좋아하여 움직이지 않고 하
루를 보냈는데 부인은 집안 일로 신경 쓰지 않게 하였다. 다른 사람들은

---

44 수수(滫瀡) : 고대 음식 중의 하나로, 녹말을 음식물에 섞어서 부드럽고 걸쭉하게 만든
음식. 뜨물. 부모에게 맛있는 음식을 올려 봉양하는 것을 가리킨다. 『예기』 「내칙」에 "그
맛을 내려면 대추, 엿, 꿀 등으로 달게 하고, 씀바귀나 부추는 햇것과 묵은 것을 섞어 쌀
뜨물로 매끄럽게 하거나 혹은 유지를 사용해서 입에 맞도록 한다. 그리고 반드시 시부모
가 입에 대는 것을 본 후에 물러가도록 한다. (棗栗飴蜜以甘之, 菫荁枌楡免薧, 滫瀡以滑
之, 脂膏以膏之, 父母舅姑必嘗之而後退.)"라는 구절이 있다. 이것은 며느리가 시부모를
섬기는 도리를 설명하는 대목이다.

공의 음식이 정결하고 의복이 깨끗한 것을 보았으니 부인이 살림을 꾸린 것에 힘입은 것이었다. 그러나 본분에 벗어난 것은 조금도 구차하게 얻는 것이 없었다. 여러 고을을 따라 맡았을 때 일찍이 살지고 좋은 물건으로 스스로를 윤택하게 한 적이 없으니 이 또한 어려운 일이었다. 엄숙함으로 스스로를 지키고 사물을 대함에 화목하게 하였고, 정숙함은 젊어서나 늙어서나 바뀌지 않았다. 진실로 남편을 돕는 것은 이에 더욱 드러나니 아마도 가장 마음을 쓴 것인데 내가 그 중의 하나도 제대로 기록하지 못했다.

부인은 계사년(1713) 정월 30일에 돌아가시니 향년 67세였다. 관찰공보다 15년 뒤에 죽었다. 공주 계곡 모향의 언덕에 부장하였다. 같은 해 모월모일이었다. 덕산공 수민은 효성으로 정려가 내려졌는데 문충공 선원선생의 자손이다. 관찰공의 형 도수공 성달은 시정의 생부이다. 시정은 세 번 장가들었다. 처음 부인은 송씨이고, 다음은 박씨이며, 다음은 이씨이다. 딸 둘은 박씨와 이씨가 낳았다. 부인은 4녀를 낳았다. 큰딸은 조연에게 다음은 조명형에게 다음은 이현보에게 다음은 진사 송필겸에게 시집갔다.

명에 이른다.

부녀자의 덕을 논할 때
순종함이 제일이다.
그 남편을 살펴
어렵고 편함에 맞게 처신하여
강직함으로 강직함을 잇고
구차하게 따르지 않았다.
이를 일러 순종을 잘 한다고 하는 데
부인에게 이것이 있었다.

생강과 계피처럼 맵고
돌과 쇠처럼 단단했다.
취향이 비슷하고
서로 돕는 바가 많았고
내외가 엄격하여
한결같이 규율을 지켰다.
간략하지만 눈살 찌푸리지 않고
풍성하지만 손을 놓지 않았다.
글은 빛나지 않더라도
평소의 말로 하여 꾸미지 않았다.
곤란함으로 생을 마쳐
비단 저고리 입지 못했다.
그 아름다움 없어지지 않도록
평안히 부장을 하고
검은 돌에 글을 쪼아
이 명을 아름답게 만든다.

해제   김성적의 아내 숙부인 노씨(1647~1713)의 묘지명이다. 노씨 부인은 남
편이 임금의 노여움을 사 유배를 가게 되었을 때도 담담하게 유배갈 차
비를 할 만큼 남편의 뜻을 잘 따랐던 여성이었다. 김창흡은 노씨 부인이 남편을
묵묵히 도왔던 점에 비중을 두어 묘지명을 작성하고 있다.

숙인 완산 이씨 묘지명
淑人完山李氏墓誌銘

　　내 친구 조정이[45]가 계배 이숙인을 강서의 관사에서 잃었는데 해가 오래될수록 슬퍼하는 마음이 더욱 심했다. 조정이는 이미 아내의 행실을 모아 엮어서 나에게 주며 아내의 묘에 지(誌)를 쓰도록 하며 거듭 재촉하였는데 해가 지날수록 더욱 간절하였으니 부부의 의가 매우 돈독하였다. 아! 사람이 태어나 고달픈 이가 열에 일곱 여덟 사람은 되는데 나 또한 그 중에 한 사람이니 조정이와 서로 부합하는 것이 많다. 가만히 생각하니 정이가 애도하는 이유는 아내의 아름다움을 받드는 마음이 앞서기 때문이 아니다. 매성유가 사씨를 기린 것은 그의 어짐에 마음으로 감복해서 그런 것이 아니었던가? 아아! 세상에 구양수[46]가 없고 나는 글재주가 좋지 않으니 어찌 마음을 다하여 이숙인의 아름다움을 썩지 않도록 드러낼 수 있겠는가? 장차 귀신같은 재주를 가진 사람을 기다려 도모하고자 하였으나 정이가 급하고 간절해 마치 조금도 기다릴 수 없는 듯하여 마침내 천리를 쫓아와 서석산[47]의 대나무 사이에 이르렀다. 함께 노

---

45 조정만(趙正萬, 1656~1739) : 본관은 임천(林川), 자는 정이(定而), 호는 오재(寤齋). 시호는 효정(孝貞). 송시열·송준길의 문하생, 1681년 성균관 유생이 되고 이듬해 유생을 이끌고 소두(疏頭)로서 윤증이 송시열을 배반한 사실을 비난하는 상소를 올렸다. 1694년 갑술옥사(甲戌獄事)로 서인(西人)이 집권하자 의금부도사가 되고, 1722년 신임사화(辛壬士禍) 때 벽동에 유배되었다. 1724년 풀려나와 호조참판이 되고 1735년 돈녕부지사를 거쳐 한성부판윤과 공조 형조의 판서를 역임, 중추부지사에 이르렀다. 경사백가에 정통했으며 시문과 서예에 뛰어났다. 김창협·김창흡 등과 친교가 깊었으며 문집에 『오재집(寤齋集)』이 있다.

46 북송(北宋) 때 문장가 구양수(歐陽脩)와 매요신(梅堯臣 : 자는 聖兪)은 서로 친하였다. 매요신은 아내 사씨(謝氏)가 죽은 후 구양수에게 부탁하여 집은 가난하였으나 살림을 잘한 사씨의 덕을 기렸다. 『文忠集』 권36, <南陽縣君謝氏墓誌銘>.

래하고 술 마시며 웃다가 모든 인연이 허무한 듯 마침내 한숨을 내쉬며
정이가 이숙인의 훌륭함을 말하였는데 행장에서 미처 다루지 못한 것이
니 이 어진 부인은 족히 헌걸한 지아비의 마음을 어찌하지 못하게 하기
에 족하다. 이에 나는 다시 미룰 수가 없어 마침내 행장을 살펴 엮는다.

숙인의 본적은 왕족에서 나왔다. 증조는 이경여이고 시호는 문정이며
영의정에 이르렀다. 할아버지는 이민장인데 목사를 지냈으며 참판을 추
증받았다. 아버지는 이진명인데 지금 종묘를 맡고 있다. 정이의 이름은
조정만이고 지금 벼슬은 능주 목사이다. 조씨는 가림의 큰 성씨이다. 참
판 죽음 조희일과 근수헌 조석형, 군수 조경망이 바로 3대이다. 숙인은
자애롭고 착하며 단아하고 조용하며 민첩하고 지혜로움을 두루 갖췄다.
어렸을 때부터 일을 맡아 하는 것이 분명하였으며 윗사람의 뜻을 잘 본
받았다. 16세에 조씨의 집에 시집가서 시아버지 군수공과 시어머니 류씨
를 섬기는 데 한결 같이 아름답게 했고 사소한 것도 헤아리고 뜻에 맞추
어 어질고 똑똑하다는 칭찬을 받았다. 숙인은 외동딸로서 친정집을 그리
워하는 마음이 있었다. 친정어머니 류씨와 외할머니 송씨를 받들어 시집
가까이에 오게 하여 여러 해 동안 담을 이어서 살았는데 서로 오가며 조
금도 어긋나는 것이 없었으니 시부모님께 인정을 받은 것을 여기에서
더욱 잘 알 수 있다.

연달아 양 부모님의 상을 당했을 때 무릇 상례에 쓰이는 것과 슬퍼함
에 최선을 다하지 않은 것이 없었다. 또 남편이 아팠을 때 정성을 다해
약과 먹을 것을 봉양하고 중간에 옷과 이불을 만들었는데 마치 철따라
필요한 것을 마련하지 못할까 걱정하였다. 지금 정이가 걸치고 있는 것
도 태반이 옛 상자에 쌓아둔 것이어서 정이는 매번 아내가 수고로움이
쌓여 병이 되었다고 말하며 번번이 눈물을 흘렸다. 정이와 친구가 글을

---

47 서석산(瑞石山) : 무진(武珍)에 있는 무등산(無等山)의 다른 이름.

주고 받으며 마음을 나누었는데 집에서 사사로이 하는 말을 들어보니 숙인이 경계함을 지킨 것이 많았다. 또한 정이로 하여금 과거에 급제하는 것[48]을 좇지 말도록 권하며 말하길,

"당신은 젊은 나이에 문장으로 세상을 울리고자 하시니 이는 명예를 많이 얻지 못하고 또한 복도 온전히 하기 어렵습니다. 어찌 일찍이 영화로운 길을 사양하고 깊은 굴 속에서 수명을 늘리는 것을 바라지 않습니까?"

라고 하였으니 그 식견이 밝은 것이 능히 이처럼 규방에만 제한되었던 것이 아니었다.

강서에 있을 때 삼가 집안을 지켜 조금도 정사에 누가 되지 않게 하였고 죽을 때에 임하여 민가에서 상례를 위해 추렴하는 것을 경계했다. 그런데 그 말이 매우 슬퍼 이웃 백성들이 감동하여 눈물을 흘렸다. 자식을 가르치는 데 엄격하였고 경거망동하고 게으른 것을 경계하기를 마치 증세를 따라 약을 처방하는 것처럼 하였다. 벗을 가려 사귀는 방법에 대해서 이야기 할 때는 화려하고 부드러운 것이 질박하고 곧은 것만 못하다고 했다. 부인은 취하고 버리는 데[49]있어 손익을 미리 짐작하였는데 그 말한 것이 나중에 모두 사실로 징험되니 이는 독서를 많이 한 남자들도 미치기 어려운 것이 있었다. 평소에 생활할 때 장엄하고 공경함으로 스스로를 지켰고 일찍 일어나 일을 하였으며 힘들고 나약함으로 게으름을 피우지 않아 아녀자들도 또한 감히 늦게 일어나지 않았으니 그 집안을 다스림이 구차하지 않았음을 이에서 알 수 있다. 무릇 숙인의 훌륭함은 이루 다 쓸 수가 없다. 나는 번잡한 것을 버리고 중요한 것만 간추려 이처럼 만드는 것에 만족할 따름이다. 그러나 안타깝고 슬픈 마음은 실로

---

48 공거(公車) : 과거 시험에 응시함.
49 종위(從違) : 복종함과 위배함, 취사(取捨).

말 밖에 있다. 정이는 마땅히 스스로 얻을 것이니 그의 깊은 생각의 만에 하나라도 과연 조금이나마 위로가 될 수 있을까?

숙인은 계묘년(1663) 1월 19일에 태어나 갑신년(1704) 8월 30일에 죽었다. 향년 42세였다. 10월 모일에 파주 혜음 동쪽을 향한 언덕에 장사지냈으니 이 곳은 선조의 묘이다. 원배 홍씨는 딸 하나를 두었는데 도사 이의진에게 시집갔다. 아들 명두는 진사이고 명익은 생원이며 명규와 명기가 있다. 딸은 윤집, 이덕현, 정홍상, 김상노에게 시집갔는데 모두 숙인이 낳은 자식이다. 명에 이른다.

네 가지 덕을 두루 갖추고 남편에게 순종한 한 부인이 있었다.
마땅하지 않음이 없었으니 신에게 위로를 받아야 마땅하다.
가정은 엄격하였고 아이들이 가득하였는데
어찌 일찍 죽어 끝없는 한을 맺게 하는가?
그 아름다움을 드러내지 않고 어찌 묻어둘 수 있겠는가?
고인을 슬퍼하며 무덤에 시를 넣는다.

해제 김창흡의 친구 조정만의 계배 완산 이씨의 묘지명이다. 김창흡은 조정만이 쓴 행장을 바탕으로 하여 묘지명을 지었다. 완산 이씨는 시부모를 극진히 모시는 동시에 친정어머니와 외할머니를 시집 가까이에 오게 하여 담을 이어 살며 외동딸의 책임을 다하기도 하였다. 완산 이씨는 남편이 과거 시험에 연연하는 것을 경계하였고 자식을 엄격하게 가르쳤으며 손익을 미리 계산하여 취사선택하는 등 식견이 밝았던 여성으로 그려지고 있다. 완산 이씨(1663~1704)는 이진명의 딸이다.

유인 함평 이씨 묘지명
孺人咸平李氏墓誌銘

    자교당 유공은 효성과 엄함으로 집안을 다스렸는데 나의 글에 대략 드러났다. 일찍이 당 아래에서 손을 들어 가르침을 받던 유인 이씨는 유공의 큰아들 참공 유광기의 아내이다. 유인은 순종함과 덕을 지녔는데 오래 살지 못했다. 시부모 봉양을 끝내지 못한 것을 임종할 때 한으로 여기고 네 아들을 불쌍히 돌아보며 어루만지고 죽었다. 이에 참봉군이 부인을 영원히 애도하며 땅 속에서 민멸되는 것을 차마 하지 못했다.

    유인은 함평이 본관인데 아버지 이화상은 통덕랑을 지냈다. 어머니 파평 윤씨는 군수 윤필은이 아버지이다. 통덕랑은 치엄의 둘째 아들인데 족부 지진의 후사가 되어 나갔다. 이 사람이 바로 용계의 처사 이영원의 자손이다. 치엄의 이름은 이지렴인데 학행이 있어 천거되어 벼슬이 청산 현감에 이르렀다. 유인은 어려서 총명하고 지혜가 있어 치엄의 슬하에서 『내칙』과 『여계』를 받아들였다. 시집 가서 시부모를 잘 섬기고 의법을 잘 받아들여 시할머니 송부인이 매우 마땅하게 여겨 대신 집안일을 맡기며 조금도 곁을 떠나지 않게 하였다. 자교당 또한 맑고 온화한 사람으로 소문이 났다.

    유인은 남편을 도와 한결같은 뜻으로 자신을 낮추고 삼갔으며 사사로이 이야기할 때에도 경계함이 많았다. 여러 자식들이 품에서 벗어난 후에도 가르침으로 구속하기를 늦추지 않았다. 며느리가 처음 집안에 들어왔을 때부터 가르치고 또 보석과 구슬 등을 지니지 말도록 경계하니 이는 아버지의 엄한 가르침이 미치지 않는 것이었다. 동서와 있을 때는 뜻에 꼭 맞게 하며 모두 조화롭게 지냈다. 미쁘고 즐겁게 하지 않음이 없

었고 성품 또한 베풀기를 좋아했다. 다른 사람과 있고 없고를 떠나 지내
고 간혹 곤궁하다고 하면 동이와 상자를 기울여 도와주었고 비록 자신
이 쓸 물건이라도 추호도 아깝게 여기지 않았다. 부인이 죽음에 친척들
이 모두 눈물을 흘리고 시간이 지날수록 슬픔이 줄어들지 않았다. 죽던
때는 경인년(1710) 7월 28일이었고 태어난 해는 갑인년(1674)이니 37세를
살았다. 양주 선산에 장사지냈다.

　네 아들은 언택·언익·언전·언상이다. 언전은 나의 손녀의 남편이
다. 화악산에 따라와 공부하였는데 집안의 아버지가 지은 행장을 가지고
와 무덤의 지를 한 마디 원했다. 나는 늙고 쇠락함을 들어 사양했으나
간절히 슬퍼하였다. 마침내 언전이 음식을 갖추어 차령을 넘어왔는데 보
니 유인의 손에서 나온 것이라 울컥 눈물이 흘렀다. 아! 옛날엔 친구 사
이였는데 지금은 사돈이 되어[50] 집안이 통하니 정의를 다시 말할 필요가
없다.

　마침내 명을 짓는다.

　아름다운 이씨 부인은
　숨어사는 선비의 자손이다.
　화목한 바탕에 시와 예를 보고 들어
　제사지내며
　유학으로 모였다.
　자교당은
　엄한 아버지로 가르치니
　위엄을 받들어
　새벽부터 저녁까지 열심히 따랐다.

---

50 주진지의(朱陳之誼): 중국 서주(徐州)에 주진촌이 있는데 주씨와 진씨 두 성만이 살면
　서 대대로 서로 혼인하며 화평하게 살았다.

시부모를 공경하고
어짊과 효성을 두루 갖추었다.
남편을 충심으로 도와
옛 노를 돈독히 하였도다.
옷깃 바로잡고 더욱 도우니
남을 순순히 돕는데
자신의 가난함은 잊은 듯했다.
어짊을 행하는 데 여유로웠는데
타고난 수명은 짧았다.
비록 오래 살지 못했지만
아름다운 열매는 남아 있다.
옛날에 시할머님을
편하게 모시니
"이 어진 며느리가
유씨 집안을 창성하게 한다."고 하셨다.
어쩌면 아들이 우거진 수풀 너머
차령을 왔으니
복은 후세에 있고
바탕은 그윽한 옥돌에 있도다.

해제　김창흡의 친구 자교당의 며느리이자 유광기의 아내인 유인 함평 이씨 (1674~1710)의 묘지명이다. 김창흡은 함평 이씨가 엄격한 가문에서 보고 배운 것이 많아 유인의 행실이 남다르다고 말하고 있다. 함평 이씨의 아들 유언전은 김창흡의 손자 사위이기도 하다. 이 손자 사위의 부탁으로 김창흡은 함평 이씨의 묘지명을 작성하였다.

조카딸 이씨 부인 묘지명
姪女李氏婦墓誌銘

유인 안동 김씨는 나의 다섯째 동생 창집[51] 경명의 딸이고 영의정을 지내신 아버님 김수항의 손녀이다. 어머니는 남양 홍씨인데 현령을 지낸 홍처우의 따님이다. 유인은 완산 이씨에게 시집을 가서 학생 이망지의 아내가 되었다. 망지의 아버지 이관명은 벼슬이 이조참판이었고 할아버지 이민서는 이조판서를 지냈는데 세상에서 서하공이라고 부른다. 유인은 경신년(1710)에 태어나 경진년(1730)에 죽었으니 겨우 21세를 살았다. 그해 5월 모일에 포천 쌍곡 서하공의 무덤 뒤에 장사지냈다. 7년 뒤 남편이 죽자 유인을 고양 성산에 이장하여 합장하였고 또 5년 뒤 신묘 2월 23일에 교하 모향의 언덕에 천장하였으니 그 곳은 시어머니 장부인의 무덤 옆이다.

유인은 바탕이 후덕하고 용모가 넉넉했고 겉으로는 여유가 있었지만 속은 민첩했으며 성품 또한 얌전하면서도 조리가 있었다. 무릇 바느질하고 술과 간장 담그는 여공 등을 모두 익히지 않고도 이롭게 했고 마음을 쓰고 물건을 대하는 데 경계를 둠을 보지 못했다. 할아버지와 부모를 섬기는 데 정성과 뜻을 순수하게 하였고 할아버지와 부모 사이에 조금의 차이도 없어 예전에 강보에 있을 때 아버님이 어루만지고 식견이 있다고 칭찬하셨다.

---

51 김창집(金昌緝): 1662년(현종 3)~1713년(숙종 39). 자는 경명(敬明), 호가 포음(圃陰), 본관은 안동(安東)이다. 김상헌의 증손이며, 김수항의 아들이다. 몽와 창집·농암 창협·삼연 창흡·노가재 창업이 형이고, 창립이 아우이다. 남양 홍씨 홍처우(洪處宇)의 딸과 혼인하여 아들 용겸(用謙)과 딸을 낳았고, 딸은 이망지(李望之)에게 시집갔다.

이를 갈 나이가 되어 어머니 곁에 있으면서 서찰을 들이고 대신 썼는데 뜻에 맞지 않는 것이 없었다. 10세에 기사화변[52]을 만났는데 능히 어른을 도와 슬퍼하며 삭일과 망일의 제전 올리는 것을 반드시 따라 참석하고 빠트리지 않았다. 어머님이 양산 무덤 아래 세셨는데 비방이 계속되어 위태로운 자리에 계시며 피눈물을 매일 흘리셨다. 우리 형제가 어머님의 뜻을 펴드리기 위해 자식들을 데리고 가 번갈아 가며 모시게 했는데 유인이 아버지를 따라 어머니 곁에 있는 날이 오래였다. 어머님이 편안히 여기시면서 말씀하시길,

"내 얼굴이 조금 평안해진 것은 오직 이 손녀 때문이다."

라고 하셨다.

간혹 승지사가 와서 엄하고 급하게 명령을 하면 비록 어른도 목이 붉어질 정도로 긴장했는데 유인은 여유롭게 태도를 바꾸지 않으며 더욱 부드럽게 대했다. 나는 속으로 그 아이의 도량에 감복하며 가히 스승으로 삼을 만하다고 생각했다. 그래서 어머님은 매번 '덕이 있는 손녀이고 복이 많은 며느리'라고 하셨다. 시집을 가서 과연 시부모님의 마음을 얻었고 내외의 가족 및 잉첩이나 종들과 화합하지 않음이 없었다. 그래서 그들이 유인의 죽음을 곡하고 슬퍼했는데 시간이 지나도 그리워했으니 유인의 순수한 마음이 인정받은 것을 증명할 수 있다. 유인의 덕스러운 마음은 백 가지 순조로운 보답을 받아야 마땅한데 이렇게 일찍 죽으니 이것을 나는 실로 이해할 수 없다. 우리 어머님이 덕을 칭하신 것도 명백하게 드러나지 않았으니 복에 징험되지 않은 것은 무슨 이유인가? 어찌 집안의 매운 화가 신의 이치를 어그러지게 하여 그런 것이 아니겠는가? 아! 신의 이치를 헤아릴 수 없구나.

---

52 기사환국(己巳換局) : 1680년(숙종 6)의 경신출척(庚申黜陟)으로 실세하였던 남인(南人)이 1689년 원자정호(元子定號) 문제로 숙종의 환심을 사서 서인(西人)을 몰아내고 재집권한 일을 가리킨다.

유인은 어렸을 때 아버지에게 글을 배워서 도리가 있음을 자못 알았으니 얻는 것보다는 비어 있는 것을 편안하게 여겼고 의롭지 못하게 구하는 것은 마치 더러운 것을 보는 것처럼 여겼다. 당시에 옷차림을 꾸미는 것이 끝이 없었고 세속에서 시부모를 섬기는 데 겉으로 꾸미며 드러내는 것이 많았다. 그러나 유인은 세속을 따르지 않으려고 굳게 마음먹고 그렇게 하였다. 무릇 알고 지키던 것들이 가정에서 배운 것이 있어 그런 것이 아니겠는가? 유인이 죽었을 때 경명이 찬술한 것을 가지고 가서 둘째 형님에게 유지를 청하여 형님이 허락하셨는데 그만 돌아가셨다.

아아! 집안에 유향이 있었으나 부도(婦道)를 거두어 주는 은혜를 입지 못했으니 이 또한 죽은 자의 궁박함이다. 만일 내가 이어서 해 준다면 없는 것보다는 나을 것이다. 그러나 머뭇거리며 지체하는 사이에 경명이 죽은 다음에 글을 지었다. 무릇 글의 자세함과 간략하고 성긴 것을 또한 어두운 곳에[53]둘 수가 없으니 이 때문에 내 마음은 더욱 찢어지는 듯하다.

유인은 아들 하나를 낳았으나 기르지 못했으니 강보에 있을 때 죽었다. 딸은 아직 계례를 치르지 않았다.

명에 이른다.

오래 살아야 마땅하고 복을 받아야 마땅한데,
이치는 어그러졌다.
부모님의 소원대로
혼백을 편하게 하는 곳으로 돌아갔다.
다시 옮겨서 확고히 하니
그 집은 오래토록 이어지리라.

---

53 명명(冥冥) : 어두운 모양, 무지(無知)한 모양.

해
제
  김창집의 딸 이씨 부인의 묘지명이다. 이씨 부인은 21세의 짧은 나이로
죽었다. 김창흡은 이 조카딸이 기사환국을 당했을 때 자신의 어머니 나
씨부인을 옆에서 잘 위로해드렸던 것과 여유 있게 일에 처신했던 점을 인상적으
로 서술하고 있다.

외손녀 이씨 광지
外孫女李氏壙誌

불쌍한 내 외손녀 이씨 딸은 안타깝고 슬프고 생각할 만하다. 손녀는 빼어나고 지혜로운 성품을 타고났으며 겉과 속이 맑았으니 어찌 옥이 규방을 비추고 수풀 아래 바람이 부는 것 같지 않았겠느냐? 비록 『여계(女戒)』와 『도사(圖史)』를 읽지는 않았지만 효성과 우애와 유순함이 묵묵히 합치하였다. 이에 홀로 한글로 기록된 패설을 읽고, 충신과 열사 가운데 숭상할 만한 옛사람의 기이한 절개와 위대한 행실을 읽고 채찍으로 삼기를 원했고, 난과 패물 보기를 티끌과 먼지처럼 여겼다. 점잖고 노숙한 태도가 있어 선조의 약을 살필 때는 어른보다도 걱정을 더하며 매일 세 번씩 안부를 하였다. 국상(國喪)[54]에 고기를 먹지 않은 것이 여러 날이었으니 옛날의 칠실녀(漆室女)[55]를 다시 보는 듯했다.

아아! 이와 같은 밝은 정신과 마음씀과 이와 같은 현명하고 맑은 성품과 행실로 깊은 규방에서 지내다가 마침내 한 줄기 검은 나무가 되었다. 또 장차 흰 배를 타고 여울물을 거슬러 높은 산 황망한 땅 속에 버려져 있을 터이니 누가 불쌍히 여겨 드러내겠는가? 뭇 뼈와 함께 묻혀 썩는 것 보다는 밝은 달에 머무는 것이 좋지 않겠느냐? 평생 너를 사랑한 사람은 70노인 삼연인데 병이 대자리에 몰려와 마음을 다스리지 못한다. 이에 겨우 몇 줄 짧은 글을 지어 무덤 앞에 넣으려 하는데 영령은 그러

---

54 알밀(遏密) : 군주의 거상(居喪).

55 칠실녀(漆室女) : 노 목공 때 임금은 늙고 태자는 어려서 나라가 몹시 위태롭게 되자 칠실 고을에 사는 여자가 이를 근심하여 슬피 탄식했다는 고사. 이에 나라 일을 근심한다는 뜻으로 쓰인다.

한 사실을 아느냐 알지 못하느냐?

지난 해 여름, 나는 화음에서 나와 너를 종남산 집에서 만났다. 노인의 지친 것이 심해 큰 평상 맑은 자리에 누우니 네가 내 곁에 있었다. 등잔을 설고 옛 기록을 읽기를 지치지 않았는데 매번 기이한 글이나 놀랄 만한 구절에 이르면 번번이 일어나 빙과(氷瓜)를 먹고 녹차를 마시며 답답함을 없앴다. 사람이 없어 고요하고 마침 수풀에는 나무가 맑고 우거졌으며 간혹 대자리 머리에 비가 흩어지면 지친 마음이 더욱 깨끗해졌다. 지금 생각하니 저승과 이승에 경계가 생긴 것이 아니라 신선이 되어 영원히 헤어진 것 같구나. 내가 일찍이 너를 화음동에 데리고 가서 너를 바위와 시내에서 놀게 하고, 너에게 시와 서를 가르쳐 주며 너의 영혼이 높고 운치가 높게 하며, 가히 깊은 이야기를 나누면 악착스런 여자들의 기운과 달라 싫증내지 않을 것이라고 생각했다. 그런데 그 약속을 여러 번 말했으나 마침내 함께 하지 못했다. 이것 때문에 네가 깊은 한을 품었으니 내가 어찌 차마 잊겠느냐? 생각하니 눈물이 흐른다. 이제 너의 처음과 끝[56]을 이으려고 하는데 영혼은 아느냐 알지 못하느냐?

해제 | 외손녀 이씨의 광지이다. 김창흡은 언젠가 외손녀를 데리고 화음에 가서 시서를 가르쳐 주고 함께 고담을 주고 받으며 손녀의 영혼과 운치를 높여 주고자 하였다. 하지만 그러한 약속을 지키기 전에 외손녀가 죽자 이 사실에 대해 매우 괴로워하고 있다. 총명했던 손녀를 잃은 할아버지의 참혹함이 묻어나는 글이다.

---

56 양단(兩端) : 어떤 일의 본말(本末)과 종시(終始). 여기서는 손녀가 태어나서 죽을 때까지의 생애를 말하는 것으로 보인다.

숙인 영월 신씨 묘표
淑人寧越辛氏墓表

　박사문 상보[57]가 자신이 지은 어머니 행실 한 통[58]을 나에게 주고 울면서 말하길,

　"나 필주는 하늘의 도움을 받지 못하여[59] 어머니와 생사가 같은 날이니[60] 죽을 때까지 한 가지도 죄를 갚을 수가 없네. 어머니의 평소의 아름다운 언행은 집안사람의 입과 귀에서 주워 모은 것인데 차마 민멸시켜 불효를 거듭 행할 수 없네. 원컨대 무덤의 비석을 지어 영원을 도모하기를 바라네."

라고 하였다.

　친구의 슬픔에 나도 크게 슬퍼 사양할 수 없었다. 이에 행장을 참고해 엮는다.

　신씨는 영월이 본관이다. 신응시[61]라는 분이 있는데 청렴한 명성과 곧

---

57 박필주(朴弼周) : 1665(현종 6)~1748(영조 24). 본관은 반남(潘南). 자는 상보(尙甫), 호는 여호(黎湖). 군수 태두(泰斗)의 아들이다. 1717년(숙종 43) 재상 송상기(宋相琦)의 추천으로 시강원자의(侍講院諮議)가 된 뒤 세자찬선(世子贊善)·이조판서·우찬성 등을 역임하였다. 영조 때 서원을 철폐한다는 사실이 알려지자 상소를 올리고 기자(箕子)·공자(孔子)·주자(朱子) 등 삼성인(三聖人)의 서원은 훼철하지 말 것을 청하였다. 시호는 문경(文敬)이다. 저서로는 『여호집(黎湖集)』·『독서수차(讀書隨箚)』·『주자왕복휘편(朱子往復彙編)』·『춘추유례(春秋類例)』 등이 있다.

58 박필주의 문집에 <先妣淑人辛氏墓記>가 있다.

59 불천(不天) : 하늘의 도움을 받지 못함.

60 박필주를 낳고 어머니가 바로 죽었다.

61 신응시(辛應時) : 1532(중종 27)~1585(선조 18). 본관은 영월(寧越). 자는 군망(君望), 호는 백록(白麓). 아버지는 부사 보상(輔商)이다. 백인걸(白仁傑)의 문하에서 배웠다. 예조·병조의 좌랑 등을 거쳐 선조 즉위 초에 경연관(經筵官)이 되었다.

은 절개가 있어 선비들의 으뜸이 되었으니, 호는 백려이고 부인의 고조이다. 증조 심경진[62]은 대사헌을 지냈다고 할아버지 신희업은 군수를 지냈다. 아버지 신환은 현감을 지냈는데 덕으로 이름이 났다. 어머니는 광주 김씨이다.

부인은 반남 박씨에게 시집가 고양 군수를 지낸 박태두의 계실이 되었다. 군수공은 강직하며 절개 있는 기풍이 있어 일찍이 송문정과 척사를 항소했고 사림에게 존경을 받았다. 부인은 명석한 식견과 깨끗한 행실로 배우자가 되어 덕을 남김이 없었다. 군수공은 분서공[63]의 적손(嫡孫)이었으니 가문의 의빈(儀賓)[64]으로서 이미 속이 깊으면서도 폭이 넓다고 칭송받았다. 형제와 자매가 10여 인에 이르는데 부인은 너그럽게 한마음으로 일마다 편히 하였으니 사람들도 장단과 완급을 순응하여 뜻에 맞추지 않음이 없었다. 있고 없음에 융통성 있게 대처하고 삐걱거리는 일이라고는 없어 심지어 젓가락도 잘라 나누는 지경에 이르렀다. 살지고 윤기 있는 물건을 사사로이 하지 않았고, 전실 자녀들을 어루만지고 기르며 사랑하기를 마치 자신이 낳은 아이들처럼 하고 억지로 하지 않았다. 종들을 다스리는 데 넉넉히 대하고 균등하게 일을 시켜 모두 사랑을 얻었다.

제사를 지낼 때에는 반드시 기일에 앞서 깨끗하게 하고 크고 작은 일을 모두 스스로 하였다. 빈객을 맞고 술과 음식 만드는 일, 혼인과 상사에 필요한 여러 가지 물건을 마련하는 일 등을 부족함이 없게 하였다. 슬프고 궁하고 어려움에 처한 사람을 더욱 급히 도와주었고 다른 사람

---

62 신경진(辛慶晉) : 1554(명종 9)~1619(광해군 11). 본관은 영월(寧越). 자는 용석(用錫), 호는 아호(丫湖).

63 박미(朴瀰)를 말함. 박미(朴瀰) : 1592~1645. 선조의 딸인 정안옹주의 남편이다.

64 의빈(儀賓) : 부마도위와 같이 왕족의 신분이 아니면서 왕족과 통혼한 사람을 통틀어 일컫는 말.

이 상을 당했는데 어려운 처지라 거둘 수 없다는 소식을 들으면 비록 친척이 아니더라도 번번이 상자의 물건을 덜어 보내 주었다. 비록 여름에 땔감을 마련하지 못하고 겨울 바지에 솜이 없어도 다른 사람을 배부르고 따뜻하게 해주니 베푸는 것을 조금도 아까워하지 않았다. 대개 그 의를 귀하게 여기고 재물을 하찮게 여기는 것이 이와 같았다. 군수공이 이로 인하여 더욱 부인을 중히 여겼고, 복록을 누리지 못한 것을 종신토록 한으로 여겼다. 군수공이 돌아가신 지 오래되어 무덤의 나무가 한 아름이 된다. 그리고 집안사람 가운데 공의 어짊을 입은 자는 아직도 눈물을 흘리니 그 어짐을 더욱 징험할 수 있다. 부인은 경신년(1680) 6월에 죽었는데 태어난 해인 무자년(1648) 사이를 헤아리면 겨우 33년을 살았다. 부인은 처음에 다만 딸이 하나 있었다. 상보가 뱃속에 있을 때 항상 가리키며 사람들에게 말하길,

"나에게 만일 아들이 있다면 죽어서도 한이 없을 것이다."

라고 하였는데 해산할 때 옆에 있던 사람이 잘못하여

"딸입니다."

라고 하자 부인이 듣고 매우 놀라 병이 났는데 마침내 어찌 할 수 없게 되었다. 사람들은 부인의 말이 참언이 되었다고 했다.

장사는 안산의 선영에 지냈다. 군수공이 일찍이 왼쪽을 비워두고 나중을 기다렸으나 공의 상을 당했을 때 점술인이 그 옆 기슭을 취하여 하관하도록 권하였다. 원배(元配)이신 조씨(趙氏)는 1남 3녀를 낳으셨으니 박필하(朴弼夏)는 참봉이고 딸은 학생(學生) 이명진(李明晉), 진사 유복기(兪復基), 군수 윤택(尹澤)에게 시집갔으며, 필주와 사인(士人) 유학기(兪學基)의 처가 부인이 낳은 자식이다.

만약 옛날에 여성의 덕을 칭술한 것을 알고자 하면 주시의 「국풍」보다 자세한 것이 없을 것이니 대저 안으로 지키고 깊은 한가로움을 귀하게 여긴다. 그런데 「곡풍」[65]에서 진술한 것은 반드시 사람이 상사가 있

을 때 포복하여 가는 것에 대해 이른 것이고 <계명>⁶⁶에서 서로 경계한 것은 잡패로 주고 보답하는 것⁶⁷을 진술한 것이다. 모름지기 이와 같다면 바야흐로 규방의 운용을 보면 곤이 건을 이어 베푸는 것이니 어찌 서로 도와서 아름답게 하는 것이 아니겠는가? 세상의 가르침이 쇠하여져 무릇 여성들이 모두 욕심을 부리고 사사로이 간직하고 사치하는 것으로 서로가 잘났다고 하며 한 장막 밖에서는 은혜와 의가 관통하지 않아서 가풍을 더럽히는 데 이르며, 왕의 교화에 해가 되는 것이 그 끝이 없음을 이길 수 없다. 이에 나는 부인에 대해서 베풀기를 좋아했던 하나의 법도를 기꺼이 드러내니 어찌 단지 상보의 간절한 정만 생각하여 마음으로 삼은 것이 겠는가?

해제 숙인 신씨는 박필주의 어머니다. 신씨는 아들 낳기를 고대했는데, 박필주를 낳았을 때 사람들이 딸이라고 하자 딸인 줄 잘못 알아 그로 인해 병이 생겼다가 곧 죽었다. 박필주는 친척들과 모친의 친정 마을 사람들이 가지고 있는 신씨에 대한 기억을 토대로 돌아가신 지 30여 년 만에 모친의 행실을 기록하여 그 사적을 남겼다. 그 사적을 바탕으로 김창흡은 묘표를 지었다. 부인은 남에게 베풀기를 좋아하고 특히 상을 당한 사람이 곤란한 처지에 처했을 때 적극 도와주었다고 하는데 그러한 점이 중점적으로 언급되고 있다.

65 『시경』 <곡풍>에 "凡民有喪 匍匐救地"라는 구절이 있다.

66 『詩經』「제풍(鄭風)」<女曰鷄鳴> 장. 부인이 규문 안의 직분을 다스릴 뿐만이 아니라, 남편이 현자를 친히 하고 선인을 벗삼아 그 환심을 맺게 하고자 하여, 복식의 노리개를 아까워하지 않는 내용을 담은 시.

67 『詩經』「제풍(鄭風)」<女曰鷄鳴>장에 "知子之來 雜佩以贈之 …… 知子之好 雜佩以報之"라는 구절이 있다.

어머니 행장
先妣行狀

　어머니의 본관은 안정이다. 목사를 지내신 나성두[68]의 따님이고 참의
를 지낸 나만갑의 손녀이며 보덕을 지낸 나급의 증손녀이시다. 어머니는
경주 김씨이며 아버지는 판서를 지낸 김남중인데 예전에 개성에서 경력
을 지냈다. 김부인이 그곳에 가서 계실 때 우리 어머니를 관사에서 낳으
셨으니 경오년(1630) 9월 28이었다. 그 전에 매를 꿈꾼 길한 징조가 있어
판서공께서 말씀하시길,

　"이 딸에게는 반드시 큰 명예가 있을 것이다."
라고 하셨다.

　어려서부터 어질고 자애로우며 민첩하고 지혜로웠고 모든 사물을 살
폈다. 겨우 나이 10세 때 이미 집안 어른을 도와 음식을 마련했는데 모두
알맞게 맞추었다. 할머니 정부인[69]은 바로 수몽 정엽[70] 선생의 따님인데

---

68 나성두(羅星斗) : 1614(광해군 6)~1663(현종 4). 본관은 안정(安定). 자는 우천(于天),
호는 기주(碁洲). 아버지는 참의 만갑(萬甲)이다. 장유(張維)·정홍명(鄭弘溟)의 문하에
있었으며, 스승의 권유로 과거에 응하여 진사가 되었다. 병자호란이 일어나자 아버지를
따라 안동에 기거하였는데, 이때 김상헌(金尙憲)이 여기에 살아 서로 내왕하였다. 익찬
과 호조좌랑을 지내고, 외직으로는 봉산현감과 이산현감을 역임하였다. 이때 백성에게
농경에 힘쓰도록 하고, 가난한 농민들을 구휼하여 송사(訟事)를 공명하게 처리하는 등
선정에 노력하였다. 이러한 치적이 크게 알려져 송시열(宋時烈)의 천거로 해주목사로 발
탁되었다. 임지에 부임하자 그 사이의 묵은 폐단을 개혁하여 나갔는데, 그 가운데에는
이이(李珥)의 향약을 실시하도록 권하여 백성들의 생활을 윤택하게 하였다. *참고문헌
: 丙子錄, 嶺南人物考, 南溪集, 明齋遺稿, 宋子大典.
69 정부인에 대한 일생은 김수항의 <정경부인 정씨 행장(貞敬夫人鄭氏行狀)>에 보인다.
70 정엽(鄭曄) : 1563~1625. 본관은 초계(草溪), 자는 시회(時晦), 호는 수몽(守夢). 진사
유성(惟誠)의 아들이다. 3세 때부터 글을 배우기 시작하였고 4세 때에 이미 시를 지어
이이와 정유길로부터 신동이라는 찬사를 받았다고 한다. 홍문관수찬·장령·우참찬 등

어질고 사람을 알아보는 감식안이 있었는데 일찍이 어머니는 운세를 돌이킬 수 있는 사람이라고 칭찬하시며 반드시 귀하게 될 것이라고 기대하셨다.

참의공께서 영외에서 돌아가시자 할머니 정부인이 피눈물을 흘리면서 건강까지 상할 정도로 슬퍼하시고 즐거움을 느낄 마음을 회복하지 못하셨는데 어머니께서 아름답고 즐거운 모습으로 곁에서 모시면서 여러 방법으로 즐겁게 해드렸다. 또 직접 국과 탕을 끓여서 아프신 분의 입맛에 맞추어 드려 목사공께서 부모 공양하는 걱정을 줄일 수 있어 매번 "효녀"라고 칭찬하셨다.

16세에 우리 아버님께 시집 오셨다. 시아버지이신 동지공[71]을 잘 섬겨서 음식을 드리니 음식마다 마음에 맞아 하셨다. 항상 시어머니를 모시지 못한 것을 한스럽게 여겨 시어머니 말에 미치면 목이 메어 우셨는데 돌아가실 때까지 이와 같았다. 아버님께서는 젊으셨을 때 자못 몸이 여위었고 또 너무 일찍 벼슬길에 오르셨는데 어머니는 항상 노성한 생각으로 받들어 모시며 하루도 마음을 해이하게 한 적이 없으셨다. 아버님께서 이조의 책임을 맡으신 지 거의 10여 년이었으나 집안이 물처럼 깨끗하여 한 명의 잡스러운 사람의 자취도 없었으니 안방 살림을 매우 깨끗이 했던 일이 많았다. 영화와 복록이 모여들 때마다 마땅히 축하하고자 하지 않으시고 얼굴에 근심스런 모습을 보이셨다. 계속 승진하여 지위가 정승에 오르자 살얼음을 밟는 두려움으로 아버님과 함께 하셨다. 하늘이 순리대로 되는 것을 돕지 않아 기사년(1689)의 큰 환란을 내렸으니 아아! 원통하다.

을 거쳐 대사헌을 다섯 번 겸하고, 한꺼번에 네 가지 직임을 겸하여 격무로 병을 얻어 63세에 죽었다. 저서로 <近思錄釋疑>와 <守夢集>이 있다. 우의정에 추증되었고, 시호는 문숙(文肅)이다.

71 김광찬(金光燦) : 김수항(金壽恒)의 생부이고, 김창흡(金昌翕)의 조부이다.

어머니는 어진 기질을 타고나셔 차마 하지 못하는 마음이 많았다. 시아버지인 동지공께서 70여 세를 누리시고 많은 복을 두루 갖추시어 복되게 돌아가신 것을 모두 경사롭게 여겼는데 어머니는 담벽이 찢어질 듯 곡을 하셨고 눈물이 치마에 흘러 땅바닥에 넘쳐 조문하는 사람들이 애처롭고 특별하게 여기지 않는 사람이 없었다. 비록 아버님도 절차에 벗어나는 것을 걱정하셨지만 어찌하시지 못하셨다. 앞뒤로 당했던 동기들의 상사에도 해가 넘도록 이가 보이도록 웃지 않으셨고 심지어 남녀 종들의 죽음이나 이웃 사람들이 상을 당하거나 슬퍼할 만한 일이 생겨 그 소식을 들으시면 바로 오열하시고 식음을 전폐하셨으니 어머니의 착한 마음이 다른 사람들의 마음보다 배나 더했던 것이 이와 같았다.

아버님께서 임종하실 때 어머니가 참지 못하는 마음이 있는 것을 아시고 정성으로 깨우치시며 구차하게 살아서라도 여러 자식들을 보호하라고 하셨다. 한 말씀으로 충분하지 않은신 듯 마침내 한 장의 편지를 써서 영결하시며 말씀하시길,

"여러 아이들을 온전히 보호하지 못하면 황천에서 만나지 맙시다."

라고 하였다.

어머니는 가슴을 치고 이마를 조아리면서도 그 편지를 받으셨다.

흉측한 변괴가 있던 날 저녁에 마굿간의 말이 요란스레 날뛰고 이웃 사람들이 목메어 울었으며 하늘에서는 또 큰 바람이 불어 지붕을 날렸고 시커먼 구름이 앞을 가렸다. 인간의 참혹함은 거의 집을 들어 바다에 넣고자 해도 할 수 없는 것 같았다. 입관한 널의 곁에 어머니와 아들들이 몸을 굽히고 머리를 조아리며 가슴을 치고 있는데, 어머니께서 갑자기 울음을 그치고 우리들에게 말씀하시기를,

"여기가 어느 곳인데 이런 혹독함을 당했단 말이냐? 그러나 만일 서울에 있었다면 철사줄로 구역을 정해놓고 십자로의 길도 빙빙 돌아서 가야 할 정도로 온갖 고난을 당한다 하더라도 달리 저 흉측한 사람들이

기세등등하지 못하도록 할 수 없지 않았겠느냐? 지금은 그런 것은 면했고 아버지가 편안하게 돌아가셨으니 저들의 흉악스러움도 더 할 것이 없을 것이다. 더구나 생각과는 달리 아버지께서 편하게 처하셨으니 이처럼 곧을 수 있겠느냐? 나와 너희들은 마땅히 남기신 말씀을 살 받들어 죽지 말고 반장하는 일을 도모하자."
라고 하셨다.

우리 형제들은 이미 망극스러운 일을 당하고 어머니를 위로해 드릴 말이 없어서 궁했는데 갑자기 생각하지 못했던, 이치에 합당한 말씀을 듣고서 다행히 아버님의 원혼과 넋을 거두어 모아 관을 받들고 바다 밖으로 나오게 되었다. 바다 가운데 섬은 너무 멀리 있어 서울 근방과 천리나 되었다. 초라한 상여와 손수레를 뒤뚱뒤뚱 흔들며 운구를 하는데, 행차가 절반에도 이르지 못했을 때 임금의 화가 그치지 않았고 흉악한 무리들이 꾸미는 일들이 날로 심각하여 북쪽에서 들려오는 소식들은 갈수록 흉흉했다. 더러는 집안의 재산이 몰수당한다고, 더러는 형벌이 여러 아들들에게까지 미칠 것이라고 하였다. 또 조정에서는 이미 무거운 법으로 처벌하기로 단정했다고 하기도 하였다. 선산에 안장하는 것이 합당치 않다고 여러 사람이 어렵게 여기고 의문을 재기하여 분분한 소란을 이길 수 없었다. 때문에 어쩔 수 없이 덕평에서 온양으로 돌아들어가 변화를 보면서 진퇴의 계획을 세우기로 하였다.

갑작스럽게 처리해야 할 모든 일을 상황에 따라 어머니 말씀을 받들면 번번이 가장 적절함을 깨달았다. 한편으로 치우친 계획을 주장하지 않으시며 여유 있게 처리하여 마침내 양산에 안장할 수 있었다. 흙을 덮은 지 얼마되지 않아 김화로 받들어 옮겼고 영평의 용암으로 들어갔다. 모두 외진 골짜기였고 황량하고 추워 백에 하나도 의지할 만한 곳이 없었다. 어머니는 진실로 늠름하게 일을 이어가셨는데 정성과 힘을 다하시는 것은 도리어 제수를 올리는 일과 형제들이 건강을 유지하며 예를 지키는 일에 있었고 털끝만큼도 미진함이 없도록 하셨다. 그런데 날마다 억울함을 호소하시면서 푸른 하늘을 바라보시니 귀신을 울리고 세월을 감동케 하기에 충분하였다.

갑술년(1694) 위태로울 때[72]에 잠깐 태양이 보였다가 얼마 안 있어 또 가리고 말았다. 남구만[73]이 정권을 잡고 있으면서 여러 적들에게 권력을 잘못 빌려주어 하늘의 처벌을 막게 하였으니 어머니가 억울하고 원통했던 것은 지난번 화를 당했을 때보다 더 심했었다.

신사년(1701)에 이르러 왕후께서[74] 돌아가시고 안팎으로 얽힌 무술옥

---

72 경비 (傾否) : 기울어지고 막힘. 위태로움. 갑술옥사를 말함. 갑술옥사 (甲戌獄事) : 1694
년 갑술환국(甲戌換局) 또는 갑술경화(甲戌更化)라고도 한다. 당시 서인인 김춘택(金春
澤)과 한중혁(韓重爀) 등이 폐비 민씨의 복위운동을 전개했는데, 집권파인 남인은 이를
계기로 반대당인 서인 일파를 축출할 목적으로 김춘택 등 수십 명을 체포하여 국문하였
다. 남인은 1689년의 기사환국(己巳換局)으로 집권했는데, 이때 그들은 민씨 폐출(廢黜)
의 원인이 된 소의장씨(昭儀張氏) 소생의 원자정호(元子定號)에 찬성했던 것이다. 그런
판국에 만일 민씨가 복위하여 다시 왕비가 되면 남인은 또 실권하게 되므로 민씨를 지지
하는 김춘택 등을 몰아내려 한 것이다. 처음에 숙종은 장씨를 총애하여 희빈(禧嬪)을 삼
았으며 아들을 낳자 나중에는 왕비로까지 책봉하였으나, 장씨가 차차 방자한 행동을 취
했으므로 그를 싫어하고 민씨를 폐한 일을 뉘우치게 되었다. 그리하여 숙종은 도리어 민
암의 처사를 미워하고 김춘택 등의 복위운동을 옳게 여겨, 민암을 사사(賜死)하고 그의
일당인 권대운(權大運) · 목내선(睦來善) · 김덕원(金德遠)을 유배하였으며, 동시에 민씨
를 지지했던 소론의 남구만(南九萬) · 박세채(朴世采) · 윤지완(尹趾完) 등을 조정의 요
직에 등용하였다. 한편, 기사환국 이후 왕비가 된 장씨를 희빈으로 강등시켰고 그때 민씨
를 지지하여 2번이나 상소를 올렸다가 사사한 송시열(宋時烈)을 비롯하여 김수항(金壽
恒) 등에게는 작위를 내렸다. 이 옥사의 타격으로 남인은 완전히 정권에서 밀려나 다시
대두할 기회를 얻지 못하였고, 그 대신 서인이 실권을 잡게 되었으며, 그 후부터는 노 ·
소론(老少論) 간에 쟁론이 빈번하게 일어났다.

73 당시 남구만이 영의정이었는데 장희재에 대한 처벌이 동궁에게 미칠 것을 염려하여 무
마하려 하였다. 남구만(南九萬) : 1629~1711. 본관은 의령. 자는 운로(雲路). 호는 약천
(藥泉). 시호는 문충(文忠). 개국공신 남재(南在)의 후손으로 아버지는 현령 남일성(南一
星)이다. 송준길의 문하에서 수학하였으며, 1651년(효종 2) 진사시에 합격하고, 1656년
별시문과에 을과로 급제하여 가주서 · 전적 · 사서 등을 지냈으며 이조정랑 · 이조참의 ·
대사성 · 형조판서 등을 두루 거쳐 후에 영의정에 올랐다. 1679년(숙종 5) 윤휴 · 허견 등
을 탄핵하다가 남해로 유배되기도 하였으며, 1701년에는 희빈 장씨의 처벌에 대해 경형
(輕刑)을 주장하다가 사직, 낙향하였다. 1707년 관직에서 물러나 봉조하(奉朝賀)가 되었
다가 기로소에 들어갔다.

사와 역적의 행태가 드러났다. 이항과 장희재가 연결되어 도깨비와 불여우가 되었던 사람들은 한 여인의 입이 열리는 것을 엿보아 많은 사람들의 눈을 통쾌하게 열어 주었고 민암과 민종도는 후에 역적죄로 처벌되었나. 무릇 이들 서너 사람의 큰 간사꾼들은 처음부디 우리 국모를 음해할 것을 도모하고 우리 아버님을 해치기로 했던 사람들이다. 그런데 남구만이 그들을 보호할 수 없었던 것은 마치 귀신이 벌을 내린 것과 같았으니 하늘의 뜻이 이에 이르러서야 정해졌었다.

큰형님[75]께서 마침 의금부의 관리로서 국문을 하는 처음부터 끝까지 관여하면서 눈으로 직접 이항과 장희재가 머리를 맞대고 죽임을 당하는 것을 보았으니 이 또한 하늘의 뜻이었다. 식사를 나르던 여종이 계속해서 소식을 아뢰자 어머니께서 손뼉을 치며 통쾌하다고 하셨다. 그러면서 창흡을 돌아보시며 말씀하시길,

"나와 너희들이 마음을 썩힌 지 10여 년 만에 다행히 이런 날을 보게되었다. 너의 형이 벼슬을 하는 것도 말하지 않을 수 없구나."
라고 하셨다.

큰형님이 나라의 명을 힘써 이어온 이후로 두 고을의 수령이 되었지만 어머니는 함께 가기를 달가워하지 않으면서 말씀하시길,

"내가 어떻게 벼슬하는 아들의 봉양을 받을 수 있겠느냐?"
라고 하셨다.

후에 외삼촌의 간절한 권유를 받으시고 강화도와 개성의 두 도읍지에 처음으로 가서 봉양을 받으셨다. 그런데 평소부터 앓던 담화의 병환이 세월이 갈수록 심해져서 마침내 계미년(1703) 6월 22일에 서울의 집에서

---

74 인현왕후(仁顯王后)를 말한다. 인현왕후는 1667(현종 8)년에 태어나 1701(숙종 27)년에 죽었다. 숙종의 계비. 성은 민씨(閔氏). 본관은 여흥(驪興). 아버지는 여양부원군(驪陽府院君) 민유중(維重)이며, 어머니는 은진 송씨(恩津宋氏)로 송준길(浚吉)의 딸이다.
75 김창집을 말함.

여러 자식을 버리셨다. 아아! 가슴 아프다.

아버님께서 주신 영결의 편지를 늘 몸에 지니고 계셨는데 어머니의 명대로 관 속에 넣어 드렸다. 참혹한 환란을 당한 이후 12년이 지났는데 다섯 아들들의 완고한 목숨이 완전하게 연명되었고 어머니의 마음 쓰심은 힘들었다. 게다가 창업과 창집 두 아우는 아버님께서 염려를 하시며 결코 온전할 수 없으리라고 생각하셨는데, 그들의 병이 골수에 맺혀 있으면서 마침내 효도를 마칠 수 있도록 상복을 입는 대열에 있었다. 그러니 어머니께서 한 움큼의 피눈물로 아버님에게 바치기로 스스로 맹세한 것을 이에 다했음을 고할 수 있을 것이다.

아버님은 처음에 양주의 설곡에 장사지냈는데, 환란이 전에 너무 급박해서 장지를 선택할 수 없었다. 그런데 이제 옮겨 모시려고 도모를 하던 사이에 어머니가 돌아가셨다. 그래서 마침내 그해 8월 어느 날에 양주 금촌의 선산에 합장하여 모셨다.

어머니의 의지는 보통 사람보다 뛰어나서 일마다 구차하게 여기시는 것이 없었다. 더욱이 제수품 장만하는 한 가지 일에는 더욱 부지런하여 장차 제사를 지내게 되면 병을 무릅쓰고 제사도구를 준비하셨는데 간혹 서서 새벽까지 종이나 심부름꾼들을 엄하게 경계하셨다. 모두 밝은 옷을 입고 일을 맡게 하였고 가마솥을 씻는 데서부터 땔감을 나르는 일에 이르기까지 질서정연하였다. 봉헌해야 할 물품은 함부로 부르지 못하게 하고 존칭을 더하게 하셨다. 제사 그릇에 담긴 것들은 빛나고 깨끗하며 향기가 나서 사람의 손에서 만들어진 것 같지 않았으니 정성을 다했음을 알 수 있었다.

자식을 의로써 가르치셔 어린아이 때부터 적은 허물이라도 한 가지도 아버님이 모르시게 덮어두지 않으시고 반드시 벌을 받게 하셨다. 비록 자식들이 어른이 되었을 때도 마음에 합당하지 않은 일이 있으면 엄하게 질책하시며 모른 척하지 않으셨다. 평소 자식들에게 바라고 기대했던 것은 탁월하게 우뚝 서서 구차하고 미천한 데로 빠지는 것을 면해야 한다는 것이었다. 여러 손자들을 두루 사랑하셨고 또한 뛰어난 모습을 기뻐하시고 우둔한 머리는 안타깝게 여기셨다. 가장 싫어하신 것은 게으르고 일하기를 싫어하는 사람들이 있는데 항상 이런 뜻으로 여러 며느리들을 힘쓰도록 권면하셨다. 비록 오래 병을 앓으시느라 문을 닫고 계시는 날이 많았으나 안팎의 자잘한 일까지 명확히 알고 계셔서 속일 수 없었다.

아랫사람을 비록 엄격하게 부리셨지만 춥고 배고픈 사람을 곡진하게 구휼하셨다. 술지게미나 콩죽을 나눠 먹는 은혜가 혹시라도 균등하지 못하면 번번이 며칠씩 미워하시며 항상 말씀하시길,

"회초리를 치는 일과 술과 밥을 먹이는 일은 마땅히 함께 행해져야 한다."

라고 하셨다.

부림을 받는 일에 한번 훈련이 되면 매우 못난 사람도 반드시 재주를 이루게 되었다. 파손된 상자나 헤진 빗자루에 이르기까지 모두 모아서 유용하게 쓰도록 명령하였으며, 창고를 잠그는 일을 삼가면서도 베풀어 구제하는 일을 즐기셨다. 간혹 사람들이 입으로 아직 말을 안했어도 미간을 살피고 그들의 욕구를 맞추어 주시기도 하셨다. 심지어 노고에 보답하고 베푸는 일은 오래 되어도 소홀히 하지 않으셨다.

대개 어질고 용서하는 마음을 모든 사물에 실현하였고, 엄격하고 세밀하게 집안을 유지하여 진실로 종족들이나 친척들이 우러러 보았다. 그러나 그러한 것은 오히려 평소의 절도있는 생활일 뿐이다. 어머니가 갑작스런 변란을 당해 의로움으로 처리했던 일과 분수 밖의 영민하고 아름다운 행실은 다른 사람들이 다 알지 못했다.

섬에서 둘러 앉아 울던 날을 돌이켜 기억해 보니 내가 아버님께 어머님의 젊은 시절의 일에 대하여 여쭈어보았다. 아버님께서 말씀하시길,

"네 어머니는 본래 영민한 자질로 사리를 두루 안다. 우리 아버님을 섬기면서 충성스러운 봉양을 다하여서 우리 아버님이 아주 마땅하게 여기시고 매우 사랑하셨다. 젊은 날에 나는 몸이 여위고 약해서 마치 종신토록 근심을 안고 있는 것 같았으니 너희 어머니가 어찌 하루라도 마음을 해이하게 풀어놓은 것을 보았겠느냐? 재화와 이익에 있어서는 벗어난 듯 구차함이 없었고 욕심을 적게 하고 다른 사람과 같은 등급이 되라고 논하는 것 같은 것은 어머니보다 위에 있을 사람이 드물 것이다. 중년 이후의 일들이야 너희들이 본 것처럼 더러는 간단하지 않은 것도 있지만 그러나 나는 네 어머니의 본심을 알고 있다."

라고 하셨다.

아! 아버님께서 깊이 아셨던 것들이 마지막 운명하실 때 이처럼 드러났으니 단지 이 몇 마디 말씀은 돌이나 쇠처럼 영원히 없애지 못할 것이다. 우리 모든 후손들로서 어머님의 규방의 규범에 대해 만 가지 중에 하나라도 알고 싶은 사람은 이를 살펴보아야 할 것이다.

해제 | 김창흡의 어머니 행장이다. 김창흡의 어머니는 나성두의 딸이고 김수항의 부인으로 김창흡을 비롯한 6창의 어머니이다. 기사년에 집안이 큰 화를 입게 되어 김수항이 사사되었을 때, 당황하지 않고 일을 처리한 것이 아들 김창흡에게는 매우 인상적이며 존경스런 모습으로 기억되고 있다. 이 밖에 나씨 부인의 강한 의지력, 엄격한 교육, 영민하고 부지런함 등에 관한 이야기가 에피소드를 통해 자세하게 서술되어 있다. 이 행장에는 김창흡이 정치적 부침을 당하며 겪었던 갈등이 군데군데 격앙된 감정으로 드러난다.

장모 숙인 김씨께 올리는 제문

祭外姑淑人金氏文

장모 김숙인이 계유년(1753) 2월 19일에 서울 집에서 돌아가셨는데 사위 김창흡은 종적이 경기 지역에 제한되어 있어 복을 입는 대열에 끼지 못했습니다. 이미 영구가 화산에 온 다음에 비로소 달려가 곡을 하니 이때가 4월 20일이었습니다. 그 멀리 가시는 날이 얼마 남지 않았음을 애통하게 여기고 정성을 드릴 곳이 없기에 이에 술과 과일을 대략 갖추어 무덤에 하관하기 하루 전인 병신일 아침에 삼가 영연에 제사를 지내고 글을 지어 아룁니다.

아아, 슬픕니다! 제가 16세에 사위가 되었는데 장인 어른과 장모님 두 분이 사랑스럽게 살피시고 웃으시며 말씀하시길,

"나는 자식을 모두 기르지 못해 마침내 슬하에 자식이 적다네. 자네는 마땅히 나의 아들이니 외인이라고 생각지 말게나. 저 어린 아이들을 자네의 형제와 같이 여기고 자네의 책을 가져와 글방으로 만들도록 하게."

라고 하셨습니다. 그 말씀을 아침에 들은 듯한데 저녁에 산이 무너지듯 장인이 돌아가시니[76] 만사가 슬프고 놀라워 감히 생각할 수조차 없었습니다. 장모님은 종남산 한 골짜기 흰 벽 집에 사시며 성에 기대고 텅 빈 규방에서 원통함을 누르며 달밤에 괴로워하셨으니 그 모습이 서리처럼 가혹하였는데 저는 서로 조문하며 그림자만 보고 있었으니 그 무엇에 비유할 수 있었겠습니까? 근다도 독이 아니고 간장도 오히려 싱거웠습니다. 어린 자식들은 곁에서 간혹 장모님이 눈물 거두시는 걸 보았으니 괴로운 말이 어떠했겠습니까? 어리고 철없는 자식들을 가리키시며 남편을 그리

---

76 김창흡은 1668년 1월에 결혼하였는데 그해 5월에 장인 이세장(李世長)이 죽었다.

위하셨는데 저는 유약하여 어찌 가신 분을 위로할 수 있었겠습니까? 저를 은혜로이 먹여주셨는데 이끌어 도와주는 건 다른 사람에게 맡기고 응교에 제수되니 어떤 마음으로 집을 떠났겠습니까? 저는 오가며 장모님의 사랑에 기댔고 장모님은 여러 차례 자식을 감싸안듯 감싸주셨으니 마음은 형세에 따라 달라졌지만 은혜는 해가 갈수록 더 깊어졌습니다. 어찌 아들과 사위를 다르게 대하셨겠습니까? 똑같은 은혜를 내려 널리 사랑해 주셨습니다. 신분이 조금 떨어지는 집안에서 며느리를 맞이하셔 융합하며 화목하게 지내시며 안팎의 차이가 없었습니다. 동생들에게도 베풀어 주신 행실이 있으셨고 동서들에게도 아름다운 덕을 베푸셨습니다. 세 집에서 부엌을 함께 쓰며 슬하의 사랑을 다투었고 가령 마음이 어긋나도 한 성을 넘어가지 않았으니 기쁘게 왕래하며 즐거움을 누렸습니다.

저는 하늘의 복을 받지 못해 재앙을 받은 것이 많습니다. 유배지 산골짜기에서 피눈물을 흘리다 아버님의 죽음을 맞이하였고 화산에서 조촐하게 절을 올리니 꿈에서도 도리어 앞을 가린 듯 암담하여 슬픔을 삼키고 펴지 못하니 살고 죽는 것이 그것에 달려 있었습니다. 장모님을 함하고 염하는 모든 일을 돌보지 못한 채 다만 흉보를 듣고 서쪽을 향해 슬퍼하며 눈물을 뿌리며 몸은 이곳에 머물러 있습니다. 장모님이 살아 계실 때나 돌아가실 때나 제가 한결같이 무심했으니 이 어찌 사람이라고 할 수 있겠습니까?

생각하니 장모님께서는 온순하고 규범을 지키시며 끝까지 온화하고 정숙하셨습니다. 시와 예가 있는 집에서 태어나셔 아녀자로서 가문과 규방에 화합하셨습니다. 오직 단아하고 한결같은 마음을 다잡으시며 그 아름다운 명성을 퍼뜨리셨습니다. 입으로 악한 소리를 하지 않으셨고 눈썹은 가난함에 구애받지 않으셨습니다. 제사를 바르게 따라 지내시고 돈독하게 베푸시며 위태로운 새집에서 새끼를 보호하듯 장인의 제사를 완벽하게 지내셨습니다. 사랑을 전하신 것은 세상에서 보기 드문 일이었고 장모님의 덕이 크고 맑았는데 운명은 함께 하지 못했습니다. 게다가 늘 그막에 하늘의 재앙이 점차 이르러 하늘이 흔드는 것이 점차 이르렀습니다. 임이는 과부가 되고 사촌 동생도 슬픔을 당해 돌아가실 때 그들을 위해 슬피 오열하셨습니다. 후에 받는 보답은 적막한데 술동이도 올리지 못하니 이것이 상을 당한 사람[77]의 한입니다.

화산의 남쪽은 돌아가신 장인의 글방 옆입니다. 하늘에서 좋은 장소를 비어두고 때가 되어 합장을 합니다. 모름지기 영령이 편안하시고 풍성한 복을 내리시기 바랍니다. 효자를 위로하는 것이 다만 이에 있을 따름입니다. 평소에 가르침이 있었으니 돌아가신 후에 드러날 것입니다. "어찌 자네가 있는데 내가 아이들에게 나 때문에 상처 받게 하겠느냐?"고 하셨는데 지금은 모두 저버렸으니 저의 죄가 어떠합니까?

짧은 옷을 입고 있는데 세월이 조금 지나고 변해 때를 기다려 분곡하니 도리어 발인이 지난 다음입니다. 장례를 치를 때가 이르러 예와 의도 끝났습니다. 작은 정성은 보잘 것 없지만 무덤에 갈 뿐입니다. 영위가 눈에 보이니 왼쪽의 사립문도 옛날과 다릅니다. 장모님의 모습이 마치 아직도 있는 듯한데 바라보니 텅 비었습니다. 관을 돌며 목을 놓아 우니 눈물이 당의 궤연에 흐릅니다. 마음 속의 것을 뽑아 글을 지으니 영령의 슬픔 마음은 이에 오셔서 잔을 받으십시오.

해제　김창흡의 장모 숙인 김씨에게 올리는 제문이다. 김창흡은 자신이 사위가 되던 날부터 장인이 죽어 장모를 위로하던 일, 장모가 자신을 자식과 다름없이 보살펴주던 일 등 지나간 일을 회상하며 장모와 함께 했던 시절과 은혜에 대해 서술하고 있다. 한편, 장모의 덕이 크고 맑았는데 운명은 함께 하지 못했음을 안타까워하는 심정과 임종을 지키지 못한 미안한 마음을 담고 있다. 숙인 김씨는 이세장의 아내이다.

---

77 극인(棘人) : 부모의 상을 당한 사람의 자칭.

넷째 제수 이씨 부인에게 올리는 제문
祭四嫂李氏文

유세차 갑술년(1694) 2월 기사 27일 을미에 안동 김창흡이 삼가 술과 과일의 제전으로 돌아가신 제수 유인 완산 이씨의 영령에 제사를 지냅니다.

아아! 부인의 모든 행실은 순종함에 근본을 두었으니 효도하고 삼가며 자애롭고 화목한 것은 이를 따라 생겼습니다. 옷 짓고 음식 마련하는 일 또한 능하지 않음이 없었습니다. 기쁘고 화나는 일에 마음을 통제하기 어려우나 진실로 이와 같이 하시니 모든 친척이 어짊을 허락하였습니다. 덕이 이에 있고 복이 또한 이에 있으니 곤도의 화함은 하늘이 내려주신 것이고 이러한 이치가 컸던 것은 다만 우리 제수뿐이었습니다. 선함을 지니고도 일찍 돌아가시니 어찌 도리에서 벗어났는지요? 하늘이 나에게 재앙을 내리고 귀신이 미워한 것입니다. 우리 집은 이미 무너졌고, 제수는 나의 제수였기 때문에 운명이 그러했던 것입니다. 우리 모든 식구[78]가 슬퍼하니 누가 구차히 살려고 하겠습니까? 죽는 것 또한 나쁘지 않지만 제수의 어짊이 안타깝습니다. 어찌 있는 힘을 다해 살아서 자식들 혼인시키는 일을 끝내지 못했습니까? 어린 아이들이 울며 긴 자리에 슬프게 있습니다. 날이 지날수록 슬퍼함이 심하고 집안 가득 마음이 묻어납니다. 집의 휘장이 억장을 두르고 동서들이 길이 눈물을 흘립니다. 그 무엇이 그렇게 하는지요? 어찌 잊을 수 있겠습니까?

서울 집에서 노래하고 웃으며 백운산 집에서 콩과 도토리를 먹던 것

---

78 백구(百口) : 온 집안 식구. 온 가족.

은 지금 모두 한낮 꿈같은데 다시 새 봄이 되었습니다. 번개처럼 세월은 빠르고 목소리와 모습은 이미 아득합니다. 궤연의 곡도 끝났으니 아이들은 누구를 의지합니까? 다섯 집이 흩어졌는데 이제 내 동생을 보니 마치 거문고의 줄이 빠진 듯 힙니다. 이에 마음이 왼고히디 하더라도 어찌 참을 수 있겠습니까? 정성으로 술 한 잔을 올리며 온갖 슬픔을 고합니다. 아아! 슬픕니다. 상향.

해제 넷째 제수 이씨 부인을 위해 지은 제문이다. 김창흡은 행실이 바르고 덕이 있는 부인이 일찍 죽은 것은 환란을 겪었기 때문이며 자신의 제수였기 때문에 그러한 것이라며 죄책감을 드러내고 있다. 어머니를 잃고 우는 아이들을 통해 망자에 대한 상실감을 형상화하고 있다.

조카며느리 신씨 부인에게 주는 제문
祭姪婦申氏文

　아아! 유인이 집안에 들어온 후 시어머니가 죽으니 날마다 눈물로 보내다 죽을 때는 시아버지가 병들어 근심을 품고 땅에 묻혔다. 어찌 명이 짧고 매운 고생을 두루 겪었는가? 말은 질박하고 단정하고 은혜로우며 간략하고 순수했으며 화목하였고 일은 민첩하게 하였다. 약을 먹는 동안에도 내가 보니, 헝클어진 머리로 이슬 맞고 서서 거의 먹고 자는 것을 잊으며 틈틈이 맛난 음식과 털이불을 올리며 나의 어머니를 진심으로 봉양하였다. 우리 어머니가 정성스럽다고 인정하니 여러 며느리 사이에 드물게 보는 며느리였다. 신이 힘써 근심이 기쁨이 되기를 바랐는데 착오가 있어 드러나지 못해 놀랍고 어진데도 화를 당했으니 신의 이치를 어찌 말하겠느냐?

　심대로 관이 돌아가니 깜깜한 삼경의 밤에 방이 다시 텅 비었으니 앞으로 누가 음식을 대접하겠느냐? 나는 동쪽 교외로 나가 슬픔을 머금고 동생을 보니 힘겹게 숨을 쉬고 기가 빠져 네가 평안한지 묻는구나. 동생은 나쁜 소식을 갑자기 듣고 마른 몸이 꺾일 듯하구나. 옆에서 붙들어주니 울음을 멈추지만 내 마음은 꼬이는 듯 하구나. 이 때 이 상황을 영령은 응당 알 것이다. 전에 함하고 염을 할 때 시집 식구들이 참석 못하여 나에게 맡긴다고 하였는데 내 얼굴이 두꺼워 부끄럽구나. 율북쪽의 산을 구해 분주하게 다니다 길한 곳을 우연히 만났다. 한 겨울의 언덕에 피리소리 들리는 듯하고 바람이 따뜻함을 감추는 구나. 살아서 즐거운 날이 없었으나 죽어서는 편히 지냄이 있을 것이다. 아아! 슬프다. 한 잔 술을 보낸다.

해제

질부 신씨 부인에게 주는 제문이다. 질부는 김창흡의 어머니가 아플 때 정성으로 간호해 김창흡과 그의 어머니가 그 정성을 인정하고 사랑했다. 김창흡은 살아서 기쁜 날이 없었던 조카며느리가 죽어서나마 편히 쉬기를 바라고 있다.

아내 이씨에게 올리는 제문
祭亡室李氏文

유세차 병술년(1706) 10월 을유 삭 초6일 경인일에 안동 김창흡은 삼가 집안의 음식과 술, 과일을 마련해 죽은 아내 유인 경주 이씨의 영전에 제전을 올립니다.

아아! 당신의 수고로운 삶은 뼈에 사무쳤다고 할 만하니 자면서도 괴로이 신음하며 슬픔이 쌓여 목이 메일 정도였소. 죽기 전에도 온통 근심스러운 날 뿐이었는데 이제 죽었으니 어찌 장차 쉴 수 있겠소? 아! 나의 반생은 쑥이 바람에 나부끼듯[79] 방랑하며 다만 세상 물정에 등 돌리고 살아 모든 것이 어긋났소. 당신은 진실로 고생했지만 애쓰며 순종함을 기쁘게 여겼으니 당신이 따라주지 않았다면 나는 우활하여 어찌 살 수 있었겠소? 옛날 사사로이 지낼 때 잠깐이나마 거문고와 비파처럼 화락했는데 이부자리에서 암자에 살고 싶다는 이야기를 하면서 당신의 눈치를 살피니 그다지 싫어하지 않기에 금강산[80]에 지팡이를 짚고 미친 바람처럼 질러 다녔소. 간혹 어떤 이가 와서 내가 이미 머리를 깎았다고 전했으나 당신은 태연하게 나를 기다렸다고 하니 모두 당신을 고요하고 한결같다고 하였소.

나는 미친 성정이 조금 가라앉아 함께 숨어살기로 결심을 하고 번화한 서울의 수레와 화려한 벌열, 그리고 값비싼 비단에 연연하는 마음을 두 칼로 베어 버렸소. 하늘 높이 솟은 화산[81]과 마치 귀신이 늘어서 있는

---

79 봉루(蓬累) : 머리에 물건을 이고 두 손으로 붙들고 감. 쑥이 바람에 나부끼는 것처럼 감.

80 봉래(蓬萊) : 금강산을 말함. 김창흡은 1679년 3월에 금강산을 유람하였다.

것같은 봉우리, 그리고 좁은 오솔길엔 녹거가 다니고 구름다리는 굽어 있었소. 삼부연82은 눈썹 그리는 먹을 감추어 놓은 듯하고 흉악한 용이 굴에 웅크리고 있는 듯하며 해 뜬 낮에도 큰 바람이 불어대 건장한 남자 도 오히려 두려워하였는데 당신의 안색을 살피니 편안하게 저했소. 뽕나 무는 듬성듬성 서 있고 소나무는 울창한데 사내 종은 밭을 갈고 계집종 은 고사리를 캐며 숲 속의83 긴 해에 그 즐거움을 맛보았소. 이 보다 더 한 즐거움이 없어 함부로 나가지 않으리라 맹세했는데 하늘이 맑은 복 을 시기해 갑자기 빼앗으니 경신년(1680)과 계해년(1683)84에 동생과 누이 동생이 죽어 어머님85은 지나치게 슬퍼하셔 담과 장이 맺히셨소. 나는 한번 산 문을 나가 아직 어머님 슬하를 떠나지 않았는데 서울 집은 이미 완성되었고 강가 정자86도 우뚝하게 세워졌으나 삼부연에 대한 그리움 이 나로 하여금 탄식하게 해서 나는 "이 곳에서 지내면 즐겁지 않을 것 같다."고 하면서 고상한 풍도를 버린 채 떠났는데 당신은 그러한 남편을 부끄러워하지 않았소.

기사년의 극심한 사태에 온 집안 식구가 떠돌아 다니게 되어 피눈물 흘리며 날을 보냈으니 살아가는 이치를 어찌 말할 수 있었으리오? 거친 땅에서 소를 빌리면서도 당신은 스스로 부지런히 애쓰며 보석을 팔고 무를 캐며 종처럼 힘을 다해 일을 했소. 한계산의 나무집에서 숨어살려 고 했는데 당신은 함춘으로 갔다가 나를 따라 옷자락 휘날리며 돌아와 겨울을 기다렸소. 해가 바뀌기 전에 몹시 궁핍함을 맞게 되었고 양쪽 집

81 태화(太華) : 오악의 하나. 섬서성 화음현의 남쪽에 있으며 화산(華山)이라고도 함.
82 김창흡은 1679년 7월에 철원(鐵原) 용화촌(龍華村) 삼부연(三釜淵)에 복거(卜居)하고 삼연(三淵)으로 자호(自號)하였다.
83 학림(鶴林) : 절 주위의 숲. 부처가 입적한 곳.
84 1683년에 동생 김창립(金昌立)이 죽었다.
85 자위(慈闈) : 어머니를 이름.
86 1687년 8월 한강 상류의 저자도(楮子島) 현성(玄城)에 정자를 지었다.

의 어른들에게 매어있는 것 또한 간절했소. 양주의 골짜기로 돌아가니 특별한 계획이 있었던 것은 아니지만 선산 가까이 가서 어머니 곁에 있었소. 어머니의 가르침을 이에 받들고 궁핍한 살림을 구차하게 지키며 살았는데 새가 날면 깃털이 떨어지고 사람이 움직이면 물건이 소모되듯이 오랜 세월 유리하여 힘은 미약하여 아침에 귀맥[87]을 절구질하고 저녁이면 그 거친 쌀을 맛보니 부엌은 한산하고 울타리 무너져 내려 앉아 썰렁하였소. 호랑이는 어디를 갔는지 사람 뼈만 높이 묻어두고 없어지고 마침 당신이 와 일을 처리했지만 번개 치고 새벽에 창문에서 바람이 횡횡 불어도 어쩌지 못하니 진실로 아궁이에 불도 떼지 못할 지경이었소. 다시 벽계로 가는 계획을 세우고 한 해를 지냈는데 큰 물에 엎어지고 마굿간의 소를 다시 잃게 되었소. 일과 소망이 어그러져 궁핍함과 쇠함이 번갈아 찾아드니 가난과 걱정이 배는 심해졌소. 근심은 끝이 없어[88] 저 먼 인제의 깊은 골짜기에서 숨어 사는 것을 좋아했는데 어머니가 돌아가신 이후 돌아가고자 하는 마음을 막지 못했소. 외로이 판잣집에서 살면서 함께 배고픔과 목마름을 채우지 못했고 당신이 바야흐로 위태하다는 것을 알았지만 상황이 어려워 함께 가기 어려웠소. 젊었을 때부터 꿈꾸던 녹문[89]의 소망을 어찌 끝낼 수 있었겠소? 함께 가면 서로 해를 줄까 두려웠고 당신은 당신을 돌보지 못하니 나는 짐짓 머뭇거리다 슬퍼하기만 할 뿐 마침내 영영 이별하는 데 이르렀소.

---

87 귀맥(鬼麥) : 보리 같은 것이 알이 적고 바람과 추위에 잘 견디며 메마른 땅에서도 잘 자라며, 3월에 파종하면 6월에 수확하고 강원도의 백성들이 잘 길렀다고 한다.

88 홍동(澒洞) : 연속된다는 뜻으로, 두보(杜甫)의 <자경부봉선현영회(自京赴奉先縣詠懷)> 시에 "근심의 끝이 종남산과 가지런하여, 연속되는 근심을 걷을 수가 없네.(憂端齊終南 鴻洞不可掇)"라는 구절에서 온 말이다. ≪杜少陸詩集 卷4≫.

89 녹문(鹿門) : 산 이름. 방덕공(龐德公)은 후한(後漢) 때의 은사(隱士)였는데 유표(劉表)로부터 여러차례의 부름을 받고도 끝내 나가지 않고 현산(峴山) 기슭에서 농사를 짓고 살다가, 뒤에는 처자(妻子)를 거느리고 녹문산으로 들어가 약을 캐며 끝내 돌아오지 않았다. ≪後漢書 卷83≫ 은거하는 생활을 말한다.

당신은 실로 여위어 옷을 감당할 힘도 없었고 날로 신음하고 달로 찡그리며 마음은 병들고 아팠소. 고질병 외에 이상한 증세가 번갈아 일어나 친정에 있을 때부터 일찍 죽을까 걱정했었소. 시아버지와 시어머니에게 입은 은혜가 각별했으니 신해년(1671)에 놀림병에 걸렸을 때 돌아가신 아버님이 열을 내려주셨고 정묘년(1677)에 아이를 낳았을 때는 어머님이 당신의 목숨을 건지셨소. 그런 일을 겪으며 세월이 지났고 정신은 아득했소. 만약 은혜를 말한다면 마른 나무에 기운을 불어넣고 뼈와 살을 붙여 온전히 보전하게 한 것이니 나 또한 효절했다고 할 것이오. 그러나 나는 실로 당신에게 상처만 주고 기름을 짜고 피를 빼앗아 마침내 죽는 데 이르게 하면서도 마치 아무렇지도 않은 듯 했으니 영혼이 만일 앎이 있다면 어찌 꾸짖지 않을 수 있겠소? 애통함과 괴로움이 끝이 없고 부끄러움 또한 하나가 아니오. 당신이 서울에 들어와 딸의 병을 낫게 하였는데 당신의 몸은 온갖 병이 많아 종기가 터져 목숨이 끊겼소. 이곳에 오래 머물려는 계획이 아니었고 그 집에서 죽어야 할 것이 아니었는데 이 모든 것은 어쩌면 나그네와 같은 인생이니 살아있는 자나 죽은 자가 모두 슬퍼할 만하오.

친구들이 도와 부의로 보내온 재화와 의복 등 자질구레한 것을 갖추었고 형편없는 침구는 면했으며 관에 넣는 물건도 다 채웠소. 궤연에는 육포와 새포가 있고 시장에서 감과 밤을 사왔으니 보내는 예는 어그러지지 않았다고 할 만하오. 살아서 잘 대해주지 못하여 거듭 돌아보며 슬퍼하오. 새로 만든 무덤은 점쟁이가 길한 곳이라 하오. 용이 서려있는 형세이며 등 같은 산이 위에 있고 금 기둥이 곁에 늘어서 있어 먹을 것을 머금고 있는 모습이 드러나니 반드시 복이 이를 것이오. 이에 편히 돌아가시오. 당신의 일은 모두 끝났소. 혼자 남은 이 궁한 홀아비는 세상에 살고 싶은 미련이 없어 마른 스님과 함께 시내와 산에서 지낼 것이오. 다만 근력이 있다면 당신 무덤에 물 뿌리고 살필 것이오. 봄에 이슬 내

리고 가을에 서리 내릴 때 와서 절기를 지키고 올 수 없게 되면 영원히
당신 있는 곳으로 갈 것이오. 말을 다하니 간장이 꺾이는 듯하고 눈물이
흐르오.

|해제| 김창흡의 부인 경주 이씨에게 올리는 제문이다. 경주 이씨는 이세장의
딸이다. 김창흡은 1668년 16세에 경주 이씨와 혼인하였고 1706년 8월 이
씨 부인이 죽었다. 김창흡은 여러 곳을 유람하고 산속에서 머무는 등 집과 아내
를 떠나 생활했던 적이 많았는데 아내는 그러한 남편을 이해하고 한결 같이 기다
리며 살았다. 때로는 남편과 함께 외진 곳에 가서 살면서 모진 고생을 하기도 하
였다. 김창흡은 정작 아내가 아파서 죽어갈 때도 집밖에 있어 제대로 간호해주지
못했는데 남편으로서 그러한 아내에게 미안한 마음을 드러내고 있다. 생전에는
고생만 시키고 풍족하게 해주지 못했지만 장례 물품과 제전은 정성을 다해 갖추
었다고 하며 망자를 위로하고 있다.

조카딸 조씨 부인에게 주는 제문
祭姪女趙氏婦文

질녀는 여자의 몸이지만 씩씩한 남자의 기상이 있었다. 슬프게 곡하는 것이 운명이었으나 짐짓 마음이 침착하였고 영특한 말과 뛰어난 변설이 아직도 귀에 들리는 듯하구나. 무덤은 황량하고 풀은 우거졌는데 어찌 깊이 잠들어 있느냐? 마음이 누그러들지 않고 더욱 슬프구나. 너는 집안을 이루는 데 부지런하고 아이들을 기르는 데 힘을 다했다. 꽃을 따서 꿀을 만드는 수고로움을 누가 했겠느냐? 새로운 동산에 나무를 심으니 과일이 이미 광주리에 가득하였지. 아버지를 부르는 아이들의 말이 어머니에게 미치지 못하는구나. 비록 네가 씩씩하지만 영혼은 응당 마음 아파할 것이다. 어진 남편과 자상한 아버지의 마음을 무슨 이치로 풀어줄 수 있겠느냐? 날이 갈수록 더욱 애도할 뿐이다. 홀로 여기에 놔두려 하니 아! 나의 완악함이여. 산 자와 죽은 자가 서로 등진 것이 산의 나무와 돌 같구나. 풀기 힘든 것이 한이고 머무를 수 없는 것이 시간이다. 종남에서 곡을 거두니 내 눈물은 멀리 흩어진다. 슬픔을 부치며 술과 과일을 바치니 영혼은 이 잔을 들거라.

> **해제** 질녀 조씨 부인에게 주는 제문이다. 조씨 부인은 비록 여성이었지만 남자와 같은 씩씩한 기상이 있었고 준걸함이 있었다고 한다. 부인의 남편과 아버지가 시간이 흐를수록 더욱 애도하고 있다는 사실을 대신 전하고 있다.

손녀 윤씨 부인에게 주는 제문

祭孫女尹氏婦文

유세차 무술년(1718) 5월 기유 삭 12일 경신일에 할아버지가 곡운의 임시 거처에서 손녀 윤씨 부인의 발인이 다가왔다는 소식을 들었으나 병으로 가서 영결하지 못해 꺾이고 갈라지는 듯한 슬픈 마음이 배가 된다. 대략 슬프고 괴로운 말을 지어 윤서방으로 하여금 멀리 관 앞에 이르게 하여 술을 따라 바치며 읽게 한다.

아아! 내가 손자를 본 것이 네가 처음이었다. 가서 문에 수건이 걸린 것을 보니 진실로 자태와 용모가 고운 것이 옥 같았다. 아름다운 너를 안고 오래 사는 복을 누리도록 축원했었다. 황벽나무 있는 곳에서 살며 자라고 비름나물과 명아주로 속을 채우며 헤진 치마와 때낀 얼굴로 가난한 집[90]에서 살면서도 이것을 의지했었다. 맛이 단 과일을 받으며 앞으로 올 즐거움을 징험했으니 과연 좋은 가문에 시집가 남편은 온순하여 너희 둘이 함께 늙으며 영화와 귀함을 다 누리기를 바랐다. 운명은 몸에 부합되지 못했으니 이 어찌 신의 이치이냐? 너의 형제는 남녀가 각기 4명인데 오직 너와 더불어 진작하였으니 네가 제일 첫째였기 때문이다.

너희들은 순수하고 굳으며 단정하고 아름다운 것이 대략 비슷하였는데 함께 물거품처럼 사라지니 이 어찌 꿈에서도 생각이나 했겠느냐? 마치 쌍벽을 부순 듯 두터운 땅에 묻기를 한 해가 지나도록 그러했으니 재앙이 또한 혹독하였구나. 귀신이 악독해서가 아니라 재앙이 나 때문에 네게 이르러 괴롭고 원통함에 무너질 듯하니 늙은이의 마음을 어디에

---

90 옹유(甕牖) : 깨진 독으로 창문을 만듦. 가난한 집의 형용.

둘 수 있겠느냐?

전에 네가 시집갔을 때 큰 띠 두른 옷만 있었고 닭과 개도 잡지 못했으며 여종도 딸려 보내지 못해 스스로 솜을 씻고 빨았으니 누구 도와줄 사람이 있었느냐? 너의 무모는 무력하여 틀리는 말만 귀에 가득하였고 너는 마음의 한쪽에 번뇌가 쌓여 몸이 허해지기[91] 시작했다.

가슴이 아프구나. 온갖 한이 족히 삶과 죽음을 관통하였다. 나는 이미 늙고 병들어 도성에 발길이 소원하였고 간혹 왕래하여도 네 얼굴 보기가 쉽지 않았다. 가물가물한 노안이라 사람과 귀신이 또렷하지 않지만 죽을 날이 얼마 남지 않았으니 좋은 말로 이르자꾸나. 슬프고 부끄러우니 어찌 말할 수 있겠느냐? 미친 듯 달려가 골짜기에 드니 다시 사람의 일을 돌보지 못하겠구나. 처음엔 사랑했는데 마지막엔 차마 부끄럽구나. 너의 짧은 생을 생각하니 기뻤던 날은 얼마 되지 않는다. 너는 자식을 셋 낳았는데 기르니 못했으니 마치 계수나무에 좀벌레가 생기듯 마침내 열매를 맺지 못했고 구름이 사라지듯 남은 것이 없으니 답답한 마음에 침통할 뿐이다. 온갖 산이 눈에 보이는데 다만 눈물만 홀릴 뿐이다. 애오라지 울적한 마음을 펴서 편지에 적어 어진 신랑에게 보내 올리며 읽게 한다. 영혼이 어둡지 않다면 나의 더해가는 슬픔을 알아주기 바란다.

해제 손녀 윤씨 부인에게 주는 제문이다. 이 손녀는 김창흡의 첫 번째 손녀이기 때문에 다른 손자보다 정이 각별했던 것으로 보인다. 김창흡은 손녀가 누구보다 남편과 함께 늙으며 영화와 귀함을 누리기를 바랐는데 현실은 잔혹하여 자식도 남기지 못하고 죽은 사실에 대해 매우 침통해하고 있다.

---

91 허손(虛損) : 몸의 정기와 기혈이 허해진 병증.

둘째 며느리 박씨 부인에게 주는 제문
祭仲婦朴氏文

유세차 기해년(1719) 8월 신축 6일 병오일에 시아버지가 술과 과일의 제전을 갖추어 둘째 며느리 반남 박씨의 영전에 곡하며 제사를 지낸다.

아아! 부녀자에게는 네 가지 덕이 있는데 이 모든 것이 순종함으로 모아진다. 그 순종함은 어떠한 것인가? 부드럽고 유순한 것이다. 입으로 시끄러운 말을 하지 않으며 얼굴은 거만한 빛을 보이지 않는 것이니 규방의 일의 이치는 이러한 상황을 기다려 돌고 돈다. 아아! 나의 며느리는 거의 이에 가까웠다. 봉양하는 근원은 방을 따뜻하게 하고 집을 아름답게 하는 것이다. 영락한 집에 시집와서 거친 밥이나마 달게 나누고 눈을 낮추고 기운을 낮추며 늘 조심함이 있었다. 몸을 대신해 조상의 사업을 빛내고 제사를 청결하게 지냈다. 신의 뜻을 얻지 못함이 없다면 온갖 상서로움이 몰려야 마땅하거늘 뜰의 난초가 싹이 나려하는데 서리가 내려 그 싹을 떨어뜨리고 봉황이 원망함을 끌어안고 원숭이가 창자가 끊겨 피를 토하듯 독한 기운을 타고 마침내 숨이 끊어졌다.

너는 사십 년 세월 동안 근심스러웠던 날이 태반이었다. 6년 동안 상을 치르며 다만 그치기를 말했으니, 아! 슬프구나. 온갖 한이 규방을 메웠구나. 내가 암자에 머물며 서울 집에 발걸음이 뜸했으니 패옥 같은 아름다운 모습이 소나무와 계수나무 사이에 아득하나 희미하게 계속 이어지니 네가 기뻐하는 것을 알겠다. 음식 마련에 진심으로 봉양했건만 불쌍하게 죽음을 당했는데도 차마 가서 보지 못했으니 한 마디 슬퍼하는 말로 풀지 않을 수 없구나. 아득하고 어두운 그리움이여, 내 창자를 찌르는 듯하구나. 빈소의 섬돌 주위를 돌며 하늘을 올려다보고 땅을 내려보며 눈물을 흘릴 뿐이다. 나는 상복을 입지도 않고 제사 음식을 주관하지는 않지만 너를 굶주리게 하지는 않을 것이고 우리 조상님이 불쌍하게 여길 것이다. 쓸쓸히 누워 있다가 늦은 시간 며느리 집에 가보니 아이들이 울고 아비가 괴로워하고 있는데 바람은 장막 사이로 불고 비는 지붕에 내리는구나. 모든 일이 갑자기 일어났으니 앞으로 어떻게 살아가야 할지 아득하기만 하고 두서가 없는 듯 하고 무슨 일을 하려 해도 되지 않는구나. 옥탄에 무덤을 여니 여러 번 샘이 솟구치는 게 보인다. 장례 치를 날이 정해지니 슬픔이 하늘 끝가지 닿는다. 슬피 술과 음식을 올리니 관 앞에서 창자가 끊어지는 것 같다.

| 해제 | 김창흡의 둘째 며느리 박씨 부인에게 주는 제문이다. 김창흡은 며느리가 여성이 갖추어야 할 네 가지 덕을 갖추었다고 하며 특히 며느리가 순종했던 점을 높이 사고 있다. 며느리가 죽은 후 자신을 비롯하여 아이들이 의지할 데 없게 된 점에 대해서도 언급하고 있다. 박씨 부인은 박태정(朴泰定)의 딸이고, 남편은 김치겸(金致謙)이다.

아내의 기일에 아뢰는 글
告亡室忌日文

유세차 신묘년(1711) 8월 무오 18일 을해에 남편 김창흡은 유인 경주
이씨의 기일이 다시 돌아오는데 몸이 먼 산골짝에 살기 때문에 직접 일
을 치르지 못합니다. 이에 제문을 지어 슬픔 마음을 펴보고자 아들 양겸
이를 보내어 대신 술을 올리고 낭독하게 합니다.

내가 당신을 곡한 이후 목성이 반바퀴를 도는 동안 처량하고 두렵고
참담하게 지내는 가운데 또 가을이 왔습니다. 당신의 삶과 죽음을 생각
하니 어쩌면 그리 순식간이었던지요? 수건 걸고 혼인했다 관을 덮은 것
이 모두 이 달에 있었습니다. 당신은 인생이 슬펐고, 운명은 매우 궁핍했
습니다. 물정에 어두운 나를 만나 온갖 고생을 했으니 굴뚝에서는 느긋
하게 연기가 피어 오르지 못했고, 옹이엔 저녁밥을 채우지 못했습니다.
그래도 오직 선함으로 분수를 지키며 근심으로 눈썹 찌푸리지 않았습니
다. 용의 지도리와 호랑이 구멍, 가는 곳마다 들어갔었지요. 아직 기린의
자취를 따르지 못했는데 지친 모습을 보게 되었습니다.

마침내 궁핍한 홀아비가 되어 나의 쇠함을 탄식합니다. 나는 날씨 추
워지기 전에 털옷을 받았으나 배고플 때 불을 때지 못했습니다. 마음에
간직하며 오직 슬픔을 기억합니다. 집안이 궁한 것은 옛날과 마찬가지이
지만 자식들이 넉넉합니다. 세 가지 구슬을 안고 있으니 진이는 책을 읽
을 줄 알고 정의 딸은 시집을 갔는데 어진 사위가 옥 같은데 나만 혼자
볼 뿐 당신과 함께 웃으며 맞지 못합니다. 생전에 고생을 다하였는데 좋
은 일은 누구에게 있는지요? 새로운 슬픔과 오래된 한이 차례차례 옮겨
갑니다.

 제사가 임박한데 마침 나는 도성 밖에 있습니다. 슬픈 자리에 아이들이 모두 모였겠지만 홀로 바위 언덕에 머물고 있어 제사를 친히 치르지 못합니다. 이승과 저승의 사이가 얼마나 되는지 두 얼굴 모두 잊혀집니다. 글 한 편을 지어 편지를 부치며 눈물을 함께 전합니다. 성성은 이에 있으니 영령께서 흠향하시길 바랍니다.

해제 아내의 기일이라 제사를 지내기 위해 자식들은 모두 모였는데 정작 남편인 김창흡은 산에 머물며 참석하지 못했다. 이에 대신 이 제문을 아들에게 지어 낭독하게 하고 그 사실을 알리는 글이다.

공인 이씨 묘지명
恭人李氏墓誌銘

간재 이공[92]은 막내딸 공인 김씨 부인을 여의고 노년에 번민이 모여들고 애통함이 지극하여 마음을 붙일 수가 없다고 하였다. 마침내 그의 사위 김태보와 상의하여 공인을 그가 살던 곳인 지동(芝洞)의 양우명지에 장사지내기로 하였다. 이 곳은 이산(伊山)이라고 하는데 실은 정관[93] 노선생이 지키던 동강으로[94] 여러 번 주인이 바뀌다가 김태보에게 돌아간 곳이다. 애초에 공인이 권하여 그 땅을 샀는데 샘이 가까워 편리할 뿐 아니라 장인과 사위[95]가 서로 모여 친하게 지내는 것을 보려고 하였는데 마침내 혼백이 돌아가는 곳이 되었으니 그 일이 매우 슬프다.

무덤에는 또한 묘지가 없어서는 안 된다. 공인은 태어나면서부터 깨끗하고 순수해 마치 흰 눈이 소복하게 쌓인 듯했고 성품이 빛나는 것[96] 또한 그러했다. 자연스레 얌전한 자태가 있었으며 옛날 일을 총명하게 기억하고 낭랑하게 시를 외워 종당이 모두 기특하다고 칭송했다. 시집을

---

92 이단상(李端相)을 말한다.

93 이단상 : 1628(인조 6)~1669(현종 10). 본관은 연안(延安). 자는 유능(幼能), 호는 정관재(靜觀齋)·서호(西湖). 좌의정 정구(廷龜)의 손자로, 대제학 명한(明漢)의 아들이다. 이가상(李嘉相), 이일상(李一相) 등이 형이다. 이행원(李行遠)의 사위. 홍명하(洪命夏)·송준길(宋浚吉)·조복양(趙復陽) 등이 학문과 덕행을 인정, 경연관(經筵官)에 추천되었으나 이를 사양하고 양주 동강(東岡)으로 은퇴하였다. 문하에서 아들인 희조(喜朝)와 김창협(金昌協)·김창흡(金昌翕)·임영(林泳) 등의 학자가 배출되었다.

94 이단상은 1664년 집의가 되어 입지권학에 관한 다섯 조목을 상소하고 스스로 관직을 떠났다. 홍명하(洪命夏)·송준길(宋浚吉)·조복양(趙復陽) 등이 학문과 덕행을 인정, 경연관(經筵官)에 추천되었으나 이를 사양하고 양주 동강(東岡)으로 은퇴하였다.

95 빙옥(氷玉) : 장인과 사위. 빙청옥윤(氷淸玉潤)의 준말. [蘇軾·書] 冰玉相對.

96 영윤(瑩潤) : 반들반들 윤이 나는 모양. [段成式·酉陽雜俎續集] 紫色赤斑 瑩潤可愛.

가서는 시어른의 마음을 얻어 그 시아버지 목사공이 매번 며느리가 욕심 없고 특별히 좋아하는 것이 적음을 칭찬했다. 시아버지가 돌아가고 시어머니가 늙자 부양하고 너그럽게 위로하는 것이 여러 사람이 미칠 수 없을 정도였다. 대개 섬삶으년서노 사애로웠으며 꼼꼼하고 부지긴하면서도 막힘이 없었다.[97] 이러한 것으로서 자신을 지키고 사물을 대하여 이른바 가정 일을 다스리고 결정하는 데 모두 그 마땅함을 얻었다. 베풀고 양보하는 데 여유로웠지만 또한 덕을 베풀었다는 기색을 남에게 보이지 않아 더욱이 남편이 좋아하며 감복하였다. 남편을 경계할 때는 교만함을 버리고 속으로 헤아려 따끔하게 충고하여[98] 죽은 후에도 남편에게 거울삼지 못하는 애통함이 있었다.

공인의 나이는 28세에 그쳤다. 기해년(1719) 모월에 죽어 모일에 장사를 지냈다. 연안 이씨 집안은 일찍부터 빛났는데 정관 선생에 이르러 높은 풍모와 학문으로 크게 세상을 감복시켰다. 간재 선생이 이것을 이어 덕을 빛냈으니 공인의 지혜와 현숙함이 어찌 오래도록 훈도 받아 그리된 것이 아니겠는가? 정관 선생의 휘는 모고 벼슬은 부제학이다. 간재의 이름은 모이고 벼슬은 이조 참판이다. 공인의 어머니는 안동 김씨이니, 나의 중부 영의정을 지낸 모의 딸이다. 목사공의 휘는 모이다. 태보의 이름은 동현이니 상산이 본적이다.

공인이 어렸을 때 내가 진실로 어루만지고 사랑했다. 지금 죽으니 간재에게 깊이 애통하는 마음을 전한다. 간재는 눈물을 떨어뜨릴 뿐이었기에 그래서 덕성과 아름다움을 찬술한 것은 공인의 남편인 태보의 손에서 나왔다. 그의 시어머니 신부인의 애사를 보니 뼈를 찌를 듯이 나의 마음을 알아 주는 말이 있어서 사람을 감동시켜 울게 하며, 또한 세상의

---

97 소통(疏通) : 막힘이 없이 통함.

98 정침(頂針) : 정문일침(頂門一鍼)의 준말. 남의 약점이나 결함을 똑바로 찌른 따끔한 지적이나 비판의 비유. [盧象昇·書] 頂門一鍼 拜此君之益多矣.

사납고 포악한 사람을 경계할 만하다.

대저 재주 있음과 재주 없음에 대해 제 각기 말을 하는 것은 이것은 실로 부모의 일상적인 마음이다. 그러나 자애로운 마음이 덮고 가려서 왕왕 재주 없는 아이를 재주 있다고 하는 경우가 있다. 그러므로 규방의 일을 말할 때 사가(私家)의 집안 가득한 명예를 얻는 것이 시어머니에게 '좋다'는 한 글자를 얻는 것만 못하다. 이를 테면 공인이 시부모집에서 얻은 것은 알아준 것이 깊고 명예가 넉넉하여, 친부모가 다 알지 못한 것에 이를 정도이다. 그러니 죽어도 남은 영예가 있으니 가히 저승에서 평안함을 얻었다고 할 만하다. 또한 어찌 생명이 촉박하고 복이 인색하다고 한스러워하겠는가? 만일 양쪽 집에서 원망을 삭이는 것을 다하지 못함이 있다면 나의 명을 살펴보도록 하라.

지동에서 태어났으니 어진 아버지가 벼슬을 그만두고 머물던[99] 곳이다.
이산에 묻혔으니 이름난 조상님이 숨어 수신(修身)하던 곳이다.
슬프도다. 아름다운 이여. 시와 예를 알던 혼백이여.
패옥 소리 내며 웃던 모습이[100] 마치 새벽과 저녁에도 남아 있는 듯하다.
자애로운 보살핌이 오랫동안 영원했으면 그 집안이 평안하였을 것이다.
그 향기를 드러내기 위해 김 노인이 명을 짓는다.

|해제| 김창흡의 작은아버지 김수홍의 외손녀인 이씨 부인의 묘지명이다. 이씨 부인의 아버지는 이희조이고, 남편은 김동현이다. 김창흡은 자신이 알던 부인의 어릴 적 행실과 성격 등을 중심으로 묘지명을 서술하고 있다. 한편 이씨 부인의 아버지의 자식을 잃은 슬픔도 대신 전하고 있다. 이 글 외에 이씨 부인의 남편이 지은 행장과 시어머니가 지은 애사가 있음을 작품을 통해 살필 수 있다.

---

99 귀휴(歸休) : 관직을 물러나 쉼. 은퇴함. [韓詩外傳・卷9] 田子爲相三年歸休.
100 차소(瑳笑) : 웃어서 이가 드러남.

누이동생에게 주는 제문
祭亡妹文

유세차 신유년(1681) 2월 을유 삭 초 4일 무자(戊子)일[101]에 셋째 오빠 창흡이 서러움을 머금고 눈물을 참으며 죽은 누이동생 유인 이씨 부인의 영전에 영결을 고한다.

아! 형제를 잃는 것은 천하의 지극한 아픔이다. 한 기운에 근본을 두고 서로 다른 몸으로 이어져 간담을 서로 붙이며 가지와 줄기가 서로 이어져 있다가 하루아침에 그 반이 잘라져나가 홀로 남겨지게 되었구나. 그러니 그 얼마나 원통하고 원통한가. 이는 모든 사람의 큰 슬픔이나 무릇 지금 사람들 가운데는 혹 그렇게 여기지 않는 자도 있다. 그러나 병을 병으로 여기는 자는 고통이 지극한 것이 아니다. 오직 병이 있으되 막연하여 그 고통을 알지 못하는 것, 이것이 심한 병이다. 이를 테면 내가 너를 잃은 것이 거의 고통을 모르는 것이 아니겠는가? 처음엔 혼이 나간 듯하다가 나중엔 망연하고 황망하여 오래될수록 스스로 헤아리지 못하겠으니 이런 것을 이르길, "비통하고 슬플 뿐이다"고 하는 것인저!

아! 을사년(1665) 내가 열세 살 때 네가 비로소 이동[102]의 임시로 살던 집에서 태어났는데 나는 그 때 비록 어렸지만 그 누워있는 곳을 좇아가 마음으로 네가 단정하고 빼어나며 특별한 것을 마음으로 기이하게 생각했다. 어쩌면 너는 아름답고 맑고 점점 자라남에 지혜가 날로 새로워져

---

101 김수항의 <제망녀문(祭亡女文)>(『문곡집(文谷集)』 권23)도 본 제문과 같은 날 쓰였다.
102 지금의 운현궁 바로 남쪽에 있는 교동 초등학교 뒤 편을 니동이라 하였다. 교동 초등학교 뒤의 고개는 비만 오면 땅이 몹시 질척거렸으므로 구름재 혹은 진골(니동)이라고 하였다.

여선생의 가르침을 기다리지 않고도 아름다운 행실과 부드러운 자태가 이미 능히 규범에 들어맞았다. 다만 멀리 세속과 달라 착연히 진흙 속에 몸을 담가도 더러워지지 않는 것이 마치 연꽃이 물에 있는 것 같았으니 진실로 타고난 바탕이 스스로 그러한 것이었다. 덕의 기운이 아름다운 데에 이르러서는 장성하면서 더욱 완연하여 혼연히 둥근 아름다운 구슬 같아 그 티를 볼 수 없었다. 대개 깨끗하고 통달한 성품이 있으면서도 장엄하고 치밀함이 있었고 높고 영화로운 자태가 있으면서도 넉넉함이 있었다. 나는 일찍이 그윽이 기뻐하면서 감탄하여 말하길

"질박하기가 저와 같고 덕이 이와 같으니 옛날의 이른바 '마음을 뽑아 옥을 비추고 수풀 아래 바람 기운이 있다'고 한 것을 누이는 갖추고 있구나"

라고 하였다. 그리고 풍성하게 누리고 영화롭고 귀한 모습은 또한 하늘이 후하게 주신 것이었다. 대저 그러한 다음에 그 가정의 곤범을 좇고 종에게 명령하며 자손을 따르게 하는 것이 마땅하다. 만약 그러한 것에 혹 차이가 있음을 헤아려려도 반드시 약간 어긋나는 것에 불과할 것인데 일찍 죽어 어찌 나를 속이는가? 이것을 마음속으로 혼자 말을 하다가 이내 간혹 형제 간에 말을 하니 모두 그렇다고 한다.

아! 지금 하늘이 과연 나를 속인 것인가? 네가 과연 나를 속인 것인가? 네가 나를 속인 것이 아니라면 너 또한 하늘에 속은 것인가? 너는 내 말을 크게 믿을 만하다고 여겼었는데 마침내 또한 속았으니 그러면 나와 너와 하늘이 서로 속인 것인가? 아 어찌 그러한가? 어찌 그러한가? 중년에 이르지도 못하고 중도에서 일찍 죽는 것에 그쳤는가? 번연히 창성하기를 바랐는데 그 후사를 끊었는가? 어찌 너의 덕과 너의 관상으로 진실로 이러한 데 그쳐서야 되겠는가? 또한 진실로 운명이 아니지 않은가? 아 어쩌면 그러한가? 네가 처음 태어났을 때 비록 동네에서 길을 가는 사람도 듣고 양과 술로 서로 축하하지 않는 사람이 없었다. 너의

죽음에도 또한 그 일찍 죽어 잔인한 재앙을 불쌍히 여기고 슬퍼하지 않는 이가 없다. 또 너를 위해 안타까워하며 눈물을 흘리며 마치 자신들의 슬픔인 듯 여긴다. 그러나 오직 한 집에서 너의 평소의 성품과 행동을 꿰뚫어 친히 좋아하던 자는 그 슬픔이 날이 갈수록 더욱 간절하며 매우 애석하고 슬픔이 더욱 깊어진다. 다른 사람도 진실로 그러한데 하물며 우리 골육의 마음을 어찌 말로 할 수 있겠는가?

그러나 또한 통한이 지극하여 감당하지 못하는 것이 또 다섯 가지가 있다. 아! 우리 형제는 여섯 명이 남자이고 여자는 오직 너 하나였다. 너는 또 늦게 태어나 부모님이 진실로 특별히 너를 사랑하였으나 어머님은 병이 잘 걸려서 집안의 많은 일을 감당하지 못하셔서 날이 지나 네가 자라자 너에게 맡기셨다. 다행히 네가 일찍부터 현명하고 남과 달라 겨우 말을 배우기 시작하면서 이미 술과 간장 담그는 것을 볼 수 있었고 차츰 더욱 그 모든 것을 맡아 그 대강을 맡지 않은 것이 없었다. 부모님을 받들며 돌보아 드리고 근심과 걱정을 덜어 드리며 우리 부모님의 마음을 위로하고 기쁘게 하는 것을 다른 형제들은 감히 바라볼 수가 없었다. 지금은 이제 끝났으니 내가 죽을 때까지 비록 부모님이 활짝 얼굴을 펴시고 웃으시는 것을 보고자 한들 볼 수가 없겠구나. 이것이 애통하고 한스러운 것이 지극하여 감당할 수 없는 첫 번째이다.

너는 성품이 우애하고 순수하여 형제간을 한결같이 똑같은 사랑으로 보았고 즐거운 마음도 사이를 두지 않아 항상 함께 지키며 떨어지고자 하지 않았다. 불행하게 일곱 살 이후로 방도 없고 집도 없어 형제들이 흩어져 살아 일찍이 다함께 모인 적이 별로 없었는데 너는 매번 이것을 매우 한스럽게 여겼다. 장차 한 집에 다 함께 모여 백년토록 즐겁게 살고자 하였는데 너는 도리어 버리고 영원히 가버렸다. 마치 멀리 가버려 돌아보지 않는 듯하니 이것이 지극히 애통하고 한스러워 견딜 수 없는 두 번째이다.

세상에서 현달하고 귀한 집은 반드시 비단옷 입고 고량진미를 먹을 것이라 여긴다. 너는 부모님의 외딸로써 우리 집에 태어나 즐거움과 따스함과 배부름이 너 같은 이가 없을 정도였다. 만일 수명이 짧아 그 누리는 것을 오래도록 하지 못한다면 그 생전의 뜻은 반드시 편안한데 맡겨져야 할 것이다. 그러나 세상일을 분별하기 시작한 이후 번번이 집이 유리되는 것을 당하고 험난하고 가난함을 두루 겪은 것이 위태로웠다. 남쪽 지방에 있을 때[103] 항상 장기와 뱀 때문에 고생을 하여 하나도 자고 먹는 것을 편안히 하지 못했었다. 동쪽으로 옮겨서도[104] 또 풍상과 추위가 다소 침범하여 노고가 곤란하고 극했었다. 매번 아버님이 일찍 돌아오시기를 축원하고 천지 신령에게 빌어 다시 깨끗한 때를 볼 것을 바랐지. 걱정스러운 일이 종말을 알리고 창대한 즐거움이 조금 시작해 그 얼마 남지 않았는데 너는 이에 평생의 거처를 버리고 다른 집에 가 죽음을 붙이니 너에 대한 하늘의 생사와 곤고가 또 어쩌면 그렇게도 가혹한가. 이것이 통한이 지극해 감당할 수 없는 세 번째이다.

우리 많은 형제가 너를 얻어 아들과 딸의 수를 맞추었고, 너는 또 어진 남편을 만나 옥윤[105]이라고 일컬으며 함께 뜰을 옮겨 방에 들어가 옷깃을 마주 했다. 한 시대의 사람들이 모두 아름다움을 칭찬하고 부러워하여 간혹 어떤 이는 분양가[106]의 사위에 비유하기도 하였다. 지금 영락하고 꺾여 우리 가문을 추연히 처량하게 하겠으니 지난 번 다른 사람들에게 받던 부러움이 도리어 슬퍼 조문을 받게 되었으니 이것이 통한이

---

103 이씨 부인의 아버지 김수항이 1675년(숙종 1)에 남해(영암)에 유배되었을 때의 일을 말한다.

104 김수항은 1678년(숙종 4) 철원으로 이배되었을 때의 일을 말한다.

105 옥윤(玉潤) : 사위의 미칭.

106 분양지서(汾陽之壻) : 분양(汾陽)의 사위. 분양은 당나라 곽자의(郭子儀)의 별칭이다. 곽자의에게 여덟 명의 아들과 일곱 명의 사위가 있었는데 모두 벼슬로 현달하였다. '분양지서'라고 하면 현달하고 귀한 사위를 일컫는 말로 쓰인다.

지극하여 참을 수 없는 네 번째이다.

기억하니 네가 어렸을 때 부모님이 너를 귀여워하시며 반드시 말씀하시길,

"너를 훌륭한 신랑에게 시집보낼 것이다. 너에게 육례[107]를 갖추어 주고 또 육친을 모아 함께 하여 너의 세상에 드문 아름답고 현숙함을 드러낼 것이다."

라고 하셨다. 어찌 하늘이 소원을 들어주지 않을 것을 생각했겠는가?

네가 결혼할 때[108] 가난하고 어려워 예를 줄여서 준비하는 것을 면하지 못하였으니 온 집안이 매우 한스럽게 여기고 뜻을 거슬렀던 것이 진실로 깊었다. 또 어찌 양가에 장애가 많아 만사가 어그러져 얼마 안 있다 비녀를 꽂는 일을 하려고 하였는데 마침내 혼백이 되어 돌아갈 줄 생각이나 했겠는가?[109] 이것이 통한이 지극하여 견딜 수 없는 다섯 번째이다.

대저 지극히 친하고 돈독히 사랑했는데 이 다섯 가지 참을 수 없는 통한이 있으니 이미 족히 뼈 속까지 이를 정도로 심해 풀지 못할 것이고 죽을 때까지 잊지 못할 것이다. 그러나 유독 나에게는 다른 형제보다 더 분한 것이 있으니 다만 이 다섯 가지 때문만은 아니다. 아! 우리 집이 크게 서울에 들어갔으나 나는 동쪽 산골짜기에 남아 장차 돌밭을 가꾸는 일을 하리라 생각했다. 왔다 갔다 하면서 살피고 보기를 대략 한 달에 한 번도 하지 못했다. 너는 내가 오는 것을 보면 반드시 기뻐하고 웃

---

107 육례(六禮) : 혼례를 치르는 데 하는 여섯 가지 의식. 납채(納采), 문명(問名), 납길(納吉), 납징(納徵), 납폐(納幣), 친영(親迎)을 이름.

108 이씨 부인은 1678년(숙종 4) 겨울 이섭(李涉)과 결혼하였다.

109 이씨 부인은 결혼 후에 친정아버지 김수항과 유배지인 철원에서 함께 살았다. 향촌에 있어 시댁에 가기 힘들었고 또 시집에 상이 있어 결혼 한 지 3년이 지나도록 비녀 꽂는 예를 하지 못하여 시부모를 뵙지 못했다. 이 부분은 이씨 부인이 '현구고(見姑舅)'의 예를 하지 못하고 죽은 후 혼백이 되어 시집으로 돌아가게 된 것을 말하는 것이다.

으면서 맞이하며 번번이 그만두고 돌아올 기약을 물어보았으나 나는 거기서 죽을 것이라고 말하면 너는 슬퍼하며 말하길, "오래 머무르지 마세요."라고 했지. 팔월에 비로소 네가 회임했다는 소식을 듣고는 아직 이르다고 생각했지 갑자기 놀라운 일이 있을 것이라고는 깨닫지 못했었다. 이미 어찌할 수 없어 묵묵히 달이 가는 것을 기약하며 섣달 말이나 올봄 초에 해산하리라 생각했다. 그 전 섣달 10일 사이에 반드시 가서 너를 간호하려고 산에 들어간 후 매번 손가락을 꼽으며 기다렸다. 어찌 그 기간에 이르지 못하고 너는 그 사이에 갑자기 죽었단 말이냐? 너의 병과 너의 죽음, 나는 모두 그 날을 알지 못한다. 바야흐로 누추한 집에 누워서 계곡과 시냇물에서 읊고 노래 부르다 갑자기 추운 산 절벽 가운데에서 슬픈 소식을 들었으니 땅을 구르며 울부짖다가 장 안이 모두 찢어지는 듯 하였다. 눈을 밟고 별을 머리에 이고 미친 듯 말달려 오니 너는 이미 렴을 해서 다가갈 수 없었고 이미 죽은 얼굴 또한 어루만질 수가 없었다. 아버님은 나의 손을 잡으시고 땅을 치며 말씀하시길,

"너는 왜 이렇게 늦게 왔느냐?"

고 하시며 마침내 네가 임종시 여러 번 내 얼굴 한 번 보기를 원했다는 말씀을 하셨다. 또 내가 약을 지어 주지 못한 것을 한으로 여겼다고 하니 아마도 너는 평소 내가 조금 사람의 병을 고치는 것에 대해서 알고 있다는 것을 알아서 그랬겠지. 아프기 전부터 이미 빨리 오기를 바랐는데 말하지 못하다가 그 병이 점점 심해졌으나 끝내 이르지 못했으니 아마 한을 머금고 죽었을 것이다. 아! 괴롭구나! 아! 한스럽구나!

진실로 만에 하나 이와 같을 것을 생각했더라면 내 어찌 차마 빨리 모든 걸 버리고 가서 이런 끝없는 통한을 이르게 했겠는가? 생각하니 이는 네가 태기가 있다는 것을 알고도 기다리며 지켜주지 못했으니 이는 내가 신명을 저버린 것이 많기 때문이다. 다시 무슨 말을 하겠는가? 네가 죽은 후, 들으니 네 아이 아직도 젖을 먹으며 아무 탈이 없다고 해

문득 눈물을 거두고 마음을 다스려 바로 가서 보고자 했으나 마음이 차
마 할 수 없어 짐짓 천천히 하고자 하였다. 며칠 지난 후에 아이의 병이
이미 위독해 어찌할 수가 없었다. 그러나 다만 생각하길, 만일 하늘이 불
쌍히 여기신다면 만 분의 일이라도 회생시킬 수 있을 것이라 생각했다.
그러면 아이는 너의 혈속이니 부모님께서 위로 받을 수 있을 것은 말할
것도 없고 내가 너를 병에서 구하지 못한 것을 또한 조금 보상할 수 있
을 것이라 생각했다. 지극한 정성도 막막한 신의 마음을 얻지 못해 실낱
같은 생명이 마침내 내 손에서 끊어졌으니[110] 너의 지극한 궁달함과 복
이 없음이 이에 갖추어졌구나. 하늘이 나의 통한을 더욱 보태셨으니 이
보다 더 궁함이 없구나.

　아! 너는 아직 비녀 꽂을 나이도 되지 않았고 또한 중년도 되지 않아
자식을 낳아서 기르는 것을 나는 생각도 하지 못했는데, 마침내 몸을 죽
게 만든 것이 다른 병도 아니고 이것 때문이니 이 사람의 이 병은 위태
로움이 일찍 꺾여 죽는 것에 가까웠다. 그러나 세상에 남겨 놓는 것, 이
것을 어떤 이는 하늘의 뜻이 조금 허락하는 것이라고 하는데 또한 죽었
다. 자손이 끊어져 남겨 놓은 혈육이 없으니 나도 참을 수가 없는데 하
늘이 너에게 정말 심했다고 할만하구나. 일찍 죽는 것도 부족하여 재앙
을 남겨 놓았고 재앙도 부족하여 또 그에 덧붙여 자손이 멸절되게 하였
으니 나는 장차 어디에 이 끝없는 고통과 한을 풀고 또 장차 무슨 말로
우리 부모님의 마음을 풀어 드릴 수 있겠는가? 네가 죽은 후부터 아버님
은 남쪽 방에 병이 들어 누워 슬픈 오열로 가슴을 메우시며 베개에 눈물
을 흘리고 계시며, 어머님은 날마다 북당에서 소리쳐 우시며 기절하셨다
가 다시 일어나셔서 매일 아침저녁으로 우시며 마루에 오르신다. 부모님
슬하에 기어가면 마치 너를 곁에서 볼 수 있을 것 같으나 눈을 들어 보

---

110 이씨 부인은 1680년(숙종 6) 12월 2일 딸을 낳고 3일 후인 12월 4일에 죽었고 이씨
　　부인이 죽은 지 6일 후 아이가 죽었다.

면 보이지 않고 너의 서쪽 방을 찾아가면 마치 너의 말이 들리는 듯 귀를 기울이나 들리는 것이 없다. 아! 진짜 죽었느냐! 다시 돌아올 수 없는 것이냐? 길을 걸으면 멍하니 마치 몸이 반만 있는 것 같고 앉아 있으면 알알하여 장이 하루에도 아홉 번은 꼬이는 것 같다.

아득하구나! 갑자기 죽은 자가 누구고 슬퍼하는 자는 무엇 때문인지 알지 못하겠구나. 홀연히 놀라니 너는 죽어 다시 돌아올 수 없는 것이구나. 세월은 쉬이 흘러 너의 뼈와 살을 장차 오래 여기에 둘 수가 없으니 너의 영혼 또한 나를 멀리 떠나야하는구나. 나의 무궁한 통한을 돌아보면 비록 이것을 잊으려한들 끝내 어찌 잊을 수 있겠는가? 무궁한 우주에 비해도 그럴 수 없을 것이다. 옛사람은 생자의 이별은 오히려 만고에 혼을 녹인다고 하였으나 지금의 이 이별을 나는 그 어찌해야 할 지를 알지 못하겠다. 그러나 마음은 목석이 아니기에 너는 귀신이 되어 사람이 아니고 너는 저 세상에 가서 돌아올 수 없지만 차마 너를 보내는 글을 지어 너에게 술 한잔을 올린다. 또 네가 좋아하는 것을 생각하여 골짜기의 국수와 산 열매를 바치니 영혼도 좋아할 것이다. 평소에 서로 권하며 먹던 것처럼 할 수는 없을까? 아 슬프구나! 상향.

해제

김창흡은 죽은 여동생, 이씨 부인을 위해 <제망매문(祭亡妹文)>, <망매생일제문(亡妹生日祭文)>, <망매대상제문(亡妹大祥祭文)> 등 총 3편의 제문을 썼는데, 이 글은 그 가운데 한 편이다. 이씨 부인은 아버지 김수항(金壽恒)과 어머니 안정(安定) 나씨(羅氏)[나성두(羅星斗)의 딸] 사이에서 1665년 (현종 6년) 3월 17일, 7형제 중 외동딸로 태어났다. 1678년(숙종 4년), 14세에 이섭(李涉)에게 시집갔다가 1680년 (숙종 6년) 12월 2일 아이를 낳고 병이 위독해져 12월 4일, 16세의 나이로 죽었다. 이씨 부인의 죽음은 가족에게 커다란 아쉬움과 슬픔을 남겨 김수항은 17세기 제문 중 가장 장문인 <제망녀문>을 비롯하여 총 6편의 제문과 <망녀행적> 등의 글을 남겼고, 당시의 저명한 문장가였던 이씨 부인의 오빠 김창협도, <제망매문>, <재제망매문>, <망매천폄제문>, <망매애사> 등 4

편의 글을 남겼다. 송시열은 이씨 부인을 위해 묘지명을 써 주었다. (<유인김씨 묘지명>) 이씨 부인은 죽은 뒤 가장 많은 제문을 받았으며 조선 사회에서 집안의 사랑과 촉망을 두루 받던 대표적 여성으로 꼽힌다. 동일 여성을 대상으로 여러 문인이 글을 남기고 있어 이씨 부인의 삶을 상세히 재구하는 것이 가능하며 여러 글을 통해 서술자의 서술 태도와 방법 및 내용을 비교할 수 있다.

누이동생의 생일에 주는 제문
亡妹生日祭文

유세차 임술년(1682) 4월 무인 삭 13일 경인일에 셋째 **오빠** 창흡이 술
과 과일의 제전을 갖추어 죽은 누이동생 이씨 부인의 영령에서 곡을 하
고 술을 따르며 글을 짓는다.

아아! 사람이 감정을 갖고 태어나니 그것은 바로 희(喜)·노(怒)·애
(哀)·락(樂)이다. 희노애락은 한 가지 성품에 근원을 두고 있어 진실로
다른 바가 없다. 그러나 슬픔의 단서가 한번 일어나면 빠르게 움직이니
그 슬픈 감정이 일어나 빠르게 움직이면 억누르기가 어렵게 된다. 억누
르지 못하면 뼈에 사무치게 되어 비록 다른 감정이 생긴다 하더라도 그
슬픈 감정을 가리고 빼앗기 어렵게 된다. 지난번 내가 다른 사람에게 너
의 죽음을 들었을 때 아득하더니 몸이 직접 죽음을 겪은 듯한 것이 매우
심했다. 옛날 네가 죽었을 때 나는 다만 정신이 나간 듯 하였는데 이미
세월이 오래되었어도 내 아픔은 더욱 커진다. 생각하니 이 삼년 동안 천
도(天道)가 변하여 서로 그리워하다가는 서로 버리게 되었구나. 옛 말에
또 이르기를 "마음이 깊이 가라앉으면 어디를 가도 느끼지 않는 것이 없
다"고 하였으니 마치 섶에 불을 안고 가서 홀연히 뜨거운 데 오르는 듯
하고 또 마치 누에에서 실을 끊이지 않고 뽑는 듯하여 고하지 않을 수
없구나.

평상시 생활하거나 걸어 다닐 때에도 틈틈이 목이 메고 탄식하다가
일어나면 몸이 마치 가라앉는 듯하다. 잘 때에도 잠꼬대하며 이내 가끔
오열하며 울다가 곁에 있는 사람이 부르면 마음이 찢어지는 듯하구나.
내가 병을 얻은 다음부터 여러 병들이 모여들어 내가 실로 스스로 구휼

하여 이러한 기운을 없애려고 억지로 우스운 말을 해보며 즐거움을 찾아보고자 해서 산에 오르고 물에도 가보고 가마를 타고 교외에도 나가보지만 끝내 홀홀히 길을 잃은 듯 창망히 돌아오고 만다.

북당에 올라가 보니 부모님의 안색은 생기가 없고 스산하게 분뭉지에 바람이 스며들고 네가 살던 서쪽 방은 쓸쓸하고 비단 장막은 어두컴컴하며 먼지 자욱만 아련하다. 조석으로 올리는 음식을 네 남편과 함께 초하루와 보름에 올리다 울음을 삼키고 서있으면 눈물과 기운이 엉키어 마치 편편히 나는 것 같다. 밝은 달은 내 방에 가득차 마치 내 마음을 잊게 하려고 하나 어찌 잠깐 동안이라도 양리의 병을 잠깐이라도 얻을 수 있겠느냐? 장자의 말은 억지로 지은 것임을 알겠구나.[111]

아아! 어찌하느냐? 너는 실로 나의 아픔이다. 너를 슬퍼하는 것은 살아 있던 날은 매우 촉박하였고 짧은 세상에 살면서 즐거움은 적었고 슬픔은 많았기 때문이다. 음식과 잔치를 어찌 평소처럼 맛볼 수 있겠느냐? 삼월에 시작되는 봄과 맹하의 계절이 지나고 오동나무 피어 창성하고 안락한 계절, 여러 가지 만물이 점점 번식하는 이 때에 너를 붙들고 생일 제사를 지내니 이 술과 음식을 흠향하고 보잘 것 없다고 하지 말거라. 아아! 슬프다. 상향.

──────────

해제 죽은 누이동생의 생일에 올리는 제문이다. 동생을 잃고 세상에 대해 아무런 즐거움을 추구할 수 없는 지경에 이른 자신의 상황을 이야기하고 있다. 또한 자식을 잃은 부모님의 심정을 대신해서 토로하기도 한다.

──────────

111 고대 송나라의 양리의 화자(華子)란 사람이 중년에 건망증이 심했는데 노나라의 유생이 찾아와 완전히 낫게 해주자 화자가 오히려 화를 내면서 창을 들어 유생을 쫓아냈다. 그 이유를 물으니 "건망증에 걸렸을 때는 천지가 있는 것조차 몰랐는데, 지금은 존망득실과 희로애락 등 온갖 복잡한 상념이 일어나 어느 순간에 망각의 상태로 다시 돌아갈 수 있겠는가."라고 대답했다고 한다. 이 이야기는 『열자(列子)』 <주목왕(周穆王)>에 나온다.

누이동생의 대상에 올리는 제문
亡妹大祥祭文

유세차 임술(1682) 11월 갑신 삭 30일 계유일에 셋째 오빠 창흡이 죽은 누이동생 이씨 부인의 2주기가 가까워 술과 안주의 제전을 갖추어 술을 올리며 말한다.

아아 슬프다! 네가 살아 있을 때는 세월이 가는 것을 알 수 있었는데 네가 죽은 뒤에는 세월이 오는 것이 이와 같을 뿐이구나. 생각하니 인생에 어찌 죽음이 없겠는가마는 그러나 너에게 있어 하늘의 명은 이해하기 힘들구나. 오래 살고 일찍 죽는 것은 진실로 총괄하여 비교할 수 없으나 일찍이 애처롭게 사랑하고 슬퍼하는 것이 네가 아니면 그 누구이겠느냐? 아마도 하늘이 고의로 독을 품은 것 같구나. 어쩌면 편벽되게 너에게 맑은 성품을 부여하고 아무런 말없이 조용할 수 있단 말이냐? [112]어쩌면 그처럼 생각이 깊고 아름다우며 옥처럼 온아하고 얼음처럼 맑았던가! 맑은 자질은 숙의[113]와 같이 뛰어나 맑은 가을 연꽃 같았고 봄 난초의 새싹이 돋아 빛을 내는 듯하였다. 여러 향기를 합하고 조화를 이룬 듯 마음은 순수하며 겉으로는 스스로를 지켰으니 아! 너의 어릴 적 뜻이 빛나고 크게 이루어졌었다.[114] 어찌 모범으로 삼지 않을 것이 없다고 하지 않겠느냐?

아버지께서는 네가 일찍 철이 든 것을 헤아리셨고 형제들도 깊이 알고 있었다. 오랫동안 규방의 모범이 될만하니 너의 좋은 운명[115]이 자리

---

112 정정(靜靚) : 고요함.
113 숙의(淑儀) : 여관(女官)의 이름, 구빈(九嬪)의 하나. 조선 때 종 2품 내명부의 하나.
114 경개(耿介) : 덕이 빛나고 큰 모양. [楚辭·離騷] 彼堯舜之耿介兮 旣遵道而得路.

잡았어야 마땅했다. 너를 귀부인이 타는 가마[116]에서 기다리며 누런 머리[117] 드리울 때까지 이끌고자 했는데 어찌 일찍이 이러한 죽음에 이를 것이라고 생각했겠느냐? 차라리 비명횡사하여 자취를 쓸어 없애는 것이 낫겠다고 한 것이냐? "시집을 가서 아이를 낳는다."[118]고 하는데 또한 어찌 꽃이 떨어져 열매를 맺지 못했느냐?

아! 한 번 죽는 것은 여러 사람들에게 모두 있는 일이지만 다만 어찌 마음이 오래도록 슬프고 상황은 급박한가? 이 때문에 슬픔을 거두기 어렵다.

세상 끝에 이른다 해도 한은 더욱 쌓여 천년의 세월이 변하여도 실로 너와 짝할 만한 이는 드물 것이다. 네 영혼이 무궁하지 못한 것을 슬퍼하며 홀로 궁한 자의 돌아갈 곳 없음을 슬퍼한다. 혈혈단신으로 외로이 있으며 머물러 의탁할 곳이 없구나. 진실로 맑은 영혼은 하늘에 근본을 두고 친히 올라가는 것이지만 나는 맑은 기운을 타고 하늘로 올라가는 것[119]을 알지 못한다. 구름을 타고 갑자기 올라가 별무리[120]의 끝까지 두루 노니다가 이내 황대의 십층에서 [121] 너를 놓쳐 황영을 불러 진의 소악을 부르게 하면 난황이 직녀를 이끌겠지. 자줏빛 조개로 장식한 궁궐에서 패옥[122]을 풀고 손을 이끌고 바라보다가 함께 돌아와 맑은 혼백을 안고 하나가 되어 별[123]을 가리키면 별빛이 가득해 옥처럼 빛나겠지.

---

115 경명(景命) : 큰 명령. 제왕(帝王)의 지위를 맡겨 준 천명(天命)을 이름. [詩 大雅 既醉] 君子萬年 景命有僕.

116 어헌(魚軒) : 어피(魚皮)로 꾸민, 귀부인의 수레. [左傳·閔2] 歸夫人魚軒.

117 황발(黃髮) : 누렇게 변한 노인의 머리. 인신하여, 노인을 이름. [詩 魯頌 閟宮] 黃髮台背 壽胥與試.

118 자(字) : 허혼(許婚) 또는 출가(出嫁)시키다. [葉適·林伯和墓誌銘] 鄰女將字而孤 養視如己子.

119 요확(寥廓) : 아득히 멀고 넓은 하늘. [漢書 57·司馬相如傳下] 猶焦朋己翔乎寥廓.

120 태미(太微) : 성군(星群)의 이름. 삼원(三垣 : 太微垣 紫微垣 天市垣)의 하나.

121 십성(十成) : 열 겹, 십층(十層). [楚辭·天問] 璜臺十成 誰所極焉.

122 영거(瑛琚) : 수정으로 만든 패옥(佩玉). [古艷歌] 姮娥垂明璫 織女奉瑛琚.

진실로 네가 그 무궁한 죽음을 얻는다면 어찌 그 스스로 간 것을 불쾌하게 여기겠는가? 아! 무양[124]은 나에게 밝게 고하지 않으니 어찌 위로 받아 풀릴 수 있겠느냐? 망망하여 모습도 없고 아득히 찾을 수도 없는데 소리를 엿들으니 들리는 듯하여 눈과 귀로 보고 듣는 듯하다. 마음은 하늘에 의탁할 수 없어 땅에 묻는다. 진실로 왔다갔다하며 몸이 반이 된 것 같고 슬픔을 누르고자 하나 할 수 없구나. 처음에 갈 때 내가 했던 가벼운 말이 돌고 도는 듯 지금까지 삼 년 동안 하루도 하지 않은 적이 없다. 어머님과 아버님은 슬픔으로 괴로워하시니 옛날엔 후했으나 지금은 어찌 이리 박한가? 큰형님과 셋째 오빠는 과거에 합격해 반궁에 들어갔는데[125] 돌아보며 함께 기뻐하지 못하는구나.

아아! 진정한 죽음은 알 수 없지만 나는 이후에 만세의 이별을 알게 되었다. 겨울의 해는 참혹하고 엄숙하게 살벌해 짧은 햇살이 숨고 굳은 얼음은 두터운 흙을 막으니 깊은 문을 겹겹이 잠그고 열 수가 없구나. 휘장은 펄럭이고 텅 빈 방은 쓸쓸하며 적막하다. 혼백은 어디로 가서 날고 있느냐? 멀리 누워서 없어지지 않았다면 흉한 때가 되어 조촐한 제전을 들거라. 기일에 보잘 것 없는 제전을 옛날 방에 늘여 놓으니 바라건대 나를 위해 한번 맛보았으면 한다. 길이 너와 이별을 고한다. 아아! 슬프다. 상향.

> 해제 누이동생의 대상에 올리는 제문인데 초사체로 지어졌다. 누이동생의 맑고 고운 자질과 형상을 주로 표현하고 있는데 유선사의 형식을 띠고 있기도 하다. 따라서 이 제문에서 누이동생은 신선화되었다고 할 수 있다. 김창흡은 여동생이 하늘에 올라가 선녀가 되어 진유(眞遊)하고 있다면 꼭 슬퍼할 만한 일은 아니라며 자위하고 있다.

---

123 삼오(三五) : 별 이름. 심성(心星)과 유성(流星). [詩·召南 小星] 嘒彼小星 三五在東.
124 무양(巫陽) : 전설 상의 여자 무당.
125 채근(采芹) : 반수궁(泮水宮) 미나리를 캠. 반궁(泮宮)에 입학함을 이르는 말. [詩·魯頌·泮水] 思樂泮水 薄采其芹.

외할머니 숙인 김씨께 올리는 제문
祭外祖母淑人金氏文

유세차 갑술년 (1694) 2월 기사 초 7일 을해일에 외손자 김창흡이 삼가 술과 과일의 제전으로 외할머니 숙인 경주 김씨[126]의 영전에 제사를 올립니다. 아아! 제가 태어나 어렸을 때 할머님이 수고가 많으셨습니다. 몇 개월 머무르시며 저를 안아 기뻐 말씀하시길,

"이 아이는 그 뜻을 이루겠다"

라고 하셨습니다.

지난 번 절할 때도 말씀이 이에 이르렀는데 저의 완악한 성질이 할머니의 보고 헤아리시는 안목을 허무하게 빼앗았음을 부끄러워 했습니다. 높은 행실과 위대한 절개를 할머니께서 바라셨지만 평범하고[127] 구차하게 살고자 하는 것에 저는 깊은 생각이 없었습니다.[128] 생각하니 전에 모였을 때 옛 열행에 대해 가르쳐주셨는데 의로운 모습에 눈물을 뿌리니 을묘년(1675)의 일이었습니다. 누가 우리 집안의 일이 지금과 같이 되리라고 생각했겠습니까?

깊고 궁벽한 산골짝에서 피눈물 흘리며 차마 얼굴을 펴지 못한 채 슬하에 가까이 있었습니다. 색동옷 입고 춤추는 자리는 점점 산하에 멀어져 5년 만에 더디 돌아와 겨우 한 두 번 절했습니다. 해가 서쪽으로 뉘엿뉘엿 기울어도 촛불을 켜지 못했고 마음을 하소연하지 못해 절을 하니

---

126 나성두(羅星斗)의 부인이다. 나성두(羅星斗) : 1614~1663. 본관은 안정(安定). 자는 우천(于天), 호는 기주(碁洲).

127 탑용(闒茸) : 평범하고 못남. 비천함.

128 무상(無狀) : 형상이 없음. 공적이 없음. 버릇이 없음. 면목이 없음. 깊은 생각이 없음.

문득 뺨에 눈물이 흘러내렸습니다. 그래도 자애스런 얼굴을 뵈니 기쁘게 맞이해주시고 슬픔은 뒤로 하셨습니다. 바라기는 백년토록 영원히 우러러 의지하려 했는데 하늘이 흉악한 변을 내려 우리 어머니를 잔혹하게 하였습니다. 할머님은 부르짖으며 어머니를 가슴에 안으시니 백발의 노인에 어린아이의 울음이었습니다. 어머니를 데리고 하루에 세 번 관 앞으로 기어가 영위를 오가며 문득 옛날을 의심하시곤 하셨습니다. 멀리 가시는 날이 다가오는데 무슨 말을 하겠습니까? 단아하고 엄숙한 용모와 규범은 바람처럼 상쾌해 규방에서 뛰어나셨으니 누가 할머니를 따를 수 있었겠습니까? 얼굴을 뵐 날이 없으니 어디에 덕을 갚을 수 있겠습니까? 조촐한 제전과 거친 글은 아무리 많아도 이루지 못합니다. 영혼이 몽매하지 않다면 이 소리와 눈물에 감응하실 것입니다. 아아! 슬픕니다. 상향.

|해제| 외할머니 숙인 김씨에게 올리는 제문이다. 할머니가 작가에게 "뜻을 이루겠다."고 하였데 그러지 못함에 대해 부끄러워하는 마음과 깊은 산 속에서 지내느라 자주 뵙지 못하여 죄송한 마음 등을 드러내고 있다. 김창흡의 아버지가 기묘사화에 죽었을 때 할머니가 자신의 어머니를 위로해주셨던 점을 부각하고 있다. 할머니의 남편은 나성두(羅星斗)이다.

종생의 딸 서씨 부인에게 주는 제문
祭從甥女徐氏婦文

유세차 경신년(1680) 2월 모월 모일에 안동 김창흡은 종생의 딸 서씨의 아내 경주 이씨의 장사가 다가옴에 슬픔을 참지 못하지만, 병에 매여 직접 가서 발인하고 장사지내는 것을 보지 못하니 이것이 죽을 때까지의 한이 된다. 바닷가에서 멀리 술 한 잔을 보내어 아들 양겸이로 하여금 대신 관 앞에서 제사 지내고 고하게 한다.

아아! 슬프다. 지난날 네가 병이 들었을 때 병을 돌보는 사람이 노심초사하고 울며 기도하여 반드시 세상으로 잡아 돌아오게 하고자 하였다. 그래서 모든 것을 써보지 않은 것이 없었는데 결국 죽었구나. 모사자가 일을 만들려고 바삐 뛰며 반드시 무덤에 넣으려고 하니 이에 미치지 못하였다. 어찌 전후의 사정이 다를 수 있느냐? 차마 서로를 저버릴 수 있느냐?

그리고 옛날에 너를 구하고자 한 사람은 다른 사람이 아니라 나와 너의 아버지였다. 우리는 밤낮으로 네 곁에 있었는데 네가 조금도 떨어지려고 하지 않았던 사람이 어찌 나와 네 아버지가 아니었느냐? 때맞춰 죽을 주고 약을 넘겨주면서 나와 네 아버지의 간장은 함께 타들어갔다. 그런데 지금 한 사람은 창자가 끊어진 원숭이가 되고, 한 사람은 길을 가는 사람이 되었으니 어찌 처지가 달라서 그렇게 된 것이겠느냐? 어찌 그리 무심할 수 있느냐? 네가 죽은 이후로 나는 너의 관을 두 번 와서 어루만졌는데 잠깐 가서 돌아보니 마치 죽과 약을 주던 일을 하는 것 같았다. 네가 경황 없이 아픔으로 신음하고 우는 소리가 들리는 듯하니 내가 곡하며 마음을 다하지 못했는데 너의 혼은 이미 날아가 버렸구나. 네 자매가 나를 따라 벽계 장가촌에서 모인 것이 바로 이때이구나. 지금 수건을 빨던 시내에 배꽃이 삼연하구나. 훗날 산에 돌아오면 슬픔을 또 피할 수 없을 것이다.

아아! 사랑하여 살리려고 하였으나 마침내 그 죽음에서 구해내지 못했다. 내 딸과 차이가 없이 보살피려고 하였으나 마침내 그 마음을 쓰는 데 이르지 못했다. 진실로 내가 너의 병과 너의 상에 부끄러운 것이 있으니 내 얼굴이 두껍구나. 다만 마음에 맺힌 것은 풀기 어렵고 발자취를 더듬으면 더욱 숨으니 이에 내가 끝없는 애통함이 있다. 어찌 네 아버지가 나만 같지 않겠느냐? 아아 슬프다.

해제 종생의 딸 경주 이씨를 위해 지은 제문이다. 김창흡은 이씨 부인의 아버지와 함께 이씨를 지극 정성으로 간호했는데 끝내 부인은 죽고 말았다. 이러한 사실에 대해 매우 안타까워하며 미안하고 슬퍼하는 마음을 담고 있다.

누이의 묘를 이장하면서 주는 제문
祭亡妹遷葬文

　　유세차 을축년(1685) 11월 정사삭 초7일 계해일 이 날은 죽은 누이 이씨 부인의 무덤을 옮기기 이틀 전이다.[129] 슬퍼하며 관을 어루만지니 마치 죽은 자가 다시 죽는 것 같고 애통함이 마음에 미쳐 스스로 참아내기 어렵다. 대충 변변치 않은 음식과 위로하는 문장으로 곡을 하며 영결을 고한다.

　　아아! 처음부터 나는 네가 죽었다는 것을 믿지 못해 편히 누워서 자는 것으로 생각했지[130] 염한 것은 아니라고 생각했고 변치 않는 좋은[131] 관[132]이 있을 뿐 네가 거기에 있는 것은 아니라고 생각했다. 때문에 이러한 것을 내버려 두고 장차 맑은 소리와 고운 모습의 너를 찾아 한번 보고자 사방을 방황하며 말하길, "거기에 있느냐? 여기에 있느냐?" 하며 이와 같이 한 것이 오래되어 세월이 흘렀다. 그러나 나는 아직 너를 다시 만나지 못했고 마침내 비슷한 것도 만나지 못해 사물에 의지하지 못하고 마음은 슬픔이 끝이 없다. 그래서 비록 무덤으로 통하는 길을 열어 보고자 사방 관 끝을 어루만지며 평소의 슬픔을 펴보고자 하나 땅은 두 딥고 샘은 깊으니 아아! 그 끝은 어떠하단 말이냐? 지금 너의 영혼은 어

---

129 이씨의 무덤을 금양(衿陽)에서 광주(廣州) 세동(細洞)으로 옮겼다. 이부인이 죽자 남편인 이섭의 증조부 이후원의 묘가 있는 금양에 장사지냈었다. 그러나 후에 이후원의 묘를 다른 곳으로 옮기게 되자 두 집안에서 합의하여 이부인의 묘를 이후원의 묘가 있는 광주로 옮기게 되었다.

130 언연(偃然) : 편히 쉬는 모양. [莊子・至樂] 人且偃然寢於巨室.

131 거연(蘧然) : 놀랍고 기쁨. [莊子・大宗師] 成然寐 蘧然覺.

132 현목(玄木) : 전설 속의 상록수. 이 나무의 즙을 먹으면 신선이 될 수 있다고 함. 바래지 아니한 무명베.

찌 우리 부모님과 형제를 한번 보고자 하지 않느냐? 하늘은 마치 사람의 마음을 달래어 이끄는 것 같고 땅은 오직 상서로운 시간을 정하는 것 같다. 서쪽에서 동쪽으로 옮겨와 너의 혼백을 내 앞에 가까이 오게 했다. 아아! 혼백이 이곳에 있으니 영혼 또한 따라 온 것이냐? 관을 어루만지며 너를 부르니 너는 어찌하면 다시 인간이 되어 돌아 올 수 있느냐? 내가 너를 불러 보건만 너는 대답이 없으니 진짜로 다시 만날 수 있는 것이냐? 내 눈물은 종잡을 수 없고 주변을 둘러보아도 마침내 나무토막 같은 사람이 있을 뿐이구나. 하물며 오래 머물 수 없는 사람에 있어서랴?

아아 슬프구나! 아아 슬프구나! 경신년(1680) 이후 지금 얼마의 세월이 흘렀느냐? 네가 우리 집에 온 이후로 부모님의 얼굴은 병들고 머리는 하얗게 세셨으니 어찌 예전 같겠느냐? 형제들도 모두 슬퍼하고 즐거워하지 않으니 또 어찌 이전과 같으랴? 아아! 이 모든 것이 너 때문이 아니면 누구 때문이겠느냐? 사람의 살아가는 것이 바르지 않아 막내 동생이 죽었으니 마치 너의 뒤를 따른 것 같구나. 이승과 저승은 바야흐로 이승에서 한번 이별하면 저승에서 만나는 것이니 이미 서로 손을 잡고 춤을 추며 외로움을 면하게 됨을 기뻐하고 있느냐? 아니면 서로 울며 부모 형제에게 벗어나지 못하고 있느냐? 때문에 네가 다시 가면 막내와 잘 지내기를 원한다. 그래서 죽은 사람에게 이러한 맺은 것이 없이 다만 부질없이[133] 만족한다면[134] 이것은 살아있는 사람의 걱정을 덜어주는 것이다.

아아 슬프구나! 아아 슬프구나! 무덤을 열어서 밝은 해에 드러내니 천만년 동안 단지 며칠일 뿐이구나. 내일 이후로 또 다시 무궁한 세월 모습을 보지 못하게 될 것이다. 관을 끌어안고 어루만지며 소리를 지르니 관을 놓을 수가 없구나. 초혼을 하며[135] 그 죽음을 슬퍼하는 것은 영혼이

---

133 도이(徒爾) : 부질없이, 헛되이.
134 구구(區區) : 스스로 만족하는 모양. [呂氏春秋·務大] 區區焉相樂也 自以爲安矣.
135 고복(皐復) : 사람이 죽은 뒤에 초혼(招魂)하는 의식.

떠나기 때문이다. 관을 거두고 그 죽음을 슬퍼하는 것은 몸이 갇히기 때문이다. 흙으로 가서 죽음을 슬퍼하는 것은 넋이 가라앉기 때문이다. 대저 한번 죽음에 슬퍼하는 단계는 많으나 매 단계마다 슬픔은 마치 매번 처음 죽을 때와 같다. 지금 네가 온 것은 마치 죽었다가 다시 살아난 것이냐? 아님 왔다가 다시 가니 죽었다가 다시 죽은 것이냐? 이와 같으니 도리어 지난번 무덤에 묻을 때보다 더욱 슬프구나. 아아, 슬프다! 아아, 어찌할까? 무덤은 평온하고 적당하니[136] 거처하는 곳에 가면 영원토록 그윽한 도움을 받을 것이다. 곡을 하며 영원히 보내며 한번 신에게 기도를 한다. 아아, 슬프다!

해제 김창흡의 누이동생 이씨 부인은 죽은 뒤 시집의 선산에 묻혔다. 그러나 묘자리가 좋지 않아 친정 집에서 시집과 의논하여 이장을 하기로 결정하였다. 이 제문은 이장을 이틀 앞두고 쓰여진 글이다. 아버지 김수항은 이장하기 하루 전에 <亡女遷葬時祭文>을 지었고 농암 김창협은 <亡妹遷窆葬祭文>을 지었다. 이씨 부인은 1680년에 죽었고 이 글은 1685년에 지어졌다.

---

136 윤협(允協) : 참으로 부합함. 화합함. 적당함.

조카딸 이씨 부인에게 주는 제문
祭姪女李氏婦文

무릇 나의 여러 형제 슬하에 부녀자가[137] 많다. 그런데 얌전한 자태와 뛰어난 격을 지니고 맑고 특별한 취향을 각각 타고나 장점과 단점을 서로 보며, 나이 들도록 공경하고 삼가며 말을 어눌하게 하고, 일을 민첩히 한 아이는 너와 내 딸이 진실로 이러한 것을 지녔다. 어짊을 가까이 하였기에 긴 복을 누려야 마땅하고 밝은 해가 뜨고 시냇물이 불어나듯 오래 살기를 바랐다. 바야흐로 꽃이 피면 서리가 내리고, 비가 오면 거품이 약해지는 것처럼 빌고 바란 것이 어그러진 것이 이에 이르렀구나. 태어나서 같이 죽었고 죽어 다시 오지 않으나 어찌 그 얼굴을 잊을 수 있겠느냐? 생각하니 이 취하고 버림에 차마 이별의 말을 할 수 있겠느냐? 너의 부모는 너 외에는 다른 자식이 없으니 이 때문에 더욱 잔혹하다. 무슨 도리로 마음을 풀어줄 수 있겠느냐?

하늘이 늙고 귀신이 사나워 다만 원통하게 부르짖을 뿐이다. 네 아버지는 마음이 찢어진 듯 하고 네 어머니는 눈이 마른 듯하다. 마음이 찢어졌으니 무슨 소리가 날 것이며, 눈이 말랐으니 무슨 눈물이 있겠느냐? 신음하며 이곳저곳 돌아다니며 길 옆에 관을 두었다. 적막한 가운데 옷을 늘어 놓고 의지하니 어루만지는 시간이 짧고 장례를 치르는 일이 빠른 듯하다. 이제 어느 곳에서 예뻐하고 사랑할 수 있겠느냐? 진실로 사람의 마음이 아닌 듯 하구나. 조재[138]가 임박하니 형제가 비로소 모여 떠들썩하게 관을 열고 슬퍼하며 상여에 나간다. 황량한 산은 하늘을 가로

---

137 잠이(簪珥) : 비녀와 귀걸이. 전하여 부녀자.
138 조재(祖載) : 장사지내려 할 때, 관을 수레에 싣고 조상에 제사지내는 예.

막고 한결같이 드러내지 않는구나. 어진 자태와 복스런 얼굴을 다시 볼
수 있을까? 늘그막에 두 딸을 잃고 소리를 놓아 영결을 하니 내 마음 또
한 찢어진다.

해제 질녀 이씨 부인에게 주는 제문이다. 김창흡은 집안의 여러 부녀자 중에
서 이씨 부인과 자신이 딸이 가장 공경하며 민첩하였다고 하며 두 딸을
인정했음을 말하고 있다. 그래서 김창흡의 딸과 이씨 부인 모두 일찍 죽은 사실
을 더욱 더 슬퍼하는 마음을 토로하고 있다.

조카딸 오씨 부인에게 주는 제문
祭姪女吳氏婦文

유세차 신사년(1701) 7월 병술 15일 경자일에 숙부가 술과 과일의 제전
으로 질녀 유인 오씨 부인의 영전에 곡하며 제사를 지낸다. 아아! 네가
살아 있을 때 너와 만난 것이 늘 적었다. 네가 죽은 후에도 나는 때에
맞추어 곡하지 못하니 슬피 근심할 겨를이 없는 것은 옛날이나 지금이
나 마찬가지이다. 살아 있을 때나 죽은 다음이나 온갖 한과 슬픔이 모인
다. 우리 집은 재앙으로 위태로운데 갑자기 너의 상을 당했다. 너를 곡했
던 숭이도 갑자기 또 따라 죽으니 사람의 이치가 지극히 잔혹하고 하늘
의 뜻이 막막하구나. 너는 아는지 알지 못하는지 알 수 없지만 다만 네
부모의 마음을 위로할 수가 없구나.

네 부모는 동쪽 교외에 있는데 갈수록 더욱 처량하구나. 네가 귀엽게
웃고 얌전하게 노리개 찼었는데 이제 누가 그 곁에서 애교를 부리겠느
냐? 남은 정을 기억하니 또렷하구나. 미호와 운협은 산이 멀고 물이 긴
곳이니 새로운 곡식을 사람이 맛보는구나. 어제 돌상을 받은 아이가 상
을 붙잡으려 하니 좋은 때가 이르렀다고 하는데 오랫동안 나는 잊고 있
었구나. 새삼 세월이 흐름에 놀라나 조용히 평소 너의 모습을 더듬어 본
다. 쫓지 못할 일이 있으니 사람이 더욱 애석하게 여긴다. 궤연[139]을 한
번 거두면 어찌 남긴 자취를 다시 찾겠느냐? 나는 곡하며 눈물을 흘리며
이 잔을 올린다. 아아 슬프다.

---

139 궤연(几筵) : 죽은 사람의 혼령을 위해 차려놓은 영궤와 물건.

해
제

질녀 오씨 부인을 위해 궤연을 거둘 때 지은 제문이다. 질녀의 죽음을
안타까워하는 마음과 딸을 잃은 동생 부부를 위로하는 내용이 담겨 있다.

고모 송판서 부인께 올리는 제문
祭叔姑宋判書夫人文

저는 세 차례 이곳 고모님께 왔습니다. 계축년(1673)에 드린 인사는 기쁨을 비길 데가 없었고 가슴 속의 회포를 푼 것이 길어 마치 기수[140]가 흘러나오는 샘의 근원[141]처럼 끝이 없었습니다. 경신년(1680)의 인사는 슬픔에 젖어 기쁨은 이루지 못한 채 많은 한을 삼키며 토해냈습니다. 오랜 시간이 흘러 살아서 만났다가 살아서 이별하며 이와 같이 왕래하였는데 지금은 어떠합니까? 막막할 따름입니다. 빈소의 천막만이 눈에 보이고 침문은 텅 비어 장차 얼굴을 뵈려 하나 마침내 목소리도 들리지 않아 관 앞에서 소리 놓아 웁니다. 아아 고모님! 뜰의 상여차 덮개를 돌아보니 가슴을 치며 슬퍼할 일 두 가지가 연달아 생겨 깊은 슬픔이 골수를 찌르는 듯합니다. 바닷가의 외진 곳[142]에 새 무덤을 만드니 먼 산발치에서 회오리 바람[143]이 불어와 상여줄을 끌어당길 수 없습니다.

아아 고모님! 고모님은 저의 재앙을 불쌍히 여기셨습니다. 불행했던[144] 기사년과 또 작년은 어떠했습니까? 부모님을 여의고 돌보아 주는 이가 없는데[145] 도타우신 큰아버님만 겨우 살아계시다[146] 갑자기 돌아가시

---

140 기수(淇水) : 하남성에서 발원하여 황하로 흘러들던 강. 후한 때 조조가 둑을 막아 위하(衛河)로 흘러들게 하였다.

141 천원(泉原) : 샘의 근원.

142 해곡(海曲) : 바닷가의 외진 곳. [王勃·滕王閣詩序] 竄梁鴻於海曲 豈乏明時.

143 양각(羊角) : 양각풍(羊角風). 회오리바람. 선풍(旋風).

144 불천(不天) : 하늘의 도움을 받지 못함. 불행함. [左傳·宣 12] 孤不天 不能事君.

145 고로(孤露) : 어버이를 여의고 돌보아 주는 이가 없음. [顔氏家訓·風操] 雖已孤露 其日皆爲供頓 酣 暢聲樂.

146 노전(魯殿) : 노전영광(魯殿靈光)의 준말. 노의 영광전과 같음. 겨우 남아있는 유명한

니 선조¹⁴⁷의 형제분¹⁴⁸은 단 하나의 가지만 남아 있을 뿐입니다. 산과 냇물은 그 때문에 매번 괴로운 마음을 들게 하고 자비로운 마음은 오랫동안 없어져버렸고 어머니처럼 받들어보는 것도 이제는 끝났습니다.

아아! 고모님은 공경함이 깊으셨으며¹⁴⁹ 한결같은 넋과 순수한 아름다움을 지니셨습니다. 온화하고 엄숙하여¹⁵⁰ 맞서는 것도 없고 누를 끼치는 것도 없으셨습니다. 반평생을 애쓰시고 고생하시다가 만년에 조금 여유로워지셨습니다. 영예로운 아내로서 또 이름이 드러난 자식의 어머니로서 높은 벼슬¹⁵¹하는 자식의 봉양을 받으며 노후를 즐기며¹⁵²화기애애하게 지내시고¹⁵³ 많은 복이 이르렀으나 마치 욕심을 비우신 듯 담박하셨고 검소하시며 사치하지 않으셨습니다. 마침내 병이 나서 자리에 계실 때에는 부드러운 음식¹⁵⁴을 드시며 매일 순리를 따르셨습니다.¹⁵⁵

아아 고모님! 수고하신 세월은 길었는데 누리신 세월은 짧았습니다. 효자들에게 한을 남기고 별안간 고모님을 뵙지 못하게 되니¹⁵⁶ 이 어찌

인물이나 물건의 비유. 한(漢) 때 노공왕(魯恭王)이 지은 영광전이 여러 차례 전란을 겪었으나 피해를 입지 아니하고 우뚝 솟아 있는 데서 유래함.

147 영근(靈根) : 선조(先祖)에 대한 경칭.

148 체악(棣萼) : 당체꽃의 꽃받침. 형제의 비유.

149 색연(塞淵) : 성실하고 깊음. [詩·邶風 燕燕] 其心塞淵 終溫且惠.

150 목연(穆然) : 온화하고 엄숙한 모양.

151 금자(金紫) : 금인(金印)과 자수(紫綬)를 말함. 벼슬이 높은 사람이 차는 것으로 고관(高官)의 의장(儀章)인데, 전하여 품계(品階)가 높은 벼슬을 말하기도 함. 한(漢)나라 때에 승상(丞相)이 자색(紫色) 조복을 입고 금으로 만든 인(印)을 비단끈에 달았던 데에서 유래한 것.

152 함이(含飴) : 함이농손(含飴弄孫)의 준말. 엿을 입에 물고 손자를 데리고 놂. 노후를 즐김을 이르는 말. 후한(後漢)의 마황후(馬皇后)가 손자들이나 보면서 정사에 관여하지 않는다고 말했다는 고사에서 나온 말.

153 간간(衎衎) : 화기애애한 모양.

154 수수(濡瀡) : 고대의 요리법의 일종. 녹말을 음식물에 섞어 부드럽고 걸쭉하게 함. 또는 그 음식.

155 위순(委順) : 자연에 순종함.

사람의 이치라 할 수 있겠습니까? 고모님이 쓰시던 잔에는 자취가 남아 있고[157] 옛 못에 제사지낸 자취 있어 [158] 뒷 계곡을 차마 다시 밟지 못하겠습니다. 통곡하며 북쪽으로 돌아가니 앞으로 누구에게 의지할 수 있겠습니까? 화목했던 지난날을 헤아려보니 많지 않고 옥동에서 노래 부르며 웃던 것은 순식간의 꿈이었던 듯합니다. 어찌 기쁘고 슬프다 하겠으며 가깝고 멀다 하겠습니까? 마음이 다 사라져 마침내 샘 속에 들어간듯 합니다. 여러 숙부님들과 고모님[159]들이 옛날처럼 저 곳에 모여 계신데 곡하며 날을 보내니 세상이 변해갑니다. 말이 하늘에 미치니 억장이 무너집니다. 영령께서는 지극한 슬픔을 헤아려보시고 조촐한 술 한 잔 드십시오.

┌──┐
│해│   김창흡이 넷째 고모를 위해 지은 제문이다. 넷째 고모는 김창흡의 할아
│제│   버지 김광찬의 넷째 딸이고 제월당 송규렴의 부인이다. 송판서 부인은
└──┘
1701년 12월에 죽었다. 고모가 반평생 고생하다가 만년에 조금 여유로워졌는데 수고한 세월에 비해 누린 세월이 짧았음을 애석해하는 마음이 담겨있다. 부인의 아들 송상기가 쓴 <선비행장>에 부인의 행적이 자세히 기록되어 있다.

---

156 반면(反面) : 외출하고 돌아와서 부모님을 뵘.

157 배권(杯棬) : 세상을 떠난 어머니에 대한 그리움. 예기(禮記) 옥조(玉藻)에 '어머니가 세상을 떠나신 후 배권을 쓸 수 없음은 어머니의 자취가 남아 있기 때문이다. (母沒而杯棬不能飮焉 口澤之氣存焉爾)'라고 한데서 온 말.

158 빈조(蘋藻) : 네가래와 개구리밥. 문왕의 교화를 입어 대부의 아내가 제사를 잘 받들고 법도를 잘 따름. 『시경-국풍』「소남(召南)」, <채빈(采蘋)>참조.

159 김창흡의 아버지 형제는 김수항을 포함하여 모두 8명이다. 남자형제가 셋이고 여형제가 다섯이었다.

둘째 큰어머니께 올리는 제문
祭仲母文

유세차 병술년(1706) 10월 을유 26일 경술일에 조카 창흡이 삼가 술과 과일의 제전을 갖추어 둘째 큰어머니 정경부인 남원 윤씨[160]의 영전에 제사를 올립니다. 아아! 하늘이 거듭 재앙을 내려 저희들을 불안하게 하여 눈물이 다하자 피눈물이 뒤를 이은 것이 거의 20년입니다. 정사가 무너지자[161] 경오년(1690)의 우환[162]이 기사년(1689)에 이어져 북당이 위태롭다가[163] 이제 돌아가셨습니다.[164] 계미년(1703)에 이어 종적은 설상가상의 참혹함이 있어 다시 어머님이 병드셔 진실로 위로드릴 수 없었으니 누구를 의지했겠습니까? 아! 이는 사람이 사는 이치가 아닙니다.

둘째 큰어머님은 공경하고 부드러우며 깊은 순수함을 타고 나셨습니다. 영민한 식견과 지혜를 갖고 계시며 경(經)과 사(史)를 관통하였습니다. 여유 있고 자애로우며 포용력이 있으셨고 사물에 통달하셨습니다. 은혜로운 가르침을 입어 조화를 다하서 상서로운 구름처럼 마을에 두루 베푸시고 원망하지도 시기하지도 않으며 김씨 집안을 화평하게 하시니 곤도[165]가 간략하고 건도[166]가 편안했으며 덕을 가지런히 하시니 진실로 아

---

160 김수흥(金壽興)의 부인이고, 윤형각(尹衡覺)의 딸이다.
161 공극(拱極) : 공신(拱辰). 여러 별들이 북극성을 향하는 것처럼 사방의 백성들이 천자의 덕화에 귀의하여 복종한다는 뜻.
162 민흉(閔凶) : 우환·상사(喪事) 등의 일. [左傳·宣公 12] 君少遭閔凶不能文.
163 규연(巋然) : 높고 험한 모양.
164 기배(棄背) : 존속(尊屬)의 죽음을 완곡하게 이르는 말. [王羲之·雜帖] 周嫂棄背 再周 忌日. 윤씨 부인의 남편 김수흥의 죽음을 말한다.
165 곤도(坤道) : 부덕(婦德).
166 건도(乾道) : 강건한 천도. 여기서는 부덕에 상대하는 남성의 도를 말함. [易·繫辭上]

름다웠습니다. 벼슬하는 남편의 아내[167]로 존중을 받으시며 난새와 같은 찬란함이 있었습니다. 행적을 본 다음에 말하자면 복은 충분하지 않았지만 원만함을 갖추셨습니다. 오랜 세월동안 낮에 곡을 하셔 독이 골수에 미치셨고 손에는 깨진 구슬 있어 눈에 눈물이 마르지 않으셨습니다.

규방의 명성은 늘그막에 더욱 그 아름다움이 드러났습니다. 우아하게 시와 예를 말씀하시니 몽매하고 어린 아이들을 신칙하기 넉넉했습니다. 이미 칠십을[168] 누리셨으니 어찌 장수함[169]을 안타깝게 여기겠습니까? 앞에서는 자식들이 재롱부리며 모시고[170] 며느리와 딸이 얼굴을 맞대고 걱정하고 슬하에서 모실 뿐입니다. 다만 번민하여[171] 병이 나셨고 이것이 빌미가 되었습니다. 그러나 저는 누워계신 병상에 가지 못한 채 음식의 맛을 잃었습니다. 매번 곁에서 추창했는데 가지 못하니 마음이 불타오르는 것 같습니다. 작년에 동쪽을 유람하면서 돌아가 잇겠다고 하였는데 저 인제의 산골짜기는 어려서 갔던 곳입니다. 인제는 외진 곳이라 백성들 인정 도탑고 곡식마다 품질이 좋습니다. 그런데 가을에 서리가 떨어지고 바위에 구름 물 스미듯 한번 옷깃을 태우니 어찌 큰어머님을 따를 수 있었겠습니까? 가서 경물을 그리고 글을 써서 보냈습니다. 바위와 언덕과 집은 겨울을 지나며 비어놓고 기다리고 있다가 사촌 동생의 편

乾道成男.

167 명부(命婦) : 조선 시대 국가로부터 작위를 받은 부인들을 통틀어 일컫는 말. 여관(女官)으로서 품계를 가진 자. 종친의 딸과 아내, 문·무관의 아내들에게 벼슬을 주는데 왕궁과 세자궁에 딸린 내명부 (內命婦)와 종실 및 문·무관의 아내인 외명부(外命婦)의 구별이 있었음.

168 대질(大耋) : 칠팔십 세의 노인을 가리킴.

169 구시(久視) : 오랫동안 봄. 곧, 장수함을 말함. [呂氏春秋·重己] 無賢不肖 莫不欲長生久視.

170 반란(斑爛) : 알록달록한 채색 옷을 입고 부모 앞에서 재롱을 부린다는 뜻으로, 부모를 효성스럽게 모심의 비유.

171 번우(煩紆) : 번민하여 어수선함.

지가 왔는데 초조한 마음이 가득했습니다. 동생은 제가 산을 나오기를 재촉하였으나 마음이 병들어 이것으로 위로했습니다. 연초[172]가 되서야 살피러 병상에 와 무릎을 꿇었습니다. 온갖 치료[173]와 의술을 시도해보았지만 우러러 큰어머님의 성신을 살피니 예선과 달랐습니다. 한 두 사산의 이야기를 겨우 귀로 들으시고 소리를 들으면 바로 기뻐하시며 무릎 가까이 오게 하셨습니다. 둘째 큰어머니의 손을 받들고 슬픔을 풀어드리고자[174] 하였으나 제 눈물이 먼저 떨어졌습니다. 뜨거운 긴 여름날 마음에 불이 나 더욱 타오르는 듯하셔 얼음을 드리고 부채질을 하며 자주 이부자리를 바꿔드렸는데 차츰 혼미해지시다 애통하게 돌아가셨습니다.

제가 어머니를 여읜 이후부터 따르고 우러르며 두 마음이 없어 새벽부터 저녁까지 노래하며 대답했는데 예가 뜻에 미치지 못했습니다. 굼벵이 같은 마음에 정성을 못드린 것이 부끄럽습니다. 둘째 큰어머니께서는 비둘기처럼 균등하게 은혜를 베푸셨는데 덕을 보답할 길이 없습니다. 이별한 것이 어제 같은데 해와 달이 가리웁니다. 집의 울타리에 들어가도 이르지 못하니 아내를 무덤에 묻고 신음하느라 분주합니다. 둘째 큰아버님이 마치 무심히 서로 버린 듯 오래도록 자리를 비워두었지만 언젠가 합장할 때가 있을 것이니 그때 장차 옛 무덤을 바꿀 것입니다. 상여를 부여잡으니 가슴이 찢어지는 듯합니다. 이곳에 머무시기를 바라니 부디 편안하게 지내시고 많은 제사를 받으시기 바랍니다.

마침내 하늘에 이별의 절을 드리고 말은 이에 마칩니다. 조촐한 제전을 진설하고 떡과 고기를 정성껏 드립니다. 부디 오셔서 소자가 드리는 잔을 받으십시오. 아아! 슬픕니다. 상향.

---

172 헌세(獻歲) : 일년의 시작. 신년(新年).
173 금비(金篦) : 금속으로 화살촉처럼 만든 눈 수술용의 도구. 고대 인도에서 사용하였음.
174 관비(寬譬) : 깨우쳐서 슬픔에 잠긴 마음을 풀어 줌.

|해|
|제|

둘째 큰어머니인 윤씨 부인을 위해 지은 제문이다. 윤씨 부인은 김창흡의 둘째 큰아버지인 김수홍의 부인이다. 어머니를 여읜 이후 둘째 큰어머니를 따르고 존경했으나 큰어머니가 병상에 있을 때 문안하지 못했던 사실을 미안해하는 마음을 담고 있다.

둘째 형수에게 올리는 제문
祭仲嫂文

유세차 경인년(1710) 11월 신묘 28일 무오일에 안동 김창흡은 삼가 술과 과일의 제전을 마련하여 둘째 형수 정부인 연안 이씨의 영령의 자리에 제사를 올립니다. 아아! 아름다운 부인이 제 형수가 되셨습니다. 형수님은 유순함을 지키며 화평함을 실천하시고 덕을 시종일관 지니셨습니다. 도량은 노리개와 화합하고 향기는 난초에 부합했습니다. 동강[175]을 모시며 귀로 시와 예를 듣는 것이 익숙하였는데 백운의 집에 시집오셔 생각이 담박하고 빙옥과 같은 자태와 깨끗하고 속기(俗氣)없는 인품이 있었습니다. 밝은 등불에 불을 붙여 산창에서 독서하는 것을 돕고 본인은 평소 익히셨습니다. 함께 즐기고 고상하고 청렴해 영화를 헛되이 여겼는데 중간에 잠깐 하늘 끝까지 화를 당해 근본은 어그러졌으나 뜻을 지켰습니다.

몸소 살 궁리를 해야 하였는데 이 또한 자신의 일이라 여겼습니다. 사슴과 돼지, 자라와 도마뱀이 가는 곳마다 따랐지만 삼주에 집을 지어 아들과 어머니가 제비와 공작처럼 지냈습니다. 얼룩무늬 눈에 가득 차 잠깐 동안 즐거우나 어찌 복이 풍부해 귀신이 고생을 주었는지요. 밤에 곡을 하고 반쪽 홀을 부수고 구슬을 망가뜨려 한 가지 한 가지가 빌미가 되었으니 백 개의 몸인들 대신 할 수 있었겠습니까? 마치 평상을 찌르면 피부까지 닿고 가지가 쪼개지면 그루터기가 휘는 것 처럼 도가 산처럼 무너지고 함께 늙는 것을 하늘이 어긋나게 했습니다. 피눈물로 상복을

---

175 부인의 친정아버지 이단상을 말한다.

입고 가슴을 치다가 명이 이에 끊어지니 아아! 잔혹합니다. 눈을 감지 못하는 자는 혼백입니다. 강가의 모래로 산가지를 만든다고 하면 그 원통함을 셀 수 있겠습니까?

아! 우리 형제는 '형수님'이라고 하고 형수님은 '서방님'이라고 하면서 집이 망해 이러지도 못하고 저러지도 못했을 때 따뜻한 말로 위로하며 기박한 운명을 당해 정이 두 배나 돈독했습니다. 옛날에는 조상을 생각하고 지금은 골육을 돌보며 게다가 올바름을 겸비하신 스승님의 따님으로서 아름다움의 전형이 되셨으니 어찌 공경하지 않았겠습니까? 유순함과 아름다움을 마치 띠에 쓰신 듯 몸에 지니셨고 말씀은 보답을 받는 듯했습니다. 그러나 마침내 부족함을 부끄러워하며 홀로 흉한 변고를 당해 참지 못할 것을 참으셨습니다.

형님이 빈소에 있을 때[176] 형수님은 생강과 계피로 스스로를 다스리며 거적 앞에 달려가 제사를 지내셨습니다. 진실로 형수님의 지혜로움에 감동해 눈물이 흐릅니다. 집안을 잘 다스리시고 일찍이 무너진 적이 없었는데 궁벽한 산에서 부음을 들으니 이는 제가 죄를 지어서 그런 것입니다. 함하고 염한 후에야 알게 되니 후안무치입니다. 눈앞에서 세도 있는 집안이 무너졌는데도 인자한 덕이 어찌 이처럼 베풀어졌는지요? 두 궤연이 늘어져 있는 방에는 음식이 마련되어 있습니다. 시일이 되어 제전을 올리니 마치 흐느끼는 소리를 듣는 듯합니다. 세월은 진실로 틈사이로 달리는 말을 보는 것처럼 빠르나 앞서거니 뒤서거니 사당에 들어가면 마침내 같은 세월을 보내게 될 것입니다. 큰 까마귀가 빙빙 돌며 높이 나는데 슬픔을 장차 어디에 부쳐야 합니까? 술과 음식을 정성을 다해 바치니 비록 늦었어도 드십시오. 마음이 이 글에 담겨져 있으니 영령은 지독한 괴로움에 응하실 것입니다.

---

176 부인의 남편 김창협은 1708년에 죽었다.

|해제| 이 글은 둘째 형수인 정부인 연안 이씨에게 올리는 제문이다. 고귀한 가
문에서 태어나 예를 갖춘 부인이 자신의 집안에 시집와서도 며느리의
도리를 다했는데 집안의 환란을 맞아 고생한 것에 대해 미안해하고 고마워하는
마음을 담고 있다. 연안 이씨는 이단상의 딸이고, 김창협의 아내이다.

아내에게 알리는 글
告亡室忌日文.

 갑오년(1714) 모월 모일 남편 김창흡은 아들 양겸이로 하여금 망실 유인 경주 이씨에게 고하게 합니다.

 세월이 흘러 날이 지날수록 생각하며 슬피 애도함을 스스로 감당할 수 없습니다. 햇수가 지났으나 친히 제사를 받들지 못하니 이에 눈물이 흐릅니다. 마침 병이 걸려 정성으로 향을 올리기 힘이 드니 슬픔과 한이 배가 됩니다. 이에 아들 양겸이를 보내 대신 제전을 올리고 바치게 합니다. 상향.

> 해제 아내의 기일이 돌아오지만 김창흡은 병이 들어 친히 제사를 주관하지 못하고 아들을 대신 보내 제전을 올리게 하였다. 그러한 사실을 아내에게 알리는 글이다.

홍세태 洪世泰·1653~1725

홍세태(洪世泰) : 1653(효종 4)~1725(영조 1). 조선 후기의 시인,
본관은 남양(南陽), 자는 도장(道長), 호는 창랑(滄浪), 유하(柳
下). 무관이었던 익하(翊夏)의 맏아들로 어머니는 강릉 유씨(江陵
劉氏)이다. 5세에 책을 읽을 줄 알고, 7, 8세에는 글을 지을 만큼
뛰어난 재주를 타고났으나 신분이 중인층이라 제약이 많았다. 문
장의 재능을 인정받았기 때문에 제술관을 특히 많이 역임하였다.
평생 가난하게 살았으며, 8남 2녀의 자녀가 모두 앞서 죽어 불행한
생애를 보냈다. *참고문헌 : 柳下集.

공인 정씨 묘지명
鄭恭人墓誌銘

완산 이창의에게 어진 아내가 있으니 공인 정씨이다. 부인은 참의 정수기의 딸이다. 부인의 증조할아버지는 예조판서 정언강이며 할아버지는 처사 정태제이다. 공인은 시와 예의를 몸에 갖추고 태어나 단정하고 순수하며 빼어났으며 13세에 이미 어른 같았다. 17세에 이씨에게 시집왔는데 시할머니 권부인의 성품이 엄정하여 마음에 인정하는 사람이 적었으나 공인을 보면 매우 기뻐하였다. 당시에 부인은 판사공의 상을 당해 나이가 70세였는데도 상기를 넘어 거친 밥을 드시고 있었다. 이에 공인이 고기 국물을 드리니 일가 가족이 모두 효성스런 며느리를 얻었다고 축하하였다. 시아버지와 어머니를 예로 섬기고 종들을 엄하고도 은혜롭게 다스렸다. 성품이 곧고 정숙해 일찍이 한가로이 웃으면서 이야기하지 않았다. 더욱이 무당에게 비는 일은 멀리하고 더럽게 여겼다. 상자에 물건을 넣어 정리하는데 모두 반듯하게 질서가 있어 돌아가신 후에 집안 사람들이 볼 때도 정돈되어 있었다.

처사공이 호서의 아산에 살 때 공인이 한 번 가서 뵙고 한 해를 지내고 돌아왔는데 오래 모시지 못한 것을 한으로 여겨 항상 그리워하였다. 병이 위태로워지자 남편에게 말하길,

"병으로 이제 죽게 되었으니 이 세상에 연연한 마음은 없습니다. 다만 아버님이 멀리 계셔 영결을 하지 못할 것을 생각하면 한이 됩니다."

라고 한 후 사람으로 하여금 머리를 빗기도록 재촉하고 남편을 나가게 한 다음 얼굴빛도 바꾸지 않고 조용히 돌아갔다. 나이 23세였다.

슬프다. 공인의 평소의 성품과 행동은 예와 법칙에 들어맞았으니 마

땅히 옛날 '여사(女史)'라 할 것이다. 그 조용히 죽음에 처한 것은 도를 알
았던 자와 유사하니 더욱 공경할 만하다. 1녀 1남을 낳았으나 모두 기르
지 못했다. 소주의 포산 아래 본가의 선영 옆에 장사지냈으니 부인의 뜻
을 따른 것이다. 처사공이 울면서 나에게 말하길,
  "이는 내 어진 아내이니 자네가 명을 써주게."
라고 하였다. 나는 이미 시를 지어서 슬퍼했는데 또 부인을 위해 명을
짓는다.

  일찍 죽는 사람들은 대부분 재주가 많고 어지니
  다만 대장부만 그런 것이 아니라
  규수들도 또한 그러하다.
  아! 공인은
  지극한 효성과 높은 행실이 있었다.
  이렇게 살았기 때문에
  오래 살지 못한 것이다.

친구 이창의의 부인 공인 정씨를 위해 쓴 묘지명이다. 공인 정씨는 23세
의 짧은 생을 살았는데 죽는 순간에 안색 하나 바꾸지 않고 조용히 임했
다. 홍세태는 이 점을 높이 들어 도를 아는 자가 죽음에 처하는 것과 같다고 말하
고 있다.

딸 조씨 부인의 첫 제사에 주는 제문
祭亡女趙氏婦人初期祭文

유세차 을미년(1715) 4월 초3일 무진일은 바로 죽은 딸 조씨 부인의 첫 번째 기일이다. 그의 늙은 아버지는 병으로 몇 년을 누워 지내 거의 죽다가 다시 살아났다. 이에 제사 음식을 갖추어 눈물을 흘리며 글을 지어 올린다.

아아 내 딸아! 네가 죽었는데 나는 도리어 홀로 살아 있으니 차마 어찌 다시 오늘을 맞이할 수 있겠느냐? 나는 젊었을 때부터 자식을 여러 차례 잃어 간과 장이 타들어갔고 더욱이 화와 재앙으로 궁액을 당해 만 번 죽은 다음에 살아났고 겉으로 보기에는 모습이 비록 남아 있으나 그 마음은 소진하여 없어진 것이 오래되었다. 지난번 네 병이 심했을 때 내 마음은 타들어가는 듯하여 음식을 끊은 지 몇 달이 되었다. 그런데 너를 곡한 이후로는 슬픔과 참혹함, 괴로움과 애통함이 마음과 뼈에 사무쳤으며 병이 생겨도 낫지 않아[1] 지금은 정신과 기력이 다시 남은 것이 없다. 스스로 생각하니 늙고 병든 것이 이와 같으니 아침저녁을 기약하기 어려운 사람에 불과하다. 그러나 도리어 너의 죽음을 생각하니 추모하여 슬퍼하기를 그만 둘 수 없다.

진실로 너는 아름다운 자질을 갖고 태어나 난초의 향기와 같았고 옥처럼 부드러웠으며 그윽하고 곧은 성품과 효도하고 순종하는 행동은 실로 무리에서 뛰어났다. 그리하여 신명에 의지할 수 있었으나 생명을 누리지 못했으니 이 때문에 애통하고 애석함이 심하다. 그리고 우리 집은

---

1 전면(纏綿) : 병이 오래가도 낫지 않음. [齊己·詩] 枕上正纏綿.

평소 가난해 네가 세상에 태어난 이후 일찍이 한 벌의 제대로 된 치마를
마련해주어 네 마음을 기쁘게 하지 못했다. 나는 항상 이 때문에 네가
가여웠는데 너는 부모가 궁핍하게 먹으며 고생하는 것을 보고는 도리어
부모를 불쌍하게 생각하며 늘 내가 한 말의 복록을 얻어 조금이나마 집
안을 윤택하게 하기를 원하며 밤낮으로 소망했으니 그 마음이 슬프구나.
심지어 아픈 가운데도 내가 우관²이 되는 것을 보고 싶다고 말했는데 네
가 죽은 지 며칠 후 과연 우관 자리를 얻었다.

나는 이에 네가 조금 더 남아 기다리지 못했음을 가슴 아프게 생각하
나 이미 어찌할 수가 없구나. 생각하기를 관가에서 한 상 밥을 얻어서
네 무덤 위의 풀에 뿌려 너의 평소의 뜻을 위해주고 나의 가슴 속에 쌓
인 슬픔의 만분의 일이나마 씻어 버리고 싶었으나 사정이 그렇지 못해
이것 또한 하지 못했다. 아! 어찌 무슨 말을 하리오.

생각하니 나는 사람의 아버지가 되어 한 자식도 기르지 못하고 자식
들로 하여금 궁핍하게 했고 한을 머금은 채 죽게 하였다. 말이 마음을
찌르는 듯하니 어찌 부끄럽고 가슴 아프지 않겠느냐? 이는 비록 아녀자
의 잗단 마음에 가깝지만 아버지와 딸의 정을 스스로 그만 둘 수 없으니
귀신도 알고 마땅히 슬퍼할 것이다.

아아! 너를 장사지내고 난 후 우리 집에서 반혼을 하였으니 네 시댁에
서 장차 영해의 천리 밖으로 벼슬하러 가고자 해서이다. 매번 삭망에 네
어머니는 반드시 손수 술과 음식을 장만하여 가서 곡을 한다. 나는 그
곡소리를 들으면 눈물이 번번이 소리에 맞춰 떨어지다가 곡소리가 없어
진 다음에 그치곤 한다. 지난해 겨울에 네 남편이 남쪽에서 왔는데 올해
3월에 또 와서 함께 서쪽 동산의 살구나무 아래를 거닐었다. 여기는 바
로 네 부부가 나를 따라 놀며 감상하던 곳이다. 네 남편과 나는 지난날

---

2 우관(郵官) : 각 도의 역참을 관장하던 종 6품의 외관직. 찰방(察訪)이라고도 함. 홍세태
  는 딸이 죽은 해에 송라도(松羅道) 찰방이 되었으나 부임하지 않았다.

을 생각하며 서로 바라보며 눈물을 흘리다 마침내 이별을 고하고 갔다. 문을 닫고 홀로 누우니 마음이 착잡하여 더욱 감당하기 어려움을 깨달았다. 그러니 문득 한번 통곡을 했는데 네가 들었다면 또한 무슨 생각이 들었겠느냐?

아아! 네가 죽은 후에 살아가는 것은 옛날과 같지만 세월은 이미 일 년이 되었다. 예제도 기한이 되었고 궤연도 장차 거두어야 하니 이 이후로 곡을 할 곳이 없구나. 생각하니 너의 혼은 나를 의지하고 있으니 부모가 아직 죽기 전에 매번 기일이 되면 마땅히 먹을 것을 마련해 너에게 제사를 지낼 것이다. 이것이 지나면 또한 내가 아는 바가 없을 것이다. 아아! 슬프다. 상향.

|해제| 죽은 딸 조씨 부인의 1년 제사를 지내며 올린 제문이다. 홍세태는 젊었을 때부터 여러 차례 자식을 잃어 이미 간과 장이 타들어갔다고 하였는데, 이 딸을 잃고는 더욱 참혹함에 괴로워 병이 낫지 않는다고 하였다. 홍세태는 딸에게 제대로 된 치마 한 벌 해주지 못한 것을 가슴 아파했는데 도리어 딸은 아버지가 가난하게 사는 것을 가슴 아파했다고 한다. 부모가 살아 있는 한 딸의 기일을 맞으면 제사를 지내줄 것을 약속하는 내용도 보인다.

딸 이씨 부인에게 주는 제문
祭亡女李氏婦人文

유세차 무술년(1719) 윤 8월 8일 계축일은 죽은 딸 이씨 부인의 관이 장차 양산에 있는 시댁의 선영을 향해 가는 날이다. 5일 전에 그의 늙은 어미가 손수 술과 음식을 갖추어 그 혼백에 따르며 보내고 늙은 아버지는 힘써 병석에서 일어나 붓을 쥐고 눈물을 적셔가며 글을 지어 고한다.

아아! 나는 행실에 선조의 도움을 받지 못해 하늘에서 죄를 얻어 젊어서부터 연달아 8명의 아들과 딸 하나를 잃었다가 늦게 너의 형제를 얻었다. 그래서 깊이 사랑하였으니 네가 아들이 아니라는 사실을 알지 못했다. 나는 때로 가난하고 곤궁함이 심해 세상에 대한 뜻이 없었다. 그러나 너의 형제가 곁에 있는 것을 보면 번번이 기분이 좋아져 입을 벌리고 웃곤 하였다. 네가 성장하여 결혼을 한 후에 집안 살림이 조금 나아져서 아버지와 딸이 서로 의지하여 이후부터는 잘 살아보려고 하였다. 그런데 어찌 하늘의 노여움이 다하지 않아 거듭 남은 재앙을 내려 이미 네 동생을 빼앗고 또 너를 빼앗아 가버린 것이냐? 그리고 나로 하여금 혈육 하나 없는 외로운 늙은 노인으로 만들었으니 이 무슨 이유이냐? 이 어째서이냐?

아아! 모든 자식을 곡하는 사람은 누군들 슬프지 않으랴만, 내가 너를 곡하는 데에는 실로 남과 다른 것이 있다. 너는 타고난 자질이 매우 아름다워 다섯 살에 글을 읽을 줄 알았고 붓을 쥐고 글을 쓰며 춘첩도 쓸 수 있어 내가 매우 기특하게 여겼다. 그러나 예로부터 문장을 할 줄 알던 부인들은 대부분 운명이 기박하였기 때문에 그만두게 하고 배우지 않게 하였다. 너는 덕스런 생김새와 아름다운 덕성이 무리에서 빼어났으며 겉으로는 너그럽고 화평해 절대 거스르는 기운이 없었다. 그리고 안으로는 실로 총명하고 통달해 분명히 알고 일을 처리했고 사람을 대함에 모두 마땅함을 얻었다. 부모를 섬김에 효성스러웠고 남편을 따라 순종하였으며 비복을 거느림에 매우 은의가 있었고 여공과 음식 장만하는 일은 능하지 못한 것이 없었다.

네가 죽은 뒤 네 어머니가 너의 상자를 열어보니 무릇 옷감과 패물, 비단 조각이나 실 같은 것들을 모두 봉해서 글씨를 써두었는데 한결같이 단정하여 마치 손길이 한 번도 닿지 않은 것 같았다. 이러한 것은 비록 작은 일이지만 그 사람의 현명함을 알 수가 있었다. 애석하다! 너를 장부가 되지 못하고 여자의 몸이 되게 하여 규방을 나와 세상에 드러나지 못하게 했으며 목숨도 길지 못하여 갑자기 죽었으니 이 어찌 매우 슬퍼할 만한 일이 아니겠느냐?

아아! 우리집은 본래 가난하여 너는 어려서부터 일찍이 곤궁을 겪었다. 시집가서는 남녀가 집안에 가득해 곤궁함이 더욱 심해 너는 마음을 다해 살림살이를 하며 미봉책으로 메꾸어 나가며 네 남편과 아이들을 굶주림과 추위에서 면하게 하였지만 네 몸은 돌보지 않았다. 이에 나는 매우 가련하게 여겨 너를 도와주고 싶었지만 방법이 없어 다만 속으로 모르게 가슴아파할 뿐이었지만 일찍이 이것을 잊은 적은 없었다.

올해 여름 5월에 네 아이가 마마로 죽어 나와 너는 소리 내어 울며 슬퍼했는데, 가을 7월에 네가 또 남자 아이를 낳아 나는 또 매우 기뻐하여 위안을 삼았지만, 살림은 궁하고 빚 독촉을 하는 아전들이 번갈아 들이닥쳤다. 내가 서울에 갈 일이 있어 마루를 내려서서 네 손을 잡아 말하길,

"잘 지내거라. 내가 멀지 않아 돌아올 것이다."

라고 하였는데, 열흘이 되지 않아 네 큰아이가 예성의 객사로 급한 전보를 보내 작은 배 하나를 급히 빌려 타고 노를 저어 왔는데 문에 들어서

니 너는 이미 죽었다. 아아! 슬프다. 차마 무슨 말을 하겠느냐? 내가 떠날 때 잡지 않더니 돌아와도 맞아주지 않으니 네가 나를 속였다. 네가 차마 이럴 수 있느냐? 네가 병들었을 때 나는 이 손으로 약을 다려주지 못했고 네가 죽어서는 얼굴을 못 본 채 헤어지고 말았으니, 슬프다. 이 한은 하늘에 맺힐 것이다.

아아! 나는 이미 여러 번 참척의 고통을 겪어 가슴이 썩은 지 오래되었다. 네 동생이 죽은 뒤에 몸은 마르고 정신은 사그라들어 살 뜻이 없었지만 그래도 죽지 않은 것은 네가 있었기 때문이었다. 이제 또 너의 죽음을 보았으니 내가 다시 세상에 무슨 미련이 있겠느냐? 어서 빨리 사라져야 시원할 것이다.

너의 어머니에게 들으니, 너는 병이 위중했지만 어머니에게 말하길,

"아버지를 보지 못하고 죽으려니 눈이 감기지 않아요. 어머니는 제가 죽으면 반드시 죽으려고 하실텐데 그러면 저 어린 아이들은 어떻게 하나요? 어머니 죽지 마세요."

라고 하였다고 한다.

아아! 이 말을 들으면 나무와 돌같은 사람이라도 눈물을 흘릴 텐데 하물며 부모임에랴! 그러나 우리 부부가 슬픔을 이기지 못하고 갑자기 죽어 너의 어린 아이들로 하여금 의지할 데가 없게 한다면, 이는 너의 죽기 전 부탁을 저버리는 일이니 어찌 그렇게 할 수 있겠느냐? 나는 또 슬픔을 억누르고 살아 몇 년 남은 생을 이어가며 너의 남매를 기를 것이다. 그래서 아이들을 결혼시키면 죽어서도 한이 없을 것이다.

하지만 내 나이 이미 70이 다 되어 늙고 병들었다. 지극한 슬픔이 마음에 쌓이고 온갖 근심이 밖에서 닥치니 이러한 기력으로 얼마나 살 수 있겠느냐? 내가 억지로 살기는 하겠지만 또한 모를 일이다. 아아! 너는 이제 가면 돌아오지 못할 것이다. 잠시 머물러 한번이라도 위로 부모를 모시고 옆에 아이들을 이끌며 이 술과 음식 앞에서 평소처럼 웃어볼 수

는 없느냐? 마음에 하고 싶은 말은 끝이 없는데 정신이 흐릿하고 슬픔에 겨워 다 써 내려가지 못하지만 너는 응당 내 마음을 알 것이다. 아아! 가슴이 아프다. 상향.

해제

홍세태는 연달아 8명의 자식을 잃고 비로소 딸 이씨 부인과 아들을 얻어 깊이 사랑하며 자신도 모르는 사이에 웃곤 하였다. 그러나 아들도 죽고 이 딸마저 죽게 되어 마침내 골육 한 점 없는 외로운 늙은 노인이 되었다. 이 제문에는 그러한 홍세태의 참담한 상황과 감정이 곡진하게 그려져 있다. 하지만 홍세태는 마음을 추스르고 딸의 자녀를 잘 키워줄 것을 약속하며 딸의 영혼을 위로한다. 죽은 딸을 향해 예전에 웃던 모습대로 다시 한번 웃어 볼 수는 없겠냐고 하는 마지막 대목은 특히 문학적 감동이 크다.

금비의 묘에 주는 제문
祭琴婢墓文

아! 너는 열한 살에 우리 집안에 들어와 종살이를 하며 우리 어머니⁹를
받들며 아침저녁으로 곁에 있었다. 내 나이 너 보다 몇 살 뒤이나 서로
태어나 자라는 것을 보며 늙어갔고 명분상으로는 비록 종과 주인이었으나
정은 골육과 같았다. 우리 집이 가난하여 다른 종은 없이 너 홀로 집안을
맡아 물 긷고 밥 짓는 일을 담당하였으니 아마도 그 수고로움이 매우 심했
을 것이다. 중년에 이르러 집이 더욱 가난해졌을 때에도 죽고 사는 것을
함께 했었다. 아마도 안으로는 가난에 쪼들려 이익에 홀릴 마음을 걱정하
는 것이 간절했고 밖으로는 굶주리고 춥고 가난한 고통과 근심이 핍절했
을 것이다. 이는 실로 살아있는 사람이 견디기 힘든 것인데 너는 홀로 냉
이국을 먹듯 차를 마시면서도 원망하는 기색을 하나 보이지 않았으니 만
약 충성함이 하늘에서 나온 것이 아니라면 어찌 능히 그러했겠는가?

아버님⁴이 멀리 천성(天城)⁵으로 가셨을 때 너는 따라가 실로 그 자식
처럼 아버지의 아이를 길렀으니 차마 모른 척하지 못해서였다. 남쪽의
풍토병이 들었는데 너는 그것을 면하지 못해 마침내 죽은 몸⁶으로 돌아
왔으니, 슬프도다! 나는 일찍이 말하길,

---

3 홍세태의 어머니, 강릉 유씨(江陵 劉氏).
4 홍세태의 아버지, 홍익하(洪翊夏).
5 천성(天城) : <천성정원관기(天城定遠館記)>에 "천성은 바다 가운데 섬에 있으며 남쪽
  으로는 대마도를 가리키고 서쪽으로는 거제도와 나란히 있는, 동쪽과 남쪽의 해구를 누
  르는 요충지이다."라는 기록이 있다.(天城在海島中 南指對馬 西與巨濟掎角 扼東南海口
  要衝之地)『柳下集』권9, 14장, 한국문집총간 167, 476면.
6 고골(枯骨) : 송장의 살이 썩어 없어진 뼈.

"너는 우리집에서 하는 일은 많은데 보답 받는 것이 적구나."
고 하였다. 마음으로는 그 의식을 풍족하게 해주어 너의 마음을 위로해
주고 싶은데 힘이 능히 그럴 수 없었으니 항상 이것이 한스럽다. 내가
울산에 갔을 때는[7] 네가 죽은 시 이미 오래되어 애통해도 좇을 수가 없
었다. 때때로 아내와 너의 평소의 일에 대해 말하면 나도 모르게 눈물이
나오지 않는 때가 없다. 그러나 너를 선친의 무덤이 있는 곳 아래에 묻
고는, 너의 혼백은 아버지를 모시고 호위하며 심부름하고 힘든 일을 맡
아 하며 정성과 공경을 드리는 것이 평소와 같겠지만, 사철 제사에서 남
은 것을 먹게 될 것이니 아마도 굶주려 탄식하지는 않을 것이라 생각하
였다. 우리 집의 자손들이 또한 반드시 영원히 좇아 감히 그만두지 않을
것이니 너 또한 너무 불행하다고 생각하지는 말거라. 지금 나는 한 잔
술을 가지고 너에게 고하니 너는 나의 이 말을 듣느냐? 비록 네가 알지
못한다고 하더라도 나는 다만 내 마음을 다할 뿐이다. 아! 슬프도다.

해제 18세기 문인은 다양한 신분의 여성을 대상으로 하여 글을 남겨 놓았다.
본 글은 홍세태가 자신의 집에서 일하던 여종, 금비(禁婢)를 위해 쓴 제
문이다. 홍세태는 금비에게 명분상으로는 종과 주인 관계였으나 정은 골육과 같
았다며 그 죽음을 애도하고 있다. 지은이와 여종은 나이도 엇비슷하여 함께 자라
며 실제 오랜 세월 가족처럼 생활했던 것으로 보인다. 지은이는 자신의 집이 가
난하여 여종을 굶주리게 하고 추위에 힘들게 했던 일을 진심으로 미안해하고 안
타까워하면서 선산 가까이 묘를 마련해 제수를 올려줄 것을 약속하기도 한다. 하
지만 죽어서도 자신의 조상 곁을 지키며 시종을 들어줄 것을 기대하는 모습에서
심정적으로는 가깝게 생각하면서도 한편으로 강고한 신분의 차이를 벗어나지 못
했던 모습도 엿보인다. 본 제문은 여종을 대상으로 하였다는 것도 특이하지만 한
평생을 궁핍하게 살았던 위항문인 홍세태가 자신의 감정을 간결하지만 진술하게
드러내고 있어 주목된다.

7 홍세태는 67세(1720년, 숙종 46년)에 울산감목관(蔚山監牧官)이 되었다. 따라서 금비(琴
婢)는 1720년을 전후하여 죽었음을 추정할 수 있다.

박태보(朴泰輔) : 1654(효종 5)~1689(숙종 15). 본관은 반남(潘南). 자는 사원(士元), 호는 정재(定齋). 판중추부사(判中樞府事) 세당(世堂)의 아들이며, 어머니는 현령 남일성(南一星)의 따님이다. 당숙인 세후에게 입양되었다. 1677년 알성문과에 장원하였다. 예조좌랑이 되었을 때 시관(試官)으로 출제를 잘못하였다는 남인들의 탄핵을 받아 선천(宣川)에 유배되었다가 이듬해에 풀려났다. 당시 서인 중에서 송시열과 윤선거가 서로 정적으로 있을 때, 그는 윤선거의 외손자인데도 친족 관계라는 사심을 떠나 옳고 그름을 가려 논했다.

홍씨에게 시집간 누님께 올리는 제문
祭洪氏姉文壬子

아아, 슬프다! 후덕한 것은 복의 근원이고 어진 것은 장수하는 기틀인데 어찌 이러한 이치는 어둡고 아득하며 기약하기 어려워 우리 누나 같은 사람이 이러한 데 이르게 되었습니까?

아아, 슬프다! 서리가 풍성한 풀에 내리치고 바람이 새로 핀 꽃봉우리를 흔드는 것 같습니다. 영락한 것은 족히 슬퍼할 것이 아니나 열매를 맺지 못한 것을 애도합니다. 산의 나무는 창창한데 텅 빈 골짜기는 외롭습니다. 무덤은 아득하고 우뚝하니 장차 인간에게 영원히 이별을 고하려고 하는 것입니까?

생각하니 누님은 언제 다시 일어나 우리와 문에 거하겠습니까? 우리는 은혜가 깊었던 누나와 동생이었습니다. 누님의 맑은 자질과 아름다운 거동을 아침저녁으로 대했는데 한 번 이별에 기약이 없습니다. 이제 유명을 달리해 관을 어루만지며 길이 애통해하니 쓰린 마음에 장이 꺾이는 듯 합니다. 아아, 슬픕니다. 상향.

해제 1672년에 홍씨 집안에 시집간 누나에게 올린 제문이다. 4언체의 운문형식을 갖추고 있으며 비유적이고 시적인 수사로 인한 문학적 표현이 풍부하다.

권두경(權斗經)

権斗經 · 1654 ~ 1725

권두경(權斗經) : 1654~1725. 본관은 안동. 자는 천장(天章), 호는 창설재(蒼雪齋). 충정공 벌(橃)의 5세손으로 할아버지는 군자감정 석충(碩忠)이며, 아버지는 유(濡)이다. 어머니는 예안 김씨이며, 처는 김시온(金是榲)의 딸이다. 이현일의 문인으로 이재 등과 교유하였다. 1679년 사마시에 합격하고, 1694년 학행(學行)으로 태릉참봉이 된 후 1700년 정랑에 올랐다가 곧이어 영산현감으로 나가 풍속을 교화하였다. 사간원 정언·홍문관 수찬 등을 지냈다. 시·서·화에 능하고 군신의 현부(賢否), 정사의 득실, 유학의 장단점에 정통하였다. 문집『창설재집』이 전하고, 편저에『퇴계선생언행록』이 있다.

아내 숙인에게 올리는 제문
祭內室淑人文

아아! 슬프다. 내가 관산에 갈 때 당신은 내 짐을 챙겨주었습니다. 나는 북쪽으로 갔다가 돌아온다고 하였는데 당신은 어디로 갔습니까? 당신을 소리 내어 불러도 대답이 없고 보고자 해도 볼 수가 없습니다. 당신의 목소리와 모습은 어렴풋한데 사람의 일은 이미 변하였습니다. 당신의 덕은 곧고 고요하였고 자질은 온화하고 부드러웠습니다. 어진 아버지[1]께 가르침을 받아 나의 좋은 짝이 되었습니다. 47년 동안 사랑과 의로움을 아울러 갖추었고 두려워하며 마음을 조심하며 나를 겸손과 순종으로 섬겼습니다. 무릇 일반 부인의 투기하고 망령되며 욕심스럽고 인색하고 교만하고 친압하는 것을 몸과 마음에 드러내지 않았습니다. 내가 서울에서 벼슬을 할 때 당신은 홀로 집안을 지켰는데 흉년이 들어 아침에는 죽을 먹고 저녁에는 나물 먹으며 어머니와 여러 아이들을 잃었으나 그 집안을 채우고 재앙에서 벗어난 것은 당신이 잘 어루만졌기 때문이었습니다.

이곳저곳 다니며 벼슬하였기 때문에 당신 홀로 수고로이 고생하였고, 남쪽 지역에 수년간 있을 때 조금도 사사로이 취하지 않아 내가 벼슬을 마치고 고향으로 돌아올 수 있었습니다[2]. 조촐한 것을 지키고 가난함을 편안히 여기며 산나물의 거친 밥도 심히 참맛으로 여겼습니다.

적자와 서자나 어린 아우들은 '우리 큰형수[3]'라 하였고 많은 조카들은

---

1 김시온을 가리킴.
2 부귀(賦歸) : 벼슬을 그만두고 고향으로 돌아감. 공자가 진(陳)에서 '돌아가자. 돌아가자'라고 읊은 데서 유래함. [范成大 · 文] 追此良辰公事少 天恩儻許賦歸歟.

줄을 이루어 '우리 큰어머니⁴'라고 하며 마당을 매우고 방에 넘치도록 가
득해 웃으며 즐거워하면 당신은 돌아보며 기뻐하고 맛있는 음식을 나눠
주었습니다. 북쪽 역참으로 가려고 할 때 다른 사람들은 내가 망령되다
의심하였으나 당신은

"당신이 꿈에 그리던 선경을 한번 유람하며 감상하여 모년에 위로받
기를 원합니다."

라고 하였으니 누가 이때의 이별이 영원한 이별이 될 줄 생각이나 했겠
습니까?

죽을 때가 가까워오면 마음이 반드시 앞서 움직이는 법인데 당신은
다만 예전과 같아 나는 믿고 의심하지 않았습니다. 당신이 아픈 줄 알지
못했고 당신의 죽음도 듣지 못했습니다. 길을 재촉하며 말달려 가다가
가마를 푼 지 5일 만에 부고가 뒤따라 할 말을 잃고 놀라 부르짖으며 현
실인지 꿈인지 분간을 못했습니다. 이승과 저승이 달라진 것이 10, 20일
만이니 마치 저 포말이 일어났다가 흔적도 없이 사라지는 것 같습니다.
집안의 동생 지평은 또 죽어 큰 서까래가 무너졌으니 우리 집의 재앙이
어찌 이러한 지경에 이르렀습니까?

하늘의 도와 신의 이치는 아득하여 알 수가 없습니다. 여관에서 참담
한 보고가 이어서 이르니 늘그막에 약한 마음이 얼마나 남았겠습니까?
내가 돌아오니 재앙과 질병이 뻗쳐 빈소에 한 번 곡하고는 마음을 펴지
못하였습니다. 관을 옮겨 장례를 여기 남동에 지내려고 합니다. 말을 하
고 부르짖으며 비로소 지극한 아픔을 풀어보고자 합니다. 이곳 남동은
좋은 언덕이고 집과 멀지 않으며 산촌과도 아주 가깝습니다. 길한 날 장
차 땅에 들어가게 될 것입니다. 나도 마침내 함께 돌아갈 것이니 당신이

---

3 구수(丘嫂) : 큰형수.
4 세모(世母) : 큰어머니. 백모(伯母). [爾雅·釋親] 父之兄妻爲世母.

어찌 오래 기다리겠습니까? 아아! 슬프다.

해제 1721년에 죽은 아내 의성 김씨에게 올리는 제문이다. 권두경은 아내와의 사이에서 1남 2녀를 두있다. 아내는 북쪽으로 기려고 하는 남편의 뜻을 존중하여 보내주었지만 권두경이 그곳에 가 있는 사이 죽었다. 권두경은 아내가 아픈 것과 죽은 것을 제 때 알지 못했기 때문에 아내의 죽음을 사실로 받아들이지 못해 힘들어하는 마음을 토로하고 있다.

아내 숙인의 소상에 올리는 제문
祭內室淑人小祥文

내일은 당신이 죽은 지 1년이 되어 아이들은 탈상을 하고 담복을 입게 되니⁵ 그 날은 바로 오늘이 됩니다. 그러나 북쪽 우참에서 부음을 들은 것이 올해 정월 5일이 되기 때문에 내가 상복을 벗고 제사를 행하려면 모름지기 정월 오일을 기다려야 합니다. 그렇기 때문에 내일의 제사는 장차 아이에게 주관하게 하고자 합니다. 비록 경전의 예는 아니지만 또 한 우복⁶의 예설에 의거하는 것이니 당신도 알고 있을 것입니다.

세월은 점차 오래되어 목소리와 모습은 점점 아득해져 갑니다. 당신 집안의 젊은 사람들이 매일 모이지만 당신의 웃는 목소리와 반기는 말은 볼 수 없고 오직 비단 방이 적막한 것만을 깨달을 따름입니다. 바람의 기운이 냉랭하니 내 어찌 가슴 아프게 영원히 마음 상하지 않을 수 있겠습니까? 곧고 얌전하고 부드러운 자질과 온화하고 공손하며 겸손한 성품을 다시 볼 수 없게 되었습니다. 그러나 내 나이 또 칠순이 다가오니 늙은 홀아비의 슬픔을 안는 것이 또한 얼마나 되겠습니까? 훗날 지하에서 서로 함께하는 즐거움을 알지는 못하지만 이 인간세상에서 해로하는 인연과 다를 것이 없겠지요? 당신은 그러한 것을 아십니까? 알지 못

---

5 기년(朞年)에는 상복으로 연복(練服)을 입고, 재기(再朞)에는 담복(禫服)을 입는다. 담복은 엷은 푸르고 검은 색의 포의(布衣) 또는 흰색 옷에 오사모(烏紗帽)와 흑각대(黑角帶)를 착용했다고 한다.

6 정경세를 말함. 정경세(鄭經世) : 1563(명종18)~1633(인조11). 문신. 학자. 본관은 진주, 자는 경임(景任), 호는 우복(愚伏). 유성룡의 제자로 경전에 밝았으며 특히 예학에 조예가 깊었는데, 이황의 학통을 이었다. 대사헌·승정원도승지·이조판서·대제학 등을 역임하였다.

합니까? 아아! 슬프다.

해제

아내의 소상에 올리는 제문이다. 아내가 죽은 지 1년이 되어 자식들은 담상을 하고 담복을 입게 되지만 권두경은 부음을 들은 날로 헤아리면 아직 탈상의 기한이 되지 않았기 때문에 소상은 자식에게 주관하도록 한다. 기일이 되어 여러 친지가 모이지만 정작 아내의 자리는 텅 비어 있어 그로 인한 적막함을 느끼는 자신을 형용하고 있다.

단인 영양 남씨 묘표
端人英陽南氏墓表

　　훌륭한 선비 표은 선생 김시온[7]은 도의와 품격과 지절이 한 시대에 높
아 전후 두 부인의 부덕과 규칙이 종족의 모범[8]이 되었다. 두 번째 부인
은 단인 남부인이다. 표은공에게는 8남 7녀가 있는데 10명은 전부인의
출생으로 이미 가족의 규모가 컸으며 자녀가 많았다. 그러나 단인이 집
안에 들어와 공손하고 삼갔으며 효도로써 시어머니를 받들고 남편을 공
경하게 섬기고 자애로 자식들을 어루만지기를 비둘기가 새끼를 사랑하
는 것처럼 하여 다른 사람들은 어머니가 다른 것을 알지 못했다. 규방의
위아래 사람과는 조화롭게 화목하여 가도가 풍부하고 내조가 많았다. 표
은공이 돌아갔을 때 단인도 이미 늙었으나 쇠마복을 입고 제전을 받들
며 곡하였는데 슬퍼하기를 지극히 하고 예를 갖추었다.

　　부인은 임자년(1672) 5월 7일에 죽었다. 태어난 해인 만력 계축(1613)과
헤아려 보면 60수를 누렸다. 남씨는 영양에서 나왔으니 영공의 후손이
다. 할아버지는 병절교위 남이관이고 증조할아버지는 공조참의를 추증
받은 남의우이다. 아버지는 처사 남진유이며 어머니는 전주 류씨 희문의
딸이다.

　　단인은 2세에 어머니를 잃어 처사가 길렀는데 현인의 아내와 여러 자
식의 어머니가 되어 마침내 명예롭게 처했다. 옛날에 송석산 표은선생

무덤 아래에 장사지냈다가 나중에 표은공을 따라 청송부 동쪽의 옛날 남산사 뒤 언덕으로 옮기니 표은의 무덤과 언덕은 같으나 무덤이 다르다. 자녀는 모두 허문정공이 찬한 표은의 묘갈에 갖추어져 있다. 그 후에 아들 방걸[9]의 벼슬이 대사성에 이르렀고 사위 김휘세가 공조좌랑에 전거되었다. 막내딸은 권두경에게 시집갔는데 두경은 전에 정언이 되었다. 46년 경자 9월에 사위 영가 권두경이 적는다.

해제 김시온의 아내이자 권두경의 장모인 영양 남씨 부인의 묘표이다. 남씨 부인의 아버지는 남진유이고 어머니는 전주 류씨이다. 남씨 부인은 2세에 어머니를 잃었고 김시온의 두 번째 부인이 되었다가 60세에 죽었다. 전실 자식을 자신의 자식처럼 사랑하여 다른 사람들은 남씨 부인이 새어머니인 것을 알지 못했다고 한다.

---

9 김방걸(金邦杰) : 1623~1695. 본관은 의성, 자는 사흥(士興), 호는 지촌(芝村).

증조 할머니 숙인 예안 김씨 묘지
曾祖妣淑人禮安金氏墓誌

부인의 성은 김씨로 예안에서 나왔으며 이조판서 문절공 김담의 후손
이다. 할아버지 김사문은 형조좌랑을 지냈으며 이조판서를 추증 받았다.
아버지 김륵[10]은 이조참판을 지냈으며 이조판서를 추증 받았고 충실하
고 어질고 곧고 청렴한 것으로 선조의[11] 이름난 신하가 되었다. 주부를
지낸 장순희의 딸 정부인 안동 장씨가 어머니이다. 부인은 가정 경신년
(1580) 11월에 태어나 계례를 치를 나이가 되어 배우자를 선택해 우리 증
조 봉정대부·군자감정 권래에게 시집왔는데 이 분은 군수를 지낸 권동
보의 아들이고 충정공 권발의 손자이시다. 부인은 2남 5녀를 두었는데
만력 임인년(1602) 정월 14일에 돌아가셔 안동 내성의 송생산 모향의 언
덕에 장례를 지냈다.

부인은 유명하고 아름다운 가문에서 태어나 여칙과 부도가 내외에 들
어맞았다. 큰아들은 상충이고 둘째 아들은 세충이며 사위는 이영기와 대
사헌 김영조, 호군 권별, 김비, 별겸 김규이다. 손자는 능서랑을 지낸 림
과 학유 거·홍·주와 적·폐가 있다. 군자공의 두 번째 부인은 완산 이
씨인데 석충이란 아들 하나가 있다. 손자 권유는 나의 아버님이다. 부인
의 수명은 비록 좋다고 할 수 없지만 자손은 매우 번성해 지금 증손이
17, 8인 가운데 두연은 전에 정랑에 임명되었고 두원·두춘·두수·두
광은 진사이며 두경은 직장이고 두응·두위·두운·두망·두기는 정자

---

10 김륵(金玏) : 1540~1616. 본관은 예안(禮安) 자는 희옥(希玉) 호는 백암(柏巖). 아버지
  는 진사 사명(士明)인데 백부 형조원외랑 사문(士文)에게 입양되었다.
11 소경왕(昭敬王) : 선조(宣祖)의 시호.

이며 두극·두건·두악·두징·두휘·두문이 있다. 내외손 3, 4세는 많아 다 기록할 수 없다. 부인이 복을 누림은 혹 이에 있지 않겠는가?

해제 증조할머니 숙인 예안 김씨의 묘지이나. 김씨 부인은 억척과 부도가 들어맞았지만 42세의 나이에 죽었다. 하지만 이후 자손이 번성하여 권두경은 여기에 부인의 복을 누리는 것이 있지 않을까 생각한다.

증조 할머니 숙인 완산 이씨 묘지
曾祖妣淑人完山李氏墓誌

부인은 완산 이씨인데 이는 종실의 집안이다. 아버지는 이구덕으로 원정을 지냈으며 할아버지 이수방은 경흥군이며 증조 이구수는 영선군이니 바로 성종대왕의 손자이시고 무산군 이종의 아들이시다. 서원 정씨를 아내로 맞았으니 이 분은 좌상 정간공 탁의 따님이시다. 만력 신사년 (1581) 11월에 부인을 낳았다. 부인이 성장하자 정승상이 사위를 뽑아 우리 증조 할아버지 봉정대부 군자감정 권래의 계실이 되었고 영의정 충정공의 손자며느리가 되었다. 아들 한 명을 낳았으니 권석충인데 이 분은 나의 할아버지이시다.

부인은 성세하고 귀한 집안에 태어나 오랜 수를 누려 종종 여러 자손을 대하여 7, 80년 동안의 세상이 변한 것과 직접 겪은 것에 대해 말하면 여러 자손들이 듣고 마치 눈으로 보는 것처럼 여기며 오래된 일인 줄 알지 못할 정도였다. 현종 계축(1673) 9월 8일에 돌아가시니 93세를 누리셨다. 안동 내성 송생산 모방향을 등진 언덕에 장사지냈다.

할아버지는 일찍 돌아가서 아들 하나를 두었으니 이름이 유인데 바로 나의 아버님이시다. 할아버지와 아버님 모두 양대에 세상에 드러나셨다. 처음에 군자부군의 첫 번째 부인 김부인에게 아들 둘이 있었으니 상충과 세충이다. 손자는 능서랑인 림과 거·홍, 학유 주·폐가 있다. 부인이 돌아가셨을 때 여러 자손과 장손들이 이미 죽어 증손 두연이 상례를 맡아[12] 복을 입었다. 두연은 나중에 천거되어[13] 정랑에 임명되었다. 아버님

---

12 승중(承重) : 종묘나 가묘 혹은 상제를 받들 막중한 책임을 이어받게 됨을 나타내는 말로 여기에는 다음과 같은 여러 경우가 있었다. 첫째, 종통을 승계하여 제사를 받드는 것.

은 아들 네 명을 두셨는데 두경은 지금 직장이다. 두위·두귀는 승문정 자이며 두휘가 있다. 여러 증손은 김부인의 묘지에 자세하다.

해제 권두경의 증조 할머니 숙인 완산 이씨의 묘시이나. 완산 이씨는 이구덕과 서원 정씨의 딸이고, 권래의 아내이다. 숙인 완산 이씨는 93년을 살면서 종종 여러 자손들에게 세상이 변한 것과 직접 겪은 것에 대해 말해 주어 자손들이 마치 직접 보고 들은 것처럼 느끼게 하였다.

이는 보통 적장자 승계를 원칙으로 하고, 적자가 없을 경우 서자 혹은 첩자가 잇기도 하였음. 둘째, 종법제에 따라 대종(大宗)에 후계자가 없을 경우 소종(小宗)의 지자(支子)가 대종의 가계를 잇는 것, 셋째, 아버지가 사망하여 손자가 조부를 승계하는 것, 곧 적손승조(嫡孫承祖)를 말함. 여기서는 세 번째 경우에 해당하여 상례를 맡게 된 것임.

13 징사(徵士) : 학식과 덕행 혹은 절행이 뛰어난 산림(山林)의 유일(遺逸)이 천거되어 조정에 나오는 것. 또는 그 선비를 말함.

할머니 풍산 김씨 묘지
祖妣豊山金氏墓誌

할머니 김부인은 풍산의 명망 있는 가문이다. 세상에 이름난 사람이 있으니 참판 김양진[14]과 학사 김의정[15]은 세상에서 청백하고 곧은 도를 지닌 사람으로 전해진다. 부인에게는 4, 5세가 된다. 아버지는 김연인데 조승문원부정자를 지냈고, 할아버지 김대현[16]은 산음현간을 지내고 이조참판을 추증 받았다. 산음공은 세상에서 유학에 통달하고 덕이 훌륭한 사람으로 추천받았고, 재주 있는 사람 8인을 두었다. 즉 지평공 봉조, 이부공 영조, 대간공 응조, 주서공 숭조는 문학으로 입신하여 빛을 드러냈다.

아버지 정자공은 자애롭고 현명하다는 칭송이 있었는데 불행히 일찍 세상을 떠나 사림들이 애석하게 여겼다. 이 분은 문소 문충공 김성일의 손녀이자 세마 김집의 따님을 아내로 맞아 만력 정미년(1607)에 부인을 낳았다. 어려서 여교를 배우고 배우자를 택해 우리 황조 권부군 석충에게 시집오셨으니 군자정 권래의 막내아들이시며 충정공 충재선생의 증손이시다.

부인은 아름다운 덕을 도와 규문의 법칙을 닦았다. 부군이 아파 누워있자 큰 추위를 맞아 밤낮으로 목욕하고 자신이 대신 아플 것을 하늘에 기도하였으나 뜻을 이루지 못하자 몇 번 자결하려고 하였다. 3년 동안

---

14 김양진(金楊震) : 1467~1535. 자는 백기(伯起), 호는 허백당(虛白堂). 아버지는 진산군수 휘손(徽孫)이다.

15 김의정(金義貞) : 1495~1547. 자는 공직(公直). 호는 잠암(潛庵)·유경당(幽敬堂).

16 김대현(金大賢) : 1553~1602. 자는 희지(希之). 호는 유연당(悠然堂).

추위와 더위에도 한 벌의 옷만 입고 한 톨의 쌀도 목구멍에 넘기지 못했다. 상을 치른 후에도 흰 옷만 입고 나이가 들어도 나물밥만 먹으며 죽을 때까지 참연히 미망한 슬픔을 지녔다. 효종 8년 정유년(1657) 3월 17일에 돌아가시니 향년 51세였다. 부군의 묘 옆 아래쪽에 장사지내니 춘앙 삼의곡 북쪽을 향한 언덕이다. 아들이 하나 있는데 유이다. 몸에 기량을 쌓았으나[17] 과거에 합격하지 못했다. 손자는 4명이 있으니 두경·두위·두기·두징이다. 두경은 지금 직장이 되었고, 두기는 승문부정자이다. 내외자손은 모두 부군의 지에서 볼 수 있다.

해제 권두경의 할머니 풍산 김씨의 묘지명이다. 풍산 김씨 부인은 남편(권석충)이 아파 누워있자 자신이 대신 아프게 해달라고 기도했는데, 남편이 죽자 몇 차례나 자결을 하려고 하였다. 3년 동안 한 벌의 옷만 입고 한 톨의 쌀도 넘기지 않고 나이가 들어도 나물만 먹으며 죽을 때까지 미망인의 슬픔을 지녔다. 51세에 죽었다.

---

17 장기(藏器) : 기량을 쌓음. [易·繫辭 下] 君子藏器於身 待時而動.

정부인 박씨 묘지명
貞夫人朴氏墓誌銘

임금이 보위에 오른 지 15년[18]에 도덕을 갖춘 선비를 사업[19]으로 등용하기 위해 이선생[20]을 남악산 가운데에서 기용하여 몇 달 사이에 4차례 옮기어 태중대부소종백에 이르게 되었다. 이에 부인 박씨도 누차에 걸려 정부인을 추증 받게 되었다. 갑술년(1694) 화에 선생이 전에 총재로서 글의 그물에 걸려[21]깊은 곳에 갇혀 돌아가시니 부인의 무덤 주위의 나무[22]도 한아름이 되었다. 여러 아들 연과 재 등이 나에게 무덤의 명을 부탁했다. 그리고 말하길,

"규방의 아름다움이 멀리에 환히 비추지 못했으나 오랫동안 온전히 하지 못했으니 감히 청합니다."라고 하였는데 그 말이 아름다워 감히 끝내 사양하지 못했다.

부인의 선조를 살펴보니 신라에서 시작해 고려에 벼슬을 하였다. 무안군에 봉해져 마침내 무안인이 되었다. 할아버지는 박의장인데 세 차례 영남동도절도사가 되었고 임란 때 동도를 회복해 그 공열이 드러나 중흥

---

18 숙종 15년인 1689년을 말함.

19 사업(司業) : 조선시대 성균관의 유생들에게 경서를 가르치며 지도하는 임무를 맡았던 정 4품직. 초기에는 없다가 광해군 15년(1623) 인조반정 이후 儒術을 숭상하고 중히 여기기 위해 학식이 많고 덕망이 높은 사람 중에서 후보자를 천거받아 뽑았음.

20 이현일을 가리킴. 이현일(李玄逸) : 1627(인조 5)~1704(숙종 30), 문신·학자, 본관은 재령(載寧) 자는 익승(翼昇) 호는 갈암(葛庵), 참봉 시명(時明)의 아들이며, 휘일(徽逸)의 아우이고, 어머니는 안동 장씨로 흥효(興孝)의 딸이다. 영남학파의 거두로 이황의 학통을 계승하여 이황의 이기호발설(理氣互發說)을 지지하고 이이의 학설을 반대하였다.

21 이현일은 갑술년 7월, 1689년에 쓴 글 <인재이언사묘(因災異言事疏)> 가운데 몇 구절의 글이 불손하다는 탄핵을 받고 종성에 위리안치되었다.

22 재수(宰樹) : 무덤 주위의 나무.

명장이 되었다. 죽은 다음에 대사도에 추증되었다. 아버지는 박늘인데 도총부경력을 지냈다. 박씨 집안은 대대로 무로 이름이 났다. 부인은 단정하고 근검하며 부도를 닦아 가지런히 했다. 재량을 헤아려 배우자를 택해 선생에게 시집을 갔으니 선생은 현일인네 사는 익승이나. 선생은 이미 형제가 많았고 또 그의 아버지 판서공[23]은 땅을 피해 여러 번 옮겨 다녔는데 선생은 그때마다 번번이 아버지를 좇아 생업을 돌보지 않아 집이 여러 번 비었다. 부인은 부호한 집안에서 나고 자랐으나 가난함에 처해 평소처럼 여유 있게 행동하여 선생이 공경하였다. 부귀하고 사치스러운 것을 보면 부러워하는 뜻이 없었고 부당하게 얻으면 더러워질 것처럼 버려 시어머니 장태정 부인[24]이 그 빙옥 같은 정조를 매우 칭찬하였다. 친척들을 대하는 데 온화하면서도 법도가 있었고 여러 딸들을 가르치는 데 근면하고 힘쓸 것을 익히게 하고 편안한 것을 경계하였다. 선생이 이미 가난한 것을 편안히 여기면서 도를 지켰으니, 부인이 안에서 도운 것이 또 이처럼 많아 사람들이 그 아름다움을 칭찬하였다. 선생의 어짊이 인정받아 왕조에 보좌하였으니[25] 부인은 돌아가신 후라 보지 못했다.

부인은 천계년 을축(1625) 7월 경오에 태어나 현종 13년 임자년(1672)

---

23 이시명(李時明) : 1590(선조23)~1674(현종15). 본관은 재령(載寧), 자는 회숙(晦叔), 호는 석계(石溪), 영해(寧海) 출신이다.

24 정부인(貞夫人) 안동장씨(安東張氏) : 1598~1680. 경당(敬堂) 장흥효(張興孝)의 딸이자, 이휘일(李徽逸)・이현일(李玄逸) 형제의 어머니다. <鶴髮詩>와 같은 한시 몇 수와 요리책 『閨壼是議方』을 남겼다. 이현일이 쓴 <先妣贈貞夫人張氏行實記>에 따르면, 안동장씨는 어려서 아버지 장흥효에게 『소학(小學)』과 『십구사략(十九史略)』 등을 배웠는데 힘들이지 않고 글의 의미를 통하니, 아버지가 이 때부터 아침저녁으로 틈틈이 딸을 직접 가르쳤다. 시를 읊고 글씨를 쓰는 데 있어서 배우지 않고도 능통하여 10세 전후하여 이미 한시를 지었다. 그러나 자라서 시집갈 무렵에는 '文字는 여자의 일이 아니라' 생각하여 마침내 시 짓고 글 쓰는 일을 그만두었다고 한다. 17세기 양반층 여성이 한문문화에 익숙했던 대표적인 사례라고 할 수 있다. 이문열이 안동장씨를 모델로 하여 소설 『선택』을 쓴 바 있다.

25 우의(羽儀) : 우익, 즉 보좌하는 사람.

12월 5일에 돌아가니 나이 48세였다. 처음에 영해부 서포임산 언덕에 장사지내고 다시 점술가의 말을 들어 영양도 정남쪽을 향한 언덕에 개장하였다.

아들 4명이 있으니 연(梴)·의(檥)·재(栽)·심(杺)이다. 의(檥)는 숙부 존재선생의 후사가 되었는데 일찍 죽었다. 딸 3명은 각각 김이현(金以鉉)·홍억(洪億)·김밀(金㳽)에게 시집갔다. 손자 12명이 잇는데 지후(之燁)·지조(之燦)·지두(之㸔)는 연(梴)의 자식이며 지욱(之煜)과 지는 의(檥)의 자식이며 지환(之烜)·지번(之燔)·지휘(之煇)·온(之熅)은 재(栽)의 자식이다 심(杺)의 아들 셋은 어리다.

명에 이른다.

부인의 시어머니 장태정 부인은
여중 학자로서 하는 말이 이치에 맞는다.
그런데 그 시어머니가 부인을 일컬어
옥같이 깨끗하고 얼음처럼 맑다고 하였다.
부인의 남편 갈암선생은 덕으로
세상의 스승이 되었고, 행동으로 세상의 법도가 되었다.
부인의 내조를 바탕으로 하여 가문의 도를 이루었으니
여기에서 부인의 평생을 볼 수가 있어 이로서 명을 짓는다.

【해제】 이현일의 아내이자 이재의 어머니인 정부인 박씨의 묘지명이다. 권두경은 같은 문하에서 공부하였던 이재의 청으로 이 글을 작성하였다. 권두경은 박씨에 대한 평가를 부인의 시어머니인 안동 장씨 부인의 칭찬을 들어 하고 있으며, 묘지명에서도 여중학자인 장씨 부인의 말은 항상 이치에 맞기 때문에 박씨 부인에 대한 평가가 타당하다는 언급을 하고 있다. 정부인 박씨에 대한 글은 이현일의 제망실문과 이재의 행장 등 여러 편이 있다.

이열부 김씨 정문명

李烈婦金氏旌門銘

임금님이 즉위하신 지 9년인 계해년(1683)에 교지를 내리시길,

"열부 김씨는 죽음으로 남편을 따르니 의로움이 지극히 높다. 유사에게 명해 정표하여 일세를 교화하도록 하라."

라고 하셨다.

이에 유사는 열부 이씨의 집안에 정표를 내리고 문설주를 세워 보고 지나가는 자가 본받도록 하였다. 을유년(1705)에 열부의 여러 손자 인숙 등이 아버지의 명으로 재물을 모아 지붕에 기둥을 세워 보호하고, 국가의 충전에 열부의 아름다운 명성을 멀리 전하여 무너지지 않게 하고, 효성과 공경함을 드날렸다. 인숙이 또한 아버지의 명으로 두경에게 그 정려문에 명을 짓고 서를 짓도록 하였다. 그러나 그것은 내가 맡아 할 일이 아니었다. 인숙이 와서 말하길,

"우리 할머님이 순절하신 해를 계산해보면 이미 60년이 됩니다. 정려에 표를 세운 것도 24년이 되는데 한 마디도 사실을 기록해 후세에 남겨 둘 것이 없다면 이것은 우리 손자들이 부끄럽지 않겠습니까? 그리고 할아버지와 선생님의 아버님이 외사촌26관계이고 할머니의 집안에서의 행실은 선생님도 들었으니 선생님이 명을 짓지 않으면 누가 명을 짓겠습니까?"

라고 하였다.

이에 두경은 의리상 사양할 수 없었다.

---

26 표형(表兄) : 외사촌 형, 외종형.

열부 김씨는 신라 사람이었는데 신라가 망하자 본관이 의성이 되었다
가 나중에 안동이 되었다. 아버지는 태학사 김시공이고 증조할아버지는
총재를 추증받은 문충공 김성일[27]이니 세상에서 이른바 학봉선생이라고
부르는 분이다. 퇴도 선생[28]을 섬겼는데 가장 뛰어난 제자[29]였으며 도덕
과 문장으로 몸을 세웠으며 충의와 풍절로 세상을 독려하였다.

열부는 맑은 자질을 하늘에서 타고났고 가정의 교육으로 성취한 바가
있었다. 15세의 나이가 되어 이시성에게 시집왔다. 이씨 집안은 태종의
한 계파이다. 열부는 시집오기 전에 여자의 행실을 익혀 시집가서 부덕
을 행했다. 이공이 독서를 하며 오랜 병을 물리치지 못하다가 병술년
(1646)에 절에 요양을 갔는데 열부가 따라 갔으나 이공은 마침내 죽었다.
열부가 자결하려고 하였는데 길이 멀어 두 관을 옮겨오기가 어려워 억
지로 남편의 상을 마친 후 돌아왔다. 장례 도구를 살피며 무릇 관에 넣
을 물건들을 모두 성실하게 준비하여 덧널이 필요할 정도로 가득하니
말하길,

"나머지는 두었다가 써야겠다."

고 하였다.

장례 기일 열흘 전에 시부모에게 절하고 동서를 불렀는데 말이 곡진
하였다. 밤에 종에게 찧어 놓은 쌀을 거두어 오게 하여 장례 때 일한 사
람들에게 주도록 자루에 담아 표시를 해두었다. 그런 다음 목욕하고 비
녀를 꽂은 다음 상복을 벗고 평소 좋아하던 옷을 입은 다음에 침소에서

---

27 김성일(金誠一) : 1538(중종 33)~1593(선조 26). 본관은 의성(義城). 자는 사순(士純),
호는 학봉(鶴峰). 안동 출신. 아버지는 진(璡), 어머니는 여흥민씨(驪興閔氏)이다. 이황
(李滉)의 문인이다. 1568년 증광문과에 병과로 급제, 1592년 형조참의를 거쳐 경상우도
초유사로 임명되어 의병장 곽재우(郭再祐)를 도와 의병활동을 고무하였다. 1593년 경상
우도순찰사를 겸해 도내 각 고을에게 왜군에 대한 항전을 독려하다 병으로 죽었다.

28 이황(李滉) : 1501~1570. 본관 진성(眞城). 초명 서홍(瑞鴻). 자 경호(景浩). 초자 계호
(季浩). 호 퇴계(退溪)·도옹(陶翁)·퇴도(退陶)·청량산인(淸凉山人). 시호 문순(文純).

29 고제(高弟) : 재능이 우수하여 등급이 높음. 또는 제자 중 성적이 뛰어난 사람.

스스로 목을 매었다. 사람들이 그 사실을 알고 구하려고 했으나 이미 숨이 끊어졌다. 부인은 편지를 써서 경계하기를,

"나는 이미 몸을 닦고 머리를 빗고 옷을 갈아 입었으니 사람을 시켜 습[30]하지 마십시오."

라고 하였다. 또 편지에

"시부모님과 부모님께는 이별을 말해야 하니 오직 불효이고 불효입니다."

라고 하였으니 말이 매우 슬퍼 듣는 자가 모두 눈물을 줄줄 흘렸다. 마침내 남편과 같은 묘를 파서 묻어 부인의 뜻을 이루어 주었다. 어떤 사람은 말하길,

"부인은 위로 시부모님과 부모가 있고 다섯 명의 아들과 딸이 울면서 젖을 찾고 있다. 이에 모두 버리고 따라 죽은 것은 부인으로서 너무 잔인하지 않은가?"

라고 한다. 군자는 말한다,

"그러한가? 그렇지 않다. 그렇지 않다. 죽고 사는 것은 중요하다. 사군자가 어찌 사리에 밝지 못하고 판단을 정확히 하지 못하는가? 조용히 죽음에 나가기 어려운 것이 강개하여 자신을 죽이는 것보다 더욱 어렵다. 부인은 그것을 증거한 것이다."

라고 하였다.

대저 격절하고 분개한 때에 목숨을 버리는 것은 나약한 사람도 반드시 그렇게 할 수 있다. 그러나 머뭇거리다 시간이 지나 삶을 돌아보아 감정이 동요되면 열부(烈夫)라 하더라도 또한 과감히 하지 못하니 이것

---

30 습(襲) : 죽은 사람에게 옷을 갈아입히는 절차. 옛 상례에서는 죽은 당일에 하지만, 의복 등이 준비되어 있지 않은 경우에는 이튿날에 하기도 한다. 먼저 몸을 씻어내고, 준비한 옷가지를 입힌 다음 충이(充耳)로 귀를 막고 악수(幄手)로 손을 싼다. 또한 반함(飯含)이라 해서 찹쌀을 물에 불리었다가 물을 빼고 버드나무로 숟가락을 만들어 3술을 입 안에 넣는데, 옛 풍속에는 "천 석이요", "2천 석이요", "3천 석이요" 하고 외치기도 하였다.

은 어렵기 때문이다. 하물며 규방의 나약한 여자가 경중을 생각하다가 목숨을 버리는 결단을 내려 반드시 마침내 조용히 틈을 내어 죽음을 보기를 돌아가는 것처럼 하였으니 그 뜻이 매섭기가 어찌 해 보다 빛나지 않고 서리보다 차지 않겠는가? 문충공의 여손으로 이러한 법칙이 있어 세상을 아름답게 한 것이다. 인숙의 아버지는 수이니 열부가 죽을 때 7세였다. 아우 의보는 돌이었다. 열부의 죽음은 더욱 매섭다. 명에 이른다.

죽어서 그 있을 곳을 얻으니
어진 자가 이에 편안하도다.
의에 나아가기를 조용히 하니
열사도 하기 어려운 바다.
열사도 하기 어려운 것을
부인은 쉽게 하였도다.
부인의 행실은
스스로 하고자 한 것이니
문충공의 손자로서
법가의 교육을 받아서이다.
어찌 복을 내리지 않아
나에게 요절하게 하셨나?
나는 부모님 계시고
시부모님도 계시며
어린 아이들이
방 안 가득 울고 있는데
내 이미 죽기를 결심했으니
나머지를 생각할 겨를이 없구나.
묻히면 반드시 함께 할 것이니

빨리 할 것도 없고 느리게 할 것도 없다.

손수 편지 써서 친부모님께 영결하며

젖먹이 아이들을 돌아본다.

어찌 슬프지 않겠냐마는

마음을 돌릴 수 없구나.

대단하다 부인이여

죽어도 죽지 않았도다.

내가 그 정려에 명을 써서

자손들이 보도록 한다.

해제 이 글은 열부 김씨 부인의 정문에 쓴 명이다. 김씨 부인은 남편의 병을 정성으로 간호했으나 마침내 남편이 죽자 상례를 마치고 따라 자결하였다. 작가는 양친 부모가 살아 계시고 길러야 할 자식이 많은데 자결한 것이 너무 잔인하다는 사람의 말에 강개한 마음에 죽는 것보다 조용히 생각한 후에 죽음에 이르는 것이 더 어렵다고 맞서며 부인의 죽음을 정당화하고 있다. 작가는 또한 부인의 이러한 열행을 부인의 조상 김성일의 충절과 연결시키고 있다. 열부의 손자의 청에 의해 작성되었다.

열부 지녀 정려명
烈婦至女旌閭銘

지녀는 삼계의 시골 여자이다. 아버지는 기수이고 나개복의 처이다.
21세에 남편을 잃자 문을 닫고 다만 아버지의 집만 다녀 사람들이 여인
의 얼굴을 거의 보지 못했다. 수절한 지 8년이 지나자 어떤 사람이 부인
의 어짊을 사모해 억지로 결혼하려고 하였다. 지녀는 그가 핍박할까 두
려워해 남편의 기일 제사에 머리 빗고 씻은 다음 친족에게 보낼 음식을
잘 갖춘 다음에 목을 매고 죽었다. 명에 이른다.

세속에서 천한 사람은 수절하는 경우가 드물다고 하는데
아! 너는 단정하고 깨끗하며 윤리를 지녔구나.
핍박받을까 두려워 자결하니
뜻과 의가 해처럼 환하고 뜨겁구나.

해제 ┃ 시골에 사는 지녀는 21세에 남편을 잃자 아버지 집 외엔 왕래를 하지
않으며 숨어 살다시피 했다. 이런 생활을 한 지 8년이 지나자 어떤 남자
가 결혼하기를 요청하니 지녀는 남편의 제삿날 친척에게 보낼 음식을 다 갖춘
다음에 목을 매고 죽었다. 이에 권두경은 지녀가 신분이 낮은 여인임에도 불구하
고 단정하게 윤리를 지닌 점을 기리는 내용의 명을 지었다.

어머니 유인 김씨 언행기
先妣孺人金氏言行記

어머니 김씨의 본관은 예안이다. 국조에 들어오면 김담이란 분이 계신데, 이름난 유학자여서 집현전 학사에 선발되었다. 혜장왕초에 이조판서로 초빙되었으나 돌아가셨고 죽은 후 문절공이라는 시호를 받았다. 어머님은 그의 7세손이다. 증조는 김륵인데 가의대부와 이조참판을 지냈고 자헌대부와 이조판서를 추증 받았으며 호는 백암선생이다. 덕학과 풍채로 선조의 명신이 되었다. 할아버지는 김기선인데 안기도 찰방을 지냈다. 아버지는 김수인데 성균생원이다. 어머니는 경주 이씨인데 문충공 익재 선생의 후손이고 홍문관 교리이며 도승지를 추증 받은 이광윤[31]의 따님이다. 승지공의 옛날 집은 호서지방에 있었는데 어려서 문학으로 뛰어났고 14세에 향시에 장원으로 뽑혀 월천 조선생[32]에게 알려졌고 명예가 널리 전파되어 중매를 하여 풍천에서 처가살이를 하면서 스스로 '양서'라고 호를 지었다. 생원부군의 타고난 분수가 매우 높아 이미 집안의 학문을 이어받았고 또 여러 노선생을 따라 노닐어 행실과 가정을 지키는 것과 법도 있는 행동이 선비에게 추중되었다. 24세에 사마시에 합격하였으나 불행하게도 세상을 떠났다.

어머님은 천계 을축년(1625) 10월 24일에 태어났다. 다음해 병인년(1626) 봄에 생원부군이 돌아가셨다. 병이 위급할 때부터 이부인은 경황

---

31 이광윤(李光胤) : 1564~? 본관은 경주, 자는 극휴(克休) 호는 양서(讓西), 진사 잠(潛)의 아들이다.

32 조목을 말함. 조목(趙穆) : 1524~1606. 본관은 횡성(橫城), 자는 사경(士敬), 호는 월천(月川). 아버지는 참판 대춘(大椿)이며 어머니는 안동 권씨로 수익의 딸이다.

이 없어 친히 기르지 못했는데 어머니를 양육할 만한 사람을 찾으니 오직 종 신군의 처가 자식이 없으나 충실하여 맡길 만하여 마침내 기르게 하였다. 가을에 이부인 또한 세상을 떠났다. 신군의 처는 이미 젖이 없어 단술 같은 것을 먹였는데 작은 주머니에 넣어 젖처럼 하여 먹이길 밤낮으로 게을리 하지 않았다. 신군 또한 삼가 보호하는 것을 다하지 않은 것이 없었다. 몇 년 지나 신군의 처가 죽자 신군의 후처가 봉양하여 정성껏 하기를 전처와 마찬가지로 하였다.

9세에 할머니 박부인이 비로소 거두어 길렀다. 부인은 대사헌 소고선생 박승임[33]의 손녀인데 성품이 엄중하였다. 그러나 어머님이 좌우에서 봉양하며 감히 뜻을 거스르는 것이 없었고 이 때문에 대부인의 환심을 얻었다. 두 언니와 두 오빠가 있었는데 오빠를 섬기는 것이 아버지를 섬기는 것 같았고 언니를 어머니처럼 섬겼다. 가르침이 있으면 감히 거스르지 않았고 병이 나면 친히 약을 끓여 비록 오래되더라도 감히 게을리 하지 않았다.

마침내 아버님께 시집오셔 시어머니와 시할머니를 섬기는데도 그 환심을 얻었다. 제사를 받드는 것을 지극한 정성과 공경으로 하였고 남편을 예로써 섬겼으며 친척들과 조화롭게 화목하였다. 아랫사람을 은혜로 부렸으며 친척과 두텁게 사귀었기에 내외 상하 사람들이 칭찬하지 않는 사람이 없었다. 조실부모한 것을 애통해하면서 매번 기일이면 제물을 갖추어 올리고 반드시 직접 준비하며 말하길,

"내가 불효하여 양부모님의 얼굴을 모두 기억하지 못한다. 다만 이것으로써 조금이나마 내 마음을 풀 수 있을 따름이다."

라고 하였다.

시어머니 김부인이 정유년(1657)에 돌아가자 간호하고 거상하는 절차

---

33 박승임(朴承任) : 1517∼1586. 본관은 나주, 자는 중보(重甫) 호는 소고(嘯皐). 경상도 영주 출신. 이황의 문하에서 수학하였다.

에 있어 여러 자손들이 어려서 보지 못했으나 상을 지낸 후에 지난 일에 대해 말씀하실 때면 반드시 감격하며 눈물을 흘렸으니 오래 지난 후에도 여전히 그러하셨다. 시할머니 이부인이 일찍이 불안한 징후가 있었는데 아버님과 함께 침석을 모시며 간혹 여러 날 동안 옷을 벗지 않으셨다. 밤새 잠을 자지 않았고 친히 약을 만들고 맛보며 일찍이 자녀들로 하여금 대신 하게 하지 않았다. 이부인의 연세가 높아 여러 고모가 매번 귀녕을 오면 데려온 종에게 반드시 후히 하사품을 주어 그 뜻에 맞추어 주었는데 비록 흉년이 든 해에도 부족하게 하지 않았다. 여러 시누이들이 이 때문에 오래 머물러있어도 더욱 편안할 수 있었고 종들은 따라와 또한 즐겁게 머물렀다. 매번 모여서 음식을 먹으면 어른이나 아이가 마루에 가득 찼는데 자손 및 사위들을 가리키며 처연히 말하길,

"돌아가신 시어머니께서 매번 '우리 자손이 언제 당에 가득할까?' 라고 하셨는데 지금 이를 보지 못하시는구나."

라고 하셨다. 여러 고모들이 자신의 집으로 돌아가면 또 눈물을 흘리며 차마 이별하지 못했고 자식 또한 이 때문에 눈물을 흘렸다. 신군의 부부가 당신을 길러준 근면함을 생각하시고 은의를 매우 갖추어 대우하셨다. 그들에게 종 한 명을 주어 돌보게 하고 늙자 또 불러 봉양하고 죽은 다음에는 상례 도구를 갖추어 주었다.

자녀를 가르치고 경계하는 것을 매우 엄격히 하여 장녀가 조금이나마 잘못이 있으면 번번이 꾸짖으며 말하길,

"여자가 부모를 섬기는 것은 시부모를 섬기기 위해서이다. 부모에게 사랑을 믿고 행동하면 시부모에게는 어떻게 할 것이냐?"

라고 하였고 이미 장차 시집가려고 하자,

"무릇 너에게 잘못이 있으면 이것은 나의 수치이다. 삼가서 네 부모에게 욕이 되지 않도록 하여라."

라고 하셨다.

여러 자식들이 말로 싸우면 정색하며 말씀하시길,

"형은 마땅히 동생을 사랑해야 하고 동생은 형을 마땅히 공경해야 한다. 너희들은 어려서 경계하지 않으면 자란 후 태도가 어떠하겠느냐?"
라고 하셨다.

아버님이 외출하려고 하시는데 나와 재종형이 놀고 있으니 어머님이 불러 물으시길,

"너는 독서하라는 명을 받았느냐? 놀라는 명을 받았느냐?"
라고 하셔 감히 대답하지 못하자 어머님이 화를 내시며 말씀하시길,

"책을 읽으라는 명을 받고서 장난을 치니 공부를 폐한 죄는 작지만 명을 어긴 죄는 크다. 사람의 아들이 어찌 이와 같을 수 있느냐?"
라고 하시며 또 종형을 꾸짖어 말씀하시길,

"너희들은 장차 학문을 연구해야 하는데 노는 것만 일삼으니 지금부터 상종하지 말거라."
라고 하셨으니 그 자식들을 꾸짖음에 옛 가르침에 의거하였으며 목소리가 정돈되어 감히 올려보지 못하게 하셨다. 성품이 엄숙하였으나 자애와 용서로 구제해주셔 여종이 벌을 받아도 물러나 원망하는 말이 없었다. 한 여종이 일찍이 원망하는 말을 하자 다른 사람이 듣고 말하길,

"너는 어진 주인 마님을 원망하다니 하늘이 무섭지도 않느냐?"
라고 하였다.

무릇 집안의 상사를 당하면 반드시 친히 가셔서 곡을 하였고 습하고 염하는 도구를 빌려 주시며 말씀하시길,

"좋은 일은 오히려 보살피지 않아도 되지만 나쁜 일은 힘을 다해 돕지 않을 수 없다."
고 하셨다. 이웃집에서 빌리러 오면 있고 없고에 따라 곤란한 기색을 보이지 않고 또한 반드시 갚으라고 책망하지 않으며 아무 말 없이 빌려주시니 빌리러 오는 자가 문에 가득했지만 반드시 빌려주셨다. 이웃집에

사는 어느 집의 종이 성품이 완악해 일찍이 죄를 지어 감히 보지 않았다. 그의 아들이 갑자기 병이나 심히 위태로우니 어머님이 약과 먹을 것을 내려주어 심히 권하니 려러 아들이 듣고 말하길,

"늙은 것이 무뢰한데 어찌 깊이 도와주십니까?"라고 하사

어머님이 말씀하시길,

"환란을 서로 돕지 않는 것은 옳지 않다. 저가 비록 불선하지만 그것이 나에게 무슨 상관이 있느냐?"

라고 하셨다.

아버님이 백운 권학관 상원선생에게 공부를 배웠는데 학관이 이미 돌아가시자 아버님이 그의 딸을 집에 데려다 길렀다. 어머님은 그 딸을 마치 자기가 낳은 자식처럼 기르시고 여공을 가르쳐 혼수를 장만해 시집 보내시니 어머니가 돌아가실 때 슬퍼하는 것이 친자식 같았다. 다른 사람들이 말하길,

"지극한 은혜에 감동하였다."

라고 하였다. 일찍이

"여자의 천한 행실은 질투하는 것보다 지나친 것이 없다."

라고 하시며 매번 세속 부인들의 투기하고 사나운 마음을 부끄럽게 여기시고 착한 사람을 보면 감탄하시며 스스로 미치지 못할까 눈썹을 찌푸리며 걱정하셨다. 지식과 멀리 생각하고 시비를 분별하는 능력이 실로 대장부도 미치지 못하는 것이 있었다. 목소리는 분명하고도 드러나 할머님의 연세가 높아 잘 듣지 못하셨는데 다만 어머님이 한 마디 하시면 문득 깨달아 또한 높은 소리를 내지 않았다. 일찍이 책을 읽지는 않았으나 때때로 고금의 일을 말씀하시고 출입에 대한 의리는 항상 삼강행실을 취해 정성껏 자녀를 위해 말씀하셨다.

경술년(1670) 2월 영천의 우사에서 천연두를 만나 윤 9일에 여러 아이들을 버리고 돌아가시니 향년 46세였다. 병이 위급하자 더러운 옷을 다

버리고 깨끗한 새 옷으로 갈아입고 뒷일에 대해 대략 말씀하시고 취침한 다음에 돌아가셨다. 아아! 차마 어찌 말하리오? 어머님이 병이 나셨을 때 여자 종이 본가에서 문안을 왔는데 길에서 밭에 들밥을 진 아낙네를 만나자 한결같은 말로 말하길,

"너의 주인 마님이 천연두에 걸리셨다고 들었다. 선을 쌓은 사람은 반드시 오래 산다고 하는데 신명은 어찌하여 무지한가?"

라고 하고 상이 나자 원근의 종들이 모두 황급히 곡을 하기를 마치 부모를 잃은 것처럼 하였다. 문상을 온 나그네가 탄식하며 말하길,

"평일에 은혜를 쌓지 않았다면 이 어찌 겉으로 그러한 것이겠는가?"

하고 길 가는 사람들 또한 마음 아파하였다.

아아! 어머님의 타고난 성품은 깨끗하였으나 덕은 보답을 받지 못했다. 태어나 일 년도 되지 못해 부모가 돌아가시고 어떤 사람은 나중에 복을 받는다고 하는데 질병이 이르러 중도에서 꺾이니 돌아가시는 날 오직 딸 하나만 결혼을 하였고 나머지 자식들은 겨우 소년이 될 정도였다. 마침내 성장하는 것을 보지 못하고 이에 이르니 자식된 자가 어떤 마음이겠는가? 두경은 늦게 태어나 그 선덕을 자세히 알지 못한다. 지금 뽑아 기록한 것은 다만 보고 들은 것이니 만일 넘치거나 사실에 지나친 것이 있다면 또한 내가 심히 병스럽게 여길 것이다. 어진 군자가 헤아려 주시길 바라며 아들 두경이 피눈물을 흘리려 삼가 기록한다.

해제 │ 권두경이 자신의 어머니 유인 김씨의 언행을 기록한 글이다. 유인 김씨는 태어난 지 얼마 되지 않아 아버지를 여의고 곧 어머니마저 돌아가셔 종의 처에게 양육받다가 9세에 할머니에게 자랐다. 결혼하여서는 시부모의 병간호를 정성껏 하고 시집 식구들을 잘 봉양하였다. 그러나 천연두에 걸려 딸 하나만 결혼 시킨 상황에서 죽었다. 권두경이 평소 보고 들었던 어머니의 이야기와 생활이 자세하게 기록되어 있다.

최석항 崔錫恒 · 1654 ~ 1724

최석항(崔錫恒) : 1654(효종 5)~1724(경종 4). 본관은 전주(全州). 자는 여구(汝久). 호는 손와(損窩). 영흥부사 기남(起南)의 증손으로, 할아버지는 오길(鳴吉)이고, 아버지는 후량(後亮)이며, 어머니는 안헌징(安獻徵)의 딸이다. 후원(後遠)에게 입양되었다. 영의정 석정(錫鼎)의 아우이다. 1680년 별시문과에 병과로 급제, 예문관검열이 되었다. 1721년(경종 1)부터 2년에 걸친 이른바 신임사화에서 소론이 승리하는 데에 큰 구실을 하였다. 이조판서를 거쳐 좌의정에 이르렀고, 나이 70이 되어 기로소(耆老所)에 들어갔다. 당시 소론4대신 가운데 한 사람으로 꼽혔는데, 이러한 당색 때문에, 영조가 즉위한 뒤 관작이 추탈되었다가 복관되기도 하였다. 저서로는『손와유고』 13권이 있다. *참고문헌 : 肅宗實錄, 景宗實錄, 國朝榜目, 朝鮮名臣錄, 相臣錄.

큰형수 임부인께 올리는 제문
祭丘嫂任夫人文

아아! 큰형수님[1]이 우리 집안에 시집오신 지 이미 51년이 되었습니다. 제가 2, 3살 때부터 우리 형수님께 키워주시는 은혜를 입었고 형수님은 저의 어리석음을 걱정하여 가르치고 일깨워주셨습니다. 또 배고픔을 걱정하여 먹여주시니 돌아보고 살펴주신 은혜가 어머니와 다를 바가 없었습니다. 그러니 마치 한창려가 그 형수를 섬긴 것과 비슷합니다. 무릇 우리 형수님은 시집오시기 전에 부모님을 잘 섬기셔 음식을 주관하고 물건을 대접하는 자상한 행동이 있었으니 제가 아니면 누가 능히 알겠습니까? 고인이 말씀하시길, "부인의 아름다움은 죽음을 애도하는 글[2]이 아니면 드러나지 않는다."라고 하였습니다. 생각하니 제가 배움에 어둡고 어리석으며 평소 글재주가 없어 감히 뒤에 드리울 것은 없으나 대략 평소 보고 듣고 마음에 새겨둔 것을 기록하여 형수님의 자손들에게 보여 몸소 깨닫고 보고 느끼게 하고자 합니다.

아아! 우리 형수님은 시와 예를 아는 이름난 집안에 태어나 밝은 가르침을 몸으로 익혀 단정하고 총명한 자태와 명철한 식견이 있었습니다. 시부모를 효로 섬기고 남편을 공경함으로 대했으며 자식을 사랑으로 어루만지되 그 가르치기를 그만두지 않았습니다. 종[3]들은 엄하게 다스리되 생계를 꾸리게 해주고 동서와 시누이 사이에 일찍이 화평한 기운을 잃지 않았습니다. 성품은 또 검소하여 평소 화려하고 아름다운 옷을 가

---

1 큰형은 최석진(崔錫晉)이다.
2 뇌어(誄語) : 죽음을 애도하는 글.
3 장획(臧獲) : 노비. 장은 남종, 획은 여종.

까이 하지 않았습니다. 여공을 부지런히 하여 새벽부터 밤까지 부지런히
하기를 그만두지 않았고 비록 하찮고 작은 일이라도 알맞게 조치하였습
니다.

계축년(1673) 어머니가 세상을 떠나신 후⁴ 형수님이 집안 살림을 맡았
는데 아버님이 항상 사람들에게 말씀하시길,

"집안에 어진 며느리가 있으니 옷과 음식이 뜻에 맞지 않은 것이 없어
나를 근심하지 않게 하는구나."

라고 하셨습니다. 큰형님이 일찍 기호 지역의 두 마을에서 벼슬을 하셨
는데 상자를 보내주어 더욱 풍성하게 해주었습니다. 또 능히 여러 자식
들을 훈계하고 가르쳐 모두 성취하게 하였습니다. 대개 우리 형수님은
덕이 있고 아름다우신데 아녀자이기 때문에 언행이 규문 안을 나가지
못했으며 일이 겨우 술과 음식 만드는 사이에 그쳤으니 어찌 애석하지
않겠습니까?

아아! 큰형님의 아름다운 문장과 뛰어난 재주로 과거에 붙지 못했으
며 수명도 겨우 중년에 그치고 벼슬은 낮은데 머물렀습니다. 큰조카 현
도는 금옥과 같은 자질이 있어 문장이 일찍 이루어져 약관의 나이에 성
균관에 이르렀는데 불행히 일찍 죽었습니다. 형수님의 맑은 행실과 아름
다운 덕은 마땅히 복을 받아야 하는데 어찌 불행이⁵ 이러한 데 이르렀습
니까? 이는 진실로 하늘의 도가 반드시 기필하지 않는 것입니다.

그러나 위로할 만한 것은 세 손자가 조정에 있어 조상의 훈계를 삼가
지키고 있는 것입니다. 인과 민 두 조카는 벼슬하고 있는데 인은 이미
두 마을을 거쳐 부모님 봉양을 하고 있습니다. 창과 억이는 저에게 출계
하여 능히 몸소 행실을 지키며 학업에 뜻이 있어 이미 아름다운 선비가

---

4 최석항의 어머니 안부인(안헌징의 딸)이 1673년에 죽었다.

5 험흔(險釁) : 운수가 좋지 않음. 불행.

되었습니다. 현도의 아들 수철은 버릇없는 아이로 늦게 학문하였으나 책을 읽을 줄 알아 과거 공부를 하여 이른 나이에 향시에[6]합격했습니다. 시문을 짓는 것이 자못 진취가 있어 족히 과거에 응해 붙을 만합니다. 만일 빈으로 차근차근히 공부해 한 마을을 얻어 봉양하게 하고 억과 절이 과거에 붙었다면 우리 형수님이 늘그막의 경사에 조금이나마 위로받고 우리 형님의 불식의 보답[7]이 조금이나 풀렸을 것입니다. 그런데 하늘이 어찌 우리 집에 복을 내리지 않는지요? 형수님은 시산에서 집에 돌아오셔 우연히 병에 걸렸는데 끝내 돌아가셨습니다. 집안의 참담한 재앙이 어찌 이처럼 극한데 이르렀는지요?

아아! 반곡하는 산은 우리 고조할머니 남부인의 몸과 혼백이 묻힌 곳이고 아버님과 어머님도 이 곳에 장사지냈습니다. 큰형님의 장례는 또 그 앞쪽을 정해놓았으니 그 왼쪽을 비워 뒷날을 기다릴 것입니다. 장차 이달 13일 병진일에 앞의 묘지에 합장할 것입니다. 현도의 무덤은 또 앞산기슭 아래 수 십 보 땅에 있으니 골육과 지친이 모두 한 언덕 안에 모여 같은 집과 같은 방에 있어 평소와 같을 것입니다. 신의 도리를 알고자 하니 어찌 상정에서 벗어나겠습니까? 만일 죽어도 앎이 있다면 응당 지하에서 즐겁고 기쁘게 지내시며 세상에서처럼 삶과 죽음으로 이별하여 슬프고 참담하지는 않을 것입니다. 아아! 가실 날이 이미 정해졌으니 붉은 깃발도 앞으로 열 것입니다. 집은 텅 빈 채 장막만 드리웁니다. 자취를 어루만지고 생각하니 다만 눈물만 흘러내립니다. 간략하게 조촐한 음식을 장만하여 올리며 슬픔과 정성을 바칩니다. 영령이 어둡지 않으시다면 저의 술 한 잔을 흠향하십시오.

---

6 해액(解額) : 향시에 급제한 사람. 거인(擧人)의 총수.
7 불식지보(不食之報) : 조상의 음덕으로 자손이 잘 되는 보응.

해
제 최석항이 큰형수 임부인을 위해 지은 제문이다. 작가는 두세 살 때부터 형수가 돌보아 주는 은혜를 입어 형수를 어머니처럼 생각했다. 한편 형수의 뛰어난 문장력과 재주로 벼슬하지 못하고 규중의 여인으로 머물다 죽은 점에 대해 안타까워하는 마음을 보이고 있기도 하다. 제문의 뒷부분에서는 조카들의 근황에 대해 형수에게 자세히 전해주고 있다.

이희조 李喜朝 · 1655 ~ 1724

이희조(李喜朝) : 1655(효종6)~1724(경종4). 본관은 연안(延安),
자는 동보(同甫), 호는 지촌(芝村), 부제학 이단상(李端相)의 아들
이며, 송시열(宋時烈)의 문인이다. 송시열이 귀양을 간 뒤에는 양
주의 지동(芝洞)으로 물러가 〈대귀설 大歸說〉을 지었다. 1680년
경신환국 후에 의금부도사·공조좌랑을 지내고 진천현감이 되어
선정을 베풀었다. 1694년 갑술옥사 후에 다시 기용되어 인천현감
이 되고, 이어 동궁서연관(東宮書筵官)·지평을 거쳐 천안군수로
나가 치적을 올렸다. 대사헌, 이조참판 등을 지냈다. 1721년(경종
1) 신임사화로 김창집(金昌集) 등 노론 4대신이 유배당할 때 영암
으로 유배되었고, 철산으로 이배 도중 죽었다. 1725년(영조1)에 신
원되어 좌찬성에 추증되었다. 저서로는 『지촌집』 32권이 있다. 시
호는 문간(文簡)이다.

딸 황씨 부인의 발인에 주는 제문
亡女黃氏婦發靷日祭文

　　유세차 을유년(1705) 2월 12일 아버지는 한 잔 술을 갖추어 죽은 딸의 영전에 영결을 고한다. 아아! 네가 죽은 후 내 마음은 마치 정신이 나간 듯한데 더욱이 관을 어루만지며 한 번 통곡하지 못하여 한이 되었다. 이제 관을 어루만지게 되었으나 진실로 볼 수 없는 것만 못하니 자식의 관을 차마 어찌 대할 수 있겠느냐? 예전에 너의 상례를 치를 때 마땅히 광릉으로 가려고 했던 것은 네 어머니가 가서 너를 반곡[1]하려고 했기 때문이다.

　　그런 이유 때문에 우리 집에 관을 놓고 내가 지킨 된 것이 거의 몇 달이 되니 이로써 조금이나마 내 마음을 위로할 수 있었다. 그런데 네 어머니가 또한 뒤쫓아 갔다가 힘들게 돌아왔다. 네 아우와 그의 처 또한 모두 따라와 노소가 단란하게 모인 것이 평소와 같다. 그런데 너는 홀로 하나의 나무가 되어 아득히 길이 누워 있으며 알지도 못하고 느끼지도 못하고 듣지도 못하고 말하지도 못하니 하늘이여 이 어찌 말할 수 있겠느냐?

　　생각하니 너는 관동에서 태어나 지촌에서 자랐고 또 일찍이 총석에 가서 살다가 지금 총석에서 죽었고 지촌에서 관을 돌려와 광릉땅에 묻

---

1 반곡(反哭) : 시신을 무덤에 묻고 집으로 돌아와서 죽은 사람을 생각하며 곡을 하는 것. 반곡은 주인이 당에서 행하는데, 그것은 돌아가신 분이 활동하던 곳이 바로 당이므로 주인이 당에서 곡을 행하고, 주부는 방에 들어가서 곡을 하는데, 이는 돌아가신 분이 봉양을 받던 곳이 바로 방이기 때문이다. 반곡을 하고 나면 기년과 9월의 상복을 입는 자는 술을 마시고 고기를 먹을 수 있지만 잔치는 할 수 없다. 소공과 대공의 상복을 입는 사람이 따로 살 경우에는 반곡 이후에 사는 곳으로 돌아갈 수 있었다.

히게 된다. 그 이름 또한 관동이니 어찌 그리도 신기하냐? 이 어쩌면 앞
서 정해진 것이라서 피할 수 없었던 것인가? 아! 무덤이 정해졌으니 묻
을 날이 가까워온다. 너는 지금 한번 가면 언제 다시 오겠느냐? 한잔 술
로 길이 이별을 하며 영원히 남을 긴 글을 짓는다. 네 영혼은 와서 흠향
하거라.

해제 | 황경하(黃慶河)에게 시집간 둘째 딸의 발인에 주는 제문이다. 황씨 부인
은 관동에서 태어나 지촌에서 자라다가 다시 관동에 가서 묻히게 되었
는데 이희조는 그러한 일이 우연이 아니라 어쩌면 정해진 운명같은 것이라고 생
각한다. 황씨 부인의 어머니는 김수홍의 딸이다.

효자 김상사 아내 애사
孝子金上舍內室哀詞

　최근에 돌아가신 효자, 진사 김공의 배우자 공인 풍산 홍씨가 기축년
(1709) 5월에 죽어 발인하고 하관하였는데 부인의 두 아들이 나에게 무덤
에 넣을 글을 부탁하였다. 아! 공인은 나의 사촌 누님이시다. 올해 중춘
에 내가 비로소 문안을 하러 가서 절을 올렸다. 그때 공인은 동기의 상
을 당했는데 대부인의 연세가 90세에 임박해 슬픔을 견디지 못할 것을
걱정해 그 집에 가서 좌우에서 간호하며 봉양하였다. 부인은 모든 어려
움을 참으며[2] 온전하고 편안하게 하는 데 온갖 정성을 다하지 않은 것이
없어 나는 공인의 효성스러움이 늙어도 줄어들지 않음에 감탄하였다. 또
부인의 맑고 현명한 자질과 근검한 덕이 실로 다른 사람보다 크게 뛰어
난 것을 보고 속으로 몰래 흠모하고 감복하였다. 그런데 몇 개월 지나지
않아 공인이 갑자기 돌아가셨다는 부고가 와서 내가 포복하고 들어가
곡하였는데 두 아들이 손가락을 베어 상처가 나고 몸이 야위어[3] 차마 볼
수가 없었다.
　남편인 진사공의 지극한 성품과 순수한 효성은 이미 위로 궁궐에 전
해져 그 집안에 정표가 내려졌다. 지금 공인의 덕 또한 동관[4]에 기록되
어 퇴락한 세속을 독려하기에 충분하니 세교에 도움이 될 만한 것이 어
떠하겠는가? 그러나 이것은 진실로 근본이 있어서이다. 진사공의 증조

---

2 부지(扶持) : 어려운 일을 버팀.
3 난란(欒欒) : 몸이 야윈 모양.
4 동관(彤管) : 붉은 빛의 붓대. 또 그 붓. 후궁에서 기록을 맡은 궁녀가 씀. 전하여 부인의
　서화(書畵)의 뜻으로 쓰임.

부 성옹은 충효와 큰 절개로 여러 왕조의 이름난 신하였으니 그 집안의 가법이 진실로 다른 사람과 다른 것이 있었다. 공인의 할아버지 범옹공은 모당공과 함께 나의 증조할아버지 월사 문충공과 내외 할아버지이다. 그래서 세상에서 모두 모범이 되는 가문이라고 말하니 진사공과 공인과 두 아들은 가업을 이어받아 교훈에 무르익어 성취한 것이 마땅하다고 할 만하다.

아! 바야흐로 진사공이 돌아가셨을 때 두 아들의 나이가 매우 적었는데 공인이 애써 가르쳐 이룬 바가 있게 하였다. 큰아들은 이미 사마시에 급제하여 관직5을 맡고 있으며 막내 또한 높은 점수로 급제6하여 귀한 벼슬7을 받았다. 생각하니 진사공의 자손에 대한 보답이 진실로 이와 같다. 공인의 늦은 복이 아직 이르지 않았는데 누가 갑자기 돌아가실 줄 알았겠는가? 공인은 원래 대부인을 봉양하고 도와 편안하게 해드리려고 했는데 지금 도리어 슬픔을 안겨드리게 되어 대부인은 아침저녁으로8 목숨이 위태로운 형편에 계시다. 또 청상 과부인 외동딸이 앞에 있어 어루만져주고 가엾게 여겼는데 하루아침에 가버려 의지하고 돌아갈 곳이 없게 하였으니 아! 이 어찌 하늘의 도라고 할 수 있겠는가? 공인의 영령이 있으면 또한 어두운 곳에서9 눈을 감지 못할 것이다.

나는 두문불출하여 모든 사람과의 관계를 그만두었는데 두 아들이 삼가 간절히 원하는 뜻이 있어 들어주지 않을 수 없었다. 마침내 마음에 느낀 것을 옆에 있는 것과 같이 간략하게 쓰고 사를 붙인다. 사에 이른다.

옛사람은 "나무가 고요하고자 하나 바람이 멈추지 않고 자식이 봉양

---

5 일명(一命) : 관직이 낮음. 주대(周代)의 관작은 구명(九命)까지 있었는데, 일명은 그 중 가장 낮은 관계(官階) 에서 유래함.

6 고과(高科) : 과거에 좋은 성적으로 급제함.

7 현사(顯仕) : 높은 벼슬자리.

8 엄엄(奄奄) : 숨이 장차 끊어지려고 하는 모양.

9 명명(冥冥) : 어두운 모양, 무지(無知)한 모양.

하고자 하나 부모가 기다려주지 않는다."고 말하였다. 이 말은 사람의 자식된 자가 차마 할 수 없는 것을 슬퍼하는 것이니 내 무슨 말을 할 수 있겠는가? 다시 이 말로 두 아들을 위로하고자 한다.

아아! 임서산에 우뚝한 언덕이 있으니 이는 실로 진사공의 옷과 신발이 묻힌 곳이다. 이제 공인이 부장되어 같은 무덤에 묻혔으니 황천에서 즐겁고 영원하길 바란다. 지난번 내가 무덤에 갈 뜻이 있었으나 마침내 다시 곡하지 못하게 되었으니 가슴이 아프고 슬픔이 더욱 심하다. 다만 우러러 바라보니 눈물이 가슴을 적신다.

해제┃ 이 글은 이희조가 집안의 누나 풍산 홍씨를 위해 지은 애사이다. 풍산 홍씨의 남편 진사공 김씨는 효자로 이름이 알려져 정표를 받았다. 남편이 먼저 죽은 후 풍산 홍씨는 자식들을 엄격하게 가르치고 시부모를 봉양하는 등 어머니와 며느리의 역할을 다하였다. 이희조는 홍씨 부인의 뛰어난 행실이 충효와 절의로 이름난 집안의 남다른 가법 때문이라고 설명하고 있다.

남감사 부인 이씨 애사
南監司夫人李氏哀詞

　　돌아가신 정부인 월성 이씨[10]는 관찰사 남영공[11]의 아내이다. 부인이
죽자 관찰공의 묘에 부장하였으니 그때가 갑오년(1714) 4월이었다. 아들
참봉군이 만폭을 가지고 와 나에게 글을 청하였다. 아! 나와 관찰공은
성이 다른 형제인데 지금 부인의 상을 당하여 내가 어찌 차마 아무 말도
하지 않겠는가? 게다가 옛날에 관찰공이 돌아가셨을 때 나는 산골짜기
마을에 살았는데 위로하는 글을 써서 깊은 슬픔을 쏟아내고 싶었지만
병 때문에 끝내 하지 못하여 지금까지 한이 된다. 그러니 더욱이 어찌
묵묵히 있을 수 있겠는가?

　　관찰공의 할아버지 호곡공[12]과 부인의 증조 총재공은 모두 나의 아버
지와 절친한 친구여서 세상에서 장과 범 같은 친구[13]라고 말하니 그 집
안의 대를 두고 사귀어 온 정의[14]를 알만하다. 그리고 나의 재종질 세신
은 부인의 사위[15]이고 부인의 손자 유상은 내 재종의 손자 사위이니 그
좋은 인연이 어떠한가? 나는 이러한 이유로 부인의 어짊에 대해서 더욱
들을 수 있었다. 부인의 정숙한 행실과 근검한 덕은 진실로 복록을 누리
기에 충분하다. 그런데 호곡공의 문덕과 절행, 관찰공의 문장력과 재주
로 간혹 재앙에 걸려들어 벼슬자리가 위태롭고 간혹 진용에 문제가 생

---

10 이인환(李寅煥)의 딸이다.
11 남정중(南正重)을 말한다.
12 남용익(南龍翼, 1628~1692)을 말한다.
13 장범(張范) : 우정이 돈독했던 장소(張劭)와 범식(范式)을 말한다.
14 세의(世誼) : 여러 대를 두고 사귀어 온 정의(情誼). 세교(世交).
15 택상(宅相) : 사위.

겨 중간에서 돌아가니 불식의 보답[16]은 의당 후세에게 있는 듯하다. 호곡공은 여러 대에 걸쳐 외동 아들로 가계를 이었는데 참봉군에 이르러 처음으로 두 아들을 길렀고 모두 재주가 있다. 큰아들은 약관이 되기도 전에 이미 사마시에 높은 점수로 급제하여 사람늘이 참봉군 부자가 잇달아 관리가 되어[17]호곡공과 관찰공의 업적을 잇는다고 말한다. 부인 또한 함께 영화를 누리고 늦은 경사를 기쁘게 누려야 하는데 지금 일이 크게 어긋나 하루아침에 이러한 지경에 이르렀으니 아아! 어찌 슬프지 않은가?

내가 어렸을 때에 호곡공과 돌아가신 아버님 부사공[18] 또한 일찍이 편지를 주고 받으며 담소를 나누셨는데 호곡공이 오시면 아버님이 친아버지같이 섬기며 가르침을 깊이 받았고 덕을 사모하는 것 또한 지극했다. 관찰공은 진실로 의리상 골육과 같았다. 참봉군 부자 또한 나를 비천하게 여기지 않으시고 때때로 적막한 물가에서 어울렸으니 이러한 일은 단지 한문공과 마소감[19]과 같은 관계에 지나는 것이 아니다. 생각하니 이른바

"인간 세상에 어떤 마음이 들겠는가"[20]

라고 한 것이 바로 현재 나의 상황을 말한 것이다. 내가 사는 지촌과 관찰공이 사는 송추는 10리도 되지 않을 만큼 가까웠다. 내가 매번 관찰공께 빨리 돌아와 함께 의지하며 살면서 각기 선인의 오래된 집을 지킬 것을 권했다. 나는 마땅히 형수를 예로 대하며 들어가 부인에게 절을 하고

---

16 불식지보(不食之報) : 부조(父祖)의 음덕(陰德)으로 자손이 잘 되는 보응.

17 통적(通籍) : 문적(文籍)에 이름을 올려 궁궐에 출입할 수 있게 된다는 뜻에서 관리에 임명되는 것을 말한다.

18 이단상을 말한다.

19 한문공은 한유(韓愈)를 말한다. 마소감은 한유의 친구인데, 한유가 마소감의 묘지문을 썼다.

20 한유가 쓴 마소감의 묘지문에 있는 구절이다.

물러나 관찰공과 함께 질탕하게 놀고 술에 길이 취하려고 했는데 누가
이러한 계획이 아직 이루어지기도 전에 관찰공이 불행히 돌아가실 줄
생각했겠는가? 부인 또한 늙기도 전에 갑자기 돌아가실 줄이야? 앞으로
추워지면 단지 참봉군 부자에게 장차 의탁하여야 하니 그 또한 슬프다.
사에 이른다.

　아! 부인은 영화로운 몸이라고 할만하다. 상서의 며느리며 상서의 손
자이고 관찰의 딸이며 관찰의 배우자이니 아! 그 훌륭함이여. 석인을 어
찌 부러워하리오? 게다가 어진 아들이 있어 집안의 명성을 이어가며 두
손자가 앞에 있어 빛을 발한다. 딸 여섯은 비록 많으나 효도로 봉양함이
모두 같다. 70을 바라보니 또한 오래 사셨다고 할 만하니 어찌 깊이 슬퍼
하리오? 우뚝한 저 송산에 언덕이 있으니 4대가 한 언덕에서 옛 무덤과
새 무덤을 이루고 있다. 옛날에 부자를 따라 이 곳에서 얼마나 술을 마
셨던가? 지금 부인을 묻으며 옛 자취를 어루만지며 눈물을 흘린다. 글은
마음을 서술하고자 하고 사(詞)를 지어 슬픔을 쏟아내려 한다. 수심에 찬
구름이 나의 슬픈 울음[21]을 부추긴다.

해제 　이 글은 남용익의 아들인 남정중의 아내 월성 이씨를 위해 지은 애사이
다. 월성 이씨는 이인환의 딸이다. 이희조는 평소 집안의 깊은 인연으로
인해 부인의 행실과 인품에 대해 자세히 보고 들었다고 하며 이 글을 짓고 있다.
하지만 부인과의 관계보다는 부인의 남편과 시아버지 등의 관계가 중심이 되고
정작 주인공은 관심에서 벗어나 있는 듯하다.

---

21 허희(歔欷) : 슬피 흐느껴 욺.

어감사 부인 원씨 애사
魚監司夫人元氏哀辭

고인 관찰사 어공의 아내 정부인 원씨가 돌아갔다. 고아 부정군이 죽음을 애도하는 글을 연안 이희조에게 주면서 말하길,

"어머님이 누린 연세는 91세인데 총명하고 정력이 있으신 것이 젊고 건장한 사람과 다를 것이 없었습니다. 기거하고 행보하는 데 일찍이 다른 사람을 의지한 적이 없었고 매일 일찍 일어나 양치질하고 머리 빗으시며 여공을 잡으시는 데 조금도 게을리 하지 않으셨습니다. 병이 위급했을 때도 정신이 또렷해 혼란스럽지 않으셨습니다. 전에 상을 치를 때 유서 한 장을 주머니와 상자에서 발견했는데 제사 물품을 나누어 정하신 일이 일체 검약한 것을 따랐고 여러 손자들에게 제전을 풍족하게 올리지 말 것과 자녀들이 나이가 많은 것을 생각하여 스스로 보호할 것을 경계하셨는데 말씀하시는 뜻이 성실하셨습니다. 아아! 애통합니다. 어머님의 장수하심과 강녕하심은 복록이 갖추어졌습니다. 원컨대 한 마디 말을 내려 드러내기를 원합니다."

라고 하였다.

아! 부인의 오래 사심과 누리신 복록은 진실로 온 나라 사람들이 모두 알고 있는 것이다. 그러나 그 덕행이 높은 것은 반드시 다 알지 못한다. 나의 옛집은 낙양 동촌인데 부정군과 가까이 살며 종유한 것이 매우 오래된다. 이 때문에 부인의 곤범의 의로움과 모의의 높음을 익히 들었으니 일찍이 사사로운 마음으로 흠모하거나 감탄하는 것이 아니다. 스스로 다른 사람들이 알지 못하는 것을 알고 있다고 생각했는데 지금 부정군이 쓴 별지를 읽으니 아는 것이 적음을 알겠다. 대저 백세를 누린 높은

연세이지만 총명과 정력을 더했고 근검함으로 예를 좋아하신 것이 이러한 경지에 이르렀다. 이는 오랜 옛날에도 보기 드문 바인데 하물며 그 유서 가운데 자손을 훈계한 것은 더욱 명백하고 섬세하면서도 진실로 조리가 있어 거의 도덕군자가 한 것과 같은 종류이다. 만일 밝은 견식과 통달한 식견이 아니면 어찌 이와 같을 수 있겠는가? 옛날에 여자의 일은 몸을 영화롭게 하는 것이라 하였고 시에서 석인을 찬송한 것도 이유가 있다.

관찰공은 비록 지위가 덕에 들어맞지 않았고 누리신 수명도 오히려 유감스런 마음이 있다. 그러나 부인은 이미 60년이 넘도록 해로하였고 부정군의 몸에 이르러 또 도움을 따라 지내며 봉양하는 것을 누렸다. 게다가 '정경'이라는 작위가 있으니 영광과 봉양을 두루 갖추었다. 여러 자손들은 어질고 재주 있어 왕왕 높은 벼슬에 오르고 이름난 벼슬을 하니 옛날에 이른바 길한 징조와 좋은 일이라고 하는 것을 갖추지 않은 것이 없다.

옛날에 노래자의 나이 70에 효도로 그 어버이를 봉양하였으니 사람들이 지금도 칭찬한다. 그 어버이의 나이를 생각해보면 또한 거의 100세에 가까울 것이다. 그러나 그 건강하고 질병이 없는 것은 반드시 부인만 같지 않을 것이다. 또 어찌 능히 자녀 내외가 모두 칠십의 나이에 이른 것이 부인의 아들과 딸들만 하겠는가? 또한 슬하에 구슬이 울리는 성대함과 잠과 홀이 가득한 영광이 부인과 여러 손자만 하겠는가? 이러한 것은 부인의 덕과 부정자의 효로 이르지 않은 것이 없다.

아! 그 귀하다고 할 만할 따름이다. 내가 이에 또 몰래 슬피 애도하는 것이 있다. 우리 아버님이 돌아가실 때 관찰공이 애도하고 곡을 하였는데 그 말씀하신 것이 매우 중후하여 내가 일찍이 감동하여 울었다. 그러나 관찰공과 부인이 누린 연세는 아버지와 어머니를 거의 20년 이상 넘는다. 나는 매번 부인의 안녕과 부정군의 기쁨을 들으면 문득 슬퍼하면서 부러워했다. 또한 죄가 크고 명이 박하여 부모님 모두 오래 사시지 못하게 하고 홀로 아득히 죽지 않고 지금까지 구차하게 세상에 살아있음을 한스럽게 여겼다. 이제 부인을 발인하고 무덤을 만들려고 하는데 내가 마땅히 기어서 상여를 따라가 그 마음을 다 풀어야 하지만 병으로 두문불출해 여력이 없어 관찰공에게 커다란 죄를 얻었다. 이에 삼가 거칠고 비천한 글을 헤아리지 못하고 감히 몇 줄 글을 지어 대신 마음속의 쌓인 것을 풀어 놓는다. 이에 짧은 글을 덧붙여 다시 부정군의 힘씀과 스스로 보호함을 권면하며 우러러 우리 부인의 명복을 빈다.

아! 슬프다. 사에 이르기를,

옛날에 서하에 불로 선인이 있다고 들었으니 삼가 부인이 실로 이러한 분이 아닐지.
예에 칠십은 자신의 몸에 쇠마복을 입은 것이라고 하였는데 하물며 남기신 경계가 있네.
먹으로 쓴 흔적[22] 새로우니 멸성[23]은 효가 아니고
가르침 어기는 것은 어짊을 해치는 것이라네.
아아! 효자로다
어찌 감히 어버이를 잊으리오?
그윽한 저 덕스런 물과 산이 완연하니
이에 옛 묘를 열어 함께 묻는다.
내 아파 누워있어 무덤에 가려는 계획 이그러져
우러러보나 이르지 못해 다만 눈물만 흘린다.

---

22 친필의 그림이나 글씨. 여기서는 어부인이 썼다는 유서를 말함.
23 멸성(滅性) : 친상을 당하여 너무 슬퍼하다가 자기의 생명을 잃음. [禮·喪服四制] 毁不滅性 不以死傷生也.

해
제 관찰사 어공의 아내 정부인 원씨를 위해 지은 애사이다. 원씨 부인은 91
　　세의 장수를 누렸는데 총명과 정력이 젊은 사람과 비슷했다고 한다. 원
씨 부인은 자신의 죽음을 앞두고 자손들에게 유서를 남겼다. 자식들도 이미 70세
가 넘었으니 상례를 치를 때 자신의 몸을 보호할 것과 제전을 검소하게 마련할
것 등에 대한 경계와 당부가 유서의 내용이었다. 이희조는 특히 유서를 남긴 부
분에 대해 집중적으로 서술하며 부각하고 있다.

숙인 김씨 묘지명
淑人金氏墓誌銘 幷序

반남 박두망은 나의 8촌 고종형이다. 어느 날 편지를 써서 말하길,
"우리 어머님은 아름다운 덕과 규범이 있어 실로 민멸해서는 안 될 것
이 있다. 집안의 막내가 일찍이 행장을 지어 자네의 한마디를 징험하여
썩지 않기를 도모하려고 했는데 불행히 죽었다. 내가 장차 하루 아침 저
녁 사이에 땅에 들어가면 눈을 감지 못할까 걱정이니 자네가 나를 위해
무덤에 명을 지어주지 않겠는가?"
라고 하고 이에 조카 하홍을 보내 행장을 꺼내 청하였다.

아! 숙인의 시할머니는 이 부인인데 바로 나의 증조 할아버지 월사[24]
문충공의 누님이시니 두 분은 한 동네에서 살면서 서로 종신토록 의지
하셨다. 아버님과 정랑공은 또한 정이 친형제와 같았다. 나 또한 이 때문
에 숙인의 어질고 우아함에 대해 익히 들었다. 그러니 지금 어찌 감히
글을 짓지 않을 수 있겠는가? 이에 행장의 글을 의거해 짓는다.

숙인의 성은 김씨이니 경주가 그 계통이며 신라 경순왕의 후예이다.
증조 경명 김성진은 경안도 찰방으로 호조참판을 추증 받았다. 아버지
김원립[25]은 종성부사를 지냈고 예조판서를 추증받았다. 어머니는 하동
정씨로 권절교위 정응규의 따님이시다.

숙인은 만력 병진년(1616) 9월 29일에 태어났다. 어려서 남다른 기질이
있었으며 총명하고 슬기롭고 아름다워 부모님이 매우 사랑하였다. 16세
에 정랑공[26]에게 시집갔다. 처음 집안에 들어가자 보는 사람들이 경하하

---

24 이정귀를 말함.
25 김원립(金元立) : 1590~1649. 본관은 경주. 자는 사탁(士卓).

지 않는 이가 없었다. 시부모님을 뵙고 또 묘당에 절을 하니 거동과 용
모가 가지런하고 엄숙하여 예에 맞지 않는 것이 없었다. 그 때 이부인은
항상 마루에 있었는데 시부모님이 나와 말씀하시길,

　"이 어진 며느리는 나의 종사를 이을 수 있을 것이다."라고 하였다.

　이부인이 연로하여 이가 빠지니 항상 곡식을 먹일 것을 생각하여 말하길

　"이 맛을 어찌 입에 넣어드릴 수 있을까?"

하고 숙인이 물러나 곡식을 취하여 눈처럼 가늘게 잘라 올리니 이부인
이 기뻐하면서 말하길,

　"내게 이가 없으니 이를 만들어 주는구나."라고 하였다.

　숙인은 시아버지 판서공과 시어머니 홍부인을 섬기는 데 한결같이 정
성과 공경함으로 하였다. 홍부인의 성품이 엄격하여 다른 사람을 조금도
옳다고 여기지 않았으나 유독 숙인만은 뜻에 합당하다고 여기셨다. 거의
60년 동안 시부모님을 모시고 봉양하며 얼굴을 받들고 뜻을 따랐는데
이르지 않은 것이 없었다.

　남편 정랑공의 막내 동생 평강공이 일찍 배우자를 잃어 딸이 강보에
있었는데 홍부인에게 길러졌다. 숙인은 이 아이를 어루만져 사랑하기를
자기가 낳은 아이같이 하였고 마침내 친속이나 노비를 대하고 다스리는
데에도 모두 그 마땅함을 얻어 한번도 화내는 말이나 얼굴빛을 더한 적
이 없었다. 정랑공의 집안은 대대로 청한하다고 전해졌는데 벼슬길에 오
른 이후에도 또한 간소하게 스스로를 지켰다. 비록 여러 번 고을을 맡았
으나 집안 살림은 항상 부족하여 간혹 채소를 잇지 못할 정도였으나 숙
인은 편안히 여겼다. 그 관활서의 무녀가 종에게 한 필의 옷감을 주어
집안에 들어왔는데 숙인이 엄격히 사양하고 물리쳤으며, 고을을 다스릴
때 일찍이 감히 의롭지 않은 것으로 정랑공을 더럽게 하지 않았다. 나중

---

26 이희조는 <정랑박공묘지후기>를 짓기도 하였다.

에 아들을 따라 2곳의 고을에 갔을 때도 또한 끝까지 한 가지 일도 바깥에 연루하지 않아 영문의 안이 담박하였다.

임오년(1702) 6월 병에 걸려 9월 1일 금의성공의 우사에서 돌아가셨다. 향년 87세였다. 정랑공은 이에 앞서 현종 계축년(1673)에 돌아가셨는데 수원 선영에 장사지냈다가 경진년(1700) 연지현 북쪽 3리 되는 곳 북쪽 방향을 등지고 남쪽을 향한 언덕에 이장하였다. 숙인이 돌아가자 그 왼쪽에 부장하여 움은 두 개이고 무덤은 하나인 무덤을 만들었으니 같은 해 11월 19일이었다. 숙인은 4남 2녀를 두셨다. 내외 증현손은 60여명이다. 그 상세한 사항은 정랑공의 지문에 있다.

아아! 정랑공은 비록 지위가 높은 곳에 이르지 못했고 또한 오래 살지 못했으나 숙인은 60년 동안 해로하였고 전성의 봉양을 받은 것이 그치지 않았다. 연세 거의 1, 2년 모자란 90에 가깝고 자손 또한 매우 번성하니 이 어찌 숙인이 평소 쌓은 덕과 선에 보답 받은 것이 아니겠는가? 명에 이른다.

옛날 산남의 어머니는 그 일을 소학에서 볼 수 있다.[27]
아! 생각하니 숙인은 어쩌면 그 어머니와 같은가!
소자가 살피지 못했지만 삼가 무덤에 글을 쓰니
후에 회옹이 나와 함께 드러내 기릴 것이다.

이희조의 삼종표형 박두망의 청에 의해 그의 어머니 숙인 김씨의 묘지명을 쓴 것이다. 숙인 김씨는 김원립과 하동 정씨의 딸이다. 시어머니는 이희조의 증조 월사 이정귀의 누나이다. 이희조는 평소 증고모에 대해 들은 것과 행장을 바탕으로 묘지명을 지었다. 숙인 김씨는 남편과 60년 동안 해로하였고 거의 90에 가까운 나이까지 살았으며 자손 또한 번성한 복을 누렸다.

---

27 최산남(崔山南)의 조모 당부인(唐夫人)의 일을 말한다. 당부인은 시어머니에게 젖을 먹여드려 시어머니가 수년 동안 밥을 먹지 않고도 건강했다고 한다.

정부인을 추증 받은 남원 윤씨 묘지명
贈貞夫人南原尹氏墓誌銘 并序

나의 사촌 동생 자동²⁸에게 어진 아내가 있으니 정부인을 추증 받은 남원 윤씨이다. 그의 아버지는 군수 윤이건²⁹이고 할아버지는 장령을 추증 받은 윤유이다. 증조는 현감 윤형갑이고 고조는 교리를 지냈으며 영의정을 추증 받은 문열공 윤섬이다. 어머니는 창녕 성씨인데 진사 성초일의 딸이다. 효종 무술년(1658) 8월 21일에 태어났는데 금상 경오년(1690) 7월 9일에 돌아갔다. 용인 문수산 우리 고조 할아버지 삼등부군의 선영 내 남서를 등지고 북동을 바라보는 좌향의 언덕에 장사지냈다.

두 아들 징신·숭신이 있고 딸은 김시술에게 시집갔다. 징신은 3남을 낳았다. 장남은 기보이고 나머지는 어리다. 숭신은 딸 하나가 있는데 어리다. 이제 징신의 형제가 울면서 청하길

"한 말씀을 얻어 지하를 귀중하게 하고자 합니다."라고 하였다

아! 옛 시인이 여인의 덕을 칭찬할 때는 반드시 그 가족의 귀함을 말하는 데서 시작한다. 부인의 집안은 대대로 충성과 절행으로 드러났다. 문열공은 이미 임진왜란 때 절의로 순국하였고³⁰ 그의 두 손자 신곡공 윤계³¹와 임계공 윤집³² 또한 큰 절개를 세워 효종이 일찍이 한 집안의

---

28 이해조(李海朝) : 1660~1711. 자는 자동(子東), 호는 명암(鳴巖). 대제학 일상(一相)의 아들.

29 윤이건(尹以健) : 1640~1694. 본관은 남원, 자는 체원(體元) 호는 일소재(一笑齋). 유의 아들로 병자호란 때 3학사의 한 사람인 윤집의 조카이다.

30 윤섬(尹暹 : 1561~1592)은 임진왜란이 일어나자 순변사 이일(李鎰)의 종사관이 되어 싸우다가 상주성에서 전사하였다.

31 윤계(尹棨) : 1583~1636. 자는 신백(信伯), 호는 신곡(薪谷).

32 윤집(尹集) : 1606~1637. 자는 성백(成伯), 호는 임계(林溪)·고산(高山).

3명의 절의를 지킨 신하를 칭찬하였다. 장령공에게는 뛰어난 행실이 있어 우암 송시열 선생님이 그 묘에 표[33]를 써서 말하길,

"숭정 진사와 군수공 또한 효로 이름이 났다."

라고 하였고 송선생 또한 나라의 선비로 대우하였다.

부인은 태어나 가정교육에 무르젖은 것이 덕과 선이 아닌 것이 없었다. 자동에게 시집오니 우리 집안은 증조 월사 문충공으로부터 고조 백주 문정공[34]과 청호 문숙공[35]에 이르기까지 모두 문장과 과업으로 서로 이어져 종신이 되어 세상에서 명문법가를 꼽으면 반드시 먼저 뽑혔다. 부인과 자동은 모두 아름다워 종당이 축하하였다. 시어머니 류부인은 이때 집에 있었는데 부인을 매우 지극히 사랑하였다. 부인 또한 지극한 정성과 공경으로 부인을 섬겼다.

자동은 성품이 뛰어나고 깨끗해 다른 사람을 인정하는 것이 거의 없었다. 그러나 부인과는 뜻을 같이하여 매우 즐거워하여 거의 친구 같았다. 부인이 죽자 그 애도하고 안타까워하기를 매우 특별히 해 두 차례 제문을 지었다[36]. 그 글에 이르길,

"내가 매번 옛날 사람의 부부가 서로 경계하고 격려하는 말을 보면서 일찍이 기뻐 외우지 않는 적이 없었는데 그대 또한 흔연히 사모하였다. 함께 녹거를 끌고 전원에 돌아갈 것을 기약하였지만 맹광[37]과 소군[38]처럼 아름다움을 독점하고자 하지 않았다. 내가 술을 좋아하여 때때로 친

---

33 송자대전 권 180에 <進士贈掌令尹公墓碣銘>이 있다.

34 이계를 말함.

35 이일상을 말함.

36 이해조의 <제망실문> 2편이 있다. 『명암집』.

37 양홍(梁鴻)의 처, 즉 '거안제미(擧案齊眉)' 고사의 주인공 맹광(孟光)을 가리킨다.

38 환군(桓君) : 후한의 포선(鮑宣)의 아내인 환소군(桓少君). 포선이 그 아내인 소군이 해 온 혼수가 성대한 것을 보고 기뻐하지 않자 소군은 짧은 베옷으로 갈아입고 포선과 함께 작은 수레를 끌고 시집으로 가서, 시어머니에게 예를 다하고 항아리를 들고 손수 물을 길며 부도(婦道)를 다하여 사람들의 청송을 받았다고 한다.

구를 불러 오면 그대는 번번이 먼저 술잔을 준비하였고 내가 서화를 좋아하여 때때로 사고 싶어 하면 그대는 번번이 치마를 자르고 머리를 잘랐다. 내가 매화와 대나무를 감상하는 것을 좋아하면 그대는 번번이 손수 길렀고 내가 산수에 유람하기를 좋아해 그대는 번번이 명승지를 구경할 차비를 갖추어주었다. 이미 벼슬로 나를 권하지 않았고 또 여러 번 살림이 비는 것으로 나를 곤란하게 하지 않았다. 이는 다만 거스르지 않는 것이 아니라 나를 기쁘게 하는 것을 힘썼으니 진실로 타고난 품성이 실로 나와 비슷하니 비록 포숙이 관중을 아는 것 또한 이보다 지나지 않을 것이다."라고 하였다.

이 글을 보면 부인의 어짊을 알 수 있다. 자동이 어려서 재주가 높았고 명성과 명예가 깊어 사람들이 모두 공명을 이룰 것이라 하였으나 불행히 어그러져 부인이 살아있을 때 겨우 사마에 올랐다[39]. 부인이 죽었을 때 비로소 벼슬이 올라 늦게야 조정에 올라 높은 벼슬을 하다 마침내 큰 고을을 맡게 되었고 번진을 살피며 높은 지위에서 의장을 갖추어 빛을 발했으나 부인은 모두 그 영화를 누리지 못했으니 어찌 슬프지 않으리오?

생각하니 부인의 어짊은 이미 자동의 아내가 되어 부끄럽지 않았다. 하물며 자동이 제문을 지어 장차 그 문집에 실으려고 하니 길이 전할 것이기에 부인 또한 마침내 자동과 함께 없어지지 않을 것이다. 또 어찌 깊이 한스럽게 여기겠는가? 자동의 이름은 해조이니 연안 이씨이며 문숙공[40]의 막내아들이다. 전라도 관찰사인데 병을 얻어 죽었다. 신묘년(1711)에 부인의 묘 동남쪽의 동남의 병강 백보되지 않은 가까운 곳에 따

---

39 이해조는 1681년 사마시에 합격하였으나, 1689년 인현왕후가 폐위하자 벼슬을 단념하였다가 1694년 왕후가 복위된 뒤에 빙고별검이 되었다. 이어서 공조·호조 낭관을 거쳐 전주통관을 지내다가 1702년 알성문과에 병과로 급제, 사가독서한 뒤 웅교·부교리·집의·대제학 등을 역임하고 전라도 관찰사가 되었다.
40 이일상을 가리킴.

로 언덕을 만들어 장사지냈는데 형가의 말을 따라 합장하지 않았다고 한다. 나는 이미 자동의 묘석에 글을 썼고 또 부인의 묘에 지를 지으니 매우 슬프다. 명에 이르길,

사람들 또한 말을 한다. 부부는 지기라고.
옛날에 그 말을 들었는데 지금 내 아우에게서 보았다.
아름답다! 부인이여 아름다운 소문이 이어지니
내가 유당에 명을 지어서 끝이 없기를 고한다.

해제 이해조의 부인, 남원 윤씨의 묘지명이다. 이해조는 이희조의 사촌동생인데, 이해조의 아들이 부탁하여 쓴 것이다. 이해조는 아내가 죽었을 때 제망실문을 지었는데, 이 묘지명은 그 내용에 상당부분을 의거하고 있어 일반적으로 행장을 근거로 하여 지어진 다른 묘지명과 차이가 있다. 이희조는 이해조 부부가 '지기'와 같은 사이였음을 들어 명을 지었다.

유인 송씨 묘지명
孺人宋氏墓誌銘 幷序

　나의 친구 완산 이기성⁴¹ 계통이 그의 아내 유인 송씨를 매우 슬프게 곡하였다. 하루는 행장을 소매에 넣어 나를 방문하여 그 무덤의 묘지명을 부탁하며 말하길,

　"나는 아내의 뜻과 행실이 전하지 않고 없어져 죽은 자의 영혼을 위로하지 못하고 뒤에 죽는 자의 애통함을 씻어 내지 못하는 것을 참을 수 없네."

라고 하였다.

　아아! 유인은 나의 노선생⁴²의 증손녀이다. 나는 이미 선생님의 문하에 출입하였고 또 오랫동안 계통과 교유하였으니 어찌 감히 사양할 수 있겠는가?

　행장을 살펴보니 송씨는 은진이 계통이다. 비조 송대원은 고려판사를 지냈고 우리 조선에 이르러 쌍청당 유가 있다. 5대조 송귀수의 호는 서고이고 고조 송갑조의 호는 회옹이다. 증조 송시열이 바로 나의 스승인데 벼슬이 좌의정이고 문정공이라는 시호를 받았다. 할아버지 송기태는 동돈녕을 지냈고 아버지 송무석은 군수를 지냈다. 어머니 유씨는 정랑 명윤의 딸이고 시남⁴³ 문충공 계의 손녀이다.

---

41 자세한 인물정보는 알 수 없으나, 이기홍과 금성 박씨의 막내 아들이다. 정호의 <淑人 錦城朴氏墓誌銘>, (『丈巖集』 권12)은 이기성이 정호에게 부탁하여 쓰여진 그의 어머니 묘지명이다.

42 우암 송시열을 말함.

43 시남선생(市南先生): 1607(선조40)~1664(현종5). 유명윤의 아버지 유계(俞棨). 자는 무중(武仲), 시남은 그의 호. 아버지는 참봉 유양증(俞養曾)이며, 어머니는 의령 남씨로 병

금상 무오년(1678) 7월 17일 오후 7시에서 9시 사이에 유인이 태어났다. 태어나면서 맑고 순수하고 명철하고 깨끗하며 빛나기가 옥과 같았다. 8, 9세에 부도를 이미 갖추었고 행동거지가 단정하고 민첩했다. 말은 얌전하고 진실 되었으며 여공과 음식을 상반하는 일에 정동하지 않은 것이 없었다. 성품은 효도하고 우애로워 맛있는 것이 생기면 반드시 부모님을 먼저 드려 선생님이 특별히 총애하였다. 성장하여 20세에 계통에게 시집을 갔다. 시어머니 박숙인의 병환이 매우 위태로워 몇 년이 지나도록 낫지 않았는데 유인이 지극한 정성으로 약을 바치며 밤낮으로 조금도 게을리 하지 않았다. 시아버지 직재공이 연풍의 산 속에 거처를 정해[44] 유인이 따라가 모시며 봉양하였는데 매일 부엌에 들어가 맛있는 것을 장만하고 끓이고 조리하고 익히는 일을 시아버지의 뜻에 맞지 않게 한 것이 없었다. 시어머니 박숙인의 상을 당했을 때 큰며느리가 병으로 서울에 있어 유인이 집안일을 대신 받아 무릇 삶을 봉양하고 죽은 자를 보내는 모든 일을 유감없이 하여 직재공이 매번 그 정성과 효성에 탄복하였다. 직재공이 죽자 계통이 과거를 포기하고 학문에 종사할 것을 결심하였다. 유인이 기뻐하며 말하길,

"과업을 끊고 독서에 전담하는 것이 어찌 장부의 아름다운 일이 아니겠습니까?"

라고 하였다.

계통의 성품이 담박한 것을 좋아하여 일찍이 생계에 마음을 두지 않았는데 유인은 홀로 부지런히 힘을 다했기 때문에 집안이 비록 자주 궁핍했으나 계통은 실로 알지 못했다.

조참판 남이신(南以信)의 딸이다. 김장생의 문하에서 성리학을 공부하였고, 송시열·송준길·윤선거·이유태 등과 더불어 충청도 유림의 오현(五賢)으로 일컬어졌다. 이이와 김장생의 학통을 잇고, 송시열을 중심으로 하는 노론의 전위적인 역할을 담당하였다.
44 이기홍은 연풍에 내려가 문산에 수락정을 세워 그 곳에 살면서 경사를 강론하였다.

　친정아버지 군수공이 강도를 다스렸는데 유인이 그곳에 가서 머무르
던 중 다음해 봄에 분만을 하다 병을 얻어 서울 집으로 돌아왔으나 마침
내 죽었다. 을미년(1715) 3월 19일이었는데 향년 겨우 38세였다. 4월에 광
주의 악생면 오아동 서북쪽을 등지고 동남쪽을 향한 언덕에 장사지냈다.
계통은 국성이다. 아버지 직재공 기홍[45]은 유학으로 집의에 선발되었다.
할아버지 숙은 부사과를 지냈고, 증조 형신은 봉산군을 지냈다. 고조 수
는 구천군을 지냈고 시호는 충숙공이다. 중종대왕의 별자 덕양군 지의
후손이다. 유인은 2남 1녀를 두었다. 장남은 광제이고 차남은 창대이고
딸은 어리다.

　아아! 예로부터 부인의 행실을 논하는 자는 반드시 먼저 여자의 집안
내력을 서술하였으니 『시경』에서 석인을 찬송한 뜻과 같다. 지금 유인은
우리 노선생과 시남 문충공이 내외 증조이고 직재공이 시아버지이며 구
천군과 봉산군이 그의 고조이니 이에 몸을 영화롭기 하기에 충분하였다.
하물며 그 지극한 정성과 높은 식견은 능히 과명과 벼슬을 귀하다고 여
기지 않고 남편을 실질적인 처지에 전력을 쏟도록 권면하였으니 진실로
옛날의 남자도 하기 어려운 것이었다. 어찌 세속의 부녀가 미칠 수 있는
것이겠는가? 만일 나이가 높아 덕을 이룰 수 있었다면 반드시 세상의 모
범이 되어 성조의 풍화에 큰 도움을 주었을 것이나 불행히 이와 같이 단
명하니 애석하다. 계통이 아내를 애도하는 것이 오래될수록 더욱 간절하
다. 명에 이른다.

　아! 유인은 진실로 여사로다.
　동사에 실려 영원토록 알려져야 하나

---

45 이기홍(李箕洪) : 1641(인조 19)~1708(숙종 34). 조선 중기의 학자. 본관은 전주, 자는
　여구(汝 九) 호는 직재(直齋) 초명은 기주. 부사과 숙의 아들이며, 어머니는 군수 송현의
　딸이다.

세상에 존숭함이 없어 슬플 따름이다.

내 명(銘)은 부끄럽지 않으니 오래도록[46] 이어지리라.

해제 친구 이기성이 자신의 아내 유인 송씨의 묘지명을 부탁하사 그에 응해 써준 글이다. 이 여성은 이희조의 선생이었던 송시열의 증손녀이다. 아버지는 송무석이고, 어머니는 유씨 부인이다. 송씨 부인은 친정에 머물러 있던 중 아이를 낳다가 병을 얻어 38세의 나이로 죽었다. 작가는 부인의 집안 내력이 대단함을 들어 여성의 행실을 칭찬하고 있으며, 일찍 죽어 세상의 모범이 되어 풍화에 보탬이 되지 못했음을 아쉬워하고 있다.

---

46 능곡(陵谷) : 구릉이 변하여 계곡이 됨. 곧 세상이 크게 바뀌어짐.

아내 정부인 김씨 묘지문 후기
亡室貞夫人金氏墓誌文後記

전에 내가 아내를 곡했을 때 바로 이상술에게 이 묘지명을 청했다. 그런데 마침 일이 급해 무덤에 넣는 것을 주선하지 못했다. 아! 아내가 죽은 지 벌써 10년이 되었다. 하늘의 운행이 장차 돌아가고 시절의 경치 또한 변하였으나 돌아보니 내가 아내를 애도하는 슬픔이 갈수록 더욱 간절하다. 이 어찌 이 사람의 덕을 마침내 잊을 수 없어서 그런 것이 아니겠는가?

전에 나의 큰누님이 부인의 어짊에 깊이 탄복하여 매번 '바른 사람'이라고 칭찬하였는데 이 글을 보면 또한 그 대략을 알 수 있다. 『내칙』을 보면 "반드시 너그럽고 여유있고 지혜로우며 온화하고 공경하며 말이 적은 자는 스승으로 삼을 만하다."
라고 하였는데 만일 이러한 것으로 부인의 성품과 행동을 헤아려보면 거의 비슷하다.

아아! 슬프다. 경자년(1720) 4월에 남편 가선대부 이조참판 겸 세자시 강원 찬성성균관 좨주 이희조가 기록한다.

해제　아내가 죽은 지 10년 후에 쓴 묘지문 후기이다. 이희조는 전에 이상술에게 부탁해 묘지명을 만들었으나 무덤에 넣지 못하고 있다가 이제 넣으려고 한다면서 후기를 지었다. 간략하게 아내의 바른 행실과 여유있고 온화한 태도에 대해 말하고 있다. 이상술의 묘지명은 행방을 알 수 없고, 이이명이 쓴 <貞夫人金氏墓誌銘>이 있다.

영인 박씨 정려비

令人朴氏旌閭碑

고(故) 예빈별제 송기상의 처 영인 경주 박씨는 호조참판을 추증받은 박현룡의 딸이고 승지 박홍미의 누이동생이다. 병자의 난리를 당해 가평 화악산에 피난하였는데 하루는 여러 명의 적이 이르렀다. 집안사람들이 납치되었으나 영인은 나이가 연로하고 병이 깊어 적이 버리고 가버렸다. 영인은 남편 별제공과 아들 연이 적에게 끌려간 것을 보고 의리상 살 수 없다고 생각하고 또 적이 만일 다시 오면 기필코 면치 못할 것이라 여겨 마침내 스스로 목을 매어 죽었다. 정축년(1637) 1월 15일이었는데 그때 나이 거의 60이었다. 적이 가고 나서 연은 백방으로 애걸하며 그 아버지를 놓아줄 것을 청하였다. 말하는 뜻이 슬프고 간절하여 적이 불쌍히 여겨 허락하여 별제공이 그 지역에 돌아왔는데 영인은 이미 죽은 지 오래 되었다. 연은 또 스스로 적진에서 밤을 틈타 돌아왔다. 난리가 끝나자 비로소 임금님께 글을 올려 칭찬과 은전을 요구하여 정려를 받았다. 일이 있은 지 10년 뒤에 영인의 증손 지하는 이미 그 정려문을 새롭게 하고 또 하나의 작은 돌을 세우고자 하여 나에게 글을 부탁해 그 일을 기록하게 하였다.

아! 여인이 적을 만나 자결하였으니 그 절의가 진실로 높다. 그리고 그 아들이 지극한 정성으로 적의 마음을 감동시켜 그 부모를 죽음에서 벗어나 삶을 얻게 하였으니 그의 효 또한 강혁[47]에 부끄럽지 않다. 연은 기문을 낳았고 지하는 기문의 아들이다. 별제공의 아버지는 송원기이고

---

47 강혁(江革) : 강혁이 어머니를 업고 피난을 하며, 이것저것을 채취하거나 품을 팔아 어머니를 봉양했다. 『소학・선행(善行)』에 보인다.

할아버지는 송회이다. 증조는 송근이며 벼슬이 함경남도 병사인데 묘가
양주 접동면 수락동에 있어 자손이 대대로 그 아래에서 산다. 지금 지하
가 영인의 절행이 혹 오래되면 민멸될까 걱정이 되어 힘을 다해 이 비를
세우고자 하니 가히 조상을 추모한다[48]고 이를만하다. 나는 그 뜻을 아
름답게 여겨 대략 이것을 써서 새기게 한다. 때는 숭정 기원후 93년 경자
(1720) 5월이다.

박현룡의 딸이고, 송기상의 처인 영인 박씨의 정려비이다. 박씨 부인은
병자호란이 일어났을 때 남편과 아들이 적에게 끌려가자 의리상 살수
없다고 하여 목을 매어 죽었다. 박씨 부인의 남편은 아들 덕분에 살아났고, 아들
도 무사히 도망쳐왔다. 난리가 끝난 후 정려를 받았고 박씨 부인의 증손이 정려
문을 새롭게 만들고자 하여 이희조에게 글을 부탁했다.

---

48 추원(追遠) : 돌아가신 부모나 조상을 추모하고 숭배하는 것. 『논어』학이면에서 증자가
말한, "초상을 삼가고 멀리 돌아가신 분을 추모하면 백성의 덕이 후한 데로 돌아갈 것이
다. (曾子曰 愼終追遠 民德 歸厚矣)"라고 한 데서 나온 말.

정경부인 윤씨 행장
貞敬夫人尹氏行狀

정경부인 윤씨는 의정부 영의정 퇴우당 선생 김수흥[49]의 부인이다. 윤씨의 본관은 남원이며 고려 안겸사 윤위의 후손이다. 증조는 윤민신인데 사옹원 참봉을 지내고 이조참판을 추증 받았다. 할아버지 윤길은 승정원 좌부승지를 지냈고 이조판서를 추증 받았다. 아버지 형각은 성주목사를 지냈고 어머니는 파평 윤씨 한성부 서윤 윤흡의 딸이다. 부인은 병인년 (1626) 12월 15일에 태어나 병술년(1706) 9월 6일에 죽었으니, 81세를 살았다. 그 해 12월에 공의 묘에 합장했다.

부인의 타고난 성품은 총명하고 식견이 밝았으며 자애스런 덕과 효도하고 순종하는 행실이 있었으며 기와를 갖고 놀 때부터 보통 아이들과 특별히 다른 점이 있어 목사공은 매번 부인이 남자가 아님을 한스럽게 여겼다.

10세에 목사공을 따라 홍산의 관아에 갔는데 비단옷을 입고 바로 관아의 방에 들어와 문서를 찾는 사람이 있었다. 부인이 먼저 한 개의 문서를 찾아 가지고 있다가 여종에게 따로 두게 하여 마침내 아무것도 가져 가지 못하게 하니 목사공이 매우 기특하게 여겼다. 11세에 어머니를 모시고 난리를 피했는데 길에 굶주린 자가 있으면 번번이 가는 길에 먹을 것을 주어 구제하였다. 12세에 목사공이 영암으로 유배를 갔는데 따

---

49 김수흥(金壽興) : 1626(인조4)~1690(숙종16). 본관은 안동. 자는 기지(起之), 호는 퇴우당(退憂堂) 또는 동곽산인(東郭散人). 생부는 김광찬(金光燦)이고, 양부는 김광혁(金光爀), 양모는 광산김씨로 김존경(金存敬)의 딸이다. 김수항(金壽恒)의 형이다. 시호는 문익(文翼)이다.

라가 편안하게 지냈다. 부인은 여공 외에 매일 사촌 형제의 뒤를 좇아 강론을 듣고 경사자집을 섭렵하여 깨닫지 않은 것이 없으니 사람들이 '여자 가운데 큰 유학자'라고 칭했다.

나이 20세에 공에게 시집갔다. 이보다 앞서 공의 양아버지 승지공이 능주를 거쳐 광주에 부임하였을 때 목사공은 부인의 남편을 고르고자 승지공을 만나러 가서 서로 정혼을 하였다. 얼마 지나지 않아 승지공이 죽자 상이 끝나기를 기다려 혼례를 올렸다. 서울로 돌아와 부인이 집안에 들어가 시어머니 김부인을 섬기는 데 정성과 예를 다하였고 더욱이 동서와 시누이 사이에서 잘 처신하여 그 도를 곡진히 하고 가정 안이 화목하게 하여 이간질 하는 말이 없었다.

시어머니 김부인이 죽자 가사가 더욱 궁핍해졌지만 부인은 힘을 다해 집안 살림을 꾸리고 제사 음식을 줄이지 않았다. 공이 이미 사마에 올랐다가 또 이어 문과 중시에 합격하였고 벼슬의 지위가 날로 높아졌다. 그러나 부인은 더욱 겸손하였고 공이 최고 관직에 올랐으나 부인은 더욱 처연히 여기며 기뻐하지 않았다. 얼마 안 있어 의례 때문에 춘천에 유배되었으나 바로 양산으로 돌아가도록 사면되어 궁핍하게 지낸 것이 여러 해였다. 그러나 부인은 모두 형편을 따라 분수에 맡기고 일찍이 고생스럽다거나 한탄하는 말을 하지 않았다. 집안이 가난해 여러 번 살림이 비었으나 또한 곤궁한 얼굴빛을 보인 적이 없다. 기미년에 이르러 공이 서울 가까이를 싫어해 산속에서 깊이 살고 싶어 했는데 부인은 기뻐하면서 찬성하였다. 얼마 지나지 않아 조정에서 사화가 일어나 공이 영중추부사로써 조정에 소환되었다. 무진년(1688) 다시 영의정이 되었고 기사년의 화가 일어나 드디어 장기에 안치되었다.[50] 부인 또한 따라 갔는데 공은 유배지에 지내면서 묵은 병과 화병이 다시 생겨나 날로 심해졌다. 부

---

50 1680년 경신대출척으로 서인이 재집권하자 영중추부사에 이어 다시 영의정에 올랐으나, 1689년 기사환국으로 남인이 다시 집권하자 장기에 유배되어 이듬해 배소에서 죽었다.

인은 홀로 스스로 간호하며 침식을 모두 그만두었다. 이때 나라의 화변이 심해 문곡공[51]이 죽음에 임해 이별을 고하는 글을 썼다. 그리고 부인은 바로 고하는 것을 꺼리고 다만 좋은 말로서 위로하며 그 마음을 편안히 할 따름이었다.

경오년(1690) 10월에 공이 마침내 죽을 때 아들 창열이 의사를 구하러 서울에 올라갔는데 다만 서 동생만 곁에 있으니 부인은 애통함을 참으며 몸소 임종을 보러 갔으며 염하고 습하는 무릇 모든 일을 예에 맞추어 하였다. 갑술년(1694) 기강을 고쳐 임금님이 관직을 회복하도록 명하여 제사를 지냈다. 창열이 또한 벼슬에 제수되어 이어 진천 황주 두 읍에 배임되어 부인이 따라 갔다 왔는데 연신이 아뢰어 공이 선조의 대신이 되어 특별히 부인에게 매월 하사품을 내렸다. 부인은 수년 동안 귀가 어두운 병이 심했는데 을유년(1705)에 두 눈 모두 실명을 했다. 매번 자손들이 절을 하면 번번이 손을 잡고 눈물을 흘렸는데 이때부터 화와 열이 더욱 심해져 병이 점점 깊어져 돌아가셨다.

아아! 애통하다. 부인은 자신을 간략함으로 지키고 사람을 관대하게 대하며 일을 하는 데 큰 개략을 지녔으며 작고 번잡한 세속의 부인의 행태에 얽매이지 않았다. 그러나 집안일은 스스로 다스려 크고 작은 일을 모두 가슴속에 경위가 매우 분명하도록 처리해 일찍이 사람의 장단을 말하지 않았다. 기억력이 다른 사람보다 뛰어나 무릇 역사책에 기록된 역대 고금의 변화와 어진 사람과 군자의 출처의 자취를 모두 하나같이 이목에 꿰뚫고 있으며 종신토록 잊지 않았고 집안의 세계와 족파, 멀고 가까운 자손을 더욱 손가락을 가르치듯 정확히 아셨다. 비록 책을 보는 것을 좋아하였지만 또한 한 구의 시나 반행의 글을 짓는 것을 즐겨하지 않았으니 대개 그 마음에 내키지 않은 것이 있었기 때문이다.

---

51 김수항(金壽恒)을 말한다.

처음에 연달아 아홉 명의 딸을 낳았다가 마지막에 아들 둘을 낳았다. 그 사랑하기를 매우 심히 했으나 큰아들이 겨우 8세에 수두로 죽었다. 공이 외지에서 있다가 돌아와 애통해하기를 심히 하다가 병이 들 정도였는데 부인이 이치로 풀어주었다. 부인이 막내에게는 가르치기를 매우 엄격하게 하고 결코 봐주는 것이 없어 마을을 다스리는 데 미쳐서도 차근차근 가르쳐 반드시 선조의 교훈을 더럽히지 않도록 하였다. 내외의 족당들과 화목하고 남녀 조카를 대함에 각각 사랑과 도의가 있었다. 남자들과는 반드시 문자와 의리를 토론하고 여자들과는 사랑하며 허물을 감싸주니 모두 기쁘게 의지하고 마치 자기 집처럼 여기며 돌아왔다. 선조의 제사를 받들때 공경함을 다하여 비록 80세에 이르러도 반드시 양치질하고 세수하며 또한 친히 살폈다. 평소 생활할 때 집안의 재물 늘리는 일을 도모하지 않았고 일이 구차해도 더욱 다른 사람에게 구하고자 하지 않았다 그러나 사람들이 원하면 또 번번이 나누어주고 인색하지 않았다.

아이! 내가 부인의 문에 들어간 지[52] 지금 40여 년이니 이것은 평소에 친히 보고 흠모한 것이니 진실로 다 써서 전할 만하다. 생각하니 또 중요한 일이 있다. 공이 강릉에서 돌아 왔을 때 부인이 공에게 청하여 말하길,

"시사가 비록 위태롭다고 하지만 강호에 살면서 남은 생애를 즐기는 것만 같지 못합니다. 성은이 비록 중하지만 어찌 일체 사양하고 돌아가지 않습니까?"라고 하였다.

나중에 공이 장기에 있을 때 당시의 일이 심해 부인의 말을 따르지 않은 것을 한으로 생각했다. 무진년(1688)과 기사년(1689)에 이르러 국사가 매우 위태로워 화가 날로 위급해져 내가 부인에게 일찍이 인사를 갔

---

52 이희조는 김수흥의 딸에게 장가들었다.

는데 공이 벗어나기 어려울 거라며 걱정했다. 부인이 답하여 말하길,

"사군자는 명예와 절의를 중하게 여기는 것, 화복을 어찌 따지겠는가?"

라고 하셨다. 장기에 분곡하러 가셔서 낮에는 관을 붙들고 애쓰다가 밤에는 조용히 부인의 도리를 행하며 그 말씀이 노한 시종 여일하여 한 말씀 반 마디 말도 원망하는 것에 가까운 것이 없었다.

무릇 벼슬의 영화와 화복의 염려는 비록 도를 아는 군자라고 하더라도 또한 떨쳐버리기가 어렵다. 하물며 부인이면서 능히 그럴 수 있는 사람은 진실로 예부터 보지 못했다. 만일 밝은 견해와 통달한 식견이 아니라면 어찌 이에 이를 수 있겠는가? 역사서에 드리워도 부끄럽지 않을 것이다. 그리고 세교에 도움이 될 것이 분명하니 이 또한 어질어서 그런 것이 아니겠는가? 부인을 이미 장례 지내고 창열이 손수 사실을 기록한 한 통을 가져와 나에게 행장을 부탁했다. 내가 전에 공의 행장을 서술한 적이 있기 때문이다. 이에 삼가 차례를 위와 같이 갖추고 이에 마음에 감동을 받은 것을 갖추어 입언군자가 채택하기를 기다린다.

해제 김수홍의 부인 정경부인 윤씨의 행장이다. 윤씨 부인은 윤형각과 파평 윤씨 부인의 딸인데, 어려서 경사자집을 섭렵하고 종형제의 뒤를 좇아 강론을 들어 식견이 높아 '여자 가운데 큰 유학자'라고 칭해졌다. 남편에게 강호에 은거할 것을 권한 것과 유배지인 장기에 직접 가 남편의 장례를 치른 일 등이 부각되어 있다. 부인은 갑술환국으로 집안에 어려운 일이 닥쳐 힘든 세월을 보냈으나 81세까지 살다 죽었다. 윤씨 부인은 이희조의 장모이다.

정경부인 채씨 행장
貞敬夫人蔡氏行狀

부인의 성은 채씨로 보국숭록 대부이자 이조판서 겸 양관의 대제학을 지낸 호곡 남용익[53] 선생의 배우자이다. 채씨의 본관은 평강인데, 고려 평장사를 지낸 채송년이 비조이다. 아버지 채성귀는 사헌부 지평을 지냈으며, 어머니 동래 정씨는 좌랑을 지낸 정양우의 따님이다. 숭정 신미년 (1631) 2월 20일에 부인을 낳았다. 부인은 갑신년(1644)에 호곡공에게 시집왔다. 호곡공은 을유년(1645)에 사마시에 합격하고 무자년(1648)에 정시에 급제하였고 병신년(1656)에 통정의 반열에 오르고 신축년(1661)에 가선대부에 올랐다. 신해년(1671)에 자헌에 이르고 정헌과 숭정대부, 숭록대부를 역임하고 갑자년(1673)에 보국의 품계에 올랐다. 이에 부인은 봉작을 받기 시작해 정경에 이르니 모두 봉작을 따라서 그렇게 된 것이다. 임신년(1692)에 호곡공이 세화에 얽매여 명천[54]의 적소에서 돌아가셨는데 2년 후인 갑술년(1694)에 임금이 관직을 회복하고 제사를 올리라는 명을 내렸다. 부인은 아들 관찰군 정중과 옥당에서 진정하고 임금이 하사한 음식물을 받았다. 또 양양과 광주 두 고을에 가서 그 봉양을 편하게 받았다. 갑신년(1704)에 관찰군이 죽고 부인은 정해년(1707) 9월 22일에 돌아가시니 77세를 누리셨다. 이해 11월에 호곡공의 무덤 왼쪽에 부장하였다.

---

53 남용익 : 1628년(인조6년)~1692년(숙종 18년). 자는 운경(雲卿), 호는 호곡(壺谷). 1689년 소의 장씨가 왕자를 낳아 숙종이 그를 원자로 삼으려하자 반대하다가 유배되어 죽었다. 문장에 능하고 글씨에도 뛰어났다. 저서로는 『기아』『호곡집』 등이 있다.
54 함경도 명천을 말한다. 남용익은 반교문이 문제가 되어 함경도 명천으로 유배를 가게 되었다.

부인은 단아하고 얌전하며 부지런하고 엄격하였고 덕스런 품성이 일찍 이루어졌다. 7, 8세에 지평공의 훈계하는 말씀을 듣고 마음속 깊이 새기고[55] 감히 어기지 않았다. 지평공이 여러 아들에게 독서를 가르쳤는데 부인이 옆에서 듣고 몰래 외우며 그 글의 뜻을 모두 이해했다. 새로운 음식을 얻게 되면 비록 과일 하나 나물 하나라도 반드시 부모에게 드리고 감히 먼저 맛보지 않았다. 부모님의 병을 간호하며 또한 음식을 드시기를 기다린 다음에 먹었다. 반찬 만들고 조리하는 것과 이부자리 정돈하는 것을 모두 반드시 친히 해서 부모님께서 매우 편안하게 여기셨다. 부모님이 일찍이 말씀하시길,

"나는 이 아이 때문에 억지로 먹은 적이 많다."

라고 하셨다.

호곡공에게 시집와서 부도를 깊이 익히고 시아버지 찬성공과 시어머니 신부인을 모시는 데 공경과 부지런함을 다하길 30년을 하루 같이 변함없이 하였다. 전후의 상을 당하여 복을 입을 때 부인의 나이 이미 50이었는데 예를 행하는 데 허물이 없었다. 여러 시누이를 사랑하고 동서의 뜻을 따랐으며 잉첩들을 예의로 대하고 종들을 어질게 보살펴 환심을 얻지 않은 자가 없었다. 집안이 매우 가난했으나 호곡공이 평소 청백함으로 스스로를 독려하여 부인이 호곡공의 뜻을 받아 한 가지 일이라도 호곡공에게 누가 되지 않게 하였다. 성품은 검소하고 화려한 것을 좋아하지 않아 가난한 선비의 집과 다를 것이 없게 스스로를 보전하였다. 그러나 호곡공이 손님과 술을 마실 때면 매번 부인이 반드시 먼저 형편을 생각해 손님을 맞는 자리에 있고 없고를 말하지 않았다. 호곡공이 양주를 다스릴 때와 송도에서 일을 맡았을 때 부인이 따라 갔는데 이르는 곳마다 모두 바깥 사람의 출입을 허락하지 않았고 더욱이 장사치의 물

---

55 패복(佩服) : 깊이 마음속에 간직함. 깊이 감복함.

건을 들여오지 않아 아문 안이 숙연하였다. 기억력이 다른 사람보다 뛰어났는데 늙어서도 감퇴하지 않았다. 모든 고인의 좋은 말과 선행, 내외 친족의 원근과 기일 등 한번 귀로 듣고 본 것을 종신토록 잊지 않았다. 평소 낮은 위치에 거하는 것으로 스스로를 단속하였으나 사람을 대할 때는 더욱 관대함을 주로 하여 이 때문에 같은 마을에 사는 사람들이 또한 부인이 귀한 가문임을 알지 못했다. 부엌에서 일하는 사람이 한 번은 닭을 죽여 반찬을 만들려고 하는데 부인이 마침 닭이 우는 소리가 매우 애처로운 것을 듣고 마침내 물리치고 다시는 닭고기를 먹지 않았다.

아들 관찰군을 가르치는데 반드시 의로운 방법으로 하시고 매일 책을 읽을 때면 손수 읽은 횟수를 세어 관찰군이 성공하도록 하였다. 김상공 창집이 부인을 곡하여 지은 시에 이르길,

"힘들게[56] 남편을 도와 아름다움 이루게 하고 정성껏 돌보아 아이의 어짊을 이루었다."

라고 하니 사람들이 사실을 기록하였다고 하였다.

아! 호곡공이 문장과 이름난 덕으로 융성함을 이루는 40여 년 동안 부인은 어린 나이에 배우자가 되어 내조를 하였다. 또 검약함을 숭상하고 넘치고 가득한 것을 경계하였으며 하늘의 도움을 받아 오랫동안 영화와 귀한 즐거움을 누리셨으니 이 또한 훌륭하다. 게다가 닭을 먹지 않은 한 가지일은 더욱 남달라 미치기 어렵다. 맹자가 비록

"그 살아 있는 것을 보고 그 죽은 것을 차마 볼 수 없다. 죽는 소리를 듣고 차마 그 고기를 먹을 수 없다."

라고 하였으나 고인 가운데 또한 실제로 이러한 행동을 한 사람이 있음을 듣지 못했는데 부인이 능히 그렇게 하였다. 진실로 타고난 자질이 도에 가깝고 마음이 인에 이르지 않으면 어찌 이럴 수 있겠는가?

---

56 빙벽(氷蘖) : 빙벽(氷檗). 얼음을 마시고 황벽나무를 먹음, 괴로운 상황을 비유하는 말.

나에게 하늘의 도에 대해 의심하지 않을 수 없는 것이 있으니, 호곡공이 돌아가실 때 부인이 수천 리 밖에서 부고를 듣고 밤낮으로 가슴을 치며 슬퍼하여 몸을 상한 것이 심했던 것이다. 그런데 관찰군이 또 갑자기 먼저 세상을 떠 그의 글 재주와 국량으로 이미 세상에 다 쓰이지 못하고 부인에게 효도를 다 하지도 못하여 마침내 부인으로 하여금 슬픔과 고통을 머금게 하여 운명을 재촉했으니 어찌 이른바 선한 사람이 복을 받는다는 것 또한 시종을 보장하기 어렵다는 것이 아닌가?

아! 나의 아버님과 호곡공은 성이 다른 형제이다. 내가 어렸을 때 두 집안을 출입하며 이미 호곡공을 아버지처럼 섬기며 또한 부인에게 정수리를 어루만지는 은혜를 받았다. 돌아보니 내가 아프고 칩거하느라 부인을 어머니같이 섬기지 못한 것이 평소의 한이 되었다. 지금 관찰군의 맏아들 한기가 손수 부인의 행실 한 통을 써서 적막한 물가로 나를 찾아와 한마디 말로 불후를 도모할 것을 부탁하였다. 내가 진실로 감당할 수 없으나 감히 사양하지 못하고 마침내 삼가 엮어서 기록하고 나의 마음에 느낀 것을 이와 같이 써서 첨부한다. 호곡공의 세계와 부자의 자손은 이미 관찰군의 가장에 갖추어져 있어서 중복하여 장황하게 하지 않는다.

해제　이 글은 남용익의 아내 평강 채씨 부인의 행장이다. 채씨 부인(1631~1707)의 아버지는 채성귀이고 어머니는 동래 정씨이다. 부인은 남편의 관직에 따라 정경부인에 올랐으나 남편이 유배지에서 죽었을 때 직접 장례 치르지 못해 가슴아파했던 경험을 갖고 있다. 이희조는 부인의 뛰어난 기억력과 닭을 죽이는 것을 보고 이후로 닭고기를 먹지 않은 점을 인상적으로 서술하고 있다.

송상기 宋相琦 · 1657~1723

송상기(宋相琦) : 1657(효종8년)~1723(경종3년). 본관은 은진. 자는 옥여, 호는 옥오재(玉吾齋). 송규렴의 아들이며 어머니는 김광찬의 넷째 딸이다. 김수항과는 외삼촌, 조카 사이이고 김창협, 김창흡 등과는 외사촌 사이이다. 1684년(숙종10년)에 급제하여 승문원에 기용되었다. 희빈 장씨의 엄마가 가마를 탄 채 대궐에 출입한 것을 의론으로 삼는 바람에 파면되기도 하였다. 1689년 기사환국이 일어나 송시열, 김수항 등이 사형당하자 낙향하였다. 경종 때에 왕의 동생인 세제에게 대리청정을 시키자고 상소한 일로 인하여 1722년(경종2년) 신임사화를 당하여 강진으로 유배당하였고 1723년에 죽었다. 1725년(영조1년)에 관작이 복구 되었고 시호는 문정(文貞)이다. 저서로는 『옥오재집』이 있다.

사임당의 그림첩에 쓴 발문
思任堂畫帖跋

  내 집안에 있는 한 사람이 자기 집에 율곡 선생의 어머니[1]께서 그리신 초충도(草蟲圖) 한 폭이 있는데 지난 여름 그림을 마당에 내놓고 햇빛에 말리던 중 닭이 와서 쪼아 먹는 바람에 종이가 뚫어지고 해어졌다고 하였다. 내가 그 이야기를 듣고는 참 특이하다고 생각하면서도 진본을 보지 못한 것을 한스럽게 여기고 있었다.

  그런데 지금 정종지가 갖고 있는 이 그림첩에 있는 꽃, 오이 등을 보니 모두 정밀하고 묘하며 특히 벌레나 나비 같은 것들은 더욱 입신의 경지에 있어서 그 의태가 생동하였다. 그리하여 조금도 먹물 속의 물건이 아닌 듯 하였다. 그제서야 비로소 집안사람이 갖고 있다고 했던 그 그림도 이와 같을 것임을 알게 되었으니 내가 들은 것이 헛된 것이 아니었다.

  옛날 그림 잘 그리던 사람들이 얼마나 많았는가? 하지만 오직 그 사람만이 후대에 전해질 만한 실상이 있은 연후에 그 그림은 더욱 귀하게 되는 법이다. 그렇지 않다면 그림은 그저 그림일 뿐이고 그 사람은 그저 그 사람일 뿐이다. 그러니 어찌 그 가볍고 무거움을 비교할 수 있겠는가?

  부인 같은 사람은 맑은 덕과 의로운 행동이 있어 지금까지도 말하는 사람마다 아녀자들의 모범으로서 으뜸이라고 칭한다. 더구나 율곡 선생이 그 아들임에랴. 선생은 곧 백년의 스승이다. 게다가 세상에서 그 사람을 스승으로 섬기면서 그 스승의 부모를 공경하지 않는 이가 있는가? 그

---

1 신사임당 : 평산(平山) 신씨로, 호는 사임당(師任堂 : 思任堂 : 師妊堂)·시임당(媤妊堂)·임사재(任師齋)이다. 강원도 강릉(江陵) 출생이며, 율곡 이이(李珥)의 어머니이다. 산수(山水)·포도·풀·벌레 등을 잘 그렸는데, <자리도(紫鯉圖)> <산수도(山水圖)> <초충도(草蟲圖)> <노안도(蘆雁圖)> <연로도(蓮鷺圖)> 등의 그림이 유명하다.

러니 부인은 가히 후세에 전해질 수 있는 이유가 바로 여기에 있는 것이다. 또 이 그림첩이 돕기까지 하는 것이다. 후세 사람들은 반드시 "이것은 율곡 선생의 어머니께서 손수 그리신 것이다."라고 말할 것이니 선생으로 말미암아서 부인에까지 이르게 된 것이다. 이에 사람들이 그것을 사랑하고 즐기고 보물로 여기며 아끼기를 구슬 받들기처럼 할 뿐 만이 아닐 것이다. 그런 즉 나는 이 그림첩이 후세에까지 전해지면서 장차 역사책에 실렸던 내용과 나란히 무궁하게 빛날 것임을 안다.

또한 내가 듣기로, 그림의 힘이란 가히 오백 년은 간다고 한다. 그런데 지금은 부인이 살아 계셨던 때와 거의 그 반 밖에 되지 않는다. 정종지가 아주 신중하게 소장하고 있으면서 계속 대를 이어 지켜 이후 삼백 년이 지나 마침내 꺼내어 펼쳐 본다면 과연 어떠할 것인가. 부디 닭이 쪼아서 더럽히지 말기를.

해제 이 글은 정종지가 소장하고 있던 신사임당의 초충도(草蟲圖)를 보고 쓴 글이다. 신사임당(1504~1551)의 초충도(草蟲圖)는 현재 병풍의 형태로 남아있는 것이 있다.[2] 이 글을 보면 18세기 당시 신사임당은 그림을 잘 그리는 화가로, 그리고 율곡 선생의 어머니로 유명했던 것을 알 수 있다. 특히 앞부분에 닭이 와서 그림을 쪼았다고 한 기록은 그만큼 신사임당의 그림이 생생하고 사실적이었음을 암시하고 있다.

---

2 <초충도 병풍>.

단의빈³ 지문
端懿嬪誌文

임금님이 즉위하신 지 44년 무술년(1718) 2월 7일 병술에 왕세자빈이 갑자기 병이 나 창덕궁의 장춘헌에서 돌아가셨다. 이때 임금님께서는 병기(病氣)가 있으셨는데 애도함이 특별히 깊으셔 직접 곡을 하시고 담당자에게 상을 치르는 데 일체 예에 맞추도록 명하셨다. 4월 16일 갑오에 택지를 고르고 왕후의 관에 넣어 발인하였다. 19일 정유에 숭릉의 왼쪽 서쪽 방향의 언덕에 장사를 치르고 세자께서 손수 행록을 초하셔 신에게 지를 짓도록 명하셨다.

신이 삼가 살피니, 빈의 성은 심씨로 본적은 청송이다. 청성백 심덕부는 우리 왕조의 개국 원훈이다. 심덕부(沈德符)⁴는 영의정을 지내고 안효공 청천부원군인 심온(沈溫)을 낳았는데 이 분이 우리 소헌왕후(昭憲王后)의 아버지이다. 5대를 지나서 영돈녕을 지낸 익효공 청릉부원군 심강(沈鋼)이 있는데 이 분 또한 우리 인순왕후(仁順王后)의 아버지이다. 청릉부원군에게 손자가 있으니 영의정을 지낸 충정공 심열(沈悅)⁵이다. 이 분은

---

3 단의빈(端懿嬪) : 1686(숙종 12)~1718(숙종 44). 조선 제20대 왕 경종의 비. 본관은 청송(青松). 아버지는 청은부원군(靑恩府院君) 심호(沈浩)이다. 1696년 세자빈(世子嬪)으로 책봉되었으나 경종이 즉위하기 2년 전에 병으로 죽었다. 타고난 품성이 뛰어나 어릴 때부터 총명하고 덕을 갖추어, 어리지만 양전(兩殿 : 임금의 궁전과 세자궁)과 병약한 세자를 섬기는 데 손색이 없었다. 1720년 경종이 즉위하자 왕후에 추봉되었다. 전호(殿號)는 영휘(永徽)라 하였으며, 1726년 공효정목(恭孝定穆)이라는 휘호가 추상되었다. 시호는 영휘공효정목단의왕후(永徽恭孝定穆端懿王后)이고, 능호는 혜릉(惠陵)으로 경기도 구리시 인창동에 있다.

4 심덕부(沈德符) : 1328(충숙왕 15)~1401(태종 1). 고려 말 조선 초의 문신. 본관은 청송(青松). 자는 득지(得之), 호는 노당(蘆堂)·허당(虛堂). 조선의 개국을 맞아, 1393년(태조 2) 회군공신(回軍功臣) 1등에 추록되며, 청성백(靑城伯)에 봉해졌다.

홍문관 교리 심희세(沈熙世)⁶의 계자가 되는데 이 분이 빈의 고조 할아버지이다. 증조할아버지 심권(沈權)⁷ 은 관찰사를 지냈다. 할아버지는 의금부도사를 지낸 심봉서(沈鳳瑞)이다. 아버지는 첨정을 지내고 우의정을 추증받은 심호(沈浩)이다. 어머니는 고령 박씨인데 아버지는 군수를 지낸 박빈(朴鑌)이고, 이조판서를 지낸고 영의정을 추증받은 박장원(朴長遠)⁸의 아들이다.

빈은 숭정 병인년(1686) 5월 21일 갑신에 회현동 집⁹에서 태어났다. 이에 앞서 관찰사가 집안을 이끌고 양근의 선영 아래에 이주해 살았다. 충정의 무덤에서부터 마을의 바깥에 이르는 거리에 밤에 문득 빛이 비쳤는데 밝은 것이 마치 대낮 같아 사람들이 모두 기이하게 생각했다. 박부인이 이때부터 임신을 하였는데 계속해서 달 밝고 오색 구름 낀 하늘에 여러 봉황새가 비상하는 꿈을 꾸었다고 한다. 빈은 태어나면서부터 조신하고 총명하여 돌이 되기도 전에 말을 할 줄 알았고 차츰 자라면서 행동거지가 남달랐다. 발은 뜰 계단을 내려오지 않았고 희노애락의 감정을 얼굴에 드러내지 않았으며 말은 반드시 삼갔다. 또 능히 윗사람의 기색을 살필 줄 알아 먼저 뜻을 알아 받들었다. 우연히 새로운 음식을 얻게 되면 반드시 먼저 어른에게 드리고 먹으라는 명이 없으면 먹지 않았다. 매일 아침에 일어나 반드시 침소에 가 문안을 드린 다음에 물러났다. 다섯 살 때에 아버지 관찰공이 새벽에 취해서 잠을 자면서 부채를 들고 모

---

5 심열(沈悅) : 1569(선조 2)~1646(인조 24). 자 학이(學而). 호 남파(南坡). 시호 충정(忠靖).

6 심희세(沈熙世) : 1601(선조 34)~? 자는 덕휘(德輝). 호조판서(戶曹判書)를 지낸 숭정대부(崇政大夫) 심열(沈悅)의 7남.

7 심권(沈權) : 1643(인조 21)~1697(숙종 23). 자는 성가(聖可)로 홍문관 교리 심희세(沈熙世)의 아들이다.

8 박장원(朴長遠) : 1612(광해군4)~1671(현종12). 본관은 고령. 자는 중구(仲久), 호는 구당(久堂)·습천(隰川), 시호는 문효(文孝)이다.

9 우사(寓舍) : 우거하고 있는 집.

기를 쫓게 하였는데 명을 따르기를 오직 부지런히 하여 저물어 별이 뜰 때가 되어서야 그만두었으니 그 돈독히 행동하는 것이 어릴 때부터 이와 같았다. 성품은 단아하고 간소하여 다른 사람의 아름다운 옷을 보아도 부러워하는 빛이 없었다. 옥과 같은 물건을 얻기 위해 스스로에게 누를 끼치지 않고 번번이 여러 형제들에게 나누어 주니 담박한 것이 이와 같았다.

병자년(1696)에 빈이 삼선에 간택되어 부모와 이별하게 되자 슬퍼하며 마침내 눈물을 흘렸다. 이해 5월 19일에 가례[10]를 행하고 별궁에 살았다. 하루 종일 단정하게 앉아 『소학』을 읽었는데 시녀들이 간혹 놀러나갈 것을 청하여도 끝내 응하지 않았다. 내실에 들어와서는 양전을 봉양하고 세자를 섬기는 데 유순하게 공경하고 삼가며 예의 법칙을 따르니 임금과 세자[11]가 매우 사랑하였다. 인현왕후[12]의 상을 당했을 때 병이 나 상제를 다하지 못하는 것을 종신토록 가슴 아프게 여기고 슬퍼하며 그리워하기를 그만두지 않았다. 임금님의 병이 오랫동안 낫지 않자 밤낮으로 걱정하며 간혹 눈물을 흘리고 음식을 먹지 않고 자신이 대신 아프고자 하자 궁중에서 그 효성스러움을 칭찬하지 않는 이가 없었다. 아마도 그 덕스러운 성품과 순수한 행실은 하늘에서 타고난 것이지 억지로 힘써서 그렇게 된 것이 아닌 것 같다. 행록에서 기록한 것은 이와 같다.

아아! 그 지극함이여. 임금님께서 조정의 신하들의 의를 보시고 예를 지키고 도의를 지니며 온유하고 성선한 뜻을 취하여 시호를 '단의(端懿)'

---

10 가례(嘉禮) : 길(吉), 흉(凶), 군(軍), 빈(賓), 가(嘉)의 오례(五禮) 중 하나로 혼례(婚禮)를 이름. 임금의 성혼(成婚), 즉위(即位) 또는 왕세자, 왕세손의 성혼(成婚), 책봉(册封) 같은 때의 예식.

11 양전(兩殿) : 임금의 궁전과 세자궁. 여기서는 임금과 세자를 말함.

12 인현왕후(仁顯王后) : 1667(현종 8)~1701(숙종 27). 숙종의 계비. 성은 민씨(閔氏). 본관은 여흥(驪興). 아버지는 여양부원군(驪陽府院君) 유중(維重)이며, 어머니는 은진 송씨(恩津宋氏)로 준길(浚吉)의 딸이다. 1681년(숙종 7) 가례(嘉禮)를 올리고 숙종의 계비가 되었다.

라고 하셨다. 빈이 누리신 나이는 33세였다. 신이 생각하니 심씨는 대성
으로 덕을 쌓아 성녀를 재탄생시켰다. 빈은 영민하고 아름다움을 모아
일찍이 왕세자[13]의 배우자가 되었다. 비록 숨겨진 덕[14]이 다 드러나지 않
았고 아름다운 소문이 욕되지 않아 의당 하늘의 복록을 길이 누리고 창
성해야 하는데 불행하게 중년에 병이 나 수명을 재촉하여 활집에 넣어
지니 하늘은 어찌 그리 인색한가? 이로 말미암아 양전에 근심을 끼치고
궁궐에 슬픔을 맺히게 하니 이것이 무슨 이치인가? 그러나 효는 인륜의
근본이다. 빈이 그 효도를 능히 다해 유순함과 온화하고 공경함으로 상
하에게 아름답게 대하니 백세 뒤에도 아름다운 명성이 사라지지 않을
것이고 앞으로 양조의 돌아가신 성후와 함께 무궁토록 빛날 것이다. 아
아! 이 어찌 하늘의 뜻이 아닌가? 삼가 절을 하고 머리를 조아려 이와
같이 공경하게 지를 올립니다.

| 해제 | 이 글은 경종이 즉위하기 2년 전에 죽은 세자빈의 지문이다. 세자빈은 33세의 젊은 나이에 죽었는데 경종이 즉위된 후에 왕후에 추봉되었다. |

세자빈은 '단의'라는 시호를 받고 혜릉에 묻혔다. 세자빈이 태어나기 전 친정부모
가 꾼 특이한 태몽과 남달랐던 어린 시절 등에 관한 일화는 왕후의 지문에서 일
반적으로 보이는 내용이다.

---

13 원량(元良) : ①황태자(皇太子) 또는 왕세자(王世子) ②아주 선량한 사람 ③큰 선덕
   (善德).
14 잠덕(潛德) : 세상에 나타나지 아니한 덕행. 또 그 덕행을 가진 사람. 숨은 군자.

민회빈[15] 복위 반교문[16]
愍懷嬪 復位 頒敎文

저승의 원통한 마음을 불쌍히 여겨 잘못된 옥사를 신원한 것은 온 나라 사람들의 마음을 따른 것이고, 옛 작호를 회복하고 아름다운 의를 갖추어 여러 세대 폐기되었던 성대한 전례를 행하였다. 이에 밝은 명을 칭송하며 나의 깊은 마음을 드러낸다. 생각건대 을유년(1645)과 병술년(1646) 사이의 일은 바로 국가가 나쁜 운수의 액운을 만나 왕세자가 서거하니[17], 나라의 형세가 늠연하여 걱정이 많았고 흉악한 자들이 방자하게 날뛰니 은연한 재앙의 마음을 몰래 품게 되었다. 그리하여 참소하는 말이 안팎으로 어지럽게 나돌았고 흔단이 드디어 궁정에서 일어나게 되었다. 옥사의 정상이 애매했으니 맹감(盟坎)의 계책과 무엇이 다르겠으며, 하늘의 위엄

---

15 민회빈 강씨(愍懷嬪姜氏) : ?~1646(인조 24). 조선시대 소현세자(昭顯世子)의 빈(嬪). 본관은 금천(衿川). 우의정 강석기(碩期)의 딸이다. 1627년(인조 5) 가례(嘉禮)를 올려 소현세자빈이 되었다. 병자호란 뒤인 1637년 세자와 함께 심양(瀋陽)에 볼모로 갔다가 1644년에 귀국하였다. 귀국하자 인조는 세자에게 전위(傳位)를 강요당하거나 세자 대신 입조(入朝)의 요구를 받게 되지 않을까 하는 의구심을 가지게 되었다. 그런데 세자는 환국 후 두달 만에 병증(病症)이 있은 지 3일 만에 34세로 급서(急逝)하였다. 세자의 독살 혐의가 짙은데도 인조는 입관(入棺)을 서두르고 강빈(姜嬪)과 대신들의 간청도 뿌리치고 장례를 매우 간소하게 지냈다. 그해 봉림대군(鳳林大君)이 귀국하여 세자가 되었고, 소현세자의 원손(元孫)은 왕위계승자격을 잃게 되었다. 여기에다 인조의 총애를 받으면서 강빈과 반목질시하던 조소용(趙昭容)이 강빈이 인조를 저주하였다고 무고하여 그의 형제들을 모두 유배시키자, 강빈은 인조거실(仁祖居室)근처에 가서 통곡하고 그때부터 왕에게 조석문안도 하지 않았다. 그리고 왕의 수라상에 독을 넣었다는 혐의도 받게 되어 후원별당에 유치(幽置)되었다가 조정대신들의 반대에도 불구하고 1646년 3월에 사사(賜死)되었다. 이어 세자의 어린 세 아들은 귀양가게 되고, 강빈의 노모와 4형제는 모두 처형 혹은 장살(杖殺)되었다. 이후 선조44년(1618년)에 신원되었다.
16 반교문(頒敎文) : 나라에 경사가 있을 때 백성들에게 널리 반포하는 임금의 교서.
17 을유년(인조23, 1645)에 소현세자(昭顯世子)가 죽었다.

이 엄중하였으니 억울한 죄를 입은[18]원통함을 밝히기가 어려웠도다.

신생(辛生)의 경우처럼 날조하고 무함하는 일이 생기는 데 이르자 간사한 자들이 더욱 단단해져 형벌을 마음대로 하였으니, 온 집안이 화를 입은 참상에 대해 온 세상이 같이 슬퍼하였도다. 성조께서 외로운 혼을 불쌍히 여긴 것을 은미한 뜻에서 볼 수가 있는데, 두세 사람의 신하들이 말씀을 올린 것이 간절하였으나 70년 동안 한을 품은 것이 끝이 없었다.

사람들의 마음은 오래도록 울적하게 되면 반드시 통해지는 법이어서 일에 기다림이 있는 것 같았으며, 하늘의 도는 다시 오지 않는 법이 없는 것이어서 그 이치를 또한 징험할 수 있도다. 이에 여러 신하들의 의논을 모아 드디어 세자빈의 자리에 추후 복위할 것을 정하였다. 이에 이 달 21일 민회빈(愍懷嬪) 강씨(姜氏)를 소현세자(昭顯世子)의 묘사(廟祠)에 합봉하였다. 죄안의 오래된 원통한 사정을 씻어주고 이에 부모 형제에게까지 은혜를 미쳤으며, 동궁[19]의 유사(遺祠)에 배향하고 이어 함께 향사(享祀)하여 분향하였다. 이름을 높이는 것은 행적에서 드러나는 것이며 사당을 설치하여 임금의 묘[20]에 다시 합하게 하노라.

예의 격식[21]을 모두 거행함에 있어 어찌 나라의 전례에 부족함이 없게 했을 뿐이겠는가? 구천(九泉)의 길을 다시 밝히니, 또한 신의 이치가 편안함을 얻게 되었도다. 이에 보기 드문 아름다운 전장을 베푸니, 어찌 길한 조짐의 좋은 일이 아니겠는가? 인정(仁政)을 베풀고 은택(恩澤)을 널리 펴는 데 이미 살고 죽은 것에 차이가 없이 하였으니, 허물을 씻어주는

---

18 복분(覆盆) : 원통한 죄를 입는 비유로 쓰임.

19 청궁(靑宮) : 동궁. 동궁은 세자를 지칭하기도 하고, 때로는 세자가 거처하는 궁을 의미하기도 함. 오행설에 따르면 동쪽을 의미하는 색깔이 청색이므로 동궁을 청궁으로 표현한 것임.

20 침원(寢園) : 임금의 묘를 말함.

21 예수(禮數) : 격식. 사람의 명예와 지위에 따라 상당한 예의. 신분과 계급이 따라 예우를 달리함.

데 있어 원근에 미치게 해야 한다. 그러므로 이에 교시하노니, 마땅히 자세히 알도록 하라.

해제 민회빈을 복위하고 시호를 선포하자 여러 신하들이 하례하여 임금이 그 사실을 백성들에게 널리 알리고자 하였다. 이 글은 임금의 교서를 송상기가 작성한 것이다.

왕세자빈 시책문
王世子嬪 諡册文

동궁²²이 내조의 상을 당하니 애도하는 마음 바야흐로 간절하고, 절혜
(節惠)의 은전은 옛날부터 있었던 떳떳한 규범이니 의당 속히 표창하여
드러내야 한다. 이에 시책(諡册)²³을 드러내는 일을 거행하여 아름다운
칭호를 내린다. 생각건대 그대 세자빈은 타고난 성품이 아름다워 일찍이
세자의 빈이 되었다. 한 가문에서 양후(兩后)의 성대한 덕을 이어받으니
아름다운 명예를 잘 계승하였고, 큰 혼인은 만복의 근원이니 진실로 아
름다운 부인에 걸맞도다. 궁궐에 들어온 이후로부터 더욱 예절을 따르는
데 어김이 없음을 알았다. 가정에서 어버이를 섬기던 정성을 미루어 삼
가 양전(兩殿)을 봉양하였고, 군자가 처음 시작할 때 조심하는 뜻을 몸
받아 삼가 한 몸을 신칙하였다.

덕행을 숨기고 바깥사람에게 드러내 보이지 않았으나 아름다운 행동
이 저절로 평상시에 드러났다. 자화(慈化)를 도와서 숙옹(肅雍)²⁴의 아름
다움에 이르게 했고, 음교(陰敎)를 도와서 절약하는 기풍을 밝혔도다. 효
도는 어버이의 안색을 살피는 데 돈독하니 사랑이 얼굴에 나타났고, 시
탕(侍湯)²⁵하면서 깊이 근심하니 정성이 또한 궁정에 미더웠도다. 중한
병을 여러 해 동안 앓았으나 주야로 조심하여 해이한 적이 없었다. 은혜
가 아래에까지 미쳤으나 아직 개인적으로 알현하는 것²⁶을 행하였다는

---

22 승화(承華) : 동궁을 말함.
23 시책(諡册) : 임금이나 후비의 살아 있을 때의 업적과 덕행을 칭송한 시책문을 새긴 옥
책이나 죽책.
24 숙옹(肅雍) : 왕비.
25 시탕(侍湯) : 부모의 병환에 대하여 약을 써서 시중을 드는 것.

말을 듣지 못하였고, 아름다운 덕이 마음속에 있으니 어찌 내전을 바르게 다스리기가 어려웠겠는가?

종사(宗事)를 훌륭하게 돕기를 바라고 복을 끝까지 누리기를 기대하였는데, 어찌 하늘은 믿기가 어려운 것이어서 갑자기 세자빈[27]이 서거할 줄 생각이나 했겠는가? 하루 저녁 창황한 가운데 유명을 달리하여 세 번 이름 불러 초혼하니 마치 꿈속인 것처럼 아련하도다. 목숨이 길고 짧은 것은 운수가 정해져 있는 것이니, 어찌 의원의 기술이 좋지 아니한 탓이겠는가? 빈하고 염하는 데 친히 임하지 못하니, 더욱 병든 마음의 아픔을 억제하기 어려움을 깨닫도다. 더구나 종사의 경사를 거두기를 바랐으니, 동궁이 그 슬픔을 어떻게 감당하겠는가! 목숨을 맡은 권한을 누가 주관하는가? 선한 사람에게 복주는 이치를 헤아리기가 어렵도다. 아침 저녁으로 침전에 문안하는 번화하고 성대한 의절을 다신 보지 못하겠는데, 시일이 정해졌으므로 어언 무덤에 하관하는 일이 있게 되었다. 만약 시호를 내려[28] 사실을 기록하지 아니한다면 어찌 무덤을 꾸미고 아름다운 이름을 전할 수 있겠는가? 행실을 말한다면 예의로 스스로를 부지했고 덕을 말한다면 온유함을 근본으로 삼았다. 이에 의정부 우참찬 신임을 보내어 그대의 시호(諡號)를 '단의(端懿)'라고 내린다. 아아! 비록 모습은 이미 없어져 저승에까지 따라갈 수 없지만 증거할 수 있는 행적은 길이 간책에 남으리로다. 영혼이 앎이 있거든 총명(寵命)[29]을 흠향하도록 하라. 아아! 슬프도다.

해제 경종의 비인 왕세자빈의 시책을 정하여 올리기 위해 지어진 글이다. 시호는 '단의(端懿)'이다. 송상기는 〈단의빈지문〉도 지었다.

---

26 사알(私謁) : 사사롭게 윗사람을 찾아가서 청탁하는 일.
27 숙질(淑質) : 세자빈을 말함.
28 역명(易名) : 시호를 내림.
29 총명(寵命) : 임금의 명.

민회빈 시책문
愍懷嬪 諡册文

　구천의 원한을 씻어주기 위해 추후하여 위호(位號)를 회복시켰고 '절혜(節惠)'라는 두 글자를 게시함에 있어 일반 예법을 상례[30]를 따랐는데, 나의 마음으로 결단하여 저들의 소망을 위로하였다. 생각하건대, 소현세자빈(昭顯世子嬪)께서는 친히 묘선(妙選)에 응해 일찍이 태자[31]의 배필이 되었다. 훌륭한 아버지의 훈사를 받들어 거룩한 행실이 몸에 배어 있었으므로 가인(家人)의 바른 위치에 자리하여 안팎이 서로 화목하였다. 즐겁고 온유한 마음으로 양궁(兩宮)[32]을 오래도록 받들었는데, 경계함을 어찌 하루라도 잊었겠는가? 그 사이에 오랑캐들이 침입하여 핍박하던 때를 당해 갑자기 국운이 정신없게 되자, 종묘사직을 따라 강도(江都)로 가서 온갖 험난한 일을 겪었으며 심관에 볼모가 되어서는 여러 세월[33]을 보내었다.

　세자[34]가 나라로 되돌아오게 되어서는 아울러 세자빈께서도 무탈하였었는데, 어찌 고생하다가 편안하게 된 지 얼마 되지 아니하여 갑자기 불행한 일이 이어졌는가? 신세가 미망인이 된 것을 애통해하여 그저 피눈물을 흘렸고 하늘이 불쌍하게 여기지 아니함을 원망하니, 의지할 곳이

---

30 이장(彝章) : 상례(常禮). 즉 보통의 예법. 혹은 사람으로 떳떳이 지켜야 할 예법을 말하나 일반적으로 왕비를 맞이하거나 책봉하는 예를 말함.

31 원량(元良) : 태자(太子)의 별칭.

32 양궁(兩宮) : 왕과 왕비.

33 성상(星霜) : 세월.

34 학가(鶴駕) : 황태자나 세자의 행차를 말함. 주(周) 나라 영왕(靈王)의 태자 진(晉)이 백학을 타고 신선이 되어 갔다는 고사에서 유래하였음.

없는 것 같았다.

아아! 나라의 운수가 더욱 불행하여 거듭 궁궐의 변고가 있게 되었다. 요망한 것을 어찌 빈이 스스로 하였겠는가? 참소하고 이간하는 짓이 더욱 심하였기 때문이었다. 그 일이 말하기가 어려운 점이 있으므로 끝내 은혜와 사랑을 보존하지 못하는 지경에 이르렀던 것이다. 슬프다. 모자가 운명을 함께 하였고 참혹하다. 형제가 무슨 죄가 있단 말인가? 외로운 무덤이 오래도록 소나무의 가래나무 숲에 의지하여 있으니 이미 부묘를 하지 못하였고, 사묘에서 겨우 제사³⁵를 이어 왔으니 어찌 실상에 부합되는 일이겠는가? 길을 가는 사람들이 이 때문에 탄식하고 슬퍼하니, 부인과 아들들도 가슴 아파하고 슬퍼하지 않는 이가 없다. 옥사를 날조한 흉악한 역적들이 형벌을 받았으니, 족히 천도는 되돌리기를 좋아하는 것을 징험하는 것이다. 그 원통함을 호소하던 강직한 신하도 다시 복관시켰으니, 성조의 은미한 뜻을 알 수가 있다.

문정³⁶의 아름다운 업적을 살펴보니 집안의 덕을 알 수 있고, 영경(永敬)의 남아 있는 사당을 바라보니 감회가 더욱 간절하다. 온 집안의 억울함을 모두 씻어버리니 왕세자 배필의 자리가 더욱 빛난다. 의장(儀章)³⁷을 한결같이 새롭게 하여 추후 세자³⁸의 예에 견주었고, 물채(物采)가 모두 갖추어진 것은 경실(京室)에 있을 초기와 같게 하였다. 나라의 예전(禮

---

35 향화(香火) : 향을 태우는 불. 곧 사찰에서의 부처에 대한 공양을 뜻하나 일반적으로 제사를 지내는 것을 말하기도 함.

36 문정(文貞) : 강빈의 아버지 강석기의 시호. 강석기(姜碩期) : 1580(선조 13)~1643(인조 21). 본관은 금천(衿川). 자는 복이(復而), 호는 월당(月塘)·삼당(三塘). 이조참의 찬(燦)의 아들로, 큰아버지 순(焞)에게 입양되었다. 신식의 딸과 결혼. 김장생의 제자. '강빈의 옥'으로 앞서 죽은 강석기는 관작을 추탈당하였고, 그의 부인은 처형되었으며, 아들 문성(文星)과 문명(文明)은 장살(杖殺)당하였다. 따라서, 그의 가문은 역적 집안으로 멸문의 화를 당했다가 숙종 때 복관(復官)되었다.

37 의장(儀章) : 상하를 구별하고, 위엄을 드러내기 위한 일체의 표장(標章)과 의제(儀制).

38 진저(震邸) : 세자를 일컫는 말.

典)³⁹이 이로부터 마땅함을 얻게 되었으니 신의 이치도 응당 유감이 없을 것이다. 삼가 태묘에 고함에 있어 어찌 선조에서 하지 못한 것을 혐의할 것이 있겠으며, 별궁으로 옮겨 봉안하니 다행히 오랫동안 폐기되었던 예전이 잘 거행됨을 보게 되었다. 삼가 신(臣) 의정부 우참찬(議政府右參贊) 유명웅(俞名雄)을 보내어 아아! 죄안⁴⁰의 구적(舊籍)을 삭제시켜 외로운 혼령을 위로하고, 사관의 새로운 말에 의탁하여 영원히 후세에 전하기를 바란다. 아아! 슬프도다.

┌──┐
│해│ 강빈에게 시책을 내려주는 글이다. 당시 송상기는 대제학의 직위에 있
│제│ 으면서 시책문을 지었다. 강빈의 시호는 '절혜(節惠)'이다. 송상기는 이
└──┘
글에서 강빈과 강빈 집안의 죽음에 대해 안타까워하는 마음을 드러내고 있다.

---

39 예전(禮典) : 『경국대전』의 육전의 하나로, 예조의 관장 사항인 과거·교육·제사·의
   례·종교·문화·외교 등의 제도와 절차가 규정되어 있음.
40 단서(丹書) : 죄안(罪案).

공인 동래 정씨 묘지
恭人東萊鄭氏墓誌

    공인 정씨의 본관은 동래이다. 아버지는 영의정 익헌공 정태화[41]이고 어머니는 정경부인 여흥 민씨인데 봉사 민선철의 딸이다. 정씨는 문익공 광필에서부터 익헌공에 이르기까지 5대에 4재상이 나와 이름과 덕이 융성하고 드러나 세상의 훌륭한 가문이 되었다. 공인은 임오년(1642) 5월 23일에 태어났는데 어려서부터 단정하고 얌전하며 엄숙했다. 비록 화려하고 풍족한 집안에서 자랐지만 능히 예법으로 스스로를 신칙하였고 여공의 기술 또한 정통하지 못한 것이 없어 부모님이 이 때문에 특별히 총애하였다. 계례를 올릴 나이가 되어 통덕랑 송규성에게 시집갔으니 바로 평창군수 송국구의 둘째 아들이다.

    송씨의 본적은 은진이다. 판원사를 지낸 송대원 이하로 사헌과 집의를 지낸 쌍청당 선생 송유는 대대로 이름난 분으로 독실한 행실과 청렴한 절개로 세상에서 흠복을 받았다. 공인은 그 집안에 들어가 시부모님을 섬기는 데 정성과 예를 다하였고 그것을 시집의 친속들에게까지 미

---

41 정태화(鄭太和) : 1602~1673. 본관 동래(東萊). 자 유춘(蛞春). 호 양파(陽坡). 형조판서 정광성(廣城)의 아들이다. 1628년(인조 6) 별시문과(別試文科) 병과에 급제한 후 정언, 이조좌랑 등의 벼슬을 두루 거쳐 영의정을 역임하였다. 1636년 병자호란 때 도원수가 도주하자 패잔병을 모아 현관(縣館)에 의지하여 시석(矢石)으로 항전하여 수많은 적을 사살한 공으로 집의(執義)가 되었다. 1637년 소현세자(昭顯世子)를 심양(瀋陽)에 배종(陪從)하고 돌아온 후 호령안찰사로 있을 때 명나라와의 밀약이 탄로나자 조정에서는 그를 봉황성에 보내 청나라의 협박을 막은 일이 있다. 1659년 효종이 죽자 원상(院相)이 되어 국정을 처리하고, 송시열(宋時烈)의 기년설(朞年說)을 지지, 1671년 기로소에 들어갔는데, 병으로 조정에 나갈 수 없으므로 현종은 가마를 타고 들어오도록 하였다. 시조 1수가 전한다. 현종의 묘정(廟庭)에 배향(配享)되고, 문집에 『양파유고』 저서에 『양파연기(陽坡年紀)』가 있다.

치게 하였는데 또한 규범적인 행동 아닌 것이 없었다.

통덕랑이 불행히 일찍이 이상한 병에 걸려 공인은 밤낮으로 걱정하며 의약과 음식을 모두 그 뜻에 맞게 하면서 일찍이 추호도 거스르는 일을 하지 않았다. 다만 아들 하나를 두었는데 의로운 방법으로 매우 엄하게 가르치시며 사랑하는 뜻으로 하지 않았다. 얼굴빛이나 말과 몸가짐과 집 안을 다스리는 일 모두 규범이 있었고 평소에 생활할 때 웃으면서 말하지 않았고 앉을 때에 걸터앉지 않았다. 곁에 자제가 없으면 비록 지극히 친한 사람이라도 또한 서로 보지 않았으니 규문 안이 숙연하기가 이와 같았다. 자신의 일로 다른 사람이 상관하게 하지 않았으며 위급하고 어려운 사람을 보면 반드시 정성과 사랑을 다해 베풀어 주었다. 평소의 성품이 검약하고 세속의 사치를 좋아하지 않았는데 통덕랑이 아픈 이후에는 마치 지극히 궁한 사람이 돌아갈 곳이 없는 것처럼 하였다. 거친 밥을 먹고 초라한 옷을 입으며 실제 사람들이 감당하지 못하는 것이 있었으나 편안하게 처신하며 수십 년을 한결같이 하였다.

아아! 이 어찌 세상의 일반 부인이 능히 미칠 수 있는 것인가? 병이 쌓여 몸이 축나 마침내 병인년(1686) 6월 28일에 세상을 버리니 향년 45세였다. 부인은 통덕랑공과 동년생으로 혼인하고 같은 집에 산 것이 31년이다. 이해 8월 금천의 땅에 임시로 묻으니 친정아버지 익헌공의 무덤과 가까운 곳이다. 9년 뒤 갑술년(1694) 11월 20일에 양주 정토리 백연사 아래 가좌동 서북쪽을 등진 방향으로 옮겨 장사지내고 무덤의 오른쪽을 비워 두어 후일에 남편 통덕랑의 무덤을 만들려고 한다. 송씨의 선영은 회덕 땅에 있는데 땅이 멀고 산이 험해 그곳에 묻지 못했다. 공인에게는 1남 1녀가 있는데 딸은 일찍 죽었다. 아들은 택상이다. 병자년(1696)에 진사시에 합격하였고 선조의 증손 화산군 곤의 딸을 아내로 맞아 아들 둘을 두었는데 모두 어리다.

정태화와 여흥 민씨 사이에서 태어난 동래 정씨의 묘지명이다. 정씨 부
인은 은진 송씨 집안의 송규성에게 시집가서 31년을 함께 살다가 45세
의 나이로 죽었다. 남편 송규성이 일찍부터 이상한 병에 걸려 부인이 밤낮으로
의약과 음식으로 오래도록 간호했다.

어머니 행장
先妣行狀

    어머니의 성은 김씨이고 본관은 안동이며 고려 때 태사를 지낸 김선평(金宣平)의 후손이다. 아버지는 동지중추부사를 지내고 영의정에 추증된 김광찬[42]이니 문정공 청음 선생 김상헌[43]의 양자[44]가 되어 대를 이었다. 어머니는 연안 김씨인데 청주목사를 지냈고 좌승지에 추증된 김내의 따님이며 의민공 연흥부원군 김제남[45]의 손녀이다.

    어머니는 임신년(1623) 2월 초 7일 아침 9시[46]에 서울에서 태어나셨다. 의정공은 딸 다섯과 아들 셋을 두었는데 어머니는 그 가운데 일곱째였다. 그 다음해 10월 어머니의 어머니가 돌아가셨는데 어머니는 이때 겨우 두 살이었다. 어머니는 여섯째인 문곡 김공[47]과 함께 외삼촌 김천석의 집에서 자랐다. 김공께서 매우 부지런히 길러주셨는데, 다섯 살 되던 해 병자년(1636)에 외삼촌을 따라 홍산의 관사로 갔고 서천에 있는 섬에

---

42 김광찬(金光燦) : 1597(선조30)~1668(현종9). 본관은 안동. 자는 사회(思晦). 김상관(金尙寬)의 아들로 태어났으나, 작은아버지인 김상헌(金尙憲)의 양자로 들어갔다. 1627년 생원시에 합격하였고, 병자호란 때 아버지를 따라 남한산성으로 인조를 호종하였다.

43 김상헌(金尙憲). 1570(선조3)~1652(효종3). 청음(淸陰)은 그의 호. 윤근수의 문하에서 공부. 성혼의 도학에 연원을 두었다. 병자호란 당시 주전론(主戰論)을 펴다가 인조가 항복하자 안동으로 은퇴하였다. 1639년 청나라의 출병 요구를 반대하다 청나라에 압송되어 6년 뒤에 풀려나서 귀국하였다.

44 사자(嗣子) : 대를 이을 아들이 없어 다른 데서 데려다 입적(入籍)한 아들.

45 김제남(金悌男) : 1562(명종17)~1613(광해군 5). 본관은 연안. 자는 공언(恭彦). 선조의 장인으로 1613년 이이첨 등에 의해 인목대비의 아들인 영창대군을 추대하려 했다는 공격을 받아 사사되었다.

46 진시(辰時) : 아침 9시 전후.

47 김수항을 말함.

서 호란을 피했다. 때에 난리가 조금 진정되고 청음 김상헌 선생이 안동
으로 옮겨가 어머니와 여러 형제들도 함께 갔다. 선생이 심양으로 가게
되어 다시 서울로 돌아왔는데 몹시 가난하고 쓸쓸하고 힘들어 매번 눈
물을 흘리며 가슴 아파했다. 을유년(1645)에 선생이 다시 돌아오자 온 집
안 사람들이 모두 비로소 모시는 즐거움을 갖게 되었다.

　무자년(1648) 17세 되던 해 의정공의 통진현(通津縣)에 있는 임소에 계
시다 우리 아버지[48]에게 시집오셨다. 어머니의 성품은 지극히 효성스러
워 항상 친정아버지를 섬기던 마음을 우리 할아버지, 할머니에게로 옮겨
와 섬기셨다. 할머니[49]는 평소 병이 많으셔서 중년 이후로 항상 침상에
누워 계셨다. 또 성품이 아주 엄격하셔서 조금이라도 마음에 흡족하지 않
은 것이 있으면 번번이 혼내셔 집안 사람들이 모두 두려워하였다. 그런
데 오직 어머니만이 온화한 얼굴빛과 부드러운 소리로 편안하게 해드리
니 그러면 곧 기뻐하시며 화를 푸셨다. 비단 겨울엔 따뜻하게 해드리고
여름엔 시원하게 하며 가려운 일을 긁어드리는 일 뿐 아니라 여러 가지
방법들을 곡진히 하지 않은 것이 없었다. 음식과 일상생활의 일들은 반
드시 어머니의 보살핌을 거친 후에야 바로 할머니의 마음에 들었다. 간
혹 할머니 병의 증세가 위독해질 때면 곧 약을 달였고 죽과 미음을 쑤는
모든 자잘하고 수고로운 일들을 모두 몸소 부지런히 하셨고 옆에 있는
사람이나 종들을 시키지 않으셨다. 간혹 부엌에 들어가셔 직접 그릇을
닦았고 화로와 솥을 살피시며 스스로 땔감과 탄에 불을 지피셨다. 때로
는 친히 물을 긷고 절구질을 하셨는데, 비록 찌는 듯한 여름이나 눈보라
치는 겨울에도 밤낮을 가리지 않으시며 잠시도 그만두지 않으셨다. 이
때문에 얼굴이 누런 빛을 띠며 검게 되고[50] 손과 팔의 피부가 트고 동상

---

48 송규렴을 말한다.

49 송규렴의 어머니 순흥(順興) 안씨. 송규렴의 문집 『제월당집』권6에 송규렴이 쓴 <先妣
　贈貞夫人順興安氏行狀>이 실려 있다.

에 걸렸어도[51] 여전히 수고롭고 아픔을 알지 못하셨다. 할머니께서 진지를 드시지 않으면 간혹 하루종일 한 수저도 들지 않았고 할머니께서 주무시지 않으면 때때로 앉아서 다음날을 기다리셨다. 이와 같이 하기를 한 달에도 며칠씩, 한 해에도 몇 달씩 하셨다.

아버지께서 향촌에 사신 지 여러 해가 되어 집안이 비록 가난하였으나 힘써 맛있는 음식을 구하셨다. 어머니도 또한 뜻을 다하여 함께 할머니를 봉양하셔 한 가지 맛있는 음식을 구하면 할머니께 먼저 드렸고 할머니께서 다 드시면 기뻐하시면서 반드시 계속 드릴 수 있기를 생각했다. 간혹 할머니가 드시지 않으면 걱정하고 근심하기를 밤늦도록 하며 마치 잘못한 것이 있는 것처럼 하셨다. 그밖에 할머니를 받드는 도리와 뜻에 따르는 방법을 한 시라도 소홀한 적이 없었고 잠깐이라도 이를 생각하지 않으며 하루를 마친 적이 없었다. 할머니가 살아 계신 날이 수십년을 넘었는데 할머니가 돌아가시자 슬퍼하며 부르짖고 가슴을 쳐 옆에 있는 사람들이 차마 보지 못했다. 아침저녁 올리는 상식과 초하루와 보름에 제사음식을 올릴 때 그릇을 닦고 음식을 익히고 여러 도구들을 잘 준비하는 일을 매우 바르고 깨끗하게 하여 살아 계실 때 섬기던 것과 마찬가지로 하였다. 슬퍼 부르짖고 곡하는 소리는 제사 음식을 거둘 때 까지도 오히려 그치지 않았고, 눈물이 얼굴에 가득하였는데 시간이 가도록 오열하며 삼 년을 하루같이 하였다.

아! 사람의 자식과 부모는 하늘에 속하는 가까운 사이이지만 효를 다하기는 어려운데 하물며 며느리가 시어머니를 섬기는 것임에랴. 예나 지금이나 효로 이름을 남긴 사람은 손가락으로 그 수를 셀 정도이지만 그저 아무개 몇 명[52]에 불과하다. 그렇지만 자신을 수고스럽게 하고 힘을

---

50 이흑(黟黑) : 누른 빛을 뜬 검은 빛깔.
51 군촉(皸瘃) : 추위로 손발이 트거나 동창(凍瘡)을 입음.
52 약이인(若而人) : 아무개 또는 모모(某某)의 뜻이다.

다하면서 스스로를 돌볼 겨를도 없이 늙어서까지 정성스런 마음을 더욱
돈독히 한 사람은 어머니가 우리 할머니에게 한 것 처럼 한 사람은 아직
없을 것이다. 어머니의 기질은 평소 맑고 연약했는데 피로가 쌓여 몸이
상하는 데 이르렀고, 만년에는 고질병이 많았는데 이는 아마도 이런 일
들에서 연유한 것 같으니 이 어찌 더욱 슬프지 않겠는가?

어머니의 타고난 성품은 다른 사람들보다 뛰어나 맑고 밝으며 순수하
고 깨끗하였으며 곧고 조용하며 단정하고 점잖으셨다. 또한 어려서부터
가정의 예법과 가르침이 몸에 배어 있었다. 아버지를 섬기는 데에도 능
히 공경하고 삼가셨고 매사를 스스로 멋대로 하지 않았으며 감히 뜻을
거스르지 않아 집안이 화목하였다. 성품이 문자를 좋아하셔서 큰 뜻을
대략 알고 있어 『천자문(千字文)』을 입으로 불러 우리들에게 가르쳐 주셨
고 당나라 시 절구도 어머니가 풀어 해석하신 것을 따라서 가르쳐 주셨
다. 내가 어렸을 때 어머니 곁에서 책을 읽으면 번번이 기뻐하시며 걱정
을 잊으시고 나의 책 읽는 소리 듣는 것을 피곤해하지 않으셨다. 그러나
의로운 방법으로 가르치시며 또한 사랑한다고 하여 가르침을 그만두지
않으셔서 구차한 생각, 오만한 태도 등이 마음에 조금이라도 생겨 몸에 나
타나지 않게 하셨다.

내가 충주에서 목사로 있을 때 한 대관[53]이 나를 헐뜯는다는 말을 들
으시고 어머니께서 깜짝 놀라 내게 편지를 보내 말씀하시길,

"너는 관직에 있으면서 어찌 다른 사람의 말을 이르게 하느냐? 세상
의 도가 위태롭고 험한 것이 이에 이르니 비록 삼생의 봉양[54]을 받는다
해도 나는 영화로움을 알지 못하겠다. 관직 버리기를 마치 눈물과 침을

---

53 대관(臺官) : 조선시대 사헌부의 대사헌으로부터 지평까지의 관리 또는 사헌부 자체를
　　가리키는 말. 관리들을 규찰하고 풍속을 바로잡는 일을 주로 하였다.
54 삼생지양(三牲之養) : 소, 양, 돼지의 세 짐승으로 만든 음식. 관리가 되어 부모를 좋은
　　음식으로 봉양하는 것을 말한다. 『효경(孝經)』, <기효행(紀孝行)>장에 나옴.

버리는 것처럼 하는 것이 옳을 것이다. 어찌 구차하게 있을 수 있느냐?"
라고 하셨다. 내가 임기를 마치고 돌아오자 기뻐하셨으니 어머니의 마음
을 알 수 있었다.

정축년(1697)에 내가 주청사[55]가 되어 갑자기 연경으로 가게 되어 어
머니 슬하를 떠나 멀리 가게 되니 마음이 절박하였다. 그러나 어머니는
왕의 일을 견고히 하지 않을 수 없어[56] 바쁘다는 것을 아시어 단지 가는
길을 삼가고 사신의 일에 힘쓰라는 말씀으로 경계하셨다. 연경에 갔다
다녀오는 6, 7 개월 동안 스스로 마음을 여유롭게 하시며 지나치게 근
심하고 슬퍼하지 않으셨으니 어머니의 견식이 밝게 통달하심이 이와
같았다.

동서와의 사이에 정과 의리가 조화롭고 화목하여 함께 산 수십 년 동
안 이간질하는 말이 없었다. 비록 친형제 간에 지극히 사이 좋은 사람일
지라도 이보다 더하지는 못하였을 것이다. 그래서 사람들이 모두 감탄하
며 세상에 보기 드물다고 하였다.

종들을 다스림에 있어 적은 허물이 있으면 덮어주고 차마 밖으로 드
러내지 않으며 은혜와 사랑으로 다스리기를 힘쓰셨다. 그러나 만일 용서
하기 어려운 죄를 지으면 엄격하게 회초리를 치며 조금도 너그럽게 대
하지 않으셨다. 평생토록 담박하여 하고자하시는 것이 없었고 다른 사람
에게 요구하지 않았으며 말씀이 이익에 관한 것에 미치지 않으셨다. 아
버지께서 벼슬을 하실 때에는 청렴하고 검소하셨다. 매달 들어오는 월급
에 감해지는 것이 많았지만 어머니는 편히 여기시고 마음에 두지 않으
셨다. 세상에서 말하는 이른바 '사사롭게 경영하여 이자를 받는 등의 일'
은 오직 자신을 더럽힐까 걱정하시며 일체 끊어버리시니 관아가 숙연하

55 주청사(奏請使) : 중국 황제에게 청할 일이 있을 때 파견하는 사신.
56 미고(靡盬) : 『시경』 <국풍> '보우(鴇羽)'장의 구절 "肅肅鴇羽 集于苞栩 王事靡盬 不能
藝稷黍"의 일부. '王事靡盬'란 '왕사를 견고히 하지 않을 수 없다'는 뜻이다.

고 깨끗하였다. 임기를 마치고 돌아올 적에 꾸린 행장이 처음 그곳으로 갔을 때와 차이가 없었다.

집에 계실 때는 가난하고 소박한 대로 놔두시고 술, 음식, 바느질 외 다른 일은 마음에 두지 않으셨다. 매일밤 배롱으로 등잔불을 덮으시거나 혹 솔불을 태워 밝히고 하찮은 일이나 자잘한 일까지 하지 않으신 것이 없었다. 거친 밥, 나물국을 드시면서 편안하게 여기셨는데 안락함을 편하게 여기지 않으셨고 가난하고 궁색한 것을 고생스럽게 여기지 않으셨다. 가난함을 편안하게 여기며 도를 지키신 것이 실로 옛날 어진 군자의 풍도가 있었다. 사람들을 대하고 접할 때에 비록 매우 조화롭고 온순하였으나 말씀이 적으셨고 강직하고 바르셔 서로 마음이 맞는다고 하여 친하게 화합하는 모습이나 서로 즐거워하여 인자하게 보이는 태도를 목소리에 드러내 보이지 않았다. 솔직하게 마음가는대로 두시며 속과 겉이 투명하여 한 터럭도 교묘하게 거짓으로 행함이 없었다. 그리하여 사람들이 모두 공경하고 탄복하여 '여사(女士)'라고 칭찬하였다.

아! 어머니의 지극한 행실과 아름다운 덕은 이미 집안사람들에 신뢰를 얻었고 종당과 이웃 마을에도 드러났다. 이러하시니 건강하고 편안하게 즐거움을 누리며 오래사시며 하늘이 내린 복록을 누리는 것이 마땅하다. 그러나 어머니의 일생을 한 마디로 말하자면 남들은 영화와 부귀를 누렸다고 하겠지만 사실은 궁핍하고 검약하게 지내신 적이 많았다. 연세를 헤아려보면 고희에 이르셨으니 오래사시지 않은 것은 아니나 항상 고질병을 앓으셔 여러 차례 병석에 누워 계시는 고통을 겪으시고 끝내는 백년을 누리지 못하셨다. 이것이 하늘의 도에 도리어 유감스러운 것이고 우리 자식들이 지극히 애통해하고 한스럽게 여기는 이유이다.

어머니는 신사년(1701) 12월 초 2일에 돌아가셨으니 향년 70세이다. 처음에는 남포 남전리에 장사지냈다가 후에 묘자리가 좋지 않다고 하여 경인년(1770) 11월에 아버지의 묘소와 함께 공주 삼미천 동북쪽을 등진 언덕으로 옮겨 아버지의 왼쪽에 합장하였다.

2남 1녀를 낳아 기르셨으니 장남은 나 상기(相琦)이며, 둘째는 현감인 상유(相維)이다. 딸은 군수 이익명(李益命)에게 시집갔다. 내외의 손자, 증손자들은 이미 아버지 행장에 실려 있으므로 여기에 다시 적지 않는다.

무릇 부인의 행동은 규방 문지방을 넘지 않는다고 한다. 옛날 열녀전에 기록된 것들은 모두 보고 들은 것을 칭송하며 서술한 것이다. 지금 우리 어머니의 평소 행적 가운데 본받을 만하고 후세에 전할 만한 것들이 얼마나 많겠는가마는, 내가 변변치 못하여 어머니의 아름다운 열행을 모두 드러내 후세 사람들에게 밝히 보여줄 수가 없다. 이에 여기에 차례대로 엮은 글도 또한 덕의 만분의 일도 형용하지 못했으니 무엇으로써 이 끝없는 슬픔을 조금이나마 씻으며 불효의 죄를 속죄할 수 있겠는가? 아! 슬프다. 불초한 자식 상기가 피눈물을 머금고 삼가 씁니다.

> **해제** 이 글의 여성은 김광찬의 딸이며, 김수항의 누이로 1632년에 태어나 1701년에 죽었다. 송규렴과 결혼하였는데 이 글은 아들 송상기가 쓴 어머니의 행장이다. 이 행장에는 어머니가 시어머니 즉 송상기의 할머니 시집살이를 고되게 산 것이 다른 행장에 비해 잘 드러나 있어 흥미롭다. 김광찬, 김수항을 위시한 안동 김씨 집안은 남녀를 불문하고 17, 18세기 문집 자료에 많이 등장하고 있어 이 시기를 대표하는 집안 중의 하나임을 실감하게 한다.

이이명(李頤命) : 1658~1722. 본관은 전주, 자는 지인(智仁) · 양숙(養叔). 호는 소재(疎齋). 세종의 아들 밀성군의 6세 손으로 영의정 경여(敬輿)의 손자이자 대사헌 민적(敏迪)의 아들이며, 어머니는 의주부윤 황일호의 딸이다. 작은아버지 지평 민채의 양자로 들어갔다. 1680년 별시문과에 을과로 급제하여 홍문관 정자로부터 벼슬살이를 시작하였다. 1689년 기사환국을 당하여 영해로 유배되었다가, 뒤이어 남해로 이배되는 곤욕을 치르기도 하였다. 유배생활 5년 만에 이른바 갑술옥사가 일어나 호조참의로 조정에 돌아온 뒤, 승지를 거쳐 1696년 평안도관찰사로 탁임(擢任)되었지만, 늙은 어머니의 병을 칭탁하여 극구 사절하고 강화부유수로 나갔다. 그러다가 2년 만에 대사간이 되어 돌아왔으나 이번에는 형 사명(師命)의 죄를 변호하다가 다시 공주로 유배되었다. 이듬해 2월 유배가 풀리기는 하였으나 2년 동안 기용되지 못하고 있다가 1701년 예조판서로 특임되었고 이어 대사헌 · 한성부판윤 · 이조판서 · 병조판서 등을 역임하다가 1706년 우의정에 올랐다. 1708년 숙종의 신임을 한 몸에 받으면서 좌의정에 올라 세제의 대리청정을 추진하다 실패하여 다시 남해로 유배되기 까지 15년 동안을 노론정권의 핵심적 존재로 활약하였다. 1721년 세제의 대리청정이 실현되려다가 실패하자 이를 주모한 김창집 등과 함께 관직을 삭탈당하고 남해에 유배되어 있던 중 목효룡의 고변으로 이듬해 4월 서울로 압송, 사사되었다. 공주에 우선 안장되었다가 1725년 복작되면서 임천 옥곡에 이장되었고, 영조의 지시로 한강가에 사우가 건립되었다. 저서로는 시문을 엮은 『소재집』 20권 10책이 전하고 『양역변통사의』와 『강역관계도설』 『강도삼충전』 등이 있다. 시호는 충문이다. *참고문헌 : 『숙종실록』 『경종실록』 『영조실록』 『연려실기술』 『소재집』 『조선후기당쟁사연구』.

강빈의 신원를 아뢰는 글
姜嬪伸理議

　당시의 일은 이미 궁궐에 관계되므로 바깥 사람들이 상세히 알 수 있는 것이 아닙니다. 그러나 삼가 효종(孝宗)의 하교를 보건대, 죽은 신하 송시열(宋時烈)[1]과 민정중(閔鼎重)[2] 같은 사람은 이렇게 된 사유를 알고 있었고 따라서 측은하게 여기는 뜻을 일찍이 잊지 않았음을 알 수 있습니다. 더구나 말한 자를 너그러이 용납하여 죽은 사람을 깨끗하게 신원시켰으니, 또한 성스런 왕조의 덕스러운 뜻이 진실로 성상의 하교와 같았다는 것을 헤아릴 수가 있습니다. 바깥의 물정으로 말씀드리면, 70년 이래 공의가 민멸되지 않았지만 억울하고 원통한 사정을 풀어주지 못하였으므로 아직도 슬프고 애처로워하는 뜻이 있습니다. 그러나 특별히 나라의 금령이 엄하고 두려웠기 때문에 다시 이것을 말하는 자가 없었던 것입니다.

　이제 성명께서 마음으로 분명히 결단하여 추후 신원시킬 것을 생각하였는데 그 간절하고 측은하게 여기는 말의 취지[3]가 임금의 전교에 밝

---

1 송시열(宋時烈) : 1607(선조40)~1689(숙종15). 자는 영보(英甫), 호는 우암(尤庵). 본관은 은진(恩津)이다. 충청북도 옥천(沃川) 출생으로 아명은 성뢰(聖賚)였다. 김장생(金長生)·김집(金集) 부자의 문인으로 성리학과 예학을 배웠고, 1633년(인조 11) 생원시에 장원으로 합격, 경릉참봉(敬陵參奉)을 거쳐 1635년 봉림대군(鳳林大君)의 사부(師傅)가 되었다. 병자호란 때 소현세자와 봉림대군이 심양으로 잡혀간 뒤 낙향하여 학문에 전념하였다.

2 민정중(閔鼎重) : 1628~1692. 본관은 여흥(驪興), 자는 대수(大受), 호는 노봉(老峯). 송시열의 문인으로 1649년에 정시문과에 장원하여 성균관전적으로 벼슬에 나아가, 예조화랑·세자시강원사서가 되었다. 직언으로 뛰어나 사간원 정언·사간에 제수되고 홍문관수찬·교리·응교·사헌부집의 등을 지냈다.

3 사지(辭旨) : 말이나 문장의 취지.

게 드러났으니, 이것은 진실로 성대하고 덕스러운 일입니다. 조정에 있는 신료들로서는 어찌 이의가 있을 수 있겠습니까? 그렇지만 선조에서 처분하신 것이어서 일의 본체가 지극히 엄중하니 아랫사람들이 감히 가볍게 마땅한지의 여부를 의논할 수 없습니다. 성명께서 깊이 헤아려 처리하셔서 큰 일이 마땅함을 얻게 하십시오. 엎드려 임금님의 재가⁴를 바랍니다.

해제   강빈을 신원하자는 논의는 숙종조에 이르러 본격적으로 제기되기 시작한다. 숙종은 대신(大臣)과 2품 이상과 삼사(三司)를 불러 빈청(賓廳)에 모이게 하여 강빈(姜嬪)을 신원시킬 일을 의논하게 하였다. 판중추부사(判中樞府事) 이유(李濡)·서종태(徐宗泰), 영의정 김창집(金昌集), 판중추부사 이이명(李頤命), 우의정 조태채(趙泰采) 등이 이 일에 관해 아뢰었는데 이 글은 이이명이 아뢴 글이다. 숙종은 신료들의 말을 들어 하교하기를, "이번 여러 신하들이 헌의(獻議)한 데에서 공의는 대동(大同)한 것임을 알 수 있었다. 수의(收議)가 모두 도착한 뒤에 바야흐로 처분하겠다."라고 하였고, 이어 강빈을 복위하였다. (숙종실록 44/03/28(정축) 기사에 보인다)

---

4 상재(上裁) : 임금님의 재가(裁可).

민회빈 강씨를 소현세자의 묘에 부장하는 것에 대한 의
愍懷嬪姜氏移祔 昭顯墓議

제가 이 의를 처음 낼 때 앞자리에 들어가 고한 것은 특별히 여러 사람들과 낭송하고자 해서입니다. 성상께서 마침내 무덤을 옮겨 부장할 것을 허락하신 일은 진실로 이치와 인정이 모두 편안하게 여기는 바입니다. 그 당시 임금님의 반교가 측달을 반복하니 이미 마음에 생각하신 것이 있어서입니다. 지금 여러 신하들의 의견을 물어 다시 내리신 명교를 보니 임금님의 배려가 매우 세심하고 삼가 깊은 정성이 묻어나 신과 사람을 감동시킬 만합니다. 돈독하고 걱정하는 지극한 뜻은 진실로 심상함에 크게 벗어난다고 할 만합니다. 비록 그러하지만 일찍이 신묘에 고하고 황천의 일을 바라는 것이 어찌 가슴에 맺히지 않겠습니까? 진념한 은혜는 지금 또 이에 이르렀습니다.

대개 땅 속의 일은 측정하기 어려워 일반 사대부들이 형편에 밀려 오래된 무덤을 여는 경우 다행히 아무런 일이 없기도 하지만 그래도 대부분이 후회스러움을 이기지 못합니다. 이러한 일은 진실로 왕가의 예에 비교해서 논할 것은 아닙니다. 지금 성지를 따라 삼가 나라에서 이미 행한 것을 보니 왕후의 여러 능을 모두 반드시 부장하지는 않았습니다. 다만 소릉은 재궁을 다시 열어 선릉에 이장하여 부장하였습니다. 그 다음에 정, 사 두 능은 단지 고치고 봉축했을 뿐입니다. 모두 이장하여 부장하는 의는 없으니 이로 논한다면 원묘가 멀고 오래되어 그런 것이니 또어찌 반드시 한이 되겠습니까? 그러니 신이 일찍이 깊이 생각한 것입니다. 큰 죄는 실로 피할 길이 없습니다. 밝은 명교가 내려졌는데 또 어찌 감히 의를 받으시겠습니까? 엎드려 임금님께 올립니다.

해
제
강빈을 소현세자의 묘로 옮겨 합장하자는 논의에 대해 당시 상반된 입장이 있었다. 이이명은 합장을 반대하는 입장에 섰다. 개장하는 것은 중대한 일이라 함부로 할 수 없다는 것과 왕후의 능을 모두 부장하지는 않는다는 일반적인 관례에 따라야 한다는 것이 그 이유였다.

세자빈의 복중에 진하[5]할 때 음악을 연주하는 절차에 대해 아뢰는 의
世子嬪服中陳賀用樂議

예전의 예에는 기년[6]이나 대공[7]의 복(服)을 입으면 음악을 듣지 않았습니다. 성상께서 이미 고례를 회복하시어 복제를 기년으로 준용하셨으니 지난날 30일 만에 복을 벗었던 때와는 같지 않습니다. 종묘와 사직[8]과 군빈의 예같은 것은 중요한 것이 저에 있으니 금석과 요고를 진실로 폐해서는 안됩니다. 궁전에 가서 축하를 받는 일에 이르러서는 일이 임금님께 달려 있으므로 현헌 고치는 일어나지 않게 될까 걱정스럽습니다.

옛날 주나라 경왕이 아들 상에 장례를 마치고 연회를 베풀자 숙향[9]이 비난하였으며, 진(晉)나라 평공이 경상(卿喪)이 당(堂)에 있는데도 음악을 연주하자, 두궤[10]가 풍자하였으니, 옛날 사람들이 이미 그것을 의론 삼았습니다. 예관(禮官)이 의심스럽게 여겨 다시 임금님께 아뢰는 것은 실로 인정과 예의에 합당합니다. 삼가 임금님의 재가를 바랍니다.

---

5 진하(陳賀) : 나라에 경사가 있을 때에 관원(官員)이 글을 올려 하례하는 일.
6 기년(期年) : 장기와 부장기를 일컬어 기년이라 함. 장기는 복제의 한 가지로서 상장을 짚고 자최(齊衰)를 1년 동안 입는 복이다. 조부가 생존하는데 조모가 죽었을 경우와 嫁母·出母·庶母 상사에 있다. 부장기는 五服의 하나로 자최만 입을 뿐 상장은 짚지 않고 복은 만 1년을 입는다.
7 대공(大功) : 오복의 하나. 대공친(大功親)의 상사에 9개월 동안 입는 복제(服制). 대공복.
8 묘사(廟社) : 종묘(宗廟)와 사직(社稷).
9 숙향(叔向) : 진(晉)나라 양설힐(羊舌肸)의 자.
10 두궤(杜蕢) : 진(晉)나라 도궤(屠蕢)의 다른 이름.

해
제   예조(禮曹)에서 세자빈의 복중에 진하(陳賀)할 때 음악을 연주하는 절차
를 임금께 아뢴 일이 있었는데 이에 임금이 대신에게 의논하도록 명하
였다. 당시 판중추부사였던 이이명이 이에 관해 올린 글이다. 당시 숙종은 이이
명의 의논에 따라 음악을 연주하지 못하게 하였다. 숙종실록 44/07/06(계축) 기사
에 보인다.

외할머니 정경부인 이씨 묘지
外王母貞敬夫人李氏墓誌

　아아! 우리 외할머니 정경부인 전주 이씨가 수를 누리고 돌아가셔 외
갓집 형제들이 장례를 갖추어 장사지냈다. 나의 어머니께서 이부인의 덕
스러움과 아름다움을 서술하지 못했음을 슬퍼하시고 후세에 모범을 드
리우지 못할 것을 걱정하셔 손수 평소의 언행을 기록하여 조카에게 주
고 이명에게 문자로 엮도록 명하셨다. 외갓집의 여러 형제들 또한 강력
하게 권했지만 이명은 스스로 재주가 없고 언어가 졸렬하고 유치해 전
할 만하지 못하다고 생각해 명을 받아놓고 오랫동안 감히 완성하지 못
했다. 그런데 이제 신에게 죄를 입어 갑자기 상을[11] 당했다. 이로 인해
맡은 바를 이루지 못해 영원히 남기신 뜻을 저버릴까 걱정이 되어 이에
어머님이 기록해놓은 것과 형제와 친척들의 말을 참조하여 삼가 무덤의
지를 짓는다. 그동안 내 재주가 거칠어 글로 삼을 수 없어 사양한 것이
지 다른 뜻이 있었던 것은 아니다. 다만 외람되이 혹자가 친척의 사사로
움을 의심할까 이것이 걱정이 된다. 예에 이르길, "부인의 행실은 문지방
을 넘어가지 않는다."라고 하였다. 그리고 근래 동관의 기록도 오랫동안
없어졌고 중첩해서 전하던 것도 전해지지 않으니 부인의 덕은 자손이
보고 기록한 것이 아니면 누구에게 의지해 전할 수 있겠는가? 게다가 어
머님은 온화하고 공경하며 맑고 명철하셔 보고 느껴 기록하신 것은 사
실의 기록이다. 이명과 여러 형제 모두 할머니를 섬긴 것이 어릴 때[12]이
후로 수 십 년이니 어찌 마음에 개인적으로 아는 것이 없을 수 있겠는

---

11 대고(大故) : 부모의 상(喪), 혹은 죽음의 범칭.
12 성사(省事) : 어릴 때. 유년시대.

가? 그러나 지금 감히 한 마디라도 과장하여 조상을 속이는 죄를 범하겠
는가?

외갓집의 가승을 살펴보니 부인은 왕족 출신이시다. 우리 태종대왕의
큰아들이신 양녕대군 이제는 오태백과 중옹의 절개[13]가 있었다고 한다.
4세를 지나 이린이라는 분은 판서를 추증 받았고 이원우는 벼슬이 현감
에 이르고 찬성을 추증 받았다. 이 분이 부인의 고조와 증조이시다. 할아
버지 이곡은 벼슬이 군수에 이르렀다. 아버지 이광후는 현감을 지냈다.
어머니 안산 김씨는 부호군 김취경의 따님이다. 부인은 17세에 우리 외
할아버지 부윤 황공에게 시집오셨다. 할아버지 황일호[14]의 자는 익취이
고 호는 지소이다. 종주의 의리가 있어 청나라에 포로로 잡혀가 해를 당
하셨는데 중정 신사년(1641)의 일이었다.[15] 인조께서 할아버지가 억울하
셨으나 구하지 못함을 슬프게 여기셔서 대부인과 부인이 돌아가실 때까지
녹봉을 주셨다. 부인은 이미 정부인에 봉해졌는데 나중에 조정에서 그
의리를 추넘하여 부윤공에게 정경[16]을 추증하였다. 또 장남 윤(玧)은 이
상을 더하여 추증 받았다. 부인 또한 봉작을 따라 정경부인이 되었다.

부인은 3남 3녀를 길렀다. 장남 윤은 늦게 문과에 급제해 벼슬이 승지
에 이르렀는데 부인보다 2년 앞서 죽었다. 둘째 숙은 약관의 나이에 죽
었다. 다음은 진인데 학행으로 제랑에 천거되었지만 벼슬하지 않다가 30

---

13 태백(泰伯)은 태왕(太王)의 장자. 태왕이 막내아들인 계력(季歷)에게 뜻을 두고 그의 아
들 창(昌)에게 왕위가 돌아가기를 바라자 동생인 중옹(仲雍)과 형만(荊蠻) 땅으로 도망
갔다. 『사기(史記)』 권4, 13.

14 황일호(黃一皓) : 1588(선조 21)~1641(인조 19). 본관은 창원(昌原). 자는 익취(翼就),
호는 지소(芝所). 원(瑗)의 증손으로, 할아버지는 대수(大受)이고, 아버지는 척(𣲖)이며,
어머니는 강백룡(姜伯龍)의 딸이다. 큰아버지 신(愼)에게 입양되었다. 좌찬성에 추증되
었으며, 시호는 충렬(忠烈)이다.

15 1638년 의주부윤으로 있을 때 명나라를 도와 청나라를 치고자 최효일(崔孝一) 등과 모
의하다가 그 사실이 발각되어 1641년 청나라 병사에게 피살되었다.

16 정경(正卿) : 상대부(上大夫) 중에서 선발되어 정치에 참여하는 사람. 조선시대 정이품
이상의 벼슬 아치.

세에 죽어 온 세상이 슬프게 여겼다. 죽은 후에 지평에 추증되었다. 큰딸
은 바로 나의 어머니이신데 아버님 대사헌 이민적[17]에게 시집오셨다. 둘
째 딸은 참판을 지낸 이선에게 시집갔고 다음은 청성부원군 김석주[18]에
게 시집샀나. 윤은 처음에 군수 오달전의 딸에게 장가들어 1남 1녀를 낳
았다. 아들은 하영령이고 딸은 군수 조귀상에게 시집갔다. 두 번째는 윤
모의 딸에게 장가들고 세 번째는 김성발의 딸에게 장가들어 딸 하나를
낳았는데 박태규에게 시집갔다. 숙은 강아무개의 딸에게 장가들었는데
아들이 없어 진의 아들인 하민을 후사로 삼았다. 진은 처음에 군수 김천
석의 딸에게 장가들었고 두 번째는 군수 송희업의 딸에게 장가들어 3남
1녀를 두었다. 아들은 하신과 하민, 하필 진사이다. 딸은 주부 홍치상에
게 시집갔다. 우리 아버님은 4남 3녀를 두셨다. 사명[19]은 급제하였다. 부
명과 이명은 판서이고, 익명이 있다. 딸은 김만견에게 시집갔고 둘째 딸
은 결혼하기 전에 죽었다. 다음은 참봉 김도제에게 시집갔다. 이선은 3
남 1녀를 낳았다. 아들은 성휘·창휘·장휘인데 모두 진사이다. 딸은 부
솔 홍우녕에게 시집갔다. 김석주는 아들 하나를 두었는데 도연 좌랑이
다. 기사년의 화에 이사명과 김도연은 모두 명을 다하지 못하고 죽었다.

부인은 만력 을사년(1605) 8월 23일에 태어나 금상 경오년(1690) 12월
12일에 돌아가시니 향년 86세였다. 신미년(1691) 2월에 손자 하영 등이

---

17 이민적(李敏迪) : 1625(인조 3)~1673(현종 14). 본관은 전주(全州). 자는 혜중(惠仲), 호
는 죽서(竹西). 아버지는 영의정 경여(敬輿)이며, 어머니는 풍천임씨(豊川任氏)로 별좌
(別坐) 경신(景莘)의 딸이다. 작은아버지 정여(正輿)에게 입양되었는데, 양모는 파평 윤
씨(坡平尹氏)로 대사간 황(榥)의 딸이다.

18 김석주(金錫冑) : 1634(인조 12)~1684(숙종 10). 본관은 청풍(清風). 자는 사백(斯百),
호는 식암(息庵). 강릉참봉 홍우(興宇)의 증손으로, 할아버지는 영의정 육(堉)이고, 아버
지는 병조판서 좌명(佐明)이며, 어머니는 오위도총부도총관(五衛都摠部都摠管) 신익성
(申翊聖)의 딸이다.

19 이사명(李師命) : 1647(인조 25)~1689(숙종 15). 자는 백길(伯吉), 호는 포암(蒲菴). 대
사헌 민적(敏迪)의 아들이다. 문장과 시재가 뛰어난 석학이었으나, 당쟁에 깊숙이 관여
한 탓으로 유배지에서 비명의 최후를 마쳤다.

할아버지의 무덤을 옮겨 부여 몽도촌 뒤에 합장하였는데 땅이 불리해 모년에 또 모지의 모방향의 언덕에 이장하여 하관하였다.

부인은 어렸을 때부터 지극한 성품이 있었다. 어머니 김씨가 일찍이 오랫동안 병을 앓았는데 부인이 밤낮으로 병간호를 하며 3년 동안 옷을 벗지 않았다. 현감공이 매우 칭찬하며 말씀하시길,

"비록 옛날에 효로 소문난 사람이라도 어찌 이 딸보다 더할 수 있겠는가?"

라고 하시며 눈물을 흘리셨다. 한번은 부인이 손수 옷 한 벌을 지었는데 여동생이 갖고 싶어하자 바로 벗어서 입혀주며 곤란한 표정을 보이지 않았다. 부모님이 시험 삼아 물어보기를,

"너는 다른 옷을 마련할 형편이 되지 않는데 어찌하여 주었느냐?"

라고 하자 대답하기를,

"형제의 몸은 한 가지입니다. 동생이 입은 것이 어찌 제가 입은 것과 다르겠습니까?"

라고 하였다. 김부인께서 곤범이 있어 여러 딸을 바르고 순종함으로 가르쳤다. 부인이 황씨 집안에 시집올 때 어머니 김부인이 훈계하는 글을 써서 주고 또 수건에 경계하는 말을 지어 옷에 달아주었는데 부인은 깊이 이 가르침을 새겨 밤낮으로 경계하기를 게을리 하지 않았다. 어려서 친부모님을 섬기던 것을 시부모님을 섬기는 데 옮겼다. 사부인이신 강부인은 일찍 과부가 되고 오래 병을 앓았는데[20] 부인은 시집 온 지 3일 만에 정성을 다해 보살펴드렸다. 무릇 옷과 음식 장만 같은 일들을 반드시 원하시기 전에 미리 준비해 명이 있으면 바로 바쳐 어머님이 경계하신 것에 꼭 맞게 하였다. 강부인이 매번 탄식하여 말씀하시길,

"어진 며느리의 이러한 지극한 행실이 후세에 이어지면 황씨 집안은

---

20 침면(沈綿) : 병이 낫지 않고 오래 끎.

창대할 것이다."

라고 하였다. 황씨 집안은 진실로 위대한 가문이라 위로 두 집안의 제사를 받들었다. 할아버지는 이미 조정에서 벼슬을 하셔서 빈객이 항상 집안에 가득했나. 또 친척들과 친하고 의를 좋아하며 재불을 가볍게 여기고 베푸는 것을 좋아하여 친척 가운데 와서 의지하는 사람들이 많았고 도움을 청하는 사람 또한 여러 명이었다. 부인은 어린 나이에 집안을 맡았는데 능히 집안 살림을 다스리고 집안사람을 부렸다. 힘을 다해 봉양하며 일찍이 궁핍하고 부족하다는 말을 하지 않았다.

신사년(1641)에 강부인이 항상 병상에 계셨는데 부인은 애통함을 머금고 슬퍼하여 좌우에서 모시며 평일과 다름이 없었다. 상을 당하여 수의와 관을 몸소 검소하게 마련하여 보내는 예를 치르는 데 스스로 다하지 않은 것이 없었다. 더욱이 제사하는 예를 돈독히 하여 매번 제사를 지내는 날이면 친히 제기를 닦고 음식을 마련해 아침이 될 때까지 자지 않았다. 제사에 임하여 소식하는 것을 늙어서도 계속하였다. 항상 자손들에게 경계하여 말씀하시길,

"제사지내는 날 밤에 방심하여 자느라고 제사 지내는 시간을 놓친다면 제사를 지내지 않는 것과 같다."

라고 하셨다.

또 말씀하시길,

"내가 다른 집에서 자손들에게 밭과 재산을 나누어 주는 것을 보니 각자에게 나누어 주는데 제사를 돌아가며 지내는 것은 예가 아니다. 또 멀고 가깝고에 따라 제사를 지내는데 예에 따르지 않는 경우가 많다. 우리 집의 제사를 지내기 위한 밭과 사람을 내가 감히 마음대로 옮길 수 없다."

라고 하였다.

자손들이 이러한 뜻을 알아 모든 제사를 종자가 주관하고 다른 자손

들이 나누어 지내지 않게 하였다.

　강부인의 부모님이 후사가 없고 서손이 가난하여 의지할 데가 없어 제사를 때에 맞춰 지내지 못하고 무덤에 비석과 묘표도 없었다. 부인은 이들을 위해 밭을 나누어 주고 배우자를 골라 장가보내주었으며 매년 제수 용품을 보내 주고 글을 새겨 묘석을 세우게 하였다. 미망인이라고 칭한 다음부터 상을 마칠 때까지 죽을 먹었으며 60세 이전에 일찍이 반찬을 갖추어 음식을 올리지 않았다. 옷은 담박하고 간소했으며 사람과 더불어 잔치를 벌이지 않았다. 자손 가운데 과거에 합격한 경사가 있어도 또한 잔치를 벌이는 것을 허락하지 않아 장남이 감히 술을 올리는 것[21]을 청하지 못했다.

　신해년(1671) 홍천에 있을 때 이웃마을의 수령이 술자리를 베풀어 생신을 축하하고자 하였으나 부인이 사람을 시켜 사양하며 말씀하시길,

　"나의 삶은 재앙을 겪은 여생이고 본래 화려한 일을 좋아하지 않는다. 이웃 마을에 피해를 주면서 어찌 편안함을 받을 수 있겠는가? 게다가 흉년이 들어 임금님께서도 아끼시는데 고을에서 사사로이 잔치를 베풀 때인가?"

라고 하니 그 수령이 부끄럽게 여기며 그 말씀을 받아들였다. 예의로 스스로를 지키는 것이 이와 같았다. 전부인 이씨에게 딸이 하나 있었는데 진사 신경의 처가 되었다. 부인은 그 딸이 어머니 없는 것을 불쌍히 여겨 더욱 돌아보고 돌봐주며 출생을 따지지 않았다. 신공이 아내를 잃은 다음에도 더욱 은혜에 감격하여 정성스럽게 예로 대하기를 그치지 않았다. 생질인 검추 심억 형제와 족질 정휴 또한 부인의 의로움을 사모하여 어머니처럼 사랑을 쏟았다. 할아버지의 서누이 둘이 시집을 가지 않았는데 부인이 매우 극진히 보살펴 주어 보는 사람들이 모두 말하길,

---

21 헌수(献壽) : (환갑잔치 등에서) 장수를 비는 뜻으로 술을 올림.

"이 아이는 마땅히 그 복을 덜어 주어야 할 것이다."
라고 하였다.

그들이 시집을 갈 때 혼수[22]를 넉넉히 해주었고 서족의 며느리 가운데 어리고 의탁할 곳 없는 사람들을 모두 돌봐주어 시집보내주고 늙어서 돌아갈 곳이 없는 사람들을 집에 데리고 와 거두었으며 죽으면 장사지내주고 제사를 올려 주었다.

오산군 부인은 바로 강부인의 시누이인데 70이 되어도 아들이 없었다. 부인이 매일 생활을 묻고 작은 것이라도 나누어 주며 친부모 섬기는 것처럼 봉양하였다. 큰 재앙을 당한 이후로 궁벽한 시골에 살았는데 집안이 더욱 낙후해져 부인이 손수 마를 집고 친히 힘든 노동을 하였다. 종들이 농사일을 다스리도록 일을 맡기고 제사와 음식 마련하는 일 등은 여러 친척들에게 나누어 주어 은혜와 의로움이 더욱 깊어 와서 의지한 친척이 할아버지가 살아 계실 때와 똑같았다.

자손들을 가르칠 때는 순순히 예와 의로써 권면하고 일찍이 사랑한다고 하여 잘못을 덮어두지 않았다. 허물이 있으면 지극한 정성으로 인도하여 허물을 고친 다음에야 그만 두었다. 비록 꾸짖지는 않았으나 자손들이 엄한 아버지처럼 공경하고 경외하였다. 막내 아들 참봉공이 어려서 아버지를 잃자 부인이 그가 공부를 하지 않는 것을 슬프게 여겨 스승을 따라 멀리 가서 공부하도록 하여 뜻한 바를 성취하게 하였다. 자손 가운데 일찍 출세한 사람이 있으면 반드시 얼굴에 걱정하는 빛을 보이시며 늦게 이루어지는 두려움에 대해 깊이 경계하셨다. 외손자 이사명이 공운으로 이름을 날려 일세에 갑자기 귀해지자 부인께서 원훈 청송공에게 편지를 보내 군자가 사람을 사랑하는 덕으로써 권면하시니 그 뜻은 한위공과 소문충과 같은 관계를 보이고자 하신 것이다. 청성이 그 편지를

---

22 자송(資送) : 혼수 또는 세간을 장만하여 보냄. 또 그 물건.

친구에게 보여주면서 말하길,

"부인이 어찌 이와 같은 견식을 갖고 계신가?"

라고 하였다.

종에게 일을 맡길 때는 엄격하면서도 사리에 맞게 하고 은혜로 감쌌으며 우열에 따라하였다. 잘못을 묻지 않았고 배고픔과 추위를 반드시 살피셨기 때문에 비록 힘들고 가난한 때를 지날 때도 종들이 결코 원망하거나 배반하는 마음을 품지 않아 그들의 충심과 힘을 얻은 것이 많았다. 부인의 상을 당한 후에 슬프게 그리워하다가 병이 나 죽는 자도 있었다. 또 다른 사람을 포용하는 넉넉함이 있어 다른 사람이 혹 나의 은혜를 잊고 도리어 덮어 버리는 자가 있다고 하여도 깊이 화내지 않았다. 다른 사람의 곤란함을 급히 처리해 주어 마치 자신에게 상심함이 있는 것처럼 여겼고 배고프거나 아픈 사람이나 재앙을 당한 사람을 보면 반드시 힘써 구제해주었다. 비록 오랫동안 저녁밥을 하지 못할 정도로 가난하거나 옷을 갖추지 못해도 또한 그런 사정은 살피지 않았다. 부인의 정신은 세심하고 밝았으며 견식이 높고 분명했다. 학식과 견문이 [23]다른 사람보다 뛰어났으며 일을 맡아 시비를 분별하는데 스스로 이치에 맞았다. 사람들이 혹 고금의 치란과 득실에 대해서 물으면 그 처음을 듣고 마지막을 추론하였다. 옳고 그름과 의로움과 이로움을 분별하고 판단하는 것이 마치 눈앞의 일을 보는 것처럼 명료하였다. 자손의 오래살고 일찍 죽음, 궁하고 달함을 말씀하였는데 후에 들어맞은 것이 많았다. 항상 말씀하시길,

"아이가 어릴 때[24] 이미 그 사람됨을 볼 수 있다."

라고 하셨다.

---

23 감식(鑑識) : 학식과 견문.

24 해제(孩提) : 이제 물건을 들었다 놓았다 할 줄 아는 정도 나이의 어린 아이. 2~3세 무렵.

일찍이 한 부인이 구슬과 조개를 잃어 버렸는데 동서의 옷에서 찾았다. 부인이 의심하면서 말씀하시길,

"도둑질 하는 것은 진실로 나쁜 일이다. 그러나 도둑질 했다는 것을 드러내는 것은 도둑질하는 것보다 더 나쁘다."
라고 하셨다.

그 부인이 동서를 해코지 하려고 몰래 동서의 옷 속에 구슬과 조개를 넣어 두었다가 가서 찾아내고 도둑질 한 사실을 드러내었는데 나중에 과연 패란을 범하는 죄를 지었다고 한다. 그 사건을 보고 실정을 알아내는 것이 이와 같음이 많았다. 이 때문에 형제 자손들 가운데 벼슬을 맡은 사람들이 반드시 의심난 일을 묻곤 했다. 평소 무당을 좋아하지 않아 무당을 독실하게 믿는 사람을 보면 반드시 가르치며 말씀하시길,

"떠도는 혼과 원한에 맺힌 귀신이 흩어지지 않고 무당에게 내린 것이니 능히 사람의 말을 하여 사람의 복과 화를 의심하지 않도록 말하는 것이다. 이들은 다만 이미 지난 일은 알 수 있지만 미래의 일은 알지 못한다. 내가 일찍이 시험해 본 적이 있다. 손으로 모래와 콩 같은 것을 한 움큼 쥐고 물어보자. 내가 그 숫자를 알면 저도 능히 알 것이오. 내가 알지 못하면 저도 또한 맞추지 못할 것이다. 대개 이미 자취가 있는 일은 사람의 마음에 있어서 조금이라도 알 수가 있다. 그 나머지는 아직 믿을 만하지 못하다."
라고 하였다. 그 바르게 알아 미혹하지 않음이 또 이와 같았다. 부인이 7, 80세 이후에 매일같이 일찍 일어나 머리 빗고 세수하였으며 아프지 않으면 일찍이 걸터앉거나 누운 적이 없다. 거처하는 곳이 숙연하였고 드시는 것은 담박하였으며 편지는 반드시 직접 쓰셨고 사람을 접대하는 것을 게을리 하지 않았다. 눈빛은 맑고 어둡지 않았으며 말씀하시는 것은 정확하고 간결하였고 항상 황발과 치아가 건강한 것을 축원하였다. 장남을 잃은 다음부터 정신과 기운이 날로 쇠해져 오래지 않아 돌아가

셨다.

아! 하늘이 이미 부인에게 밝은 덕을 주시고 또 장수함을 주셨으나 다
만 여러 재앙을 만나게 하셨다. 남편을 잃은 것이 천고에 맺혔는데 두
아들의 어짊과 효성스러움으로 끝까지 봉양하지 못하게 하였다. 두 손자
의 화 또한 생전에 참혹함을 당했으니 어찌 풍성하게 주고 궁벽한 명을
주었는가? 어찌 운수가 변하여 주는 듯하면 거두어 보답하고 베푸는 일
을 하늘이 잊지 않았는가? 이른바 보시하는 이치는 조금 있다가 없어진
다고 한다. 그 설자가 말하길,

"하늘의 도는 선한 사람에게 복을 주고 나쁜 사람에게 죄를 준다고
하였다."

또 말하길,

"하늘은 돕는 자에게 순하다."

라고 하였으니 진실로 이 말은 부인과 같이 효성스럽고 순하며 자애롭
고 명철한 자는 마땅히 백록을 받아 그 후세에 까지 창대하여야 하는 것
이다. 그런데 50여 년간 쓰고 독한 고난을 주어 애통하고 원망스럽게 근
심하게 하다가 그 생을 마치게 하였으니 착한 사람에게 보답하는 것이
과연 이러한 것인가? 그러나 홍범구주[25]에서 복을 말할 때 오래 사는 것
을 우선으로 하고 덕을 좋아하는 것을 중요하게 여긴다. 아! 부인의 연세
는 오래 살지 않았다고 할 수는 없다. 부인의 덕행은 오직 덕을 좋아한
것이니 부인에게 있어 오복은 제일 먼저의 것과 중요한 것을 얻었다고
할 수 있다. 지금 하늘이 부인에게 향하여 비록 오복을 다 베풀지는 않
았으나, 또 들으니 덕이 있어 그 당대에 복을 받지 못한 것은 하늘이 반
드시 그 후세에게 보답한다고 한다. 정해진 이치가 과연 이루어질까? 아
아! 슬프다.

---

25 기주(箕疇) : 기자가 지었다는 홍범구주(洪範九疇).

이이명의 외할머니 정경부인 이씨 부인의 묘지이다. 부인은 이광후와 안산 김씨의 딸이다. 이씨 부인의 남편은 황일호인데 황일호는 청나라에 포로로 잡혀갔다가 죽었다. 이씨 부인은 미망인이 된 후에도 시집 식구들을 보살피고 정성껏 제사를 모시며 자식들을 엄격하게 교육시켰다. 이 글에는 종자가 제사를 전담하게 되고 아울러 재산 상속도 종자에게 집중되는 상황이 드러나 있다. 이씨 부인의 묘지명은 이이명의 어머니가 기록한 언행을 바탕으로 이이명이 작성하였다.

정부인 김씨 묘지명
貞夫人金氏墓誌銘

기해년(1719) 중양에 연안 이동보가 그의 아내를 곡하는 글을 지어 나에게 보여주며 말했다.

"이것을 보면 우리 부부의 평생을 모두 알 수 있을 것일세. 장차 10월 초에 용인의 모현리 선산 옆 동남쪽을 등진 언덕에 장사지낼 것이네. 그대는 나를 위해 묘지명을 지어주고 아내의 혼을 위로해주게."
라고 하였다.

그 글은 다음과 같다.

"당신이 처음 우리 집에 들어왔을 때 녹거[26]를 끌고 함께 시골에 돌아가 살자고 했었소. 그대는 부잣집에서 나고 자라 편안하고 담박하게 살았는데 비록 영해의 먼 길을 떠돌아다닐 때도 힘들다 하지 않았소. 중년에 내가 부모님 봉양 때문에 종사하러 갔고 부모님이 돌아가시자 다시는 출각하지 않아 가난한 살림이 더욱 심해졌는데 그대는 또한 즐기면서 근심을 잊었소. 대개 그 타고난 성품이 순수하고 견식이 총명한 것이 실로 세속의 부인이 미칠 수 있는 것이 아니었소. 그대는 늦게 아들 하나를 낳았고 손자 셋을 안아 보았으나 하나는 일찍 죽었소. 세 딸은 시집갔는데 혹은 과부가 되고 혹은 일찍 죽었으니 이치를 거스르는 참혹함이 점점 병이 되어 마침내 이 지경에 이르렀소. 임종에 평소와 같이 말을 하며 조금도 두려워하는 마음이 없었고 정신과 정력은 또한 대장부도 능히 하기 힘든 것이었소."

---

26 포선(鮑宣)의 처 환소군(桓少君)이 선과 함께 녹거(鹿車)를 끌고 마을에 돌아갔다는 고사에서 나온 말이다. 『후한서(後漢書)』 「열녀(列女)」 <환선처전(桓宣妻傳)>.

아! 부인이 비녀 꽂고 베치마 입고 동보를 섬긴 48년 동안 일찍이 가난하고 곤란한 표정을 보여 동보의 마음에 누를 끼친 적이 없다. 동보는 진실로 애써 공부하며 동강의 언덕을 지키면서 부인이 남편을 받드는 공경함[27]을 즐겼다. 그런데 지금 어찌 머리 하얗게 센 나이에 아내를 잃어 영원히 이별하는 말을 하게 하는가? 진실로 묻혀 있는 빛은 드러내야 마땅하다. 더욱이 부인은 그 사람에 마땅했고 그 가문에 마땅한 사람이었다. 복이 이에 마땅한데 자식들에게 그 슬픔을 머금게 하고 삶을 상하게 하였다. 이것이 동보가 더욱 심하게 슬퍼하는 것이다.

동보와 부인은 모두 명문 집안의 자손이다. 월사 이문충공은 문장으로 바다 안을 움직였고 청음 김문정공[28]은 절의로 우주를 놀라게 했다. 정관재 선생 이단상은 문충공의 손자인데 낙민학을 공부했고 동보는 그 집안의 가문을 이었다. 퇴우당 상국 김수홍은 문정의 손자이다. 대대로 부자 모두 정승에 임명[29]되었다. 부인은 바로 그 분의 둘째 따님이다. 두 집안이 일찍 사돈을 맺기로 약속을 하였는데 예를 이루기 전에 동보가 어머니 상을 당하여 부인이 17세 되던 해에 동보에게 시집왔다. 부인의 어머니 윤씨는 목사 형각의 딸이다. 부인은 남편을 따라 정부인에 봉해졌다. 아들 양신은 진사이다. 큰딸은 김진악에 시집갔는데 일찍 과부가 되었다. 그 다음은 황경하와 김동현에게 시집갔는데 모두 일찍 죽었다. 부인은 올해 8월 8일에 돌아갔는데 향년 64세였다.

아아! 규문의 행실은 바깥사람이 알기 어렵다. 그러나 내가 두 집안과

---

27 거안제미(擧案齊眉) : 맹광의 고사로, 가난하지만 지조 있는 남편의 뜻을 잘 받들었던 아내로 유명하다.

28 김상헌(金尙憲) : 1570(선조3)~1652(효종3). 본관 안동. 자 숙도(叔度). 호 청음(淸陰)·석실산인(石室山人). 죽은 뒤 대표적인 척화신으로서 추앙받았고, 1661년(현종 2) 효종의 묘정에 배향되었다.

29 위평지배(韋平之拜) : 부자(父子)가 모두 정승에 임명되는 것. 한(漢) 나라의 위현(韋賢)·위현성(韋玄成) 부자와 평당(平當)·평안(平晏) 부자가 정승이 되었던 고사에서 유래한다. 『한서(漢書)』「평당전(平當傳)」.

4대에 걸쳐 좋은 인연을 갖고 있어 총각 때부터 동보와 교제하였다. 동보의 큰딸이 또 나의 조카며느리이다. 이로써 동보가 아내를 곡한 것이 과장된 말이 없다는 것을 잘 안다. 또한 일찍이 부인의 종부형 농암 김중화가 매번

"내 누이가 동보의 어짊에 양보할 만한 것이 없다."

라고 한 말을 들었다. 동보의 이름은 희조[30]인데 조정에서 현사의 예로 대우하였고 여러 번 관직이 바뀌었다가 대사헌의 반열에 이르렀다. 명에 이른다.

부인의 고생과 행복은 다른 사람에게 달려있다네.

누가 집에 살면서 가난함을 걱정하지 않으리오?

아! 오직 이 부인은 특별히 변치 않는 마음을 가졌도다.

분수를 편안히 여기고 걱정하지 않았으며 그윽히 곧음을 보전하였도다.

나는 동보가 슬픔으로 상하지 않기를 바란다.

채우고 비우는 이치는 반복하기를 좋아하는 법

비록 아들 하나 있으니 반드시 후에 빛날 것이다.

원컨대 왼쪽 부신을 잡고 산 자와 죽은 자를 위로하고자 한다.

| 해제 | 이희조의 아내 정부인 김씨의 묘지명이다. 김씨 부인은 김수홍의 둘째 딸이다. 이이명은 이희조의 부탁으로 이 묘지명을 지었는데 이희조가 부인을 위해 지은 제문의 내용을 인용하며 두 사람의 부부사이가 각별했음을 서술하고 있다.

---

30 이희조(李喜朝) : 1655(효종 6)~1724(경종 4). 본관은 연안(延安). 자는 동보(同甫), 호는 지촌(芝村). 부제학 단상(端相)의 아들이며, 송시열(宋時烈)의 문인이다.

공인 능성 구씨 묘지명

恭人綾城具氏墓誌銘

오랜 세대 권세를 누리며 비단이 부족하지 않았지만

남편을 기쁘게 하려고 가시 비녀 꽂고 베치마를 입었네.

남편을 즐겁게 하는 것이 나의 뜻이니 비록 가난하다 해도 무엇이 근심이리오?

한결같은 마음을 다해 두 시어머니를 섬기며 제사를 받드니

효자가 무덤에 지를 짓고 오랜 친구가 그 뒤에 명을 새기네.

규문의 행실은 상세히 알기 어려우나 나는 그것을 구씨 형수에게 들었노라.

> **해제** 나석좌(1652~1698)의 처 능성 구씨의 묘지명이다. 부인이 남편을 위해 검소함을 즐겁게 여기며 살았고, 두 시어머니를 섬기며 제사를 잘 드렸다고 서술하고 있다. 묘지는 부인의 아들이 지었고, 명은 이이명이 지었다.

공인 청송 심씨 묘지명
恭人靑松沈氏墓誌銘

나의 고종사촌 동생 창원 황하민[31]은 청송 심씨에게 장가들었다. [32] 우제 송문정공[33]이 글을 써서 백부에게 축하하며 말하길,

"심씨 집안의 형제를 보니 모두 아름다운 선비입니다. 신부도 반드시 그들과 같을 것입니다. 또 이 신부는 홍충정의 외손이니 귀한 집에 시집가는 것이 마땅합니다."

라고 하였다.

대개 송문정이 일찍이 심씨의 할아버지 상국 심지원[34]과 함께 영릉[35]에서 대의를 도모하였다.[36] 그 때 충정 홍익한[37]이 최명길의 화의 정책을 강력히 배척하였다. 황하민의 증조할아버지는 충열공 황일호인데 최효일의 귀정을 자송하다가 청나라 오랑캐에게 함께 잡혀 화를 당했다. 아버지는 지평 황진인데 평생 오랑캐를 원수로 여기며 세상에 숨어 살았

---

31 황일호의 손자.

32 위금(委禽) : 혼인을 약속하는 예물을 보냄. 여기서 '금(禽)'은 납채용 기러기를 가리킨다.

33 우암 송시열을 말한다.

34 심지원(沈之源) : 1593(선조 26)~1662(현종 3). 본관은 청송(靑松). 자는 원지(源之), 호는 만사(晚沙). 감찰 금(錦)의 증손으로, 할아버지는 숙천부사 종침(宗忱)이고, 아버지는 감찰 설(偰)이다. 어머니는 청원도정(靑原都正) 이간(李侃)의 딸이다.

35 영릉(寧陵) : 효종의 능.

36 효종의 능을 정하는 문제에 있어 뜻을 같이 한 일을 말한다. 심지원은 영릉총호사가 되었다가 효종릉에 관한 사건 때문에 사직했다.

37 홍익한(洪翼漢) : 1586(선조19)~1637(인조15). 본관은 남양(南陽), 초명은 습(霫), 자는 백승(伯升), 호는 화포(花浦)·운옹(雲翁), 시호는 충정(忠正)이다. 아버지는 홍이성(洪以成)이고 어머니는 김림(金琳)의 딸이다. 백부인 홍대성(洪大成)에게 입양되었다. 오달제, 윤집과 더불어 '병자 삼학사'의 한 사람이다.

다. 문정을 스승으로 섬기며 복수의 뜻을 분명히 말했으나 불행하게 단명하였다. 문정공이 슬퍼하여 그 아들을 손자처럼 돌보았기 때문에 양 집안의 충의의 자손이 서로 결혼하는 것을 기쁘게 여긴 것이다. 심씨 집안의 내외의 세덕이 이미 이와 같다.

부인은 아름다운 자질을 갖고 태어나 단정하고 자애로웠으며 어려서부터 부모님이 그 효성을 칭찬하였다. 시집와서는 부인의 행실을 시집식구들이 아름답게 여겼다. 나의 외할머니 이 부인은 사람을 감식하는 안목이 분명해 허락하는 바가 적었는데 매번 "이 며느리는 여사(女史)이다."라고 말씀하셨다.

황하민은 아들이 없는[38] 숙부 황숙의 아들이 되었다. 후모는 강부인인데 일찍 과부가 되었고 병이 많았다. 심씨가 마음으로 그 어머니를 섬기는 것처럼 모셨는데 나와 수년 동안 담을 사이에 두고 살아 그 지극한 정성을 많이 보았다. 심씨의 아버지 부사 심익선은 일찍이 먼 곳에 벼슬을 하였는데 심씨 부인은 아버지가 그리워 병이 날 지경이었고 어머니 상을 당하면서 또 슬픔으로 몸을 상하여 병석에 누운 지 10년 만에 마침내 신미년(1691) 9월에 죽었다. 겨우 34세를 살았다. 그 해 12월에 이천의 원적산 북쪽을 등진 언덕에 장사지냈다. 그 후에 황하민의 벼슬이 현감이 되어 부인이 공인이 되었다. 아들 둘이 있는데 상중은 조시채의 딸에게 장가들어 3남 2녀를 두었다. 큰아들은 기조(箕祚)이고 나머지는 어리다. 상경(尚敬)은 진사인데 처음에 윤익서(尹翼瑞)의 딸에게 장가들어 아들 하나를 낳았고, 두 번째 이희엽(李喜燁)의 딸에게 장가들어 딸 하나를 낳았다.

청송 심씨는 고려 위위승 심홍부부터 4대를 거쳐 본조에 청성백 심덕부가 있고 또 6세 뒤에 좌참찬을 지낸 심광언이 있다. 3세에 부사종 심열

---

38 과방(過房) : 아들이 없음을 말함.

이 있는데 감역관을 지냈다. 이들이 공인의 고조와 증조이다. 황씨의 세
계는 선묘의 지와 갈에 모두 갖추어져 있기 때문에 심씨의 것만 상세하
게 기록한다. 명에 이른다.

『시경』에서 존귀한 사람은 처제에게까지 미친다고 찬미했으니,
어찌 조상이 충성과 절의로 각각 이름을 드리운 것과 같지 않으랴?
화양의 옹은 두 사람이 비슷함을 기뻐하셨으니
어찌 가족들이 행의를 행함을 본 것이 아닌가?
꽃다운 나이에 애석하게 죽어 아름다운 이름 길이 남기네.
내가 무덤 돌에 명을 지어 영원히 묻힌 빛을 드러내리라.

해제 이이명의 고종사촌 동생인 황하민의 부인 청송 심씨의 묘지명이다. 황
하민은 충열공 황일호의 자손이고 청송 심씨는 홍익한의 외가라는 사실
을 들어 두 집안의 결혼은 충의의 결합임을 부각하고 있다. 청송 심씨는 부모님
의 죽음을 슬퍼하다가 병이 나서 34세에 죽었다.

할머니 정경부인 임씨 묘표

祖妣貞敬夫人任氏墓表

포천 주금산 아래 안양동 동북 방향을 등진 언덕은 우리 고조 할아버지 문정공[39]의 무덤인데 부인 풍천 임씨를 그 옆에 부장하였다. 전 부인 해평 윤씨의 무덤은 그 위로 수십 발자국 떨어진 곳에 있다. 송문정이 공의 무덤에 마침내 비석을 세워 공의 본관과 생졸을 기록하고 충효와 대절을 상세하게 논하였다. 생각하니 할머니 두 부인의 지극한 행실과 후덕한 덕은 빠져 드러나지 않는다. 그 글은 공이 군신의 관계에 있어 감개함이 많았음을 반복한 것이 많아 규문의 아름다움은 말할 겨를이 없었던 것 같다.

윤부인은 영의정 윤승훈의 따님이고 오빠는 수찬공이다. 광해군 때에 통천으로 유배 갔을 때 어머니 성씨가 따라가 부인이 임시로 거처하는 집에 가서 보살폈다. 밤에 불이 났는데 어머니가 밖으로 나오지 못하자 부인이 오빠와 뜨거운 불 속에 뛰어 들어가 어머니를 붙들고 함께 불에 타 죽었다. 실로 만력 정사년(1617) 3월의 일이었고 부인의 나이 34세였다. 인조 계해년(1683)에 비로소 정려를 명하였다.

임부인은 별좌 임경신의 따님이다. 부인은 온화하고 순정하며 부덕을 깊이 갖추었다. 어린 나이에 공에게 시집왔는데 시아버지 동고공이 늙어 병이 들자 봉양하기를 허물이 없이 하였다. 잉첩을 은혜로 대하니 집안이 화목하였고. 집안에 돌항아리가 없었으나 가난한 친척들이 많이 와서 배불리 먹었고 일찍이 집안의 가난함을 얼굴에 드러내지 않았다. 모년에

---

39 이경여를 말한다. 이경여(李敬輿) : 1585(선조18)~1657(효종8). 본관은 전주. 자는 직부(直夫), 호는 백강(白江), 봉암(鳳巖).

영화와 봉양을 누렸지만 바느질하는 도구를 손에서 놓지 않았다. 제사지 내는 일[40]은 반드시 스스로 했고 자손들을 법으로 가르쳤다. 혹 자손이 공부를 게을리 하는 것을 보거나 며느리가 친히 술과 음식을 만들지 않는 것을 보면 말씀하시길,

"옛날 사람들은 부지런하고 게으른 것으로 그 집안의 성쇠를 점쳤다. 너의 선조는 비록 고된 일을 하셨어도 집에 돌아오시면 반드시 책을 읽으셨다. 나는 젊어서 아이를 낳은 지 10일이 지나지 않아 일어나 손님을 맞았고 겨울이면 손이 얼어서 터졌다. 너희들은 이처럼 태만하니 어찌 사람이라고 할 수 있겠느냐?"

라고 하였다. 갑인년(1674) 9월에 돌아가시니 71세를 누리셨다.

아아! 윤부인의 평소의 곤범은 비록 지금은 다 전하지 않지만 효로 생명을 버린 것은 이미 성세에 드러난다. 지금 여러 자손들은 임부인을 모시며 의로운 가르침을 함께 받들었으니 어찌 깊은 빛을 드러내지 않아 뒷사람이 듣지 못하게 하겠는가? 이명이 은혜와 사랑을 깊이 받아 감히 묘표를 써서 보고 들은 것을 거칠게 서술하여 영원히 사모하는 뜻을 붙이고 또 비문에 갖추어지지 않은 것을 보충한다.

> 해제 | 이경여의 계배였던 임씨 부인의 묘표이다. 그러나 이 글에서는 이경여의 원배였던 윤부인에 대해서도 함께 언급하고 있다. 윤부인은 어머니를 불속에서 구하려다 불에 타죽어 정려를 받았고, 임부인은 어린 나이에 시집와 시부모를 잘 섬기고 자식들을 엄격하게 가르쳤던 어머니였다. 이이명은 고조할아버지 이경여의 비석에 쓰인 글이 할아버지 위주로 쓰여졌고 할머니에 대한 언급은 전혀 없는 것이 아쉬워 이 묘표를 짓는다고 밝히고 있다. 이경여는 1617년에 원배 윤씨 부인이 죽자 1618년 임씨 부인과 재혼하였다.

---

40 빈번(蘋蘩) : 개구리밥과 흰쑥, 변변치 못한 제수(祭需).

유인 류씨 묘표
孺人柳氏墓表

　고양군 남기리 원당촌은 연안 이씨가 대대로 장사지내는 곳이다. 그 가운데 동북쪽 방향을 등지고 서남쪽을 향한 곳에 학생 사장과 유인 류씨를 합장한 무덤이 있다. 사장의 자는 회보인데 정사원훈 연평 부원군 이귀의 현손[41]이고 목사 이만저의 넷째 아들이며 동지충추 한산 이현영의 외손이다. 류씨는 호성공신 진원부원군 류근의 오대 손이다. 아버지는 류수단이며 어머니는 종실 해안군 이억의 딸이다. 두 집안이 모두 공적을 이룬[42] 형세가 있었고, 이생은 온순하고 선량하며 학문에 힘썼다.

　유인은 성품이 맑고 삼갔으며 부도가 있었고 집안에 경사가 있기를 바라니 시부모가 매우 마땅하게 여겼다. 정해년(1707)에 서울에 큰 전염병이 돌았는데 부부가 함께 병이 났다. 이생의 병이 날로 심해지자 유인은 무당을 물리치고 몸소 목욕하고 하늘에 기도하였는데 이생은 끝내 죽었다. 유인은 밤낮으로 부르짖으며 한 국자의 물도 입에 넘기지 않았다. 그런데도 오히려 기운을 내어 손수 시신에 함께 넣을 물건을 만들고 빈소를 차린 후에는 거적을 그 옆에 깔고 곡하며 곡소리를 끊이지 않게 하였고 눈물이 다하면 피가 되어 옷에 얼룩이 졌다. 또한 몸소 제전을 갖추어 아침저녁으로 절하며 곡하여 옆에 있는 사람을 슬픔으로 감동시켰다. 장례가 끝난 후에 죽기를 맹세하여 더욱이 낱알의 곡식도 먹지 않았다. 부인의 친정아버지가 울면서 권하자 조금 미음을 삼키면서 말하길,

　“명이 박해 불효하니 살아서 무엇 하겠습니까?”

---

41 현손(玄孫) : 손자의 손자. 고손(高孫).
42 종정(鍾鼎) : 솥과 종. 모두 종묘에 비치하는 기구로서 사람의 공적을 새겼음.

라고 하였다.

　해를 넘기자 또 스스로 탄식하며 말하길,

　"사람의 목숨이 모질어 지금까지 왔다."

라고 하고 비로소 조금 죽을 먹었다. 상이 끝나자 이생의 옷과 수건, 책과 책상 등을 옛날 있던 곳에 놓고 원통하게 부르짖으며 매우 슬퍼하며 처음이나 끝이나 다름이 없게 하기를 5년을 하루 같이 하였다. 세월이 오래되자 몸이 말라 뼈가 드러날 정도였고 숨을 쉬는 것도 겨우 실오라기처럼 가늘게 하였고 비록 친척들도 부인의 얼굴을 보는 것이 드물었다. 항상 말하길,

　"나는 천지간의 죄인이니 어찌 일찍 죽어야하는 것을 몰랐겠는가? 진실로 부모의 유체를 훼손할 수 없어서 억지로 지금까지 목숨을 이어온 것일 뿐이다."

라고 하였다.

　유인은 날로 더욱 몸이 상하여 마침내 일어나 움직일 수 없을 지경에 이르렀다. 신묘년(1711) 8월에 술과 음식을 갖추어 이생의 생일날 곡하기 위해 기어서 사당에 들어가니 소리가 마치 어린아이 같았다. 이 때문에 병이 악화되니 친정아버지가 약을 권했다. 그런데 유인이 울면서 사양하며 말하길,

　"죽는 것도 오히려 늦었는데 이미 병이 났으니 어찌 하겠습니까?"

라고 하고 마침내 18일에 죽었다. 이생은 34세를 살았고 유인은 41세를 살았다.

　이생이 죽은 이후로 유인은 밤낮으로 거적 밖을 떠난 적이 없었고 추울 때나 더울 때나 초상 때 입었던 옷을 갈아입지 않았다. 습[43]하고 염할 때 비로소 부인의 옷을 벗기니 백 바늘을 기운 것처럼 남루하였고 피부에 옷이 붙어 떼어내기 어려웠다.

---

43 염습(殮襲) : 상례절차에서 반함이 끝난 후 시신에 수의를 입히는 일.

유인은 어려서부터 지극한 행실이 있었다. 8세에 어머니를 잃었는데 너무 슬퍼하여 몸이 여윈 것이[44] 어른과 같았다. 12세에는 동생을 곡했는데 병이나 죽을 뻔하다가 겨우 살아났다. 시집을 가서는 시부모에게 효를 옮겼으나 시부모님이 오래사시지 못하고 모두 죽었다. 일찍이 아들을 낳았으나 그도 죽어 이생의 동생의 아들 명덕을 후사로 삼았다.

아아! 붕성의 곡[45]을 기다리지 못했으니 명이 이미 기구하다. 유인의 타고난 성품은 곧고 맑았다. 일찍이 <육신전>을 읽다가 유응부가

"이 쇠가 식었으니 다시 달구어 오라."

고 하는 말에 이르자 어떤 사람은 무부의 사나움을 흠으로 여기는 자가 있었다. 유인이 말하길,

"그렇지 않습니다. 사람이 결정하기 어려운 것이 바로 마음입니다. 만일 이 마음을 결정했다면 비록 살을 벗기고 골수를 찌르더라도 어찌 두려워하겠습니까?"

라고 하였다.

아! 예로부터 규문에 어찌 이와 같은 식견을 가진 사람이 있었는가? 이 때문에 힘든 날을 보내다가 목숨을 버린 것이다. 그러나 세상의 부녀자들 중에 혹은 슬퍼하는 기간에 자결하는 사람이 있다. 신고의 세월을 보내다가 말라 죽을 지경에 이르러 거듭 고생을 했다는 것은 다른 전기에서 들어보지 못했다. 애석하다. 부인으로 하여금 장부가 되게 하였다면 환란을 당하여 충심을 다하고 절개를 지켜 반드시 천고에 뛰어났을 것이다.

유인은 여종을 데리고 있었는데 은의가 있었다. 그 종 덕금은 같은 해에 태어나 함께 자랐는데 성품이 소박하고 순수하며 부지런했다. 유인을

---

44 애훼(哀毁) : 상(喪)을 당하여 너무 슬퍼하여 몸이 여위는 것. 훼시(毁柴)의 뜻과 상통.

45 붕성지통(崩城之痛) : '붕성'은 춘추 때 장공(莊公)이 거(莒)를 습격할 때 기양식(杞梁殖)이 전사하여 그의 아내가 성 아내에서 남편의 시체에 쓰러져 열흘 동안 통곡하자 성이 무너졌다는 고사.

가엾게 여겨 차마 부인을 떠나지 못하고 남편과 자식을 두고 마음을 다해 부인을 옆에서 모셨다. 추울 때는 함께 잤는데 유인이 항상 이불을 치우고 차가운 곳에서 자면 덕금이 반드시 몸으로 따뜻하게 해주어 얼어서 상하지 않게 하였다. 유인보다 2년 먼저 병이 나서 죽었다. 신묘년 (1711)에 유인의 묘를 따라 같은 언덕에 장사지냈다.

유인의 마을에 사는 사대부 50여인이 유인의 절행을 갖추어 예조에 알리니 예관 김진규가 그 글을 의거해 임금님께 아뢰고 말하길[46],

"류씨의 곧고 굳은 절개는 옛날 충신과 비교하면 마치 문천상[47]이 연옥에서 죽은 것과 같습니다. 따로 폄하시고 장려하심을 더하여 무너져가는 세속을 바로잡는 것이 마땅할 줄 압니다. 그리고 종은 능히 자신의 몸을 잊고 주인을 따랐으니 류씨가 사람을 진심으로 감동시킨 것이 깊은 것을 알 만 합니다. 청컨대 대신들에게 물어 정표를 내리십시오." 라고 하였다. 대신들이 예관의 말을 갖추어 의거할 것을 청하니 임금님께서 특별히 유인의 정려를 명하셨고 또 덕금의 아들에게 쌀과 옷감을 넉넉히 하사할 것을 명하였다. 나라에서 풍교를 수립하려는 것은 세교를 크게 진작시키코자 해서이다. 지금 군수가 일찍이 내게 김진규와 함께 포폄의 은혜를 청하고 유인의 일을 묘석에 쓰도록 하였다. 내가 비록 글은 훌륭하지 못하여 부끄럽지만 도의상 사양할 수 없었다. 아아! 이 무덤을 지나가는 사람은 이 기록을 읽고 눈물을 흘리지 않는 사람은 사람의 마음이 없는 자이다.

| 해제 | 유인 류씨는 남편과 함께 전염병에 걸렸는데 남편의 병이 심해지자 목욕재계하고 하늘에 기도하며 간호하였다. 하지만 남편이 끝내 세상을 |

---

46 김진규는 류열부의 정려를 추진하기 위해 <請柳烈婦旌褒面奏>을 임금에게 올렸다. 김진규, 『죽천집』권7, 『한국문집총간』권174, 103쪽.

47 문천상(文天祥) : 송(宋)나라 말엽의 충신. 수도 임안(臨安)이 원(元)에 함락된 뒤에도 단종을 받들고 근왕군(勤王軍)을 일으켜 원군과 싸우다가 잡혀 죽었음.

떠나자 장례를 마친 후 낱알의 곡식도 넘기지 않고 거적에서 자며 옷도 갈아입지 않고 지냈다. 류씨는 5년 동안 거의 먹지 않고 지내 몸이 매우 상해 거동할 수 없을 지경에 까지 이르렀다가 남편의 생일날 제사를 지낸 후 마침내 죽었다. 류씨 부인은 <육신전>을 읽으면서 유응부의 강개함을 흠모했던, 의지가 강한 여성 이었다. 류씨 부인의 절행은 예조에 알려져 정려를 받았다. 김진규는 류열부의 정려를 추진하기 위해 <請柳烈婦旌褒面奏>을 임금에게 올렸다.

둘째 딸에게 주는 제문

祭第二女文

　유세차 병자년(1696) 2월 아버지는 술과 과일과 밥 등의 제전으로 너 둘째 딸의 영전에 고한다. 네가 아득히 한번 잠든 이후로 네 얼굴은 모자로 덮였고 네 몸은 관에 들어가 네 모습을 다시 볼 수가 없게 되었고 신음하는 소리 또한 다시 들을 수 없다. 혹 네가 때때로 내 꿈에 들어오기를 바라지만 그러지도 못하는구나. 그렇다면 다만 네 모습과 목소리만 보고 들을 수 없는 것이 아니라 너의 영혼의 기운 또한 흩어져 다시 존재하지 않는 것이냐?

　네가 내 딸이 된 이후부터 가난한 일을 많이 겪었고 즐거운 일은 적었다. 고개의 남쪽을 떠돌며 다녔고 장기가 덮인 바다 밖에 떨어져 살면서 풍토 때문에 슬퍼하고 마음이 상해 병의 뿌리가 이미 깊었으나 나는 알지 못했다. 마침내 너로 하여금 병에 걸려 죽게 만들었으니 자식을 낳아 물과 불의 재앙에서 벗어나지 못하게 하는 것은 부모의 허물이다. 너는 아파하면서 죽었으니 어찌 물과 불의 재앙과 다르겠느냐? 이것은 모두 나의 죄이다.

　너는 꾸미고 가꾸는 것을 배우기 시작할 때부터 문 밖을 엿보지 않았고 항상 하루라도 부모와 떨어져 있는 것을 매우 슬피 생각하였다. 이제 집에 너의 빈소를 차리니 오직 종들만이 지키고 있구나. 나는 조석으로 너를 지키지 못했고 또 장차 너를 땅에 묻으려 하는데 조재[48]가 이미 당도하였다. 만일 네가 안다면 이 한은 마땅히 오래도록 이어질 것이다.

　우리 집은 선산에서 멀리 떨어져 있고 또 무덤을 옮기려는 의론이 있

---

48 조재(祖載) : 조전. 발인 전에 영결을 고하는 전.

어 지금 임시로 너를 외갓집인 회덕의 산 아래에 묻으려고 한다. 너의 증조 할머니 윤부인이 오른쪽 무덤에 계셔 너와 가까우니 객지와는 달라 조금이나마 네 마음을 위로할 수 있지 않겠니? 모두 옮기는 계획이 만일 정해지면 마땅히 너를 귀한 상소로 옮겨 내가 죽은 후에 묻힐 땅과 가까운 곳에 있게 할 것이다. 예에는 마땅히 너를 위해 주인을 세워 제사를 지내야 하니 네 형제의 아들들 중에서 찾을 것이다. 그러나 돌아보니 나와 네 어머니 모두 병이나 오래 살 수가 없고 네 남동생은 어리고 약하니 사람의 일을 어찌 헤아릴 수 있겠느냐? 이 때문에 장례를 끝내고 반혼을 하지 못했다.

매번 절기에 네 무덤에 제전을 올리고 죽은 날 지방을 설치하고 네 혼을 불러 제사를 지낼 것이다. 만일 네 동생이 성장해서 아들을 낳으면 반드시 제사를 빠뜨리지 않을 것이다. 다른 날 이장하면 나는 마땅히 너를 위해 묘지명[49]을 만들어 너의 지극한 성품과 행실을 기록하여 무덤에 넣어 뒷사람으로 하여금 네가 덕성을 풍부하게 가졌으나 오래 살지 못했음을 알게 할 것이다. 내가 네 처지를 생각하는 것이 이에 그칠 따름이구나. 아아! 내가 너와 이별하게 되어 너에게 말하려고 하는 것이 어찌 끝이 있겠냐마는 참담한 마음이 막히고 찢기는 듯하여 말을 다 하지 못하겠다.

아아! 지금 장차 네 관이 가면 다시 볼 수 없겠구나. 얼굴과 웃는 소리 또한 마땅히 오래 묻히어 기억할 수 없겠지. 오직 필적이 남아 있는 서찰이 있고 의복과 바느질 하던 것이 있으니 눈에 보이는 것마다 마음을 베어내는 듯하다. 죽기 전에 어찌 잊을 수 있겠느냐? 이 과일과 술을 진설하고 네 관을 울면서 보낸다. 네가 혹 어둡지 않다면 나의 말을 들을 것이다.

---

49 문소옹(文燒瓮) : 묘지명을 말함.

해제 이이명이 둘째 딸에게 지어 준 제문이다. 이이명은 아버지로서 딸에게 가난을 겪게 하고 즐거운 일을 만들어 주지 못한 것에 대해 미안해하고 있다. 조상의 무덤을 옮기려는 계획을 갖고 있기 때문에 임시로 딸을 묻으며 반드시 나중에 옮겨 줄 것과 자식이 없이 죽은 딸에게 제사를 빠뜨리지 않고 지내 줄 것에 대해 약속하며 위로하고 있다.

큰고모님께 올리는 제문
祭伯姑文

　　유세차 병자년(1696) 11월 조카 이명은 삼가 밥과 음식, 술과 과일의
제전을 가지고 큰고모님의 영연에 감히 밝게 고합니다. 옛날 할머니께서
당에 계실 때 여러 큰아버님과 고모님 모두 병이 없으셔 집안이 빛났습
니다. 자손은 번성하여 항상 많이 모였고 헤어졌던 적은 적었습니다. 당
시 저는 어린 아이라 무지하여 인생의 화복이 무상함과 슬픔과 기쁨이
번갈아 옴을 알지 못했습니다. 더욱이 기사년과 경신년 이래로 상을 당
한 것이 이어져 길이 통천의 슬픔을 간직한 것이 수십 년이었습니다. 존
속들은 모두 돌아가시고 오직 백부님과 숙부님 그리고 고모님만 살아계
셨으나 아! 저의 부모님은 이미 볼 수가 없어 저의 아버님과 비슷한 목
소리와 모습, 웃는 소리 등을 보고자 매번 침상에 나가 절을 하며 다만
스스로 슬픔을 머금었습니다.

　　숙부님[50]이 또 불행히 50세에 돌아가시고[51] 제가 영해를 떠돌다가 돌
아오니 큰아버님[52]께서 또 세상을 떠나서 오직 고모님만이 종남의 옛집
에서 저를 맞이해 주시며 손을 잡고 곡을 하셨습니다. 우러러 기운과 용
모를 보니 다시 예전의 모습이 없었습니다. 그러다 얼마 지나지 않아 성
이 무너지는 애통함[53]을 당했습니다. 지난 봄에 가서 위로하고 또 고모
님이 오랫동안 자리에 누워계신 것을 보다가 슬픔을 머금고 돌아왔습니

---

50 이민적(李敏迪)을 말함.
51 중신(中身) : 50세 전후의 나이. 중년. [書・無逸] 文王受命惟中身 厥享國五十年.
52 이민장(李敏章)을 말함.
53 고모의 남편이 죽은 것을 말하는 것으로 보인다.

다. 그러나 어찌 외상을 당한 지 기일이 되지 않았는데 흉문이 또 이를 것이라고 생각했겠습니까? 북쪽을 바라보며 길이 부르짖으니 오장이 타는 듯합니다.

아아! 고모님은 지극한 성품이 유순하고 법칙이 있으셔 의당 백가지 복을 누리셨어야 마땅합니다. 그런데 지난해 도리에 어그러지는 일⁵⁴을 당하셨으니 신의 이치는 이미 묻기 어렵게 되었습니다. 재앙은 잔혹하여 또 이에 이르니 영전의 자리를 함께 설치하자 지나가는 사람도 들으면 또한 마땅히 코끝이 찡할 것입니다. 지금 바야흐로 옛 무덤을 열어 지하에서 부부의 정을 누리시게 하려고 합니다. 집안의 묘지는 물 건너에 있고 맏며느리가 곁에 있으니 영령께서 만일 아신다면 반드시 인간 세상에 연연하시지 않으실 것입니다. 다만 외로운 마음은 배나 찢어질 듯합니다. 깃을 다시 거두고 영원히 이별을 하며 관 앞에서 곡하며 절하고 술 한 잔으로 영결을 고합니다.

| 해제 | 이이명이 큰고모에게 올리는 제문이다. 이이명은 옛날 할머니가 살아계실 때 큰아버님과 고모가 모두 모여 집안이 번성하고 화목하던 때를 추억하며 고모님의 죽음을 애통해하고 있다. 이씨 부인은 이경여와 풍천 임씨의 딸이며 이준(李儁)의 부인이다.

---

54 역리(逆理) : 도리나 사리에 어그러짐. [漢書·杜周傳] 三垂蠻夷 無逆理之節.

둘째 딸의 묘에 주는 제문
祭第二女墓文

유세차 신사년(1701) 5월 정해 25일 신해에 아버지는 술을 따르고 과일을 진설하며 너 둘째 딸의 묘에 고한다. 내가 너를 다른 산에 묻고 무덤을 돌아보고 갔던 것이 올해 6년이 되었다. 어찌 차마 하루라도 너를 잊었겠느냐? 그러나 병이 깊고 벼슬살이 때문에 거듭 분주히 다니느라 한 번 와 볼 경황이 없었다. 부모와 자식 관계로 태어났지만 죽어서는 모르는 남과 같으니 네가 만일 지각이 있다면 나를 더욱 간절히 기다렸을 것이다.

지난번 내가 너와 약속한 것이 있으니, 크게 옮기기로 한 땅이 정해지면 너의 무덤을 옮겨 주겠다고 한 것이다. 지금 산의 일이 아직 결정이 나지 않았고 금년 2월에 우리 형제가 죽어 지난 달 강가에 임시로 장사를 지냈는데 근처 백리 안에 새로운 산을 구해 이 계획이 이루어져 전에 했던 말을 실천하려고 한다.

생각하니 너는 천지간에 깨끗하고 착한 기운을 타고났는데 우리 집이 재앙으로 어려울 때 태어나 성인이 되지 못하고 일찍 죽었으니 이것이 진실로 사람의 가장 슬픈 일이다. 그러나 일찍이 세상의 부녀들을 보면 살아서 돌아갈 곳을 얻지 못하고 죽어서 또한 의탁할 곳이 없는 경우가 많다. 지금 너는 혼과 기운이 영원히 부모에게 의지하고 골육이 장차 함께 묻힐 것이니 네가 어찌 깊이 슬퍼만 하겠느냐? 나는 이것으로 너에게 위로하려고 하나 정말로 슬프구나.

네가 죽은 후 지금 어머님 상을 당한 것[55] 외에는 집안은 모두 옛날과 같다. 매번 너의 자매와 형제 여럿이 따르며 모여 있는 것을 보면 내 마

음은 일찍이 갈라지는 것 같지 않겠느냐? 네 언니는 이미 아들 하나와
딸 하나를 낳았고 네 동생은 김씨 집안에 시집가 딸 하나를 낳았다. 네
남동생과 세 여동생은 점차 성장하고 있으며 네 어머니는 술인년(1698)
에 또 딸 하나를 낳았는데 겨우 돌이 되어 잃었다.

　나는 국은을 입어 금산에서 돌아와 다시 발탁되어 벼슬을 하게 되었
다.[56] 나의 머리는 이미 흰 머리가 많고 네 어머니의 살은 여위고 이는
빠져 옛날의 얼굴이 아니다. 신의 이치가 벌을 내린 것이 이와 같으니
너와 이별 한 것이 또 얼마나 되었느냐? 지금 나와 너의 막내 작은아버
지는 슬픔을 머금고 와서 네 묘를 지나가는데 너는 아느냐? 모르느냐?
풀 우거진 빈산에서 한 목소리로 길이 부르짖는데 너는 듣느냐? 이승과
저승은 막막하여 모습을 점점 잊는다. 만일 서로 느낌이 있다면 한번 내
꿈에 나타나거라. 아아! 가슴이 아프다. 와서 흠향하거라.

　　해제　이이명은 둘째 딸이 죽었을 때 써 준 제문에서 몇 가지 약속을 했었다.
그 가운데 하나가 무덤을 옮기는 일이었는데 이제 실천하게 되었음을
알리고자 쓰여진 제문이다. 이이명은 딸이 죽은 후 달라진 집안의 사정에 대해
자세하게 이야기해주며 꿈에서라도 딸이 한 번 나타나주기를 바라는 간절한 마
음을 토로하고 있다.

---

55 창거(創鉅) : 상처가 깊음. 상처가 크면 시일이 오래 걸려야 낫고 아픔이 심하면 낫기가
　　더디다는 말로, 부모의 상을 이름. [禮·三年間] 創鉅者其日久 痛甚者其愈遲. 1701년 2월
　　에 모친(황씨 부인)이 죽었다.
56 1698년 백형 이사명의 억울함을 상소하였다가 왕의 노여움을 사서 파직되고 공천에 중
　　도부처 도었다가 1699년 2월에 방송되고 1701년에 예조판서가 되었다.

큰형수 나씨에게 올리는 제문
祭伯嫂羅氏文

유세차 기축년(1709) 10월 무술 21일 술오에 완산 이이명이 간략하게 조촐한 제수를 갖추어 돌아가신 큰형수 안정 나씨[57]의 관 앞에 공경하게 고합니다. 아! 우리 큰형수님은 덕이 있으셨는데 오래사시는 명이 없으셨습니다. 옛날에 우리 부모님이 형수님의 덕성을 아름답게 여기셨고 저는 어릴 때부터 어진 스승을 보듯 우러르며 항상 순정하시니 형수님께 백록이 이르러야 마땅하다고 여겼는데 꽃다운 나이에 일찍 돌아가셨고 돌아가신 뒤에도 쓸쓸하여 하늘이 보답을 내리는 것이 어긋났으니 이러한 이치는 알기 어렵습니다. 환란을 당할 때에 더욱 어진 형수님을 생각했는데 뒤에 죽는 슬픔을 어찌 차마 말하겠습니까? 두 딸 의인과 사위가 모두 왔으니 우리 영령을 위로하는 일은 오직 여기에 있습니다. 무덤을 다시 옮기니 쌍용검처럼 따릅니다.[58] 곡하며 관 앞에 이별을 고하니 언제 다시 절 할 수 있겠습니까?

> 해제
>
> 큰형수 나씨에게 올리는 제문이다. 형수가 덕이 있었으나 오래 사는 명이 없었고 백록이 이르러야 마땅한데 꽃다운 나이에 죽은 사실에 대해 안타까워하는 마음을 담고 있다. 나씨 부인은 나성두의 딸이다.

---

57 나성두의 딸이고, 이사명의 처이다. 나성두(羅星斗) : 1614(광해군 6)~1663(현종 4). 본관은 안정(安定). 자는 우천(于天), 호는 기주(碁洲). 아버지는 참의 만갑(萬甲)이다.
58 남편의 묘소에 합폄(合窆)될 것이라는 뜻.

이모 정경부인 황씨에게 올리는 제문
祭從母貞敬夫人黃氏文

　　유세차 기축년(1709) 12월 계묘 삭일에 조카 판중추부사 이이명이 삼가 밥과 술, 과일 등의 제전을 마련하여 이모 정경부인 창원 황씨의 영전에 공경하게 아룁니다. 아! 우리 이모는 사람이 감당하기 어려운 극심한 곤란을 겪으셨으니 어찌 장수함이[59]족히 기쁘셨겠습니까? 오직 중년의 영화와 부귀는 황홀한 봄꿈처럼 자취가 없습니다. 아! 우리 이모의 덕은 규문에 성대하였으나 세상에 알려지지 못했고 행실은 고인보다 뛰어났으나 신이 보살피지 못했습니다. 더욱이 환란에 처했을 때 가문을 지키며 어려움을 진정하고 은의를 돈독히 하였으니 비록 옛날의 여사도 이와 비교하지는 못할 것입니다.

　　아! 우리 이모님이 하늘에 보답 받는 것이 어그러짐은 옛날이나 지금이나 의심스럽습니다. 대장부도 그러한 어그러짐을 감당하기 어려운데 하물며 부인은 오죽 했겠습니까? 그러나 후손에게 기대할 만한 것이 있을 것입니다. 하늘에서 정한 것을 바라다 지금 보답이 없다고 어찌 원망하겠습니까? 아! 이모의 자매 세 분이 모두 명문 집안에 시집가서 유순함과 순종하고 바름으로 백록을 누렸습니다. 그런데 어찌 늘그막에 재앙과 험난함을 입으셨는지요? 옛날 우리 할아버지[60]가 몸소 순절하셨는데 하늘은 어찌 재앙을 끊이지 않고 주시는지요?

　　아! 우리 이모님과 나는 성이 다른 친척이지만 은혜로운 양육을 많이

---

59 수고(壽考) : 장수함. 『시경』「소아(小雅)」〈초자(楚茨)〉에 "신이 음식을 즐기시고, 자손들 오래오래 살게 하시네. (神嗜飲食, 使君壽考)"라는 구절이 있다.
60 황일호를 말함.

받아 마치 어머니를 곡하는 듯합니다. 덕을 갚고자 무릇 모든 뒷일을 어긋나지 않게 하고자 합니다. 우강에 합장을 하니 길이 평안하고 길하길 바랍니다. 아아! 우리 이모님은 오랫동안 이 세상을 싫어하셔서 편안히 고운 모습으로 놀아가셨고 평생 친히 사랑한 사람이 서승에 많이 있으니 단지 저만 10년 동안 슬픔을 삼키고 있습니다. 목소리와 웃는 모습이 마치 제 부모를 보는 것 같았는데 지금 또 잃게 되어 새로이 가슴이 미어집니다. 벼슬에 매이고 병에 묶여 장사지내러 무덤에 직접 가지 못하나 벼슬하러 돌아가는 길에 한 번 뵈며 관 앞에 절하고 곡하며 영원히 이별을 고합니다.

해제 이모 정경부인 황씨에게 올리는 제문이다. 황씨 부인은 황일호의 딸이다. 이이명은 이모에게 은혜로운 양육을 받아 마치 어머니를 곡하는 듯하다면서 이 제문을 지어 올렸다.

숙모 정부인 원씨에게 올리는 제문
祭叔母貞夫人元氏文

　　대개 부인의 인생을 보면 비록 장수를 누렸지만 삼종에 있어 한이 없기는 드뭅니다. 우리 숙모 같은 분은 공훈을 이룬 집안에서 나고 자라서 어려서는 부귀와 영화[61]가 극성한 것을 보았으며 시와 예의를 아는 집안에 시집을 가시어 일찍이 꽃무늬 어찰[62]을 받고 예복[63]을 입는 은혜를 누리셨습니다. 늦게 두 아들의 영화를 기쁘게 여기셨고 전성의 봉양을 번갈아 누리셨습니다. 70세에 3번 강화도에 들어가셨으니 이런 일은 국조 이래 오직 홍씨 어머니가 기성에서 있었던 일 뿐이라고 들었습니다.

　　아아! 이 어찌 이유 없이 그렇게 된 것이고 우연히 만나게 된 일입니까? 우리 숙모의 평소의 아름다운 덕은 말할 것도 없고 지금 방에서 마치 자기 어머니 곡을 하듯 하는 사람들을 보니 시인이 말한 이른바 "명이 다른 사람과 같지 않다"는 것입니다. 저들이 어찌 아무런 감화 없이 그러며 깊이 감동하지 않고 그럴 수 있겠습니까? 어찌 깊이 느껴서 그런 것이 아니겠습니까? 교목의 바람은 천년토록 쓸쓸하지만 규문의 백세의 규범이 여기에 있지 않습니다. 그러니 삼종의 복과 대질의 수명은 모두 하늘이 도운 것이고 숙모에게 마땅히 있어야 할 것입니다.

　　지금 또 새 언덕에 예의를 갖추어 부장하려 하는데 영원히 사실 집이니 숙모에게 또 어찌 슬프겠습니까? 돌아보면 나는 어려서 외로이 의지할 데가 없었고 우리 숙부를 한 번 곡한 지 이미 20년이 되었습니다. 또

---

61 종정(鐘鼎) : 부귀와 영화의 비유.
62 화고(花誥) : 대신의 어머니나 부인에게 봉호를 내릴 때 주는 어찰.
63 상복(象服) : 귀부인이 입던 갖가지 물상이 장식된 예복.

우리 양 어머님을 잃으니 상을 당한 지[64] 10년이 되었습니다. 매번 나의 숙모에게 절하면서 마치 우리 부모님을 뵙듯 하였는데 이제 모두 끝났으니 이 고통은 하늘에 다할 것입니다. 조정에 매여 장례식에 가지 못하여 산 앞에서 영결의 설을 하고 한 번 통곡하니 간장이 잘려나가는 듯합니다.

> 해제
>
> 이이명이 숙모 정부인 원씨에게 올린 제문이다. 이이명은 숙모의 평소의 덕과 인품으로 보아 삼종의 복과 80세의 수명을 누려야 마땅한데 그러지 못했음을 아쉬워하고 있다. 이이명은 부모님을 잃고 숙모를 부모와 같이 여겼기에 더욱 깊이 슬퍼하고 있다.

---

64 함휼(銜恤) : 부모의 상을 입음.

종자부 유씨에게 주는 제문

祭從子婦兪氏文

　유세차 임진년(1712) 겨울 계묘에 연동에 사는 숙부와 숙모는 술과 음식을 갖추어 아들 기지를 시켜 종자부 유씨의 영전에 고한다.

　우리 집은 가난하니 어찌 다시 축복을 기도할 수 있었겠는가? 다만 어진 며느리를 얻어 후사를 잇기를 바랄 뿐이었다. 네가 우리 집안에 시집 온 후로 자손이 번성하기를 바랐다. 너의 성품이 온화하고 공경하며 바르고 효성은 하늘에서 타고난 듯하여 장차 가문을 회복시킬 것이라 바랐다. 시어머니는 늙고 시숙은 일찍 죽어 한 몸에 백가지 책임을 가지고 살다가 이제 부모와도 이미 멀어졌으니 삶과 죽음을 영원히 격했구나. 재앙은 가슴에 생기고 병은 마음에 맺혀 명이 마음을 따라 무너지니 얼마나 가혹하냐? 어린 딸은 먼 훗날 아마도 얼굴을 기억하겠지.

　빈소는 서쪽 거리에 있고 동쪽 성곽에 임시로 묻으니 뒷일은 황량하고 갈 길은 슬프고 참담하다. 네 시아버지는 높고 의로운 사람으로 마땅히 후년의 복을 받아 마땅한데 나 때문에 가문이 쇠하였고 너로 하여금 이처럼 궁극한데 이르게 했다. 얼음이 땅에 가득한데 조재가 임박했다. 외로운 혼은 위로할 길 없건만 맑은 술을 올린다. 어찌 하늘에 죄를 얻어 참혹함을 보는가?

　이이명이 종자부 유씨 며느리에게 지어준 제문이다. 이이명은 이 며느리에게 자손의 번성과 가문의 회복을 기대했는데, 며느리는 기대를 저버리고 일찍 죽었다. 이이명은 그러한 이유가 자신에게 있다고 하며 자책하고 있다. 거듭되는 자손들의 참혹한 죽음이 자신이 하늘에 죄를 얻어 생긴 것이라고 여기고 있다.

전염병으로 죽은 하인에게 주는 제문

祭癘死僕婢文

　　모년 모일 모 벼슬을 하는 집 주인은 아무개를 시켜 노복 아무개와 여종 아무개 등에게 일러 말한다. 아아! 나라의 운이 불행하여 돌림병이 불붙듯 번졌다. 1년 내에 너희들이 연달아 죽으니 놀랍고도 참담하여 오랫동안 잊을 수가 없다. 너희들은 모두 환란을 따라 부지런히 애쓰며 오래도록 복종하였다. 간혹 향촌의 집에 있을 때나 유리할 때도 와서 의탁하였고 혹은 곁채에서 나고 자라고 혹은 본주에서 멀리 떨어져 살았다.

　　우리 집은 본래 가난하여 옷감이나 쌀 등이 부족하고 넉넉하지 않았다. 마침내 역병에 걸려 교외에 나가게 되어 의사와 약을 구해보았으나 힘이 미칠 수가 없었다. 시종 유감이 없을 수가 없으니 너희들은 태어나 기쁜 적이 없었는데 죽음 또한 갑자기 맞는 데 이르렀구나. 영원히 측은하게 생각하니 내 마음이 맺힌 듯하다. 너희들은 친속이 없어 외로운 영혼이 의지할 데가 없으니 더욱 애처롭다.

　　너희 주인 일가는 전염병을 피해 성북에 있다가 오늘 윤월에 연화방 집으로 돌아왔다. 행랑채는 예전과 같은데 너희들을 볼 수가 없구나. 모든 일은 안정되었는데 슬픔은 더욱 간절하구나. 이에 술과 과일의 조졸한 제전을 마련하여 교외의 깨끗한 곳에서 합동으로 제사를 올려 종의 주인의 은혜를 보이니 너희들은 서로 함께 와서 흠향하거라.

해제
　　이이명이 전염병으로 죽은 종들에게 지어준 제문이다. 따라서 제문의 대상은 한 명이 아니라 여러 사람이다. 이이명은 종들이 환란을 따라 부지런히 애쓰며 오래도록 복종하였으나 자신은 전염병에 걸린 종들을 구해주지 못한 것에 대해 미안해하고 있다. 종의 신분으로 태어나 한번도 기쁜 적이 없었는데 전염병에 걸려 죽은 신세를 애처롭게 여기며 합동으로 제사를 올려주고 주인의 은혜를 보이고 있다.

이재(李栽) : 1657(효종 8)~1730(영조 6). 본관은 재령(載寧). 자
는 유재(幼材), 호는 밀암(密庵). 아버지는 현일(玄逸)이며 어머니
는 무안 박씨(務安朴氏)로 경력 늑(玏)의 딸이다. 어려서부터 작은
아버지 휘일(徽逸)과 숭일(嵩逸)에게 배웠다. 아버지가 함경도 종
성으로 유배되었을 때 따라가서 시봉하였고, 1700년(숙종 26) 유배
에서 풀려나자 안동군 금수에서 살았다. 벼슬은 주부에 이르렀으나
사직하고 오직 학문에만 몰두하여 성리학의 대가가 되었다. 그는
주리론(主理論)으로 영남학파를 이끌었으며 후진 양성에 힘써 많은
문인을 배출하였다. 아버지가 쓰다가 완성하지 못하고 절필한 『홍
범연의(洪範衍義)』를 완성하였으며, 『성유록(聖喻錄)』, 『금수기문
(錦水記聞)』, 『주서강록간보(朱書講錄刊補)』, 『주어요략(朱語要
略)』 등을 저술하였다. 저서로는 『밀암문집(密庵文集)』 25권 13책
이 있다.

아내 공인 김씨에게 올리는 제문
祭亡室恭人金氏文 乙酉

아아, 슬프다! 나는 궁한 운명으로 태어나 어려서 치우친 허물을 입어 외롭게 괴로워하며 살았으니 어찌 어려움이 없었겠소? 당신을 만나 정이 깊고 단단했으며 뜻이 서로 맞았소. 당신은 만일 내가 하고자 하지 않으면 일찍이 번번이 자신의 뜻대로 행한 적이 없었고 말하길,

"아녀자에게 남편은 하늘입니다. 하늘을 어길 수 있겠습니까?"

라고 하였소.

만일 내가 하고자하는 것이 있으면 마음과 힘을 다하면서 말하길,

"내가 남편의 말을 듣지 않으면 누구의 말을 듣겠습니까?"

라고 하였소. 당신이 나를 대우한 것이 이처럼 지극했으니 내가 내조에 바탕을 둔 것이 진실로 그런 것 아닌 것이 없었소. 돌아보니 나는 생활을 꾀하는 것에 서툴러 당신으로 하여금 초췌하게 하였고 또 어머니로서 많은 아이들을 낳아 고생하며 기르게 하였으니[1] 사람들이 감당하기 힘든 것이었는데 당신은 편안하게 처신하였소. 나에게 성급한 버릇이 있으면 당신이 일을 따라 규제해 주었고 내가 고인의 책 읽기를 좋아하여 당신은 날마다 성취하기를 바랐으나 나는 도리어 영락하여 마침내 늙어 쓸데없는 사람이 되었으니 당신의 말이 마치 귀에 가득한 것 같고 애통함이 실로 마음에 있는 것 같소.

생각하니 아버님께서 정초[2]에 응하셔서 나는 아버님을 따라가 혹 반 년

---

1 5남 3녀를 낳았다.

2 정초(旌招) : 대부(大夫)를 정(旌)으로 초빙한다 하였는데, 곧 임금이 폐백을 가지고 예로서 초야·산림의 유일·유현의 선비를 초빙하여 정사를 맡긴다는 말. 『맹자』「萬章」에

을 있었소. 아내와 자식들은 산중에서 갖은 고생을 하며 번갈아 세상의
화를 만나 북쪽으로 도망가고 남쪽으로 뛰어 다니며 산에 막히고 바다
의 장기에 당하며 움직인 것이 문득 해를 넘겼소. 여름 낮이나 겨울 밤
몇 번이나 그리워하며 눈물을 뿌렸던가요? 당신은 여러 아이들을 어루
만지고 집안의 살림을 다스리느라 예전의 얼굴빛이 다시는 없어 마침내
내가 고향으로 돌아가니 의연히 두보의 북정의 감회가 있었소. 아버님께
서 늦게 금수의 남쪽으로 가시니 당신은 나에게 말하길,

"어머님 연세가 높으니 뒤따를 수 있겠습니까?"

라고 하며 여러 번 어린 아이를 데리고 좇아가서 다른 곳에서 살기를 청
하며 생활이 더욱 궁핍해졌으나 그대는 끝내 원망하거나 후회하는 빛이
없었소. 성품은 근검하고 집안을 다스리는 데 법도가 있어 집안 식구 거
의 30여인이 있었는데 항상 다른 사람 보다 춥게 하고 나중에 옷을 입었
으며 먼저 굶고 나중에 먹었소. 나로 하여금 의식을 걱정하여 마음을 어
지럽게 하지 않았으니 옛날에 이른바 운세를 잘 돌리는 자라고 해도 부
끄럽지 않을 것이요.

만일 수년 동안 일이 없으면 거칠게나마 생각을³ 이룰까 바라며 이 땅
에 나무를 심었으나 내 죄가 하늘에 닿아 큰 벌을 만나 피눈물을 흘리며
하늘을 부르짖으며 울며 마치 돌아갈 곳이 없는 것처럼 하였소. 당신이
이때 음식하고 일을 치르는 데 최선을 다하지 않은 것이 없으니 목숨을
연장할 수 있게 해 준 것이 당신이 아니었다면 누가 그렇게 해주었겠소?
이미 빈하고 장례를 치르고 난 후⁴ 당신이 병에 걸려 힘들어 수고하느라
병이 났다고 생각하여 걱정하는 마음이 실로 많았지만 오히려 그대의

'서인은 전으로 부르고, 사는 기로 부르고 대부는 정으로 부른다.'(庶人以旃 士以旂 大夫
以旌)라고 하였다. 정은 새 깃을 깃대 끝에 단 기를 말함.

3 두서(頭緖) : 사람의 정·생각 등의 비유.

4 1704년 10월에 부친상을 당하였고, 이듬해 김씨 부인이 죽었다.

정력이 평소 완전하다고 믿었소. 어찌 마침내 이 병으로 죽을 줄 생각이나 했겠소? 이것은 모두 내가 악을 쌓았기 때문이니 흉악한 화를 불러 그대로 하여금 여기에 이르게 한 것이오.

아아! 한 병을 오래 앓다가 여름을 지나고 가을을 넘겨 나는 바야흐로 병이 났소. 자주 묻고 가보지도 못했고 다만 밤낮으로 걱정하며 마음을 태웠으며 의사를 찾고 약을 마련하며 만일의 효험을 거두기를 바랄 뿐이었고 실로 근심이 쌓여 쇠한 것을 알지 못했으니 근본이 이미 상하여 약도 능히 고칠 수 있는 것은 아니었소. 당신이 아프고 나서 얼마 안 있어 내가 문 안에 들어가니 당신은 나를 보면서 말하길,

"나는 이미 스스로 죽을 것을 알고 있습니다. 다만 당신이 여러 번 상복을 입으니 죽어도 눈을 감지 못하겠습니다. 이미 예제에 한도가 있으니 저5 때문에 당신에게 누를 끼칠까 걱정이 됩니다. 원컨대 오래도록 복을 입지 마십시오."

라고 하였으니 죽고 사는 상황에 능히 이치로 하는 것이 이와 같았으니 이 뜻이 더욱 슬프오.

아아, 슬프오! 나는 당신과 인간 세상에서 부부가 된 것이 30년이오. 근심을 없애고 함께 살며 입을 열고 웃으며 거의 그 반을 살았는데 죽고 사는 즈음에 말을 삼키고 다시 할 수 없으니 내 마음은 이에 슬프지 않겠소?

백년을 함께 하자는 약속이 하루아침에 어긋났으니 인생의 이러한 슬픔을 모르지 않는 자가 10명 중에 7, 8명은 되오. 그러나 마음과 이치가 절통함이 누가 나의 경우만 하겠소? 아버님의 상을 당해 있고 어린 아이들이 앞에 가득한데 신세는 슬프고 의탁할 곳이 없소. 당신은 죽었지만 앎이 있다면 또한 저승 아래에서 울고 있을 것이오.

---

5 기추(箕帚) : 기추첩(箕帚妾). 물 뿌리고 청소하는 일을 맡은 계집종 혹은 처첩의 겸사. [史記·高祖紀] 臣有息女 願爲季箕帚妾.

아아, 슬프오. 금성은 당신과 살림하던[6] 곳이 아니오? 집은 겨우 지었으나 사람의 일은 이미 그르쳤으니 눈에 가득 들어오는 것이 슬프고 신산하오. 어찌 다시 조금이나마 세상에 대한 미련이 있겠소? 그러나 오히려 말하고 먹으니 어린 아이들이 의지할 곳이 없기 때문이오. 생각하니 늙고 병이 들었고 나이 50세이니 유유한 인생 수십 년에 불과한 나그네요. 10년 내에 시집보내고 장가보내는 것을 마칠 수 있을 것이나 사람의 일은 알 수 없어 또 어찌될까요? 당신은 일찍이 나에게 말하길.

"내가 죽어 당신이 나를 장사지내주면 다행일 것 같습니다."

라고 하였으니 아아! 이것이 참언이었단 말이오?

살아서 나의 가난함에 박절했고 죽어서 또 후하게 되지를 못했으니 옛날을 생각하면 애통함이 더욱 간절하오. 그러나 관에 넣고 몸에 넣는 것은 정성과 성실함으로 하였으니 이것이 조금이나마 흙 속의 슬픔을 위로할 수 있겠소? 도솔원의 무덤은 실로 우리 왕부모의 선영이오. 신의 길이 멀지 않다면 인정이 덮어주고 감싸주어 평안할 것이오. 상을 당한 자의 말은 드러나지 않으며 게다가 지극한 정은 글로 될 수 없소. 이에 생전의 미진한 한을 대략 한 두가지를 뽑았으니 느낌이 반드시 통할 것이오. 혼이 이르기를 바라오. 아아! 슬프오.

| 해제 | 1705년에 지은 제문이다. 이재는 50세 정도의 나이에 30년간 함께 산 아내를 잃고 이 제문을 지었다. 아내는 남편을 하늘이라 생각하며 항상 자신의 뜻에 맞게 해주었기에, 이재는 자신이 이룬 공은 아내의 내조 덕분에 가능했다고 생각한다.

이재는 아버지 이현일이 금성으로 내려가 후학 양성에 힘쓸 때 따라 가느라고 아내와 떨어져 살면서 병을 살피지 못했던 사실을 말하며 미안한 마음을 드러내고 있다.

---

6 경기(經紀) : 생업을 꾸려감.

홍열부전
洪烈婦傳

열부의 성은 홍씨이고 남양 사람이다. 조상 중에는 이름 난 사람이 많았는데 아버지 홍이원에게도 알려지지 않은 숨은 덕이 있었다. 홍이원은 봉성[7]의 북쪽 고개에 임시로 부쳐 살고 있었다. 열부의 나이가 얼마 되었을 때 진천 사람 이명인에게 시집갔다. 명인의 아버지는 이세중이다. 세중은 조씨에게 장가들어 명인을 낳았고, 다시 정씨와 결혼하여 명기, 명린과 딸 하나를 낳았다. 정씨가 죽자 세중은 다시 장가들지 않고 첩 하나를 두었는데, 그의 성은 김씨였다. 세중의 부모는 명인이 장손이고, 또 그가 어려서 어머니를 여읜 것을 불쌍하게 여겨 토지와 종을 후하게 나누어주었다.

명인은 혼인을 하고 일 년도 되지 않아 병들어 죽었다. 열부는 처음에는 자기 몸으로 남편을 대신해 줄 것을 밤낮으로 구했는데 뜻대도 되지 않자 슬픔이 절실하여 자결하고자 마음 먹었으나 그때마다 번번이 사람들에게 발각되어 구해져 그만두었다. 시아버지 세중이 눈물을 흘리면서 죽지 말라고 타일렀다. 열부는 이에 억지로 명을 들어 밥을 먹으며 아침저녁으로 제사를 주관하는 외에 세중을 공양하는 것으로 일을 삼았다. 세중은 며느리 열부를 어질다고 생각했고 동네에서도 "효성스런 며느리"라고 칭찬하였다.

전에 열부가 시집왔을 때 명기와 그 남동생과 여동생은 어린아이들이었다. 김씨는 그 형제들을 자주 무례하게 대했으나 열부는 마치 어머니

---

7 봉성(奉城) : 경상북도 봉화군(奉化郡)을 말한다.

와 자식처럼 서로 사랑하였다. 그런데 김씨는 착하지 않았고, 세중은 김씨가 행실을 삼가지 않음이 많다고 여겨 마침내 열부에게 집안일을 맡겨 손님 대접하는 일과 음식 만드는 일을 주관하도록 시켰다. 이에 김씨는 더욱 한이 뼈 속까지 닿아 열부를 자주 미워하고 세중에게 열부를 모함하였으나 세중은 열부를 위해 듣지 않고 더욱 열부를 잘 보살폈다.

얼마후 시동생 명기가 같은 군에 사는 박지태의 딸에게 장가들었는데, 박씨는 교묘하며 다른 사람에게 아첨을 잘 하는 사람이었다. 박씨는 항상 자신의 두 아들이 자식이 없는 열부보다 총애 받지 못하고 또 열부는 재산이 넉넉한데 자신은 자산으로 삼을 만한 것이 없기 때문에 항상 마음 속으로 한 아들을 열부의 후사로 삼기를 바랐다. 그래서 틈틈이 열부의 마음을 시험하여 말하길,

"동서는 맏며느리인데 뒤를 이을 후사가 없으니 이 점을 생각하세요."
라고 하였다.

열부는 평소 박씨의 아들을 평범하고 노둔하게 여겼기 때문에 명기 형제가 모두 아들을 둔 후에 후사를 택하고자 거짓으로 둘러대며 말하길,

"내 팔자가 박명하기 때문에 어린아이에게 허물이 갈까 두렵네. 장차 아이가 자라기를 기다리고자 하네."
라고 하였다.

박씨와 명기는 열부의 뜻을 짐작하여 알고 하루아침에 다른 아이를 데려다 후사를 삼을 것을 두려워하였다. 그리고 이에 열부를 모함에 빠트릴 계획을 세웠다.

열부는 평소 잘 아팠는데 명인이 죽은 후에는 점점 더 병이 들어 여러 번 죽을 뻔하였다. 명기가 말하길,

"점쟁이가 그러는데 형수에게 올해 재앙이 있을 것이니 급히 집을 나가 피해 있으며 경을 읽고 재앙을 피하기 위해 기도하는 것이 좋다고 합니다."

라고 하였다.

열부는 명기의 말을 옳게 여겨 바로 집을 나가 이웃집에 임시로 부쳐 살았다. 김씨는 계집종 신향을 사주해 몰래 열부의 작은 허물을 들추어 내게 하였는데 틈을 얻어 거짓으로 열부를 죄주기를 바라서였다.

그보다 일년 전에 사건에 연루되어 호남으로 귀양 갔던 세중이 마침 사면을 받아 돌아왔다. 명기 일당이 함께 세중에게 말하길,

"홍씨가 다른 남자와 관계를 맺어 임신해서 몰래 아이를 낳았는데 아이는 숨겨 놓았습니다."

라고 하였다.

세중이 놀라 말하길,

"내 며느리는 일찍이 하루에 세 가지로 자신을 반성하고, 밤에도 보모가 없으면 마루 아래로 내려오지 않는다. 어찌 이 같은 사람이 이런 행실을 하겠느냐? 아마도 내 며느리를 싫어해서 밀쳐 내려는 자가 있는 것 같구나."

라고 하였다.

그러나 명기 일당이 여러 번 사실처럼 말하고, 김씨 또한 곁에서 부추기니 세중의 생각이 흔들리지 않을 수 없었다. 명기가 그 무리에게 말하길,

"이제 홍씨와 간통한 자를 지목하려고 하는데 죽은 형 유모의 아들 호경이 홍씨에게 신임을 받으니 그가 어떻겠습니까?"

라고 하였다.

김씨가 말하길,

"호경은 말 잘하기로 이름났고, 또 그의 어머니는 일찍이 홍씨의 따뜻한 은혜에 감동했었네. 지금 억지로 죄명을 더해 사지에 처하게 되어 만의 하나 홍씨의 처지를 위해 일을 하면 일이 위태롭게 될 걸세. 신필양이란 자가 있는데 홀아비이고 어리석네. 또 친척이기 때문에 홍씨와 서

로 왕래하는 사이이니 이제 그를 지목해서 말하면 스스로 해명할 방법이 없을 걸세. 또 장차 남이 들은 것을 믿게 될 것이니, 이렇게 해서 호경을 꾀면 일은 이루어질 걸세."
라고 하였다.

　　모두

　　"좋다"
라고 말했다. 당시 모든 사람들의 이목이 열부를 그르다 했으니 진실로 이상하다.

　　세중에게 누이동생이 한 명 있었는데, 평소 열부를 어질게 생각했다. 그가 명기 일당의 모의 사실을 조금 알고 그 사실을 모두 열부에게 알려 주었는데 열부는 놀라고 슬퍼하며 분하여 하늘을 우러러 가슴을 쳤다. 마침 박씨가 열부를 보러 오자 열부는 울며 말하길,

　　"미망인이 무슨 죄를 지었다고 당신들이 차마 이런 일을 하는가? 천지 신명이 당신들에게 장차 재앙을 내릴 것이네."
라고 하고 즉시로 옷을 풀어 젖과 배를 보이니 박씨는 무안해서 아무런 응답도 하지 못했다.

　　당시의 유언비어에 사람들이 서로 놀랐는데, 중국과 우리나라 안팎으로 혼란하여 남쪽으로 군사가 장차 이를 것이라는 말이었다. 열부의 부모는 진영이 큰 길에 있으므로 사람을 보내어 열부를 맞아 오게 했다. 열부는 장차 길을 나서기 위해 호경과 여종 정심을 남겨 두어 집을 지키게 하고 떠났다.

　　명기 일당은 더욱 스스로 기뻐하고 다행스럽게 여기며 밤낮으로 열부를 위태롭게 할 것을 모의했다. 이미 세중에게 뜻을 결정해서 관에 신고할 것을 청했으나 세중은 그 일이 증거가 없으므로 필양의 형 필진을 불러 말하길,

　　"이것은 두 집의 가문에 관련된 일이니, 오직 너는 그 사실을 알아서

말을 조심해야 한다."
라고 하였다.

필진은 본래 미련하고 방정맞아 그 이야기를 듣고 놀랐으나 근본을
다시 묻지 않고 또한 허락했다.

세중은 마침내 필진에게 자신과 함께 약정서를 쓰도록 요구하고 그렇
게 한 후 또 정심을 위협하여 말하길,

"너는 네 주인의 간통한 사건이 드러난 것을 아느냐? 이제 바른 대로
말하면 내가 너를 살려주고 또 상을 줄 것이다. 그렇지 않으면 내가 너
를 죽일 것이다."
라고 하였다.

정심은 얼굴을 우러르며 울부짖으며 말하길,

"아! 원통합니다. 누가 이런 말을 하였습니까? 나는 차마 우리 주인이
욕을 받게 할 수 없으니 원컨대 빨리 죽여주십시오."
라고 하였다.

세중이 화가 나서 정심을 때려 정심의 몸이 성한 데가 없었으나 끝내
다시 말하지 않았다.

명기가 스스로 정심을 고소하는 글을 써서, 세중을 꾀어 진천 태수에
게 소장을 냈다. 태수는 먼저 세중을 옥에 가두고 글을 보내어 영남 도
백에게 열부를 체포하고, 또 필진 등을 잡아드리도록 말했다. 필양은 두
렵고 위급하여 감히 밖에 나오지 못했다. 명기가 기뻐하며 말하길,

"홍씨는 장차 자살하고 오지 않을 것이니 우리 일은 이루어진 것이다."
라고 하였다.

그리고 사람들에게 필양이 잘못을 자백했고 정심은 사실을 고백했다
고 널리 말하게 시키며 열부가 먼저 자결하기를 바랐다.

이에 열부는 크게 하늘을 향해 부르짖으며 빨리 가서 자신의 원통함
을 드러내고자 하였으나 부모님께서 말씀하시길,

"들으니 갇힌 자들이 이미 거짓 죄를 인정했다고 하니 네가 비록 마음과 배를 쪼개어 장을 꺼낸다 한들 소용이 없다. 단지 욕만 당하게 될 터인데 네가 가서 무엇을 하겠느냐?"

라고 하였다.

열부가 울며 말하길,

"내 부모님께서 어찌 이런 말씀을 하실 수 있으세요? 이제 사건이 먼저 스스로 그치게 되면 저 여자들이 만족하여 도리어 내 죄가 끝이 없고 악이 지극하다 할 겁니다. 만약 스스로 밝히지 못하고 죽으면 누가 제 원통함을 알겠습니까? 지금 참고서 더러워진 이름을 씻은 후에 죽으면 아마도 원귀가 되지는 않을 겁니다."

라고 하였다.

그리고 마침내 그의 사촌 오빠 만제를 쫓아 다음 날 길을 떠났다. 먼저 진천의 옛날 살던 곳에 이르니 명기와 김씨는 열부가 반드시 자결했을 것이라고 생각하고 벌써 열부의 재산을 몰수했다가, 그가 이르렀다는 말을 듣고 모두 무서워 발을 떨었다. 세중은 밥을 먹고 있다가 수저를 떨어뜨렸으며, 필양은 열부가 온다는 말을 듣고, 또 세중이 이끌어 쓴 것이 대부분 맞지 않는다는 소리를 듣고 또한 집 밖으로 나와 옥에 갇혔다.

옥사를 심의함에 미쳐 열부의 대답은 심히 분명하나 세중의 말은 어긋나고 혼란스러워 관리들이 옥사를 갖추어 위에 올렸다. 세중은 일이 날로 급해짐을 알고 명기로 하여금 대궐 아래에 나아가 억울함을 하소연하게 하며 말하길,

"옥관이 홍씨에게 뇌물을 많이 받아 사건을 끝까지 다스리지 않고 저의 아버지를 급히 죽이려고 논합니다. 청컨대 경옥으로 옮겨 제 아버지의 목숨을 구해주십시오."

라고 했다. 유지가 본도에 내려와 서원으로 옮겼다. 세중은 또 신향과 마을 사람 남두원의 소장과 심문서를 끌어와 모두 열부에게 죄를 씌웠다.

이에 열부는 편지를 써 일이 일어난 이유를 갖추어 말하길,

"저들은 마치 제가 여성으로서 추한 일을 한 것처럼 무고했습니다. 저는 죽어도 스스로 분명히 할 바가 없지만 저들이 젖먹이의 자취를 없앴다고 말한 데에 대해서는 제게 젖과 배가 있으니 증서할 수 있습니다. 제가 밤낮으로 마음을 썩이면서도 한번 죽기를 늦추며 기다리는 이유입니다."

라고 하였다.

이에 세중은 입을 닫고 대답할 말이 없었다. 하루는 명기가 계교를 내어 열부를 설득하며 말하길,

"형수께서 만약 필양이 와서 포악하게 굴려고 했는데 굳게 막아 그가 들어올 수 없었다고 하시면 필양 혼자 감옥에 갇힐 것이고 형수와 우리 아버님은 모두 무사하게 될 것입니다."

라고 하였다.

열부가 이 말에 응하지 않자 세중이 또 와서 명기가 지시한 대로 하라고 하였다.

열부가 말하길,

"다른 사람을 무고하고 자기는 벗어나려고 하는 일은 죽어도 할 수 없습니다."

라고 하자 후에 다시 감히 말하지 못했다.

이보다 앞서 명기는 선비 집의 어느 노비가 새로 죽은 아이의 태를 묻었다는 소문을 듣고 그것을 사서 밤에 꺼내어 이를 열부의 아이라고 하고 아침에 관리에게 알리려 했으나, 노비가 주인에게 꾸짖음을 당해 그만두게 되었다. 이에 명기는 또 잡화를 많이 사서 노비에게 주어 마치 장사를 생업으로 하는 것처럼 꾸미고 마을 지역을 두루 다니며 지나가는 사람이 많은 곳에서 몰래 홍씨의 젖을 눈으로 본 사람이 있다고 말을 하게 했다. 또 몰래 관비와 약속하여 열부의 젖과 배를 조사할 때 거짓

으로 아기 낳은 흔적이 있다고 말하게 했다. 그러나 이러한 일이 모두 만제에게 발각되어 관에 알려졌고, 그들을 잡아 체포하여 다스리니 모두 자복하여 세중 일가의 모의는 더욱 무너졌다.

열부가 재판을 받고 있을 때 생선과 채소와 맛있는 것을 얻으면 반드시 먼저 세중이 있는 곳에 올려 이를 본 옥졸과 다른 사람들이 혀를 차면서 칭찬하여 말하길,

"부인이 세중에게 모함을 받았기 때문에 앞을 헤아릴 수 없는 지경에 처하게 되었는데, 홀로 며느리의 도리를 이와 같이 행하니 '효부'라 불리는 까닭이 있다."

라고 했다.

그 후 죄수들을 심문했는데, 세중은 말을 바꾸었고, 호경과 신향은 후에 그들의 말을 굳게 지키지 못했으나 정심은 끝내 고집하여 말을 바꾸지 않고 명기 일당이 저지른 망상을 말했다. 추관[8]은 장막과 병풍을 설치하고 관비 두 사람으로 하여금 세중의 여종과 함께 열부의 젖과 배를 조사하게 했다. 관비는 나와 말하길,

"아이를 낳은 젖과 배가 없습니다."

라고 하였는데 세중의 여종은 거짓으로 젖과 배가 있다고 했다.

열부는 크게 슬퍼하고 꾸짖어 말하길,

"이는 끝내 혀로 다툴 수 있는 문제가 아닙니다."

라고 하고 마침내 몸을 빼내어 섬돌 위에 서니 추관이 놀라 쳐다보았다. 열부는 앞에 나가 슬퍼하며 말하길,

"저도 진실로 몸을 겉으로 드러내는 일이 추한 일이라는 것을 압니다. 하지만 이제 이와 같이 하지 않는다면 사건을 명백히 밝힐 수 없습니다."

라고 하고 스스로 젖과 배를 내어 보이며 눈물을 흘리니 눈물과 콧물이

---

8 추관(推官) : 당 나라 때 형벌을 관할하던 관리.

서로 섞여 흘러내렸다. 추관이 열부의 뜻을 가련히 여기고 슬프게 여겨
일어나 보니 과연 관비들이 말한 것과 같았다. 아기 낳은 자취가 있다고
말한 여종은 이미 몸을 숨겨 보이지 않아 잡지 못했다.

뜰 안에 있던 사람늘 가운데 이 날 열부의 행농을 본 사람은 놀라서
얼굴 색을 변하며 눈물을 흘리지 않은 사람이 없었다. 이에 추관이 방백
에게 열부가 무고 받은 상황을 말하였다. 방백은 바로 열부를 사면하고,
정심은 비록 죽더라도 마음을 바꾸지 않은 점을 칭찬하여 또한 방면되
었다. 열부는 출옥한 후 추관에게 편지를 써서 감사하고, 명기 일당이 행
한 못된 짓을 반복해서 말했다. 또 시아버지가 여러 간교한 모의를 두려
워 한 것이고, 본래 이 일을 꾸미려 한 것이 아니니 그의 죽음을 용서해
주기를 청했다.

또 편지를 써서 열부의 부모에게 올렸는데, 자기가 남편을 따라 죽는
것을 슬퍼하고 측은히 여기지 말라고 하였다. 마침내 집안 식구와 아버
지와 자식의 영원히 이별하는 마음을 수백 마디 말로 서술했는데, 그 글
이 매우 슬퍼 차마 들을 수 없었다. 밤에 목욕하고 머리를 빗고 촛불을
밝혀 앉아 시비가 깊이 잠들기를 기다렸다가 즉시 일어나 옷을 갈아입
고 칼을 가져다 자기 목을 찔렀다. 시비가 깨어 만제에게 알리자 만제가
이르러 보니 피가 흘러 방안에 가득했고, 칼날은 목에 있었으나 자루는
없었다. 만제는 실성 통곡하며 지극히 애통해하였고 한 고을 사람들을
크게 놀라게 했다. 태수는 열부를 위해 눈물을 흘렸고, 병마사 최숙은 사
람을 시켜 와서 조문하게 하면서 상을 치르는 데 필요한 것들을 모두 갖
추어 주고 아전을 보내어 상을 돕게 했다. 가까이 사는 사대부, 아전에서
기녀, 종에 이르기까지 모두 와서 통곡하며 부의를 내었다. 만제가 상례
를 치르기 위해 집으로 돌아갈 것을 아뢰자, 병졸을 내어 보내 주어 집
으로 돌아와 칠현 언덕 동쪽에 장사지냈다.

명기와 김씨에게는 사형이 내렸고, 명린은 일이 급하게 된 줄 알고

도망갔다. 세중 또한 매를 맞으며 심문을 받아 힘들어지자 후회하며 말하길,

"내가 여자들에게 속았다"

라고 하였다.

세중의 딸은 명기가 죽었고, 세중도 장차 죽게 된다는 말을 듣고 통곡하며 박씨에게 말하길,

"다른 사람을 무고하고 모함하다가 도리어 화를 샀구려. 만약 내 아버지가 끝내 죽게 되면 내 마땅히 당신을 손수 죽여 아버지 원수를 갚겠소."

라고 하였다.

대개 옥사를 꾸며 법망에 끌어넣은 것이 대부분 박지태에게 나왔음을 말하는 것이다. 양반 사대부들은 열부의 의리를 칭찬하여 세중의 죽음을 면해주자는 논의가 있었으나 끝내 죽여야 한다는 결론을 내렸다.

찬한다.

태사공이 말하길, "죽음이 어려운 것이 아니라 죽음에 처신하는 것이 어렵다."라고 말하였다. 바야흐로 명기 일당이 무고한 일을 만들어 일으켰을 때 만약 열부로 하여금 노여운 분노를 이기지 못하게 하여 스스로 목매어 죽었다면 지극한 억울함을 풀어 당세에 알게 할 수 없었을 것이니 그렇다면 부질없는 죽음이 무슨 이익이 되었겠는가. 그렇기 때문에 열부는 구차히 사는 것을 참아 마침내 큰 수치를 갚고 조용히 죽음에 나아갔으니 마음에 부끄럽고 후회됨이 없었다. 이는 진실로 열사도 하기 어려운 것인데 하물며 부녀자의 참고 견디는 성품에 있어서랴. 열부 같은 사람은 죽음에 처해서 능히 의리에 부합하였다고 할 만하다.

그가 세중의 일을 용서해 달라고 부탁한 일은 또 얼마나 효에 두터운가? 인륜의 변고에 처해서도 그 올바름을 끝내 잃지 않았으니, 비록 옛 도서에 실린 사람도 어찌 오히려 이와 같을 것인가? 나는 당시 그림을 잘 그리는 자가 없지 않았을 터인데 열부를 그리지 않았음을 슬퍼한다.

이로 인해 그 사실을 순서대로 늘어놓아 합주 산인 왕세정(王世貞)[9]이 전해 준 절부의 의리에 몰래 덧붙이려 한다.

해제 열부전이다. 홍열부는 납채한 지 얼마 되지 않아 남편이 세상을 떠나자 자결하고자 했으나 시아버지의 간곡한 만류로 이를 포기하였다. 홍씨가 시아버지의 사랑과 신뢰를 받아 집안 재산을 관리하게 되자 이를 시기한 시동생 부부, 시아버지의 소실 등이 작당하여 시아버지가 유배 갔던 1년 사이에 그녀가 다른 남자와 사통하여 아기를 낳았다는 모함을 하게 되고, 집에 돌아온 시아버지 역시 이를 믿어 관에 고소한다.

홍씨는 결백을 밝히기 위해 자결하고 싶은 마음을 참고 저항했으나 끝내 오해가 풀리지 않자 추관에게 옷을 벗어 아기를 낳아보지 않은 처녀임을 보여주고, 결백이 입증된 후 자결하였다. 이 열부전은 입후권과 종부권, 재산권을 둘러싸고 벌어진 장자와 차자, 첩과 처 등 가족 간의 갈등이 첨예하게 드러난 이야기이다. 또한 시아버지와 며느리의 소송 과정이 매우 구체적이고 사실적으로 그려져 있다. 이시선(李時善)의 <열녀 홍씨전>도 동일한 여인에 관한 이야기이며 『봉화군지』, 『봉화군사』 등의 '열부', '정열' 항목에 홍씨 부인의 일이 기록되어 전한다.

---

9 왕세정(王世貞) : 1526~1590. 명 나라 문사로 호가 鳳洲 또는 弇州山人이다.

둘째 형수 광산 김씨 부인 광지
仲嫂光山金氏夫人壙誌

　김씨의 선조는 신라의 왕자 흥광에서 시작하여 고려에는 8세 평장사가 있으며 조선에 들어서는 현달한 관직과 위대한 사람이 많다. 참판을 추증 받은 김효려에 이르러 안동에서부터 비로소 예안현의 오천리에 거주하기 시작했다. 관동의 안찰사 김록이 효려의 아들이다. 이 분이 성균생원 김부의를 낳았는데 김부의는 형 김부필과 도산에서 가장 오래 노닐었고 유교의 우아함을 입어 그 집안에 대대로 빛났다. 그의 아들 예문관 검열 김해는 더욱 독학하고 역행하여 그 이름을 크게 했다. 이 분이 부인의 증조가 된다. 할아버지 김광실과 아버지 김초는 비록 연달아 벼슬하지는 않았으나 세상에서 명문 거족이라고 추대하였다. 아버지 김초는 진양 강씨를 아내로 맞이하였는데 강씨는 모 벼슬을 지낸 아무개의 딸로서 선행이 있었다. 마침내 어진 딸을 낳았는데 우리 둘째 형 이의(李檥), 자는 중직인 사람에게 시집왔다.

　둘째 형님은 우리 작은아버지 존재선생[10]의 후사가 되었다. 어려서부터 어질고 숨은 재주가 있어 존재선생이 매우 사랑했다. 또 선생이 막내 작은아버지 호군공[11]의 후사가 되어 나갔는데 호군공은 대를 잇는 것이 중하다는 것을 깊이 생각해 아름다운 배우자를 구해 제사를 잇고자 하였다. 그때 우리 김씨 고모가 부인의 종조숙모가 되었는데 평소 부인이

---

10 이휘일(李徽逸) : 1619(광해군 11)~1672(현종 13). 본관은 재령(載寧). 자는 익문(翼文), 호는 존재(存齋)이다. 참봉 이시명(李時明)의 아들로, 승의랑(承議郎) 이시성(李時成)에게 입양되었다. 어머니는 장흥효(張興孝)의 딸 안동 장씨다.
11 이시성(李時成)을 말함.

가르침을 익히고 덕을 행하는 것을 어질게 여겨 만일 어진 며느리를 얻고자하면 시집의 모가의 딸만한 사람이 없다고 하여 중매자가 길일을 택해 좋은 날을 점쳐 우리 집안에 들어오게 되었다.

호군공이 75세였고 황숙부인은 77세였으나 아직도 건강하여 병이 없었다. 태재부군을 추증받은 할아버지[12]와 할머니 장태정부인[13], 그리고 백조고 태유인이 모두 80의 연세였다. 이 분들이 한 집에 모여 살아 가족이 많고 높여야 할 분이 많았는데 부인은 일시에 섬겼다. 부인의 모습과 행동거지와 주선함이 맑고 착하며 법도가 있어 그 분을 본 자 가운데 내외 위아래, 늙고 젊은 사람 모두 경하하지 않는 이가 없었다. 예전에 선생[14]이 무안 박씨[15]에게 장가들었는데 바로 나의 큰이모[16]이다. 이모님은 아들이 없어 둘째 형을 데려다 후사로 삼았는데 형이 이를 갈 나이가 되어 이모님이 돌아가셨다. 선생이 풍산 김씨를 아내로 맞았으나 또한 아들이 없었다. 부인은 효도를 옮겨 정성을 다하고 부인의 도를 빛나게 하여 그 본래 낳아주신 시부모님에게도 또한 은의를 다하여 조화로이 피차간의 말이 없게 하였다. 부인은 반고[17]의 『여교』를 통달하고 시의 <관저>[18]와 <상체>[19]와 <육아>[20] 여러 편을 외우며 자못 고금의 사변

---

12 이시명을 말함.

13 안동 장부인을 말함.

14 이휘일을 말함.

15 이 여성의 묘지명은 이현일이 썼다. 이현일, <유인 박씨의 묘지명(儒人朴氏墓誌銘)> 『葛庵集』권25, 『한국문집총간』권127. 284면.

16 이휘일과 이현일은 무안 박씨 자매를 각각 아내로 맞아 이들은 자매이면서 동서지간이 된다. 따라서 이재에게는 큰어머니이면서 이모가 된다.

17 중국 후한(後漢)의 여류시인. 『한서(漢書)』의 편찬자 반고(班固)와 서역 경영에 활약한 무장 반초(班超)의 누이동생으로서 반고가 『한서』를 완성하지 못하고 죽자 화제(和帝)의 명을 받아 그 일을 마무리하였다. 그 후 궁중에 초빙되어 황후를 비롯한 여러 부인들의 교육을 담당하였으며, 『여계(女誡)』, 『동정부(東征賦)』등을 저술하였다.

18 관저(關雎) : 『시경』, 「주남」의 편명. 주(周)나라 문왕(文王)이 태사(太)를 배필로 얻고 기뻐하여 높이 받드는 뜻을 그린 것.

을 알았다. 그러나 자랑하는 것을 부끄럽게 여겨 다른 사람이 알지 못하게 했다.

임자년(1672)에 존재선생이 돌아가시자 김유인이 곡하며 울다가 여러 번 기절했다. 부인이 뜻을 받들고 유인의 몸을 간호하는데 모두 편안하게 들어 맞았다. 김유인 또한 자애로운 은혜와 지극한 행실이 있었는데, 항상 말하길,

"미망인이 지금 까지 죽지 않는 것은 새 며느리 때문이다."

라고 하였다. 본래 낳아주신 시어머니인 우리 어머님 또한 이해 겨울에 돌아가셨다. 여러 시동생과 시누이가 아직 성장하지 못했는데 부인은 굶주리고 추우면 병이 날까 염려하여 한결같이 둘째 형이 하는 것을 따라 물과 불의 재앙에서 면하게 해주었으니 모두 부인이 도운 것이 많았다.

호군공은 90세의 장수를 누리셨다. 때에 둘째 형이 이미 병이 나 부인은 밤낮으로 여러 가지 방법을 구하고 김유인이 호군공을 봉양하는 것을 도와 걱정을 끼치게 하는 것이 없이 호군공을 매우 평안하게 해드려 호군공이 마침내 하늘의 명을 다하시고 돌아가셨다. 그리고 둘째 형님은 병에 걸린 지 6년 만에 돌아갔다. 부인은 부르짖으며 마치 살 수 없을 것 같이 하였다. 그러나 태유인이 이미 늙었고 여러 자식들이 어려 억지로 살며 집안을 조리 있게 다스려 시집보내고 장가보내는 것을 때에 맞게 하며 30년을 한결같이 하였다. 태유인의 여러 손자들 또한 차츰 성장하였다. 그러나 눈물이 항상 얼굴과 웃는 사이에도 떨어졌다. 장남 익이 병으로 죽자 부인의 슬픔이 쌓였으나 도리어 태유인을 봉양하느라 억지로 모습을 지키고 기운을 차려 울면서 말하길,

"내가 죽기로 참아 할머님의 마음을 거듭 상하지 않게 할 것이다."

---

19 상제(常棣) : 『시경』, 「소아」의 편명. 형제가 급할 때 서로 도움을 노래함.

20 육아(蓼莪) : 『시경』, 「소아」의 편명. 자식이 부모를 추모하면서, 부모 생전에 제대로 봉양하지 못했음을 슬퍼하는 내용.

라고 하였는데 이미 약한 증세가 있었고 마침내 몸에 나타나 익을 장사한 지 한 달이 되지 않아 돌아가시니 병신년(1776) 11월 모일이었다. 태어난 숭정 갑신년(1704)에 비교하면 향년 73년이다. 다음 해 3월 모일에 부서 인아리 모 방향을 등진 곳에 장사지냈다.

부인은 4남 2녀를 두었다. 큰아들이 지욱이고 둘째는 지확이다. 두 아들은 어리다. 딸은 사인 권규에게 시집갔고 막내는 계례도 치르지 못하고 죽었다. 지욱은 1남 2녀를 두었다. 아들은 종원인데 바야흐로 대신 중복을 입었다. 딸은 사인 신세모에게 시집갔고 막내는 어리다. 나머지 아들 또 하나가 있다. 지확은 4남 1녀를 두었다. 큰아들은 유원이고 다음은 기원이며 나머지는 어리다. 권구에게는 3남 4녀가 있다. 큰아들은 진이고 딸은 사인 김신석에게 시집갔고, 둘째는 사인 이경에게 시집갔고 나머지는 어리다. 대저 우리 둘째 형님의 어짊으로 부인을 만나 배우자로 삼으니 마땅히 귀하고 강녕해야 하며 후한 복을 누려야 하는데 지금 한 가지도 있지 않으니 누가 하늘이 아는 것이 있다고 하겠는가? 지확은 이미 장례를 마치고 울면서 나에게 말하길,

"우리 어머니는 10년 이래에 한 두 가지도 좋았던 때가 없어 미간을 펴고 입을 열고 웃으신 적이 없습니다. 그러니 우리 어머니의 기구하고 곤고함이 심합니다. 제가 남은 음성과 명예를 드러내 아름다움을 전하지 않는다면 이 또한 죄입니다. 오직 작은아버지께서 우리 어머니의 평소의 일을 아시니 어찌 한마디 말로서 무덤에 넣어 뒷사람에게 알려주지 않겠습니까?"

라고 하며 말을 마치자 또 주르륵 눈물을 흘렸다. 나 또한 울면서 말하길,

"아아! 슬프다. 오직 둘째 형수는 우리 형제를 위로하고 불쌍히 여기셨으니 실로 한씨 집안의 정씨 형수[21]에 사양할 만한 것이 없다. 돌아보

---

21 한문공(韓愈)이 정씨 형수에게 보살핌을 받았다.

니 우리가 은혜와 후박함에 만분의 일도 미치지 못했으니 형수의 덕과 행적을 지어 기록하는 일을 또 어찌 그만둘 수 있겠는가? 그리고 나는 형수님이 계례를 올리기 전의 일은 진실로 자세히 알지 못하지만 이미 결혼한 다음에 부인이 되어 어머니가 되기까지 나만큼 상세하게 아는 이도 없다. 이에 시종을 차례를 갖추어 말한다."
라고 하였다.

　옛날의 인륜과 규방의 아름다움에 4가지가 있다. 그것은 부덕과 부용과 부언과 부공이다. 지금 부인의 덕을 말하면 효도와 자애로움이 은혜롭고 조화스럽고, 용모를 말하면 맑고 얌전하다. 말에 대해 살펴보자면 분명하고 이치에 합당하였고 여공에 대해 말하자면 술 빚고 장 담그고 제사지내는 것이 그 사람의 며느리 되고 아내가 되고 어머니가 됨에 규방의 아름다움을 이미 갖추지 않은 것이 없었다. 이로써 명을 짓는다.

> 해제　둘째 형 이의(李檥)의 부인, 광산 김씨의 광지이다. 김씨 부인은 김초와 진양 강씨의 딸인데 이재의 집안에 시집와 연로한 시어른을 공경하게 모시며 화목하게 살았다. 남편이 죽고 나서도 시어른을 모시고 아들 딸을 출가시키며 30년을 한결같이 살았으나 장남이 병들어 죽자 장사한 지 한 달이 되지 않아 죽었다. 부인은 반고의 여교를 통달하고 시경의 여러 편을 두루 외우면서 고금의 사변에 대해 통달했던 여성으로 그려졌다.

홍씨 누님 묘지
洪氏姊墓誌

누나의 이름은 희향이고, 자는 혜영이며, 성은 이씨이다. 나의 아버지 태재부군 이현일과 어머니 박씨의 둘째 딸이다. 태어나면서 아름다운 자태가 있었고 자라서는 정숙한 덕이 있었다. 어려서 총명하고 기억력이 좋아 항상 아버님 곁에 있으면서 독서하는 소리를 들으면 번번이 암기할 수 있었다. 간혹 한 편을 다 읽도록 한 글자도 틀리지 않아 아버님이 기특하게 여기셨다. 옛날에 『소학』과 『십구사략』을 가르쳤는데 힘들이지 않고 그 뜻을 통달하였다. <이남> <소아> <여교> 편 등은 모두 일상에서 외웠고 고금의 사변과 인물의 현명함과 그렇지 못함, 출처에 관한 것 또한 대략 알고 있었다.

부모의 안색을 잘 살피고 따르며 일찍이 조금도 뜻을 어기거나 거스르지 않았다. 마음을 세우고 일을 하거나 말을 하고 일을 생각하는 것들이 모두 명백하고 통달하여 종종 남자들이라도 하기 어려운 것이 있어 아버님이 매번 칭찬하시며 말씀하시길,

"여자 가운데 군자이다."

라고 하셨다.

결혼할 나이가 되어 어머님의 상을 당했는데 발을 구르며 울부짖어 그 슬퍼함이 옆 사람을 감동 시킬 정도였다. 아버님은 평소 가업을 살피지 않으셔 집안이 더욱 영락한 데 이르렀는데, 누나는 여러 형제 자매 가운데 가장 연장자로서 몸소 가난함을 많이 겪었지만 일찍이 슬픈 표정을 지어 가족들의 마음을 거듭 상하게 하지 않았다.

상기를 끝내고[22] 남양 홍씨, 이름은 억이고 자는 대년인 사람에게 시

집갔는데 이는 형조판서를 지낸 문장공 봉녕원군 홍가신[23]의 5세손이다. 수부원외랑 홍우정의 증손이며 원외공은 남파 홍서공의 큰아들인데 이 분은 뛰어나고 기이한 절개와 위대한 행실이 있었다. 이 분이 장흥고직장 홍극을 낳았으니 미수 허문정공[24]이 일찍이 조정에 발탁되었을 때 특별한 기상이 있는 자라고 칭찬하였다. 그의 아들은 도에 노닐며 벼슬하지 않았는데 그의 집안은 세상에서 으뜸이라고 칭해졌다. 또 그 집안의 법이 매우 엄하여 평소 그 집안의 며느리 되는 것이 어렵다고 하였다.

그러나 누나가 그 집안에 들어가서는 친정 부모를 섬기던 것을 옮겨 시부모를 섬기고 친형제를 대하던 것으로 여러 형제들을 대했으며, 남편을 바름으로 순종하고 자식을 의로운 방법으로 가르치면서도 자애로웠고 절기에 맞추어 제사를 지내는 데 정성을 다했다. 우리 족조고 정경부인 이씨는 문장공의 부인이었는데 아름다운 덕과 덕스러운 것으로 규범이 되어 후세에 이어진다. 이에 직장공이 누나를 현명하다고 하며 사람들에게 말하길,

"이 며느리는 거의 세상의 아름다움을 두루 갖추었다."

라고 하였다. 누나는 용서하는 마음을 미루어 아랫사람을 부리어 종들의 마음을 얻었다.

홍군이 일찍이 한 명의 여종을 가까이 하였는데 누나는 한 번도 직접 마주하지 않으며 그 종을 옛날과 다름없이 대했다. 여종 또한 그 뜻에 감동해 삼가 부지런히 일하였다. 홍군이 탄식하며 말하길,

"같이 산 지 수십 년인데 아직도 그 덕성이 이와 같음을 알지 못했다.

---

22 외제(外除) : 부모의 거상에, 상기는 끝났지만 마음 속에 슬픔이 남아 있음을 이름. [禮·雜記下] 親喪外除 兄弟之喪內除.

23 홍가신(洪可臣) : 1541~1615. 본관은 남양(南陽). 자는 흥도(興道), 호는 만전당(晚全堂)·간옹(艮翁). 아버지는 옹온이며, 어머니는 군수 신윤필(申允弼)의 딸이다.

24 허목을 말함.

나는 천한 장부이다."라고 하였다.

명릉 갑신년(1704) 4월 모 갑에 병에 걸려 죽었으니 누린 수명이 52세에
그쳤다. 종족과 인척 내외가 모두 눈물을 흘리고 서로 위로하며 말하길
"어진 부인이 죽었다."
라고 하였고 비복들은 울며 그리워했고 동네 사람들은 안타까워하기를
오래도록 그치지 않았다. 누나는 이미 서사를 대략 알고 있으면서도 끝
내 감추고 드러내지 않았다. 바느질하는 것을 열심히 하며 꾸미는 것을
좋아하지 않았고 경전에 익숙하면서도 지식을 가려 변별하는 것을 부끄
러워하였다. 오직 오륜을 돈독히 하고 빈객을 맞이하고 제사지내는 것을
삼가하며 대가의 종사를 빠트리지 않았다. 이는 의당 귀함을 받고 오래
사는 것에 마땅히 부합하여 많은 복을 누려야 하는 것인데 나이가 겨우
일찍 죽는 것을 면치 못했고 영화가 몸에 미치지 못했으니 하늘이 어찌
이런 아름다운 덕을 갖춘 사람에게 그 보답을 인색하게 내린 것인가? 아
니면 후세에 보답이 있을 것인가?

죽은 해 11월 모갑에 모산 모향의 언덕에 장사를 지냈다. 16년 후 물
이 스며드는 염려로 모산 모향의 동산에 옮겼다. 아들 둘을 두었으니 세
전과 상전이다. 두 딸의 사위는 김정삼과 김뇌석이다. 세전은 3남 4녀를
두었다. 아들은 완이고 나머지는 어리다. 딸은 정자 이장에게 시집갔고
둘째는 사인 이세태에게 시집갔으며 나머지는 어리다. 상전은 2남 2녀를
두었는데 어리다. 내외손과 증손 남녀 약간 명이 있다.

우리 이씨의 본관은 월성인데 중간에 재녕으로 옮겼다. 조선조에 들
어와 부제학 이맹현이 있는데 누나에게 6세조가 된다. 증조 이어는 의령
현감을 지냈고 이조참판에 추증되었다. 할아버지 이시명은 강릉참봉을
지냈고 이조판서를 추증 받았는데 이때부터 더욱 대가의 명성을 받았다.
우리 아버지 이태재에 이르러 몸소 도를 행하고 덕을 지녀 지위가 상경
에 올랐다. 어머님의 본적은 무안이며 정부인을 추증 받았다. 경력 박늑

의 딸이고 절도사 박의장의 손녀이다.

어머님이 종당에 은혜를 베푸셔 사람들이 누나의 어짊은 모두 내교에 힘입은 것이 많다고들 하였다. 불초 동생 재는 누나보다 네 살 어리다. 누나가 계례를 올리기 전의 일은 진실로 상세히 알지만 결혼한 다음에는 명예와 소견을 미루어 살펴 아내와 며느리와 어머니로서 어질었음을 또한 알 수 있다. 규방의 아름다움은 깊이 묻혀있어 뜻이 없으면 드러나지 않는다. 어리석은 사람이 살아 있으면서 차마 없애고 드러내지 않아 끝내 어진 누나의 이름을 없앨 수 있겠는가? 이 때문에 세전이 무덤에 넣을 것을 청해 눈물을 흘리며 이 돌에 기록한다. 지극한 마음은 문자로 표현할 수 없기 때문에 글은 지으나 명은 짓지 않는다.

해제   이현일과 박씨 부인의 둘째 딸이며 이재의 누나인 홍씨 부인의 묘지이다. 홍씨 부인은 총명하고 기억력이 좋아 아버지 이현일이 책 읽는 소리를 듣고 번번이 암기했다고 한다. 그래서 『소학』과 『십구사략』 등을 힘들이지 않고 통달했다고 한다. 홍씨 부인은 남편이 가까이 하는 여종을 한 번도 직접 마주하지 않고 옛날과 다름없이 대함으로써 남편이 부끄러운 마음을 갖게 하기도 했다. 여성의 이름(희향)과 자(혜영)가 전하는 점이 특이하다. 이 여성은 52세에 죽었다.

정부인에 추증된 어머니 박씨의 가전

先妣贈貞夫人朴氏家傳

　　어머니의 성은 박씨이며 그 선조는 무안인이다. 신라의 시조 혁거세
로부터 시작하여 고려 때의 국자 좨주를 지낸 박진승이 그 분의 후손이
다. 이 분이 처음으로 씨족의 성씨를 기록한 책에 실려 있고 이 분으로
부터 창성하고 현달하였으며 대대로 이름이 알려진 분들이 있었다. 5대
째에 박문오라는 분이 있어 무안군에 봉해졌고 그것이 본관이 되면서
갈라져나왔다. 후에 박지몽이라는 분은 사복시정이라는 벼슬에 증직되
었다. 젊어서 숙부 박이라는 분이 야성에서 벼슬할 때 따라와 도사영해
박종문의 따님에게 장가들어 집안을 이루고 살아 그 분의 자손들은 마
침내 영해 사람들이 되었다. 증조 박세렴은 연일현의 일을 맡은 현감이
었고 병조판서에 추증되었다. 할아버지 박의장은 세 차례 절도사로서 영
남 동도에 진을 쳤다. 임진왜란에 경주를 회복하셔서 나라를 중흥시킨
뛰어난 명장이 되었고 마침내 호조판서에 추증되어 3대가 은혜를 입었
다. 아버지 박늑은 도총부 경력이었고 어머니 숙인 이씨[25]는 처사 이양
의 따님이다.

　　어머님은 어려서부터 정숙하여 남다른 자태가 있었다. 또 박씨의 집
안은 비록 여러 대에 걸친 장수의 집안이었으나 조심하고 두려워하며
물러나고 사양하는 기풍이 있었으며, 경력공에 이르러서는 벼슬을 버리
고 집에 계시면서 더욱 유학을 존중하고 예절을 숭상하였다. 이러한 이

---

25 이 여성의 묘지명을 이현일이 썼다. <어모장군 도총부 경력 박 부군의 부인 이씨 묘지
　　명(禦侮將軍都摠府經歷朴府君夫人李氏墓誌銘)『葛庵集』권25, 『한국문집총간』권127,
　　290면.

유로 어머님의 자매들은 모두 단정하고 삼가며 스스로 마땅하게 처신해 친정집에 있을 때부터 규문의 잘못을 행한 적이 없었다.

어머님은 20세에 우리 아버님에게 시집오셨다. 아버님의 이름은 현일이고 자는 익승이며 성은 이씨이다. 아버님은 여러 벼슬을 역임하시고 자헌대부 이조판서에 이르러 정2품에 올랐고 어머님은 이러한 예에 따라 정부인에 추증되었다. 어머님이 처음 우리 집안에 들어오셨을 때 여유있고 단아하며 절도와 법도가 있으셔 집안의 친척들이 서로 축하하였다. 시부모님을 예로 섬기고 남편을 받드는 데 뜻을 거스르지 않으셨다. 일이 아무리 하찮아도 반드시 여쭌 후에 행하시고 감히 자신의 독단으로 하신 적이 없으시며 말씀하시길

"비록 남편이 원하지 않았지만 내가 평생 동안 했던 일을 감히 말하지 아니할 수가 없었다."

라고 하셨다.

나이가 많거나 적은 친척들과 함께 있을 때는 자신보다 높은 분은 공경하고 자기와 나란한 분은 벗으로 여기며 그들의 환심을 얻지 않은 사람이 없었다.

종을 부릴 때는 반드시 능력에 맞추어 일을 맡기고 그들의 힘이 미치지 못하는 일을 억지로 시키지 않으셨다. 남의 위급하고 곤란한 일을 보면 아픔이 자기에게 있는 것처럼 측은하게 여겼으며 단지 속에 저장한 것이라도 나누어 서로 도와주니, 이웃이나 마을의 노파들 가운데 지금까지 칭찬하며 사모하는 사람들이 있다.

우리 이씨는 대대로 청빈한 덕을 대대로 전해 아버님은 집안 살림 살이를 다스리지 않으셔, 집안 살림이 더욱 어려웠으며 할아버지 판서공께서 궁벽한 곳으로 여러 번 옮기셔 아버님이 바로 따라가셨다. 이사를 갈 때마다 매우 가난하여 보통 사람은 그러한 근심을 견디지 못할 정도였는데, 어머님은 끝내 원망하고 후회하는 빛이 없으셨다. 몸소 집안의 힘

든 일을 하시며 비록 밥하고 음식 장만하는 비천한 일이라도 꺼려하지
않으시며 말씀하시길,

"나는 가난한 선비의 아내이니 분수를 편안히 여기지 않아서야 되겠
는가?"

라고 하시고 또 말씀하시길,

"남들과 상관없이 상황에 따라 스스로 자급해야 할 경우도 있다. 가난
한 집이라 입맛은 역시 저절로 좋구나."

라고 하셨다.

친정 부모님에게 귀녕가면 어리광을 부리며 가난하고 고달프다는 말
을 해서 늙은 부모님에게 걱정을 끼치는 일은 절대로 하지 않으셨다. 경
력공은 대대로 내려오는 가업이 있어 집안에 본래 재산이 넉넉해 어머
님은 어릴 때 가난을 모르셨다. 그렇지만 갑자기 어려운 가난을 당해도
편안하게 이와 같이 처신하였으니 군자들이 부인의 착한 행실로 여기며
칭찬했다. 여공을 부지런히 하셨고 간소함에 힘쓰셔 끈으로 묶고 화려하
게 꾸미는 습관은 없으셨다. 전에 여러 딸들을 위하여 말씀하시기를

"너희들은 어려서 뜻에 맞기만을 구하니 커서는 어찌 하겠느냐?"

라고 하시면서 때때로 시험 삼아 애쓰고 고달프게 일을 시켜 편안하게
지내지 않도록 하셨다. 그러한 까닭으로 우리 누나나 누이들은 어른이
되어 남에게 시집가서 거만하거나 게으르다고 남에게 허물을 듣지 않았
으니 이것은 모두 어머님의 내교에 힘입은 것이 많았다고 일컬어진다.

우아하고 결백하고 청렴하여 얻지 말아야 할 것을 얻은 경우에는 자
신의 몸을 더럽히는 것으로 여겼을 뿐만 아니라 말씀하시길,

"만일 새 것이 아니라면 비록 천하의 보물일지라도 나는 더욱 부끄럽
다."라고 하셨다.

남에게 빌려온 것에 대해서는 아무리 하찮고 작은 것이라도 반드시
장부에 기록해 두었다가 때가 되면 갚으면서 털끝만큼도 차이가 나지

않게 했다.

할머니 태정부인 장씨께서 칭찬하시기를

"이 며느리는 빙옥같은 지조가 있고 총명함도 보통 사람을 뛰어 넘는 다."라고 하셨다. 평생에 남을 해치고 자기만 이롭게 하는 마음이 없으셨 고 부귀하고 화려하게 꾸미면서 사치함으로 서로 높아지려는 사람들을 보시고는 담담하게 여기며 부러워하는 뜻이 없었고, 세상에서 방자하게 흘겨보며 영리를 추구하며 하나의 명성만 얻어도 기분좋아하는 사람들 에 대해 들으시면 바로 비루하게 여기면서 말씀하시길,

"가령 한때의 영화를 얻는다 해도 마음속으로는 부끄럽지 않을까?" 라고 하셨다. 이전에 말씀하시길,

"혼인은 그 집안의 가세를 중요하게 여겨야 하니 마땅히 먼저 그 집안 의 가법과 며느리감과 사윗감이 어진가 그렇지 않은가를 따져야 한다. 어찌 한때의 재산의 많고 적음을 마음에 두는가?" 라고 하셨다. 또 항상 사용하시는 용품들을 정돈해 두셨고 방안을 깨끗 이 청소하시며 안과 밖을 정결하게 하도록 하시면서 탄식하시기를

"사람에게 비록 허물이 있다 해도 진실로 옛날의 잘못을 바꾸어 새것 을 따를 수 있게 한다면 이것과 무엇이 다르랴?" 라고 하셨고 또

"나무 끝에서 봄이 오려는 징후를 느끼고 닭의 꼬리에서 가을이 오는 것을 깨닫는다." 라고 하셨으니 그 분의 높은 식견과 사물을 관찰하는 정도가 이와 같 았다.

어머님은 기품이 활달하고 명랑해서 슬퍼하거나 잗다란 마음이 없으 셨고 언제나 막히고 누추한 것을 싫어하고 높고 상쾌한 것을 즐기는 뜻 이 있으셨다. 임자년(1672)에 아버지 판서공께서 서쪽으로 옮겨 가고자 하시자 어머님은 기뻐하시며 말씀하시길,

"트인 거리와 큰 도시의 번성함을 볼 수 있겠군요."
라고 하시고 또 말씀하시길,

"시어머님의 연세가 이미 높으셔서 나는 뒤따르지 못합니다."
라고 하셨다.

몇 달 전부터 불행하게 질병에 걸려 이사가는 데 따라갔으나 어머님은 이미 도시를 보실 수가 없으셨으니 아아 어찌 차마 말할 수 있으리오? 처음에는 수비산 가운데 있었는데 병환이 날로 깊어졌고 당시 온 집안이 돌림병에 걸려 거처하는 곳은 외딴 곳이었고 마침 큰 눈이 와 도로가 통하지 않았다. 진찰을 하고 약을 올려야 했지만 얻을 곳이 없어 부의 서쪽 보림의 밭에 있는 집으로 모시고 달려가 의원을 찾고 약을 준비할 계획이었다. 그러나 오래지 않아 병환이 위독해져서 아들들은 당황하여 울부짖다가 갑자기 큰 벌을 받고 말았다. 하늘이여 귀신이여 이럴 수가 있는 것인가?

어머님은 을축년(1625) 7월 경오날에 태어나셔서 임자년(1672) 12월 5일에 돌아가셨으니 연세가 48세에 그쳤다. 그 다음해 2월 어느 날에 보림의 북쪽을 향한 언덕에 장사지냈다. 그 9년 뒤인 신유년(1681) 12월 12일 점술가의 말에 따라 수비산의 정남쪽을 향한 언덕으로 옮겼다.

아들 넷과 딸 셋을 두었으니 큰아들은 천, 둘째는 의인데 숙보 존재 선생의 후사가 되어 나갔으며 어머니가 돌아가신 14년 뒤에 죽었다. 다음은 재와 심이다. 큰딸은 김이현에게 시집가고 둘째 딸은 홍익에게 시집 갔으며 셋째 딸은 김대에게 시집갔다. 천은 세 아들과 두 딸을 두었으니 아들은 지후·지유·지료이며 큰딸은 일찍 죽고 둘째 딸은 금수익에게 시집갔다. 의에게는 두 아들과 두 딸이 있으니 아들은 지역·지확이고 큰딸은 권구에게 시집가고 둘째 딸은 일찍 죽었다. 재에게는 네 아들과 다섯 딸이 있으니 아들은 지환·지번·지휘·지온이고 큰딸은 이태화에게 다음은 홍정에게 시집 갔고 나머지는 어리다. 심에게는 두 아

들과 두 딸이 있는데 모두 어리다. 김이현은 세 아들과 딸 하나가 있으
니 아들은 동렴·정렴·상렴이고 딸은 채명길에게 시집갔다. 홍억은 두
아들과 두 딸이 있으니 큰아들은 응첩이고 나머지는 어리다. 김대에게는
아들 하나와 딸 하나가 있으니 모두 어리다.

아아! 어머님은 30년 동안 가난하게 사시며 어려운 곤액만 겪으시다
가 돌아가셨고 아버님이 빛나고 현달하시던 때는 보시지 못해 아버님도
이를 슬프게 여기셨고 여러 아들 중에서도 불초 재와 같은 사람은 또한
너무 우둔하고 무능하여 한 가지 일도 마음에 맞게 은혜에 보답하는 일
을 하지 못해 끌어안고 사모하며 소리쳐 우니 애통함이 몸과 마음을 꿰
뚫는다. 이에 엎드려 생각하니 어머님의 맑으신 덕행과 아름다운 행실
중에서 끝내 없어지게 해서는 안 되는 것들이 있기에 이에 감히 슬픔을
머금고 아픔을 참으며 간략하게 한두 가지를 서술하여 집안의 전해오는
이야기로 갖추어 두고 또 앞으로 당대의 군자에게 묘비명을 청하려고
한다. 경신년(1700) 7월 어느 날에 아들 재는 눈물을 흘리고 울면서 삼가
기록한다.

해제 이재가 쓴, 자신의 어머니 박씨 부인의 가전이다. 박씨는 박늑과 이씨 부
인의 딸이고 이현일의 아내이다. 이재는 어머니가 가난한 것을 편안하
게 여기고 자식들을 교육하며 여공에 힘쓴 모습 등을 중심으로 가전을 구성하고
있다. 특히 어머니가 갖춘 높은 식견과 사물을 관찰하는 예민함을 지적한 부분이
인상적이다. 이재의 아버지 이현일은 부인을 위한 몇 편의 제문을 썼다. 박씨 부
인은 48세에 생을 마감하였다.

장모 함양 박씨께 올리는 제문
祭外姑咸陽朴氏文

아아! 슬픕니다. 제가 장가들었을 때 이미 장인어른[26]께서 돌아가신 후였습니다. 어진 아들도 연달아 몇 년 사이에 죽었고 오직 아들 하나와 몇 명의 손자만 있었으나 그들은 나이가 어려 일을 처리하지 못해 문호를 지키고 가정을 다스리는 일이 한결같이 오직 부인이 하시는 일에 달려있었습니다. 부인은 어렵게 고생하셨으니 어찌 세상에 사는 즐거움이 있었겠습니까? 돌아가신 분을 생각하고 아이와 자손들을 위로하면서 억지로 드시고 숨쉬며 그들이 자라기만을 바라셨습니다. 그런데 누가 일은 알 수 없는 것이라 이런 지경에 이를 것이라 생각했겠습니까?

부인께서는 저를 못났다고 여기지 않으시고 폐백을 드린 날이 오래되었는데도 매번 문을 열어 맞아 주시고 번번이 따뜻하고 빨리 대해 주셨습니다. 그런데 지금 인사가 갑자기 일어나 슬픔이 가득하지만 병에 매여 달려가 장례를 치르지 못하여 지극한 뜻을 저버리니 슬픔과 참담함이 어쩌면 그리 극한지요? 오직 여러 사위들이 권면하여 무사히 상례를 마치고 빨리 집안 일을 이어가 그것으로 조금이나마 존령을 위로하기를 바랍니다. 그러나 살아있는 자는 그 말이 부끄러울 따름입니다. 엎드려 관 앞에 곡을 하며 삼가 술 한 잔을 올리니 존귀하신 영혼께서는 보시고 살피시기를 바랍니다. 아아! 슬픕니다. 상향.

---

26 의성김씨 김학규(金學逵)를 말함.

|해|
|제|
이재가 장모 박씨 부인에게 올리는 제문이다. 이재가 장가들었을 때 이미 장인은 죽은 후였고, 처남들은 어려 부인이 모든 가정을 꾸려나갔다. 이재가 사위가 된 지 이미 여러 해가 지났는데도 장모는 한결 같이 따뜻하게 사위 대접을 잘 해주었다. 그러나 정작 자신은 장모의 장례에 직접 참여하지 못해 죄스런 마음을 토로하고 있다.

김씨 누이에게 주는 제문
祭金氏妹文 庚午八月

아아! 슬프다. 생각하니 옛날 어머님이 세상을 떠나셨을 때 우리 형제 자매가 무릇 7명이었다. 그 중에 태반은 자라지 못했고 네가 가장 어렸 으니 겨우 이가 빠질 나이에 외롭고 슬프고 힘든 것이 어느 것 하나 있 지 않은 것이 있었느냐? 머리를 어루만지며 서로 자랄 때 모든 슬픔이 이에 간절했었다. 각각 집안을 꾸리게 되어 너는 이름 있는 가문에 가서 시댁어른을 받들며 매번 명절이 되면 귀녕을 왔는데 문득 슬픔을 거두 고 서로 위로하며 말하길,

"전에 우리가 어머님을 잃었을 때 지금이 있으리라고 생각이나 했겠 어요?"

라고 했었다.

그리고 너의 자태는 넉넉하고 단정하고 성품은 또한 영민하며 통달해 큰 집안의 일을 받들며 오래 사는 복을 누리기를 바랐는데 누가 마침내 여기에 이르러 죽을 줄 생각했겠느냐? 이에 죽은 자는 눈을 감지 못하고 산 자는 끝없는 한을 품었으니 아아! 슬프다. 너는 이미 남쪽으로 성산에 내려갔는데 길이 험하고 멀어 이 때문에 몇 차례 편지를 부치지도 못했 고 근심과 병에 메여 또 한 번 가서 보지도 못했다. 작년 봄 사이에 너는 병에 걸려 마음으로 걱정했지만 어찌 죽을 것이라고 생각했겠는가? 다 행히 중간에 평지로 나오게 되었고 편지 한통이 왔는데 말의 뜻이 슬펐 다. 말하길,

"죽었다 다시 살아난 사람을 위하여 어찌 지금 한 번 오시지 않습니까?"

라고 하였으니 편지를 받아들고 놀라면서도 기뻐하며 계획을 세웠으나

봄을 넘기고 병이 생겼다. 그런데 가을이 되어 하루 아침에 사람의 일이 이에 이르러 너로 하여금 다시는 보지 못하는 한을 품게 했으니 죽은 자도 또한 앎이 있다면 반드시 나를 인정 없는 사람이라고 생각할 것이다.

네가 죽었다는 소식을 듣고 며칠이 지나 내가 큰형님을 쫓아 기어가니 이미 염을 끝내고 깃을 달았더구나. 실성하며 길이 부르짖었지만 듣지도 못하고 알지도 못하니 이에 내 마음이 애통하지 않겠느냐? 생각건대 그때에 아버님이 서울에 벼슬하러 가셨는데 천리에서 부고를 들으셨으니 슬픈 마음이 두 배나 더하시겠구나. 나는 너를 곡하고 마침내 조정에 바삐 가다가 천연두에 걸려 거의 죽었다가 살아났다. 네가 죽은 후 장례를 치르러 가 병 중에 서로 바라보며 무덤에 가서 한 번 통곡할 계획을 세울 수 없으니 이것이 내가 심히 슬퍼하는 바이다.

아아! 슬프다! 삶의 길고 짧음에는 운수가 있으니 그것은 모두 명에 달려있다. 너는 사내아이 하나를 두었는데 돌상을 차려주며 돌보고 있다. 아이가 수려하며 소도 삼킬 것 같은 기백이 있으니 비록 너를 일찍 죽게 했지만 필경 아이를 오래 살게할지 어찌 알겠느냐? 오늘 바라는 것은 오직 여기에 있을 뿐이다. 세월은 유유히 흘러 거듭 속광하는 때를 당하니 세월이 갈수록 잊혀져 모습과 목소리를 다시 찾을 수가 없구나. 끝났구나, 끝났구나. 슬프다. 슬프다. 술 한 잔으로 마음을 풀며 흠향하기를 바라노라.

막내 여동생에게 주는 제문이다. 이재는 일찍 어머니를 여읜 여동생이 명문가에 시집가 복을 받으며 잘 살기를 바랐다. 하지만 아들 하나만 남겨놓고 일찍 죽은 여동생의 삶에 대해 슬퍼하는 심정을 표현하고 있다. 평소에 여동생이 자신을 보고 싶어 하는 마음을 편지에 담아 보냈는데 만나지 못했던 자신의 처사를 인정이 없었다며 자책하고 있다.

홍씨 누님께 올리는 제문
祭洪氏姊文

임금이 재위하신 지 30년인 갑진년(1724) 11월 24일 경신일은 우리 둘째 누님이 땅에 묻히시는 날이다. 아우 재는 마침 병에 걸려 장례를 치르는데 직접 묘에 가서 애통함을 펴지 못하고 하루 전에 삼가 아들 지환이로 하여금 국수와 떡, 과일 등의 제전을 갖추어 가서 관 앞에 올리고 장례를 치를 때 곡하게 하여 보낸다.

아아! 애통합니다. 생각하니 누님과 저는 나이 차이가 많이 나지 않아 어릴 때부터 성장할 때 부모님 슬하에서 슬픔과 기쁨과 걱정과 즐거움을 함께 하지 않은 것이 없습니다. 정의로 서로 돌아봄이 형제 중에 가장 돈독했지요. 어머님께서 세상을 떠나실 때 누님은 아직 시집가지 않으셨는데 여러 동생들 가운데 간혹 어린아이가 있어 거듭 아버님의 마음을 아프게 하며 추위와 배고픔을 오직 누님께 의지하니 감싸주시고 애쓰심에 누가 우리 누님만한 분이 있으셨습니까? 얼마 후 각각 가정을 일구어 살며 서로 신산스러웠을 때를 돌아보며 매번 이후의 영화로움이 어머니 계실 때 미치지 못했음을 생각하면서 평생 커다란 아픔으로 여겼지요.

10년 동안 남북으로 흩어져 황급하게 지내며[27] 큰 비를 피하지도 못했는데 큰누님께서 갑자기 돌아가시니 이승과 저승에 한이 맺혀 애통함이 끝나지 않았습니다. 동쪽에서 돌아온 이후 누님이 자주 오셔 뵈니 삶과 죽음에 대한 마음이 절실했지만 그래도 오히려 옛 추억이 있었습니다.

---

27 창황(蒼黃) : 창황(蒼惶). 황급한 모양.

중간에 고생을 하며[28] 너덧 차례 추위와 더위를 지내면서 매번 편지를 왕래했는데 말씀이 슬펐습니다. 다만 제가 늦봄에 친히 봉양하고자 하였는데 호남과 영남 사이에 떨어져 있어 거리가 멀어 가지 못하다 십수 일이 지나지 않아 부음이 이르렀습니다.

아! 사람의 일을 알지 못함이 어찌 이와 같습니까? 일찍 일이 이 지경에 이를 것을 알았다면 제가 어찌 며칠을 머뭇거리다 먼 길을 가지 않았겠습니까? 숨이 끊어지기 전에 이 한은 참으로 잊기 어려울 듯 합니다. 아버님은 이미 연로하셨고 누님의 상을 치르는 수십 일 동안 다섯째 숙부님 또한 병으로 돌아가셔서 놀랍고 애통함이 진정되지 못하신 채 날이 갈수록 더욱 슬퍼하시다가 마침내 병이 나서 여러 달 동안 앓고 계십니다. 버려진 남은 여러 아이들은 부르짖으며 울기를 그치지 못하고 있으니 간은 마르고 폐는 타들어 가는 듯 합니다.

아아! 슬픕니다. 차마 무슨 말을 하겠습니까? 생각하니 우리 누님과 둘째 형님과 큰누님, 막내 누이는 저승에서 부모님을 모시며 즐거움을 누릴 터인데 단지 두서넛 형제는 인간 세상에 남아 외롭게 방랑[29]하며 의탁할 곳도 멈출 곳도 없이 살고 있습니다. 영령께서 만일 지각이 있으시다면 이 슬픔을 아실런지요?

아아! 애통합니다. 생각하니 우리 누님은 효성스럽고 순종적이며 정숙하셔서 출가하시기 전에 규문의 허물이 없으셨고 총명하고 통달하셔서 자못 고금의 사변을 아셨습니다. 아버님께서 매번 칭찬하여 말씀하시길,

"만일 이 딸로 하여금 장부가 되게 하였다면 반드시 군자가 되었을 것이다."

라고 하셨습니다.

---

28 계활(契闊) : 근고(勤苦), 노고(勞苦). 『시경』 「패풍」, <격고>, "死生契闊 與子成說"
29 영빙(伶俜) : 방랑하는 모양. 영락한 모양.

출가하여서는 위로 순종하고 아래로 뜻을 맞추어 주어 모두에게 환심을 얻었고 시절마다 제사 음식[30]을 올리는 데 정성과 공경함을 다하지 않음이 없으셨습니다. 누님의 상이 나자 상하 대소가 곡진한 소리로 곡하며 말하길,

"어진 부인이 돌아가셨다."

라고 하였습니다.

아아! 태어나서 다른 사람에게 미움과 원망을 듣지 않다가 돌아가서 다른 사람에게 칭찬받고 사모함을 받은 것이 이와 같으니 이는 족히 살아 있는 사람의 슬픔을 조금이나마 위로할만합니다. 어린 자식이 어머니를 부르는 것이 눈에 가득해 슬프고 신산하며 애통함이 몸에 가득한데 어루만져줄 길이 없으니 이 또한 거듭 슬픈 바입니다. 직접 상을 치렀으나 아직 장례를 지내지 않았는데 일이 많아 아직 가서 슬픔을 쏟아내지 못하였습니다. 만일 한마디 말로 유명에게 고할 말이 없다면 이는 끝내 마음을 펴지 못하게 되어 거듭 평생의 한이 될 것입니다. 애오라지 글로 될 수 없는 말이나 아이를 시켜 영결을 고하게 합니다. 영령께서 그것을 아십니까? 알지 못하십니까? 아아! 애통합니다. 상향.

┌─┐
│해│ 이현일과 박씨 부인의 둘째 딸이며 이재의 누나인 홍씨 부인의 제문이
│제│ 다. 남편은 홍억이다. 이재는 이 누나에 대한 묘지 <홍씨자묘지>도 썼
└─┘ 다. 일찍 돌아가신 어머니를 대신해 집안을 돌본 누나를 어머니처럼 의지했던 동생의 모습이 보인다. 누나와 함께 살기로 결정하고 며칠 일을 미루는 사이 누나의 죽음을 당해 아쉬워하고 후회하는 마음이 간절히 묻어난다.

---

30 빈조(蘋藻) : 네가래와 개구리밥. 문왕의 교화를 입어 대부의 아내가 제사를 잘 받들고 법도를 잘 따름. 『시경-국풍』「소남(召南)」<채빈(采蘋)>참조.

김공인에게 고하는 글
告金恭人文

　오늘은 망실 공인 김씨의 재기 하루 전날인데 남편 이재는 재앙이 매우 심하고 근심이 많아 예를 갖추어 일을 치르지 못하게 되었소. 이에 제전을 올리며 먼저 상황을 아뢰오. 내가 재앙을 당한 이후로 서 동생 2명과 형의 아들 3명이 잇달아 일찍 죽었고 지금 넷째 아들 지온이 갑자기 이달 초8일에 요절하였소. 둘째 아들 지번 또한 수개월 동안 오래 앓는[31] 고통을 당하고 있으니 바야흐로 황급히 쫓기는 가운데 집안의 환란과 근심이 이처럼 계속되고 있어 흰머리 성성한 인간이 외롭게 근심하고 마음 상해 있소.

　공인은 평소 정의가 융성했고 또 어린 자식을 깊이 사랑했는데 지금 어찌된 일로 모른 체 하며 돌아보지 않는 것이오? 점쟁이의 말을 들으니 좌우가 놀랍고 두려울 것이라고 하오. 지온이의 빈소를 이미 설치했고 지번[32]이도 또한 피하여 나갔으니 앞으로 사람 일을 어떻게 풀어야 할지 모르겠소. 다행히 어린 아이들은 길하다고 하나 하루가 급하여 내일 장차 일을 간략히 치를 예정이오. 만일 평소의 기일과 비교해보면 인정이 박절하다고 할 것이지만 신의 이치가 어찌 차이가 있겠소? 와서 흠향하고 음덕[33]을 내려주어 아이들의 병이 빨리 낫게 해주구려. 집안에 근심이 없어 헤어지고 죽는 환란에 이르지 않게 되는 것이 다만 어찌 살아

---

31 침면(沉綿) : 병이 낫지 않고 오래 끎.

32 아들 이지번은 끝내 정해년에 죽어 이전에 빈소를 마련했던 지온과 함께 장사를 치뤘다. 이재는 두 아들의 장사를 치르면서 두 아들에게 주는 제문 <祭二亡子燔熅文>을 지었다. 『밀암집』. 부여 1책, 546.

33 음즐(陰騭) : 음덕(陰德). 몰래 남에게 베푼 덕.

있는 사람만의 다행한 일이겠소? 그렇게 된다면 신 또한 영원히 의지할 수 있을 것이오.

해제 | 아내에게 집안에 우환이 겹쳐 자식들이 연달아 숙고 병이 나 제사를 갖추어 지내지 못하는 사실에 대해 알리는 글이다. 이재는 죽은 부인에게 자식들을 돌보아 주고 낫게 해주기를 바라는 당부의 말을 하고 있다.

김공인에게 고하는 글
告金恭人文 戊子六月十五日

　　이릅니다. 지난 가을 이래 집안의 재앙이 계속 참혹히 이어져 두 아들
이 먼저 죽고 두 손녀가 일찍 죽었습니다. 올봄 초에 종사를 잇는 자손
이 또 죽었으니 누군들 상을 당하지 않겠는가마는 나보다 더 원통한 경
우가 있겠습니까? 흰 머리로 외로이 사는 이가 세상에 또 누가 있겠습니
까? 저승이나 이승이나 차이 없이 참담하고 슬픕니다. 살아서 이미 기댈
곳을 잃었으니 귀신이 된들 또한 어찌 편안하겠습니까? 이에 임시로 시
골에 거처를 옮겨 당신의 제사를 종에게 맡기니 혼백이 외롭고 슬펐을
것입니다. 전염병이 거듭 돌아 오랫동안 와서 살피고 보호하지 못해 마
음이 매우 두렵고 걱정스러웠습니다. 먹고 숨쉬는 것도 편치 않았습니
다. 마을은 화평하고 세속의 명절이 또 가까워 시절 음식을 올리며 그
사유를 고합니다. 삼가 고합니다.

　　이재가 죽은 아내에게 시절의 음식을 갖추어 올리며 그간의 사정을 알
리는 글이다. 아내가 죽은 후 집안의 재앙이 이어져 아들 둘과 두 손녀
가 죽었고 이어 종사를 이을 자손이 죽었다. 이재는 자신이 가장 원통하고 외로
운 존재라고 여기며 아내에게 참담한 슬픔을 이야기한다.

일찍 죽은 넷째 다섯째 딸의 소상에 주는 제문
殤童女四娘五娘小祥祭文

유세차 무자년(1708) 11월 계유 29일 신축일은 오랑이 죽은 지 30일 되는 날이다. 너의 아버지가 국수와 떡, 술과 음식을 마련해 일찍 죽은 넷째 딸의 영전에 고한다. 오랑은 다섯째 딸이다.

아아! 슬프구나. 너는 인간 세상을 오래 보지 못했으니 어찌 생명을 받을 때 오래 사는 복을 받지 못하고 일찍 죽었단 말이냐? 또 어찌 조금 성장했을 때가 아니라 아무 것도 알지 못하는 어린 나이에 어머니를 잃어 슬픔과 잔혹함을 깊이 안게 되었느냐? 또 왜 하필 여러 형제가 죽어[34] 너의 아버지로 하여금 마음을 잃고 혼을 잃어 떠돌아다니느라 너의 장례와 제사를 예를 갖추어 하지 못하게 하였느냐? 네 아버지는 진실로 이미 잔혹한 재앙을 쌓아 너의 명을 짧게 하고 복을 박하게 하였으니 그것이 더욱 슬프고 애처롭다.

아아! 슬프다. 예쁘고 얌전한 용모와 얌전한 목소리를 갖고 있어 다섯째 딸은 깨끗하기가 빙옥과 같은 상을 지녔다고 하였다. 너의 낭랑한 책 읽는 소리가 마치 눈앞에 있고 귀로 듣는 듯한데 마침내 막막해졌으니 너는 지금 어디로 갔느냐? 또렷이 곁에 있는 듯하여 잊고자 해도 잊을 수가 없으니 다만 나로 하여금 부르짖게 하며 의탁할 곳이 없게 하는구나. 지난번 재앙은 평소와 달리 인사가 다급해 너를 네 어미의 곁에 부장하지 못하고 잠시 너의 외갓집의 무덤에 따르게 했다. 장사지내고 하관하였는데 관은 있었지만 곽은 없었으니[35] 혼백이 외롭고 서운했을 것

---

34 영락(零落) : 초목의 잎이 말라서 떨어진다는 뜻이나 여기서는 죽음을 말함.

35 관곽(棺槨) : 관과 곽. 널의 범칭. '관(棺)'은 시체를 넣는 궤, '곽(槨)'은 관을 담는 궤.

이니 이것이 더욱 나로 하여금 슬픔을 더하게 하는구나. 만일 네 아버지 가 수년 동안 아무 일 없다면 좋은 땅을 골라 네 어머니를 장사지내고 곧 너희 두 아이들의 뼈를 부장할 것이다. 그러나 사람의 앞일은 알지 못하니 과연 뜻과 같이 될 수 있을까? 오늘과 내일, 오랑에게는 어제와 오늘, 이 날은 네 아버지가 지난해 창자가 끊어진[36] 날이다. 떠돌아 다니 느라 의식을 갖추지 못하였으나 영혼의 기운은 돌아다니며 통하니 느끼 는 바가 있으면 반드시 응할 것이다. 이 음식을 차렸으니 누리고 평안하 거라. 이 아버지의 슬픈 마음을 보고 부디 흠향하거라.

> **해제** 넷째 딸이 죽은 지 만 1년이 되는 소상에 제사를 지내며 지은 제문이다. 그 사이에 다섯째 딸이 죽어 30일이 지나 함께 제사를 지내고 제문을 지었다. 따라서 내용은 넷째 딸과 다섯 째 딸에게 하는 말이 서로 교차되어 있다.

---

36 단장(斷腸) : 창자가 끊어짐. 몹시 그리워하거나 슬퍼함의 형용. 여기서는 넷째 딸이 죽 은 사실을 말한다.

작은어머니 김씨께 올리는 제문

祭小母金氏文

아아! 슬픕니다. 옛날에 제 형제[37]들이 어려서 어머님을 여의어 의지할 데가 없이 외롭고 고생할 때 작은어머니(小母)께서 오셔서 따뜻한 옷을 입혀 주시며 배고픔을 채워주시고 저희들을 시집보내고 장가 보내주셨으니 이 모든 것이 작은어머니가 힘쓰신 것입니다. 제사를 맡으셔 허물이 없게 하셨으며 위로 받들고 아래로 돌보시기를 40여 년을 하셨습니다. 그 사이의 영욕에 대해 말하려고 하니 먼저 목이 멥니다.

아버님께서 돌아가실 때는 기구한 재앙이 이어졌는데 유독 저와 작은어머님이 더욱 잔혹함을 당해 서로 참담히 여겼습니다. 마침내 남북으로 흩어져 살다가 세시의 절기에 돌아와 뵈면 눈 가득 슬픔과 신산함이 어린 채 저는 작은어머니의 병을 걱정하고 작은어머니는 저의 여윔을 불쌍하게 여기시어 매번 저에게 말씀하시길,

"부디 나와 함께 살자."

고 하셨는데, 어찌 하루아침에 만사가 어그러져 두터운 은혜를 갚을 수 없게 되어 곤란하게 되었는지요? 늙은 저는 극도로 피폐하고 눈에 보이는 것마다 슬픔을 더하게 합니다. 여러 자손들이 앞에 가득한데 누가 그들을 보호해주며 누가 그들을 불쌍히 여겨주겠습니까? 아들 하나는 외롭게 살아가며 살아가는 이치에 어두우니, 살아 계실 때는 그 아이 때문에 마음이 아파하셨는데[38] 돌아가신 후에 어찌 눈을 감으실 수 있겠습니까? 저는 타향에 머물고 있고 노쇠한 병이 이미 위독합니다. 작은어머님

---

37 동산(同産) : 동기(同氣). 한 형제를 말함.
38 최심(摧心) : 마음이 매우 아픔.

은 아프신 중에도 저를 생각하셨는데 와서 문안도 하지 못하였으니 저의 죄는 저승에 가서도 내려놓지 못할 것이니 이것이 저의 한과 아픔을 더합니다. 집안은 가난하고 흉년을 맞아 장례를 치르는데 예를 갖추지 못했습니다. 점쟁이가 좋다고 하는 곳을 골랐으니 이 곳에서 평안하시길 바랍니다. 돌아가신 지 이미 반 달이 되는데 백리 밖에서 허둥대며³⁹ 이 술과 음식을 진설합니다. 지난날을 생각하니 눈물이 흐르고 마음이 꺾이는 듯합니다. 오셔서 부디 저의 슬픈 마음을 살펴주십시오. 아아! 슬픕니다. 상향.

해제 이 글은 어머니가 돌아가신 후 새로 들어온 소모에게 올리는 제문이다. 소모라고 한 것으로 보아 정식 부인은 아니고 측실이었던 것으로 보인다. 이재는 어머니를 대신하여 자신과 형제를 돌보아 주고 환란을 같이 한 소모에게 고마운 마음을 보이고 있다. 한편 직접 장례에 참석하지 못해 미안해하는 마음을 담고 있기도 하다.

---

39 부복(扶服) : 거꾸러지면서 허둥지둥 급히 감.

요의 아내 풍산 류씨에게 주는 제문
祭㷡婦豊山柳氏文

아아! 슬프구나. 생각하니 영령은 재상 가문의 자손으로서 착하고 맑은 자질을 타고나 우리 집안에 시집오니 온 가족이 마땅하다고 여겼다. 그런데 어쩌면 하늘에 죄를 받아 집안에 잇달아 상사가 이어졌구나. 혼인을 한 지[40] 일 년도 지나지 않아 남편을 잃은 곡을 들으니 가슴이 찢기는 듯하였다. 형님에게는 여러 손자가 있어 그 중에 한 명을 후사로 명했으니 비록 아들이 없지만 있는 것이다. 다시 집안을 이루는가 했는데 갑자기 아침 이슬처럼 사라져 버리니 나의 슬픔이 어떠했겠느냐? 아득히 얼굴을 헤아려 보나 길이 거듭 막혔구나.

크고 작은 일에 분주히 다니다 돌아와 선조의 무덤에 부장을 한다. 조카딸을 옆에 장사지냈으니 혼이나마 서로 따르길 바란다. 후사를 맡은 아이가 만일 장성하면 마땅히 무덤을 주관할 것이다. 생각하니 너희 부부는 어쩌면 그리 외롭게 지냈느냐? 곡하며 제전을 올리고 영결을 고하니 내가 주는 한 잔 술을 흠향하거라. 아아! 슬프구나. 상향.

> **해제** 며느리 풍산 류씨에게 주는 제문이다. 류씨는 결혼한 지 1년도 되지 않아 남편을 잃었다. 이재의 형의 손자를 후사로 맞았으나 류씨 부인은 얼마 지나지 않아 죽고 말았다. 평생 외로웠던 아들 부부를 슬퍼하는 시아버지의 곡진한 감정이 묻어난다.

---

40 위금(委禽) : 혼인을 약속하는 예물을 보냄. 여기서 '금(禽)'은 납채용 기러기를 가리킨다.

작은어머니 유인 풍산 김씨께 올리는 제문
祭仲母孺人豐山金氏文 丁酉十月二十九日

아아! 슬픕니다. 부인이 저희 집안에 들어오신 지 60년 동안 지극한 행실과 아름다운 덕은 비록 옛날 고서에 실린다 해도 지나칠 것이 없습니다. 20년 사이에 슬픔과 혹독함이 몰려들어 세상에 하루도 사는 즐거움이 없었고 이미 돌아가셔도 눈을 감지 못하는 애통함이 있었으니 하늘의 도가 과연 어떠한지 알지 못하겠습니다. 부인은 슬픔과 근심이 쌓여 빨리 돌아가시길 원하셨는데 오늘 확연히 돌아가셨으니 다시는 죽고 사는 것으로 인한 참담함이 없게 되신 건지요? 생각하니 내외가 먼저 가 차례차례 없어져 뒤에 죽는 사람만 홀로 남아 있으니 어찌 슬프지 않겠습니까?

옛날 어릴 적에 오랫동안 작은아버지 문하에서 의탁하며 부인의 어루만져 주시는 은혜를 받은 것이 매우 두텁습니다. 참혹하게 유리하면서부터 더욱 슬픔과 참담함에 빠져 있을 때 더욱 부인은 실로 조카를 대하기를 자식같이 하셨으나 조카는 부인을 어머니처럼 대하지 못했습니다. 외로운 은혜가 덕을 저버린 것이 그 죄가 실로 저에게 있습니다. 종사를 이을 조카는 병들었고 한 손자는 약하여 이승과 저승에서 애통해하고 가엾게 여기는 것이 다르지 않습니다. 어찌 우리 작은 아버님과 부인이 쌓은 세덕으로 마침내 후에 경사가 있지 않겠습니까? 돌아가 요산에 합장하니 평소 지극히 원하시던 일이니 편안히 돌아가시길 바랍니다. 그래서 뒷사람을 무궁토록 감싸고 보호해주신다면 이것이 오늘 바라는 바입니다. 엎드려 관 앞에 통곡하며 삼가 술 한 잔을 올립니다. 제물은 비록 보잘 것 없으나 마음은 실로 진정에서 나온 것이니 존령께서 흠향하여

주십시오. 아아! 슬픕니다. 상향.

이재가 작은아버지 이용일의 아내 풍산 김씨에게 올리는 제문이다. 이재가 작은아버지의 문하에 의탁할 때 부인이 어루만져 준 은혜에 감사하면서, 한편으로 자신은 부인을 어머니처럼 대하지 못했음을 죄송스럽게 여기고 있다.

강씨 부인의 빈소를 만들고 고하는 글
姜氏婦成殯告辭 戊戌十月十四日

　아아! 슬프다. 네가 귀녕을 간 지 이제 3년이 되었다. 오랫동안 떨어져 있어 힘들어하고 근심하면서 매일 돌아오기를 바랐는데 어찌 한번 병이 걸린 후로 해를 넘기며 앓았느냐? 매일 안부를 물었는데 좋은 소식을 듣지 못해 천리를 바라보며 걱정을 참지 못해 노쇠한 몸을 이끌고 가서 네 얼굴을 보고자 했는데 중간에 부음을 들으니 내 마음이 어떠하겠느냐?

　급히 달려가니 이미 염하고 납관하여 빈소에 안치하는 것을 마친 후구나. 아버지와 아들이 서로 마주 보며 길이 통곡하니 마치 창자가 끊어질 듯 하구나. 맑은 자질과 곧은 자태는 우리 집안에 마땅하였는데 내가 악을 쌓은 것 때문에 여기에 이르게 되었구나. 두 아이는 병이나 갑자기 어머니를 부르는 소리를 들으니 상산의 계획은 어그러지고 앞으로 내 아이는 누구를 의지한단 말이냐? 흰 머리 난 사람은 상한 마음이 하나가 아니구나. 남편의 집에 돌아가 반장을 하는 것이 의리상 마땅하여 강물에 배 띄우고 육지를 지나 오는데 길은 구불구불하고 돌은 높이 솟은데다 또 비가 와 어렵고 위험하였다. 한 달이 반을 넘어 이제 발인을 해야 하는데 살아서 갔다가 죽어서 돌아오니 내 마음이 더욱 신산스럽구나. 한 잔 술로 마음을 알리니 영혼은 이르길 바란다.

　　해제　셋째 아들 이지휘(李之輝)의 아내이자 강노성(姜老星)의 딸인 강씨 부인의 빈소를 만들고 고하는 글이다. 며느리 강씨 부인은 귀녕을 간 지 3년이 되었는데 결국 살아 돌아오지 못하고 친정집에서 죽었다. 이에 빈소를 만들고 그 사연을 알리는 글이다.

둘째 형수 광산 김씨에게 올리는 제문

祭仲嫂光山金氏文

　　유세차 모년 모일에 부인의 남편의 동생 재가 부인을 장사지내고 슬픔에 경황이 없는데 병이 들어 직접 가지 못하고 삼가 시절의 음식으로 제전을 갖추어 아들 인환이로 하여금 재배하고 머리를 숙여 감히 둘째 형수님 광산 김씨 부인의 영전에 제사지내게 합니다.

　　아아! 형수님이 우리 집안에 시집오신 지 50여 년이 됩니다. 형수님은 맑고 삼가며 곧고 영민하셔서 부도를 지키시는 데 허물이 없으셨습니다. 웃어른을 섬기고 아랫사람을 보살펴서 종친과 인친이 우러러 모범으로 삼았습니다. 복을 받으심이 마땅한데 어찌 잔혹한 화를 당하셔서 일찍 여러 근심을 당하여 애통함으로 날을 보내셨는지요? 슬픔이 쌓여 실낱같은 숨을 쉬시며 구차하게 명을 이으실 뜻이 없으셨는데 시어머님이 연로하고 자식들이 어려 억지로 수저를 드셨습니다. 형수님은 연세가 높아졌을 때도 제사를 공경히 드리고 기름지고 만난 것을 풍성히 하셨습니다. 시집보내고 장가보내는 것 또한 때에 맞춰 하셔서 여러 손자들이 앞에 가득합니다. 집안이 잘 다스려졌지만 형수님은 항상 울면서 말씀하시길,

　　"내가 홀로 이것을 누리고 있구나."

라고 하셨습니다.

　　그러나 하늘이 아직 뉘우치지 않아 큰아들[41]이 먼저 죽자 형수님은 주야로 곡하시다가 갑자기 돌아가셨습니다. 둘째 작은어머니도 잇달아 돌아가셨고 확도 또한 죽었으니 한 방에 빈소가 네 개입니다. 길을 지나가

---

41 주기(主器) : 태자(太子). 임금의 장자가 종묘의 제기를 주관한데서 이름. 여기서는 큰아들을 말한다.

는 사람도 슬퍼하는데 만일 영령이 이 사실을 아신다면 어찌 눈을 감으실 수 있겠습니까?

아아! 슬픕니다. 옛날 경술년(1670)에 우리 집안에 전염병이 돌아 위로 부모님이 여러 차례 위험한 고비를 지내셨습니다. 그때 제가 열 네 살이었고 동생과 누이 모두 어려 의지할 데가 없어 이에 형수님을 의지하니 저를 머리 빗겨주시고 배불리 먹여주시며 배고프지 않게 하시고 아프지 않게 하셨습니다. 어려서 아는 것이 없어 형수님을 마치 새어머니 보듯 하였습니다. 어머님이 돌아가시자 더욱 은혜로 보살펴주시며 매번 얼굴을 뵐 때마다 말씀과 마음이 곡진하셨습니다.[42] 형수님이 어린 시동생을 돌보시며 옷을 지어 주신 것이 진실로 이와 같았습니다. 저에게 형수님은 도의상 진실로 이와 같은데 복을 더하지도 못하고, 두터운 은혜를 갚아야 하는데 불행하게 중간에 오랫동안 객지에서 머물고 있으며 가난하고 아픈 근심이 거듭 더욱 나빠져 관 앞에 가서 곡하지 못하고 장례를 치르는데 무덤에 가지도 못했습니다. 그러니 제가 은덕을 배반한 죄를 형수님은 아실 것입니다. 세월이 흘러 마침내 제사를 끝내는 날이 다가와 하늘 끝에서 형수님께 곡을 합니다. 관을 싣고 반장한다고 하니 창황하며 가슴이 아파 늙은 이 몸 건강치 못해 제전 앞에 곡도 하지 못합니다. 예와 정이 어그러졌으니 저승에서 후에 만나면 장차 무슨 말씀을 드릴 수 있겠습니까? 아이로 하여금 술잔을 드리게 하니 음식은 보잘 것 없으나 정성은 깊으니 부디 영령께서는 오셔서 흠향해주십시오. 상향.

|해제| 이 글은 둘째 형수 광산 김씨를 위해 지은 제문이다. 광산 김씨는 큰아들이 먼저 죽자 슬퍼하다가 잇달아 죽었다. 어머니 대신 자신과 형제들을 돌보아 준 은혜에 감사하고 있지만 막상 장례에 참석하지 못해 미안한 마음을 표현하고 있다.

---

42 견권(繾綣) : 마음씀씀이나 말이 곡진함.

김공인에게 고하는 글

告金恭人文

유세차 경자년(1720) 10월 갑오 7일 경자에 남편 재령 이씨 이재가 삼가 망실 공인 문소 김씨에게 고하오. 상사와 난으로 떠돌아다니느라 거처를 아직 정하지 못했소. 사당을 세워 신을 편하게 모시는 일을 대충 거칠고 [43]간략히 해 이승이나 저승에 짐이 될 것이고 먹고 자는 것을 편하게 하지 못할 것이오. 생각하니 여기 금양은 오래 머무를 계획이 아니오. 수년 내를 돌아보니 형세가 어려워 여러 번 옮겨 다녔소. 이제 동쪽에 와서 한 칸 집을 지으니 비록 질박하지만[44] 땅은 그래도 조용하고 편하오. 이제 좋은 날을 잡아 신위를 옮겨 편하게 모실 것이오. 세 아들과 며느리 한 명, 그리고 두 손녀가 서로 따르고 있으니 영원히 바꾸지 않을 것이오. 삼가 술과 과일로 일에 앞서 고하오. 삼가 고하오.

> 해제　이재가 아내 김공인에게 아뢰는 글이다. 그동안 이곳저곳 떠돌아다니며 사느라 일정한 거처가 없어 사당을 세워 신위를 모시지 못했는데 이제 거처를 정하여 신위를 옮기게 된 사실을 알기 위해 지은 글이다.

---

43 초솔(草率) : 거칠고 소략함.
44 박략(樸略) : 생긴 그대로의 질박하고 꾸미지 않은 모습.

홍씨에게 시집간 딸에게 주는 제문
祭洪氏女文 乙巳九月

아아! 애통하다. 나는 오랫동안 죽지 않고 악업만 날로 쌓는구나. 4남 5녀 가운데 이미 6명이 죽었다. 20년 사이에 원숭이의 창자가 끊긴 듯 슬픔을 겪었는데 지금 또 너를 곡하니 내 마음이 어쩌면 그리도 끝이 없는가? 네 삶을 생각하니 슬퍼할 만한 것이 한 가지가 아니다. 풍년에 굶주림에 울다가 젊은 나이에 남편을 잃었다. 가난함과 슬픔을 실컷 겪으며 하루도 즐거운 날이 없었는데 병까지 생겨 마침내 그 삶을 그치게 되었구나. 사람은 누군들 죽지 않으랴마는 원망함이 너 만한 아이가 없을 것이다. 나는 구해주지 못해 아비로서 부끄럽다.

작년 겨울에 모두 모였을 때 병이 아직 깊지 않았는데 한이 저승과 이승 사이에 맺혔으니 죽지 않는 한 어찌 잊을 수 있겠느냐? 다행히 자식이 많으니 나중에 이어질 복이 있기를 바란다. 두 어린아이가 아직 자라지 않았으니 누구를 믿고 누구를 의지하겠느냐? 쇠한 마음은 쉽게 약해져 보는 것 마다 마음을 더욱 도려내는 듯하다. 들으니 장례일이 얼마 남지 않았다고 하지만 병 때문에 가서 곡하지 못해 북쪽을 바라보며 슬피 울부짖으니 산 것이 죽은 것만 못하구나. 슬퍼하지 않는 순간이 없겠지만 스스로를 위로하며 그 편안히 돌아가 뒷사람들에게 도움이 되기를 바란다. 제전을 보내며 영결을 고하니 와서 들거라.

해제 홍정(洪侹)에게 시집간 딸이 죽자 지은 제문이다. 이재는 4남 5녀를 두었는데 이미 6명이 죽었고 이 딸마저 죽게 되자 참혹한 마음을 드러내고 있다. 홍씨 부인은 가난하게 살다가 젊은 나이에 남편을 잃고 병을 얻어 죽은 불행한 여인이었다. 이재는 병 때문에 딸의 장례에 참석하지 못하고 대신 제전과 이 글을 보냈다.

문소 김씨 며느리에게 주는 제문
祭聞韶金氏婦文

　유세차 정미년(1717) 9월 갑인 삭 16일 기사일에 시아버지 밀암 노인은 슬픔이 쌓여 병이 된 지 벌써 50일이 되어 정력을 날로 잃어 힘을 낼 수가 없어 손자 행원으로 하여금 술과 과일과 탕과 산적의 음식을 가지고 셋째 며느리 문소 김씨의 영전에 곡하게 한다.

　슬프다. 내 며느리는 자질이 정숙하여 우리 집안에 오래 살며 복을 넉넉히 받기를 바랐다. 내가 악을 쌓은 것 때문에 꽃다운 나이에 일찍 죽는 액을 당했으니 자식은 현명한 아내를 잃었고 손자는 자애로운 어미를 잃었다. 늙은 시아버지는 죽음을 당해 슬픔을 말한다. 여름을 지나 더욱 내 마음에 병이 되었다. 좋은 자리를 택했으니 부끄럽지만 몸과 혼백이 편안히 지내며 아이들에게 음덕을 내려 주어라. 마음이 어두워 글을 쓰기 어렵고 할 말은 많지만 나오지가 않는구나. 죽은 자도 만일 앎이 있다면 이 슬픈 마음을 헤아릴 것이다. 아아 슬프다. 상향.

　　　이재의 셋째 아들은 첫 부인 강씨 부인이 죽은 후 김씨 부인과 재혼하였으나 그 부인도 일찍 죽고 말았다. 이에 며느리 김씨 부인에게 주는 제문이다. 이재는 며느리의 죽음을 자신이 악을 쌓았기 때문이라고 하며 아이들에게 음덕을 내려 줄 것을 당부하고 있다.

외손녀 황낭자에게 고하는 글
告外孫女黃娘子文 十五日

    아아! 슬프다. 전에 네가 어미를 따라 내가 사는 데 왔었지. 빙옥 같은 관상과 곧고 민첩한 바탕을 지니고 매일 고모를 따라 다녔는데 예의 있는 얼굴이 단정하고 점잖았으며 모든 것을 일찍 갖추어 부족한 것을 본 적이 없었다. 어찌 병에 걸려 마치 나방이 등잔을 치듯 할 줄 알았겠느냐? 꽃다운 바탕과 깨끗한 자질로 불에 빠져 모습을 잃었으니 마치 손바닥에서 갖고 놀던 구슬을 잃은 듯하고 장이 꺾이고 끊어질 듯하니 하물며 네 어미의 슬픔은 말할 수 있겠느냐? 참척이 연달아 일어나 너는 오랫동안 굶었는데 매번 그것을 생각할 때마다 내가 슬퍼 끊어질 듯한 마음이 더해지는구나. 세속에서 꺼리는 것이 조금 안정돼 마침 한식을 맞아 한 잔 술을 너에게 올린다. 너는 아느냐? 알지 못하느냐? 아아! 슬프다. 삼가 고한다.

> **해제** 이재가 황렴(黃濂)에게 시집간 딸의 아이, 즉 외손녀에게 고하는 글이다. 외손녀는 빙옥 같은 관상과 민첩한 바탕을 지니고 있어 이재가 귀여워하던 아이였다. 이재는 외손녀의 죽음을 마치 나방이 등잔을 치듯 갑작스럽게 일어난 일로 여기며 황망해하고 있다. 한식날 술을 올리며 지은 글이다.

외손녀 황낭자에게 주는 제문

祭外孫女黃娘子文 九月十九日

너의 삶을 슬퍼하노니 너는 옥같이 깨끗하고 난같이 향기로운 아이였다. 작년 초겨울에 네 어미를 따라 귀녕을 왔는데 얼굴과 행동거지가 우아하여 조금도 부족한 것이 없었다. 마음으로 사랑해 볼 때마다 번번이 어루만졌는데 어찌 갑자기 나를 참혹하게 하고 너는 홀연히 마치 나방이 촛불에 뛰어들 듯 갔느냐? 구슬이 잠기고 옥을 쪼듯 불과 그림자가 소멸한 듯 하구나. 눈으로 참담한 슬픔을 겪으니 쇠한 마음이 찢어질 듯 하구나. 하물며 너의 부모는 어찌 자애로운 하늘을 참을 수 있겠느냐? 재앙이 예사롭지 않아 슬픔과 참혹함이 이어졌다. 흩어져 지내며 여름을 지내고 가을이 되니 임시로 둔 관[45]이 황량하고 산 귀신은 쓸쓸하다. 외로운 영혼이 어찌 의탁하겠느냐? 내 슬픔을 더하는구나. 길한 날을 만나 선영 옆에 제사 지내고 충봉을 하니 옛사람이 하던 것을 볼 수 있다. 너는 편안히 돌아가 여기에 의지하고 기대거라. 네 얼굴이 눈에 보이는 듯하니 언제 잊을 수 있겠는가? 이 술과 과일을 올리며 애사로 권한다. 이 뜻은 진실로 괴로운데 너는 그 마음을 아느냐? 모르느냐? 아아! 슬프다. 상향.

해제 이재가 황씨 외손녀에게 주는 제문이다. 외손녀는 작년 겨울에 딸을 따라 귀녕을 와 이재가 번번이 어루만지며 애정을 주었다. 하지만 갑자기 죽어 할아버지의 마음을 참담하게 하였다. 이재는 자신의 슬픔뿐만 아니라 외손녀의 부모, 즉 자신의 딸과 사위가 겪을 마음의 고통에 대해서도 언급하고 있다.

---

45 초빈(草殯) : 장례를 속히 지내지 못할 경우에 시체를 방 안에 오래 둘 수 없어서 임시로 관을 바깥에 놓고 이엉 따위로 그 위를 덮어 두는 일. 또는 덮어 둔 그것.

김진규(金鎭圭) : 1658(효종 9)~1716(숙종 42). 본관은 광산. 자
는 달보(達甫), 호는 죽천(竹泉), 아버지는 영돈녕부사 만기(萬基)
이다. 어머니는 한유량(韓有良)의 딸이며, 누이동생이 숙종비 인경
왕후(仁敬王后)이다. 송시열의 문인이다. 1682년 진사시에 수석으
로 합격하고, 1686년 정시문과에 갑과로 급제하였다. 이조좌랑 등
을 역임하던 중 1689년 기사환국으로 남인이 집권하자 거제도로
유배되었다가 1694년 갑술환국으로 서인이 재집권함에 따라 지평
으로 기용되었다. 정치적으로는 대표적인 노론정객으로서, 스승인
송시열의 처지를 충실히 지켰다. 영조가 1766년 치제(致祭)하였으
며, 1773년 그 문집간행에 재물을 하사하고 서문을 친제(親製)하였
다. 문집으로 『죽천집』, 편서로 『여문집성(麗文集成)』이 전한다.
졸기에 의하면 강직하게 법을 지키고, 청검(淸儉)에 스스로 힘썼
고, 또 문학적 감식안이 있어 여러 번 과시를 관장하여 사람들의
칭찬을 받았으나 고집이 세다고 전한다. *참고문헌 : 肅宗實錄.

김진규 金鎭圭 · 1658 ~ 1716

사임당의 초충도 뒤에 붙이는 글
題思任堂草蟲圖後

옆의 그림은 율곡 선생의 어머니가 그리신 초충도 7폭이다. 정언 정종지가 양양에서 수령으로 있을 때 이웃 사람에게 얻은 것이다. 아마도 부인이 예전에 강릉에 살 때 종지가 얻은 것인 것 같으니 부인은 그의 외척[1]이다. 그림의 원본은 8폭인데 하나가 없어졌다. 종지가 장차 병풍으로 만들려고 하면서 나에게 뒤에 글을 써 줄 것을 요구해 그 숫자를 채우려고 하였다. 내가 삼가 받아서 감상하니 그림에 색채를 사용하였으나 먹으로 칠하지 않은 것이 마치 옛날에 말한 테두리가 없는 회화법과 같다. 그리고 벌레와 나비와 꽃과 같은 것들이 단지 생긴 것이 비슷할 뿐 아니라 빼어난 기운이 마치 살아있는 듯하여 세속의 화공들이 능히 따라할 수 있는 것이 아니다.

아 그 기이함이여! 생각하니 내가 일찍이 고전에 여성들의 일이라고 기록된 것을 보면 옷감 짜고 방적하는 데 그쳤고 그림을 그리는 것 같은 것은 포함되지 않았었다. 그러니 부인의 기술이 이와 같은 것이 어찌 보모의 가르침을 번거롭게 한 것이겠는가? 그 성품이 총명하고 재주가 민첩하여 미친 것일 뿐이다.

옛사람들이 그림과 시는 서로 상통한다고 하였다. 시 또한 부인이 할 일은 아니지만 <갈담>과 <권이>는 진실로 성스러운 왕비가 지은 것[2]이고 <부이>[3]와 <번빈>[4]에 교화가 행해져 '요요적적'을 읊는 것[5]에 이

---

1 척속(戚屬): 외척(外戚)과 처족(妻族).
2 『시경』 「주남」의 <갈담(葛覃)>과 <권이(卷耳)>. <갈담>은 후비가 직접 여자의 일을 하는 내용을 읊은 시이고, <권이>는 주나라 왕비가 살아 이별하는 내용을 읊은 시이다.

르는 것이니 이것들은 또 이 그림에서 그린 것이다. 그러니 어찌 옷감 짜고 바느질하는 것보다 하찮다고 하겠는가? 그리고 나는 부인이 시를 잘 알고 예의에 익숙하다고 들었다. 율곡 선생의 어짊은 실로 태교에서 부터 나와 선생이 어렸을 때 손수 형제가 부모를 봉양하며 함께 사는 것을 그렸으니 이 또한 곁에서 모시면서 받들어 올리던 붓과 벼루 사이에서 얻었다.

아! 성현의 학문은 반드시 하늘의 높고 밝은데 밑천을 두고 있고 고명한 것은 진실로 재주와 예능이 많으니 비록 몇 폭의 작은 그림이지만 지류를 따라가면 근본을 알 수 있다. 이러한 것이 스스로 율곡 선생의 학술이 깊은 것에 방불하며 그 훌륭한 덕과 고상한 덕행❻을 사모하는 것이 돈독하다. 나는 종지가 보장하려는 이유를 알겠으니 뜻이 여기에 있다.

해제 신사임당의 외척인 정종지가 부인의 그림 <草蟲圖>의 뒤에 글을 써줄 것을 부탁하자 그림을 보고 쓴 글이다. 김진규는 사임당의 초충도가 기술적으로 뛰어날 뿐 아니라 빼어난 기운이 느껴진다고 하여 높이 평가하고 있다. 또한 시와 그림의 연관성을 들어 『시경』 소남의 초충장과 관련지어 말하고 있다. 그림을 통해 사임당의 성품이 총명하고 재주가 민첩함을 칭찬하고 있으며 그러한 사실을 사임당의 아들 율곡 선생의 학술의 경지와 관련하여 논하고 있다. 송상기가 사임당의 그림첩에 쓴 발문 <思任堂畫帖跋>이 있다.

---

3 부이(苯苡) : 부거(苯苢)라고도 한다. 질경이라는 풀인데, 이 씨를 먹으면 아이를 낳는다는 속설이 있다. 부이(苯苡)는 씨가 많아서, 출산을 축하하는 뜻으로 이를 노래했다 한다. 『시(詩)·주남(周南)·부거(苯苢)』에 "采采苯苢, 薄言采之."라는 구절이 있다.

4 번빈(蘩蘋)은 『시경』 「소남」의 편명인 <채번(采蘩)>과 <채빈(采蘋)>의 합칭으로, 번과 빈을 뜯어서 정결하게 제사를 받드는 여인의 모습을 비유함.

5 [詩·召南 草蟲] 喓喓草蟲 趯趯阜螽. 집에 홀로 남은 여인이 계절의 변화에 감회를 느낀 나머지 멀리 밖에 나가 있는 남편을 생각하며 지은 시.

6 고산경행(高山景行) : 훌륭한 덕과 고상한 덕행. [詩·小雅·車牽] 高山仰止 景行行止.

할머니 행장 뒤에 쓰다
題祖妣行狀後

아아! 이는 우리 할머니의 언행을 숙부가 손수 기록한 것이다. [7] 나는 멀리 떨어져 지내다가 마침내 영결할 때 도착했다. 세월이 흘러 할머님의 목소리와 모습이 날로 멀어지는데 지금 엎드려 이 글을 읽으니 마치 할머님의 자애로운 모습을 뵈면서 훈계의 말씀을 듣는 듯 하고 나도 모르는 사이에 눈물이 흘러내린다. 이에 우리 할머님께서 평소 나에게 경계하신 말씀을 기록한다.

할머니는

"과거를 이루어 이름을 얻는 것은 매우 훌륭하지만 영광스런 길을 피하고 벼슬을 사양하여 요양하면[8] 장차 크게 이로운 바가 있을 것이다." 라고 하셨다.

남쪽으로 옮겨가자 여러 번 편지를 주시어 말씀하시길,

"지나치게 걱정하거나 근심하지 말고 너무 많이 생각하지도 말아라. 마음에 잡힌 것이 있으면 평정함[9]이 생길 것이고 그러면 스스로 안정될 것이다. 모든 일은 마땅히 하늘의 뜻을 따라야 하는 법인데 어찌 경솔하게 걱정하고 근심하여 마음 상하겠는가? 매번 너희들이 멀리 있는 것을 생각하면 내 어찌 슬프지 않겠느냐? 하지만 나의 여생 얼마 남지 않았는데 어찌 슬퍼만 하겠느냐? 나는 이로써 스스로 마음을 여유롭게 한다." 라고 하셨다.

---

7 서포 김만중이 쓴 〈先妣貞敬夫人行狀〉을 말한다.

8 양질(養疾) : 병이 들어 요양함.

9 진정(鎭定) : 평정함. 침착함.

아! 어려운 재난과 영화로움은 사람의 근심과 기쁨이다. 사람이 기뻐
하되 넘치는 데 이르지 않고 걱정하되 두려운 데 이르지 않기는 매우 드
물다. 오직 우리 할머님만이 기쁨을 당하여서도 경계하시고 근심을 당하
셔도 애쓰셨으니 다른 사람을 지나친 것이 멀다. 나는 욕심을 따라 처음
에는 영화를 사양하라는 가르침을 따르지 못했으니 불초한 죄가 이미
크다. 마땅히 마음을 편안히 하여 의로운 명령에 돌아가 남기신 가르침
의 만분의 일이라도 따르고 싶다.

무릇 지금 우리 자손들의 도움으로 슬퍼하며 그리워하는 마음을 붙여
언행을 뽑아 순서를 정했다. 이것은 비록 내가 혼자 받아 이은 것이지만
실로 밝은 가르침이니 마땅히 없애지 말고 실천해야 한다. 이에 위와 같
이 행장을 기록하여 다시 숙부에게 드리고 장차 스스로를 경계한다.

해제 이 글은 김진규의 할머니이자 김만중의 어머니인 윤씨 부인의 행장 뒤
에 쓴 글이다. 김진규는 자신이 윤씨 부인에게 받은 가르침에 관한 글을
기록하여 숙부인 김만중이 행장을 짓는 데 참고하도록 하기 위해 이 글을 썼다.
할머니가 기쁠 때도 경계하고 걱정을 할 때도 두려워하지 않았던 점을 높이 사고
있다.

오양 열부의 애사

哀烏壤烈婦辭

　열부는 거제현 오양역졸 아무개의 처인데 가난하지만 열심히 일하며 살았다. 갑인년(1694) 가을에 산밭에 가서 목화를 따고 있었는데 이웃에 사는 가죽 장인[10] 또한 산에 나무를 하러 왔다가 부인 혼자 밭에 있는 것을 보고 범하려고 하였다. 가죽 장인이 부인을 안고 여러 가지로 유혹하며 협박했지만 부인이 힘을 다해 저항하여 옷이 모두 찢어졌으나 마침내 따르지 않았다. 가죽 장인이 이에 자신의 음욕을 이루지 못한 것에 화가 나고 또 부인이 돌아가 그 사실을 발설할까봐 겁이 나서 칼을 뽑아 위협했지만 끝내 부인이 따르지 않았다. 이에 칼로 난자해서 죽이고 시체를 깊은 구덩이에 던지고 돌을 쌓아 감추었다. 그때 마침 산에서 과일과 열매를 따는 노파가 있었는데 돌아와 이웃 사람들에게 말하였다. 이웃 사람들이 그 부인이 아침에 나갔다가 돌아오지 않음을 드러내 말하니 마을 사람들이 모두 가서 찾아보고 사방 이웃마을에도 두루 알렸다. 가죽 장인은 사람들이 의심할까봐 겁이 나서 가지 않다가 피 묻은 옷을 벗어 버리고 옷을 갈아입고 갔는데 마을 사람들은 그가 칼을 버리고 올 것을 생각했던 것이라 함께 가죽 장인을 결박해 현령에게 고하였다. 현령이 조사하고 묻자[11] 복종하였는데[12] 하옥하니 가죽 장인이 스스로 목숨을 끊어 그 죄를 내리지 못하고 또 사실을 밝히지 못해 정표를 내릴 수 없게 되었다.

---

10 피공(皮工) : 가죽으로 물건을 만드는 사람. 피장(皮匠).

11 험문(驗問) : 조사하여 물음.

12 수복(輸服) : 복종함.

아! 해도는 멀리 떨어져 있어 세속의 무리가 미개하고 아녀자나 남자나 천하고 남루하며 밭 두둑 사이에서 나고 자라 스승이나 여스승의 가르침을 받지 못한다. 그러나 능히 강압적인 폭력에 패하지 않고 목숨을 버리기를 주저하지 않았으니 이 열성과 곧은 자질은 하늘에서 타고난 것이 아니겠는가? 그러나 벼슬아치들이 어리석고 지역은 궁벽한 곳이라 아름다움을 드러내지 못했으니 탄식할 만하다. 나는 죄인[13]이라 힘은 능히 세상에 드러낼 수 없지만 오랫동안 민멸해 전해지지 않을 것을 애석하게 생각하여 선비들에게 기록을 얻어 애사를 써서 애도하고 백성을 깨우치기를 바란다. 사에 이른다.

오직 남편에게 아녀자는 하나일 뿐 둘이 될 수 없으니 부자유친, 군신유의와 더불어 사람의 벼리이다. 그런데 어찌 떳떳한 기강이 없어 혹 어그러뜨리고 잃어버리는가? 아름다운 열부는 홀로 성정을 보전하였다. 머리를 올려 남편에게 몸을 허락하였으니 가난하게 사는 것은 근심이 아니다. 들밥이 회계의 밥상이기를 바라고 베치마도 편안히 여기나 오직 남편이 추울까 생각하여 솜을 따러 산밭에 갔는데 흉측한 가죽 장인이 나를 산골짝으로 유인하네. 강이 넓은 것이 기수와 복수 같은데 강한 힘으로 핍박하고 온갖 아름다운 말로 유혹하지만 곧은 마음 한결같아 원통하게 호통하였네. 끝내 칼을 막지 못해 절개로 몸을 지켰네. 해가 높이 비추니 죄인이 어찌 도망갈 수 있으리오?

세상에서 항상 하는 말이 있으니 선과 악은 교육으로 말미암아 생긴다는 것이다. 아! 열부는 무엇을 받고 무엇을 배웠는가? 비천한 곳에서 남루하게 살아 시와 예에도 몽매하고 역사책을 보지도 못했는데 의와 삶을 변별하기를 마치 들어 아는 것처럼 하였다. 맑은 영혼이 모여 진실로 돈독하고 특별하니 옥과 구슬이 오랑캐 땅에서 생겨난 것 같구나. 덕

---

13 륙인(僇人) : 형륙(刑戮)을 당해야 하는 사람. 죄인을 범칭함.

은 더욱 짝할 이가 없는데 사건은 어찌 그렇게 되어 행실이 자못 아름다운데 포폄이 미치지 못했는가? 이미 자신이 어질다는 것을 인정 받아 흡족하지 않은 것은 아니나 선함이 진실로 드러나지 않으면 비루한 사람들을 어찌 깨우칠 수 있겠는가? 사를 지어 백성들에게 고하노니 무릇 딸과 아내가 있는 백성들은 열부를 생각하면 기강이 생길 것이다.

해제 거제현의 오양역졸의 아내를 위해 지은 애사이다. 여인은 산에 목화를 따라 갔다가 욕을 보이고자 하는 가죽 장인에게 저항하다가 살해되었다. 그러나 가죽 장인은 심문 받는 과정에서 자살하여 죄를 드러내지 못하게 되었고 열부는 정려를 받지 못하게 되었다. 김진규는 이러한 사실을 애석하게 생각하며 여인을 위해 애사를 지었다. 하지만 여인의 죽음에 대한 안타까움보다 이 여인의 죽음을 미천한 백성에게 알려 교화시키려는 의도가 강하게 베어난다.

류열부의 정표를 청하기 위해 임금을 배알하고 직접 아뢰는 글
請柳烈婦旌褒面奏[14]

계에 이른다.

지난 번 서부 창동의 사대부 오십 여 명이 이름을 같이 낸 정문[15]이 한성부에서 본조로 옮겨왔습니다. 그 정문을 보니 바로 본 동의 전 현감 류박의 딸이며 죽은 학생 이사장의 처에 관한 일입니다. 사장이 정해년 (1707)에 병이나 거의 죽게 되자 류씨가 목욕하고 하늘에 기도하며 자신이 대신 죽을 것을 원했습니다. 사장이 마침내 죽자 류씨는 밤낮으로 소리 지르며 가슴을 치면서 한 수저의 물도 입에 넣지 않았습니다. 그리고 수의와 홑이불[16]을 손수 만들어 바느질하고 빈소를 차리고 난 후 류씨는 빈소 옆 안채[17]에 거적자리를 깔고 밤낮으로 그 위에 엎드려 곡을 하였습니다. 입고 있던 옷을 추위와 더위에도 갈아입지 않았으며 또한 이불도 덮지 않았습니다. 제사의 음식은 친히 살폈으며 장례를 치른 후에도 16일을 먹지 않았으나 죽지 않았습니다. 그 아버지가 억지로 권하자 미음을 먹었을 뿐이며 방에서 잘 것을 권하였으나 듣지 않았고 옷을 갈아 입히려고 하였으나 또한 듣지 않았습니다. 그의 아버지가 외지로 벼슬하러 가자 또 20여 일을 먹지 않았는데 또 죽지 않자 스스로 탄식하여 말하길,

---

14 면주(面奏) : 임금을 배알하고 직접 아룀. [新唐書·代宗紀] 隨狀面奏.

15 정문(呈文) : 하급 관청에서 상급 관청으로 보내던 공문서. 주로 동일한 계통이 관청 사이에 행해지는데, 한 면(面)에 다섯 줄로 쓰는 것이 특징임.

16 의금(衣衾) : 죽은 사람의 수의와 홑이불. [管子·禁藏] 棺槨足以朽骨 衣衾足以朽肉.

17 청사(廳事) : 개인 주택의 안채.

"내 목숨이 모질어 이에 이르렀구나."

라고 하며 다시 마음을 먹은 지 3년이 지났으나 매번 사장의 기일이 되면 병들어 비록 심하게 아파도 반드시 친히 제사 음식을 마련하였습니다. 사장의 붓과 벼루와 관포와 같은 것을 늘상 지내던 방에 늘어놓고 남편이 살아 있을 때와 똑같이 하였습니다. 올해 8월 사장의 생일을 맞이해 몸이 여위고 아픈 것이 심하나 사장의 신주에 기어가 곡을 하다가 소리와 기운이 거의 이어지지 못하다가 얼마 후 마침내 죽었습니다. 염습하면서 비로소 그 초상 때 입던 옷을 벗겼는데 누더기로 기운 것이 백 결이었습니다. 대개 5년 사이에 안채 밖으로 나가지 않았으며 항상 말하길,

"나는 천지간의 죄인이다. 어찌 바로 죽는 것이 후련하다는 것을 알지 못하겠는가? 그러나 감히 스스로 남겨진 몸을 훼상할 수가 없다."라고 하였습니다.

류씨에게 여종 덕금이 있었는데 류씨의 이와 같은 행동을 보고 마음 속에 그의 행동을 불쌍하게 여겨 함께 살며 잠시도 류씨의 곁을 떠나지 않고 보호했습니다. 그 남편을 사절하고 아들을 남에게 맡기고는 류씨와 같이 거처하기를 3년을 하루 같이 하다가 지쳐서 먼저 죽고 말았습니다.

류씨는 평소 사람들과 <육신전>[18]을 보다가 유응부[19]가 쇠를 가져다

---

18 남효온이 지은 <육신전>을 말함. 『추강집』에 실려있음.

19 유응부(俞應孚) : ?~1456(세조 2). 단종을 위하여 사절한 사육신의 한 사람. 본관은 기계(杞溪 혹은 川寧). 자는 신지(信之), 호는 벽량(碧粱). 포천 출신. 성삼문과 박팽년과 함께 세조를 살해하려는 계획을 세웠으나 동모자의 한 사람인 김질의 배신으로 주모자 6명이 모두 국문을 받았다. 그는 무사에 의해 살가죽이 벗겨지는 고문을 당하며 신문 받았으나 굴복하지 않았다. 세조가 화가 나서 달군 쇠를 가져와서 그의 배 밑을 지지게 하니 기름과 불이 함께 이글이글 타올랐으나 얼굴빛 하나 변하지 않고, 천천히 달군 쇠가 식기를 기다려 그 쇠를 집어 땅에 던지면서 "이 쇠가 식었으니 다시 달구어 오라."하고는 끝내 굴복하지 않고 죽었다. 단종복위의 거사 주모역은 성삼문·박팽년이고, 행동책은 유응부이기 때문에 남효온은 <육신전>에서 이 세 사람이 한 일을 삼주역으로 부각시키고 있다. 1691년에 사육신의 절의를 국가에서 공인하여 성삼문·박팽년·하위지·이개·유성원·유응부 등 6명의 관작을 추복시켰고, 1791년 단종을 위하여 충성을 바친 여러 신하들에게 어정배식록을 편정할 적에 사육신으로 재차 확정되었다. 병조판서에 추

땅에 던지며 한 말을 보았는데 어떤 사람이 유응부가 무인이고 그 말이
장엄하다고 하자 류씨가 말하길,

　"사람이 판단하기 어려운 것은 마음입니다. 만일 이러한 마음을 결정
하였다면 비록 지체를 자르더라도 어찌 두렵겠습니까?"
라고 하였으니, 류씨가 평소 마음에 정해놓은 바가 있었던 것이 이와 같
았다고 할만합니다. 이에 류씨와 덕금은 민멸되어서는 안 된다고 생각하
여 청하니 들으시고 빨리 정려의 은전을 내려주길 원합니다.

　계의 글은 대략 이와 같으나 상세한 것은 감히 할 수 없습니다. 그리
고 연명자의 목소리와 기운과 취사는 같지 않으나 이에 같은 말을 하였
으니 공론이 되었음을 볼 수 있습니다.

　무릇 지아비를 따라 죽는 부인들은 남편을 잃은 초기에 슬픔과 원망
과 가혹함을 이기지 못하여 성명을 결단하는 자가 많습니다. 그러나 지
금 이 류씨는 처음에 먹지 않고 죽으려고 했다가 죽지 않으니 5년간 옷
을 벗지 않고 안채를 한 번도 떠나지 않고 추위와 더위를 당하여도 또한
그 거처하는 곳과 옷을 바꾸지 않았으며 절개를 애써 지키고 정조를 굳
건히 하였으니 일시의 자결보다 어려움이 있습니다. 비록 그러하나 유응
부를 논한 일을 보면 마음이 곧은 것을 간직하였음을 알 수 있습니다.
류씨의 여종이 남편과 헤어지고 자식을 버리고 그 주인을 따라 죽은 것
은 진실로 하천한 사람 가운데서 만나기 어려운, 지극한 정성과 순박한
의리를 가진 사람이라고 할 수 있습니다. 이에서 또한 류씨의 정조가 사
람을 감동시킨 것이 매우 깊음을 알 수 있습니다.

　백성의 풍속이 나날이 민멸되어가는 이때에 절의를 칭찬하여 격려하
는 방편으로 삼지 않아서는 안되겠습니다. 저 멀리 떨어져 있는 마을에
서 절의 있는 일이라고 아뢰는 것은 그 실상을 자세히 알기 어려우니 아

증되었고, 시호는 충목(忠穆)이다.

릴 때에 삼가 살펴야하지만 지금 이 정문에서 아뢰는 것은 사족의 일이고 조정에서 벼슬하는 선비들이 눈으로 보고 귀로 들은 것으로써 다시 따지고 살필 일이 아닙니다. 만일 의정부에 보고하여 시행하게 하시면 반드시 늦어져 수년 내에 정표하는 은전을 시행하기 어려울까 걱정이 되어 이에 감히 연석에서 임금님을 뵙고 아룁니다. 대신에게 명령을 내려 특별히 포가하도록 하는 것이 어떠합니까?

임금님이 말씀하시길,

"지금 예관에서 전한 바를 들으니 그 일이 진실로 기이하다. 의정부에 알리는 예를 따르지 않고 특별히 허가해도 되겠다."

라고 하셨다.

영의정 서종태(徐宗泰)가 말하였다.

"류씨의 절행은 진실로 매우 뛰어나다. 그 남편은 연평부원군 이귀의 후손이고 죽은 목사 이만저의 자식이다. 부인의 아버지는 진주군 류구의 자손이니 모두 명가이다. 류씨의 일은 그 동네의 공론일 뿐 아니라 이미 널리 드러나 사람들이 많이들 알고 있다. 이러한 일은 조정에서 비록 예를 따르지 않고 특별히 정표를 내려도 괜찮다."

판부사 이이명이 말하길,

"물구덩이에서 목숨을 끊는 것은 혹 쉽다. 그러나 이 일은 절조가 진실로 기이하다."

라고 하였다.

또 말하길,

"무릇 일시에 자결한 자는 많지만 류씨가 5년 동안 힘들게 절개를 지킨 것은 충신에 비유하면 마치 문천상이 연옥에 있을 때와 같다[20]고 할 수 있다. 임금님이 특별히 정려를 베푸신 은전이 옳다."

---

20 문천상(文天祥) : 송(宋)나라 말엽의 충신. 수도가 원(元)에 함락된 뒤에도 단종을 받들고 근왕군을 일으켜 원군과 싸우다 잡혀 죽음.

또 말하길,

"류씨의 여종 또한 마땅히 포가의 은전이 있어야 하나 정려를 내리는 것은 과중하다. 고향에 거하는 자가 아니니 또한 복호[21]도 불가하다. 참작하여 하교를 내리시는 것이 마땅하다."

라고 하였다.

임금님께서 말씀하시길,

"그 여종의 일은 어찌하면 되겠느냐?"

라고 하셨다.

서종태가 말하길,

"비록 여종은 하천하지만 반드시 그 주인에게 감동한 데서 일을 시작했으니 여기에 이른 것 또한 매우 기특합니다. 비록 몸은 죽었지만 자식이 있다고 들었습니다. 쌀과 옷감을 참작하여 내려주어 조정의 포가하는 뜻을 보이면 좋을 것 같습니다."라고 하였다.

이이명이 말하길,

"휼전에 비하여 조금 넉넉하게 쌀과 옷감을 주면 좋겠습니다."

라고 하니 임금님이 말씀하시길,

"서울에 있으니 복호하는 일은 할 수 없으니 쌀과 옷감을 넉넉하게 지급하는 것이 좋겠다."

라고 하셨다.

해제 일반적인 열부와 다른 절행을 보인 류열부에 대한 정표를 청하기 위해 임금을 직접 배알하면서 아뢴 글이다. 류열부는 남편 이사장이 죽자 여러 날 굶으면서 죽으려고 결심하였으나 뜻대로 되지 않자 3년 동안 미음만 먹으면서 지냈고 5년 동안 안채에서 한번도 밖으로 나오지 않았으며 똑같은 옷만 입고 살았다. 그러다 남편의 생일을 맞이해 신주에 곡을 하다가 기운을 잃어 죽었다.

---

21 복호(復戶) : 특정한 대상자에게 그 호의 조세나 부역을 면제해 주는 일.

이 여성의 일을 창동의 사대부 50여 명이 정문을 올려 공론을 형성하였고 당시의 영의정 서종태와 판부사 이이명 등이 합세하여 정표를 내려 줄 것을 건의하였다. 류열부가 <육신전>을 읽으며 유응부의 행동에 감탄한 일과 류열부의 절행에 감동하여 남편과 아들을 버리고 류열부를 따르다 죽은 여종의 일 등이 사실적으로 기록되어 있다. 『숙종실록』에 절부 류씨에게 정려토록 한 기사가 실려 있다. (숙종 37년 9월 25일)

중궁의 존호를 올리는 옥책문
中宮殿上 尊號玉冊文

궁전에서 왕화의 터전을 마련하여 큰 명을 맞이하였으며, 아름다운 옥돌²²에다 어머니로서의 모범²³를 찬송하며 큰 이름을 올립니다. 큰 전례(典禮)를 비로소 행하게 되어, 훌륭한 계획을 이에 드립니다. 삼가 생각하건대 왕비 전하께서는 지위는 높아 내전(內殿)을 바로잡으시고, 학문은 귀중하게 마음에 간직하셨습니다. 도움을 주시며 이루는 데 한결같은 마음을 두시어 언제나 『시경』「제풍」의 <계명장>²⁴처럼 밤낮으로 경계하셨으며, 성대한 공렬은 남겨주신 도의(遺義)대로 도우시어 후한 명제의 왕후처럼 『춘추』를 깊이 이해하셨습니다. 나라의 운수는 그로 인해 능히 창성하고, 궁중의 법도는 그로 인해 더욱 드러났습니다. 온화한 바람이 만물을 기르듯이 온화한 은택이 사람들에게 스며들었으며, 중후한 땅이 하늘을 받드는 이치를 본받으셨고, 유순한 덕은 천성에 근본하였습니다. 이미 왕과 왕비²⁵가 그 아름다움을 짝하셨기에 두 글자를 가지고 이렇게 함께 찬양합니다. 조종(祖宗)의 행하신 바가 있으니 마땅히 조야(朝野)의 지극한 기대에 부응하셔야 합니다. 신 등은 큰 소원을 견딜 수가 없기에 삼가 책보(冊寶)²⁶를 받들어 '혜순(惠順)'이란 존호(尊號)를 올립니다.²⁷

---

22 완염(琬琰) : 아름다운 옥돌.

23 모의(母儀) : 어머니로서의 의범, 모범.

24 어진 비(妃)가 아침 닭울음소리를 듣고, 남편인 왕에게 나가서 정사를 보도록 재촉하는 내용. 어진 아내의 덕을 기림.

25 양극(兩極) : 왕과 왕비.

26 책보(冊寶) : 책립 때 쓰는 조서와 옥새.

27 인원왕후 김씨(仁元王后金氏, 1687~1757)를 말한다. 경주 김씨 김주신(金株臣)과 임천

삼가 바라건대 왕비 전하께서는 현책(顯册)을 잘 받으시어, 왕의 대업[28]을 도와 천양하소서. 가르침을 여관[29]에게 펴서 역사의 빛나는 기록을 남기시며, 경사를 백세에 넘치게 하시어 임금님의 자리[30]가 장구히 전해 가도록 도와주십시오.

해제 김진규가 우참관으로 있을 때 중궁의 존호를 올린 옥책문이다. (숙종실록 39년 기사에 보인다.) 중궁의 존호는 '혜순'이다. 중궁은 숙종의 제2 계비(繼妃) 인원왕후 김씨이다.

조씨의 딸이다. 1701년 인현왕후 민씨가 죽자 간택되어 1702년에 왕비로 책봉되었다. 1713년에 '혜순'이라는 호를 받았다.

28 홍도(弘圖) : 왕의 대업.

29 구빈(九嬪) : 궁중의 아홉 여관(女官).

30 보조(寶祚) : 임금의 자리, 보위.

할머니께 올리는 제문
祭祖母文

　나의 할머니 윤부인은 기사년(1689) 12월 갑신에 자손을 버리셨다. 손자 김진규는 멀리에서 유배 중이라 다음해인 경오년(1690) 1월 병신에 비로소 엎드려 슬픈 부고를 들었으나 달려가 곡할 방법이 없어 지극한 슬픔을 쏟아내지 못했다. 이에 2월 계해 20일 임오에 애사를 써서 천리에 부쳐 손자며느리로 하여금 조촐한 제전을 갖추게 하고 조카 춘택으로 하여금 영전 앞에 고하게 한다.

　아아! 하늘이시여! 우리 할머님은 비록 자손이 앞에 가득해 위로하고 기쁘게 해드려 남은 생애를 마치시고 돌아가셨으나 자손된 자는 도리어 애통합니다. 지금 자손들과 떨어져 지내 외롭게 지내시다가 마침내 영결하고 멀리 가시게 되었습니다. 살아서 제대로 봉양하지도 못했는데 돌아가심에 보내드리지 못하니 하늘이시여, 하늘이시여! 어쩌면 이리도 잔혹한 재앙을 내려주시는지요?

　아아! 할머님께서는 일찍 홀로 되시어[31] 능히 우리 아버님과 숙부님[32]을 가르치고 모두 성공하여 이름을 드러내 집안의 명성을 떨치게 하시니 사람들은 모두 할머니의 덕분이라고 합니다. 그러나 불행히 아버님이 할머니보다 먼저 돌아가시는 바람[33]에 봉양을 끝내지 못해 할머님의 슬픔이 매우 크셨습니다. 그래서 숙부님을 의지하고 곁에 두셔 마음을

---

31 윤부인의 남편 김익겸이 정축년 호란에 강화도에서 순절하였다. 이때 윤부인은 21세였다.
32 김만기와 김만중을 말한다.
33 김만기(金萬基)가 윤부인보다 2년 앞서 1687년에 죽었다.

너그럽게 하려 하셨는데 숙부님께서 자주 멀리 가시니 슬픔이 또한 더욱 깊어지셨습니다. 속으로 자손들과 서로 의지하며 지내기를 바라셨는데 저의 형제들이 동시에 나뉘고 흩어지니 슬픔 또한 깊으셨습니다. 차라리 아우 진서를 장차 의지하려고 하셨는데 진서 또한 잇달아 멀리 가니 오직 어린 손자들만 있을 뿐이었습니다. 그러니 할머님의 슬픔은 이에 극에 이르렀습니다. 어찌 하늘은 재앙이 궁독하게 하는 데 머무르지 않고 마침내 이 세상을 갑자기 떠나게 한단 말입니까?

아아! 영화로움이 끝나지도 않았는데 슬픔이 몰려들었습니다. 이른바 슬픔이라고 하는 것은 실로 사람들이 감당할 수 있는 것이 아니었고 세상에서 보기 드문 것이었습니다. 70세의 연세에 근심이 거듭 쌓여 자애로운 마음과 영화로운 봉양을 덜어내고 마음을 상하게 한 것이 많았습니다. 처음에 들으니 오랜 근심이 병이 되어 마침내 이에 이르렀다고 하니 어찌 마음이 상해서 그렇게 된 것이 아니겠습니까? 저는 위로 해드리지 못했고 이러한 곳에 이르게 하였습니다. 편찮으실 때 의원과 약을 구해드리지 못하고 돌아가신 다음에는 염하는 것을 받들지도 못했고 장례를 치를 때 무덤에 가보지도 못했으니 이 참담함과 한스러움은 비록 하늘 끝에 닿더라도 끝이 없을 것이고 바다를 기운다 해도 어찌 측량할 수 있겠습니까?

아아! 할머님의 순수하고 아름다운 성품과 멀리까지 아시는 식견, 정결한 지조와 근검하신 덕은 옛날 여사(女史)에게 부끄럽지 않습니다. 마땅히 하늘이 주는 복록을 누리셔야 하는데 재앙이 어찌 크고 잔혹한지요? 이에 저는 하늘을 향해 부르짖으며 통곡합니다. 아아! 어찌 하늘은 할머님께 재앙을 내려 저로 하여금 무상하게 하는지요? 하늘의 이치가 벌을 내려 슬하를 벗어나게 하더니 마침내 이 몸이 죽지 않고 돌보아 주시는 할머니를 빼앗아가니 아아! 슬픕니다. 아아! 슬픕니다. 이에 숙부와 형을 생각하니 멀리 외딴 곳에 살면서[34] 심한 고생[35]을 하고 있습니다.

아마 장차 극심히 슬퍼하고³⁶ 걱정하며 이전과 같지 않을 것입니다. 저는 쓰다듬어주시고 사랑해주심과 가르침을 입어 은혜가 매우 돈독한데 과연 갚으려고 하나 종신토록 슬퍼하는 것만 갖게 되었습니다.

아아! 작년에 남쪽에서 오니 손을 잡고 눈물을 뿌리시며 저를 보내실 때 "살아서 다시 만나기 어려울 것 같다"고 말씀하셨는데 어쩌면 전에 하신 말씀이 꼭 들어맞았는지요? 지난 겨울 편찮으신 중에도 멀리 편지를 보내주시며 차례차례 가르쳐주시던 말씀을 마치 면전에서 듣는 듯합니다. 그런데 어찌 그것이 절필이 될 줄 알았겠습니까? 아아! 돌아가시는 이별에 멀리 바다 밖에 있어 오열합니다. 유명을 달리하고 목소리와 모습도 영원히 멀어져 슬픔을 머금고 북쪽을 향해 슬프게 부르짖으니 간이 타는 듯 마음은 떠나고 몸만 남아있습니다. 하늘과 땅은 적막하고 쓸쓸하며 마음은 경황이 없고 글은 뜻을 다하지 못하나 삼가 지극한 슬픔을 올리니 잠시나마 살피러 오십시오. 아아! 슬픕니다.

해제 이 글은 할머니 윤부인에게 올리는 제문이다. 김진규는 유배 중이라 할머니의 장례에 참석하지 못하고 다음 해에 이 글을 지어 보내 대신 영전에 고하게 하였다. 김진규는 이러한 사실을 매우 가슴 아파하며 할머니의 가르침과 은혜에 보답하지 못함을 애통하게 생각하고 있다.

---

34 김만중은 이 당시 박진규(朴鎭圭)·이윤수(李允修) 등의 탄핵으로 남해에 유배되어 있었다.

35 도독(荼毒) : 씀바귀의 독. 해로운 독.

36 멸성(滅性) : 어버이를 잃고 슬픔이 극심하여 생명을 해칠 정도가 되는 것. 『예기·상복사제(喪服四制)』 "毁不滅性, 不以死傷生也"

아내에게 봉작과 증직을 고하면서 올리는 제문
亡室封贈[37]告祭文

당신이 가고 난 후[38] 이미 6개월이 지났소. 모습은 점점 아득해지지만 애도하는 마음은 갈수록 깊어지는구려. 매번 글을 써서 이 마음을 담아 볼까 했지만 지극한 슬픔이 가슴에 있는데 어찌 글을 빌어 울 수 있겠소?

나의 서열이 올라가 외람되이 이경[39]에 올라 상등하는 은혜를 입게 되어 당신은 숙부인에서 정부인으로 올라가게 되었소. 당신의 평생을 생각하면 가난과 고생을 두루 겪어 쌀지게미를 먹고 산과 바다의 길을 가며 일찍이 그 가난함을 겪고 그 평안함을 누리지는 못했으니 녹과 지위가 비록 더해진다고 해도 누구와 더불어 영화를 누리겠소?

임금님의 조서를 차마 영전에 고하오. 끝없이 애통해하며 한스럽게 여기니 저승과 이승에 모두 통할 것이오. 일을 맞아 슬픔을 쏟아내며 이 잔을 올리오. 그대는 반드시 지각이 있을 것이니 나의 정성을 돌아보기를 바라오.

【해제】 아내가 죽은 지 6개월 후 김진규의 벼슬이 올라 제체하는 예에 따라 아내도 숙부인에서 정부인의 봉작을 받게 되었다. 김진규는 그러한 사실을 알리면서 제문을 지었다. 하지만 살아 있을 때 가난함을 겪게 하고 평안함을 누리지 못하게 해 비록 죽은 다음에 녹과 지위가 더해진다고 해도 영화라고 할 수 없음에 대해 한스러워하는 마음을 담고 있다. 김진규의 아내는 이민장(李敏章)의 딸이다.

---

37 봉증(封贈) : 봉작(封爵)과 증직(贈職).
38 부인 전주 이씨는 1701년에 죽었다.
39 이경(貳卿) : 참판(參判)의 별칭.

아내의 묘에서 절제를 드리며 올리는 제문
亡室墓節祭文

그대가 이곳에 묻힌 이래 오래도록 와서 살피지 못했소. 추석을 맞아 임금님이 은혜를 내리셔 청을 들어주셨소. 서리가 벌써 내려 무덤의 풀은 시들어가나 마음은 예전[40]과 같아 마치 물이 떨어지는 것 같소. 묘지[41]의 일 또한 마땅히 살펴 닦음이 있을 것이오. 이제 계절의 음식을 바치며 함께 그 사유를 고하오.

해제 추석을 맞아 아내의 묘에 계절 음식을 바치며 사유를 고하고 올리는 제문이다. 앞으로 무덤을 가꿀 것을 약속하고 있다.

---

40 주낭(疇曩) : 이미 지나간 일.
41 영역(塋域) : 묘지, 묘역.

아내의 소상에 올리는 제문
亡室祥祭文

아아! 그대가 세상을 떠난 지 이미 1년이 되었소. 이 상사를 지내니 세월은 쉽게 가나 애도와 슬퍼하는 마음은 더욱 간절해가오. 생각하니 그대와 나는 결혼하여 함께 산 것이 29년이었는데[42] 그 사이 살아가느라고 바빠 두루 기록할 겨를이 없었소. 대략 그 가장 중요한 것을 들어 말을 하고자 하오.

아버님의 상례를 마친 다음 세상의 재앙이 크게 일어나 내가 섬에 유배를 가게 되었고[43] 할머니와 숙부는 막내 동생의 상을 연달아 당해 나는 슬픔으로 마음이 거의 타들어갔소. 돌림병이 밖에서 침범해 들어와 스스로 그 병에 살아남지 못할 것이라 생각하였으나 그대는 일개 약한 아녀자로서 거듭 찾아와 서로 이끌며 나를 위로하고 보호해 주었소. 내가 섬에서 죽지 않은 것은 당신이 믿고 구해 주었기 때문이오. 나는 길에서 넘어지고 참언과 아첨[44]에 마음을 상하며 몸이 병들어 여윈 것이 여러 번이었소. 임금님의 은혜를 입게 되어 조정에 돌아와 비록 안팎으로 벼슬을 하였으나 먹고 사는 일에는 졸렬해 추운 옷을 입고 굶는 것을 모두 그대에게 맡기며 물 긷고 절구질하는 고생을 면치 못하게 하였소. 그리고 거듭 이어서 아이들을 잃고 곡을 하니 당신은 다른 사람이 알지 못하게 깊이 상처받았소. 작년 여름에 그대는 종기가 돋은 병이 있어 여러 번 걱정했으나 나는 한가히 의사의 치료를 돌보아주지 못하고 아이

---

42 김진규는 이씨 부인과 1673년에 결혼하였고, 이씨 부인은 1701년에 죽었다.
43 김진규는 기사환국 이후 거제로 유배되었다.
44 무로(霧露) : 참언과 아첨으로 임금의 총명을 가리는 사람의 비유.

를 해산할 때[45]에 또 대궐에 들어갔다가 급히 돌아와 보니 당신은 이미 죽어 있었소.

당신은 살아서는 고생하다가 병이 들었을 때 약을 얻지 못해 참담하게 죽으니 이는 모두 나 때문이오. 그리고 또 시집올 때 입었던 옷도 없어 기한이 지난 다음에 염을 하게 되었으니 내가 매우 가난해서 그랬던 것은 말할 것도 없소. 당신의 고생스러움은 죽은 후에도 역시 그러했소. 그대는 떠돌아다니고 넘어지는 사이에도 나를 보호해 주었는데 나는 당신을 이러한 지경에 이르게 하였으니 넓고 높은 천지 간에 이 한이 어찌 다함이 있겠소?

생각하니 그대는 유순한 성품과 단정한 몸가짐을 가져 옛날의 어진 규수를 따를 만했는데 하늘의 보답을 입지 못하여 나이가 중년에도 이르지 않았으니 내가 기구한 것 때문에 그런 것이오? 아아! 나는 세상에 기구하여 어기고 따르지 않은 것[46]이 한 가지가 아니나 매번 밖에서 돌아와 그대의 웃는 모습을 보면 번번이 기분이 좋아져 걱정과 근심이 그 마음을 얽매고 있는 것을 알지 못했으니 실로 그대의 내조 덕분이었소. 그러나 지금은 다시 당신의 내조를 얻을 수 없구려. 하물며 노친이 위에서 슬퍼하시고 아이들은 아래에서 소리 지르며 울고 있으니 자식을 남겨두고 따라서 죽고 싶지만 내 또한 어찌 그럴 수 있으리오?

관곡의 들판은 선영과 아주 가깝고 땅은 높고 흙이 두터워 무덤으로 쓰기에 적당하오. 그 오른쪽을 비워두어 함께 묻힐 작정이오. 그러나 나는 병을 잘 앓아 세상에 오래 살기 어려우니 떨어져 사는 것이 오래지 않을 것이고, 다시 만나면 장차 무궁토록 함께 할 것이오. 이러한 생각은 조금이나마 저승과 이승에 떨어져 있는 고통을 위로할 만하오.

---

45 임욕(臨蓐) : 곧 아이를 낳으려고 함.
46 위불(違拂) : 어기어 따르지 않음.

소상이 지나면 궤연을 거두고 음식을 올리는 것도 그만 두는 것이 예
요. 그러나 퇴도 선생의 논의에 의하면 그만 두지 않는 것은 그른 것이
아니라고 하오. 어버이의 가르침 또한 매우 간절하니 내가 비록 후하게
하지는 못하지만 어찌 차마 부모님의 가르침을 따라 간 자의 한을 위로
하지 않을 수 있겠소? 이에 영좌를 방에 옮기고 조포의 음식을 올리며
3년 동안 이어서 하고자 하오. 그대는 그러한 사실을 아시오? 알지 못하
시오? 슬픔을 풀며 잔을 올려 축사를 대신하오. 그대의 영혼이 이를 것
이라 생각하오. 아아! 슬프오. 상향.

해제
아내가 죽은 지 1년이 지나 소상을 치르며 올린 제문이다. 작가는 29년
동안의 부부 생활을 되돌아보며 그 가운데에서 가장 중요한 것 몇 가지
를 들어 제문을 구성하고 있다. 김진규가 중요하게 생각한 것은 유배지에 찾아와
자신을 위로하고 보호해 주었던 일과 관직 생활에 지칠 때 아내를 통해 위안을
받던 일, 가난함을 원망하지 않던 유순한 성품과 단정한 몸가짐 등이다. 그 가운
데 특히 아내가 해산의 고통을 겪고 있을 때 관직에 매여 가보지 못하고 죽은
다음에야 도착했던 일은 아내가 평소 자신에게 해준 것을 갚지 못했다는 죄책감
과 미안함 때문에 한이 된다고 하였다. 김진규는 소상을 치르고 난 후 일반적으
로 거두는 궤연을 거두지 않고 계속 설치하여 3년 동안 잇고자 한다고 하여 비록
죽은 다음이지만 아내에게 정성을 다하려는 태도를 보이고 있다.

아내의 두 번째 기일에 올리는 제문
亡室再期祭文

아아, 이 날 당신이 죽었소. 당신은 한번 가더니 돌아오지 않는데 이 날은 다시 오는구려. 흐르는 세월은 쉽게 가는데 침통함은 끝이 없구려. 당신의 평생을 생각해보니 어제처럼 황망하구려. 아름다운 모습과 낭랑한 소리는 마치 대하는 듯하고 내 마음에 담겨져 있소. 생각하니 당신의 타고난 자질은 곤의 부드러움을 얻어 죽을 때까지 맑고 조용해 허물을 드러내지 않았소. 어버이 섬기는 데 공경함을 다했고 남편을 매우 순종적으로 따랐고 시누이와 동서들에게도 모두 삼가며 대했소. 게다가 가난함을 편안히 여겼으니 비록 선비들도 또한 하기 힘든 일이었소.

당신은 분수를 잘 따르며 일찍이 한탄한 적이 없었소. 이에 아름다운 행실이 있음과 규방의 으뜸이 됨을 알았소. 누군들 짝이 없겠소마는 나에게는 어진 짝이었소. 나는 사사로운 자식이 아니라 종당에서 모두 축하하며 바야흐로 우리 둘이 해로할 것을 기약했는데 중간에 일이 그르쳐지게 되었소. 예전에 들으니 헌길[47]이 아내를 곡하며 글을 쓰기를, "아내가 죽은 다음에 아내를 알겠다."라고 하였다는데 그 말이 사실이구려.

나는 당신이 어진 것을 알고 있어 혼인할 때부터[48] 지금 죽고 난 후 추념하는 것이 매우 간절하오. 집안 살림은 어그러졌으니 누가 이루겠소? 딸과 아들은 점점 자라는데 누가 행실을 경계하겠소? 굶주려도 누가 나에게 먹을 것을 해 주겠소? 추우면 누가 나에게 옷을 해 주겠소?

---

47 명(明)의 문인 이몽양(李夢陽)의 자(字).

48 결발(結髮) : 결혼을 하면 남자는 왼쪽으로, 여자는 오른쪽으로 머리를 묶어 함께 상투를 틀었다고 함. 즉 결혼하여 부부가 됨을 말함.

내가 아프면 또 누가 간호해주겠소? 게다가 나는 세상에 머리 숙이지도 못하고 근거 없는 말로 헐뜯는 일[49]에 피곤하여 물러나 숨고 싶으나 안으로 집안을 다스릴 사람이 없고 앞에는 어린 아이들만 있으니 그러기도 어렵소. 이미 버리기도 어려워 미루며 결정하지 못하니 일을 당해 문득 생각하면 더욱 슬퍼지고 슬픈 생각은 점점 깊어지오.

당신은 꿈에서 자꾸 보이는데 전날 밤에는 깨어나 침석에서 눈물을 흘렸소. 3년 만에 이것을 끝내니 저승이 더욱 멀어지겠구려. 제전을 장차 거두려고 하니 영좌는 길이 닫히겠구려. 끝없는 나의 마음이 어찌 조금이나마 풀어지겠소? 글을 지어 슬픔을 풀며 이 향기 나는 술을 올리오. 아이들은 여기에 있고 친척들도 모두 같이 있소. 당신도 알 터이니 어찌 나를 돌아보지 않겠소?

|해제| 아내의 두 번째 기일에 올리는 제문이다. 김진규가 지은 다른 제망실문과 달리 아내의 규범적 행실을 칭송하는 내용이 주를 이루고 있다. 이 제문이 친척을 비롯하여 여러 청중들이 모인 가운데 낭독되기 때문에 이러한 경향을 띠고 있다고 보인다. 하지만 아내의 덕을 미화하면서도 사이사이 작가의 아내에 대한 사랑과 그리움을 솔직히 토로하고 있다.

---

49 요착(謠諑): 근거없는 말로 헐뜯음. [楚辭・離騷] 謠諑謂余以善淫.

한식에 아내의 묘에 올리는 제문
寒食祭亡室墓文

작년 여름 이래 일이 많아 이제 한식[50]을 넘기고 비로소 당신의 묘에 음식을 베풀어 놓았소. 굽어보고 올려본 지 얼마 되지 않았는데 시절은 변하여 무덤의 풀이 무성하고 산새도 울고 있구려. 계절이 바뀌지만 이 승과 저승은 길이 막혀 무덤을 돌아 살피니 내 마음이 슬프구려. 생각하니 그대와 영결한 지 4년이 되었소. 외로이 살면서 슬퍼하며 한결같은 마음으로 서로 전하오. 당신도 저승에서 또한 나의 슬픈 마음을 알 것이오. 애오라지 술과 음식을 올리니 이르기를 바라오.

해제 | 아내가 죽은 지 4년 뒤인 1705년 한식에 묘에 음식을 갖추고 간단하게 올린 제문이다. 세월이 지나 무덤의 풀은 무성하고, 산새도 울고, 계절이 바뀌지만 이승과 저승의 길은 영원히 막힌 사실이 작가를 슬프게 한다. 하지만 아내가 저승에서나마 자신의 마음을 알아줄 것이라 믿는다.

---

50 냉절(冷節) : 한식의 별칭.

아내의 묘에 석의를 배열하고 아들을 시켜 고하게 하는 제문
亡室墓排石儀[51]遣子告祭文

당신을 이곳에 장사 지낸 후 오랫동안 석물(石物)을 설치하지 못했소. 힘이 부족해서 그렇지 마음이야 어찌 잠시라도 소홀히 여겼겠소? 지금 다행히 공인이 깎고 다듬어 좋은 날을 택해 설치하려고 하니 편안히 거처하고 놀라지 마시오. 생각하니 혼이 노니는 상의 화로와 돌계단도 차례로 배열하여 묘제를 갖출 것이오. 그리고 내가 나중에 죽으면 함께 묻힐 것이오. 바라건대 영원토록 함께 이 의물을 같이 쓰기를 바라오. 얼마 있지 않아 뒤따를 것이나 애도하니 더욱 슬프오. 아들로 하여금 속마음을 대신 펴게 하니 이르러 흠향하기를 바라오.

|해제| 아내의 묘에 석의를 배열하고 아들을 시켜 낭독하게 한 제문이다. 아내를 장사 지낸 후 오랫동안 석물을 배열할 생각은 하고 있었지만 이제야 비로소 실행하게 되어 그것을 아내에게 알리는 내용이다. 여러 가지 묘제를 갖추면서도 남편 김진규는 곧 그 의물을 함께 쓸 것을 미리 생각하고 있다.

---

51 석의(石儀) : 무덤 앞에 배열하는 돌로 만든 석물. 상석, 망주석 따위.

아내의 묘에 지를 묻고 고하면서 올리는 제문
亡室墓埋誌告祭文

　당신이 죽어 멀리 가 누워있는 지 오래되었구려. 그대의 행적이 장차
민멸되면 평소의 사랑과 의리를 저버리는 것이 될까봐 두렵소. 뒤에 죽
는 사람의 책임은 불후를 도모하는 데 있소. 그래서 유종원과 소동파가
부인의 무덤에 명을 지워 읽는 자로 하여금 부인의 어짊을 감탄하게 하
였소. 내 문장은 비록 그들에 비하면 졸렬하지만 마음은 똑같소. 평생을
돌아보며 지를 만들어 나의 마음을 그려내어 그대의 무덤에 넣소. 내세
에 나의 슬픈 마음을 알아주고 무덤을 보호하며 훼손하지 말기를 바라
오. 이에 이 일을 고하며 술잔을 올리오.

| 해제 | 아내의 묘지명을 만들어 무덤에 넣으면서 그 사연을 알리고 지은 제문 |

아내의 묘지명을 만들어 무덤에 넣으면서 그 사연을 알리고 지은 제문
이다. 아내의 행적이 장차 없어질 것을 걱정하는 마음, 평소의 사랑과 의
리를 저버리지 않으려는 마음, 뒤에 죽는 사람은 불후함을 도모하여야 하는 책임
등이 모두 묘지명을 짓는 이유로 거론되었다.

유배지에서 아내의 기일에 올리는 제문
謫中祭亡室忌日文

한번 저승과 이승이 갈린 후 여러 차례 세월이 지났지만 해마다 늦가을이면 내 마음은 슬프구려. 오늘 유배지에서 또 이 날을 맞이해 때때로 가슴을 어루만지니 서러움과 한이 더욱 간절하구려. 상군[52]에 있을 때를 기억해보니 그대는 나를 따라 옮겨 다니면서 함께 걱정하고 함께 슬퍼했고 서로 위로하며 서로 가엾게 여겼소.

아! 그런데 지금은 홀몸이니 누가 다시 이끌어 주겠소? 당신이 신주[53]가 된 것을 슬퍼하며 홀로 빈 방에 남겨져 있소. 집은 가난하고 아이들은 어리고 밥을 갖추어 먹기도 힘드오. 내 슬픈 마음은 다만 함께 할 수 없어 술잔을 올리며 이 슬픈 마음을 부쳐볼 따름이오. 마침 둘째 딸의 시집이 가까운 곳에 있어 불러 내가 부탁하여 술을 마련케 했소. 자리를 갖추고 패를 걸어 마음을 푸오. 생각하면 그대의 영은 나를 예전처럼 따를 것이니 나의 슬픔을 안다면 이 술과 음식을 흠향하기 바라오.

해제 1707년 유배지인 덕산에서 지은 제문이다. 아내가 죽은 늦가을이 되면 어김없이 마음이 슬퍼지는데 더욱이 유배지에서 기일을 맞으니 자신의 신세에 대한 서러움과 한이 겹쳐 감정이 더욱 증폭된다. 힘들 때 항상 함께 하며 위로하고 걱정해 주었던 아내이기에 작가는 아내의 빈자리를 더욱 크게 실감한다. 또한 그러한 아내를 그리워하는 작가의 심정이 물씬 묻어난다.

---

52 거제도. 1689년에 거제로 유배되었다.
53 목주(木主) : 나무로 만든 위패(位牌). 신주(神主).

무자년에 아내가 죽은 날 올리는 제문
戊子祭亡室亡日文

　작년 이 즈음에 나는 적소에 있었소.[54] 그러나 지금은 용서를 받아 돌아와 오늘 다시 이르게 되어 옛날 집을 찾아와 머뭇거리다 기대고 있소. 다행히 몸소 술잔을 올리며 조금이나마 나의 마음을 풀어보오. 떠돌아다니는 사이에 애도하는 마음은 배가 더했소. 생각하니 그대와 이별한 지 벌써 8년이 되었소. 당신의 모습은 점점 멀어져 가는데 시절의 경치는 예전과 똑같아 새벽 서리는 뜰에 가득하고 국화는 시들었으며 뽕나무 잎은 떨어지는구려.

　아! 나는 점점 쇠해 가는데 누구와 더불어 늙어갈 수 있겠소? 남은 생 즐거움도 없고 오래전의 약속은 이미 깨졌소. 한없는 이 한은 저승에도 통할 것이고 당신은 반드시 알 것이니 나의 잔을 받기를 바라오.

|해제| 아내가 죽은 지 8년 후인 1708년에 지은 제문이다. 김진규는 이때 유배에서 풀려 광주에 우거하고 있었다. 이 제문은 옛날 아내와 살던 집을 다시 찾아와 술잔을 올리며 지은 제문이다. 제문의 분량은 짧고 간략하지만 여전히 아내를 잊지 못하고 그리워하는 심정이 담겨 있다.

---

54 김진규는 1706년 덕산으로 유배되었다가, 1708년 1월에 방귀전리(放歸田里)되어 광주 선농(先壟)에 우거하고 있었다.

김운빙의 처 열부 노분양 묘표

烈婦金雲聘妻盧分陽墓表

열부는 회양부 부내면에 사는 양인 기문의 딸이다. 남편 운빙이 물에 빠져 죽자 열부가 남편을 따라 물에 투신했는데 옆 사람에 의해 구출되었다. 열부는 밤낮으로 부르짖으며 울며 자결하려고 하였다. 시어머니와 아버지가 항상 지키며 죽지 못하게 하였는데 몰래 남편의 장사지낸 곳에 가서 남편이 평소 매던 허리띠로 목을 매어 죽었다. 24세였다. 부사가 그 일을 조정에 올려 칭찬하기를 청하고 그 집의 호역을 면제하고 음식을 하급해주며 그 집에 쌀을 내려주고 그 무덤에 석표를 하였다.

열부는 논에서 태어나서 자라 일찍이 보모의 가르침과 도사의 교육을 받은 적이 없는데 능히 남편을 위해 목숨을 버리고 죽음을 보기를 돌아가는 것처럼 하니 이는 아마도 곧은 마음과 매운 성격이 하늘에서 받은 것이 다른 사람보다 매우 다르기 때문인 듯하다. 그 절조를 본받을 만한 것이 이와 같으니 민멸되어 전하지 않게 하는 것은 옳지 않다. 이에 그 대강을 묘석의 뒤에 기록하여 후세에 알린다. 무인년(1698) 정월에 부사 김진규가 서술한다.

해제
김진규는 1696년 회양에서 부사를 역임했는데, 그때 마을에서 남편을 따라 죽은 여인 두 명을 목격한다. 한 여성은 이 글의 주인공 노분양이고 다른 여성은 지완례이다. 노분양은 남편이 물에 빠져 죽자 바로 투신하였지만 구출되었다. 그러나 결국 죽음을 만류하는 사람들을 피해 남편을 장사지낸 곳에 가서 남편의 허리띠로 목을 매어 죽었다.

김진규는 그 집의 호역을 면제하고 음식을 하급하며 무덤에 석표를 하였는데, 궁벽한 곳에서 나고 자란 여성이 절조 있는 행실을 했기 때문이었다. 김진규는 이러한 여성의 이야기는 세상 사람들이 본받을 만한 행실로 민멸되어서는 안 된다는 생각에 묘표를 썼다.

유관의 처 열부 지완례 묘표

烈婦寬妻池完禮墓表

열부는 회양부 이북면 정려위 승준의 딸이다. 일찍이 남편 관과 함께 친척집에 가다가 관이 도중에 병을 얻어 위태롭게 되자 열부가 업고 갔는데 돌아오지 못하고 죽었다. 열부는 애통함을 이기지 못하여 바로 목을 매고 그 곁에서 죽었다. 21세였다. 부사가 그 일을 조정에 올려 묘표를 청했다. 그리고 호역을 면제하고 음식을 내리며 그 집에는 쌀을 주고 묘에 석표를 주도록 하였다.

열부는 궁벽한 마을의 보통 사람으로 평소에 배운 것이 아닌데 능히 죽음을 결심하고 남편을 따랐으니 그 정열의 지조가 이미 보통 사람보다 뛰어나다. 그리고 열부 노분양과 몇 년 사이에 배출되었다. 이는 더욱이 궁벽한 골짜기에서 얻기 어려운 일이라 진실로 민멸되게 해서는 안 된다. 그리고 목민의 직책 또한 마땅히 절의를 숭상하고 풍교를 돈독히 하는 데 힘쓰는 것이기에 이에 그 행실을 모아 묘석에 새기어 우매한 세상 사람들에게 가르치고 권면하려고 한다. 무인년(1698) 정월에 부사 김진규가 쓰다.

해제 열부 지관례의 묘표이다. 열부는 남편이 친척 집에 가는 길에 병이나 위태롭게 되자 남편을 업고 갔다. 하지만 남편이 죽자 열부도 목을 매 따라 죽었다. 김진규는 열부가 궁벽한 마을에 사는 평범한 여성으로 특별히 배운 것이 없는데도 절행을 한 사실을 높이 들어 묘표를 작성하였다. 목민관은 절의를 숭상하고 풍교를 돈독히 하는 데 힘써야 하기 때문에 열부의 행실을 모아 묘석에 새긴다고 하며 강한 책임감을 보이고 있다.

제수 영인 장씨 묘지명
弟婦令人張氏墓誌銘 幷序

　　내 아우 진서가 아내 영인 장씨를 곡한 지 17년이다. 그런데 애도하고 생각하는 것이 그치지 않아 그 생각을 남기고자 나에게 무덤에 넣을 지를 부탁하면서 말했다.

　　"제 처는 14세에 저에게 시집왔는데 규범이 이미 이루어졌습니다. 우리 부모님을 섬기는 것을 마치 친부모 섬기는 것처럼 하였고 우리 두 형수를 언니처럼 대했습니다. 이러한 것은 세속의 부인들 가운데 자기 집안 사람에게만 후하게 하는 사람들이 미칠 바가 아니었습니다. 성품 또한 투기하지 않아 제가 종을 첩으로 두었는데 다른 종들과 똑같이 대했습니다. 우리 사촌 누나가 한번은 사사로이 이야기하다가 너무 무심한 것 아니냐고 놀리자 제 처는 듣고 웃기만 했습니다. 또 시험 삼아 이 종을 내보내라고 권하자 웃으면서 말하길,

　　'이 종을 물리친다고 또 어찌 이런 종이 생기지 않겠습니까? 오직 저의 부도를 다할 뿐입니다.'

라고 하였습니다.

　　저는 화를 내는 실수가 많아 심히 포악했는데 제 처가 천천히 기가 사그러들고 얼굴빛이 진정되기를 기다려 경계하기를 매우 부드럽게 하여 능히 제가 부끄러워 사과하여 그 말을 받아들이도록 만들었습니다. 이것은 다른 사람들이 더욱 하기 어려운 일입니다. 평소 우리 부모님을 모시며 살 때 재산을 나누는 일에 이르지 않았고 안살림을 시험해 보는 일이 없었습니다. 그리고 저의 양부모의 제사를 치를 때는 미리 그릇과 용품을 완전히 갖추었습니다. 아내가 죽은 다음에 남은 상자를 열어보니

옷과 패물, 옷감 등의 것들이 모두 손수 다스려져 있는데 질서정연하며 어지럽지 않아 가히 부공을 볼 수 있었습니다. 무릇 이러한 것은 제가 제 처에 대해 사사로이 말하는 것이 아닙니다."
라고 하였다.

아버님이 항상 영인의 어짊을 칭찬하였고 대부인 또한 지금까지 칭찬하시니 어찌 어질지 않다면 존장에게 이처럼 칭찬을 받을 수 있겠는가? 어질었으나 오래 살지 못해 산 해가 25년에 그쳤다. 내가 영인을 오랫동안 생각했는데 잊을 수가 없다. 내가 영인과 같이 밥 먹으면서 산 것이 10년이라 또한 일찍이 너그럽고 화순한 행동을 알고 있었는데 지금 아우가 하는 말을 들으니 더욱 믿음이 간다.

생각하니 나는 영인에게 거듭 슬프고 마음 아픈 것이 있다. 영인이 태어났을 때 우의정 신풍부원군 장유가 할아버지이고 예조판서 장선징이 아버지이며 인선대비가 그의 고모였다. 자라서 김씨 집에 시집오니 우리 아버님은 광성부원군이셨는데 부원군은 바야흐로 국구로써 종훈에 책봉되셨다. 우리 형제는 또 무고하여 양 가문이 매우 융성하다고 이를만했으니 영인은 부모와 시부모의 사랑을 함께 받아 사람들이 부러워했다. 그런데 얼마가지 않아 상사와 어려움이 이어지니 아버님이 돌아가신 지 3년이 지나 기사의 화가 일어나 내 동생의 양부모 대부 참판공이 외지에서 돌아가시고 나와 선형은 섬에 유배되었다. 내 동생은 대부인을 모시고 아버님의 묘 아래에서 물러나 살았는데 영인이 실로 따르며 함께 우환을 같이 했다가 얼마 지나지 않아 갑자기 죽었다. 아우 또한 유배지에 있어[55] 영인의 상에 제전을 받칠 상주가 없었다. 어린 아이들은 의탁할 곳이 없어 듣는 사람들 가운데 슬퍼하고 불쌍히 여기지 않는 사람이 없었다.

---

55 편관(編官) : 송나라 때 벼슬아치가 죄를 지으면 지방에 유배시키고 그 지방의 호적에 편입시켜 그 지방의 통제를 받게 한 일.

아아! 이는 진실로 사람의 집안의 성함과 쇠함, 그리고 슬픔과 기쁨은 일정하지 않다는 것이다. 그러나 아우가 성은을 입어 풀려나 성을 다스리며 아들을 장가보내고 딸을 시집보내어 자손을 두는 데 이르렀으나 영인은 모두 보지 못했다. 그러니 영인의 남편이 어찌 애도하고 생각하지 않을 수 있겠는가? 게다가 영인이 다른 사람보다 어진데 있어서랴!

영인은 처음에 유인이라 칭해졌으나 지금은 영인이라고 칭해지는 것은 아우가 처음에는 선비였으나 지금은 군수이기 때문이다. 영인의 본적은 덕수이다. 어머니는 정경부인 경주 이씨이다. 우리 아버님과 대부인의 봉작은 아버님의 비지에 있다. 아우의 양부모는 생원 만선이고 어머니는 한양 조씨인데 참판공 조익훈의 따님이다. 2남 2녀를 두었다. 아들은 효택이고 딸은 진사 이중지와 사인 최종주에게 시집갔다. 두 손자는 효택이 낳았는데 모두 어리다. 묘는 광주 여치 남쪽을 향한 언덕에 있다. 원래는 족위에 장사를 지냈으나 아버님의 묘가 가장 높은 곳에 있고 영인의 묘가 가장 낮은 곳에 있다. 명에 이른다.

가족은 귀하고 타고난 바탕은 어지니 그 집안에 매우 마땅했도다.
목숨이 오래지 않았으니 만년토록 편히 묻히기를.

해제

김진규의 동생 김진서의 아내, 영인 장씨 부인의 묘지명이다. 영인 장씨는 장유의 손녀이고 장선징의 딸이며, 인선대비가 그의 고모인, 명문 집안의 여성이었다. 그러나 기사년의 화에 우환을 당해 갑자기 병이 나 죽었다. 김진규는 당시 남편인 김진서가 유배지에 있어 상주도 없이 쓸쓸한 장례를 치른 일을 마음 아파하고 있다. 김진규는 이 여성의 삶을 통해 한 집안의 성쇠와 애락이 일정하지 않음을 알았다고 하였다. 남편인 김진서의 축첩과 그에 대한 부인의 반응이 보인다.

정부인을 추증 받은 아내 완산 이씨의 묘지명
亡室贈貞夫人完山李氏墓誌銘 幷序

　광산 김진규의 처 이씨가 신사년(1701) 9월 29일에 죽었다. 그해 12월 21일 광주 여치, 즉 그의 시아버지 묘가 있는 북관곡 동남쪽을 향한 언덕에 장사지내고 진규가 그 묘에 지를 지어 이른다.

　당신은 국성으로 계통이 영릉의 지파인 밀성군 이탐에서 나왔고, 영의정 문정공 이경여[56]가 당신의 할아버지이다. 아버지는 원주목사를 지낸 이민장이고 어머니는 숙부인 함평 이씨로 정유년(1657) 1월 9일에 당신을 낳았다. 당신은 어려서부터 단정하고 깔끔하며 아름답고 순종적이어서 문정공이 부인이 여러 손자들 중에서 특별히 사랑하는 것을 알고 데려다 기르셨다. 작은아버지 도헌공 이민적[57]과 숙부 판서공 이민서[58]도 당신을 딸처럼 대했다. 두 분은 우리 아버지와 숙부와 친구이다. 당신은 그러한 인연으로 나에게 시집왔으니 도헌공의 아들, 지금 참찬인 이이명도 또한 나의 사촌 누나를 아내로 맞이했다. 이에 대해 사람들은 번양과 주진에 비교해서 말하곤 한다.

　당신이 이미 시집와서는 시부모를 공경하게 받들고 시누이들을 삼가 대하며 나를 화순하면서도 엄격하게 섬겨 나는 매우 당신이 마땅하다고 여겼었다. 당신은 사사로운 자리에 있을 때에도 친압하는 뜻을 드러내지

---

56 이경여(李敬輿) : 1585(선조18)~1657(효종8). 본관은 전주. 자는 직부(直夫), 호는 백강(白江), 봉암(鳳巖). 시호는 문정(文貞). 1601년 사마시를 거쳐 1609년 증광문과에 을과로 급제하여 1611년 검열이 되었으나, 광해군의 실정이 심해지자 벼슬을 버리고 낙향하였다.

57 이민적(李敏迪) : 1625~1673. 자는 혜중(惠仲), 호는 죽서(竹西). 윤문거의 문인이다.

58 이민서(李敏敍) : 1632~1692. 자는 이중(彝中). 호는 서하(西河). 시호는 문간(文簡). 영의정 이경여(李敬輿)의 아들이며, 뒤에 도정 후여(厚輿)에게 입양되었다.

않았고 평소에 거할 때는 간소하고 묵묵해 부녀자들이 함께 앉아 이야기를 나누고 장신구나 화장품 따위에 대해 말하며 교졸과 아름다움에 대해 말할 때에도 담담하게 대하며 함께 하지 않았다. 지극한 추위의 갖옷이나 여름의 갈옷 같은 것들을 사람들이 있냐고 물으면 유무를 말하지 않았다. 나는 우연히 이를 듣고 물어보니 그대는 말하길,

"복식의 아름다움은 제가 힘써 따를 바가 아닙니다. 갖옷과 갈옷은 비록 갖추기 어렵지만 사람을 대해 가난함을 말하면 얻고 싶고 갖고 싶어 한다는 혐의를 살 수 있습니다. 그래서 말하지 않을 뿐입니다."라고 하였다.

문정공의 집안은 대대로 청빈하고 검약했는데 당신이 시집 온 지 오래되지 않아 원주공이 멀리 귀양 갔고 이부인이 죽자 계집종 하나를 데리고 살면서 살아갈 방편이 없었다. 그런데 당신은 조용히 힘써 일하면서 바느질하거나 빨래하는 일들을 반드시 완벽하면서도 깨끗하게 했다. 남편과 자식들의 옷을 만들어 줄 때도 혹 걱정스럽고 난감한 것이 있어도 겉에 드러내지 않았다.

천천히 나에게 말하길,

"저의 할아버님은 항상 손수 '忍'자를 쓰셔서 저의 어머니에게 주셨습니다. 나는 비록 불초하지만 어찌 감히 유훈을 본받지 않겠습니까?"라고 하였다.

부인의 재주의 영민함과 성품의 고요함이 이와 같았다. 기사년(1689)의 화가 일어나자 나는 거제에 안치되었는데[59] 얼마 되지 않아 조부모님이 돌아가셨다. 당신은 내가 홀로 살면서 슬픔이 지나치리라는 것을 생각해 유배지에 따라왔다. 다음해 딸을 시집보내기 위해 서울에 돌아갔다가 그 다음에 또 유배지에 왔다. 당신은 평소 마르고 수척해 길에서 품는 무서

---

59 김진규는 기사 환국 이후 6월에 거제로 유배되었다.

운 독기[60]에 병이 났다. 나는 임금님의 은택을 입어 내외의 벼슬을 역임하였으나 살아가는 방도를 잘 알지 못해 집안은 점점 어려워졌다. 당신은 비록 가난함을 편히 여겼으나 힘들게 일하며 물 긷고 절구질 하는 데 어려움이 많았다.

신사년(1701) 인현왕후[61]가 돌아가시자 임금님께서 친히 저주한 실상을 국문하셔 내가 승지로서 옥사를 담당하면서 여러 날 임금님을 모시며 국문을 했는데 들으니 당신이 해산으로 인한 병이 위급하다고 했으나 감히 스스로 임금님께 말할 수가 없었다. 연신[62]이 임금님께 아뢰어 가서 보라는 명을 받아 돌아와 보니 당신이 죽은 지 이미 오래되었다.

당신은 일찍이 나의 직책을 따라 숙부인에 봉해졌다가 나중에 승계되어 정부인에 증직되었다. 1남 4녀를 낳았으니 아들은 성택이다. 큰딸은 사인 이형진에게 시집갔고 둘째 딸은 사인 이항에게 다음은 이도진에게 시집갔으며 막내는 어리다. 나의 세계는 아버님의 비판에 실려 있다.

나와 당신이 함께 공경하며 산 것이 29년인데 사랑과 의리가 진실로 깊었으니 애도하는 것이 더욱 깊다. 내가 유배지에 있을 때 우환과 질병이 서로 스며들어 당신이 위로하며 부축해 주어 너그럽게 잘 견뎌내도록 해주었다. 조정에 돌아와 종적 또한 외롭고 위태로워 매번 울울히 자득하지 못했는데 당신의 아름다운 모습과 즐거운 음성을 들으면 번번이 기뻐져 그 궁함을 잊곤 했다. 집안은 매우 가난했으나 당신이 스스로 집안을 잘 다스려 나를 지탱해주었다. 자신은 간혹 겨울철에도 배자 같은 것이 없었고 저녁끼니를 걸러도 나로 하여금 궁함을 알지 못하게 했다.

---

60 염장(炎瘴) : 열병을 일으키는 습하고 무서운 독기.

61 인현왕후(仁顯王后)는 1667년(현종 8)에 태어나 1701년(숙종 27)에 죽었다. 숙종의 계비. 성은 민씨(閔氏). 본관은 여흥(驪興). 아버지는 여양부원군(驪陽府院君) 민유중(維重)이며, 어머니는 은진 송씨(恩津宋氏)로 송준길(浚吉)의 딸이다.

62 연신(筵臣) : 임금님께 경전을 강하는 벼슬아치.

당신이 죽은 후 나의 벼슬이 비록 올랐으나 방에 들어가면 함께 말할 사람이 없으니 거함에 항상 탄식하고 당신을 생각하며 때때로 아파 누워 있으면 더욱 당신이 그립다. 내 옷이 남루하고 먹을 것이 형편없는 것은 아니지만 아이들과 비복들은 춥고 배고프다고 하나 쌀과 옷감 등 자질구레한 것에 마음을 쓰지 못하니 당신을 생각하는 것이 더욱 깊다.

생각하니 당신은 한 명의 아녀자로서 병과 죽음이 시사와 관련이 있다. 당신은 기사의 화에 규문을 나와 영해를 걸어 유리하며 다니다 병이 났고 그 때 남은 병독이 빌미가 되었는데 왕비[63]의 변이 일어나 또한 이로 인해 남편의 병간호를 받지 못해 마침내 고치지 못하고 죽었다. 이 어찌 다만 개인의 한이 무궁한 것 뿐이겠는가? 당신이 항상 나에게 했던 말을 기억하니

"저는 병에 시달려 몸이 약하니 반드시 오래 살지 못할 것입니다. 그러나 죽어서 당신에게 장사 지내지면 저는 행복할 것입니다."
라고 하였다.

지금 나의 지가 또한 평소의 뜻을 따른다. 명에 이른다.

산은 텅 비었고 골짜기도 고요하네.
이슬 맺은 풀은 파리한데 서리 맞은 나뭇잎은 떨어지는구나.
무덤은 깊고 영원히 멀어졌지만 모습은 오히려 아련히 기억할 만하구나.
헤어졌으나 얼마 남지 않음을 아니 영원토록 함께 하길 기약하오.

해제 김진규는 1673년 16세에 이민장의 딸 전주 이씨와 결혼하였다. 이들은 29년간 부부로 살았는데 1701년에 이씨 부인이 세상을 떠났다. 김진규는 망

---

63 중위(中闈) : 궁중의 안방이라는 뜻으로, 중전을 의미함. 또는 왕비의 자리를 말함. 여기서는 인현왕후가 죽은 것을 말함.

실제문을 10여 편 가량 남겼고, 묘지명도 직접 썼는데, 이것이 바로 아내의 묘지명이다. 묘지명에서 김진규는 아내가 죽은 것이 시사(時事)와 관련된다고 하였다. 아내는 자신의 잦은 유배로 풍토병에 걸리고 마음의 근심이 많아 병이 났고 그것으로 결국 죽음에 이르게 되었다고 생각하고 있다. 김진규는 아내를 평생 가난에서 벗어나지 못하게 한 사실에 대해 매우 미안해하는 마음을 표현하고 있다. 김진규는 이씨 부인이 죽은 후 10년 동안 재혼하지 않고 지내다가 1710년 연일 정씨와 재혼하였다.

숙인 안동 권씨 묘지명
淑人安東權氏墓誌銘 幷序

　택당 이공의 맏손자[64] 홍산현감 이유에게 어진 아내가 있으니 숙인 권씨이다. 그의 본관은 안동인데 그의 아버지 권침은 종친부전부를 지냈다. 그의 할아버지는 예조좌랑을 지낸 권득기인데 원래 이조판서 권극례의 아들이었으나 선공감역 권극관의 후사가 되었다. 그의 어머니는 원주 변씨인데 처사 변호의의 딸이다. 권씨 부인은 정해년(1707) 7월 21일에 돌아갔는데 태어난 지 66년이 되었다. 권씨 부인을 현감공을 따라 지평의 동쪽 백아곡 남쪽을 향한 언덕에 묻었다. 그의 막내 아들 형진이 나에게 명을 청하여 내가 그 행장을 보니 숙인이 딸과 처와 어머니로서 모두 후세에 빛날 만하였다.

　숙인이 태어날 때 어머니가 꿈에서 신인이 아이에게 특별한 표시가 있을 것이며 부모를 반드시 따를 것이라고 하였다. 이마에 과연 검은 사마귀가 있었고 우는 소리가 부드러웠으며 젖을 찾을 때도 또한 보채지 않았다. 겨우 이가 빠질 나이에 변부인이 아팠는데 모시면서 밤낮으로 곁을 떠나지 않으며 침소에 가지 않았다. 형제들이 쉬라고 하여도 또한 내켜하지 않으며 말하길,

　"어머니가 편찮으신데 내가 어찌 홀로 편할 수 있겠습니까?"
라고 하였다.

　조금 자라매 무릇 말하고 행동하는 것이 억지로 힘쓰지 않는데도 자연스럽게 부모의 마음에 맞았다. 이씨 집안에 시집가서는 시아버지 사서

---
64 총손(冢孫) : 맏손자.

공을 봉양할 수 없었으나 친부모를 순종하던 것을 옮겨 시어머니 정부인을 섬기는데 온화한 얼굴과 조심한 마음으로 그 뜻을 잘 받들었다. 현감공은 집안을 엄하게 다스리며 업하의 풍속[65]을 경계하였는데 숙인은 그것을 받들어 비록 규문의 작은 일이라노 마음대로 행하지 않았다.

공이 기이한 병에 걸리자 숙인은 비록 깊은 근심에 쌓였는데도 정부인이 곁에 있으면 즐거운 얼굴빛과 말로 봉양하여 그 마음을 너그럽게 해드렸다. 공이 죽자 또 슬픔과 애통함을 억누르고 삼가 위로하여 드렸다. 따뜻하고 시원하게 해드리는 봉양과 세수하고 양치질 하는 일들을 모두 몸에 맞고 입에 맞게 해드려 정부인은 자못 자식이 없는 슬픔을 잊은 듯하였다. 상례를 당하여 부신하고 제전을 올리는 여러 가지 일에 이르기까지 솔선수범하여 스스로 점검하고 반드시 정성과 삼감으로 하여 보는 자가 감탄하였고 제사를 모시는 것을 매우 삼갔다.

현감공이 일찍이 집에 있지 않을 때 선조의 제사[66]를 맞으면 공의 계부 의정공이 장차 일을 맡아했는데 택당공이 정해 놓은 제식을 기록해 숙인에 주어 제사 음식을 갖추게 하였다. 제사에 올리는 것이 모두 제식대로 갖추어져 삼가 공경스럽게 하니[67] 의정공이 그 마음과 형식을 두루 갖춤을 매우 칭찬하였다. 숙인은 성품이 검소하여 당시 화려한 것을 숭상하는 것을 부끄럽게 여겼고 스스로 미망인이라 칭하며 비단도 또한 즐겨 입지 않았다. 그리고 직접 무명으로 이불을 만들어 나중에 염하도록 시켰다. 먹는 것은 담박한 것을 즐겼으며 매번 반찬에 비록 고기가 있어도 반드시 채소만 먹으며 항상 탄식하여 말하길,

---

65 업하(鄴下) : 업현(鄴縣)의 아래. 업현은 지금의 하남성 임장현에 있었던 지명. 이 지방에서는 부녀자가 문호를 유지하여 재판이나 청탁, 손님맞이에 언제나 부인이 나섰다고 한다.

66 선사(先祀) : 선조의 제사.

67 막막(莫莫) : 삼가고 공경하는 모양.

"나는 가난한 집안에 태어나 고운 옷과 맛있는 음식을 알지 못한다."
라고 하였다. 결혼 할 때 몸에 따르는 장식이 없었으나 남편 집안의 먹
고 입는 것에는 어긋남이 없게 하였다. 어릴 적의 가난한 때를 회상하면
마음이 일찍이 편안하지 않았는데 하물며 풍성하고 사치한 것을 구함에
있어서랴! 농사와 잠업을 열심히 하였으며 종들이 밭가는 일을 때에 맞
추어 하도록 신칙했으며 또 평소에 아껴 쓰면서 불우의 재난[68]에 대비하
였다. 손수 방적을 쥐고 비복들을 시켰으며 한 집안의 윗사람과 아랫사
람의 옷은 모두 베틀에서 직접 만들어 주고 시장에서 사 입히지 않았다.
재화에 청렴하여 따로 두지 않았고 특별히 시어머니를 섬기는 때가 아
니면 사사로이 모아두는 것이 없을 따름이었다. 궁한 사람에게 즐거이
베풀었고 또한 은혜를 구하지 않았으며 사람을 맞이하고 대하는 데 한
결같이 화목하였다. 비록 자녀를 가르치고 꾸짖을 때도 화내는 소리와
얼굴을 보이지 않았고 종들에게도 또한 심한 말로 꾸짖지 않았다.

숙인이 집안을 다스리는 것이 이와 같았기 때문에 아들이 집안을 잇
게 되자 또 온 집안의 다스림을 아들에게 들어 한 가지 일이라도 스스로
결정하는 것이 없었고 반드시 아들의 말을 기다린 다음에 행하였다. 아
들 셋을 두었는데 태진·숭진·형진이며 이들 모두 아들이 있다. 딸 하
나와 손녀 또한 모두 자식이 있다. 중년 이후 자손이 많아졌는데 숙인은
어루만져 기르기를 매우 균등하게 하여 시구칠자의 풍[69]이 있었고 세속
의 부인들이 편애하는 것과 같지 않았다.

전주공[70]에게는 독행이 있어 사람들을 가르치는 데 뛰어났다. 숙인은

---

68 불우(不虞) : 불우의 재난. 의외의 일.
69 시구칠자(鳲鳩七子) : 『시경』「조풍(曹風)」에 <시구(鳲鳩)>장이 있다. 지위에 있는 자
들이 군자가 없어 마음을 쓰지 못함을 풍자한 시이다. 그러나 군자의 마음씀이 균평함을
찬미하는 시로 해석되기도 한다.
70 친정아버지 권칩(權訣)을 말한다.

어렸을 때 『효경』을 배워 죽을 때까지 마음에 담아두어 아플 때가 아니면 반드시 외웠다. 늙어서도 오히려 입으로 손자들에게 가르쳐주었으며 그 밖에 평소에 들은 좋은 말과 의로운 행실이 있으면 또한 세세한 것까지 기억했다가 다른 사람에게 말해주었다. 이러한 것은 총명함이 다른 사람보다 뛰어나서 그런 것이 아니라 마음에 전훈을 깊이 새겼음을 볼 수 있다. 일찍이 자식과 며느리들에게 경계하여 말하길,

"부인에게는 삼종의 도가 있다. 아버지를 따르는 것은 진실로 논할 것이 없다. 자식이 있으면 또한 마땅히 따라야한다. 하물며 남편은 아녀자의 하늘이다. 더욱 어찌 감히 어겨서 거스르겠느냐? 나는 부덕에 있어 한 가지도 칭찬한 말한 것이 없으나 부모의 가르침을 이어받아 거칠게 의리를 알고 있다. 이미 시집와서는 항상 조심하며 음식을 장만하는 사이에 있었다. 지금 사람의 어머니가 되어서 또한 감히 멋대로 집안일을 하지 않는 것은 삼종의 도에 어긋남이 없게 하고자 해서이다. 너희들은 경계하라."고 하였다.

아! 숙인의 이 말을 가지고 힘써 행하는 사람들에게 따져 묻는다면 진실로 상부할 것이다. 옛날에 주부자가 소태 유인의 조약을 표갈하고 또 그의 행동을 기록하며 말하길,

"부인을 가르치는 것은 모두 그 몸에 있지 언어에 전적으로 있지는 않다."

라고 하였는데 지금 내가 숙인에게서 또한 그러하다. 내 큰딸이 형진에게 시집갈 때를 생각해보니 나는 해도에 유배되어 있었는데 딸이 숙인을 마치 부모의 곁에 있는 것처럼 우러러보았다. 그 다음에 나를 보았는데 번번이 숙인이 부모의 곁에 있는 것처럼 찬송했다. 그 다음에 나를 보면 번번이 숙인의 자애함과 검소함에 대해 말했다. 또 그 여공은 숙인에게 배운 것으로 방에 있을 때는 열심히 하였다. 딸이 죽자 숙인이 매우 애도하였다고 들었다. 딸에게는 아들 하나가 있었는데 일찍 죽었다.

또 들으니 숙인이 손자가 아플 때 간호하면서 힘든 것을 잊었고 애통하기를 오래하기를 그만두지 않았다고 하는데 얼마 있어 자신도 또한 병이 나 죽었다. 그러니 나는 숙인의 아름다운 덕을 모두 행장을 얻어 보지 않아도 또한 마음에 슬피 느끼는 것이 있다. 마침내 서술하고 명을 쓴다. 명에 이른다.

여자에게는 삼종지행이 있지만 세상에서는 혹 어기어 아들을 거스른다.

생각하니 오직 숙인은 곧음을 타고나 이른 아침부터 저녁까지 스스로 새긴 것을 잊은 적이 없다.

처자로 있을 때부터 시집을 와 어머니가 될 때까지 처음이나 끝이나 열심히 오직 한 마음이었다.

게다가 근검한 공이 깊어 유종의 미를 또한 안으로 머금었다.

내가 명을 지어 무덤에 덕음을 비추니 천년토록 이남을 잇기를.

해제
김진규가 그의 큰사위, 이형진의 부탁으로 그의 어머니 안동 권씨 부인의 묘지명을 지었다. 따라서 김진규와 묘주 안동 권씨 부인은 사돈 관계이다. 행장에 의거하여 묘지명을 지었지만, 김진규 자신이 딸을 통해 들은 부인의 인품을 덧붙여 기록하고 있다. 권씨 부인은 특히 삼종지도를 중시하였는데, 그 가운데에서도 아들을 따라야 하는 중요성을 강조하고 다른 며느리에게도 경계할 것을 당부하였다. 김진규 또한 이 점을 중심으로 명을 지었다.

큰딸 이씨 부인 묘지명
長女李氏婦墓誌銘 幷序

나의 큰딸은 이씨 집안으로 시집갔는데 일찍 죽었다. 그의 남편 이형진이 애도하면서 손수 행장을 써서 나에게 그 묘의 명을 부탁했다. 대저옛날 사람들이 남편과 아버지로서 자신의 아내와 딸의 행적을 기록하는것이 어찌 말의 공정함이 다른 사람만 같지 못함을 알지 못해서이겠는가? 규방의 일을 상세히 아는 것은 겨레붙이만한 이가 없다. 또 혼례를치른 이후에는 남편이 가장 잘 알고 어려서부터 계년의 나이까지는 또한아버지가 아는 것만큼 잘 아는 사람이 없다. 그러니 내가 또 기록한다.

우리 김씨는 본적이 광산이다. 문원공 김장생[71]은 장녀에게 5대조가된다. 증조는 생원 장원 김익겸이고 할아버지는 광성부원군 김만기이시다. 나 진규는 벼슬이 아경에 올랐으나 지금 죄를 얻어 유배지에 있다.딸의 어머니는 국성으로 영의정 이경여의 손녀이며 목사 이만장의 딸이다. 이형진은 이조판서를 지낸 이식의 증손이고 그의 아버지 이유는 홍산현감이다.

나는 을유년(1705)에 처음으로 큰딸을 낳았다. 나의 숙부 판서공이 이름하기를, '유아(柔兒)'라고 하였으니 온유한 뜻을 취한 것이다. 딸의 성품은 과연 온유하여 어려서 여러 아이들과 놀 때도 다투거나 겨루지 않았다. 웃어른에게 말할 때는 감히 거스르지 않았고 귀걸이나 옷, 장신구

---

71 김장생(金長生) : 1548(명종3)~1631(인조9). 자는 희원(希元), 호는 사계(沙溪), 시호는 문원(文元). 김집의 아버지. 송익필, 이이의 문하에서 공부, 서인의 영수격으로 영향력이 매우 컸다. 정묘호란 때는 의병을 모집하고 흩어진 민심을 수습하는 데 앞장섰으며, 말년에는 향리에 머물면서 많은 제자들을 양성하였다. 예학(禮學)을 깊이 연구하여, 예학파의 한 주류를 형성시켰다.

등을 탐해 어머니에게 억지로 조르지 않았다. 4세에 조모 부부인이 입궐하여 인경왕후를 뵈었는데 왕후가 오라고 하였다. 명성태모는 그 어머니의 친척이기 때문에 또 불러 보았는데 양궁이 모두 딸의 유순함을 칭찬하였다. 12세에 홍역을 앓았는데 능히 스스로 삼가 나았고 목사공의 병을 간호하는 것이 어른 같았다. 16세에 딸의 어머니가 나를 따라 섬으로 옮겨 홀로 부부인이 있는 곳에서 모셨다. 다음 해 어미가 돌아와 혼수를 마련해 시집보냈다. 다시 또 어머니가 유배지로 오니 멀리 부모와 이별하여 비록 여러 사람들이 모인 곳에서는 억지로 웃으며 말했으나 밤낮으로 슬픔을 숨기고 속으로 슬퍼했다가 드디어 병이 났다. 갑술년(1694) 내가 임금님의 은혜를 입어 풀려 와 딸의 모습을 보니 거의 알아보지 못할 지경이었다. 오랫동안 더욱 병을 앓다가 마침내 기묘년(1699) 5월 22일에 죽었다. 지명현 동쪽 거단리 서쪽을 등진 언덕에 묻었다.

장녀가 남편의 집으로 시집갔을 때 시아버지는 이미 돌아가 시어머니 권 숙인[72]을 정성으로 섬기고 동서들과 온화하게 대했다. 남편의 백부가 집의 가장이었는데 시아버지처럼 섬기니 다만 시어머니와 동서만 사랑하며 친하게 지내지 않았다. 백부는 항상 칭찬하며 말하길,

"아무 제부는 매우 어질어 가히 함께 살만하다."

고 하고 딸이 죽자 탄식하며 말하길,

"지금 어디에서 다시 이와 같은 며느리를 볼 수 있을까?"

라고 하였다.

딸이 처음 남편의 집에 들어갔을 때 그 시어머니가 손수 이삭을 하고 열매를 땄다. 장녀는 서울에서 나고 자라 일찍이 농사일을 알지 못했으나 바로 달려가 도우니 3일 동안의 신부의 자태도 없었다. 남편 집안의 가족

---

72 김진규는 권숙인의 묘지명을 지었다. <숙인안동권씨묘지명> 참고.

이 딸이 시어머니를 섬기는 도를 잘 알고 있음을 좋게 여겼다. 여공에 힘쓰고 사치한 것을 좋아하지 않았으며 또 재화에 청렴하였다. 딸의 남편이 언젠가 장사꾼에게 물건을 사서 딸의 뜻을 시험하기 위해 말하길,

"이 물건은 내가 오랫동안 갖고 싶었던 것이오. 값은 비복 비싸나 나에게는 무방하오."라고 하니 딸이 바로 정색을 하면서 말하길,

"장사치들의 물건은 적은 값도 취할 수 없습니다."

라고 하여 남편이 부끄러워하며 사과하였다.

대개 우리 집안은 유가의 집안이다. 돌아가신 아버님은 자손들을 예법으로 가르쳐서 장녀가 진실로 귀와 눈에 익히 들은 바가 있어 그렇게 한 것이니 그 저절로 얻은 것을 또한 볼 수 있을 따름이다.

형진은 서조모 신부인에게 자랐는데 장녀는 신부인을 매우 삼가 모셨다. 딸이 죽자 신부인은 매우 늙었는데도 끝내 게을리 하지 않으니 딸이 사람을 감동시킨 것이 이와 같음을 알 수 있다. 아아! 큰딸의 타고난 성품은 마땅히 장수와 복을 누려야 마땅한데 일찍 환란을 당했다. 근심과 상함에 병이 쌓여 마침내 일찍 죽는 데 이르렀으니 이는 세상의 화가 미치지 않은 것이 아니다. 그리고 그 아버지의 재앙이 미친 것이다. 딸의 아들 성동은 총명하여 성립할 것 같았는데 9세에 죽었으니 남긴 혈육이 없다. 무릇 지금 뒷사람들로 하여금 일찍이 사람으로 이 세상에 태어나 오직 문자에 기술한 것만 의지하게 할 따름이다. 슬프다. 명에 이른다.

25세에 죽으니 명이 짧구나.

하나의 자식을 남겼으나 그마저 죽으니 재앙이 심하도다.

아! 이 몇 구의 명이 오래도록 전하여 슬픔을 씻어주길 바란다.

해제 이형진에게 시집간 장녀의 묘지명이다. 딸은 '柔兒'라는 이름에 걸맞게 유순한 성품을 지닌 딸이었는데 병을 오래 앓다가 25세의 젊은 나이에 죽었다. 아들 한 명을 낳았는데, 그마저 9세에 죽어 남긴 혈육도 없다. 김진규는 사위인 이형진의 부탁으로 묘지명을 지었는데, 자신의 정치적 부침으로 인하여 딸이 병이 들어 죽었다고 생각하며 이것은 결국 세상의 화가 미쳤기 때문이라고 하였다.

딸 오의 광지명
女寤兒壙誌銘 幷序

오는 광산 김진규의 다섯 째 딸이다. 병자년(1696) 4월 3일에 태어나 정축년(1697) 윤 3월 20일에 죽었다. 그 산 세월이 1년도 되지 못한다. 나는 말과 행동이 거슬려 영서의 회양에 쫓겨나[73] 매서운 겨울에 처자식을 끌고 골짜기로 들어가 부임하였다.

아이는 이미 사물에 반응하는 것이 많았는데 올해 봄 내가 일을 살피러 서울에 가니 아이가 하루는 아버지를 부르는데 마치 돌아오기를 기다리는 듯하였다. 돌아와 보니 홍역을 앓고 있었는데 지역이 궁벽해 의사와 약도 없어 마침내 죽었다. 죽은 지 사흘 뒤인 다음 달 3일에 무덤을 파고 광주 노치의 선영에 데려와 묻었다.

아이는 돌도 되지 않아서부터 매우 총명했다. 능히 웃으면서 말하고 재롱을 부려 성장할 만하였는데 마침내 여기에서 죽었다. 이 어찌 그 아이의 운명인가? 아마도 그 아비가 궁액한 것 때문이리라. 아이의 이름은 오(寤)다. 아이가 태어날 때 어렵게 태어나서 붙인 것이다.[74] 태어날 때 이미 위험했는데 아이와 어머니가 모두 온전해 처음에는 기이하게 여겼다. 그런데 마침내 일찍 죽었으니 또 어쩌면 좋으냐? 아이를 데려와 묻을 때 나는 벼슬에 매어있어 가서 보지 못했다. 판에 지를 써서 그 광에 묻도록 보낸다. 오래 있을 계획은 아니었으나 다만 그 슬픔을 알린다. 명에 이른다.

---

73 1695년 남구만이 기사년 죄인을 疏釋하려는 것을 상소하여 반대하다가 엄교를 받고 파직되었다가 다음해에 회양의 부사가 되었다.

74 태아가 거꾸로 나오는 것을 오생(寤生)이라고 하는데, 정확하지 않다.

할아버지와 작은아버지가 모두 네 무덤 가까이 있으니
부모 곁에 있는 것처럼 편안히 지내거라.

> 　 태어난 지 한 돌도 채우지 못하고 죽은 딸의 광지명이다. 김진규가 회양
> 에 있을 때 아이를 낳아 길렀는데 그곳은 궁벽한 곳이라 아이가 아플
> 때 제대로 치료하지 못했다. 그러한 사실을 가슴 아파하는 아버지의 마음이 드러
> 난다. 아이를 힘들게 낳아 '窮'라는 이름이 붙여졌다고 한다. 무덤 가까이에 할아
> 버지와 작은아버지의 무덤이 있으니 부모 곁에 있는 것처럼 편안히 지키라는 내
> 용으로 명을 지었다.

외할머니 숙부인 덕수 이씨 행장
外祖妣淑夫人德水李氏行狀

　　나의 외할머니 이부인의 본관은 풍덕의 덕수이다. 정국공신 해풍군 이함의 현손이시다. 선공감역 이인상의 증손이시며 순천군수 이통의 손녀이시고 병조참판 이경헌의 장녀이시다. 어머니 정부인은 파평 윤씨로 충의위 유응빙의 따님이시다. 우리 외할아버지 한유량은 청주인으로 벼슬이 옥천군수에 이르렀고 세상에 나와 다스리는 데 모범이 있었다.

　　부인은 을사년(1665) 10월 27일에 태어나셔서 17세에 우리 외할아버지에게 시집오셨다. 시집온 지 36년에 미망인이 되셨고 미망인이라 불린 지 29년 되던 8월 28일에 돌아가셨다. 돌아가신 해 10월 20일에 장사지냈는데 무덤은 과천형 동막계의 동남쪽을 등진 언덕이다. 할아버지는 남원에 묻히셨는데 거리가 멀어 함께 하지 못했다. 부인은 예전에 할아버지의 벼슬에 따라 숙인이 되셨다가 할아버지가 참의를 추증 받아 또한 봉직이 올라 숙부인이 되셨다.

　　할머니는 태어나면서 아름다웠고 집에 있을 때 효도로 삼가 알려졌으며 여공을 부지런히 하여 혹이라도 한가하게 있는 적이 없어 모부인의 집안일을 돕는데 때를 잃지 않으셨다. 시집오셔서는 시부모님 섬기기를 공경하면서도 사랑하고 남편을 순종하면서도 바르게 도왔다. 미망인이라고 불려지면서 집안을 다스리는 데 더욱 힘쓰고 너그러우며 편벽되지 않았고 경계하며 안일하지 않았다. 선업을 조금도 바꾸지 않아 제사 지내고 음식 장만하는 일에 정성을 다했는데 늙어서도 여전히 몸소 하기를 게을리 하지 않았다. 시절의 맛있는 것을 얻으면 먼저 맛보지 않고 두었다가 삼가 제사를 기다려 올렸다. 또 외가에 양육의 은혜를 입은 사람이 있었는데 후사가 어리자 부인은 스스로 제기와 제수를 갖추어 외씨에게 보내 제사를 드리도록 하여 제사를 거르지 않게 하였다. 자손을 자애롭게 기르시면서도 의로움을 근본으로 삼으셨다. 가르치시고 신칙하시기를 매우 삼가 항상 여러 자손들에게 말씀하시길,

"너희들은 단지 예업에만 힘쓸 것이 아니라 반드시 떳떳한 행동을 닦아 가문을 일으켜야 한다."

라고 하시며 증원과 증자의 부모를 봉양하는 이야기[75]를 들어 어린 손자에게 말씀하시길,

"사람의 자식된 자가 이러한 것을 몰라서는 안 된다."

라고 하셨다.

친척을 대할 때는 은혜를 베푸시는 마음을 극진히 하셨다. 할아버지에게는 서자매와 그 자녀들이 매우 많았는데 어루만지며 곡진히 하셨다. 동복을 나누어 주고 논밭을 갈라 줄 때에도 그 생계를 이루어 주었다. 부인의 막내 동생이 어려서 고아가 되어 가난함이 심했는데 돌보아 주시기를 자신의 자식과 다름없이 하여 돈과 곡식과 옷감 등 비록 작은 것이라도 반드시 함께 나누었다. 먼 친척을 가까운 친척처럼 보살펴 급한 사람을 도와주고 곤란한 사람에게 주는 것을 경계를 두지 않고 정성을 다했다. 더욱이 의지할 데가 없는 사람은 집에 데려와 입혀주고 먹여주고 글을 가르쳐주어 가난한 친척들이 어머니처럼 존경하고 자신의 집처럼 여기며 돌아왔다. 무릇 사람들과 함께 할 때는 화합함을 주로하고 베풀기를 좋아해 비록 창고를 비우는 일이 있어도 아까워하지 않으셨다. 평소에 정성스럽고 충실한 마음으로 생활하여 용모에 드러났으며 마치 봄의 햇빛이 만물에 드리우는 것 같아 인척과 이웃 사람들이 할머니의 덕을 인정하지 않고 어짊을 칭송하지 않는 이가 없었다. 종들을 부릴 때

---

75 『맹자』에 나오는 증석, 증자, 증원 부자의 이야기를 말함. 맹자는 증자 부자의 이야기를 들어 養口體와 養志의 차이에 대해 말한 다음 "事親 若曾子者可也."라고 하였음.

에는 반드시 너그럽게 하고 추위와 배고픔을 어루만져 주었으며 책망하고 회초리로 치는 일을 먼저 하지 않았다. 자손과 친척이 종을 보내주면 생활하면서 반드시 불러서 보고 위로해주었다. 술과 음식을 먹여주어 이 때문에 종들이 어리석으나 또 할머니의 현명하심을 알아 숙덕을 말할 때는 반드시 "모부인"이라고 하였다.

할아버지는 일찍이 여러 번 고을을 맡으셨는데 할머니가 집안을 다스리시는 것이 숙연하여 바깥 말이 들리지 않도록 하셨다. 고을에 속한 여종의 수고로움을 불쌍히 여기서 세속의 예를 따라 옷감 짜는 일을 번거롭게 시키지 않으셨다. 마침내 둘째 아들이 도읍에 부임하는 것을 따라가셨는데 평소처럼 관용과 용서로 힘써 일하시며 굶주리는 해를 만나면 관아의 창고를 살펴 굶는 자를 진휼하게 하셨다. 일찍이 읍리의 여인이 일로 아문에 들어와 옛날 수령을 비방하였다. 부인이 말하길,

"이 늙은이가 감히 옛날 수령을 비방하니 못됐구나. 그러나 새 수령의 집에서 또한 읍인과 더불어 옛 수령의 시비를 가리는 것이 부당하니 내쫓도록 명하고 다시는 가까이 들이지 마라."

라고 하셨다.

할아버지 부자가 어진 정치를 하시는 데는 내조와 모교가 많았다고 한다. 또 공손하고 삼가며 스스로를 지키며 일찍이 다른 사람에게 교만하지 않으셨다. 인경왕후[76]는 부인에게 외손이 된다. 왕후가 이미 궁전의 자리에 앉아 부인이 궁궐에 출입할 수 있게 되었다. 문벌이 더욱 빛나게 되었으나 더욱 조심하고 겸손하며 두터운 은혜[77]를 믿고 함부로 하

---

[76] 인경왕후(仁敬王后) : 1661(현종2)~1680(숙종6). 숙종의 정비. 광주 김씨로 김만기의 딸. 1670년(현종11년) 10세 때 세자빈으로 간택되어 의동(義洞) 별궁에 들어갔고, 다음 해 3월에 왕세자빈으로 책봉되었다. 1680년 10월 천연두를 앓았는데, 이때는 숙종도 천연두를 앓지 않아서 김수항의 건의로 숙종은 창덕궁으로 옮기고, 인경왕후는 앓은 지 8일만에 경덕궁(慶德宮)에서 죽었다. 소생으로 두 공주가 있었으나 모두 일찍 죽었다.

[77] 악은(渥恩) : 두터운 은혜.

지 않았다. 또 왕실과 가까운 집안에서 일찍이 손녀에게 혼인을 청하여
위협하며 윽박했으나 부인은 동요하지 않았다. 자식에게 배우자를 맞이
하는 것에 대해 말씀하시며 매번 제질이 공주의 집⁷⁸과 연달아 혼인하는
것에 대해 책망하며 말씀하시길,

"아녀자가 가난한 선비의 자식으로서 이처럼 분에 넘치게 몸에 지니
니 나는 그가 복됨을 보지 못했다."

라고 하시며 심지어 병이 위급했을 때도 오히려 차근차근 자손들에게
경계하여, 반드시 사족에서 택하고 삼가 귀한 가문⁷⁹과 혼인하지 말라고
하셨으니 견식이 높고 먼 것을 여기에서 알 수 있다. 세상의 부녀자 가
운데 똑똑하고 지혜로우나 예능이 있는 여성들 중에는 인색하고 투기하
는 기운을 가진 사람이 많으나 오직 부인은 화려함을 물리치시고 그 실
용적인 것을 주장하셨으며 여유롭고 인자하며 온후하였고 질박하여 무
릇 부덕을 잃는 것을 하나도 가까이 하지 않으셨으니 어찌 음의 바른 덕
을 얻은 것이 아니겠는가?

부인의 덕은 순수하기가 이와 같아 마땅히 하늘의 복록을 받아야 마땅
하다. 중년에 자손이 많고 훌륭한 절조로 오래 사시며 어른과 아이들이
둘러 모시니 사람들이 복록이 무성하다고 칭하였다. 노년에 이르러 장성
한 아들 3명을 잃었고 또 인경왕후의 상을 당해 곡하여 슬픔을 머금고
애통해하여 병이 난 지 몇 년 만에 돌아가셨다. 이 어찌 하늘의 보답은
끝이 없다는 것이 아니겠는가? 그러나 부인의 나이 80을 넘었으니 가히
오래 사셨다 할만하다. 돌아가실 때 임금님께서 거마와 의복을 보내시고⁸⁰
동원의 신비한 기물을 내리시며 또 번신⁸¹과 군사에게 명하여 가히 영광

---

78 주가(主家) : 공주의 집.
79 귀종(貴宗) : 대대로 지위와 신분이 높은 집안. 여기서는 왕가를 말함.
80 봉수(賵襚) : 상가에 부의로 보내는 거마와 의복.
81 번신(藩臣) : 왕실을 지키는 신하.

스럽다 이를만하다. 보답하는 이치가 그 또한 마침내 어그러지지 않았다.

부인은 4남 2녀를 두셨다. 아들은 태유로 통덕랑을 지냈으며 다음은 두유로 풍덕부사를 지냈고 다음은 제유로 한성참군을 지냈는데 모두 부인보다 먼저 죽었다. 그 다음은 기유인데 지금 순창군수이다. 큰딸은 일찍 죽었다. 다음은 광성부원군 김만기에게 시집가서 서원부인에 봉해졌다. 태유는 영희·영현을 낳았다. 딸은 현감 김만재와 사인 구정명에게 각각 시집갔다. 두유는 영서·영휘 진사를 낳았다. 딸은 사인 신광과 조정하에게 시집갔다. 제유는 아들 영조 진사를 낳았고 딸은 진사 이협·사인 이명희에게 시집갔다. 기유는 영운을 낳았다. 딸은 사인 이명신에게 시집갔다. 김만기의 장녀가 바로 인경왕후이다. 아들은 전에 전라감사를 지낸 진구와 지평을 지낸 진규와 진서·진부가 있다. 차녀는 사인 정형진에게 시집갔다.

아아! 옛날 선왕의 시대에는 교육이 규문에 행해졌고 보모의 가르침이 있었으며 도사의 본보기가 있어 아녀자가 몸을 닦고 행동을 경계하는 것이 모두 익숙한 풍속처럼 그러하였다. 만약 부인이 지금 세상에 살았다면 덕행과 천성이 비록 고인에게 비교해도 가할 것이다. 그러나 고인의 아름다운 규범은 반드시 동관에 기록되어 있는데 지금은 이러한 것이 없다. 만일 말하는 선비를 빌어 드러내지 못하면 덕이 어떻게 길이 보여 민멸되지 않겠는가? 이에 감히 남은 일을 모아 집사에게 맡긴다. 을사년(1725) 1월 외손 지평을 지낸 김진규가 삼가 쓴다.

해제 김진규가 외할머니 덕수 이씨 부인의 행적을 적은 행장이다. 이씨 부인은 이경헌의 장녀로 태어나 한유량의 아내가 되었다. 사위는 김만기이고 인경왕후가 외손녀이다. 이씨 부인은 29년을 미망인으로 살았다. 행장에는 가난한 사람을 도와주고 인정을 베푼 것이 부각되어 서술되어 있다. 왕가와 혼인하는 것에 대해 경계했던 내용은 다른 작품에서는 보기 힘든 내용인데, 이는 외척 집안으로서 겪는 정치적 부침에 대한 발언으로 볼 수 있다.

할머니 행장의 습유록
祖妣行狀拾遺錄

우리 할머니의 말씀과 행실은 숙부님께서 차례대로 엮어 행장으로 만들어 놓으셨다.[82] 그러나 할머니께서는 일찍이 세상 사람들이 부녀자의 덕행을 묘지명에 기록하면서 대부분 행장에 의거하여 지나치게 아름답게 하여 말이 믿을 만하기에 부족함을 싫어하셨다. 때문에 할머님의 행장은 단지 비교적 크게 드러난 것만을 기록하고 자세한 것은 줄여 간략함을 주로 하였다. 이는 밝히지 말라는 가르침에 어두워서 그런 것이 아니라 아마도 할머니의 남기신 뜻을 따르려고 그랬던 것 같다. 그러나 할머니의 아름다운 덕행은 규방 사이에서 높고 뛰어나 비록 자잘한 것이라도 오히려 후손에게 모범으로 드리우기에 충분하다. 만일 기록해 드러내지 않는다면 어리고 어리석은 사람들이 앞으로 어디에서 신칙할 수 있겠는가? 만일 별도의 기록을 가려 모아 묘지명으로 부탁하는 글로 여기지 않고 집안에 보관해 후손들에게 보고 외우게 하면 앞서 가신 분을 본받게 하고 후손들에게 규범이 되게 하는 두 가지 목적을 바랄 수 있을 것이다.

숙부님[83]이 행장을 지으시고 그것을 가지고 나에게 명하시며 행장에

---

82 김만중의 <先妣貞敬夫人行狀>을 말함.

83 김만중(金萬重) : 1637~1691. 본관은 광산(光山). 자 중숙(重叔). 호 서포(西浦). 시호 문효(文孝). 1665년(현종 6) 정시문과(庭試文科)에 장원, 정언(正言)·지평(持平)·수찬(修撰)·교리(校理)를 거쳐 1671년(현종 12) 암행어사(暗行御史)가 되어 경기·삼남(三南)의 진정(賑政)을 조사하였다. 1689년 남해(南海)에 유배되어 여기서 『구운몽(九雲夢)』을 집필한 뒤 병사하였다. 1706년(숙종 32) 효행에 대해 정표(旌表)가 내려졌다. 저서에 『구운몽』 『사씨남정기(謝氏南征記)』 『서포만필(西浦漫筆)』 『서포집(西浦集)』 『고시선(古詩選)』 등이 있다.

서 빠진 할머니의 말씀과 행실을 기록하도록 하셨다. 이에 내가 삼가 받들어 더욱 생각을 보태고 평소에 들었던 바를 주워 모아 기록한다고 하였다.

할머님이 시집오시자 집안에 시동서와 시누이들이 많았는데 할머니를 마땅하게 여기지 않는 사람이 없었다. 시할아버지이신 문원공[84]께서 그때 시골집에 계셨는데 그러한 소리를 들으시고는 기뻐하시며 말씀하시길,

"신부가 매우 어질다고 들었다. 무릇 자식이란 대부분 어머니를 닮으니 이 며느리는 반드시 어진 아들을 낳을 것이다. 내가 비록 지금 바로 보지는 못하나 실로 집안이 장차 흥할 것이라 기쁘다."

라고 하셨다. 그로부터 3년 뒤에 우리 아버님[85]이 태어나셨다.

할머니는 항상 자손들에게 말씀하시길,

"나는 세상의 부녀자들이 자기 부모를 사랑하는 마음을 시부모에게 옮기지 못하는 것을 한스럽게 생각한다. 나는 젊은 시절에 이런 마음을 스스로 다하고자 맹세했는데 타고난 운명이 불행하여 시아버님과 시어머님께서 모두 일찍 돌아가셔 마음을 다하고자 해도 할 수가 없었다. 지금 늙었지만 아직도 마음이 아프다."라고 하셨다.

아버지 참판공[86]께서 병으로 누워계셨는데 받들어 모실 아들이나 아

---

84 김반(金槃)을 말함.

85 김만기(金萬基) : 1633~1687. 자는 영숙(永淑). 호 서석(瑞石)·정관재(靜觀齋), 시호는 문충(文忠)이다. 인경왕후(仁敬王后)의 아버지인 숙부 익희(益熙)에게서 수학하고 송시열(宋時烈)의 문인이 되었다. 1652년(효종 3) 사마시를 거쳐, 이듬해 별시문과에 을과로 급제하여 수찬 등을 지냈다. 서인(西人)에 속하여 1659년 효종이 죽자, 자의대비(慈懿大妃)의 복상문제 때 윤선도(尹善道)를 공격하였다. 1671년(현종 12) 딸이 세자빈이 되고, 1674년 숙종이 즉위하자 국구(國舅)로서 돈령부영사에 승진, 광성부원군(光城府院君)에 봉해졌다. 문집 『서석집』이 있다.

86 아버지 윤지를 말함. 윤지(尹墀) : 1600~1644. 자는 군옥(君玉), 호는 하빈옹(河濱翁)이다. 영의정 방(昉)의 손자이며 해숭위(海崇尉) 신지(新之)와 선조의 딸인 정혜옹주(貞惠翁主)의 아들이다. 1619년(광해군 11) 문과에 급제하여 승문원에 들어갔으며 시강원설서

우가 없었다. 할머니께서 홀로 앉고 누우실 때 붙들고 간호하셨고, 약을 달이고 밥 짓고 죽 끓이는 일에 이르기까지도 종들에게 시키지 않으셨다. 또한 특별한 이야기책이나 신기한 이야기에 대하여 말씀해 드리며 병든 마음을 즐겁게 해드렸는데 아마도 주무시지 못하고 옷을 벗지 못한 것이 매우 오래되었던 것 같다.

할머니께서 어린 시절에 문목공[87]과 참판공을 모시고 앉아 있으면 간혹 시사에 대한 것을 물어보셨는데 할머니께서 답하시는 것이 모두 이치에 맞았다. 또 미리 헤아려[88] 예측하던 것도 대부분 차이가 나지 않아 두 분께서 언제나 이치에 분명히 통달하였음을 칭찬하셨다. 그러나 평상시에는 성실하고 생각이 깊으셔[89] 말 밖에 드러내시지 않았다. 우리 아버지 형제께서 벼슬하시게 되었을 때에도 또한 조정에 관한 일을 묻지 않으셨고 집안에 조보[90]와 제목[91]이 있어도 가져다가 보시지 않으셨다. 두 분께 답하셨던 것들은 당시 아버님 형제분이 어려서 모두 기억하지 못하셨고 할머니께서도 직접 말씀하시지 않아 그 자세한 것을 듣지 못

등을 지낸 후 북인의 전횡을 따르지 않아 요직에서 소외되었다. 인조반정 후 사간원정언으로 등용되어 삼사를 비롯하여 육조·승정원 등의 여러 관직과 수원부사·예조참판·전라도관찰사·경기도관찰사 등을 역임하였다. 언관으로 있으면서 공신 녹훈이 지나침을 비판하는 등 국가의 기강을 바로잡기 위한 활발한 활동을 하였다. 1631년(인조 9)에는 병조참의로서 후금(後金)의 침략에 대비할 방도를 상소하기도 하였다. 1636년 병자호란 때 대사성으로서 위험을 무릅쓰고 문묘(文廟)의 위판(位版)을 구했다. 병자호란 후 패전의 책임이 문제되었을 때는 종묘의 신위(神位)를 훼손한 조부의 입장 등으로 인하여 어려운 처지에 놓이고, 홍무적(洪茂績) 등의 공격을 받아 파직되기도 하였다.

87 할아버지 윤신지를 말함. 1582~1657. 조선 선조의 부마. 자는 중우(仲又), 호는 연초재(燕超齋). 선조와 인빈 김씨와의 소생인 정혜옹주와 결혼하여 해숭위(海崇尉)에 봉하여졌다.

88 역료(逆料) : 미리 헤아림. 예측(豫測).

89 색연(塞淵) : 성실하고 깊음.

90 저보(邸報) : 승정원에서 처리한 사항을 매일 아침에 기록하여 반포하던 조보(朝報).

91 제목(除目) : 전선(銓選)과 포폄(褒貶)에 따라 관작의 제수가 이루어질 때 이에 관한 명단을 기록한 사목(事目).

했다.

우리나라 풍속은 재산을 함께 나누어 갖고 큰아들과 나머지 아들을 구별하지 않고 모두가 돌아가면서 차례대로 선조에게 제사를 지내는 것이었다. 때문에 이러한 풍속에 근거하여 재산을 나누는 데에도 역시 차등이 없었다. 윤씨의 가문도 대체로 이러한 풍속을 따랐다. 할머니는 홀로 그러한 풍속이 옳지 않다고 생각하고 돌아가면서 제사지내지 말자고 청하셨다. 그리고 재산을 나눌 때 본인에게는 박하게 하고 종가의 아들에게 후하게 주어 제사 지내는 예를 바로잡으셨다.

옛날 중국의 16국이나 남북조 시대의 역사 같은 것들에 관하여 학자들도 그 시말에 대하여 거론할 수 없음을 걱정하였다. 그러나 할머니는 그 나라의 세계와 족파, 계승한 햇수와 지내온 햇수, 득실과 성쇠한 이유 등에 대해 빠뜨려 놓치는 것이 거의 없었다. 그러나 다만 두루 섭렵하시며 펴서 열람하셨을 뿐 소리내어 읽지는 않으셨다. 할머니의 외숙인 홍 지추께서 방문하셔서 우연히 마을 사람 가운데 목씨 성을 가진 사람을 만나게 되어 우리 아버님을 돌아보시면서 물어보시길,

"옛날에는 이 성이 없었느냐?"

라고 물으시자 아버님이 대답하시길,

"『문선』의 <해부>를 목현허가 지었는데 이 외에는 보지 못했습니다."

라고 대답하셨다.

할머니께서 웃으시면서 말씀하시길,

"원나라 태조의 공신에 목화려가 있는데, 이는 오랑캐의 세 글자 이름이지 성이 아닙니다."

라고 하셨다.

홍공이 탄식하며 말씀하시길,

"요즘 세상에 글을 읽은 남자도 목화려라는 사람이 있음을 아는 사람이 드문데 더구나 성씨와 이름을 구별할 수 있는가?"

라고 하셨다.

　아버님이 어린 고아로 글자를 익혔을 때 할머니께서 몸소 자획을 가르치셨고, 만년에 손자들에게 말씀하시길,

　"네 아버지처럼 부인에게 글씨 쓰는 법을 배워도 필법이 저와 같을 수 있겠느냐?"

라고 하셨다.

　할머니는 항상 구양수의 어머니가 절개를 지키며 아들 가르쳤던 일을 기뻐 칭찬하셨고, 또 소동파 형제의 어짊에 감탄하시며 말씀하시길,

　"내게도 두 아들이 있으니 앞선 사람들의 아름다움에 짝하기를 원한다."

라고 하셨다.

　할머니는 만년에 자손들에게 말씀하시길,

　"옛날 정축년 망극한 화를 만났을 때 큰아이는 어리고 작은 아이는 배 안에서 태어났다. 그런데 두 아이가 또 오래도록 홍역을 치르지 않아 참으로 아이들의 생사를 점칠 수 없었다. 이에 인정으로는 불쌍하게 생각해 감싸며 키울 수 있었겠지만 가르치며 독려하기에 겨를이 없었다. 그리고 내가 죽지 않은 이유는 아버지 없는 아이들을 키우기 위해서였다. 만일 어려서 가르치지 않으면 마침내 배우지 못한 사람이 되고, 그러면 비록 아이들이 장성하더라도 후사가 없는 것과 다름이 없다. 진실로 내가 가르침을 다 하였는데 아이들이 혹 모두 명이 짧아 일찍 죽어 성장할 수 없었다면 내가 다시 무엇 때문에 구차한 삶을 살았겠느냐? 이 때문에 용감한 결단을 내리고 돌아보거나 얽매이지 않고 가르치고 경계하기를 매우 엄격하게 했었다. 요즘 손자가 독서를 부지런히 하지 않는 것을 보았으나 옛날처럼 독려하지 못하니, 이는 시대가 비록 다르지 않으나 내 기운이 쇠하였기 때문인 것 같다. 아아! 너희 여러 손자들은 내가 옛날에 고심하여 너희 아버지 형제를 키웠음을 알도록 해라."

라고 하셨다.

할머니는 일찍 과부가 되셨고[92] 우리 아버님도 귀하게 되지 못하셔 집안이 매우 가난했다. 어떤 때는 그릇을 싸게 팔아 절기의 제사를 마련하기도 하였다. 언젠가 매우 추운데 땔 나무는 없고 오직 술통 하나가 있어 그것을 쪼개서 비로소 불을 때기도 했다. 아침과 저녁거리도 모두 빌려다가 마련하였는데 전혀 근심하는 모습이 없이 오직 우리 아버님 학업이 진전하는 것을 기뻐하셨다. 또 우리 아버지께서 학문을 익힐 때 여러 종형제들이 모이면 할머니는 그들에게 밥을 나르지 못하게 하고 직접 마련하셨는데 피곤해하지 않으셨고 가난한 사람처럼 하지 않으셨다. 먹기도 가난한 때에 몇 되나 몇 말의 쌀, 몇 자의 옷감을 가지고 남들과 교환하게 되면 부르는 값에 맞춰 바로 주었으며, 간혹 마음에 맞지 않더라도 감사하며 보내고 한 번도 많거나 적다고 다투지 않으셨다.

할머니는 일찍이 가난했지만 재산에 욕심이 없어서 마음을 쓰지 않으셨고 한 번도 부녀자의 인색한 기운이 없으셨다. 비록 얻을 수 있어도 의롭지 않으면 바로 물리쳤고, 베푸시고 싶으면 나누어 주었고 저장해 두었다가 팔아서 장사할 계획을 세우지 않으셨다. 또 전에 여러 손자들에게 일러 말씀하시길,

"너희들은 마땅히 문학에 힘써야 하지 가난을 걱정해서 살림살이에 마음을 써서는 안 된다. 사람이 비록 가난하다 하더라도 굶어 죽는 지경에 이르는 경우는 매우 드물다."

---

92 남편 김익겸(金益兼)은 병자호란이 일어나 청나라에게 남한산성이 포위되자, 강화로 가서 성을 지키다가 함락되기 직전에 김상용(金尙容)을 따라 남문(南門)에 올라가 분신 자결하였다. 이에 앞서 1636년 후금(後金) 태종이 국호를 청(淸)으로 고친 것을 축하하기 위하여 파견된 이확(李廓) 등이, 청나라 사신 용골대(龍骨大)와 함께 귀국하자 성균관유생들과 함께 청나라 경축행사에 참가한 사신과 용골대의 주살을 주장한 바 있다. 뒤에 영의정이 추증되고, 광원부원군(光源府院君)에 추봉(追封)되었다. 강화 충렬사(忠烈祠)에 배향되었다.

라고 하셨다.

또 웃으시면서 말씀하시길,

"나의 성품은 어리석어 부녀자이지만 재산 늘리는 일을 좋아하지 않고 오직 문학을 귀하게 여기니 전생에 아마 남자였던 것 같다."
라고 하셨다.

할머님은 손자를 가르치시고 훈계하시면서 비록 엄하게 하셨으나, 책을 읽는 사이의 쉬는 시간에 함께 아이들과 놀이를 하셨는데 놀이의 대부분은 글과 역사에 관한 것들이었다. 이처럼 놀고 쉴 때도 글에서 떠나지 않게 하셔서 이 때문에 할머니께 글을 배운 사람은 전혀 싫어하거나 지루해하지 않았다. 또 이처럼 보듬어 가르쳐주셨기 때문에 여러 어린 손자들이 두려워하면서도 사랑하여 스스로 찾아와 쭉 둘러 앉았고 또한 감히 게으름을 피우지 않았다. 또 여러 손자들이 함께 곁에 있으면서 책을 읽으면 글 읽는 소리[93]가 뒤섞여 어떤 사람은 노인의 건강을 돌봄[94]에 방해가 된다고 하였는데 할머니는 말씀하시길,

"나는 이런 소리가 좋다."
라고 하시면서 소리가 비록 커도 시끄럽게 여기지 않으셨다.

할머니는 여러 손자들에게 이르시기를,

"과거에 합격하고 합격하지 못하는 것은 운명이다. 선비가 되기 위해서는 마땅히 모든 것이 자기 자신에게 달려 있을 뿐이다. 비록 과거에 합격하지 못해도 진실로 글을 잘할 수 있으면 부끄러울 것이 없다. 남자로서 글을 못한다면 이것보다 더 부끄러운 것이 없다."
라고 하셨다.

할머니는 여러 손자들이 글공부에 힘쓰게 하셨는데 간혹 오만방자한

---

93 이오(咿唔) : 글 읽는 소리.
94 정양(靜養) : 조용히 안정하여 쉬면서 건강을 돌봄.

사람을 보면 곧바로 꾸짖고 못하게 하시면서 말씀하시길,

"행실이 없다면 어찌 글을 쓰겠느냐? 이 아이에게는 마땅히 『소학』을 가르쳐야한다."

라고 하셨다.

숙부님이 전에 병조판서에 임명되셨는데 굳게 사양하셨다. 할머니도 권력을 장악하는 것[95]을 기뻐하지 않으셔서 바로 해직되지 않음을 크게 걱정하셨다. 임금의 은혜를 입어 면직되자 기뻐하시며 저에게 말씀하시길,

"네 숙부가 연달아 올린 상소가 묵살되는 것을 보고 내가 마음으로 걱정하였다. 이제 청원이 받아들여지니 마음이 매우 기쁘다."

라고 하셨다.

큰형님[96]이 전에 호남 관찰사로 임명되어 인사 올리자 할머니께서 경계하여 말씀하시길,

"너는 마땅히 벼슬살이 하면서 자신을 단속하여 마치 맑은 물처럼 깨끗하게 처신해 집안에 대대로 이어지는 덕[97]을 욕되게 하지 말아라."

라고 하셨다.

큰형님께서 호남의 관찰사로 계실 때에 마침 할머님의 생신을 맞아 생일 선물을 보냈는데 모두 반찬거리와 옷감 따위에 지나지 않았으나 할머니는 기뻐하지 않으시며 말씀하시길,

"포목이나 비단 따위가 비록 적더라도 어찌 감히 관가의 물건을 받을 수 있겠느냐?"

라고 하셨다.

아버지께서 이러한 것은 사실 일반적인 관례이고 또 매우 적어 의리

---

95 병용(柄用) : 신임을 받아 권력을 장악함. 또는 그러한 직위나 그 사람.

96 김진귀(金鎭龜) : 자 수보(守甫). 호 만구와(晚求窩). 시호 경헌(景獻). 돈령부영사 만기(萬基)의 아들. 숙종의 비 인경왕후(仁敬王后)의 오빠.

97 세덕(世德):대대로 내려오는 덕.

에 해롭지 않으니 간직하시라고 청하시며 여러 차례 간절히 말씀하자 비로소 허락하시면서 말씀하시길,

"네 말이 이러하니 이번에는 받아 두겠다. 그러나 이후에는 그러지 않도록 해라."

라고 하셨다.

할머니는 여러 손자들에게 부정한 여인을 경계하도록 하시고 집안의 부녀자 중에 투기하는 자가 있다는 말씀을 들으시고 매우 그를 옳지 않다고 여기시면서 말씀하시길,

"남자는 진실로 마땅히 예로써 자신을 신칙해야 하고 부녀자는 마땅히 투기하지 않는 것으로 덕을 삼아야 한다."

라고 하셨다.

할머니는 여러 손녀들에게 또한 조금이라도 옛날의 교훈을 가르치고 싶어 하셨다. 내가 전에 반초의 『女戒』를 언문으로 해석했는데, 할머니가 보시고 매우 기뻐하시며 손수 한 통을 베껴 내 딸에게 주시며 말씀하시길,

"너는 마땅히 이것을 알아야 한다."

라고 하셨다. 그때 이미 70이 넘으셨는데 가르치고 깨우쳐 주시는 것에 게으르지 않으신 것이 이와 같았다.

할머니는 늙으신 후에도 여전히 여공을 하셨는데 때로는 배롱으로 덮은 등불 아래서 바느질을 하셨다. 자손들이 고된 일을 그만 하시도록 청하자 대답하여 말씀하시길,

"남자는 책을 읽고 여자는 옷을 만드는 일이 직분이다. 비록 늙었다고 어찌 편하게 지내겠느냐? 또 내가 좋아서 하니 힘든 일이 없다."고 하셨다.

할머니는 여러 번 상을 당하여 슬픔이 쌓여 몸이 훼손되어 질병이 많으셨다. 그러나 그 분의 정신력은 다른 사람보다 뛰어났고 총명함은 연

로하셔도 조금도 줄어들지 않았으며 눈동자도 항상 젊은 사람처럼 초롱
초롱하여 등불 아래서 가는 글씨를 보실 수 있었고 어린 시절에 배우셨
던 구절을 모두 기억하셨다. 기사년(1689)에 우환이 있었는데 날마다 책
을 열람하셨고 놀아가시기 한 날 전에노 오히려 어린 손사들에게 몸소
글을 가르치셨고 친히 바느질을 하셨다.

할머니의 성품은 자애롭고 어지셔서 예전에 어린 병아리를 보시고 불
쌍하게 여기셔 마침내 돌아가실 때까지 닭고기를 드시지 않으셨다. 비록
조그만 꽃이나 나무가 바야흐로 봄이 되어 잎이 나고 꽃을 피우면 아이
들에게 상하게 하거나 꺾지 말도록 깊이 훈계하셨다.

할머니가 전에 큰 길거리에 인접한 집에서 우거하실 때 그 해에 굶는
사람들이 길에 가득했다. 걸인의 소리가 매번 문에 들릴 때마다 소리만
듣고서도 측은해하시며 비록 현재 남아있는 양식[98]이 없어도 빈손으로
돌아가게 하지 않으시고 간혹 먹을 것을 나누어 먹이셨다.

할머니는 공주의 집[99]에서 태어나 성장하셨는데 가난하게 사시게 되
었을 때에 집은 매우 좁고 부서지고 무너졌으나 전혀 어렸을 때의 호화
롭게 사시던 집에 대한 생각이 없으셨다. 우리 아버님께서 과거에 급제
하셔 모셔 받드셨으나 역시 기쁜 모습은 없으셨고, 오직 고명한 사람이
되도록 경계하셨다. 또 손자 진서가 부인 집에서 나누어 준 가옥을 얻어
간단하게 지붕을 약간 고쳤는데, 할머니께서 그러한 소식을 들으시고 탄
식하여 말씀하시길,

"일을 마쳤으니 지금 어찌 할 수가 없구나. 그러나 그 집도 본인에게
는 지나치게 과분한데 어찌 반드시 고쳐야 했느냐?"
라고 하셨다.

---

98 현량(見糧) : 현재 남아있는 양식.

99 주제(主第) : 공주가 거처하는 집. 할아버지 윤신지가 선조의 딸인 정혜옹주와 결혼하
였다.

할머니께서 남쪽 동네인 옛집에 계실 때 이미 일품의 직분에 봉해지
셨는데 자신을 봉양하시는 것은 가난했을 때와 다름이 없었다. 주무시는
방의 종이나 휘장은 옛날의 휴지로 만드셨고 해지고 더러워 사용할 수
가 없던 것도 여전히 바꾸지 않으셨다. 이사하여 거처하게 되자 자손들
중에 그곳에 사는 사람에게 휘장을 그대로 두게 하였다. 뒤에 결혼한 집
안에서 그 집에 들어와서 그것을 본 사람이 매우 칭찬하고 탄복하여 말
하기를,

"아무개 부인의 존귀함으로 이처럼 검소하시니 참으로 세상에 드문
분이다."

라고 하였다고 한다.

아버님이 전에 할머니를 위해 털로 된 윗옷을 만들어 바치며 추위를
막도록 하셨는데 할머니는 드물게 입으시면서 말씀하시길,

"너의 정성을 봐서 억지로 잠깐씩은 입지만 나의 성품은 아름다운 옷
을 좋아하지 않는다."

라고 하셨다. 이미 궁중 출입이 허용되고 초달피 모자를 하사받으셨으
나 감추어 두시고 입지 않으셨다. 자손들이 그러시는 이유를 묻자 말씀
하시길,

"임금님의 하사품은 마땅히 귀하게 여겨 공경스럽게 대해야한다. 어
찌 외람되이 입을 수 있겠느냐?"

라고 하셨다.

할머니는 평소 음식이나 의복은 모두 옛 풍습을 따르고 당시의 유행은
좇지 않으셨다. 궁중과 관계가 이어지면서 더욱 알아듣기 쉽도록 차례대
로 집안사람들을 경계하고 신칙하여 색다른 음식이나 기이한 옷에 마음
을 쓰지 않도록 하셨는데 그러한 뜻은 모두 인척 마을에서 숭상하던 바
이다. 남들이 장차 일반 사가에서 나오는 것이 중지되지 않을 것이라고
말할 것이기에 더욱 검약한 생활 태도를 지니도록 하기 위해서였다.

할머니는 항상 자손들에게 검소한 생활을 하도록 권면하셨다. 내가 전에 옷에 구멍이 나서 아내에게 깁게 하였는데 아내는 깁기 어려워하면서 그 옷을 입지 말았으면 하였다. 내가 마침 할머니를 곁에서 모시고 있다가 말씀을 드렸더니 할머니가 손자며느리에게 말씀하시길,

"부인은 마땅히 검소함으로 남편을 도와야 하고 삼가 세상의 화려하고 사치한 풍속을 따라하지 말아야 한다. 저 알지도 못하는 사람들이 비록 남편의 옷을 깁는다고 비웃는다고 해도 무엇 부끄러울 게 있느냐? 즉시 우리 손자의 옷을 깁거라."

라고 하시니 바로 아내가 가르침을 받들었다. 그리고 할머니는 이에 나에게 깨우쳐 말씀하시길,

"너는 출세했다고 하여 입는 옷이 간혹 벼슬하지 않던 때에 입던 옷에서 지나치지 말도록 하라."

라고 하셨다.

아버님의 녹봉이 풍족해진 이후로 음식물 공양이 항상 풍족했고 때로 떡과 엿을 사다 드려 달게 드셨지만 할머니는 맛난 음식을 특별하게 생각하지 않으셨다. 아버님께서 돌아가서 공양해 드리는 풍족함이 간혹 옛날에 미치지 못했으나 또한 편하게 여기셨으니 할머니의 검약함은 아마도 타고난 성품에서 나오신 것 같다.

세상의 나이 드신 부인들은 대부분 공양의 풍성함과 박함에 따라 기뻐하거나 기뻐하지 않기도 하였으나 할머니는 매번 밥상에 맛있는 음식을 보실 때마다 번번이 탄식하시고 얼굴을 찡그리시며 마치 감당할 수 없는 것처럼 하였다. 그리고 탄식하시기를,

"우리 할아버님[100]은 부마의 귀하신 분이셨으나 스스로 봉양하시는 것이 매우 검소하셨다. 일찍이 소가 땀 흘리는 것을 생각하셔서 값이 비싼

---

100 선조 임금의 사위 윤신지(尹新之)를 말함.

것은 밥상에 차리지 못하게 하셨다. 지금 내가 누리는 것을 보니 마음이
매우 편치 않다."
라고 하셨다.

또 세상의 부녀자들은 으레 며느리가 자신만을 봉양해 주기를 바라고
친정 부모는 돌아보지 않기를 바라지만 할머니는 충실하고 용서하는 마
음을 갖고 계시며 어질고 후덕해서 전혀 꺼리고 거스르게 생각하는 마
음이 없으셨다. 언제나 우리 어머니에게 말씀하시길,

"나는 세상의 야박한 풍습을 싫어한다. 어찌 며느리가 나만 전적으로
받들기를 바라겠느냐? 더구나 친정의 어머니가 늙으셨고 아들과 딸 중
에서 오직 우리 며느리가 고귀하니 마땅히 두 노인을 균등하게 봉양해
야 한다. 비록 한 가지 맛있는 음식이라도 반드시 나누어서 맛보게 해야
지 나만 누리게 해서는 안 된다."
라고 하셨다.

할머니는 병이 나셔도 약을 드시지 않으셨다. 중년 이후 비록 자손들
이 억지로 드시게 해도 진귀한 탕제나 인삼 따위는 더욱 기뻐하지 않으
셨다. 정묘년(1687) 가을에 병환이 사납고 위독하여 의원이 마땅히 많은
인삼을 드셔야 한다고 말했지만 기꺼이 복용하려 하지 않으셨다. 내가
걱정스러워 감히 인삼탕을 마시는 차라고 속여서 바쳤더니 마침 편찮으
셔 정신이 혼미하셔서 살피지 못하시고 드셨다. 병이 완쾌되시자 그 이야
기를 들으시고 탄식하시며 말씀하시길,

"내가 너에게 속아 또 구차하게 연명하게 되었구나."
라고 하셨다.

낙죽[101]과 전약[102]이나 제호탕[103]은 모두 세속에서 노인들을 건강하게

---

101 낙죽(酪粥) : 진한 유즙. 우유제로 만든 보약.
102 전약(煎藥) : 우유에 말린 생강, 정향, 계심, 꿀 등을 섞어서 만든 보약.
103 제호탕(醍醐湯) : 조선시대 궁중에서 마시던 여름철 보양 음료.

하는 것이라 하였는데 역시 드시지 않으셨다. 이러한 일들은 다만 검약하기 때문이 아니라 아마도 정축년 이후 연회에 참석하지 않으시고 음악을 듣지 않으시던 이유와 같은 것 같다.

할머니가 자손들에게 이르시기를,

"정축년의 난리에 내가 포구에 있었기 때문에 강화성이 함락됐을 때 죽지 못했다. 그리고 성 가운데를 되돌아보니 연기가 점점 하늘에 차고 죽어가는 소리들이 사방에서 들렸다. 의리상 살고 싶지 않아 바다로 뛰어들어 죽기로 결심하고 갯가로 뛰어가니 물이 허리에 이르렀는데, 마침 남녀 종들이 지나가는 배를 불러 구했고 어머님께서 끝내 부축하여 끌어올려 배에 실었다. 그때 밴 아기를 낳을 달이었는데 온 몸에 젖은 물이 얼고 축축하여 옮겨질 무렵에는 생기가 없었다. 그러고도 우연히 소생할 수 있었으니 이는 하늘이 불쌍하게 여겨 남겨진 자식을 살게 하신 것이다. 나는 그런 까닭으로 요행스럽게 살아난 것이다. 무릇 부인들이 절개를 온전하게 하면서 살아 있는 사람은 모두가 천행이고 천행이지 어찌 인간이 바랄 수 있는 일이겠느냐? 만일 난리를 당하면 오직 결단코 죽을 것이다."

라고 하셨다.

할머니께서 예전에 말씀하시길,

"나의 할아버지가 옛날 나에게 이르시기를, '너는 마땅히 두 아들의 영화를 보게 될 것이나 나이는 50을 넘지 못할 것이다.'라고 하셨는데, 어찌하여 박복한 목숨이 지금까지 죽지 않고 있느냐? 할아버님이 명수에 밝으신데 오히려 이와 같으니 명수란 참으로 믿을 만하지 않구나."

라고 하셨다.

할머니의 친정 할아버지 문목공은 오행(五行)에 관한 책에 깊은 조예가 있으셔서 남의 오래 살고 일찍 죽는 것, 귀하고 천함에 대하여 미리 헤아려 맞히지 못하는 경우가 거의 없었다. 그래서 할머니가 총명하여 운수 예측하는 것을 가르쳐 전하고자 하셨는데 할머니가 사양하셨다. 만년에 지극한 근심과 걱정을 하시며 마침 『자미수(紫微數)』[104]라는 책을 보시고 때로 장난삼아 자손과 친족들의 운명에 대하여 셈하시며 시간을 보내는 소일거리로 삼기도 하셨지만 스스로 믿지는 않으셨다.

기사년(1689) 봄에 큰형님에게 이르시기를,

"나의 명이 금년에 끝난다."

라고 하셨는데 얼마 후 과연 증험이 되었다. 그렇지만 평소 자손들이 자신의 수명에 대하여 스스로 헤아리는 일을 하지 못하게 하셨다. 자신의 수명을 예측한 일은 술수로써 하신 것이 아니라 할머니의 타고나신 성품의 고명함으로 자신의 기력을 헤아리고 집안 운세를 고려하여 미리 아신 것이다.

기사년에 집안사람들이 두려움으로 위축되어 본집에서 감히 편안하게 지내지 못해 이사 다니며 일정한 곳에서 살지 못했다. 숙모님이 할머니를 댁으로 모셔 갔는데 겨울이 되자 병환이 날로 위독하자 본집으로 돌아오고 싶어 하셨다. 모시던 사람들이 병 때문에 곤란하게 여겼는데 할머니께서 이르시기를,

"나는 매우 아프고 이곳 또한 아들의 집이다. 그러나 마땅히 큰아들의 집으로 돌아가서 죽어야 한다."

라고 하셨다. 두 번 세 번 말씀하셨는데 너무 엄격하여 자손이나 며느리들이 감히 어길 수 없어서 부축하여 안아서 가마에 눕혀 돌아오셨다. 돌아오시자 얼굴에 아주 기쁜 빛을 띠셨고 오래지 않아 돌아가셨다. 비록 병환의 고통 속에 계시면서도 예의에 맞도록 자신을 마칠 수 있었으니 역책(易簀)에 가깝다고 할 만하다.

---

104 자미수(紫微數) : 중국 송(宋)의 학자 소옹(邵雍)이 지은 역리(易理)에 관한 책.

위의 글은 모두 35조목이다. 어떤 것은 직접 보고 겪은 것이고 어떤 것은 기록하여 전해지는 것을 본 것인데 모두 기록하였다. 그런데 그 앞 뒤를 차례대로 모으기가 어렵고 또 행장과 서로 다른 글이기 때문에 마침내 조목을 따라 따로 기록했다. 그리고 대략 같은 종류를 묶어 보아서 보기에 편하게 하였다. 신미년(1691) 9월 어느 날 손자 진규는 거제도[105]의 유배지에서 삼가 기록합니다.

해제

김만기와 김만중의 어머니인 윤씨 부인의 행장 가운데 빠진 것을 손자인 김진규가 보충한 글이다. 윤씨 부인의 행장을 적은 김만중의 명에 의해 김진규가 유배지인 거제도에서 기록하였는데, 총 35조목으로 나뉘어 서술되어 있다. 각 조목마다 윤씨 부인의 성격과 행실을 드러낼 수 있는 일화와 사건들이 매우 상세하게 서술되어 있다. 윤씨 부인이 자식의 교육에 남다른 애착을 보인 점과 그것이 늙어서도 줄어들지 않았던 모습이 특히 부각되어 있다.

서포 김만중이 쓴 어머니 윤씨 행장은 어머니에 관한 행장 중의 대표적인 작품으로 꼽힌다. 서포는 어머니의 일대기를 자세하고 풍부하게 서술하고 있어 행장이 갖는 전기문학적 성격을 충분하게 구현하였다. 한편, 김진규의 이 작품은 윤씨 부인의 행적에 대한 자세한 정보를 제공하는 역할을 수행하고 있다고 할 수 있다.

---

105 상군(裳郡) : 신라 문무왕 때 거제도를 상군이라 하였다.

조귀명(趙龜命) : 1693(숙종 19)~1737(영조 13). 자는 석여(錫汝), 보여(寶汝), 호는 동계(東谿) 또는 건천자(乾川子)이다. 본관은 풍양(豊壤). 동강(東崗) 조상우(趙相愚 : 1640~1718)의 손자, 조태수(趙泰壽)의 아들이다. 1711년(肅宗 37)에 생원시(生員試)에 합격한 후 세자익위사(世子翊衛司), 시직익위(侍直翊衛)를 지냈다. 허약한 몸이었으나 학문을 놓지 않아 경서는 물론 사서(史書)를 비롯하여 제자백가(諸子百家)의 서적에 이르기까지 두루 섭렵하였으며, 당송대가(唐宋大家)들의 문장을 두루 탐독하였으므로 그의 문장은 높은 경지에 이르렀다. 뿐만 아니라 그는 다른 유자(儒者)들이 읽기를 꺼렸던 노자(老子), 장자(莊子), 태현경(太玄經), 양자법언(楊子法言)과 각종 불서에도 상당한 조예를 갖고 있었다. 그의 재종형이요 당시의 이름난 문신인 조현명(趙顯命)은 "온 세상 사람이 그르다고 하더라도 오직 석여(錫汝)의 가하다는 한마디면 만족한다."라고 말할 정도로 그를 신임했다. 저서 『동계집(東谿集)』에는 영조가 친히 서문을 내렸다.

막내 작은어머니 이씨 묘지명
季母淑人李氏墓誌銘

막내 작은어머니 숙인 이씨는 소경대왕 별자 경창군 이주에서 계통이 나왔다. 할아버지는 창성군 이필이고 아버지는 문천군 이최이다. 어머니는 현부인 광산 김씨인데 대사헌 김익경의 따님이다. 작은어머니는 계례¹를 치르고 작은아버지에게 시집오셨다. 작은아버지의 성은 조이고 이름은 두수이다. 좌의정 조상우²의 아들이며 현재 벼슬이 선산부사이다. 작은어머니는 작은아버지와 함께 사신 지 22년만인 경자년(1720) 12월 15일에 돌아가셔 다음해 2월 풍양에 장사지냈다가 신해년(1731) 4월 모일에 수십 발자국 위로 옮겼다.

내가 생각하니 시 300편은 부인의 덕을 영탄한 것이 많다. 그중에 가장 중요한 것은 <사간>³편의 마지막 장에 있는 "그른 것도 없고 의도 없이 오직 주식 이것을 의론할 뿐이고 부모에게 근심을 끼쳐드리는 것이 없는 것뿐이다."이다. 주자가 이를 해석하여 말하길, "여자는 순종함을 바름으로 삼으면 족하지 않음이 없다. 좋은 점이 있다면 또한 상서롭지 않아도 바랄 만한 일이다."라고 하였다. 작은 어머님이 위로 시어른을 섬기고 아래로 여러 동서와 시누이와 지낼 때 일찍이 배후에서 작은어머니의 장단에 대해 말하는 것이 없었다. 물러나서 집안의 일을 다스릴

---

1 계례(笄禮) : 여자가 성인이 되는 15살에 올리는 의식. 남자의 관례와 상응하는 것.

2 조상우(趙相愚) : 1640(인조 18)~1718(숙종 44). 본관은 풍양(淵壤). 자는 자직(子直), 호는 동강(東岡). 기(磯)의 증손으로, 할아버지는 희보(希輔)이고, 아버지는 예조판서 형(珩)이다. 어머니는 목장흠(睦長欽)의 딸이다.

3 『시경·소아(小雅)』의 <사간(斯干)> 편을 말함. "乃生女子 載寢之地 載衣之裼 載弄之瓦 無非無儀 唯酒食是議 無父母詒罹"

때 말소리가 몇 자리를 넘지 않아 남편도 마땅히 여기셨다. 종들을 사랑
과 지극한 정성으로 다스리고 그들이 살아 있을 때나 죽었을 때나 차이
가 나지 않게 하셨다. 대개 그윽하고 얌전하며 순종한 부덕⁴은 스스로
시인의 가르침에 맞아 나온 것이니 이는 상서로운 조짐에 부합했고 복
록⁵을 누리실 만했다. 그런데 한참 나이에 갑자기 돌아가셔 남편과 말년
을 같이 하지 못했다. 돌아가실 때 3남 1녀가 있었는데 작은어머니가 돌
아가신 지 4일 지나 딸이 죽었다. 6년 뒤에 아들 희복이 죽고 11년 후에
큰아들 학명이 죽어 지금 둘째 아들 기명만 남았다. 하늘의 이치가 어찌
그리 어긋났는가? 명에 이른다.

깊은 덕을 명을 지어 밝힌다.
이치가 거슬러 옳지 않으니 하늘에 바라기가 어렵도다.

작가의 작은아버지 조두수의 부인에 관한 묘지명이다. 부인(1683~1720)
은 이최(李㴤)와 광산 김씨의 딸이다. 부인은 15세에 결혼하여 22년간
남편과 함께 생활을 하고 37세에 죽었다. 작가는 작은어머니인 이씨 부인이 순종
하는 부덕을 갖추었는데도 복을 누리고 장수하지 못한 사실에 대해 안타까워하
는 마음을 담고 있다.

---

4 곤덕(坤德) : 부덕(婦德). 또는 후비(后妃)의 공덕(功德).
5 불록(茀祿) : 복록. 행복.

숙부인 조씨 묘지명
淑夫人趙氏墓誌銘

　귀명의 둘째 고모님 숙부인 조씨는 본관이 풍양으로 좌의정을 지낸 효헌공 조상우[6]가 아버지이다. 영의정을 추증 받은 충정공 조건이 할아버지이고 좌찬성을 추증 받은 조희보가 증조할아버지이시다. 어머니 정경부인 전주 이씨는 목사공 이장영의 따님이고 호조판서를 지낸 효민공 이경직의 손녀이시다. 부인은 어린 나이에 참의를 추증 받은 안동 권익문[7]에게 시집가 52세에 미망인이 되었고 75세에 돌아가셨다.

　부인은 너그럽고 온화하며 마음이 넓었는데 여러 고모 중에서 효헌공을 가장 닮았다. 성품이 총명하여 무릇 전대의 사적과 본조의 사실, 당세의 옳고 그름, 나아가고 물러날 때 등을 모두 귀 끝으로 듣고 마음에 간직해 묵묵히 기억하지 않은 것이 없었다. 사람들과 말을 할 때는 말이 끊어지지 않아 들을 만한 것이 있었다. 어려서 외갓집 목사공에게 자랐는데 목사공은 번번이 부인이 남자로 태어나지 못한 것을 한스럽게 여기셨다. 시집가기 전에 부모님을 공경함과 효로 섬겼고 시집가서 시부모님을 예로 부지런히 섬겼으며 남편의 배우자가 되어 순종하면서도 규제하는 것이 있었다. 동서와 시누이 및 친척들 사이에서 처할 때는 온화하고 부드러우면서도 자신을 잃지 않았다. 종들을 다스릴 때는 관대하게 하면서도 바르게 부렸다.

---

6 앞의 주 3 참고.

7 권익문 : 본관은 안동이고 자는 숙빈(叔彬)이다. 의금부도사를 지내고 이조참의에 추증되었다. 조귀명이 그의 행장을 지었다. <義禁府都事贈吏曹參議權公行狀>, 『東谿集』3권, 『한국문집총간』, 권4, 215면.

권씨의 집안을 주관한 50년 동안 온 집안 안이 융화되고 화목하여 윗사람이나 아랫사람에게 조금도 미움이나 어긋남을 산 것이 없었다. 부인이 살아 계실 때는 모두 정성으로 따랐고 부인이 돌아가셨을 때에는 모두 눈물을 흘리며 얼굴을 보이니 마치 어린 아이가 젖을 잃은 것처럼 하였다. 대개 은혜와 사랑과 충심과 성실함이 두루 미치고 경계 두지 않아서 말하지 않아도 다른 사람 마음에 감복되어 마음으로 새겨 따른 것 같다.

효헌공의 집안이 가난해 어렸을 때 몸차림을 꾸밀 여건이 되지 않았고 시가의 살림도 중간에 낙후해 제사와 의식 마련이 모두 모름지기 어려웠다. 그러나 부인은 옷감 짜기를 매우 부지런히 하며8 집안을 다스리고 정성을 다하기를 옛날과 다름없이 하였다.

참의공이 젊은 나이에 병이 나자 부인이 노리개와 비녀를 팔아 약을 사와 친히 절구질을 하며 고치고자 하는 마음을 다하였다. 어린 아이들이 또 앞에 가득해 울며 끌어당기니 옆에서 보는 자가 차마 감당하지 못했으나 부인의 안색은 오히려 온화하고 평소처럼 웃음을 보였다. 참의공과 시부모님이 연달아 돌아가시고 장성한 두 아들과 사위가 십 수 년 사이에 죽자 부인은 부모 잃은 아이들을 어루만지며 여유 있게 운명으로 받아들였다. 세속의 부녀자들이 하늘을 원망하고 신을 욕하며 원한을 맺는 것을 보면 마치 하루를 같이 보낼 수 없는 사람이라고 여기고 어울리지 않았다. 그러나 부인의 궁함 또한 심하였다. 부인의 덕스러운 성품은 이미 효헌공을 닮았고 용모 또한 그러하여 내외의 친척들이 매번 말하길, "여재상이다."라고 하였다. 그러나 그 궁함이 이러한 지경에 이르니 사람들이 모두 괴이하게 여겼다.

나이 60이 넘어 비로소 아들 일형이 등과하여 이름난 고을에 재상이

---

8 길거(拮据) : ①힘들게 일하다. ②경제적으로 궁핍하다.

되어 나가면서 봉양하기 위해 모시고 가는 것을 보게 되었다. 돌아가시는 해에 또 막내 사위가 과거에 급제하니 집안이 조금 빛이 나기 시작했다. 그리고 부인의 기운이 정정하고 강건하신 것이 50세 같으시니 사람들이 부인의 장수함[9]은 끝이 없을 것 같고 백록이 이제 비로소 이르기 시작한다고 했는데 이에서 그치고 말았으니 어찌 슬프지 않은가?

고모님은 무릇 3남 2녀를 두었다. 큰아들은 보형이고 다음은 순형이며 막내는 일형이다. 일형은 아들 재가 있는데 보형의 후사가 되었다. 큰딸은 조중행에게 시집갔고 다음은 유언국에게 시집갔다. 부인의 자매가 5명인데 큰고모이신 공인은 규문의 모범이 되셨다. 여러 고모 또한 단정하고 정결하며 사군자의 행실이 있었는데 가문이 쇠해지는 것을 늘 한스럽게 여기셨다. 오래도록 부녀자가 맡은 일을 하며 후에 아무 일 없이 단란하게 모여 자매가 마치 손가락으로 가리킬 수 있는 것처럼 죽 앉아 여생을 서로 의지하여 개인의 행복으로 삼으려고 했는데 수 년 사이에 과반이 돌아가시니 이 즐거움을 얻을 수가 없게 되었다. 부인과 큰고모의 연세는 10년 정도의 차이가 있어 어머니처럼 섬기고 어린 아이처럼 생각하며 이웃 마을에 살면서 왕래하며 노년에 즐거움으로 삼으셨으니 가히 흠모할 만하였다. 이제 불행히 먼저 가시니 큰고모님의 궁함은 또 부인과 비교하지 못할 만한 것이 있다. 아! 부인은 눈을 감지 못하실 것이다. 명에 이른다.

산을 품으신 듯 그윽하고 뛰어나시며
물을 품으신 듯 맑고 근원이 깊다.
을묘년에 음력 8月이 되어
이에 현택을 열어 부자의 관에 따른다.

---

9 수고(壽考) : 장수함. 『시경』 「소아(小雅)」 <초자(楚茨)>에 "신이 음식을 즐기시고, 자손들 오래오래 살게 하시네. (神嗜飮食, 使君壽考)"라는 구절이 있다.

이미 두분이 함께 하셔 편안하시리니
후손을 도와 보호하시길.

둘째 고모인 숙부인 조씨의 묘지명이다. 조씨 부인은 조상우와 전주 이
씨의 딸이다. 남편은 권익문이다. 작가는 고모가 할아버지인 조상우의
성격을 가장 많이 닮았다고 기억한다. 작가는 고모를 전대의 사적과 옳고 그름,
진퇴의 시기 등을 아는 총명함과 궁박한 삶을 운명으로 받아들인 여유를 지닌
부인으로 서술하고 있다. 작가는 여생을 의지하려고 했던 큰고모가 동생을 잃고
외로워 할 것을 걱정하는 자상함도 보이고 있다.

어머니 행장
先妣行狀己酉

　어머니 숙인은 청송 심씨인데 청성백 심덕부[10] 이후부터 대대로 나라에 공훈을 세운 임금의 친척으로[11] 동방의 이름난 성씨이다. 증조 심열[12]은 영의정을 지낸 충정공이고 할아버지 심희세[13]는 교리를 지냈고 이조판서에 추증되었다. 아버지 심권[14]은 전라도 관찰사를 지냈으며 좌찬성을 추증 받았는데 깊은 식견과 훌륭한 덕으로 나라의 충성스런 신하가[15] 되었다. 아내는 정경부인을 추증 받은 전의 이씨인데 관찰사를 지낸 이만웅[16]의 따님으로 맑고 똑똑하며 마음이 깊고 넓어 '여사'로 불렸다. 무술년(1658) 10월 8일 신미에 부인을 낳으셨는데 어머님은 내외의 아름다움을 타고나시고 보모의 가르침을 입어 영민하고 공경하며 삼가셨고, 여

---

10 심덕부(沈德符) : 1328(충숙왕15)~1401(태종1). 고려말 조선초의 문신으로 본관은 청송. 자는 득지(得之), 호는 노당(蘆堂). 이성계와 함께 동북면에 침구한 왜구를 토벌하는 데 공을 세워 청성부원군에 봉해졌고, 1388년 요동 출병 때에는 이성계의 위화도 회군을 도와주었다. 조선 개국에 공을 세워 청성백(靑城伯)에 봉해졌다. 조선 개국 후 한양의 궁실과 종묘를 짓는 일을 총괄하여 신도 건설에 공을 세웠다. 다섯째 아들 온(溫)은 세종의 장인이 되었고, 여섯째 아들 종(淙)은 태조의 부마가 되는 등 왕실과의 혼인을 통해 거족(巨族)으로 성장하는 기틀을 마련했다.

11 훈척(勳戚) : 나라에 공훈이 있는 임금의 친척.

12 심열(沈悅) : 1569(선조 2)~1646(인조 24). 자 학이(學而). 호 남파(南坡). 시호 충정(忠靖). 1593년(선조 26) 별시문과에 병과로 급제한 뒤, 검열(檢閱)·황해도관찰사 등을 지냈다.

13 심희세(沈熙世) : 1601(선조 34)~? 자는 덕휘(德輝). 호조판서(戶曹判書)를 지낸 숭정대부(崇政大夫) 심열(沈悅)의 7남.

14 심권(沈權) : 1643(인조 21)~1697(숙종 23). 자는 성가(聖可).

15 신신(藎臣) : 임금이 직접 뽑은 신하를 이르는 말. 충성스러운 신하.

16 이만웅(李萬雄) : 1620~1661. 자는 심보(心甫), 호는 몽탄(夢灘).

공의 모든 일은 눈으로 한번 지나쳐도 잘 하셨다.

  15세에 아버님¹⁷께 시집오셨다. 시집은 가난하고 검소하였는데 어머님은 부유한 집안에서 태어났고 외동딸이라 매우 사랑을 받고 자랐는데도 욕심이 없으셨고 힘든 일을 당해도 마치 처음부터 있었던 일처럼 처신하시며 조금도 싫어하거나 곤란해하는 뜻이 없으셨다. 아버님이 약관의 나이에 기이한 병이 걸리자 약을 마련하기 위해 비싼 값을 지불하여야 했다. 어머님은 힘을 다해 약을 구하고자 틈틈이 시집 올 때 가져오신 것을 기꺼이 팔아 충당하셨다.

  할머니 이부인이 말질¹⁸로 오래 앓으셨는데 어머님이 밤낮으로 곁에서 모시며 간호하시길 1년을 하루 같이 하셨다. 이부인이 돌아가시자 이어 살림을 맡으셨다. 이때 할아버지 효헌공께서 이미 귀하고 현달하셔서 집안이 점점 번창하였는데 삼가 모으고 조리 있게 정돈해 윗사람을 섬기는 데 각각 그 적당함을 다하고 주머니나 상자속의 자질구레한 것도 모두 남기거나 새는 것이 없게 하여 집 안이 마치 씻은 것처럼 깨끗하였다.

  무릇 효헌공의 한 끼 식사나 옷 한 벌도 반드시 모두 친히 손을 거쳐 정결하고 완전하게 하였다. 아버님은 부모님을 지극한 효성으로 섬기며 감히 엄격하게 하지 않은 것이 없었다. 그런데 24년¹⁹집안을 맡는 동안 끝내 곱지 않은 시선이 없으셨으니 뜻과 마음을 봉양하는 아름다움을 실로 어머니가 이루셨다.

  효헌공은 위로 연세 높으신 형과 누나를 봉양하셨는데 어머님은 맛있는 것을 드리고 따뜻하게 해드리며 자주 집에 모이시도록 하여 기쁘게 해드렸고 손님들에게 술을 내거나 고기를 드릴 때 일찍이 갖추지 않은

---

17 조태수를 말한다.

18 말질(末疾) : 사지(四肢)의 질환. 『좌전』 소공(昭公) 원년, "陽淫熱疾 風淫末疾(杜預注 : 末 四支也)"

19 이기(二紀) : 24년을 이름. 일기(一紀)는 12년.

적이 없었다. 한 집안에 여러 식구가 동서에 마을을 이루며 살았는데 은혜를 받기를 기다렸고, 궁벽한 시골에 사는 가난한 친척들 가운데 배가 고파 오고자 하는 사람들은 셀 수 없을 정도였다. 효헌공은 일일이 도와수기를 조금도 게을리 하지 않으셨는데 그들을 구분하여 나누어 주고 적당하게 조처하는 것은 어머님이 하셨다. 매번 새벽에 앉아서 문을 열어 종들에게 할 일을 나누어 주고 책상에서 부리시면 날이 저물녘에 이르렀다. 어머님은 좌우에 술을 권하는 데 지체함이 없었고 가난하고 군색함을 생각해 근심을 드러내지 않으셨다. 집안 살림을 경영하는 것이 큰 일이었지만 그 수고로움을 드러내지 않으셨고 정신과 생각함이 항상 분명하고 여유 있으셨다. 효헌공이 돈목한 기풍이 있어 종당을 감싸신데는 어머님의 도움이 있었다. 효헌공이 항상 말씀하시길, "우리 집이 흥한 것은 이 며느리에게 힘입은 것이다."라고 하셨다.

아버님이 돌아가시자 [20]홀로 시아버님을 섬겼는데[21] 4년 뒤에 효헌공이 돌아가셨다. [22] 전후의 상을 치르는데 시신에 넣는 도구와 매달에 쓰이는 것들을 모두 미리 준비하시니 친척 가운데 조문하러 오는 자가 감탄하여 그 일을 전했다. 작년에 하늘의 도움을 받지 못해[23] 궁벽한 산골짝에서 호곡하였을 때 습하고 염하는 것에서부터 한 가지도 외부의 도움을 받지 않았고 불초한 나는 뒤에서 다만 곡하고 돌아왔다. 집안을 다스리는 데 힘을 다하고 반듯하게 다스리고 행동하는 것이 이와 같으셨다. 평생 손에서 실과 바늘 같은 것을 놓은 적이 없었고 몸소 솔선수범하시니 종들은 수고하나 원망하지 않았다. 내가 명을 받아 두 고을을 다

---

20 1715년에 조귀명의 아버지 조태수가 죽었다.

21 수수(滫瀡) : 고대 음식 중의 하나. 녹말을 음식물에 섞어서 부드럽고 걸쭉하게 만든 음식. 『예기 · 내칙』에 시부모님을 섬기는 항목 중에 "菫荁粉楡免薧滫瀡以滑之, 脂膏以膏之. 父母舅姑必嘗之而後退."이라 했다.

22 1718년에 부인의 시아버지 조상우가 죽었다.

23 불천(不天) : 하늘의 도움을 받지 못함.

스리게 되어 봉양을 받으러 따라가셨는데 편하게 여기지 않으시고 말씀
하시길,

"본성은 억지로 할 수 없다."라고 하셨다.

이에 우리 형제들을 사랑하면서 능히 가르치셔 어려서 공부할 때 직
접 산가지를 집으시고 옆에서 책 읽는 횟수를 세셨다. 손자 재복에게는
직접 한글로 번역하여 책을 주어 가르침에 도움이 되게 하셨다.

두 누나와 다섯 누이를 경계하서 어머님과 비슷하게 자랐는데 모두
모의로 어머님을 섬기며 근심하고 걱정하여 의탁하고자 하였다. 일찍이
한 여종을 보내 조카딸이 젖이 없는 것을 불쌍히 여겨 먹여 주었다. 둘
째 아버님 순창공은 내외가 모두 돌아가셨는데 손녀를 거두어 슬하에서
기르시고 마침내 혼인을 시켜 멀고 가까운 친척들이 규문의 스승으로
여겼다. 매번 혼인이나 상례나 연회가 있으면 적게는 관복과 옷 만드는
일까지 어머님께 왔는데 다소의 경비를 주셨다. 크고 작은 일을 모두 어
머님께 기준을 삼았고 무릇 맏며느리를 구할 때는 반드시 축하하며 말
씀하시길,

"심 숙인 같은 분만 오면 된다."
라고 하였다.

아버님이 돌아가신 지 12년 뒤인 정미년(1727) 윤 3월 24일에 나를 청
풍부 아전에서 고아가 되게 하셨다. 연세 70세였다.

이 때에 효헌공의 시호가 늦어져 여러 고모님과 숙모님이 서울에서
와 있었는데 어머님이 위태로우신 중에 매우 기뻐하시며 친히 주연을
지시하셨다. 빙강의 누정에서 배를 타시며 함께 오랫동안 바라보았는데
이틀 뒤에 병이 갑자기 위급해지셔 돌아가셨다. 친척들이 서로 도와 함
하고 염하는 데 유감이 없었다.

아아! 슬프다. 5월 병인에 충주 성동 아버님의 무덤 앞에 장사지냈다.
10월 계사에 옛 무덤을 파서 장차 합장하려고 하였는데 무덤 안이 불길

하여 장사하지 못하고 수원 팔탄면 동북쪽을 등진 언덕에 땅을 정해 올
해 5월 임술에 이장하여 모실 것이다. 효헌공의 성은 조씨이고 이름은
상우이시다. 의정부 좌의정을 지내셨다. 아버님은 조태수인데 사도시 첨
정을 지냈다. 나는 고아가 되었다. 징님은 준명[24]이고 다음은 귀명인데
모두 아들이 없다. 재복은 준명의 후사인데 아직 관을 치르지 않았다. 불
초들은 불효를 아뢸 수 없고 또 입신 양명도 하지 못했다. 또 자식이 없
어 조상의 후손[25]을 잇지도 못하니 하늘과 땅 끝에 애통함을 쏟을 길이
없다. 이에 입언 군자에게 글을 구해 내세에 불후함을 도모하고자 한다.
엎드려 그 뜻을 슬프게 생각하며 명을 구한다.

해제 조귀명의 어머니 행장이다. 부인(1658~1727)은 심권과 전의 이씨의 딸
이다. 남편은 조태수이다. 심씨 부인은 시어머니가 돌아가자 집안 살림
을 맡아하였는데 엄격한 시아버지를 도와 친척의 곤란함을 도와주고 상제례를
정성껏 지내는 등 며느리의 역할을 다하였다. 결국 부인은 시아버지에게 이러한
며느리 덕분에 집안이 흥하였다는 찬사를 받고 친척들에게는 며느리를 구할 때
심부인 같은 사람이면 된다는 평가를 받는다. 산가지를 잡고 자식들이 책 읽는
횟수를 세었고 손자에게 한글로 번역한 책을 주는 등 교육에 힘썼던 모습도 보인
다. 이 글은 1728년에 지어졌다.

---

24 조준명(趙駿命) : 1677(숙종 3)~1732(영조 8). 본관은 풍양(豊壤). 자는 신여(愼汝).
25 골혈(骨血) : 친족. 또는 자녀나 후손(後孫).

정경부인에 추증된 외조모 이씨 전
外祖母贈貞敬夫人李氏傳

외조모는 정경부인에 추증된 전의 이씨이다. 외조모의 아버지는 황해
도 관찰사 이조판서를 추증 받은 이만웅[26]이시고 어머니는 달성 서씨인
데 정신옹주의 따님이시다. 부인은 우리 외할아버지 찬성공[27]에게 시집
오셨는데 집안의 지기가 되신 지 40년 만에 찬성공이 돌아가셨다. 당시
에 단의후[28]가 이미 궁궐의 빈이 되셔 집안일이 매일 어렵고 많았다. 이
어서 아들 의정공 내외와 손자 청은공이 죽었다. 부인은 찬성공의 상에
이미 죽을 드신 지 3년이라 오랜 병으로 점점 약해지셨는데 또 이치를
거스르는 슬픔을 당해 더욱 원통해하시며 사는 것을 끔찍하게 여기셨다.
그러나 궁궐의 일에 호응하는 일과 집안의 살림과 거친 종들을 부리고
부모 없는 어린아이들을 어루만지는 일들이 부인의 몸에 달려 매번 깊
은 밤이면 손으로 벽을 치며 하늘을 부르며 부르짖으니 두 소리가 새벽
까지 이어졌다. 얼마 지난 후 하루는 전대 후비의 집안이 전복된 자취와
찬성공이 평소 겸손하고 삼감으로 규약하신 것을 들어 집안의 부인들을
가르치셨는데 엄격히 하시기를 아침 저녁을 예측할 수 없는 걱정이 있
는 것처럼 하셨다. 그러니 불초한 우리들은 개인적으로 깊이 알았지만

---

26 이만웅(李萬雄) : 1620(광해군 12)~1661(현종 2). 본관은 전의(全義). 자는 심보(心甫),
　　호는 몽탄(夢灘). 부정자 기준(耆俊)의 증손으로, 할아버지는 현령 중기(重基)이고, 아버
　　지는 동지중추부사 행건(行建)이며, 어머니는 청송(靑松) 심씨(沈氏)로 대후(大厚)의 딸
　　이다.

27 심권을 말한다.

28 단의빈(端懿嬪) : 1686(숙종 12)~1718(숙종 44). 조선 제20대 왕 경종의 비. 본관은 청송
　　(靑松). 아버지는 청은부원군(靑恩府院君) 심호(沈浩)이다. 이씨 부인의 증손녀이다.

누가 찬성공이 돌아가신 뒤 10년 사이에 집안이 황폐한 옛 터가 되고 기와가 깨지고 가시가 우거져 눈으로 보기가 참혹하여 차마 지나가지 못할 것을 알았겠는가?

부인의 기량과 식견이 크고 위대하였으며 집안을 다스리는 데 힘을 다했으니 그것은 천성이었다. 찬성공의 묘도와 유지를 묻으며 비석을 새길 때 모두 친히 애써서 만드셨고 또 시아버지[29] 충정공이 시호를 받는 예를 인도했는데 그 소식을 들은 사람들이 슬퍼하였다. 불초 형제들은 모두 외가에서 자랐는데 찬성공의 상 때 귀명이 5세였다. 찬성공이 부인을 대하는 것은 몽매해서 기억하는 것이 없다. 다만 생각하니 부인은 성현의 사업과 고금의 치란의 족적 및 찬성공의 세계, 조정의 의론과 관련 있는 큰 것들을 말씀하셨는데 중요한 것을 짚어 말씀하지 않으신 것이 없었고 옳고 그름을 가르기를 마치 경계를 친히 밟듯이 하여 통절하게 깨닫는 바가 있었다. 그런 후 찬성공이 바깥에서 하시는 일에 관해 아시어 찬성공이 집에 들어오시면 반드시 부인과 함께 말씀하셨다.[30] 찬성공이 나라를 다스릴 만한 인물[31]로서 동료와 친구에게 추천되고 시종일관 명예가 있으시던 것은 모두 내조의 공에 힘입은 것이 많다. 부인의 동생 이조참판 징명[32]과 이종 사촌 오빠[33] 영의정 문중과 동생 예조판서 문유, 조카 영의정 종태, 찬성공의 조카 이조참판 이정겸과 종생 영의정 이서, 이종 동생 남계군 홍숙 등을 보면 매번 살피셨다. 부인은 번번이 세도를 탄식하시며 종을 교대시켜 일을 시키느라 세월이[34] 흘렀지만 다만 규방

---

29 심희세를 말한다. 앞의 주 14 참고.

30 양각(揚搉) : 사례를 들어서 말함.

31 국기(國器) : 나라를 다스릴 만한 재능이 있는 인물.

32 이징명(李徵明) : 1648(인조 26)~1699(숙종 25). 본관은 전의(全義). 자는 백상(伯祥). 황해도관찰사 만웅(萬雄)의 아들.

33 내형(內兄) : 이종 사촌 오빠.

34 이구(移晷) : 이일(移日). 시간이 흘러감을 이름.

을 다스리는 것만이 일정한 일이라고 생각하지 않으셨다. 그런 다음에 찬성공과 규방의 좋은 친구 사이이지 금실이 좋은 사사로운 관계가 아님을 알았다.

부인은 76세를 누리시고 무술년(1718)에 돌아가셨다. 딸 하나가 있는데 나의 어머니이시다. 의정공이 후사가 되었다.

찬하여 말한다. 내가 보고 들은 바로 현재 세 분의 여사가 있다. 안정나 숙인은 우리 형수의 어머니이다. 넓은 마음과 높은 운치가 있어 이른바 숲 속의 바람 같다고 할 만하다. 우리 큰고모 공인은 좌우가 법에 맞으며 중용에 들어맞아 아버님이 성스러운 여성이라고 칭하셨다. 부인이 만약 휘하를 거느리셨다면 천하 장부를 복종시키는 기운이 있었을 것이다. 그러나 부인과 큰고모님은 모두 아들이 없었다. 큰고모님은 만년에 시력을 잃으셨으니 부인의 평생의 기구함이 이와 같았다. 어찌 부인의 어짊은 진실로 명과 서로 화합하지 못했는가? 또 모두 연세가 80을 바라보니 이는 하늘이 보답하고 베풀어 그 덕을 오래 이루려고 하고 세상에 영원히 들리게 하려는 것이 아니겠는가?

| 해제 | 작가는 자신의 외할머니 이씨 부인의 행적을 전의 형식으로 엮었다. 전은 특별한 행적이 있는 사람의 일생을 엮는다는 점에서 행장과 성격이 |

조금 다르다. 전의 형식을 택했다는 것은 외할머니의 성품이나 행적을 남다르게 인식했다는 점을 시사한다.

이씨 부인은 이만웅과 달성 서씨의 딸이고 심권의 아내이다. 이씨 부인의 어머니가 정신옹주의 딸이라서 왕족과 관련이 있었다. 이씨 부인은 규방을 다스리는 것만이 의무가 아니라고 생각하고 남편과 시사와 역사, 의론에 대해 대화를 나누는 등 평범하지 않은 모습을 보였다. 찬 부분에서 작가는 당시의 여사(女士)로 거론되는 인물 세 명을 들어 그들의 특징과 공통점에 대해서 이야기 하고 있다.

정경부인을 추증 받은 할머니를 이장하면서 올리는 제문
祖妣贈貞敬夫人遷祔時祭文

아아! 제가 태어난 지 4년 만에 할머님이 돌아가셨습니다. 저는 이에 할머님의 모습을 기억할 수 없습니다. 지금 저의 콧수염이 길게 자라 마치 당시의 머리 같으니 할머님 또한 어찌 저를 알아보시겠습니까? 생각하니 저는 성품이 거칠어 이룬 바가 없고 죄가 깊으니 신과 하늘에 거듭 미움을 받았습니다. 이미 을미년(1715)의 화[35]를 당하고도 부족하여 지금 또 할아버지를 잃었습니다.[36] 저의 몸은 더욱 외롭고 세상에 의지할 데가 없는데 할머님은 이러한 사실을 아시는지요? 아신다면 반드시 저를 슬프게 생각하실 것입니다. 저를 슬퍼하실 겨를이 없으시더라도 또 저 스스로 슬퍼합니다.

아아! 슬픕니다. 길이 새로운 무덤을 구해 왼쪽에 부장하는 예를 따르려고 합니다. 처음에는 뵙기가 슬펐는데 어렴풋이 할머님의 얼굴을 뵈니 마치 목소리를 듣는 듯하나 마침내 뵐 수도 없고 들을 수도 없습니다. 술 한 잔을 삼가 올립니다. 모든 것이 가로막혀 있습니다. 상향.

> **해제** 할머니의 묘를 이장하면서 올리는 제문이다. 작가가 태어난 지 4년 만에 할머니가 돌아가셔 작가는 할머니의 얼굴을 기억하지 못한다. 할머니는 작가를 보았지만 할머니 또한 자신을 기억하지 못할 것이라고 하여 이미 시간이 오래 지났음을 말하고 있다. 비록 서로 얼굴을 기억하지 못하지만 아버지와 할아버지를 잃은 자신의 슬픔을 위로해 주기를 바라는 마음을 담고 있다.

---

35 조귀명이 부친상을 당한 때이다.
36 1718년에 할아버지 조상우의 상을 당했다.

사촌 누이동생 유인에게 주는 제문
祭從妹孺人文

유인 조씨의 관이 장차 기해년(1719) 12월 을묘에 고양에 있는 시집의 선영 곁에 묻히려고 한다. 부인의 사촌 오빠 준명과 귀명이 꽃다운 나이에 하늘의 인색함을 받은 것을 애도하고 멀리 가는 날이 다가옴을 슬퍼해 이에 6일 전인 경술일에 술 등의 제전을 올리며 영령의 자리에 고하고 제사를 지낸다.

남편의 집안이 완전하고 성하여 경사스러운 일이 많았다. 남편은 뛰어나고 준걸해 이름이 드러났고 부모님은 보배처럼 사랑해 옥같이 여기셨고 형제가 많아 마치 어금니처럼 의지하며 무릇 세상의 즐거움을 가득 누렸다. 그런데 마치 달이 둥글었다가 사라지듯 어쩌면 하루 아침에 버리듯이 가버린단 말이냐? 저 막막한 곳에 즐거운 비밀이라도 있느냐?

시아버지가 한 며느리를 잃으면 새 며느리가 올 것이고 남편이 짝을 잃으면 새 짝을 갖출 것이지만 부모님은 너를 잃으면 어찌 또 다른 네가 있겠느냐? 네 부모님은 너 때문에 하늘을 향해 울부짖으며 땅을 두드리시는데 부르짖는 소리가 꺾이는 듯하고 두드리는 손은 상처가 나는 듯하다. 게다가 몸은 마르시고[37] 피가 눈물이 되니 나는 어찌 할 수가 없어 같이 울 뿐이다.

네 모습은 빛이 나듯 예뻤고 연꽃에서 물이 뿜어 나오는 듯 하였다. 연꽃은 쇠하지 않는데 바람이 쳐서 떨어뜨렸구나. 너의 덕은 그윽한 울림이 있었고 난과 같은 향기가 있었다. 난은 허리에 차는 걸 바라지 않

---

37 난란(孌孌) : 몸이 야윈 모양.

았는데 서리가 시들게 하였구나. 진실로 너의 숙구는 말씀하시는 것이 이치가 있었으니 기이한 풀과 꽃이 어찌 오랫동안 가겠느냐? 나는 숙부를 위로하고 숙모님도 함께 위로한다. 너는 어찌 평범한 사람으로서 세상에 유배 온 듯 왔다가 유연히 가버렸는지 세상에 염증을 내었구나. 아이를 낳았으나 남겨두지 않고 끌어 안고 함께 가버렸으니 이것이야말로 진실로 가로막은 것이다. 아들 하나를 두었으니 부모님의 슬픔을 조금 풀어 드릴 것이다.

아아! 과연 이러한 것이냐? 이러면 안 되는 것 아니냐? 휘장이 바람에 날리고 깃발이 드날리니 물총새 깃발로 만든 기와 황금 장식이 멈추는 듯하다. 나는 이에 술 한 잔을 들어 장차 곡하며 부어주려고 한다. 아아! 아느냐 알지 못하느냐? 상향

해제 조귀명이 형 조준명과 함께 사촌 여동생의 제사를 지내면서 쓴 제문이다. 유인은 송익휘의 처였다. 시부모와 남편은 새 며느리와 새 부인을 얻을 수 있지만 친부모는 자식을 잃으면 그를 대신할 사람이 아무도 없다고 하면서 여동생의 죽음을 슬퍼하고 자식을 잃은 숙부와 숙모를 위로하는 내용을 담고 있다.

사촌 누이 유인에게 주는 제문
祭從妹孺人文

아아! 우리 어머니의 상을 당하고도 우리 형제가 죽어서 지하에 따라
가지 못했는데 네가 먼저 갔느냐? 너는 우리 어머니와 숙부, 그리고 숙
모님을 모시고 단란하게 모여 즐기며 마치 세상에 있을 때처럼 지내느
냐? 나는 네 죽음을 슬퍼하는 것이 아니라 우리가 완악하여 너처럼 죽지
못한 것을 슬퍼한다. 몇 달 사이에 아버지와 어머니를 여의었으니 너의
임인년(1722) 재앙은 가혹하였다. 지금 생각하니 나 또한 너와 같았으나
특별히 이르고 늦음이 있었을 뿐이다. 너는 늘 우리 어머니가 네 어머니
도 된다고 하였고 나는 단지 너를 동기간의 오빠와 동생이라고 여겼는
데 너는 확고하게 버리고 가버렸으니 나는 누구를 의지한단 말이냐?

천령에서의 박한 봉양을 다만 꿈에서 만날 뿐이다. 서쪽 시내에서 화
전하고 동쪽 누각에서 죽순을 태웠는데 너는 번번이 패옥을 공손히 하
며 부모님 옆에서[38] 웃고 있었다. 아아! 지금 다시 이런 것을 하려고 한
들 할 수 있겠느냐? 여자에겐 늘상 하는 행실이 있는데 너는 우리 어머
니 슬하를 떠나는 것을 슬퍼하며 심지어 우느라 목소리가 쉴 지경이었
고 우리 또한 연연하며 너를 보내기 싫어했었다. 고갯 머리까지 전송하
고 성 위에 가서 바라보며 눈물을 거둘 수가 없었다. 아아! 영원히 이별
하려고 그랬던 것이냐? 올해 너는 편지를 보내어 서울에 가서 한번 친척
을 보고 돌아오고 싶다고 하면서 말하길,

---

38 판여(板輿) : 고대에 사람을 이용한 일종의 가마. 노인이 앉은 채 이동하는 도구로 많이
쓰였다. 진(晉)나라 반악(潘岳)의 <한거부(閑居賦)>에 "太夫人乃御板輿, 升輕軒, 遠覽王
畿, 近周家園."이라 한 이래로, 관리가 재임 시에 부모를 맞이함을 가리키게 되었다.

"지금 하지 못하면 다시는 하지 못할 것 같아요."라고 했다.

생각하니 네가 젖을 떼는 시기가 가까워 젖을 떼고 난 후에 반드시 데려오려고 했었다. 너는 죽을 조짐을 미리 알고 있었단 말이냐? 어쩌면 편지에 쓴 글이 예사롭지 않더니 이 시경에 이르렀느냐?

아아! 좋은 기약은 낳고 기르는 것인데 재앙이 빌미가 되어 일찍 죽었구나. 오빠와 동생이 흉악한 변고에 같은 조짐이 있었구나. 자애롭고 은혜로우며 아름다운 성품과 얌전하고 단정한 용모는 마땅히 복록[39]을 누리고 집안을 평안하게 할 만하였다. 그런데 상을 당한 슬픔으로 가슴을 치고 병으로 곤란을 당해 겨우 일찍 죽는 것을 면했는데 갑자기 죽으니 이것이 어찌 운명이고 하늘의 이치란 말이냐? 너를 입관하는데 나는 참석 할 수 없고 너를 하관할 때도 가지 못한다. 다만 글을 써서 슬픔을 보내고 속마음을 풀어놓는다. 그렇지만 계속해서 정신이 황망하고 미혹하여 감히 힘을 다할 수가 없구나. 문득 네가 작년에 했던 말을 생각한다. 너는

"제가 죽으면 여러 오빠의 글로 제사를 지내주시면 족해요."라고 하였다.

애써 붓을 쥐고 눈물을 흘리며 이와 같이 적으니 너는 내가 너의 뜻을 저버리지 않았다고 생각하며 멀리에서 흠향하느냐?

해제 이 글은 작가가 어린 시절을 함께 보내며 추억을 쌓았던 사촌 누이동생에게 주는 제문이다. 비록 사촌이었지만 친남매나 다름없이 우애가 깊은 관계였던 것으로 보인다. 누이동생의 상례에 참석하지 못하지만 생전에 누이동생의 "오빠의 글로 제사를 지내주면 족하다."라는 말을 떠올리며 동생의 뜻을 저버리지 않았는지 묻고 있다.

---

39 불록(茀祿) : 복록. 행복.

서조모 염씨에게 올리는 제문
祭庶祖母廉氏文

　아아! 돌아가신 할아버님[40]은 자신을 다스리는 데 엄하고 바르셔 규문에 규율[41]이 있었습니다. 그러나 할머님은 살림을 맡으신 20년 동안 처음부터 끝까지 마땅하게 하셨습니다. 돌아가신 아버님[42]은 부모님을 지극한 효도로 섬기셔서 50세에도 부모님을 사모하는 마음이 있었습니다. 그러나 할아버지의 곁에 서조모님이 계셔야 하루 종일 마음이 안심되었으니 서조모의 어짊이 드러납니다. 할아버지가 노년에 병을 오래 앓으셔서 기거하고 음식 드시는 것을 편하게 하셔야 해 반드시 다른 사람의 도움을 기다려야 했는데 서조모가 실제로 몸소 일을 맡아 자신의 몸이 마르는 것을 잊었습니다.

　정미년(1727) 재앙에 칠일 동안 밤을 새고 산골짝에서 관을 당기며 선영을 살폈습니다. 시골 오두막집에서 눈물과 땀을 서로 닦으며 근심하고 슬퍼하기를 서조모와 내가 같이 하였으니 서조모의 수고가 많았습니다. 성쇠의 변화를 슬퍼하다가 곧 조금 덜 수 있었으나 가족이 많지 않아 기댈 곳이 없었습니다. 그런데 서조모에게 의지하니 은덕이 높은 것과 다를 바가 없었습니다. 양세의 집안의 상세함과 종법의 아름다움을 능히 탄식하여 모시고 후세 사람에게도 힘쓰게 하며 영호 삼정 백리에 미쳐 두 마을에서 봉양하고 여러 며느리들이 서조모님에게 영화를 드리는 것이 갖추어졌습니다. 백년토록 영원할 것을 기약했는데 서조모님은 갑자

---

40 조상우를 말한다. 앞의 주 참고.
41 조전(朝典) : 나라의 법률. 여기서는 집안의 규율, 기강 등을 뜻하는 것으로 보임.
42 조태수를 말한다.

기 하루 아침에 가셨습니다.

서조모님의 몸이 독한 전염병에 걸려 객사에서 초혼을 하였습니다. 위로 친척이 없고 아래로 한 점 혈육도 없으시니 죽는 순간까지 어찌 그리 슬픈지요? 귀명은 불초하여 앞선 인연을 저버렸습니다. 서조모님은 홀로 돌아가신 할아버님의 인자하심을 생각해 식구들을 생각하시고 병 때문에 피하시는 날 아침에 연달아 귀명을 불러서 말씀하시길, "나를 살려다오. 나를 살려다오."라고 하셨으니 잃으시던 목소리가 아직도 귀에 들리는 듯 합니다. 사십 일을 계속 앓으셨는데 하루는 임종하실 것 같은 상태라고 들었으나 정성을 다해 치료해드리지 못한 채 목숨[43]을 지연했습니다. 또 친히 간호하며 저의 할 일을 다 하지 못했습니다. 마치 건너게 해주는 힘이 있어 재앙에 던진 것 같으니 이 한은 끝이 없을 것이고 죽어서도 잊지 못할 것입니다. 반장이 가까워 상여가 북쪽으로 가는데 마침 여름 장마입니다. 병 때문에 상을 따르지 못하고 또 장사지내는 일[44]도 하지 못합니다. 한 잔 술을 올리며 영결을 고하며 소리와 눈물을 다 합니다. 아아! 슬픕니다. 상향.

|해제| 서조모 염씨 부인을 위해 지은 제문이다. 염씨 부인은 할아버지인 조상우의 측실이었던 것으로 보인다. 염씨 부인은 20년 동안 살림을 맡아 하면서 할아버지의 병을 간호하고 어려운 상황에서 상례를 치루기도 했다. 하지만 돌림병에 걸려 비참한 최후를 맞았다. 피접하기 위해 들것에 실려 나가면서 자신을 살려달라고 애원하던 서조모를 돕지 못했던 작가의 죄책감이 제문에 담겨 있다.

---

43 대한(大限) : 수명의 한계. 죽을 때를 이름. [抱朴子 · 極言] 不得大藥 但腹草木 可以差於 常人 不能延其大限也.

44 둔석(窀夕) : 광중에 관을 내림. 매장.

민우수 閔遇洙·1694~1756

민우수(閔遇洙): 1694(숙종20)~1756(영조32). 본관은 여흥이고
자는 사원(士元), 호는 섬촌(蟾村)·정암(貞庵)이다. 문충공 진후
(鎭厚)의 아들이며, 어머니는 정경부인 연안 이씨(延安李氏)로 현
감 덕로(德老)의 딸이다. 20세 전에 사마시에 장원으로 합격하고
21세에 성균관에 들어가 학문을 닦았다. 권상하(權尙夏)를 사사하
였다. 신임사화(辛壬士禍)가 일어나자 벼슬을 버리고 낙향하여 학
문에만 전념하다가 1747년(영조 23) 집의·대사헌·공조참판·성
균관 좨주를 지냈다. 저서로『정암집』16권이 있다. 시호는 문간
(文簡)이다.

조카딸 윤씨 부인의 신혼 병풍명

姪女尹氏婦新昏屛風銘

만물의 생성은 하늘과 땅에서 말미암는다. 이 때문에 성인은 실로 혼인을 중요하게 여기셨다. 혼인은 복록이 생기는 기틀이요 의와 예가 돈독해지는 바탕이다. 너는 삼가하며 이러한 근본[1]에 힘써야 마땅하다.

너의 장수[2]를 기원하노니 부부가 해로 하거라. 말과 웃음은 진실로 아름답게 하고 금실을 함께 기쁘게 누리거라. 높은 덕이 아니면 어찌 오래 삶을 말하리오. 공경함으로 모이면 하늘의 보답을 받을 것이다.

너의 풍족한 삶[3]을 기원하노니 농사를 부지런히 짓거라. 맛나고 좋은 것을 빠뜨리지 말고 곡식을 정결하게 하거라. 남은 것을 다른 사람에게 주어 친척과 이웃을 보살피도록 하여라. 불의한 방법으로 구차하게 구하지 말고 옳지 않은 것을 밝게 경계해라.

너의 귀하게 드러남을 기원하노니 수를 놓거나 옥을 달지 말거라. 인과 의와 선을 좋아함 이것이 정말 귀한 것이다. 이러한 것은 자신에게 구하는 것이지 어찌 외식을 사모하는 것이겠느냐? 경계하여 함께 이루고 광대함을 스스로 감추거라.

너의 후손이 번창함을 기원하노니 하늘이 그 몸에 복을 내리실 것이다. 상서로움이 곰과 같고 많기가 메뚜기[4] 같거라. 몸소 가르치면 이미

---

1 조단(造端) : 시작하다. "君子之道, 造端乎夫婦, 及其至也, 察乎天地." 『중용(中庸)』 비은장(費隱章). 단(端)은 시(始)·수(首)·본(本)이다.

2 영년(永年) : 장수(長壽). 영생(永生).

3 후생(厚生) : 건강을 유지하여 오래 살게 함.

4 시경 <종사(螽斯)> 편을 인용함. 후비(后妃)가 투기하지 않아서 자손이 많음을 비유한 노래한 시로 자손이 많음을 비유한다. 『시경』 「주남(周南)」 <종사서(螽斯序)>, "螽斯后

재주가 있고 들어맞을 것이다. 너의 문호를 크게 하고 끝없이 은택이 쌓일 것이다.

하늘에 드러난 도가 있으니 큰 추위와 따뜻한 봄이 있다. 너희는 새로 혼인하면서 인간이 지켜야 할 큰 도리[5]를 생각하여라. 부부관계를 바로 잡는[6] 의리와 고쳐야 할 때를 살피거라. 삼가 공경하고 삼가 부지런히 하여 덕이 날로 새롭게 하여라.

위대하고 고귀한 가문은 교만하지 않기가 어렵다. 게다가 부덕은 순종함으로 귀함을 삼는다. 띠에 둘러 주신 가르침은 부모님께서 경계하신 것이다. 밤낮으로 마음에 명심해[7] 공경하고 두려워하기를 잊지 말거라.

장수와 부귀함, 그리고 아들을 많이 낳는 것은 베푸는 것이 두터워 성인도 또한 자제하고 겸손히 여기셨다. 그러나 반드시 덕으로 하면 감당할 수 있을 것이다. 기원하며 경계하는 말을 붙이니 너는 공경하지 않음이 없어야 한다.

해제│ 시집가는 조카딸에게 결혼 생활에서 갖추어야 할 덕목을 기원하고 경계하는 내용을 적어준 글이다. 모두 4항목으로 나누어 장수와 풍족한 삶, 귀하게 드러남, 자손의 번창함을 기원하고 각각의 항목에서 지켜야 할 것을 경계하는 형식으로 글을 구성하였다. 일종의 훈서(訓書)이다.

妃子孫衆多也"
5 대륜(大倫) : 인간이 반드시 지켜야 할 큰 도리.
6 정시(正始) : 처음을 바로 잡음. 인류의 시작인 부부 관계를 바로 잡음을 말함. [卜商·毛詩 序] 周南召南 正始之道 王化之基.
7 패복(佩服) : 깊이 마음속에 간직함. 깊이 감복함.

어머니 정경부인 연안 이씨 묘지

先妣貞敬夫人延安李氏墓誌

　　우리 어머님 정경부인 연안 이씨가 자식들을 버리고 돌아가신 지 이미 5년이 되었다. 그래서 돌아가신 형님[8]이 기록한 유사 70여조를 가지고 외종형 도암 이재[9]에게 행장을 청했다.[10] 이공이 먼저 지를 지었으나 아직 엮지 못하고 있다가 형님이 죽은 다음에 비로소 완성했다. 이공이 한번은 나에게 말하길,

　　"어진 형님이 행장을 청하였다. 내가 물어보길 '지문은 누가 짓습니까?'라고 하자 말씀하시길, '행장이 이미 완성되면 지문은 내 동생에게 짓도록 할 것일세.'라고 하였으니 이후의 지문은 자네가 맡아야 하네."라고 하였다.

　　내가 울면서 받아들였다. 이미 일을 맡았으나 아직 하지 못하고 있었는데 이공이 또 죽었다. 지금 우수는 병으로 쇠하고 영락하여 죽을 날이 얼마 남지 않았다. 그런데 어머님의 묘에 지가 없으면 이는 장차 불효의 죄를 거듭하는 것이고 죽어서 형님에게 보답할 수 없는 것이다. 이에 몸이 병든 상황에서 붓을 적셔 서술한다.

　　어머니의 아버지는 현감을 지내신 이덕로이시다. 현감공은 관찰사를

---

8 민익수를 말함. 민익수(閔翼洙) : 1690(숙종 16)~1742(영조 18). 자는 사위(士衛), 호는 숙야재(夙夜齋). 일찍이 진사로서 세마(洗馬)의 자리에 올랐으나, 조정이 당론으로 소란스러운 것을 보고는 과업(科業)을 포기한 채 동생 우수와 함께 여강(驪江)으로 돌아가 은거하였다.

9 이재(李縡) : 1680(숙종 6)~1746(영조 22). 본관은 우봉(牛峰). 자는 희경(熙卿), 호는 도암(陶菴)·한천(寒泉). 진사 만창(晚昌)의 아들이다.

10 이재가 쓴 <伯舅母正卿夫人延安李氏行狀>이라는 작품이 도암집에 전한다. <伯舅母貞敬夫人延安李氏行狀> 李縡, 『陶菴集』권50, 『한국문집총간』권195, 556~559쪽.

지낸 이천기[11]의 아들인데 찰방 이경의 후사가 되어 나갔다. 찰방공은
죽창 충목공 이시직[12]의 아들이시다. 어머니는 풍양 조씨인데 자헌 조옥
의 따님이시다. 현종 갑진년(1664) 4월 25일에 태어나 19세에 우리 아버
지 좌참찬 충문 민진후[13]의 계실이 되셨다. 충문공은 여량부원군 문정공
민유중[14]의 큰아들이시며 은성 부인 송씨에게 나셨다. 찰방공의 부인 송
씨는 우암 선생[15]의 동생이고 은성 부인은 동춘 선생[16]의 따님이라 촌수
가 멀지 않았다. 은성 부인이 시절을 맞아 친정에 귀녕을 가면 번번이
송부인과 만나곤 하였다. 그때 어머님은 겨우 7, 8세로 송부인 곁에 있었
는데 용모가 순수하고 깨끗하며 영민함이 일찍 이루어지셔 은성 부인이
어머님을 보시면 기특하게 여기고 사랑하였다. 향주머니를 풀어 달아주
시며 말씀하시길,

　　"훗날 너는 나를 잊지 말거라."

11 이천기(李天基) : 1607(선조 40)~1671(현종 12). 자는 재원(載元), 호는 허주(虛舟). 도
사 시정(時程)의 아들이다. 1635년(인조 13)알성문과에 병과로 급제하여 승지 등을 역임
하였고, 벼슬은 감사에서 그쳤다.

12 이시직(李時稷) : 1572(선조 5)~1637(인조 15). 본관은 연안(延安). 자는 성유(聖俞), 호
는 죽창(竹窓). 연성부원군(延城府院君) 석형(石亨)의 6대손이며, 청암도찰방(靑巖道察
訪) 빈(賓)의 아들이다.

13 민진후(閔鎭厚) : 1659(효종 10)~1720(숙종 46). 자는 정순(靜純), 호는 지재(趾齋).
여양부원군(驪陽府院君) 유중(維重)의 아들이며, 어머니는 좌참찬 송준길(宋浚吉)의 딸
이다. 숙종비 인현왕후(仁顯王后)의 오빠이자 유수 진원(鎭遠)과 현감 진영(鎭永)의 형
이다.

14 민유중(閔維重) : 1630(인조30)~1687(숙종13). 자는 지숙(持叔), 호는 둔촌(屯村). 봉호
는 여흥부원군(驪興府院君). 시호는 문정(文貞). 송시열(宋時烈), 송준길(宋浚吉)의 문인
(門人). 노론(老論)의 중진. 숙종의 비인 인현왕후의 아버지. 강원도관찰사 민광훈의 막
내아들이며, 어머니는 이조판서 이광정의 딸이다.

15 우암 송시열을 말함.

16 동춘당 송준길을 말함. 송준길(宋浚吉) : 1606(선조39)~1672(현종13). 자는 명보(明甫),
호는 동춘당(同春堂). 어려서부터 율곡에게 사숙, 20세 때 김장생의 문하생이 됨. 송시열
과 같은 집안으로 예송이 있었을 때 송시열을 지지하였으며, 학문 경향을 같이 하여 이
이의 학설을 함께 지지하였는데, 특히 예학에 밝았다.

라고 하셨다.

어머님이 시집 오셨을 때는 은성 부인이 돌아가신 지 이미 오래되었다.[17] 말이 매번 은성 부인에게 미치면 오열하면서 말씀하시길,

"내가 어씨 시어머님을 살아 계실 때 섬기지[18] 못했을까?"

라고 하셨다.

문정공[19]과 둘째 형 문충공[20]이 모두 국정을 잡아 집안이 매우 성했고 궁궐과 친척의 관계에 있었다.[21] 그러나 어머님은 향촌에서 나고 자랐기 때문에 차림새가 검소하였으나 여유 있게 처신하셨으며 겸손함과 공경함으로 스스로를 지키시며 사리에 통달하셨다. 일마다 막히거나 거리끼는 것이 없어 집안사람들이 감탄하며 특별하게 여겼다. 문충공의 성품이 엄격하여 허락하는 사람이 적었으나 유독 어머니는 매우 어질게 여기셨다. 매번 전에 연나라에 사신 가셨을 때 충문공의 운명을 예언한 자가 '어진 아내를 얻는다'고 한 사실을 말씀하시며

"점술가의 말이 사실이다."

라고 하셨다.

병인년(1686) 충문공이 과거에 급제하였고 다음해 문정공이 돌아가셨다. 기사년(1689)에 인현[22]성모가 사제로 물러나시고 충문공 형제는 감옥에서 풀려났으나 모두 도성 밖에서 살았다. 당시에 환란으로 곤궁함이 심해 거친 음식으로 끼니 잇기도 힘들었다. 그러나 어머님께서 매일 옷

---

17 은진 송씨는 1672년에 죽었다.

18 체사(逮事) : 살아계실 때 섬기는 것.

19 민유중을 말한다. 부인의 시아버지이다.

20 민정중(閔鼎重)을 말한다.

21 척련(戚聯) : 척당(戚黨). 성이 다른 친척. 외척과 처족.

22 인현왕후(仁顯王后) : 1667(현종 8)~1701(숙종 27). 숙종의 계비. 성은 민씨(閔氏). 본관은 여흥(驪興). 아버지는 여양부원군(驪陽府院君) 유중(維重)이며, 어머니는 은진 송씨(恩津宋氏)로 준길(浚吉)의 딸이다. 1681년(숙종 7) 가례(嘉禮)를 올리고 숙종의 계비가 되었다.

감을 짜시며 생업을 마련하시고 위로 폐궁을 봉양하고 아래로 제사와
빈객을 모시는 마련을 모두 모자람이 없게 하시며 충문공이 집안 살림
의 있고 없음을 알지 못하게 하셨다.

갑술년(1694)²³ 왕후의 자리²⁴가 다시 바르게 되자 충문공이 비로소 옛
날 사시던 집으로 돌아오셨다. 그때 한 집 안에서 부엌을 따로 쓰는 가
구가 4, 5 집 되었는데 집안에 풍성하고 검약한 취향이 각각이며 식성이
서로 달라 섬기기 어려운 것이 많았는데 어머님이 마음을 비우고 순리
대로 하며 그 사이에 처신하셨다. 정성과 뜻이 서로 참되고 믿음성 있어
오랜 시간이 지나자 감동하여 기뻐하지 않는 사람이 없었고 화목하여
사잇말이 없었다. 한번은 제사를 지낸 후에 그릇을 잃어버렸는데 찾지
않으셨다. 사람들이 그 이유를 묻자 어머님이 대답하시길,

"일은 종에게 있는데 이 때문에 전전하다 혹 가까운 친척의 마음을 상
하게 하는 데 이르면 어찌합니까? 그릇은 나중에 다시 갖추어도 됩니
다."라고 하였다.

병자년(1696) 문충공이 통정의 품계에서 호조참의가 되어 어머님도 숙

---

23 갑술환국(甲戌換局) : 1694년 서인인 김춘택(金春澤)과 한중혁(韓重爀) 등이 폐비 민씨
의 복위운동을 전개했는데, 집권파인 남인은 이를 계기로 반대당인 서인 일파를 축출할
목적으로 김춘택 등 수십 명을 체포하여 국문하였다. 남인은 1689년의 기사환국(己巳換
局)으로 집권했는데, 이때 그들은 민씨 폐출(廢黜)의 원인이 된 소의 장씨(昭儀張氏) 소
생의 원자정호(元子定號)에 찬성했다. 그런 판국에 만일 민씨가 복위하여 다시 왕비가
되면 남인은 또 실권하게 되므로 민씨를 지지하는 김춘택 등을 몰아내려 했다. 처음에
숙종은 장씨를 총애하여 희빈(禧嬪)을 삼았으며 아들을 낳자 왕비로까지 책봉하였으나,
장씨가 차차 방자한 행동을 취했으므로 그를 싫어하고 민씨를 폐한 일을 뉘우치게 되었
다. 그리하여 숙종은 도리어 민암의 처사를 미워하고 김춘택 등의 복위운동을 옳게 여겨,
민암을 사사(賜死)하고 그의 일당인 권대운(權大運)·목내선(睦來善) 등을 유배하였으
며, 동시에 민씨를 지지했던 소론의 남구만(南九萬)·박세채(朴世采) 등을 조정의 요직
에 등용하였다. 한편, 기사환국 이후 왕비가 된 장씨를 희빈으로 강등시켰고 그때 민씨를
위해 상소를 올렸다가 사사한 송시열(宋時烈), 김수항(金壽恒) 등에게는 작위를 내렸다.
이 옥사로 남인은 완전히 정권에서 밀려났고, 그 대신 서인이 실권을 잡게 되었으며, 그
후부터는 노·소론(老少論) 간에 쟁론이 빈번하게 일어났다.
24 곤위(坤位) : 왕후(王后)의 자리.

부인으로 봉해졌다. 그 다음해 충청도 관찰사가 되어 정부인이 되셨고 9년 후에 판의금부사가 되셔 정경부인에 오르셨다. 예전에 성모가 폐궁이 되었을 때 어머님이 병이 걸려 매우 위독했었는데 성모가 충문공에게 편지를 보내 말씀하시길,

"나의 기박한 운명 때문에 어진 형님에게 의지하게 되어 장차 형님의 수명을[25]을 재촉하니 이것이 저의 큰 한입니다."

라고 하였다.

충문공이 대답하기를,

"이 사람은 마침내 반드시 존귀와 영광을 누릴 것입니다. 원컨대 깊이 염려하지 마십시오."

라고 하였는데 얼마 후에 과연 나았다. 성모가 병이 나서 어머님이 명을 따라 종종 궁궐에 들어가 한결같은 마음으로 삼갔다. 성모가 항상 말하길,

"제가 일마다 우리 형님을 본받으려고 했으나 아직 그렇게 하지 못했습니다."

라고 하였다. 병세가 점점 위중해지자[26] 또 말씀하시길,

"우리 형님의 은혜와 의로움을 지금 갚을 수 없습니다."

라고 하였다.

충문공의 벼슬이 융성해질수록 규문이 더욱 엄해졌는데 어머님 또한 사양하고 받는 절차를 삼갔다. 내가 어렸을 때 집밖에서 놀고 있었는데 마침 충문공이 집에 계시지 않았다. 어떤 한 심부름하는 사람이 풍성한 음식을 가지고 와서 드리니 내가 바로 어머님께 들어가 드렸다. 어머님은 웃으시며 말씀하시길,

---

25 대한(大限) : 수명의 한계. 죽을 때를 이름. [抱朴子·極言] 不得大藥 但腹草木 可以差於常人 不能延其大限也.

26 대점(大漸) : 병세가 위중하여짐을 이름. [書·顧命] 疾大漸 惟幾.

"어린아이라 모를 터인데 능히 먼저 어른에게 올리는 것을 아느냐?"
라고 하시고 바로 시비에게 명해 물리치게 하셨다. 대개 어머님은 인자
함과 용서로 사람을 대하셨으며 굽고 곧은 것[27]을 명확히 아셨다.

평소 거하시는 문과 뜰이 숙연해서 감히 청탁을 하지 않았다. 비록 남
의 잘못을 지적하기 좋아하는 사람이라도 충문공의 가법이 바르기 때문
에 조금도 지적하지 못했다.

경자년(1720) 충문공이 세상을 떠나고 다음해 사화가 크게 일어나 어
머님과 여러 자식들이 여주 무덤 아래에 갔다. 병오년(1726)에 잠깐 서울
에 들어왔다가 정미년(1727)[28]에 다시 시골로 내려갔다. 무신년(1728) 역
란[29]이 일어나 나와 형제들이 어머님을 모시고 산골짝에 들어갔는데 어
머님이 상을 당해 혼란스럽고 나그네 생활하는 가운데 일을 주선하고
응접하는 데 더욱 편안하게 정성을 다하시며 깊이 걱정하고 멀리까지
생각하셨다. 나중에 들어오신 시어머니 풍창 조부인[30]을 따랐는데 조부
인은 어머님보다 연세가 다섯 살 많으셔 풍창 부인이 마치 형제처럼 여
기셨지만 어머님은 공경하게 며느리의 도리를 다하셨다. 가끔은 부인을
모시고 옆에서 잤는데 몸소 빗질하는 일을 대신 하셨다. 풍창 부인은 간
결하고 웃으시며 말씀하시는 일이 적었는데 어머님이 매번 뜻을 먼저
알아 받들고 모시니 풍창부인이 매우 기뻐하셨다.

계축년(1733) 봄에 어머님이 여러 자식들에게 말씀하시길,

"시어머님의 연세 높으시고 내 나이 또한 만 70이다. 올해 마땅히 한
번 서울에 가서 살피고 돌아와야겠다."

---

27 왕직(枉直) : 굽음과 곧음.
28 정미환국(丁未換局) : 1727년(영조 3) 영조(英祖)가 당쟁을 조정하고 그 폐해를 막기 위
해 조정의 인사를 단행한 일.
29 무신란(戊申亂) : 1728년 이인좌의 난. 이인좌의 난은 소론과 남인이 연합하여 일으킨
난이다.
30 조귀중(趙貴中)의 딸이다.

라고 하셨다.

이에 가서 열흘 간 모시다 돌아왔는데 5월 3일에 병이나 돌아가셨다. 멀고 가까운 친척들이 늘라 슬퍼하며 눈물을 흘리지 않는 사람이 없었다. 풍창 부인이 손수 불초 형제들에게 편지를 써서 주시며 말씀하시길,

"너의 어머니의 어짊과 인자함이 지극했다. 내 평생의 길흉 대사를 너의 어머님이 직접 감당하지 않은 것이 없다. 나의 여러 딸들과 외손자 손녀들을 친히 가르치고 사랑해 친자녀와 다를 바 없이 했으니 내 마음이 감탄스러워 말로 형용할 수 없다. 올 봄에 와서 보니 자신의 늙음을 잊고 나를 이처럼 생각하니 내가 그 지극한 마음에 감격하였다. 매번 이것을 볼 때마다 눈물을 흘리지 않을 수 없다."

라고 하셨다.

7월 모일에 문충공의 묘 옆에 장사지냈다. 어머님은 2남 1녀를 두셨다. 큰아들 익수는 사헌부 장령을 지냈고 유림에서 명망이 높은데 거듭된 상을 당해 불행하게 죽었다. 1남 3녀를 두었다. 아들 백분[31]은 바야흐로 영춘 현감이 되었고 딸은 정랑 한후유와 참봉 윤일복의 처가 되었다. 다음은 불초한 우수이다. 2남 2녀를 두었다. 아들 백첨은 생원이며 선공감 봉사를 지냈고 백겸은 진사로 장원을 하였으나 모두 일찍 죽었다. 딸은 진사 김상묵과 사인 유언호의 처가 되었다. 딸은 진사 김광택에게 시집갔다. 3남은 민재 · 간재 · 헌재이다.

아아! 어머님은 덕스러운 성품을 지니셨고 여유 있고 고요하였으며 의리가 명백했다. 도량은 크고도 멀었으며 식견이 두루 통했다. 또 어려서부터 총명하고 잘 기억하여 겨우 10세에 다른 사람이 <애강남부>[32]를

---

31 민백분(閔百奮) : 1723년(계묘)에 태어났다. 자는 흥지(興之). 영조 46년 (경인년, 1770)에 정시(廷試) 병과(丙科)에 급제하였다.

32 중국의 유신(庾信)이 지은 작품이다. 유신은 양나라 사신으로 서위(西魏)에 갔다가 고국에 돌아오지 못하게 되어 이 글을 지었다. 전편이 변려문으로 되어 있어 유미 문학의 걸작으로 꼽힌다.

읽는 것을 듣고 수 일 만에 편하게 외웠다. 더욱이 고인의 아름다운 말
과 선행을 기뻐해 한번 들으면 종신토록 잊지 않았다. 두 송선생 집안의
상제례 절차 및 갑자년 이후 유림의 쟁변 또한 모두 알아 충문공이 때때
로 자문을 구하셨다. 어머니는 효성이 지극하셨고 평소 생활하실 때 늘
현감공과 조의인의 덕행의 아름다움을 들어 자식들에게 말씀하셨다. 부
모님이 편찮으시다는 말을 들으면 번번이 문을 닫고 앉아 다른 사람들
과 웃으며 이야기하지 않았다. 침식을 거의 폐하고 발이 빠른 사람을 보
내 밤낮으로 돌아올 것을 기다렸다가 괜찮다는 것을 안 뒤에야 평상의
생활로 돌아가셨다. 중년에 봉록이 조금 여유가 생겼으나 자신을 살피는
데는 매우 박하였다. 자녀들이 혹 간하면 말씀하시길,

"내 부모의 의식과 상례, 장례를 마음에 맞게 하지 못한다면 얼마나
한이 되겠느냐? 내가 어찌 자신을 봉양하는 데 사치할 수 있겠느냐?"
라고 하셨다.

우리 큰고모님 이부인은 도암의 어머니[33]시다. 부인은 엄정하고 통달
하시며 잘 가르치셔 세상에서 '여사'라고 하였다. 그 분은 어머니와 덕과
의로 서로 잘 맞으셨고 친구와 같았다. 이부인이 항상 말씀하시길,

"형님과 말하면 비로소 내 흉금이 트이는 것 같습니다."
라고 하셨다. 충문공에게 서누이가 있었는데 기이한 병을 오래 앓자 어
머님이 매우 불쌍하게 여기셨다. 여러 달 간호해주었는데 죽게 되자 친
히 머리 빗기고 목욕시켰다. 당시 어머님께서 임신을 하셔서 세속에서 상
에 임하는 것은 흉하다고 하였으나 또한 돌아보지 않으셨다. 제사를 받
드는 데 성의와 부지런함을 다했고 부엌일을 정돈했으며 원배의 제사
또한 그렇게 드렸다. 원배는 정관 이공[34]의 따님이시다. 정관 부인이 살

---

33 이재의 〈선비묘지〉에서 부인에 대한 자세한 행적을 볼 수 있다. 〈先妣墓誌〉 李縡, 『도
암집』 권46, 『한국문집총간』 권195, 459~461쪽. 민유중의 딸이며 이만창(李晩昌)의 부인
이다.

아계실 때 어머님은 자신의 부모님처럼 공경히 섬겨 녹봉이 오면 반드시 나누어 드리니 듣는 자가 감탄하였다. 어머님은 여러 자식을 자애롭게 길렀으나 가르침은 매우 엄격하였다. 심지어 출처에 관해서는 또 스스로 의리를 재단하여 구애빔는 깃이 없게 하였다. 정미년 이후 큰아들이 여러 번 명을 사양하다가 마지막으로 문의 현령이 되었다. 어머니에게 청하여 말하길,

"지금 집안 형편이 날로 군색하여 맛난 음식을 갖추지 못하고 있습니다. 또한 문의와 회덕은 가까우니 친척과 왕래하며 이야기 나누는 것은 어머님이 평소 기뻐하시던 일입니다. 어머님께서는 가시고 싶지 않으십니까?"라고 하자 어머니가 대답하시길,

"나는 본래 가난한 집 자식이라 거친 음식이 나의 분수에 맞는다. 자식과 어미가 서로 먹이는 것은 즐거움이 그 안에 있는 것이니 고생스럽게 여기지 않는다. 우리 부모 형제가 지금 모두 상중이니 비록 고향에 돌아간다 해도 다만 슬픔 마음만 더할 것이다. 그리고 나는 나 때문에 네가 수고로운 것을 원치 않는다. 너의 뜻으로 가야하면 가고 갈 수 없으면 가지 말 것이지 나 때문에 너의 뜻을 바꾸지는 말거라."
라고 하시니 형님이 마침내 그 직책을 사양하였다. 우수가 일찍이 과거 시험 보는 일을 그만두고 어머님께 그 사실을 말씀드리니 어머님이 정색을 하시며 말씀하시길,

"너는 다만 마땅히 의리로 판단했으면 그만이다. 어찌 반드시 나에게 묻느냐?"
라고 하셨다.

임인년(1722) 화에 사위 김군[35]이 화를 입어 장기(長鬐)로 유배 갔다. 김

---

34 이단상을 말한다. 이단상(李端相) : 1628(인조 6)~1669(현종 10). 자는 유능(幼能), 호는 정관재(靜觀齋)·서호(西湖)이다. 할아버지는 좌의정 정구(廷龜)이다.
35 사위 김광택을 말한다.

군이 처와 아이를 데리고 여주에 있는 어머니께 들렀다. 그때는 충문공
의 대상³⁶이었고 딸 또한 임신하여 만삭이 되었다. 김군이 이 때문에 불
초 등에게 청하여 처자식을 맡기고 홀로 가려고 하였다. 어머님께서는
절대로 불가하다고 하시며 말씀하시길,

"남편의 집안이 위태롭고 걱정에 처해 있는데 부인이 의리상 편안함
을 도모해서는 안 된다. 하물며 지금이 어느 때이냐? 죽고 사는 것도 오
히려 말하기 부족한데 그 나머지를 걱정하느냐?"
라고 하시며 해산할 물건을 보내면서 말씀하시길,

"만약에 중도에 해산을 하면 김서방이 먼저 적소에 다다를 것이니 너
는 회복하기를 기다렸다가 따라 가거라."
라고 하셨다.

대개 어머님의 견식이 초월하여 일을 대하면 반드시 의리로 생각하였
지 세속의 습속으로 하시지 않은 것이 다 이와 같았다. 어머님이 일찍이
여러 자식들과 송 백희³⁷의 일에 대해서 논하시다가 감탄하셨다. 어떤
사람은 말하길,

"부모가 왔으니 갈 수 있었는데 반드시 보모를 기다렸다가 끝내 죽은
것은 너무 지나치지 않은가요?"
라고 하니 어머님이 말씀하시길,

"만일 평소에 마음을 세우고 행동을 규제함이 능히 이와 같다면 비록
위험하고 급박한 때라도 어찌 몸을 잃어 실절하는 근심이 있겠는가? 나
는 이 때문에 심히 감탄하고 존경한다."
라고 하셨다.

---

36 대상(大祥) : 소상이 지난 지 1년, 즉 사망한 후 만 2년 만에 지내는 제사.
37 백희(伯姬) : 춘추시대 노(魯)나라 선공(宣公)의 딸. 송나라 공공(恭公)에게 시집갔는
데 남편 공공이 죽은 후 혼자 살다가 집에 불이나자 부인의 의리는 보모(保姆)와 부모
(傅母)가 함께 하지 않을 때에는 밤에 당을 내려가지 않는 법이라 하여 결국 불에 타
죽었다.

또 일찍이 부녀자들에게 말씀하시길,

"나는 다른 사람을 싫어하는 것이 없다. 다만 일을 부지런히 하지 않는 부녀자나 말이 많은 사람, 허물만 들고 화를 내거나 참소하는 것을 듣고 의심하고 또 반드시 자신의 상섬을 과장하며 다른 사람의 단점을 말하기 좋아하는 사람은 미워하지 않을 수 없다."

라고 하셨으니 이에 또한 평소 바르게 기르심을 볼 수 있다.

어머니의 성품은 유학을 좋아하셔서 한번은 꿈에서 정이[38]와 주자를 보셨다. 매번 자식을 경계하여 말씀하시길,

"나는 너희들이 영달하는 것을 원치 않는다. 만인 독서하여 이름난 선비가 된다면 다행일 것이다."

라고 하셨다.

항상 여형공[39]의 가법을 사모하셔서 자식들이 말을 배울 때부터 외워서 알려주셨다. 서사를 대략 섭렵하였는데 집안 사람들이 일찍이 책을 읽고 문자를 쓰시는 것을 본 적이 없었다. 여공을 정확하고 정묘하게 하시며 서체 또한 매우 화려하고 아름다워 부녀자들이 비록 따라 하고자 했으나 하지 못했다.

우수가 어머니 슬하에 있던 40년간 어머니는 나의 병약함을 불쌍하게 여기시고 불초함을 근심하셔서 어루만져 길러주시고 지도하실 분을 이르게 하셨다. 바야흐로 10여 세에 『소학』을 읽었는데 매일 어머님이 일찍 자도록 명하시고 손수 이불 가에서 언해본을 펴고 읽어 듣게 하셨다. 차츰 자라매 게을러지자 어머님께서 불러서 매섭게 꾸짖으셔 종종 눈물을 흘리며 그 죄를 기다렸다가 용서받지 못할 것처럼 두려워한 다음에야

---

38 정이(1033~1107) : 중국 북송(北宋) 시대 성리학자. 자는 정숙(正叔). 뤄양[洛陽] 출신. 이천선생(伊川先生)이라고 불렸으며, 형 정호(程顥;明道)와 함께 이정(二程)이라 일컬어졌다.

39 여희철(呂希哲) : 북송(北宋) 때의 학자. 공저(公著)의 아들. 자는 원명(原明).

그만 두었다. 한 번은 집안에 불이 났는데 우수가 마침 밥을 먹으려다가 맨발로 나갔다가 불이 잡히자 다시 돌아와 앉으니 어머님은 수저를 잡고 전과 똑같이 계셨다. 나를 책망하며 말씀하시길,

"어찌 이처럼 경박하고 조급하냐?"

라고 하시고

또 한 번은 우수에게 말씀하시길,

"나는 일에 깊이 마음을 움직이지 않는다. 다만 자식들이 불초한 일을 하면 번번이 불꽃이 마음에 일어난 듯 제압하지 못함을 깨닫는다."

라고 하셨다.

아아! 어머님의 훈계하심이 간절한 것이 이와 같았는데 우수는 어리석어 능히 몸소 행하지 못하여 마침내 이룬 것이 없다. 이것이 사사로운 마음에 지극한 한이 된다. 우수가 일찍이 현감공의 행적을 기록하여 보여주기를 부탁한 것을 항상 기억하셔서 어머님이 손수 약간의 말을 써서 보여주시면서 슬프게 말씀하시길,

"아버님의 평소의 언행이 쓸만하지 않은 게 없지만 막상 갖추어 엮으려고 하니 형용할 말을 찾기가 어렵구나. 다만 이 슬픔과 사모함을 안고 자나 깨나 생각하며 베개를 어루만지며 눈물을 흘릴 뿐이다."

라고 하셨다.

지금 우수가 영원히 어머님의 얼굴과 이별한 이후에 이에 어머니의 덕과 아름다움을 추술하려고 하니 실로 전날 있었던 일처럼 깨닫는 것이 있다. 그런데 또 질병이 심하고 정신이 혼미하여 문자 사이에 정성을 다하지 못했는데 후세에게 보이려고 하니 하늘과 같아 끝이 없다. 차마 무슨 말을 할 수 있겠는가? 숭정 후 11년 갑술 7월에 불초 아들 가선대부 공조참판 겸 세자 찬선 우수가 피눈물을 흘리려 삼가 기록한다.

해제
민우수의 어머니 연안 이씨(1664~1733)의 묘지이다. 연안 이씨는 이덕로와 풍양 조씨의 딸이며, 민진후의 두 번째 부인이다. 이씨 부인은 노론 가문의 핵심 집안의 여성으로 당시의 사건(경신환국, 기사환국, 갑술환국, 신임사화, 정미환국)을 두루 겪으며 모진 세월을 이겨냈다. 사건에 대처하는 강인함과 유학에 대한 깊은 조예, 뛰어난 서체 등 부인의 개성적인 면모가 드러난다. 부인은 이재의 큰외숙모이기도 하여 이재가 부인을 위한 행장을 지었다. 묘지명이 행장을 바탕으로 쓰여지는 실제적인 예를 두 작품의 비교를 통해 확인할 수 있다.

고모 유인 민씨 묘지
姑母孺人閔氏墓誌

　우리 고모 이유인은 여흥 민씨인데 여양부원군 문정공 민유중의 따님[40]이시고 관찰사 민광훈[41]의 손녀이시며 부윤 민기[42]의 증손이시다. 어머니는 풍창부 부인 조씨이고 외할아버지는 성균관 생원 조귀중이다. 고모님은 성균관 진사 이장휘의 처인데 그 분은 참판 이선의 셋째 아드님이며 완남부원군 충정공 이후원[43]의 손자이다.

　유인은 숙종조 무오년(1678) 10월 3일에 태어나셨다. 타고난 성품이 온화하고 공경하며 단정하였고 어울려 노는 것을 좋아하지 않았으며 항상 어른 곁에 있으면서 한글을 배우고 바느질을 익혔다. 기사년(1689) 인현성모[44]가 사제에 지낼 때 가까운 친척도 감히 왕래하지 못하여 매우 적막하였다. 곁에 모시는 자가 오면 간혹 눈물을 흘리며 나가고자 했으나 유인은 홀로 권태로운 빛이 없었고 돌아가고 싶다는 말을 내지 않아 성모가 매우 사랑하며 직접 여성의 행실도를 그려 주셨고 또 옛날의 어진 여성의 성명을 기록해서 주셨다.

　유인이 이씨 집안에 시집가니 인척들이 모두 귀하고 성대하였으나 유

---

40 민유중은 세 번 결혼하여 모두 3남 5녀를 두었다. 유인은 그 중에 넷째 딸이다.

41 민광훈(閔光勳) : 1595(선조 28)~1659(효종 10). 부윤 기(機)의 아들이며, 어머니는 남양 홍씨(南陽洪氏)이다.

42 민기(閔機) : 1568~1641. 자는 자선(子善). 호는 서한당(棲閑堂).

43 이후원(李厚源) : 1598(선조31)~1660(현종1). 본관은 전주. 자는 사심(士深), 호는 우재(迂齋). 광평대군(光平大君)의 7세손으로, 군수 욱(郁)의 아들이며 어머니는 판서 황정욱(黃廷彧)의 딸이다. 김장생의 문인으로 1623년 인조반정 후 정사공신 3등으로 완남군(完南君)에 봉해졌다.

44 인현왕후는 부인의 큰언니이다.

인의 성품은 검약함을 좋아하여 결코 화려하고 높이고자 하는 뜻이 없었다. 복식은 간소하여 간혹 업신여김을 받더라도 수치스럽게 여기지 않았다.

진사공이 중년 이후 부모님을 모시고 시골에 살았다. 시어머니 황부인45이 노년에 잠이 없어 오직 패설로 마음을 푸셨다. 진사공이 일찍이 잠시도 곁을 떠나지 않고 황부인을 위해 읽어드렸는데 유인이 몇 번 대신 하다 일상의 일이 되었다. 후에 황부인이 보고 싶은 책을 구했는데 오래 빌리기 어렵자 유인이 밤으로 낮을 삼아 손수 책을 베끼다 마침내 눈병이 걸려 몇 차례나 눈이 멀 뻔 하였다. 황부인의 마음을 순순히 맞추어 드린 것이 대저 이와 같았다.

정해년(1707)에 진사공이 돌아가시고 갑자기 변고가 일어 친속 또한 먼 곳으로 유배를 가니 상을 치를 남자가 없었다. 유인이 홀로 일을 맡아하였는데 울부짖으며 손수 옷을 만들다 기절하고 다시 살아난 것이 몇 차례였다. 그러나 일을 치르는 것이 실마리가 있었고 관을 마련하고 염하는 것에 기한을 맞추지 못한 적이 없었다. 이후로 자신의 생사를 돌보지 않고 여름에 홑적삼을 입던 것을 가을이 되도록 빨지 않아 몸에 벌레가 생겼다. 아침 저녁으로 몸소 제전을 올렸는데 비록 병이 나도 그만두지 않아 이 때문에 혈증이 생겼다. 매번 제전을 올리고 물러나면 얼굴에 눈물이 묻고 피가 옷소매에 가득해 보는 자가 마음 아파했다. 친정어머니 풍창부 부인의 연세가 이미 높아 자못 병환이 생기면 유인은 근력이 좋지 않은 것을 생각하지 않고 매년 한 차례 가서 뵈었다. 부인이 시골에 있을 때는 수일 동안 서울 소식을 듣지 못하면 침식을 편히 하지 못하였다. 간혹 시절의 맛있는 음식을 구하게 되면 번번이 말씀하시길,

"어떻게 하면 우리 부모님께 드릴 수 있을까?"

---

45 이선(李選)의 부인이며 황일호(黃一皓)의 딸이다.

라고 하였다.

부부인이 한번은 크게 앓으신 후에 위가 나빠져 드시고 싶어 하시는 것이 없었다. 유인이 좋은 해물을 구해 사람을 시켜 보내 올리니 과연 위를 돕는 효력이 있었다. 우리 어머님이 이때 마침 부부인이 계신 곳에 계셨는데 편지를 보내 서로 축하하며 말씀하시길,

"이 어찌 왕상의 잉어⁴⁶와 다르겠습니까?"

라고 하였다.

신유년(1741)에 나라에서 부부인의 환갑⁴⁷에 봉작을 주며 장차 잔치를 내리는 은전이 있어 유인이 그 소식을 듣고 고생하며 왔다. 그런데 부부인이 당시에 병이 깊어 겨우 며칠을 지난 다음에 돌아가셨다. 이미 빈소를 차린 후이니 유인은 조카들을 대해 눈물을 흘리며 말씀하시길,

"지난 번 왔을 때 우리 어머님이 주무시지 않아 한밤까지 모시고 이야기하다가 물러났다. 다음날 아침에 일어나 우리 어머님이 또 병이 나실까 걱정되어 감히 편히 앉지도 못하고 어머님 곁에 있었다. 집에 있을 때는 누워 있던 적이 많고 일어나 있는 적이 적었지만 억지로 애쓰며⁴⁸ 거칠게나마 그 정성을 본받고 싶었다. 그런데 우리 어머님은 그러한 사실을 아시지 못하고 나를 강건하다고 하셨다. 이제 돌아가셨으니 장차 누구를 우러러 보겠는가? 나도 또한 병이 있어 아이들이 수레와 말을 마련해 와 돌아가자고 하지만 어머님의 관이 당에 있는데 어찌 놔두고 멀리 갈 수 있겠느냐?"

라고 하셨다.

서울에 있는 조카들이 예를 인용해 여러 차례 강하게 청하였으나 유

---

46 왕상이 아픈 어머니를 위해 겨울에 잉어를 구했다는 이야기를 말한다. 『소학』에 "剖冰
   得鯉 王祥之孝"라는 구절이 있다.
47 주갑(周甲) : 환갑을 달리 이르는 말.
48 복근(服勤) : 힘든 일에 부지런히 종사함.

인은 따르려고 하지 않으셨다. 마침내 위가 허해 병이 걸려 돌아가시니 신유년(1741) 5월 14일이었다. 두 아들 윤과 횡이 관을 부축하고 돌아가 그해 7월에 여산 옥금동에 장사지내고 후에 을축년(1745) 4월에 은진 구 재곡 농남쪽을 등진 좌향의 언덕에 옮겨 진사공과 힙징하였다. 윤에게는 계자 현민이 있다. 횡은 2남 2녀가 있다. 큰딸은 송상휴의 처가 되었고 나머지는 어리다.

아아! 유인은 온화하고 은혜로운 성품을 지녔으며 일을 맡으면 부지 런하고 영민하게 하였다. 어려서부터 여러 친척에게 칭찬을 받았으나 불 행히 호서 주위에 사시다 남편을 잃었다. 어린 아이들을 환란 중에 떠돌 아 다니면서 키우니 신세가 외롭고 위태해 항상 살고 싶어 하지 않으셨 으나 유인은 예법에 무르젖어 일찍이 게으르지 않았다. 발은 뜰 계단을 내려오지 않았고 웃고 이야기하며 꾸짖는 소리가 밖에 들리지 않았는데 늙으신 후에도 그러하였다. 유인은

"내가 본래 예법이 있는 집안의 사람인데 만약 쇠하고 늙었다고 하여 스스로 방자하면 살아서 무엇을 남기겠느냐?"

라고 하셨다.

매우 검소하여 늘상 나누는 것을 보아도 구하려고 하지 않았다. 이웃 사람이 간혹 시절의 음식을 주면 비록 하찮은 것이라도 반드시 보답하 였다. 자식들을 의로운 방법으로 가르치셨는데 항상 조상의 일을 들어 권면하셨다. 아랫사람을 은혜로 부리고 평소 굶주림과 추위를 돌보아 주 시고 아프거나 죽으면 의사와 약을 구해주고 염해주고 장사치루어 주며 긍휼히 여김을 두루 갖추셨다. 이 때문에 집안이 비록 가난했지만 비복 들이 모두 부모처럼 사랑하고 끝내 떠나고자 하는 마음이 없었다. 유인 은 젊을 때부터 늙을 때까지 영화와 몰락, 슬픔과 기쁨을 두루 겪은 것 이 많았으나 부인의 덕을 잃지 않았으니 아마도 성모의 그림과 기록을 받은 것을 저버리지 않아서 그런 것 같다.[49]

언니 이부인은 도암 이재의 어머니이다. [50] 어질고 높은 견식이 있었
는데 유인이 여직에 부지런한 것을 보고 말씀하시길,

"근래 부인은 마음대로 하며 게으르지 않은 사람이 없는데 이 아이는
능히 이와 같으니 가풍을 떨어뜨리지 않았다고 이를 만하다."
라고 하셨다.

이는 유인의 평생을 아신 것이다. 우리 아버지 문충공은 유인의 외롭
고 고생함을 불쌍히 여겨 집을 나누어 주어 살게 했다. 우수는 유인을
모시고 받들기를 중년에 이르기까지 해서 유인 또한 자식처럼 사랑해주
셔 은혜와 정의가 깊이 이르렀다. 지금 횡이 무덤의 지를 부탁하니 비록
병이 위급해 감히 문자를 지을 수 없으나 대략 아는 것을 이와 같이 쓴다.

민우수에게는 인현왕후를 포함해 고모가 5명 있는데 이 글은 그 중 넷째
고모 유인 민씨의 묘지이다. 민씨 부인(1678~1741)은 민유중과 풍창 조
씨의 딸이며 이장휘의 아내이다. 부모님에 대한 효성이 지극했던 사실이 예화를
통해 구체적으로 드러나고 있다. 특히 시어머니를 위해 패설을 베끼다가 시력이
상한 이야기가 인상적이다. 인현왕후를 비롯한 자매간의 일화도 보인다. 인현왕
후가 친히 여성의 행실도를 그려주고 어진 여성의 성명을 기록해 주었는데 민우
수는 유인이 온갖 시련 속에서도 부인의 덕을 잃지 않은 것이 바로 이 때문인
것 같다고 말하고 있다.

---

49 인현왕후가 여성의 행실도를 직접 그려주고 고금의 어진 여성의 이름을 기록하여 준
사실을 말한다.
50 부인의 둘째 언니이다.

유인 완산 이씨 묘지명
孺人完山李氏墓誌銘

    나의 친구 김신겸[51] 존보는 임인년(1722) 화를 당해 북쪽의 안변부에 유배[52]되었는데 3년 뒤인 갑신년(1724)에 그의 처 유인 완산 이씨가 힘들게 아이를 낳다가 죽었다. 존보가 우환에 쌓여 바닷가에 머물고 있는데 유인이 또 죽으니 조상하며 비틀거리다가 글을 지어 부인의 혼백을 불렀다. 다음해 을사년(1725)에 서울에 돌아와 친구 여흥 민우수를 만나 부인의 평소의 일에 대해 이야기 하며 또 행장 한 통을 주어 무덤의 지를 부탁하였다. 우수가 감히 하지 못해 사양하니 말하길,

    "죽은 아내는 평생 나와 자네가 극진히 사귀었음을 아네. 그러니 자네가 어찌 차마 산 자와 죽은 자의 바람을 거절하는가?"라고 하였다.

    우수가 이에 감히 끝내 사양하지 못하고 마침내 그 행장을 가져다 읽어보았다. 행장에 다음과 같이 말한다.

    유인은 나이 16세에 신겸에게 시집왔는데 시아버지 가재공[53]이 딸처럼 사랑하였다. 유인이 우리 아버님을 사랑하고 공경한 것 또한 부인의 아버지 소재공[54]과 차이가 없었다. 유인은 의복과 세숫물을 올리니 아버님이 매우 편안하게 여기셨다. 신겸이 어려서 어머니를 잃었는데 유인은 항상 시어머니를 모시지 못함을 한으로 여겼다. 그때 따르던 늙은 여종

---

51 김신겸(金信謙) : 1693(숙종 19)~1738(영조 14). 본관은 안동. 자는 존보(尊甫), 호는 증소(橧巢). 아버지는 진사 창업(昌業)이며, 어머니는 전주이씨(全州李氏)로 익풍군(益豐君) 속(涑)의 딸이다. 숙부인 김창흡(金昌翕)을 사사하였다.

52 편관(編管) : 송대 형벌의 하나로, 입묵(入墨)시켜 귀양 보내는 벌.

53 김창업을 말한다.

54 이이명을 말한다. 이이명(李頤命) : 1658(효종 9)~1722(경종 2). 본관은 전주(全州). 자는 지인(智仁) 또는 양숙(養叔), 호는 소재(疎齋).

에게 어머니의 행적에 대해서 묻고 번번이 눈물을 흘렸다.

신축년(1721) 겨울에 아버님이 돌아가셨고 당시 국가에 재앙이 일어나 신겸과 백부 몽와공[55]과 소재공이 함께 외딴 섬으로 숨었다. 유인은 상복 입는 기간이 끝나자 성 밖으로 나와 남해에서 소재공을 전송하였다. 이 때를 당하여 온 집안사람이 부르짖으며 곡하였으나 소재공은 돌아보지 않았다. 이미 중간 지역을 나갔다가 다시 들어와 유인의 얼굴을 들어 올리며 말씀하시길,

"너는 반드시 살아서 자세히 살피거라."

라고 하였다.

임인년 옥사(1722)가 일어나 유인의 오빠 사안[56]이 먼저 잡혀가자 유인이 부인의 어머니 김부인[57]과 사안의 처자식을 집에 불러 여러 방법으로 위로하고 홀로 본가에 가서 문적을 수습해 와서 몽와공을 찾았다. 소재공이 갑자기 잡혀가고 신겸이 영남으로 도망가니 집안에 사람이 없었다. 어느날 저녁에 술에 취한 종이 사안의 죽음을 전하자 어머니 김부인이 장차 자진하려고 하였다. 유인 또한 홀로 살려고 하지 않았는데 얼마 후 그 말이 잘못됨을 알아 곧바로 글을 써서 다시는 입을 열지 말도록 경계하였다.

소재공이 한강을 건너다 재앙을 당했는데[58] 염하는 물건이 남해에서

---

55 김창집(金昌集) : 1648(인조 26)~1722(경종 2). 본관 안동. 자 여성(汝成). 호 몽와(夢窩). 시호 충헌(忠獻). 영의정 수항(壽恒)의 아들. 신임사화(辛壬士禍)가 일어나자 거제도로 유배되었다가 다음해 사사(賜死)되었다.

56 이이명의 아들 이기지를 말한다. 이기지(李器之) : 1690(숙종 16)~1722(경종 2). 자는 사안(士安), 호는 일암(一庵). 신임사화 때 아버지 이이명이 세제책봉을 건의하다가 목호룡(睦虎龍)의 무고로 거제도로 귀양 가자 그도 연루되어 역시 남원으로 유배되었다가 다시 서울로 압송, 의금부에 투옥되어 고문 끝에 죽었다.

57 서포 김만중의 딸이다.

58 부인의 아버지 이이명은 끝내 목호룡(睦虎龍)의 고변으로 서울로 압송, 사사(賜死)되었다.

부터 왔으나 도착하지 못했다. 다만 유인과 부인의 큰언니가 하룻밤 사이에 마련하여 때에 맞춰 염을 하였다. 그때 몽와공이 성주에서 화를 당했는데 신겸은 성주에서 소재공을 보러 왔다가 3일 만에 한강 가에 이르렀는데 관은 이미 남쪽으로 간 후였다. 유인은 사안이 손수 쓴 편지를 보이며 말하길,

"오빠가 저에게 아내와 식구들을 부탁하였습니다. 아버님의 혈육은 단지 봉상이 한 명만 있습니다. 장차 어찌하면 좋습니까?"
라고 하였다.

대개 이미 이문희의 뜻이 있었는데 하루 만에 사안이 또 죽으니 그 뜻을 말한 것이다. 김부인과 봉상이 관을 가지고 먼저 갔는데 유인이 백마강에 뒤따라 이르니 봉상은 이미 도망간 뒤였다. 김부인이 바야흐로 힘이 지쳤으나 곁에 한 사람도 없었다. 집안이 썰렁한데 관리가 갑자기 들이닥쳐 촌마을이 하루에 세 번은 놀랐고 일을 더욱 어찌 할 수 없었다. 그런데 김오랑이 또 도착하니 유인이 몰래 남자 종을 담밖에 불러 세워 놓고 부고를 알리라고 하였다. 처음에는 겁을 내어 모두 응하지 않았는데 유인이 울면서 3일을 부탁하자 감동하여 허락하였다. 종의 아이 중에 나이와 모습이 봉상과 비슷한 아이가 있었는데 강 속에 집어 넣고 봉상이 무덤에서 내려와 강에 빠져 죽었다고 말하고 그 시체를 거두어 습하고 염한 후에 제복을[59]입히니 유인이 아는 사람 중에 한 두 명의 늙은 비복 외에는 비록 일을 맡아 한 사람도 알지 못했다. 관에서 집으로 조사를 와도 끝내 의심하지 않으니 일을 이룬 것은 모두 유인의 힘이었다.

그해 8월 신겸이 안변에 유배 갔는데 유인이 이미 김부인을 호남으로 보내고 서울로 돌아와 비녀와 귀걸이를 팔아 상례 도구로 쓰도록 보내주었다. 그리고 소재공의 화상 유집을 신겸에게 주어 고개를 넘도록 하였는데 흉악한 적이 소재공의 묘에 화를 더할 것을 청한다는 말을 듣고 밥도 먹지

---

59 심의(深衣) : 옛날 귀인의 제복 중 한 가지. 윗도리와 아랫도리가 연결되어 있음.

않고 하늘을 향해 부르짖어 거의 죽을 뻔한 것이 여러 번이었다. 소재공의 제삿날이 되자 향촉과 술과 음식을 갖추어 그림자 앞에 나가 곡을 하다 밤이 되어도 그만 두지 않으니 이웃에서 또한 감격하여 눈물을 흘렸다. 김 부인의 편지를 받을 때마다 여러 날 피눈물을 흘렸다. 또 신겸이 활을 쏘며 쉬고 있을 때 안으로 마음을 졸이며 마치 우리에 갇힌 듯 지냈다. 하루는 황충이 심해 몸이 쇠약하고 마른 것이 날로 심했는데 오히려 스스로 의식을 챙기며 잠자리에서도 바느질과 옷감 만드는 일을 그만두지 않으며 말씀하 시길,

"차마 죽지 않고 이렇게 하는 것은 반드시 우리 어머니를 한 번 보기 전에는 죽을 수 없어서입니다."라고 하였다.

갑진년(1724) 가을에 둘째 아들 노갑이 갑자기 죽으니 이때부터 병이 점점 위독해졌다. 얼마 지나지 않아 아이를 낳았는데 아이를 낳고 이틀 지난 후에 죽었다. 이해 12월 17일이었다. 임종 때 하고 싶은 말을 물으니 말하길,

"내가 화를 입던 초기에 죽지 않았는데 지금 죽게 되니 바라건대 하늘 의 해가 나타나도 보지 않을 것입니다. 또 우리 부모를 보지 못하고 죽 으니 이것이 한스럽고 한스럽습니다. 내 어머니를 어찌하면 좋습니까?" 라고 하였다.

신겸이 다시 장가들지 않겠다고 하자 말씀하시길,

"남자가 어찌 혼자 살 수 있습니까?"
라고 하였다.

또 말하길,

"반드시 이 아이들을 잘 가르치십시오."
라고 하고 마침내 죽었는데 이미 죽은 다음에도 눈으로 보는 것 같았다.

신겸이 문을 나왔다가 들어가며 말하길,

"그대의 어머님이 이 말씀을 들으셨다면 또한 반드시 눈을 감지 못하

실 것이오."

라고 하고 이에 눈을 감기고 한참을 울었다.

다음해 봄 나라에서 양쪽 집안의 원통함을 씻어 주어[60] 신겸이 용서를 받아 크고 작은 3개의 관이 돌아왔다. 5월 19일에 유인을 장서부 팡내곡 선부군 묘 왼쪽 남쪽의 언덕에 장사지냈다. 유인이 태어나신 때는 임신년(1692) 7월 27일이니 겨우 33세를 살았다. 모두 4남을 낳았다. 큰아들은 노웅인데 자라서 이름을 양행[61]이라고 하였다. 현감 권성정의 딸에게 장가들었다. 나머지는 키우지 못했다.

유인은 기운이 맑고 고요해 평소 생활할 때 미워하는 말과 급한 기색이 없었다. 귀천과 장유를 상관하지 않고 사람을 대했으며 평온하고 조화로움을 한결같이 하였으며 바깥일에 관련되는 것을 매우 싫어하셨다. 어려서 『소학』과 『열녀전』, 『여계』 등의 책을 외웠고 또 시와 역사를 대략 통달해 가르침을 번거롭게 하지 않았으나 또한 바깥사람이 알지 못하도록 하였다. 여공은 잘 하지 않는 것이 드물었으나 동서 사이에 처할 때는 무능한 것처럼 하며 감히 한 가지도 먼저 하지 않았다. 일에 임하면 영민하고 꼼꼼하게 했으며 비록 변화가 있고 위급한 사이에도 일찍이 잘못을 남겨두지 않았다. 성품은 부지런히 하는 것을 편안히 여겨 일찍이 신겸에게 경계하여 말씀하시길,

"번번이 작은 이유로 책을 덮으니 어떻게 아이들을 가르치십니까?"

라고 하였다.

한번은 연회에 갔다가 우연히 한 선비의 아내가 몰래 구슬로 된 인끈을 훔치는 것을 보았다. 지친이 물어보니 유인이 말씀하시길,

---

60 유척기(俞拓基)는 김창집(金昌集)의 문인인데 1793년 우의정에 오르자 신임사화 때 세자 책봉 문제로 연좌되어 죽은 김창집(金昌集)·이이명(李頤命)의 복관(復官)을 건의하여 신원(伸老)시켰다.

61 김양행(金亮行) : 1715(숙종 41)~1779(정조 3). 자는 자정(子靜), 호는 지암(止菴) 또는 여호(驪湖). 서울 정동에서 출생했다.

"구슬 인끈은 구하기 쉽지만 만일 사람의 마음을 상하게 하면 어찌
합니까?"
라고 하고 종신토록 말하지 않았다.

유배지에 있을 때 『노자』를 읽고 마음에 느낀 바가 있었으나 그만두
고 말씀하시길,

"고인이 노자의 도를 얻으면 화를 면할 수 있다고 하여 내가 그 정교
하고 거친 것을 보고자 하였다. 그러나 만일 이 도를 행하게 되면 고금
에 충성된 신하와 의로운 선비가 없을 것이니 가하겠는가?"
라고 하고 마침내 책을 덮고 다시는 읽지 않았다고 한다.

우수가 일찍이 규문의 행실에 대해서 듣기를, 아름답게 듣고 따르는
것으로 법칙을 삼아야 하지만 일에는 평탄하고 험한 것이 있으니 만일
한결같이 부드럽게 따르기만 하면 재주와 식견이 분명해도 다스리기 부
족하니 그렇다면 위급한 일이 생겼을 때 무엇을 의지할 수 있겠는가? 유
인과 같은 분은 평소 지낼 때는 깊고 그윽해 재주와 아름다움이 밖에 드
러나지 않았으나 일이 변화하는 경우를 당하면 뜻이 굳세게 결정되고
사고하는 것이 밝아 장부도 미치지 못하는 바가 있었다. 변고가 이처럼
잔혹하고 매웠는데 이러한 덕으로 이러한 보답을 받는 것이 이 또한 무
슨 이치인가? 유인은 항상 존보에게 말하길,

"내가 만일 일찍 죽거든 당신은 마땅히 삼연 선생님께 명을 구해 나를
잊혀지지 않도록 해 주십시오."
라고 하였으나 불행히 지금까지 이르지 못했다. 세상에는 동사62가 없다고
하고 어진 사람과 어리석은 사람이 함께 애매한데 돌아간다고 하지만 만
일 서로 믿지 못하는 사람에게 붓을 주어 과장되게 쓴다면 애당초 그만두
는 것만 못하다. 유인의 뜻이 이와 같은데 존보가 우수와 친구 사이라는

---

62 동사(彤史) : ①궁중의 일상생활을 기록하던 여관(女官)의 명칭 ②궁궐에서의 생활을
기록한 궁중역사. 여기서는 여성의 역사책을 말하는 것으로 보임.

말단의 욕심이 있어 부탁하길래 진실로 하겠다고 하지 않았었다. 그러나 기술한 글을 주면서 명하니 유인의 모습과 아름다운 덕이 모두 또한 존경할 따름이다.

유인은 왕속에서 나왔다. 영의정 문정공 이경여[63], 호가 백상인 분이 대사헌 이민적[64]과 지평 이민채를 낳으셨다. 소재공은 대헌공의 셋째 아들인데 지평공의 후사가 되었다. 이 분이 유인의 3대이다. 소재공은 벼슬이 좌의정이었고 충문공이며 소재는 호이다. 김부인은 판서 서포 김만중의 따님이시다. 존보는 안동 대성이다. 청음 문정공 김상헌[65]의 현손이고 영의정 문충공 김수항[66]의 손자이다. 가재공은 진사 김창업인데 가재는 그의 호이다. 존보는 이에 다시 장가들지 않고 위기지학에 전심을 다해 마침내 우뚝하게 섰다. 또 몸소 양행을 가르쳐 문장과 행실이 날로 나아갔다. 옛날에 이른바 죽은 자가 다시 살아나고 산 자는 부끄럽지 않다라고 한 것이 존보에게 있다. 명에 이른다.

규문에서 하는 일은 술 담그고 옷 만드는 것을 넘어서지 않았으나
위험한 일을 당하면 열장부도 하기 어려운 일을 하였다.
아! 유인의 정숙하고 곧음이여
옛날의 어진 여성에서 찾으려고 하지만 누가 있겠는가?
유독 그 명이 온갖 재앙을 만났으니
남편이 시간 흘러도 슬퍼함이 마땅하다.

---

63 이경여(李敬輿) : 1585(선조18)~1657(효종8). 자는 직부(直夫), 호는 백강(白江), 봉암(鳳巖).

64 이민적(李敏迪) : 1625(인조 3)~1673(현종 14). 자는 혜중(惠仲), 호는 죽서(竹西). 아버지는 영의정 경여(敬輿)이며, 어머니는 풍천임씨(豊川任氏)로 별좌(別坐) 경신(景莘)의 딸이다.

65 김상헌(金尙憲) : 1570(선조 3)~1652(효종 3). 자는 숙도(叔度), 호는 청음(淸陰)·석실산인(石室山人)·서간노인(西磵老人).

66 김수항(金壽恒) : 1629~1689. 자는 구지(久之). 호는 문곡. 기사환국 때 사사되었다. 시호는 문충(文忠).

| 해 |
| 제 |

유인 완산 이씨(1692~1724)는 이이명과 서포 김만중의 딸 김씨 부인의
딸이다. 남편은 김창업의 아들 김신겸이다. 부인은 임인 옥사를 호되게
겪은 이이명의 딸로서 이이명의 혈육을 살리기 위해 위험을 감수하며 어려운 일
을 해냈다. 이 글에서 집안의 존폐를 좌우하는 위기가 생겼을 때 적극적으로 대
처하는 여성의 모습을 볼 수 있다. 작가 민우수 또한 그러한 점을 높이 평가하고
있다. 하지만 극심한 고통을 겪은 부인은 죽으면서 눈을 감지 못할 만큼 깊은 상
처를 받은 여성이기도 하다.

유인 정씨 묘지명

孺人鄭氏墓誌銘

    우리 누님[67]의 아들 광산 김간재 재심은 병인년(1746) 1월 15일에 아내 유인 정일 정씨를 잃었는데 이미 오랜 세월이 지났는데도 더욱 애도함이 깊어 나에게 무덤의 지를 지어 살아있는 자와 죽은 자를 위로해주기를 청했다. 유인은 송강[68] 문청공의 7세손이다. 아버지는 정수이고 어머니는 한양 이씨로 숙종 병신년(1716) 10월 13일 기시에 태어나 19세에 재심에게 시집왔다. 재심은 사계선생[69]의 6세손이며 태학사 서모공의 증손이다.

    유인은 어려서 효성과 우애가 돈독하였다. 김씨에게 시집왔는데 시아버지 진사공[70]이 집안의 난을 만나 속으로 가슴 아파해 깊이 근심하는 병을 안고 있었으며 발이 문과 뜰을 내려가지 않은 지 20여 년이었다. 시어머니 민유인은 지극한 덕과 아름다운 행실이 있었는데 조금도 의가 아닌 것은 하지 않았다. 재심은 또한 청렴한 선비로서 담박하고 욕심이 없어 일찍이 생업에 뜻을 두지 않아 가난하고 곤란함이 심했다. 그러나 유인은 시부모님의 어짊을 기뻐하고 부자의 청렴하고 소박함을 공경해 항상 기뻐하는 얼굴빛이 있었고 원망하지 않으니 친척들 가운데 부인을 어질다고 하지 않는 사람이 없었다.

---

67 김광택에게 시집간 누나를 말한다. 이 누나에 대한 행적은 따로 <姉氏行狀>을 지어 자세히 전하고 있다.

68 정철을 말한다. 정철(鄭澈) : 1536(중종 31)~1593(선조 26). 조선 중기의 문인 · 정치가. 본관은 연일(延日). 자는 계함(季涵), 호는 송강(松江).

69 김장생(金長生) : 1548(명종 3)~1631(인조 9). 본관은 광산(光山). 호는 사계(沙溪).

70 김광택을 말한다.

불행히도 시부모가 함께 동시에 죽고 남편이 또 오래 병을 앓아 죽을 뻔 한 것이 여러 차례였다. 유인은 슬퍼하며 속을 애태운 지 5년 만에 죽었으니 나이 겨우 31세였는데 친척들이 애도하며 안타까워하지 않는 사람이 없었다. 유인은 아이를 여럿 낳았으나 기른 자식은 적었다. 아들 하나가 있었는데 10세였고 부인이 죽을 때 강보에서 태어난 아이 또한 사내아이였다. 2월 30일에 여주 우만 진사공 무덤 옆 동쪽을 향한 언덕에 합장하였다. 수년 전 유인이 사람들에게 말하길,

"지난번 꿈에 돌아가신 시부모님이 편안한 집에 함께 앉아계시면서 손으로 옆의 집을 가리키시며 나에게 말씀하시길, '이것이 너의 집이다. 네가 장차 올 것이기에 이것을 지어 기다렸다.'라고 하셨어요."

라고 하였는데 이에 이르니 증험이 있었다.

아아! 유인은 태어나면서 자질이 깨끗하고 순수해서 속된 기운이 없었다. 어려서부터 책을 좋아하였는데 더욱이 『소학』을 좋아해 반드시 깊게 완미해 몸에 익히려고 하며 매일 반드시 새벽에 일어나 부모님 침소에서 기다렸다. 10세가 되기 전에 이미 여공을 배웠는데 『내칙』의 가르침이었다. 자라서는 자연스레 뛰어났고 담박하기가 맑은 물 같았다. 속마음과 겉모습이 순백하고 모습도 마음과 같았다.

평소 생활할 때 예의로 자신을 지키려고 애쓰고 조금도 감히 소홀히 하지 않았다. 시부모님을 모시는 데 정성과 공경함을 다하니 시부모님도 매우 사랑하고 마땅하게 여기며 매번 부인이 부덕이 있다고 칭찬하였다. 친정 부모가 주시는 것이 있으면 번번이 시어머니께 드리고 만일 반대로 주시면 마치 다시 받는 것처럼 하였다. 시부모님이 돌아가시자 추모하기를 그만두지 않았고 평소 좋아하시던 음식을 보면 번번이 오열하면서 목에 넘기지 못했다. 재심이 병이 났을 때 유인도 돌림병에 걸렸는데 재심의 병이 위중하다는 말을 들었다. 동정을 알지 못하자 밤에 종의 등 위로 올라가 중문을 나가 아파하는 소리를 들었다. 그런 후에 후회하며

말하길,

"여자가 밤에 중문 밖에 갔으니 예에 벗어난 것이 매우 심하다. 내가 병 때문에 성정을 잃었다."

라고 하였다.

시부모님의 묘가 집 뒤에 있었는데 시누이들이 매달 밤에 함께 갔다. 유인은 여자가 밤에 산 위에 가서 곡하는 것이 예가 아니라고 생각해 혼자 달갑게 여기지 않고 다만 귀녕을 갈 때 들려서 살폈다. 매번 덕업을 서로 권하고 과실은 서로 규제한다는 말을 외우고 문호를 분할한다는 말은 마치 도적을 경계하는 것처럼 근심하며 시누이와 함께 힘썼다. 임신을 하였을 때는 음식과 거처가 모두 정도에서 말미암으며 태교에 힘썼다. 아이가 책을 읽지 않으면 회초리로 때리고 책망하며 말씀하시길,

"사람이 배우지 않으면 종과 무엇이 다르겠느냐? 옛날 책을 배우면 현인이 되니 훌륭하지 않느냐? 불초하여 조상에게 누를 끼치면 살아서 무엇이 기쁘겠느냐?"

라고 하였다.

종들은 엄하게 부리되 온화하게 하여 악언이나 꾸짖는 말을 하지 않았다. 『소학』에서 감흥하여 흠모하지 않은 것이 없었고 또한 상곡군이 남기신 가르침을 들은 것 같았다.

아! 부인의 어짊이여. 유독 내 조카의 맑은 성격은 양홍과 백란의 뜻이 있었다. [71] 조카가 유인과 사사로이 이야기할 때 일찍이 녹거[72]를 타고 함께 숨어 살자는 약속을 한 적이 있다. 유인은 또 한번은 거안제미의 일을 들어 부도를 몸소 실행하고 자손들에게 모범을 보이고자 하였

---

71 백란(伯鸞)은 양홍(梁鴻)의 자(字)이고, 양홍의 처는 맹광(孟光)이다. 맹광은 '거안제미(擧案齊眉)' 고사의 주인공으로, 가난하지만 지조 있는 남편의 뜻을 잘 받들었던 아내로 유명하다.

72 녹거(鹿車) : 작은 수레를 타고 산림에 묻혀 가난하게 사는 옛사람의 풍속.

다. 그런데 갑자기 중간에서 죽으니 내 조카가 오랜 시간이 지나도록 슬퍼하며 그 숨겨진 아름다움을 드러내고자 하는 것이 당연하다.

나의 형 장령공은 평소 감식안이 있었는데 일찍이 여러 부인 중에서 유인을 지목하여 말하길,

"이 며느리는 눈 속의 차가운 매화 같다."라고 하였다.

유인 또한 말하길,

"식물 중에서 매화가 가장 사랑스럽다."

라고 하였으니 아마도 운치가 비슷한 것 같다. 부인이 아팠을 때 매화를 보고 싶어 했으나 너무 일러 구하지 못했다. 장사지내려고 할 때 재심이 몇 가지를 꺾어 병에 담아 영좌 옆에 두고 글을 지어 고하였다. 그 일이 매우 깨끗하고 마음이 무척 슬프다. 아아! 유인은 이와 같이 맑았는데 운수가 기막히니 이치가 어찌 그러한가? 명에 이른다.

깨끗하고 결백하며 아름답도다
이 때문에 매화에 빗대니 누가 그렇지 않다고 하겠는가?
아! 옥수가 땅 속에 묻히고
아름다움이 강가에 버려졌구나
명을 지어 후세 사람에게 보이니
송강과 서포의 자손임을 알리라.

해제 유인 정씨(1716~1746)는 정수와 한양 이씨의 딸이고 김재심의 아내이다. 민우수는 조카 김재심의 부탁으로 묘지명을 지었다. 유인은 31세의 짧은 생을 살았지만 매화와 같이 깨끗하고 순수한 이미지로 기억된다.

숙인 이씨 묘지명
淑人李氏墓誌銘

충원의 수령 홍계우가 아내 숙인 함평 이씨를 잃었다. 중간에 한번은 나에게 찾아와 말하길, "내 처는 실로 부덕이 있었는데 불행히 일찍 죽어 이제 장사를 치르려하네. 아내는 평소 효성과 우애가 지극했고 단아하고 아름다웠으며 경거망동하지 않았다네. 말은 반드시 간략하면서도 이치에 합당해 아이들과 종들이 나보다 더 경외했다네. 그리고 아들과 딸이 차츰 장성하면서 나를 따라 여러 고을을 다녔는데 일찍이 조금도 재산을 늘리는 것을 계산하지 않았으니 이 또한 남과 다른 점이었네. 대저 부부의 정[73]이 있었고 아름다운 실체가 있는 것을 알면서 깊은 선행을 드러낼 것을 생각하지 않는다면 어찌 사람의 마음이라고 할 수 있겠는가? 자네에게 기록하여 숨겨진 것을 드러내기를 청하네."
라고 하였다.

나와 홍군은 친척이니 정의상 사양할 수 없었다. 숙인에게 이러한 덕행이 있는 데 민멸되어서는 안 된다는 것에 거듭 느낀 바가 있어 마침내 행장을 살펴서 짓는다.

숙인의 아버지는 진사 이익수[74]이다. 문장과 행실로 소문이 났는데 일찍 세상을 등졌다. 관찰사 이배원의 현손이며 어머니는 남원 윤씨인데 척화신 영의정을 추증받은 윤집[75]의 증손이다. 숙인은 정해년(1705) 4월

---

73 반합(胖合) : 반(胖)은 몸의 반쪽이니, 부부의 정을 이름.

74 이익수(李益壽) : 1653(효종 4)~1708(숙종 34). 본관은 전주(全州). 자는 구이(久而), 호는 백묵당(白黙堂). 목사 원구(元龜)의 아들이다.

75 윤집(尹集) : 1606(선조 39)~1637(인조 15). 본관 남원(南原). 자는 성백(成伯)이며 호는 임계(林溪), 고산(高山)이다. 윤우신(尹又新)의 증손으로, 할아버지는 교리 윤섬(尹暹)이

20일에 태어났다. 태어난 지 백일도 되지 않아 진사공이 돌아가 외롭게 자라며 겨우 생명을 이어갔으나 총명하기가 범상치 않았다. 5세 때 외할 아버지 상이 있었는데 능히 제전을 올리는 것을 거들었으며 12세에 윤부 인을 따라 외지에 갔는데 언니의 상을 당해 윤부인이 깊이 슬퍼하며 바깥 일을 살피지 못하자 숙인이 일을 맡아 하는 데 부족한 것이 없었다. 종들 을 거느리며 제전의 일을 다스리는 데 마땅하게 들어맞지 않는 것이 없었 다. 얼마 후 윤부인이 또 연달아 자녀를 잃었는데 슬픔으로 몸이 마르고 음식을 먹지 못했다. 그러자 숙인이 잠시도 윤부인 곁을 떠나지 않고 울 면서 굶고 먹고 자고 일어나는 것을 한결같이 윤부인에 맞추며 일찍이 스스로 편함을 취하지 않았다. 윤부인의 뜻을 따른 것은 비록 옛날과 지 금의 효자라 하더라도 또한 부인을 넘어서지 못할 것이다. 늘상 윤부인이 외롭게 의지할 곳이 없는 것을 슬퍼하여 다른 집의 여러 자녀들이 부모를 모시며 즐거워하는 것을 보면 자신도 모르게 눈물이 속눈썹을 적셨다. 대개 효에 돈독한 것이 이와 같았다.

　시집을 가서는 시부모를 섬기는 데 윤부인에게 했던 것과 꼭 같이 하 였으나 공경하고 삼가는 것은 더 했다. 병이 위독했을 때 시어머니가 보 러 오시자 번번이 힘을 다해 일어나 앉으며 병이 위독하다고 해서 감히 예를 소홀히 하지 않았다. 그러니 병이 나기 전에는 어떠했는지 알만하 다. 동서 간에는 온화함과 공경함으로 대해 환심을 사지 않음이 없었다. 남편을 항상 곧고 신칙함을 지니도록 도왔으며 사사로운 자리에서도 해 이하게 하지 않았다. 남편의 허물을 보게 되면 반드시 조용히 간을 했고 집안 살림을 힘써 다스리며 있고 없고를 남편이 알게 하지 않았다. 자녀 를 가르칠 때는 정과 사랑에 얽매여 의로운 방법을 느슨하게 하지 않았 다. 숙인이 평소 거함에 정해진 규칙이 있었고 기쁘고 화난다고 해서 갑

　고, 아버지는 현감 윤형갑(尹衡甲)이다.

자기 바꾸지 않았다.

홍군이 과거에 급제하자 축하하는 사람이 문에 가득했다. 그러나 숙인은 지나치게 기쁜 내식을 하지 않고 차분하게 일에 응했다. 읍을 다스리게 되어서는 생활이 곤란한 사람이 많으나 관의 물자가 부족한 것을 생각해 항상 말하길,

"사람을 구휼하는 것은 큰 의리이나 공가의 살림을 절약하지 않을 수 없다. 만일 어쩔 수 없는 상황이라면 차라리 나의 일상의 물자를 덜어 줄 것이다."

라고 하였으니 그 말이 이치가 있음이 대저 이와 같은 경우가 많았다.

숙인은 타고난 바탕이 우아하고 깨끗했으며 고금에 식견이 통달하여 일이 반드시 도리에 맞는지 생각하였다. 그러나 겸손하여 일찍이 자랑하는 얼굴빛을 한 적이 없다. 세속의 부녀자들의 사치한 풍습을 부끄러워하며 여공을 부지런히 하여 아플 때에도 밤까지 바느질을 하였다.

아아! 숙인 같은 분을 부도를 갖추었다고 하는 것이고 주자가 이른바 영리에 박하고 효와 자애에 후하다고 한 것이 숙인에게 있었다.

홍군의 이름은 삼익이다. 계우는 그의 자이다. 남양 대성이며 시조는 고려 태사 홍은열인데 대대로 벼슬을 하였다. 아버지 홍태유[76]는 효행이 있었으며 사헌부 지평을 추증 받았다. 숙인은 병인년(1746) 4월 8일 충원 아사에서 죽었으니 향년 겨우 40세였다. 그해 7월 모일에 여주 이포 모를 등진 언덕에 장사지냈으니 홍씨의 선영을 따랐다. 아들 둘이 있는데 상은은 백부의 후사로 출가했고 상주는 아직 관례를 하지 않았다. 딸은 사인 김문주의 처가 되었고 나머지 딸은 어리다. 명에 이른다.

---

76 홍태유(洪泰猷, 1672~1715) : 자는 백형(伯亨), 호는 내재(耐齋), 본관은 남양(南陽). 부친은 주부(主簿) 치상(致祥)이고, 조부는 익평위(益平尉) 득기(得箕)로 효종의 큰딸 숙안공주와 혼인했다.

어머니를 돈독히 사랑한 것으로 시어머니를 섬기니 시어머니가 편안
히 여기셨다.

자신을 지키는 편안함으로 남편을 도우니 남편이 마땅히 여겼다.

집안을 다스리는 데는 검소함과 자애함으로 하니

이러한 아름다운 부덕은 마땅히 백록이 모여들어야 하는데

명이 짧았으니 하늘이 어찌 은혜를 내려주지 않았는가?

명을 지어 무덤에 넣어 영원히 후세에게 알게 한다.

해제   숙인 이씨(1705~1746)는 이익수와 남원 윤씨의 딸이고 홍삼익의 아내
이다. 숙인 이씨는 일찍 남편을 잃고 혼자된 어머니 윤씨 부인에게 지극
한 효성을 다한 딸이었고 수령인 남편을 도와 곤란한 사람을 돕는 데 앞장섰던
부인이었다.

막내 작은어머니 숙인 한산 이씨 행장

季母淑人韓山李氏行狀

돌아가신 정랑 여흥 민진영의 아내 숙인 한산 이씨는 이조판서, 시호는 충정이며 호는 창곡인 이현영[77]의 현손이고 파주 목사를 지낸 이징조의 증손이다. 동지중추부사를 지낸 이창령의 손자이며 배천 군수를 지낸 이명승의 따님이고 함양 군수를 지낸 장세남의 외손이다. 숙종 계해년(1683) 11월 12일에 태어나 15세에 정랑공에게 시집왔다. 정랑공의 아버지 민유중은 영돈녕부사를 지냈으며 영양부원군이었으며 시호가 문정이다. 할아버지 민광훈은 강원도 관찰사를 지냈다. 증조 민기는 경주부윤을 지냈다. 고조 민여건은 장흥고령을 지냈고 외조는 성균관 생원이었던 조귀중이다.

숙인은 경인년(1720) 12월 4일 나이 28세에 죽었다. 처음에 여주 금교리에 장사지냈다가 계묘년(1723)에 여주의 섬악리 문정공의 묘 건너편 언덕으로 옮겼다. 갑진년(1724) 정랑공이 죽자 구멍을 파서 합장하였다가 신유년(1741) 9월에 함께 풍창부부인의 묘의 왼쪽 동북방을 향한 방향으로 옮겼는데, 용인 땅이다. 아들 둘이 있는데 악수는 일찍이 현감을 맡았고 다른 하나는 각수이다. 악수는 아들 셋과 딸 하나가 있는데 모두 어리다. 각수는 아들 둘과 딸 하나가 있다. 딸은 서퇴수의 처가 되었고 나머지는 어리다.

아아! 숙인은 고귀한 가문에서 태어났으나 일찍 죽었다. 비록 맑은 덕과 아름다운 행실이 있었으나 드러나지 않아 다만 부모·형제·친척의

---

[77] 이현영(李顯英) : 1573(선조6)~1642(인조20). 본관은 한산. 자는 중경(重卿), 호는 창곡(蒼谷), 쌍산(雙山)이고, 시호는 충정(忠貞)이다.

말로 그 한 두 가지를 알 수 있다. 숙인의 어머니 장부인이 언젠가 말씀 하시길,

"내 딸은 평소 행동거지가 단정하였고 절대 성급한 태도가 없었다." 라고 하셨다. 또 말씀하시길,

"내 딸은 어려서부터 담박하여 의복과 꾸미는 것에 일찍이 뜻을 두지 않았다. 내가 한번은 기이한 물건을 사서 먼저 다른 딸에게 주고 돌아보 아 말하길, '너는 다음에 주겠다.'라고 하고 다음에 또 이것을 샀는데 내 가 마침 잊어버렸으나 나에게 말하지 않았다." 라고 하였다. 또 말씀하시길,

"나의 돌아가신 아버님이 이 딸을 매우 사랑하셨는데 돌아가신 지 오 래되어도 내 딸이 아버님을 사모하는 마음이 줄어들지 않았다. 매번 제 사에 음식을 준비할 때가 되면 번번이 슬퍼하며 목이 메는 것을 이기지 못했으니 그 타고난 성품과 어질고 효성스럽기가 이와 같았다. 세상의 부녀자들은 남편의 집안에 시집간 이후로 일체 남편의 일을 친정 부모 에게 말하지 않는 것이 없는데 다만 우리 딸은 시집 간 십 수 년 동안 일찍이 시집의 일을 말하지 않았으니 그 묵묵하게 사리를 아는 것이 이 와 같았다." 라고 하셨다.

정랑공의 큰형 충문공[78]의 부인 이씨[79]가 일가의 여러 부인들 가운데 오직 숙인을 칭찬하여 정결하여 흠이 없다고 하였다. 여러 부인들과 함 께 처할 때는 운치가 다름이 있어 진실로 사족부녀이지 세속의 부인이 아니었다. 또 일찍이 숙인을 전에 모시던 종 운초가 숙인의 사당 앞에서 눈물을 흘리는 것을 보았는데 종이 사람들에게 말하길,

"숙인의 어짊과 은혜가 천한 것에 미쳤으니 돌아가신 후에도 느끼는

---

78 민우수의 아버지 민진후를 말한다.
79 민우수의 어머니 완산 이씨를 말한다.

바가 있습니다."

라고 하였다.

정랑공이 숙인을 곡하는 글에 이르길,

"그대는 부모님 곁에서 병을 앓았는데 병이 위독하사 옆 사람에게 부탁하기를 '시어머님이 계시는 곳에서 죽고 싶다.'라고 하였으니 이것은 평소 의를 보는 밝음이 드러난 것인데 죽음에 임해서도 흐트러짐이 없었소."

라고 하였다. 또 한번은 악수 등의 아이들에게 말하길,

"너의 어머니는 비록 사사롭게 있는 중에도 공경함을 지키며 일찍이 게으른 모습을 보이지 않으며 시종 한결 같았다."

라고 하였다.

숙인의 동생 군수 이공[80]은 독서인인데 실로 숙인과 동기간이면서 친구와 같은 사이이다. 숙인이 죽자 글을 지어 곡하여 말하길,

"평생의 뜻과 도량은 활달하며 구차하지 않아 스스로 도량이 좁은[81] 부인들과 다른 점이 있었습니다. 마음씀이 넉넉하고 덕을 간직함이 크고도 곧았으며 말을 하고 일을 행하는 데 정직하고 정확함에 힘쓰고 아양 떠는 태도를 수치스럽게 여겼습니다."

라고 하였다.

정랑공의 조카 창수의 부인 김씨와 숙인은 나이가 비슷해 함께 지낸지 오래였다. 김씨 부인이 언젠가 말하길,

"숙인의 모습과 행동은 단정하고 깨끗하며 행동거지는 편안하고 차분했습니다. [82] 앉을 때면 항상 바르게 앉고 비스듬히 걸터앉지 않았으며 눈은 산만하게 보지 않고 반드시 단정했습니다. 말과 웃음은 온화하였으

---

80 이하구(李夏龜)이다.
81 악착(齷齪) : ①도량이 좁음. ②사소한 일에 끈기 있고 모짊. ③잔인하고 끔찍스러움.
82 안상(安詳) : 성질이 안존하고 자세함.

며 간략하게 응하였는데 이 모든 것이 자연스럽게 된 것이지 억지로 하
려고 해서 한 것은 아니었습니다."
라고 하였다.

세속에서 신혼의 혼수가 화려한 것을 숭상하였으나 숙인은 간소하고
검소한 것에 무심한 채 마음을 두지 않았다. 한 집안에 노복이 많아 서
로 말이 많아 듣는 자가 감히 그 괴로움을 견디지 못했는데 숙인은 느긋
하게 처신하였다. 대개 그 타고난 자질이 지극히 깨끗하고 순수해 마치
깨끗한 얼음이 옥병에 들어있는 것 같았고 더러운 세속의 때가 없어 사
람들로 하여금 사랑하고 공경하는 마음이 생겨 잠시도 그 곁을 떠나고
싶어 하지 않게 했다.

정랑공의 조카 익수가 한번은 정랑공의 사실기를 지으며 말하길,
"작은 어머님의 타고난 성품이 우아하고 깨끗해 한점 세속의 기운이
없으며 대의를 알아 여사의 풍모가 있다."
라고 하였다.

또 한 번은 아들을 위해 며느리 감을 고르면서 악수 등에게 말씀하
시길,
"너의 외갓집의 처자가 있지 않느냐? 만일 우리 작은어머니 같은 사
람이라면 내가 결혼할 것이다."
라고 하였다.

집안의 늙은 여종이 숙인이 여공을 민첩하게 하는 것을 보고 말하길,
"자와 칼을 가지고 바느질을 하는데 손이 나는 듯합니다."
라고 하였다.

하룻밤 사이에 두 벌의 옷을 지으니 다른 부녀자들이 따라 할 수 없
었다.

아아! 이는 친척 간의 진실된 견문이고 성실한 마음으로 사랑하며 한
말이니 다른 사람들이 또한 끼어 들 수 있겠는가? 그러니 숙인의 어짊은

이에 가히 알 만하다. 숙인이 세상을 버린 지 거의 40년이 된다. 우수는
여러 형제보다 나이가 어려 숙인을 섬긴 시간이 오래되지 않았다. 또 견
식이 어리석고 졸렬해 숨은 뜻을 드러내기 부족하다. 그러나 악수 등이
입언 군자에게 글을 요청하여 묘에 기록하고자 하면서 우수에게 남기신
행실을 기록할 것을 부탁하였다. 손을 빌어 청하며 이에 옛날 들은 것을
근거하여 옆과 같이 갖추었다. 숭정 병인 2월에 종자 우수가 삼가 쓴다.

해제 민우수의 작은아버지인 민진영의 부인, 한산 이씨(1683~1710)의 행장이
다. 한산 이씨는 이명승과 장부인의 딸이다. 부인은 28세에 죽었기 때문
에 작가는 작은어머니에 대해 잘 알지 못한다. 이 글은 작은어머니의 친정어머니,
남편, 동생, 종 등에게 들은 이야기를 바탕으로 작성되었다. 도암 이재에게 한산
이씨는 막내 외숙모이기도 하다. 이재는 한산 이씨의 묘지명 <李舅母淑人韓山李
氏墓誌>을 지었다.

누나 행장
姉氏行狀

유인의 성은 민씨이며 본관은 여흥이다. 좌참찬 충문공 민진후의 따님이시고 영돈녕부사 여양부원군 민유중의 손녀이시다. 관찰사 민광훈의 증손이시고 부윤 민기의 현손이시다. 어머니는 정경부인 연안 이씨인데 현감 이덕로의 따님이고 충목공 죽창 이시직의 증손이시다. 유인은 정묘년(1687) 12월 18일에 태어나 나이 16세에 성균 진사 존재 김광택, 자가 덕휘인 분에게 시집가셨다.

김씨는 광산의 위대한 성이다. 사계 선생의 5세손이고 이조참판을 지낸 김반[83], 영의정을 추증받은 광원부원군 김익겸[84], 예조판서 대제학 서포 김만중, 진사 장원 충주목사 김진화가 4대이다.

유인이 그 집안에 처음 들어왔을 때 집안사람들이 모두 아름다운 신부라고 칭찬하였다. 남편 존재는 평소 청결하고 흠이 없었고 집에 있을 때 오직 책을 보고 거문고를 켜며 장기 두는 일을 즐겼고 문밖을 나가면 산수를 가서 보는 것을 좋아했다. 유인은 남편의 문장이 맑고 법도가 있다고 생각해 힘을 다해 받들었다. 중년에 백연봉 아래에 집을 짓고 살았는데 좌우에 긴 강과 흰돌이 있는 시내가 흐르고 뒤로 소나무 단이 있었다. 깊고 그윽하며 상쾌하여 경계가 매우 뛰어나 존재가 마음으로 기뻐

---

83 김반(金槃) : 1580(선조 13)~1640(인조 18). 자는 사일(士逸), 호는 허주(虛州). 아버지는 김장생(金長生)이고, 어머니는 창녕조씨로 부사 조대건(趙大乾)의 딸이다.

84 김익겸(金益兼) : 1614(광해군 6)~1636(인조 14). 자는 여남(汝南). 병자호란이 일어나자 강화로 가서 섬을 항전했는데 전세가 불리해지던 중 김상용(金尙容)이 남문에 화약궤를 가져다 놓고 그 위에 걸터앉아 자분(自焚)하려고 하였다. 이때 김상용·권순장(權順長)과 함께 자결하였다.

하여 즐기며 장차 죽을 때까지 이 곳에서 살려고 하였다. 유인의 외종형 도암 이공이 와서 방문하여 감탄하기를,

"과연 덕요로구나!"

라고 하였으니 덕요는 손재의 젊었을 때의 자(字)이다.

전에 존재가 글을 읽고 편안히 앉아서 시를 읊으면 유인은 손수 옷감을 짰으니 이것은 옛 시인의 '여왈계명(女曰鷄鳴)'[85]의 뜻이다. 당시에 존재가 시로 과거 시험장을 울리고 마침내 성균관에 들어갔고 두 아들은 옥과 얼음 같아 사람들이 모두 아름답다고 칭찬하였다.

신축년(1721) 겨울에 사화가 일어나자 친정어머니 이씨 부인이 두 아들을 데리고 여주로 돌아갔다. 존재는 당시의 형편이 어려워 바야흐로 깊은 산 물 깊이 흐르는 곳에 가려고 유인과 함께 숨었다. 얼마 지나지 않아 무옥이 크게 일어나 존재의 형 용택[86]이 먼저 잡혀갔다. 흉악한 무리들이 쇠를 달구고자 하여 옥사가 이루어지고 존재가 연좌되어 장기(長鬐)에 유배를 가니 처자식이 따라 갔다. 가는 도중에 여주를 지났는데 당시 유인은 임신하여 만삭이 가까웠다. 그리고 장차 충문공의 소상일을 수십 일 앞두고 있었는데 집안 사람들이 모두 유인이 조금 머물 것을 원했고 존재 또한 허락하였다. 그러나 이부인이 유인에게 말하길,

"시집의 우환이 깊은데 감히 자신의 몸이 편안하고자 도모해서는 안 된다. 하물며 지금이 어떠한 때이냐? 죽고 사는 것을 근심하기도 부족하며 게다가 상제는 또 어찌 논할 것이냐?"

라고 하시며 따르는 사람들에게 해산에 필요한 물건을 가지고 뒤따라 도중에 분만을 대비하도록 하였다. 헤어질 때 집안 사람이 비오듯 눈물을 흘리지 않는 사람이 없었다. 그러나 이부인만 홀로 아무런 징조도 얼굴

---

85 여왈계명(女曰鷄鳴): 『시경』 「정풍(鄭風)」의 편명. 부부의 화락한 모습을 형용함.

86 김용택(金龍澤): ?~1722. 자는 덕우(德雨), 호는 고송헌(高松軒).

에 드러내지 않으니 유인 또한 그 뜻을 알아 감히 눈물을 흘리지 않았다.

유인은 적소에 이르러 비로소 해산을 하였다. 존재는 마을이 번잡스러워 바닷가에 있는 집을 정했는데 대나무를 둘러 울타리를 삼아 문을 열면 파도소리가 아득하여 살아갈 방도가 힘들어 보는 자가 불쌍하게 여겼다. 그러나 존재는 종가가 망하자 신주를 옮겨와 받들며 날마다 반드시 새벽에 아뢰고 뜰을 쓸며 공경을 다하였다. 유인 또한 제기를 깨끗이 닦아 제사를 드리는 데 허물이 없었다. 비록 걱정이 많고 형편이 힘든 상황이었지만 자제를 가르치고 종들을 다스리는 데 그 도를 다하여 정돈된 것이 마치 조정을 다스리는 형상이 있는 듯하여 사람들이 모두 감탄하고 특별하게 생각했다. 4년 후 을사년에 존재가 비로소 풀려나 회덕의 조상 무덤이 있는 곳 아래에서 우거하였다. 예전에 존재가 화를 당한 초기에 원통함이 심해 마치 살고 싶어하지 않는 듯 했는데 이에 이르러 병이 크게 나 친척이 존재를 업고 서울의 의사에게 데리고 갔다. 유인은 떠돌아다니는 동안에 힘든 일을 겪고 근근히 살면서 우환을 거듭 겪었는데 모두 사람이 감당할 수 있는 것이 아니었다. 그러나 이치로 스스로를 다스려 조용히 일을 처리하였다. 시간이 조금 지나 병이 좋아졌으나 얼마 지나지 않아 또 사변이 일어나 서울에 머무를 수 없어 마침내 여강에 가서 살았다. 유인은 여강에 본래 민씨가 많이 살고 있지만 김씨 선산과 여러 친척들이 사는 곳과 멀어 항상 불안하게 생각했다. 그러다 이부인의 상을 당해 영락하여 더욱 의지할 곳이 없었다.

경신년(1740)에 사옥이 또 일어나 존재의 조카 원재가 해도에 유배를 가게 되었다. 유인이 시사를 가슴 아파하는 것이 더욱 심란했고, 세화가 끝이 없자 수시로 먼 곳을 바라보며 묵묵히 눈물을 흘렸다. 혈기가 사그라진 이후로 임술년(1742) 겨울에 이르러 병이 차츰 위태로워졌는데 약을 쓰지 못하고 마침내 죽으니 10월 3일이었다. 유인은 일찍이 중병이 있었는데 꿈에 이부인이 손수 간호하며 말씀하시길,

"지금 아픈 것은 다행히 나을 것이다. 하지만 10월 3일은 어쩌면 좋으냐?"

라고 하였는데 이에 이르니 과연 징험이 있었다. 유인이 죽은 지 얼마 안 있어 존재 또한 숙어 마침내 여강집 뒤에 합장하였다. 존재의 나이는 유인보다 두 살 많은데 존재가 죽은 지 이틀 후인 임오일 12월 6일에 함께 장사를 지내고 임술년(1742) 12월 15일에 합장을 하니 또한 특이한 일이다. 아들이 셋 있으니 민재, 간재, 헌재이다. 손자 손녀는 모두 어리다.

유인은 자상하고 온화하며 아름답고 겸손하고 삼갔다. 어려서부터 일찍이 한 가지 일도 허물이 없었고 부모의 사랑을 깊이 받았다. 시부모를 모시는 데 이르러 목사공이 더욱 사랑하여 반드시 남편을 잘 도울 것이라고 생각했다. 유인의 용모와 행동으로 족히 어짊을 알 수 있었고 시부모에게 인정을 받은 것이 이와 같았다. 내외 친척과 동서, 시누이 사이에 처할 때도 또한 성심을 다해 대우하고 있고 없음을 함께 하니 사람들이 모두 덕에 감동하여 시간이 지나도 잊지 않았다. 집안일을 다스리는데 한결같이 온화하고 고요하게 삼가며 목소리를 높이지 않았다. 그러나 모든 일이 이치대로 되어 모든 재앙을 겪고 궁핍하여 감당하기 어려울 때도 또한 여유 있게 처하였다. 자식들을 지극히 사랑하며 매번 이끌어 훈계하고 경계하여 태만하지 않게 하였다. 여러 자식들 또한 가르침을 받들어 문학에 힘을 쏟았다.

우수는 유인의 동생으로 49년을 살았는데 일찍부터 사랑을 받았다. 섬긴 것이 오래지 않은 것은 아니었고 사랑하기를 돈독히 하지 않은 것이 아니었으나 어리석고 불초해 매번 유인에게 걱정을 끼쳤다. 그러니 비록 덕이 있는 글을 배우려고 하였으나 실로 미치지 못했고 시간만 흐른 채 지금에 이르렀다. 게다가 나이가 많아질수록 늙고 병듦이 점점 심해지니 예전에 글을 지어 문장을 이루고자 했던 것과 평소 숙덕과 의행에 있어 진실로 그 한 둘도 드러낸 것이 없다. 항상 우리 어머님이 일찍이 자식들에 말씀하신 것을 기억한다.

"세속 부녀자들은 삶이 뜻에 맞지 않게 흐르면 번번이 원망하는 말을 하기 마련이다. 그러나 다만 우리 딸은 그러하지 않았다. 일생 겪은 것이 어찌 원망할 만하지 않겠는가마는 안분지족하는 마음으로 스스로 그러려니 하였다."

라고 하셨다.

도암 이공은 학식이 분명하여 당세의 유교의 종주였는데 일가의 여러 부녀자 중에서 유독 유인을 매우 어질게 여기셨다. 유인의 죽음을 들으시고 스스로 무덤의 지를 이루실 것을 생각하며 평소의 정의와 행실을 갖추어 기록하여 유인의 아들에게 주었다. 그리고 우리 형제들을 위로하는 글을 쓰셨는데

"누님의 온화하고 은혜로운 덕은 비록 옛날의 어질다는 부인도 이보다 더하지는 않을 것이다. 평생 험난한 일을 당하고 또 장수를 누리지도 못하였으니 하늘의 도를 믿을 수가 없다. 지금 이에 의거해서 글을 쓰니 유인이 크게 이른 것을 얻기 바란다."

라고 하였다.

우수 또한 일찍이 유인의 덕있는 행실을 앞선 성현의 말에 고론해보니 장자[87]가 말한 "청명한 양기를 많이 받으면 덕성이 작용하게 된다."[88]라고 한 것이 그 본령이다. 그리고 성인이 말한 "종신토록 용서[恕]를 행하고 또 절도 있게 행동하였으며 평소 환란에 처하면 환란에 따라 행동하니 들어가는 곳마다 스스로 만족하지 않음이 없다. 위로 하늘을 원망하지 않고 아래로 사람을 탓하지 않으며 환란에 처할 뿐이다."[89]라고 한

---

87 장재(張載)를 말함. 중국 송대(宋代)의 철학자. 장횡거(張橫渠)라고도 함.
88 『근사록』 권2 「위학류(爲學類)」에 나옴.
89 군자는 자신의 처지에 따라 행할 뿐이요, 그 밖의 것은 바라지 않는다는 뜻이다. 부귀에 처하면 부귀를 행하고, 빈천에 처하면 빈천을 행하며, 이적에 처하면 이적에 마땅하게

것이다. 그리고 도암이 묘지[90]에서 언급한

"대저 부인의 성품은 식견이 적어 군자의 지극한 덕과 같이 비교하여
말할 수 없으나 유인이 능히 이와 같으니 이른바 옛 어진 부인도 이에
지나지는 사람은 없다."

라고 한 것이 어찌 과장된 말이겠는가? 나중에 자손이 만일 유인의 행적
을 알고자 하면 마땅히 여기에서 볼 수 있을 것이다. 임신년(1752) 중동에
아우 가선대부 사헌부 대사헌 우수가 눈물을 흘리며 삼가 기록한다.

해제 | 누나 여흥 민씨의 행적을 기록한 행장이다. 여흥 민씨는 민진후와 연안
이씨의 딸이고, 김만중의 손자인 김광택의 아내이다. 여흥 민씨는 신임
사화로 남편 김광택이 장기로 유배를 가게 되었을 때 따라가서 아이를 낳는 등
심한 고생을 하였으나 모든 것을 운명으로 받아들이며 여유롭게 대처했던 여성
으로 그려진다.

행하고 환란에 처하면 환란에 맞게 행하니 군자는 들어가 자득하지 못하는 데가 없는
것이라고 했다. 『중용』.
90 이재의 <유인 여흥 민씨 묘지>를 말한다.

사촌 누이 김씨에게 주는 제문
祭從妹金氏婦文

아! 우리 누이동생은 온화하고 은혜로우며 단정한 성품과 부드러움을 지니며 부덕을 갖추었다. 일찍부터 여공을 익혀 술과 간장 담그는 일을 하고 옷을 만들었다. 글씨는 아름다워 화려함이 보통을 넘었다. 배우자를 택함에 어진 남편을 만나 서울에서 폐백을 드리고 배 타고 고향에 돌아왔는데 언덕에 오른 지 하루 만에 이미 병이 나 누우니 의원의 손을 빌렸으나 나 역시 방법에 어두워 약물을 갖추지 못해 증세를 상세히 알지 못하고 허둥대느라 잘못한 것이 많으니 남은 한이 끝이 없다.

아! 누이동생은 어린 나이에 부모를 잃어 고생스러움을 당하고 굶주리고 춥게 지내느라 겨를이 없던 적이 많았다. 군자의 아내가 된 후 시부모님께 살갑게 대하고 아름다운 일을 이루니 복을 얻기를 바랐는데 어찌 명이 기구해 갑자기 이러한 재앙을 만났는가? 마치 난초가 빼어나면 갑자기 매운 서리가 내리는 것 같다.

지난 겨울에 이 집에서 혼인[91]하였으나 그 세월이 얼마 지나지 않아 갑자기 상을 당하게 되었다. 침문은 고요하고 패옥에 향기가 남아 있는데 슬픔과 즐거움이 서로 빼앗으며 길흉에 서로 바라만 보고 있다. 한스러움을 생각하니 길을 가는 자도 또한 슬피 여긴다. 게다가 내가 병을 고치고자 시종을 살필 때 병중에 두창을 견디지 못해 마침내 이렇게 죽

---

91 결리(結縭) : 고대 시집가는 여인의 의식의 하나. 혼인을 의미한다. 여자가 혼인할 때가 되면 어머니가 수건을 묶어 채워주며 시댁에 간 뒤에 시부모를 섬기고 집안 일을 행하겠다는 뜻을 보인 것이다. 『시경』 「빈풍」 <동산(東山)>, "親結其縭 九十其儀(毛傳 : 母戒女 施衿結帨)" ; 『후한서』 「마원전(馬援傳)」, "施衿結褵 申父母之戒 欲使汝曹不忘之耳"

게 되었으니 죽인 것과 무엇이 다르겠는가? 영원토록 구슬을 다치게 하
니 슬픔과 원망함이 매우 깊다. 맑고 착한 성품을 어찌 잊겠는가?

　호산이 멀고 아득한데 명정 깃발만 나부낀다. 시댁에 의지하니 선산
옆이다. 이미 형제를 멀리 이별하고 어머님을 이별하니 여린 영혼이 누
구와 돌아가겠는가? 오늘 저녁 제사에 깊은 슬픔이 마음을 미어지게 하
니 한번 통곡하며 이별한다. 부디 이 잔을 들거라.

해제 　사촌 여동생 김씨를 위해 지은 제문이다. 김씨 부인은 결혼하자마자 병
이 들어 일찍 세상을 떠났다. 동생이 아플 때 작가가 병을 고쳐보고자
했으나 증세를 자세히 알지 못하고 제대로 처방하지 못한 점을 안타까워하며 미
안해하고 있다.

아내에게 올리는 제문
祭亡室文

정부인 윤씨가 병으로 나보다 앞서 세상을 떠나 장차 을해년(1755) 3월 3일에 무덤에[92]에 영원히 돌아가려 한다. 2월 25일 기사일에 여흥 민우수는 한식날 특별한 제전을 마련해 영전에 고한다.

아아! 슬프다. 옛사람이 부부의 도를 논하여 말하길 "경계하며 서로 이룬다."고 하였는데 대저 경계하여 서로 이루는 것은 당신과 내가 평소 서로 권면하며 남은 날을 다하고자 한 것이 아니었소? 생각하니 나의 장점과 단점을 당신이 알고 있었고 당신의 장점과 단점을 나 또한 알고 있었소. 그러나 나는 단점은 많고 장점은 적었기 때문에 당신이 나를 경계한 적이 많았소. 그리고 당신은 장점이 많고 단점이 적어 내가 당신을 경계한 적은 적었소. 오직 당신이 마음속으로 잡고자 했던 것은 바르고자 함이었고 일을 행하면 의롭게 하고자 했으니 이것은 당신과 나의 취향이 비슷하여 흰머리 날 때까지 바뀌지 않았소. 그런데 지금 당신이 죽었으니 나는 장차 누구와 이러한 뜻을 이룬다 말이오?

아아! 나와 당신이 결혼 한 때로부터 지금 48년이 되었소. 비록 세월이 이미 많이 쌓였고 사람의 일이 변한 것을 여러 번 겪었지만 지나간 일들을 생각하니 마치 어제인 것 같소. 나는 겨우 열다섯 살이었는데 나이 어려 어리석음을 면치 못했소. 당신은 나보다 한 살이 많았으나 이미 자못 성숙하였소. 내게 비록 유치하고 망령된 행동이 있어도 당신은 한결같은 마음으로 삼가고 따라주었으니 이것이 내가 젊을 때부터 스스로

---

92 진택(眞宅) : 무덤을 말함.

당신을 귀중하게 여긴 이유였소.

신축년(1721) 겨울에 나와 당신은 아버님의 상중에 있었는데 북정의 재앙[93]이 일어났소. 당신은 그 소식을 듣고 울부짖으며 슬퍼하다가 몇 번이나 기절하고 땅에 쓰러졌소. 나는 넋이 나가고 정신을 잃고 있었는 데 당신이 부모님을 따라가 모셨소. 들으니 집안 살림을 다스리고 생활을 돕는 수년 동안 병드신 부모님의 마음을 위로한다고 하여 나 또한 걱정하면서 깊이 감복했소. 이러한 일들은 모두 부인이 하기 어려운 것인 데 당신은 능히 해냈소. 부모님이 모두 돌아가시자 바로 다시 나를 따랐 고 집 식구들도 다시 모였소. 황량한 마을에 부쳐 살며 궁벽한 골짜기에 떠돌며 사는 동안 서로 따른 것이 더욱 많았소.

계축년(1733) 여름 내가 중한 병에 걸렸는데 당신의 기색을 살펴보니 항상 나 대신 당신이 아프고자 하였소. 이에 부모님의 상을 당하여 내 병이 마침내 오래 앓게 되니 당신은 궁핍한 형편 속에서도 힘을 다해 간 호하는 방법을 찾았소. 당신은 매번 당시 큰형님이 정성된 마음으로 보 살펴주었다고 말하였지만 당신이 스스로 돕고 받들었던 것이 어찌 적었 겠소? 내 병이 위급해져 밤중에 갑자기 소리를 질렀는데 당신과 첨이가 곁에 있었소. 겸이는 당시 서울에 있었소. 당신은 짧은 시간에도 능히 병 의 완급을 살펴 간호할 수 있어 병세를 놓치지 않았소. 또 첨이와 살을 베어 피를 내어 내 입속에 넣어 마침내 나를 회생하게 하였소. 그 후 나 는 우연히 당신 팔 위에 이전에 없던 큰 흉터 자국을 보고 이상하게 생

---

93 신축옥사를 말함. 숙종의 뒤를 이은 경종은 아들이 없고 몸이 허약하였다. 이에 김창 집·이이명·이건명·조태채 등 노론 4대신은 하루 속히 왕세자를 정해야 한다고 주장 했다. 이것이 관철되어 1721년왕제(王弟) 연잉군(영조)이 왕세제로 책봉되자 소론파의 조태구·유봉휘 등은 부당성을 상소하여 연잉군을 왕세제로 세운 소위 건저(建儲) 4대 신인 이이명·김창집·이건명·조태채 등이 차례로 사형을 당했으며, 왕세제의 대리청 정도 한때 취소되었다. 당시 옥사로 민우수의 처남 윤지술이 죽고, 작은 삼촌 윤진원과 매부 김광택이 유배되었다.

각해서 물었는데 당신은 말하길,

"이것은 전날 아플 때 잘라 베어낸 것입니다."

라고 하였소.

나는 아무 말 없이 내가 몸을 지키고 삼가지 못해 당신으로 하여금 이처럼 자신을 해치게 한 것이 부끄러웠소.

내 나이 더욱 늙어가고 오랫동안 병을 앓고 난 후 당신의 근심과 걱정은 늘 절실했소. 신유년(1741)과 임술년(1742) 사이에 집안의 재앙이 겹쳐 나의 슬픔과 분주함이 한결같지 않자 당신이 마음을 애태운 것이 극에 이를만하였소. 다만 그 사이에 아이들이 소과에 급제해 세속에서 이른바 부모를 기쁘게 한다는 것이 있어 조금이나마 당신의 마음을 너그럽게 해주었소. 그러나 근심과 걱정이 계속해서 생겨나 하루도 편한 날이 없었소. 이윽고 4년 사이에 세 번이나 참혹한 경우를 당하니 당신의 모습은 비록 남아있었지만 심장과 간은 이미 녹아버렸소. 중간에 내가 유람을 가서 멀리 높은 고개에 올라갔는데 실로 굶주리는 걱정이 없었으니 당신은 나를 기쁘게 해주기 위해 그만두게 하지 않았소.

아! 이제부터 내가 비록 유람하고자 해도 집안에 사람이 없으니 어찌 쉽게 이것을 결정할 수 있겠소? 비록 집을 나갔다가도 다시 돌아오면 진실로 이른바 "전에는 나갔다 기뻐 다시 집에 돌아왔는데 이제는 돌아와도 다만 마음이 아플 뿐이다."[94]와 같은 경우이니 어찌 슬프지 않겠소?

아! 나는 항상 당신이 슬픔이 쌓여 빌미가 되었다고 생각하오. 스스로 자신을 살피는 것이 지나치게 박해 당신이 병이 날까 걱정하면, 당신은 번번이 내가 병이 잘 걸리고 자신은 병이 없음을 한스럽게 생각했소. 나 또한 당신이 자주 아프지 않아 걱정을 덜 했으니 지금 생각하면 내가 세심하지[95] 못하고 이치에 어둡지 않은 것이 아니오. 당신이 위험한 지경

---

94 위응물의 시 〈출환(出還)〉의 "夕出喜還家 今還獨傷意"에서 인용함.

에 빠졌는데도 구해주지 못했으니 이 누구의 허물이오?

　무릇 보통 사람들은 성격과 습관에서 벗어나기 어렵소. 내가 젊어서 당신의 집에 가서 장인어른을 뵈니 자상하시고 진실하심이 다른 사람과 다르고 성품이 곧으셔 다른 사람의 허물을 용납하지 않으셨으며 모든 일에 통달하여 막힘이 없으시며 세상의 계략[96]과 권모술수[97]는 처음부터 이러한 것이 있는 줄 알지 못하셨소. 당신의 모습과 성품이 장인어른과 매우 비슷한 것이 있소. 당신의 외할머니 김씨 부인은 맑고 현명한 어진 부인이셨소. 비록 당신을 깊이 사랑하셨지만 가르침에 법도가 있어 당신이 평소에 하는 말을 들으니 모두 지극한 덕이 있는 말 아닌 것이 없었소. 그리고 우리 장모님은 단아하고 맑고 점잖으시며 부덕을 두루 갖추셨소. 당신은 이미 부모님께 가르침을 받아 서와 사를 대략 섭렵하고 패관잡설에 이르기까지 또한 보지 않은 것이 없어 지식과 식견이 넓었고 또 많은 여공을 하지 못하는 것이 없었소. 당신은 시집오기 전에 몸에 베인 것이 이와 같았소. 때문에 우리 집에 시집와서 시부모님의 사랑을 받았고 아울러 여러 친척들의 환대를 얻었지만 삼가는 뜻이 항상 그 마음속에 있었소. 나와 부부가 되어[98] 늙어 흰 머리 날 때까지 금실 좋게 조용히 지내는 사이에 영원히 인연을 맺는 즐거움이 있었소. 나는 다른 사람을 대하는 데 있어 마음이 막힌 자를 만나면 민망하게 여기고 매우 사악한 사람은 병스럽게 여기오. 그런데 당신은 마음이 넓고 평탄하여 함께 이야기 하면 매우 소견이 밝고 의론은 구차하지 않으며 말이 경서와 역사에 이르러도 모두 잘 알아들어 나는 규문 안에서 당신을 만

---

95 소활(疏闊) : 정밀하지 못함.
96 기관(機關) : 심중의 계략. 책략을 꾸미는 속마음.
97 권수(權數) : 때와 경우에 따라 대응하는 계책. 권모술수(權謀術數).
98 결발(結髮) : 결혼한 날 밤에, 남자는 왼쪽, 여자는 오른쪽 머리를 묶어 함께 상투를 트는 일. 정식 결혼하여 부부가 됨.

나 매우 기쁘게 여겼소. 때때로 한두 가지 이치에 합당한 말을 형제 사이에 하면 당신은 번번이 불안해하며[99] 편히 여기지 않았으니 여인의 말이 집밖에 어찌 나갈 수 있을까 걱정해서 말하는 도중에 끌어들이지 않기를 바랐으니 나 또한 당신 말이 옳다고 여겨 다시 말하지 않았소.

당신은 항상 매번 염치를 중요하게 여겼는데 유씨 집에 시집간 딸이 언젠가 말하길,

"어머니의 천성은 속담에서 말하는 이른바 '물도 또한 씻어서 마시고자 하는 사람이다.'라고 하는 분입니다. 특히 음식을 올리는 책임을 중요하게 생각하시고 집안 식구들의 옷과 음식을 올리는 일에 마음을 두는 것에서 벗어나지 않았습니다. 슬픕니다."

라고 하였소. 내가 한번은 이 말을 들어 웃었으니 마치 서로 알아주는 마음이 있는 듯 하였소. 당신은 언젠가 나에게 말하길,

"우리 집에 간혹 재물과 곡식으로 도와주려고 하는 사람이 있으면 그 전날 밤에 번번이 똥이 옷에 묻는 꿈을 꾸었습니다. 어떻게 처신해야 할지 모르다가 조금 지난 후 그 옷을 들어 벗어 버리면 한 점도 내 몸을 더럽게 하는 것이 없었습니다. 대개 옷과 음식을 갈구하고자 하는 마음을 먹던 중에 이런 꿈을 꾸었으나 마음으로 기쁜 것은 다만 집안 사람을 위해서일 뿐, 나를 위한 것은 없었기 때문입니다."

라고 하였소. 내가 이에 그 꿈을 해몽하여 말하길,

"옛날 사람들은 재물을 얻으면 꿈에서 똥을 본다고 하였고 벼슬을 얻으려면 관을 꿈꾼다고 하였습니다. 이른바 재물을 얻기 위해 똥 꿈을 꾼다는 것은 당신에게 징험이 있구려."

라고 하니 당신 또한 웃었소.

아아! 요사이 시속의 폐단은 날로 사치함을 숭상하는 것이오. 딸을 시

---

99 축연(蹴然) : 불안한 모양.

집보내고 며느리를 맞을 때 드는 비용은 눈살을 흘기지 않을 수 없소. 나 같은 사람은 하려고 해도 할 수 없지만 또한 그러고 싶은 마음도 없기 때문에 일체 돌아보지도 않았소. 그러나 만일 당신이 다른 사람이 욕하고 흘기는 것을 감당하지 못해 기필코 세속을 따르고자 했다면 또한 난처한 일이 생겼을 것이오. 그러나 당신은 이러한 마음이 없었으니 당신 자신에게 부끄러움을 감당하고 한결같이 내 마음을 편하게 하는 데 마음을 썼으니 이것은 내가 항상 감탄하는 것이오. 대개 가난한 선비의 아내는 본분을 편안히 여겨야 하니 정자가 『역전』에서 말한 것에 당신 같은 사람은 이러한 뜻에 부끄러움이 없는 사람이었소.

아아! 참척을 당한 이후로 당신은 내가 볼 때는 일찍이 지나치게 슬퍼하는 모습을 보이지 않았소. 곡을 하다가 내 곡이 끝난 것을 들으면 바로 그만두었으니 이는 내가 이것을 듣고 마음을 상할까 걱정했기 때문이었소. 자식을 곡하는 슬픔은 진실로 밝게 통달한 식견이 있을 수 없어 사람들이 감당하기 어려운 것인데 당신은 나 때문에 일찍이 마음대로 슬퍼하지 못해 말과 행동거지가 평소와 다르지 않았소. 생각하니 당신 스스로를 돌보는 데는 더욱 박해 더욱 조금 먹었고 친척과 이야기하는 것은 본래 좋아하던 것이었으나 비록 단강과 우만의 거리도 절대 왕래하지 않았소. 대개 문 밖을 나가지 않은 것이 8년 정도 되오. 또 매번 나에게 말하길,

"내가 요 몇 년 세상에 대한 생각이 없습니다. 한결같은 마음은 고담한데 있습니다."

라고 하니 마치 진정 수행하는 여도사 같았소. 어머님도 만년에 하신 말씀이 이와 같은 것이 많았으니 이는 반드시 당신의 앞날이 멀지 않아 이처럼 생각한 것이었는데 내가 미처 깨닫지 못했소.

아! 당신은 매번 나에게 말하길,

"나는 평생 집이 없어도 몸을 의탁할 만했다고 했으나 다만 이것은 부

처 살았던 것뿐입니다. 어떻게 하면 한 구역 좋은 집을 얻어 한 몸 거처하고 아울러 오래도록 자손을 기를 수 있을까요?"

라고 했소. 내가 이 말을 들었을 때 재주가 부족하고 생각이 졸렬해 당신을 위해 헤아리지 못했소. 다만 연평 선생이 말한, "노년에는 마음을 쓰는 일로 마음을 삼고자 하지 않는다."는 말을 생각해 이것을 일찍이 마음에 두지 않았으니 이것이 한이 되오. 그러나 들으니 당신은 항상

"이 곳은 내 집이 아닌데 꿈에서도 항상 이곳을 떠나지 않으니 내가 아마 이 안에서 살다 죽으려는 것이 아닐까요?"

라고 하였고 당신은 또 언젠가 나에게 말하길,

"서숙모의 장사를 할머니의 묘 뒤에 지냈으니 어찌 다행스럽지 않습니까? 나는 매번 바라볼 때마다 매우 부럽습니다."

라고 하였소.

대저 사람의 일생은 다만 여기 이승에 부쳐 살다가는 것이고 저승의 천만년이 영원히 돌아가 사는 곳이오. 이제 내가 당신을 할머니 묘 왼쪽 십 보 거리에 장사하여 영원한 집을 마련하오. 당신은 평소에 집이 없는 것을 한으로 여겼던 것을 진실로 족히 말할 수는 없으나 지하에서 즐거이 지내며 장차 끝없이 기약을 하기 바라오.

아아! 내가 제사를 이어 받은 이래 거칠게나마 부모님과 형제를 보니 스스로 조상을 받드는 뜻에 애썼소. 당신은 내 마음으로 마음을 삼아 음식과 술을 정결하게 하고 국그릇을 장만하는 데 정성을 다해 진실로 내 마음이 매우 편안했소. 당신이 만약 집안이 가난하다는 이유로 감당하지 않는 마음이 있었다면 어찌 조상이 돌아보시기를 바라며 내 마음이 편했겠소? 당신이 이곳에서 할아버지와 할머님 곁에서 받들어 모시며 마음을 즐겁게 해드리고 가르침을 따르기를 세상에 살 때처럼 한결같이 하여 영원히 조상님의 사랑을 받는다면 평소 한 지붕 덮을 것 없이 살았어도 어찌 한이 되겠소?

아아! 오늘은 장모님이 돌아가신 날입니다. 기억하니 지난 갑진년 (1724) 나는 장모님의 병을 살피러 갔는데 당신이 나를 가까이 보고자 하였소. 내가 집 밖으로 나오자 당신이 따라 나와 나에게 물어 말하길,

"어머니의 병환의 경중이 어떠합니까?"

라고 하였소.

나는 마음으로 장모님의 병이 위중한 것을 알았으나 차마 드러내 말하고 싶지 않아 억지로 웃으며 말하길,

"전반적인 상황은 비록 중하나 눈으로 보기에 절박하여 위급한 증세는 없을 것 같으니 모름지기 놀라지 마시오."

라고 하였소.

당신 또한 위로하여 풀어주는 말인 줄 알고 슬퍼하며 문으로 들어갔소. 내가 돌아오는 길에 시를 지어 말하길,

"아픈 아내 또한 생각나니 이별할 때의 마음이 서글프다."

라고 한 것이 바로 그 시요.

어느새 32년의 세월이 흘러 사람이 일이 연이어 바뀌었고 또 많이 바뀌었음을 감당할 수 없소. 당신 또한 죽어 내가 이날 당신의 영령에 술을 올리고 이 글을 올리니 또한 매우 슬프오.

아아! 내가 이에 붓을 들어 아뢰는 글을 지으며 처음에 속에 쌓인 것을 다 드러내고자 했으나 병을 앓는 마음이 흐릿해 자세히 진술하기 어려웠소. 그리고 내가 평소를 생각하니 비록 당신이 나를 대하기를 『내훈』에서 이른바 "말을 듣기를 마치 성인의 경전을 대하듯 하고 몸을 간직하기를 마치 구슬을 다루듯 해라."하는 가르침으로 했다는 것을 알지만 내가 간혹 타당하지 않은 말을 하고 좋지 않은 일을 행하면 비록 밝혀 말하지는 않았지만 번번이 슬프고 한스러운 모습을 보였소. 이것이 내가 당신을 규문의 경외할 친구라고 하는 이유요. 지금 마치 더할 수 없는 슬픔이 있으나 말은 번잡하여 그칠 줄을 모르겠소. 그러면 당신은 현명하고 통

달한 사람이라 사생의 이치에 통달하지 못함을 병스럽게 여기고 대장부의 기운이 없는 것을 안타깝게 여길 것 아니오?

이에 평생 지내온 것을 약간의 문자로 기록하여 인석에게 쓰게 하오. 생각하니 인석은 당신이 평소 가장 사랑하던 손자로 그 아이가 책 읽는 소리를 들으면 기뻐하고 그 아이의 글씨를 보면 기뻐했소. 내가 늙고 병든 것이 이미 심하니 얼마 안 있으면 당신과 여기에서 다시 만날 것이오. 생각하니 죽기 전에 신세가 더욱 궁하고 외로워 의지할 사람 없으니 이것이 슬프오.

아아! 발인할 날이 가까우니 말 또한 다시 할 수 없소. 평생의 뜻이 오늘 끝나니 다만 땅속까지 뚫는 눈물이 있을 뿐이오. 아아! 슬프오. 상향.

해제 민우수가 아내 윤씨 부인을 위해 쓴 제문이다. 민우수와 윤씨 부인은 48년 동안 함께 살았는데 부인이 병이 나 먼저 죽었다. 민우수는 아내와 평소 "경계하며 서로 이룬다."는 도리에 맞추어 살려고 애썼던 사실을 가장 먼저 이야기하며 앞으로 그 뜻을 이룰 수 없음을 애석해하는 마음을 드러내고 있다. 자신이 병들었을 때 아내가 살을 베어 피를 먹여 소생하게 했던 일, 자식을 잃고 슬퍼했던 일, 친정집에 재앙이 닥쳐 놀라고 힘들었던 일 등 그동안 살면서 겪은 다양한 일들을 이야기한 장문의 제문이다.

이천보(李天輔) : 1698(숙종 24)~1761(영조 37). 본관은 연안(延安), 자는 의숙(宜叔), 호는 진암(晋庵)이다. 옥천 군수(沃川郡守) 이주신(李舟臣)의 아들이다. 생원시(生員試)에 합격하여 내시교관(內侍敎官)이 되었으며 1739년 알성 문과(謁聖文科)에 을과(乙科)로 급제, 1740년 정자(正字)가 되고 교리・헌납・장령을 거쳐 1749년 이조 참판이 되었다. 이조 판서・병조 판서를 거쳐 1752년 우의정・좌의정, 1754년 영의정이 되고 영돈녕부사로 전임하였다. 1761년 다시 영의정이 되었으나 장헌세자(莊獻世子)의 평양 원유 사건(遠遊事件)에 책임을 지고 음독 자결하였다. 그를 따라 우의정 민백상(閔百祥)도 자결하여 세자의 난행을 교정하고 왕의 노여움을 풀려고 하였다. 세 정승(政丞)이 자결하자 이 보고를 들은 영조는 이들의 충성에 감격하여 세자의 평양원유(平壤遠遊)를 불문에 붙였다. 담론에 능하고 허식없이 남과 희소(喜笑)했으며 시(詩)에 뛰어났다. 시호는 문간(文簡)이며 저서로는 ≪진암집(晋庵集)≫이 있다. *참고문헌 : 英祖實錄, 江漢集, 承政院日記, 朝鮮名人典, 晋庵集.

외할머님께 올리는 제문

祭外王母文

유세차 경자년(1720) 3월 15일 계사일에 외손 이천보가 삼가 맑은 술과 음식으로 제전을 갖추어 외할머니 서원부 부인 한씨의 영령의 자리에 영결을 아룁니다. 아아! 맹자는 천하에 달존한 것이 세 가지가 있다고 논하였는데 이 세 가지는 군자가 겸하여 갖추기 어려운 것입니다. 하물며 부인에게 있어서는 오죽하겠습니까? 생명은 진실로 하늘에 있고 부인의 봉작은 다른 사람에 달려 있습니다. 그러니 부인 자신이 힘쓸 것은 오직 덕일 뿐입니다. 그런데 그 덕은 반드시 따르는 것에서 얻고 그런 다음에 비로소 바깥에 드러납니다. 그러니 이른바 자기에게 있는 것도 일찍이 다른 사람을 기다리지 않고서는 안 됩니다.

생각하니 우리 할머니는 성스러운 왕비[1]를 낳으시어 일국의 모의가 되셔서 규문의 가르침이 만물을 적셨습니다. 그리고 우리 할아버님[2]의 세찬 위엄과 관대함은 왕실에 드러났고 여러 삼촌들 또한 일대의 이름난 신하였습니다. 그러니 왕모의 덕스런 봉작은 남편을 돕는 것에 시작해 자식을 가르치는 데에서 끝맺음을 하고 오래 사는 것으로 구제되었으니 천하의 삼존을 할머니는 모두 겸비하셨습니다.

불행히 할아버님은 오래 사시지 못하고 여러 삼촌들도 연달아 돌아가셔 자식으로서 남은 사람은 오직 우리 어머님뿐이었습니다. 할머니는 겨

---

1 인경왕후를 말한다. 인경왕후(仁敬王后) : 1661(현종2)~1680(숙종6). 숙종의 정비. 광주 김씨로 김만기의 딸. 1670년(현종11년) 10세 때 세자빈으로 간택되어 의동(義洞) 별궁에 들어갔고, 다음 해 3월에 왕세자빈으로 책봉되었다. 1680년 10월 천연두를 앓은 지 8일만에 경덕궁(慶德宮)에서 죽었다.

2 김만기(1633~1687)를 말한다.

정과 근심이 많아 오래 사는 것에 즐거움이 없었습니다. 그러나 여러 종형이 신하가 되어³조정에 올라 거침없이 앞으로 나아가 여러 삼촌이 할머니를 섬기던 것처럼 할머님을 섬겼습니다. 이에 우리 외갓집이 이미 3대가 바뀌었으나 할머님은 도리어 세대에 걸쳐 존경을 받고 계시고 나라의 사대부가 모두 할머님의 기거를 물어 나라의 큰 경사로 여기며 뜻 있는 사람은 할머님이 길이 복을 누리시는 것이 하늘이 그 덕을 보답하는 것이고 장차 무궁할 것이라고 여깁니다. 그런데 지금 어찌하여 갑자기 우리 자손을 버리고 돌아보지 않으십니까?

아아! 우리 할아버지가 돌아가신 이후로 나라의 국운이 차츰 나아져 집안의 기쁜 일과 슬픈 일⁴이 할머님의 몸에 갖추어 놓은 것이 많았습니다. 매번 여러 사촌 형이 조정에서 돌아오면 할머님은 반드시 조정의 일을 물어보시며 만약 선정이 행해지고 좋은 사람이 등용되면 기뻐하시며 수저를 더 드셨지만 만일 이와 반대면 번번이 묵묵히 깊이 마음 아파하시며 말씀하시길,

"내가 늙어서 세상에 살며 나라의 일이 날로 그릇됨을 보는구나."
라고 하셨습니다.

근년 이래로 우리 임금님이 병색이 있으시더니 종국에는 슬픔이 있었습니다. 그런데 할머님이 지금 갑자기 돌아가시니 더욱 그 복을 보이셨습니다. 옛날의 군자는 삶과 죽음이 세상이 다스려지고 어지러운 다음에 있다고 하였으니 할머님이 부인의 몸으로 이 세상에 관여한 것이 이와 같았습니다. 제가 어려서 할머님께 자라고 성장해서는 둘째 삼촌⁵께 나아가 공부를 배웠는데 저는 복이 없어 이미 둘째 삼촌을 잃었고 또 할머님을 잃었으니 이것이 진실로 저의 지극한 아픔입니다. 그런데 어찌 우

---

3 책명(策命) : 이름을 신하의 명부에 올리는 것으로 신하가 된다는 뜻.
4 휴척(休戚) : 기쁜 일과 슬픈 일. 편안함과 근심 걱정.
5 외삼촌 김진규(金鎭奎)에게 나아가 수업하였다.

리 어머님의 마음을 위로해드릴 수 있겠습니까? 아아! 슬픕니다. 상향.

해제 이 글은 이천보가 자신의 외할머니를 위해 지은 제문이다. 청주 한씨 부인은 한유량의 딸이며 김만기의 부인이다. 인경왕후의 어머니이기도 하다. 작가는 한씨 부인을 천하의 삼존을 겸비한 사람이라고 평가하고 있으며, 조정에 관심이 많았던 면을 부각하고 있다.

막내 작은어머니께 올리는 제문
祭季母文

　　유세차 을묘년(1735) 2월 임인 26일 정묘일에 조카 천보가 삼가 술과 과일의 제전으로 막내 작은어머니 안동 김씨의 영전에 제사를 드립니다. 우리 어머님은 사람을 취할 때 재주가 아니라 오직 덕을 생각하셨습니다. 며느리들을 경계하고 가르치실 때는 『여칙』을 인용하시어 말씀하시길,

　　"너의 막내 작은어머니는 단아하게 한결같이 자신을 지키셨다. 겸손하게 효도하고 순종하여 게으른 거동이 없으셨다. 큰 집안이 쇠하게 되면 부도가 먼저 떨어지는 법이다. 그 분은 어지셨으니 너희는 스승으로 삼거라."

라고 하셨습니다.

　　동서 사이에 처하는 것을 사람들은 어렵다고 하는데 두 어머님처럼 서로 환심을 얻으신 분이 또 계시겠습니까? 집안에 모이시면 웃음소리가 집안에 가득했으며 있고 없고를 상관치 않고 서로 도우셨습니다. 막내 작은 아버님이 일찍 고아가 되시어 집안에 오직 사방 벽밖에 없었습니다. 작은 어머님은 검소한 옷을 입고 조촐하게 식사하시며 가난함을 잊으셨습니다. 규문에 대해 곁에서 들으니 화목하되 요란하지 않으시고 모든 일에 질서가 있었다고 합니다. 임종하실 때 하신 말씀이 또렷이 귀에 있는 듯 하니 스스로 슬퍼하실 겨를도 없었는데 남편을 슬퍼하시고 제가 어머님 잃은 것을 불쌍히 여기셨습니다. 이미 3년이 지났지만 선함을 닦아 갚을 길이 없습니다. 어머님이 이미 돌아가신 후 저와 만나지 못해 작은 어머님이 더욱 슬퍼하셨습니다. 살아서 봉양하지 못했으니

어찌 자식이라고 하겠습니까? 저는 무디게 눈물만 흘릴 뿐입니다. 말을 올려 슬픔을 풀고자 하니 바라건대 이 잔을 드십시오. 아아! 슬픕니다. 상향.

[해제] 막내 작은어머니를 위해 지은 제문이다. 막내 작은어머니는 이천보의 어머니와 사이좋게 지냈고 서로를 인정하는 사이였던 것으로 그려진다. 작가는 어머니의 말을 인용해 작은어머니를 단아하고 한결같이 자신을 지켰던 여성으로 서술하고 있다.

큰어머님께 올리는 제문
祭伯母文

    유세차 계해년(1743) 12월 경술 12일 신유일에 조카 천보는 삼가 맑은 술과 음식을 갖추어 큰어머니 정부인 남원 윤씨의 영령에 영결을 고합니다.

    아아! 슬픕니다. 저는 운명이 기구해 저의 어머님을 여의고 오직 우리 큰어머님을 의지하고 의탁하였습니다. 옛날 할머님이 연로하셔 집에 계실 때 여러 아버님과 어머님이 곁에 둘러 모셨습니다. 저는 아는 것이 없어 왔다 갔다 하면서 놀며 사람의 인생에 즐거움만 있고 슬픔은 없는 줄 알았습니다. 그런데 하늘을 올려다보고 땅을 굽어 보아도 외로운 인생이 남아 있었습니다. 큰어머님이 저를 어루만져 주시며 말씀하시길,

    "너는 홀로 외로운 몸이니 배가 고프면 누가 따뜻하게 대해주겠느냐? 네가 아프면 누가 걱정해 주겠느냐? 그렇지만 어머니가 없다고 하지 말거라. 너의 몸을 사랑하고 너의 어머니로서 가르쳐 성취하는 바가 있기를 바란다. 게을리 하지 말아서 아름다운 이름을 드리우거라. 네가 세상을 살아가는데 내가 너를 위해 걱정하니 말을 삼가고 교유를 간략히 하거라. 네 성품은 물정에 어두워 세상과 어긋나는 일이 생길 테지만 정성된 마음으로 행하면 실패하지 않을 것이다. 오직 명철함이 너의 가법이니 따르고 지켜서 구업을 떨어뜨리지 말거라."

라고 하셨습니다.

    저는 온화하시고 덕스러운 말씀을 우리 어머님의 뜻으로 받들어 눈물을 훔치며 깊이 간직하여 저버리지 않기를 바랐습니다. 큰어머님은 바탕이 후덕하시며 식견이 두루 통달하셨습니다. 옷 짓는 일을 일찍 익히고 책을 두루 섭렵하셔서 인물의 어짊과 사악함, 국가의 치란, 상하 고금을 꿰

뚫지 않으신 것이 없으셨으니 만약 대장부로 태어나셨다면 나라를 구하셨을 것입니다.

　이름난 가문의 종부는 실로 그 책임이 막중합니다. 큰아버님은 간소하셔서 집안일을 묻지 않으셨으나 조상을 받들고 여러 사람을 다스리는 데 여유가 있으셨습니다. 두 분은 누런 머리 될 때까지 해로하시니 즐거움과 강녕함이 있으셨고 두 아드님은 조정에 올라 서로6높이 날 듯이 출세하여 부모님을 넉넉하게7 봉양하고 있습니다.8 저의 복록은 부모님께 미치지 못했으니 단지 저만 운명이 기구한데 그 운명이 궁하고 더욱 궁하여져 또 큰어머님을 우러러 뵙지 못하게 되었습니다.

　저 언덕을 돌아보니 할아버님을 장사 지낸 곳인데 새 무덤과 매우 가까워 마치 하늘이 만든 듯합니다. 좌우에서 다정히 지내실 것이니 신의 도가 매우 길할 것입니다. 예를 갖출 시기가 되어 봄을 기다려 잔을 올리고 헌수를 올리고자 좋은 날을 고르려고 했는데 기쁨과 슬픔이 바뀌어 아름다운 모습을 영원히 닫게 되었습니다. 저를 자식처럼 보살피셨으나 어머님으로 잘 모시지 못해 부끄럽습니다. 정성이 부족해 무덤에 가지 못하니 맡은 일이 있기 때문입니다. 마지막으로 하늘에 영결을 고하며 감히 짧은 글을 올립니다. 아아! 슬픕니다. 상향.

　　　큰어머니를 위해 지은 제문이다. 이천보는 어머니를 여의고 큰어머니에게 의지하여 큰어머니가 마치 어머니와 같은 존재였다. 작가는 이 글에서 자신을 자상하게 돌보아 준 점에 감사하는 마음을 담고 있다. 한편 큰어머니가 종부로서 맡았던 책임과 의무에 대해서도 언급하고 있다.

6　접무(接武) : 두 발의 앞뒤가 서로 닿을 정도의 잔걸음. 전후가 이어짐, 계승함.

7　열정(列鼎) : 음식 담을 솥을 늘어놓음. 작위에 따라 솥의 수가 달라진다.

8　판여(板/版輿) : 고대에 사람을 이용한 일종의 가마. 노인이 앉은 채 이동하는 도구로 많이 쓰였다. 진(晉)나라 반악(潘岳)의 <한거부(閑居賦)>에 "太夫人乃御板輿, 升輕軒, 遠覽王畿, 近周家園."이라 한 이래로, 관리가 재임 시에 부모를 맞이함을 가리키게 되었다.

어머니 묘지
先妣墓誌

우리 외증조할머니 윤부인[9]은 어질고 부덕이 있어 세상 사람들이 모두 '여사(女師)'라고 칭했다. 둘째 아들 서포공이 그 분의 행장을 지어 사람들이 문장이라고 하였는데 구양공[10]이 지은 옹강표에 비견될 만하였다. 어머님이 한번은 나에게 읽으라고 명하시며 들으시고 말씀하시길,

"우리 할머니의 아름다운 규범은 숙부께서 능히 드러내셔 뒷사람들에게 전하여 보이셨다. 그러니 할머니만 그 덕을 갖고 계신 것이 아니라 또 그 분의 아들도 덕이 있었던 것이다. 내가 어렸을 때 할머께 가르침을 받았고 지금 또 늙었지만 밤낮으로 경계하여 너희에게 가르침을 그만두지 않기를 바랐다. 훗날 능히 나의 행실을 기록해 숙부가 나의 할머님에 대해 쓴 것처럼 기록할 수 있겠느냐?"

라고 하셨다.

아아! 어머님의 말씀이 귀에 생생하게 들리는 듯 하다. 그러나 불초한 나는 영원히 슬하를 벗어난 지 24년이 되었다.

어머님은 광주 김씨인데 사계선생의 4대 손이다. 증조는 김반인데 이조참판을 지내고 영의정을 추증 받았다. 할아버지 김익겸은 성균 생원이셨다. 병자호란을 당해 강도에서 절개를 세워 영의정에 추증되고 광원부부원군이 되었으며 시호는 충정이었다. 아버지 김만기는 숙종조의 국구

---

9 김만중의 어머니 윤씨 부인을 말한다.

10 구양수(歐陽修) : 1007~1072. 중국 송(宋)나라의 정치가, 문인. 자는 영숙(永叔), 호는 취옹(醉翁), 시호는 문충(文忠). 송나라 초기의 미문조(美文調) 시문인 서곤체(西崑體)를 개혁하고, 당나라의 한유를 모범으로 하는 시문을 지었다.

광성부원군으로 시호는 문충이다. 어머니는 청주 한씨인데 군수 한유량의 따님이며 부부인에 봉해졌다.

어머님은 어려서부터 총명하고 지혜로워 윤부인이 책을 주면 대략 큰 뜻을 알았다. 고금의 치란과 일의 성패, 사람의 옳고 그름을 환히 이해하지 못하는 것이 없었고 식견이 종종 다른 사람을 넘는 것이 있었다. 큰아버지 판서공 형제가 매번 조정의 대사를 자문하면 어머님이 한 말씀으로 판결해주었다. 판서공의 형제가 감탄하여 말하길,

"애석하다. 내 누이가 여자로 태어난 것이."

라고 하였다.

17세에 아버님[11]께 시집와 겸손하고 공경한 것이 법도가 있으시니 다른 사람들이 보고 부귀한 집에서 나고 자란 것을 알지 못했다. 남편을 낳아주신 아버지 첨정공과 조부인이 사랑하고 귀하게 여기고 여러 동서들이 공경하고 감복하며 모범으로 삼지 않는 사람이 없었다. 당시 인경왕후가 이미 승하하신 후였는데 궁중에 시절의 모임이 있으면 부부인이 알현을 그만두지 못하여 어머님이 간혹 따라갔다. 인현왕후[12]가 바로 대비전이었는데 극진한 예의로 대접하였다. 궁전을 나와서 일찍이 궁중의 일을 다른 사람들에게 말하지 않으셨고 혹 묻는 자가 있으면 물러나 마치 알지 못하는 것처럼 하셨다. 아버님이 책을 읽은 것을 좋아하여 하루 종일 책을 손에서 놓지 않으시며 밤을 새우셨다. 어머님은 집안일을 아버님이 알게 하지 않으셨는데 아버님의 마음을 번거롭게 할까 걱정해서였다. 아버님이 중년에 과거를 그만두셨는데 어머님이 진실로 도와 그 뜻을 이루게 하셨다.

---

11 이주신(李舟臣)을 말한다.

12 인현왕후(仁顯王后) : 1667(현종 8)~1701(숙종 27). 숙종의 계비. 성은 민씨(閔氏). 본관은 여흥(驪興). 아버지는 여양부원군(驪陽府院君) 유중(維重)이며, 어머니는 은진 송씨(恩津宋氏)로 준길(浚吉)의 딸이다. 1681년(숙종 7) 가례(嘉禮)를 올리고 숙종의 계비가 되었다.

신축년(1721) 옥사가 일어나 김씨 가문이 잔혹하게 재앙을 입었다. 어머님은 걱정하며 눈물을 흘리며 말씀하시길,

"내가 여자로 태어나지 않았으면 재앙을 면치 못했을 것이다. 그러나 우리 김씨 가문은 나라와 기쁨과 슬픔을 함께 한다. 나라가 혼란하면 신하가 죽는 것이니 어찌 슬퍼하겠는가? 하늘의 도가 좋게 바뀌려면 3년이 지나야 하지 않겠는가?"

라고 하셨다.

을사년(1725)에 이르러 세도가 다시 변하니 어머님의 식견이 분명한 것이 이와 같은 것이 많았다. 어머님은 시부모를 따라 모시지 못한 것을 지극한 슬픔으로 여겨 제사를 지낼 때 정성과 예의를 다하였다. 아버님이 두 고을의 벼슬을 하셨는데 어머님이 슬퍼하며 말씀하시길,

"제수가 내 손을 거치지 않으면 내 마음은 제사를 지내지 않은 것과 같다."

라고 하시며 그릇을 닦고 반찬을 만드는 것을 모두 관의 부엌에 맡기지 않고 몸소 하셨는데 집에서 할 때와 마찬가지로 하셨다. 아버님이 병을 앓으신 10년 동안 밭과 집을 팔아 의원과 약을 마련하여 집이 더욱 가난해져 아침과 저녁 끼니를 마련하기 어려웠다. 그러나 어머님은 이를 편안하게 여기시며 근심스런 모습을 아버님께 보이지 않으셨다. 항상 아이들에게 경계하여 말씀하시길,

"너의 아버님은 문을 닫고 고요함을 지키셨으니 이것이 너의 집안의 가법이다. 내가 가만히 너희들이 노는 것을 보니 너희들은 모두 문사이다. 대저 문사 가운데는 부박한 사람이 많고 삼가 신칙하는 사람은 적으니 내가 이 것 때문에 너희를 걱정한다."

라고 하셨다. 또 말씀하시길,

"너의 아버님은 젊어서부터 학문을 권하고 행실을 닦았으나 하늘이 착한 사람을 돕지 않아 불행하게 이처럼 오랫동안 병을 앓고 계신다. 가

문을 맡을 책임은 너희에게 있는데 나는 몸이 야위고 병이 많아 너희들
이 성취하는 것을 보지 못할까 걱정이다."
라고 하셨다.

아아! 어머님이 세상을 등지신 지 7년이 지난 후 불초한 나는 과거에
합격해 조정에 서고 벼슬 자리에 올라 현달했으나 어머님은 그러한 것
을 보시지 못했다. 불초한 나의 은혜를 따라 아버님이 의정부 영의정에
추증되시고 어머님은 정경부인에 추증되셨다.

어머님은 계축년(1673)에 태어나 회갑이 되는 해에 돌아가셨다.[13] 처음
에 안산 마유리에 장사지냈다가 아버님의 상에 동군 달산 동북방의 언덕
에 합장하였다. 어머님은 1남 1녀를 두셨다. 아들은 불초한 나, 천보이고
딸은 부사 심사주에게 시집갔다. 나는 딸이 셋이고 아들은 없어 조카 문
원을 후사로 삼았다. 큰딸은 사인 조준에게 시집갔다. 둘째는 사평 오재
순에게 다음은 사인 서유방에게 시집갔다. 심사주는 딸 하나를 두었다.
그 딸은 정언 오찬에게 시집가서 진사 재진을 계자로 삼았다. 나는 아들
을 낳았으나 번번이 기르지 못했다. 어머님이 걱정하시며 말씀하시길,

"너는 문자에 대한 헛된 이름이 있다. 이름이 나는 것을 조물주가 싫
어하니 네가 자식이 번성하지 않은 것은 어찌 이 것에 빌미가 된 것이
아니겠는가?"
라고 하셨다.

아아! 나는 일찍이 어머님의 말씀을 받들지 않은 것이 없다. 그런데
지금 또 분수가 아닌 것을 의거하여 덕이 없는데도 복록을 누리고 있으
니 그 죄됨은 다만 옅은 기술로 얻은 이름으로 사실을 과장하고 있는 것
뿐만이 아니다. 어머님이 만일 세상에 살아 계신다면 영화롭다고 하지
않으시고 걱정을 하실 것이 마땅하지 않겠는가? 죄는 나에게 있는데 하

---

13 부인은 1733년에 돌아가셨다.

늘이 벌을 내려 아버님과 어머님의 덕을 쌓고 은택을 남기신 것으로 그 후세 사람들을 창궐하게 하지 못했다. 그래서 나는 지하에 돌아가 절할 면목이 없다. 이에 감히 슬픔을 누르고 애통함을 참아 삼가 어머님의 평소 규범을 기록하여 묘에 돌을 묻는다. 그 드러낸 것이 서포공이 대부인을 기록한 것과 같지 못하여 선비의 남기신 뜻을 저버렸으니 이 또한 나의 죄이다. 아아! 슬프다. 아버님의 세계(世系)는 아버님의 비석에 새겨져 있어 다시 기록하지 않는다.

해제   이천보의 어머니는 김만기의 딸이고 이주신의 아내이다. 이천보의 어머니는 평소 자신의 외할머니 윤부인의 행장을 아들에게 읽게 하여 들으면서 아들이 나중에 자신의 행장을 지어주기를 바라는 마음을 보였다. 이천보는 그러한 어머니의 마음을 기억하고 있었는데 문집에 행장은 보이지 않고 대신 이 묘지가 실려 전한다. 이 글에서는 당시 여성들이 사후에 기억되기를 바라는 간절한 마음을 갖고 있었던 사실을 엿볼 수 있다.

정부인 이씨 묘지명
貞夫人李氏墓誌銘

천보가 어렸을 때 돌아가신 아버님을 따라 매번 종조[14] 명암공[15]께 가서 인사드렸다. 명암공은 문장과 명예가 한 세대를 기울일 만하였으나 벼슬하는 것을 달가워하지 않으셔서 문을 닫고 단정하게 사셨다. 여러 자식들[16]이 좌우에서 빙 둘러 모시니 규문이 화목하였고 명암공은 술 마시는 것을 좋아하여 술이 불쾌해지면 번번이 시를 읊었다. 윤부인은 날마다 맛있는 술을 마련해 드렸고 당고모 김부인[17]은 당시 계례를 아직 치르기 전이었는데 용모가 밝고 환해 마치 다른 사람을 비추는 듯하였다. 김부인은 어머니를 도와 살림을 도왔는데 웃고 말하는 소리가 때때로 주렴과 휘장 사이에서 들렸다. 명암공의 성품은 간략하고 엄격해 자제들 가운데 뜻에 합당한 사람이 별로 없었는데 김부인을 깊이 사랑하시며 항상 말씀하시길,

"이 아이는 성품이 깨끗하고 기운이 맑아 만일 남자로 태어났다면 문학에 종사하여 우리 집안의 명성을 이었을 것이다."
라고 하였다.

아아! 지난 날을 생각하니 마치 어제의 일만 같다. 그런데 중간에 인사를 생각하면 눈물을 닦지 않을 수가 없다.

---

14 종조(從祖) : 할아버지의 형제를 말함. 이천보의 친할아버지는 이중조(李重朝)인데 이가 명암 이해조의 형이다. 그리고 이들은 이일상(李一相)의 아들이다.

15 이해조(李海朝)의 호이다.

16 이해조는 4남 3녀를 두었다.

17 이해조와 파평 윤씨 사이에서 태어났다.

부인은 계례를 치르기 전에 시집을 갔다가 죽었으니 지금 벌써 17년이 되었다. 부인의 아들 진사 치공이 부인이 남기신 규범을 아름답게 꾸미고 가장을 갖고 와 나에게 명을 요구하였다. 명암공이 누리신 연세와 지위는 그 분의 덕을 충족할 만하지 못하였으니 하늘이 착한 사람에게 보답하는 것이 반드시 후손에게 있을 것이라 생각했다. 그런데 당숙 세 분은 모두 재주가 있었으나 명을 받지 못해 궁색했고 일찍 돌아가셨다. 심지어 깊은 사랑을 받은 부인과 같은 분도 또한 수명을 다 누리지 못하였으니 하늘의 이치를 정말로 의심할 만하다.

부인은 숙종조 갑술년(1694) 3월 12일에 태어나 16세에 지금 평안도 관찰사인 김공에게 시집을 가셨다. 무신년(1728) 9월 21일에 돌아가시니 누리신 연세가 35세이다. 부인은 김씨에게 시집가 시부모를 모시는 데 정성과 공경을 다했다. 관찰공을 돕는 데 있어 엄숙하면서도 친압하지 않았고 자신을 지키며 다른 사람을 접하는 데 있어 한결같이 예로써 하였다. 시아버지 문경공이 언젠가 말씀하시길,

"내 며느리의 아름다운 자질과 행실은 옛날 현명한 부인에게 비교하여 부끄러운 것이 없다."

라고 하였다.

관찰공이 등제하고 나서 부인은 다음해에 죽었는데 여러 번 봉작이 올라 정부인의 지위에 나아갔으나 부인은 그 복록을 누리지 못했으니 슬퍼할 만하다.

부인이 돌아가실 때 관찰공의 나이가 많지 않았으나 다시 장가들지 않았으니 아마도 부인의 어짊을 잊지 못해서 그런 것 같다.

우리 이씨는 연안이 본적이다. 명암공의 이름은 이해조인데 벼슬이 전라도 관찰사에 이르렀다. 할아버지 이일상은 예조판서를 지내고 의정부 우의정을 추증받은 문숙공이다. 증조 할아버지 이명한은 이조판서를 지낸 문정공이고 고조할아버지 이정구는 의정부 좌의정을 지낸 문충공

이다. 부인의 어머니는 파평 윤씨로 윤항의 따님이다. 남편 관찰공의 이름은 김약노[18]인데 청풍 사람이다. 증조 김유는 이조참판을 지내고 의정부 좌찬성을 추증받은 문경공이다. 할아버지 김징은 전라도 관찰사를 지내고 의정부 영의정을 추증 받았다.

부인은 3남 2녀를 낳았다. 큰아들은 치공인데 현감 송요화의 딸을 아내로 맞았다. 둘째 아들 치겸은 일찍 죽었다. 막내 아들 치격은 사인 정매의 딸에게 장가들었다. 큰딸은 일찍 죽었고 둘째 딸은 반남 박형원에게 시집갔다. 부인은 모군 모산 모향의 언덕에 장사지냈다. 명에 이른다.

친정아버지는 "내 딸이 남자로 태어나지 못한 것이 한스럽다."고 하였고
시아버지는 "내 며느리의 행실과 자질이 아름답고 훌륭하다."고 하였으니
한 마디의 드러냄이 어진 아버지와 존귀한 시아버지에게서 나온 것이다.
그러니 오래 살지 못했다고 하지 말고 오래도록 썩지 않음을 바란다.

해제│ 이천보의 당고모 연안 이씨의 묘지명이다. 연안 이씨는 이해조의 딸이며, 남편은 김약노이다. 이천보는 연안 이씨의 아들 김치공의 부탁에 의해 이 묘지명을 지었다. 연안 이씨는 친정아버지에게 "아들로 태어나지 않은 것이 한이 된다."는 말을 듣고 시아버지에게는 "며느리의 행실과 자질이 아름답고 훌륭하다."고 인정받았는데 이천보는 그러한 사실을 들어 명을 지었다.

18 김약노(金若魯) : 1694(숙종 20)~1753(영조 29). 본관은 청풍. 자는 이민(而敏, 而民), 호는 만휴당(晩休堂). 1727년(영조 3) 증광문과에 병과로 급제하여 승문원정자가 되었고, 그뒤 ≪숙종실록≫ 보충의 잘못을 논하다가 유배당하였으나 이듬해에 석방되었다. 1731년 정언이 된 뒤 지평·교리·수찬을 거쳐 1736년 승지, 1740년 개성유수 등을 역임하였다. 또한, 병조참판·예조참판을 거쳐 1742년 평안도관찰사가 되었으며, 1744년 공조·호조·병조의 판서가 되었고, 1746년 우참찬, 이듬해 판의금부사(判義禁府事)를 거쳐 1749년 우의정, 그뒤 좌의정이 되었다. 1752년 약방도제조(藥房都提調)가 되었는데, 왕세손이 죽자 파직당하였으나 판중추부사(判中樞府事)로 다시 기용되었다. 한때 아우 취로(取魯)·상로(相魯)와 함께 높은 관직에 있으면서 세도를 부리기도 하였다. 시호는 충정(忠正)이다.

유정원(柳正源) : 1702(숙종 28)~1761(영조 37) 본관은 전주(全 州). 자는 순백(淳伯), 호는 삼산(三山). 안동(安東) 출생. 1729년 (영조 5) 생원이 되고 1735년(영조 11) 증광문과에 을과로 급제하 였으며, 지평·부교리·수찬 등을 역임하고 1761년(영조 37) 판결 사를 거쳐 대사간에 이르렀다. 제자백가를 섭렵, 천문·지지(地 志)·음양·복서(卜筮)·주수(籌數)를 비롯하여 병률(兵律)·도 학(道學)에도 두루 정통하였다. 문집으로 ≪삼산문집≫, 저서로 ≪역해참고(易解參攷)≫ 등이 있다.

셋째 며느리 김공인에게 주는 제문
祭第三子婦金恭人文

며느리 김공인의 관이 장차 9월 계사일에 땅 속 깊은 곳으로 들어간다
는 소식을 듣고 남쪽을 바라보며 길이 울부짖으며 한 마디를 붙여 영결
을 한다.

아아! 너의 맑고 현철함으로 마침내 일찍 죽었으니 이는 하늘의 뜻이
다. 나로 하여금 너를 어루만지며 한 번 곡하지 못하게 하니 이것 또한
하늘의 뜻이다. 마음이 아프구나! 마음이 아프구나! 이를 어찌하느냐?
하늘이 강보 속에 한 혈육을 감싸 안아 두었으니 이것이 네가 세상에 살
면서 남긴 자취이다. 너는 그 아이를 묵묵히 돕고 보호해 줄 것이니 하
늘의 뜻이 혹 이에 있는 듯하다. 마음이 아프구나! 마음이 아프구나!

해제 셋째 며느리 김공인에게 주는 제문이다. 김공인의 남편은 작가의 셋째
아들 유일휴(柳日休)이다. 작가는 며느리의 죽음과 자신이 며느리를 어
루만지며 곡하지 못하는 것이 모두 하늘의 뜻이라고 말하고 있다. 며느리는 아이
를 낳고 죽은 것으로 보이는데 작가는 이 며느리가 아이를 묵묵히 돕고 보호해
줄 것을 바라는 마음을 전하며 하늘의 뜻이 여기에 있기를 기원하고 있다.

원

문

송징은(宋徵殷) ──────────────

祭伯姊文

維歲次辛巳五月初一日丁亥, 甥弘文館校理某, 敬告于尹氏伯姊淑人之靈, 以肴觴之奠, 仰而酹之曰.

嗚呼哀哉! 咨我令姊, 賦性柔惠. 旣靜而敏, 又安而慧. 惟孝惟友, 志行純備. 惟王父母, 愛重深摯. 泊于結帨, 媼御交賀. 神之聽之, 宜享純嘏. 彼蒼何偏, 善報乖錯.

中歲罹凶, 哀哀晝哭. 嗣子夭閼, 望絶倚門. 禍罰斯酷, 痛徹心肝. 稚孤盈室, 躬親顧復. 佇冀成立, 以光先業. 茹哀積瘁, 榮衛暗鑠. 美疢忽嬰, 長算遽促.

嗚呼哀哉! 咨我令姊, 寔惟女士. 聰明鮮倫, 寧事圖史. 不喜紛華, 靖恭鮮言. 無非無儀, 行止閨門. 家事旁落, 甁石屢空. 蘋蘩殫誠, 享祀必豐. 神明莫祐, 天理難推. 而行之嫩, 何命之奇?

嗟我母氏, 年至喜懼. 膝下夭慽, 往所未觀. 雖欲寬譬, 情鍾難抑. 一往不返, 胡若是怨? 聞姊違和, 馳往省候. 神識炯炯, 匪有深憂. 曁疾斯革, 更未承唔. 臨歿諄諄, 增余慟悼. 儳直禁廬, 奄未臨穴. 屛伏郊坰, 薄奠亦闕. 禮乖情缺, 恨結幽明. 日月寖疎, 節物屢更. 寂寂堂宇, 曖曖音容. 永懷疇曩, 曷勝長恫? 菲具將設, 泚筆涕盈. 魂其不昧, 庶鑑余誠. 嗚呼哀哉!

宋徵殷, 『約軒集』 권12, 『한국문집총간』 권163, 116쪽

祭亡女文

維歲次三月壬辰朔初五日癸亥, 父憂服人. 因汝生朝, 具魚果酒麵, 哭告于亡女孺人李大來之室曰.

嗚呼吾女! 汝遽捨父母而奚適, 父母遽失汝而何歸? 汝之亡, 已閱月矣, 而聲之琅若聞乎耳, 貌之婉若接乎目, 尙疑汝在舅姑之所, 不覺汝之亡也. 及卽汝所居之室, 儀形已戢乎一木, 而窅乎無聞也, 漠乎無覿也. 汝果亡也耶? 汝果亡也耶? 撫柩而長恫, 扣壁而哀號, 余腸之摧. 余心之隕. 天高鬼惡, 胡寧忍此?

殯殮旣訖, 卽歸于郊. 汝所寢處之地, 步履之跡, 森然在目, 觸境悲酸. 山齋永晝, 嗒焉孤坐, 潛思默想, 反覆推究, 而憒莫知其故. 人之脩短, 各有定命. 而汝之年數, 止於斯者耶? 將榮衛受傷, 標本俱病, 而不早覺察, 轉入膏肓, 終莫之能救者耶?

余雖有男子子五人, 而在女惟汝. 及嫁而歸夫家, 在婦惟汝. 父母舅姑, 愛之重之, 而汝又具有子女. 以汝眇福, 反招災損而天故奪之速者耶? 抑余行負神明, 獲戾上下, 禍釁荐至, 而延及汝者耶?

嗚呼! 昭質易虧, 嘉木不繁, 以汝資性之粹美, 而嗇其壽者, 天也. 父母舅姑之愛也, 而有子有女者, 世多有之, 而汝獨不能保有者, 命也. 余嘗存心於愛物, 雖肖翹之微, 蔥芊之生, 未嘗傷害, 余之無罪, 而畸于天者, 數也. 吾於天與命與數, 亦無如之何哉? 惟余以不得盡吾之心, 爲痛恨於無窮.

蓋汝之病源, 所由來漸矣. 汝年十四, 重經紅疹, 伏熱未退, 常爲疾祟. 屢懷胎而輒墮, 耗血實多. 歲在壬午, 余赴東州, 汝隨夫家, 往留湖鄉. 暌離數歲, 戀想日積, 每見汝書, 淚先盈眥. 汝懷思鬱悒, 疢疾頻乘, 其所傷損, 固已不少. 甲申之夏, 投紱西歸, 其秋, 汝亦還京. 骨肉團圓, 其樂融洩, 汝又解娩生子, 氣頗蘇健, 翌年春, 汝偶感寒, 數月呻憊. 飲噉全少, 諸症迭苦, 或疑其胎候, 而不試以藥石. 由是眞元日鑠, 肌膚消瘦. 當此時有秦緩者, 切其脉而察其候, 投以良劑, 峻補氣血, 則可保無虞, 而悔莫之及. 夏間, 先妣寢疾累月, 汝寓他所, 往來省視. 及遭鉅創, 汝以祖母嘗顧復我, 悲毀不食, 以致感傷, 重以暑濕交薄, 溏泄頻作.

秋又汝舅家奉諱而來城西, 助饋奠奉饘酏, 未暇調息. 泊葬訖, 始出郊舍, 汝形色換脫, 病情浸劇. 一日, 撫汝之臂, 見汝之膝, 皮聚骨立, 點肉不着. 余愕然驚懼而且歎曰

"汝旣不言, 吾又悲撓不遑, 使汝病至此, 將若之何?"

急試湯劑, 稍似間歇. 舅聞汝病篤, 趣駕抵洛. 汝又移入京第, 乍愈旋苦, 猶未離床第間矣. 節屆三始, 余往掃先壟, 二日之夜夢, 汝容色憔悴, 有悲泣拜辭之狀, 驚覺惝怳, 心如有失, 促裝而歸. 汝疾已濱危有日矣, 自是晝夜扶抉, 頃

刻不捨. 焦憂憫惻, 每面壁揮泣, 而恐汝見其色而慽于心, 輒緩辭而譬諭之.
汝非不知病之革也, 亦慮父母之傷, 其懷終不以一言告訣. 屬纊之日, 神識猶
炯, 朝見汝叔義興曰:

"夫馬來否? 嶺外路遠, 是所關心."

俄頃回臥而竟不省.

痛矣痛矣! 汝何遽至斯? 余蚤不能捄汝, 而致汝之死, 是父之罪也. 吾尙何忍
乎哉? 何忍乎哉? 嗚呼! 汝兄弟或 未晬而化, 或數歲而夭, 强壯而逝者, 獨見
於汝. 況余夙罹凶釁, 多經喪慽, 方在苫凷, 日夕銜恤, 年未六十, 齒髮摧頹,
殘骸餘魂, 寄世復幾何? 而忽抱此 無涯之慟, 撫躬自悼. 萬事灰心. 從今以
往, 益無意於斯世矣.

嗚呼! 汝稟質清粹而聰穎. 自學語, 已誦百餘字, 及長, 雖不靡靡於文史, 而
性行明淑, 通曉事理, 無少恣濊, 有古女士之風. 奉尊嫜, 孝敬備至, 亦能先意
承志, 待親黨, 曲有恩意, 又好施與. 粧奩衣襨之屬, 人有借者, 無少靳, 戚屬
嫁娶, 貧不能辦備者, 必以厚助之.

噫! 汝仁足以享遐齡, 德足以綏福履, 而命何其促? 壽何其短? 非惟余之隕
痛無極. 汝舅尙書公, 哭而謂余曰:

"吾生與死, 惟婦是恃, 而今忽至此, 不慟而何?"

其言之悲且切, 有如是者.

嗚呼! 汝有佳兒, 驥子鳳雛. 汝雖未能見其長大, 有所成立, 而安知不蚤歲揚
翹, 以昌李氏之門也耶? 此可以慰長逝者魂魄矣. 嗚呼! 汝舅家先山在鐵原
地, 距京師二百里. 幽明永隔, 道途云遠. 生離亦悲, 矧爾死別, 雖然, 魂氣
無不之也, 無不之也. 永山相望, 不過宿舂. 千秋萬歲, 亦豈不相依於冥冥中
也哉?

嗚呼! 今日卽汝設帨之日. 汝夫又同日生, 實爲不偶, 庶幾百年偕老, 那意不
復見今日耶? 汝宜具酒食, 以饌先生, 今余備薄奠, 以送汝死. 世間逆理, 疇
復如斯? 噫! 古語曰至情無文, 吾於汝, 焉用文之, 聊以洩吾之痛而已? 嗚呼
哀哉! 尙饗.

宋徵殷, 『約軒集』 권12, 『한국문집총간』 권163, 120쪽

祭亡女墓文

戊子八月初三日丙午, 父鐵原都護府使, 告于亡女之靈. 嗚呼! 我來葬汝, 倐
已三載. 音容遠闃, 願言心痗. 恭承嘉惠, 適守玆土. 言念松楸, 若或見汝, 今
來荒原, 蓬科匝壟. 儀形莫覯, 叩墳長慟. 幽明雖隔, 精魄有庇. 泉壤有知, 孔
邇是喜.

余有何罪, 神理見嫉. 哀汝兩娚, 連歲夭歿. 痛毒纏髓, 觸境酸悲. 餘齡幾何?
寧欲速歸. 玆將薄具, 聊抒余懷. 汝其不昧, 庶幾格思.

宋徵殷, 『約軒集』 권12, 『한국문집총간』 권163, 123쪽

叔母貞夫人全州李氏行狀

夫人姓李氏, 系出璿源, 定宗大王第七男德泉君厚生八世孫. 曾祖曰惟侃, 同
知中樞府事. 祖曰景稷, 戶曹判書贈右議政, 謚孝敏公. 考曰正英, 判敦寧府
事兼禮曹判書. 判敦公娶靑松沈氏, 靑城伯德符十世孫府使長世之女. 崇禎
己卯正月三十日, 生夫人.

翌年五月, 沈夫人棄世. 判敦公仲姊爲姜氏婦有乳, 見夫人呱呱, 愍而乳之.
夫人每見姜氏兒, 輒不吮, 推以與之, 親黨皆奇之. 與其兄晩成, 同育於外家,
不肯須臾相離, 離則輒號哭不食. 判敦公省府使公夫人, 必挽衣悲泣, 見者酸
鼻. 蓋其孝友, 素性然也. 七歲, 女紅成, 不煩姆敎.

十五, 歸于叔父參判公. 公諱光淵, 字道深. 夫人資性端慤, 容儀婉嫕, 始入
門, 公姑媼御, 嘖嘖交賀. 與參判公同居四十二年, 莊敬自矩. 蚤夜修飭, 櫛縰
笄總, 未嘗廢一日. 惰慢褻狎之容, 不設於身體. 家中事雖纖微, 必稟而後行.
參判公所爲, 或有不滿意, 夫人若將承順者然, 徐乃委曲開陳, 克盡箴規之
道. 以早失慈天爲平生至痛, 事繼妣柳夫人, 克盡誠孝. 柳夫人之視夫人, 亦
無間己出. 事尊嫜孝敬備至, 舅姑甚宜之, 常稱善事我.

辛亥, 遭鄭夫人喪, 參贊公乞外赴北原, 主閫無人, 命夫人隨行. 夫人上承下
董, 罔不順適, 參贊公臨歿, 稱道不已. 待姒娌八九人, 克盡其道, 雍睦和平,
無一言相戾. 至於以介婦, 而當梱內事, 不敢敵耦於冢婦. 每事必貽書請命.
與私親兄弟, 友愛純摯, 至老冞篤, 其行誼之純備, 有如此者.

參判公家業淸貧, 夫人手執女功, 孳孳不輟, 供給衣食, 不侈不儉. 壬子, 參判公有遯世之意, 往居于臨瀛, 盡室踰嶺, 艱窘萬狀. 夫人左右宣力, 次舍供頓, 咸適其宜, 少無瑣尾流離之苦. 洎歸退處西湖, 夫人鬻簪珥, 經紀田廬, 以爲終身偃息之所. 每遇時節, 兄弟叔姪, 團會亭榭, 必盛具酒食, 以助愉樂. 御僮僕, 並行恩威, 耕奴織婢, 各盡力無怠, 自米鹽薪藁, 至井臼廚竈之間, 靡不秩然可觀. 平生不喜芬華侈靡之習, 凡俗製奇衺, 競相慕效, 而未嘗有少經意, 及迎婦之日, 適賣京第, 親族咸勸爲粧奩之資, 夫人曰:

"世俗於新婦服餙, 務尙豐侈, 吾甚不取, 無寧增益舊庄以遺之, 可也."

諸族咸歎. 且不近巫祝祈禳之事, 諸涉左道, 皆辟遠之. 隨參判公之州府, 尤加愼防, 內治肅然, 親戚臧獲之在邑底者, 亦不接見, 內言不出, 外言不入, 衙門之內, 穆如也. 參判公嘗見忤權奸, 出守晉陽, 晉是跕鳶之地, 守茲土而生還者無幾. 參判公欲不搬往, 夫人自分共患難同死生, 必隨而後已. 及歸, 患末疾, 以甲戌八月初一日, 捐世于松都官舍, 春秋五十六, 某月日, 永窆于長湍白巖橋艮坐坤向之原, 卽故正嘉公諱瑞墓下也. 後一年乙亥, 參判公歿, 扞穴而同窆, 實同墳異壙也. 參判公嘗狀夫人之行, 屬藁未半而歿世.

噫!夫人之淑德懿行, 不可使泯滅於後世, 謹續其藁. 仍就參判公祭夫人之文, 略加採摭而成此狀, 俾後世有所考信焉. 夫人無子, 以從子徵五爲後. 初娶延安李氏, 副提學端相之女. 生一男二女, 男寅明, 生員, 女長適李漢坤, 次適趙廸命. 後娶全州李氏, 士人萬貞女. 生一男一女, 並幼. 寅明二男, 李漢坤一男二女, 趙廸命二男, 並幼.

宋徵殷,『約軒集』권14,『한국문집총간』권163, 177쪽

이형상(李衡祥) ────────────────────

祭亡婦恭人沈氏文

嗚呼! 而不欲昌大吾門戶邪? 何質之美而沒之遽也? 四子二女各得良偶, 況汝貞明, 衆所矜推. 諸孫漸繁, 實不能容, 人以福家稱我者, 槩緣汝兄弟足稱也. 宵晝奉我, 禮嚴誠盡. 我不以慈愛爲情, 汝不以甘旨爲孝者, 互有所勉耳. 柔嘉恪謹, 和樂且恭. 自謂百年長保此樂, 今其已矣, 老懷焉如?

汝病雖日涉疑, 吾性本不拘俗, 誠知其如此, 吾何忍畏忌而不勉也? 六日之後, 證情頓愈, 且値良醫之在傍, 豈料一夜之間, 遽隔幽明, 使汝長抱無窮之寃邪? 臨死一言, 眷眷屬托, 末乃以不得終孝爲恨, 當此之時, 我心伊何?

四婦已缺, 一座六穉, 又觸百感, 惜其死哀其生. 指其年三十五, 天何忍是? 天何忍是? 必孫已後於綱, 森兒又得乳母. 其他子女, 吾其在世, 汝又何戀? 況其姿稟, 箇箇明珠, 遺慶所樹. 死亦不死. 汝或以此自慰邪?

所可悲者, 緣我落南, 汝又隨來, 歸寧久曠, 至情未伸. 每一念至, 不覺愴然. 加以疑染四熾, 返櫬無路, 不得不權厝待時, 此又神道之所不安處. 第以義理推之, 汝體雖托於此, 汝氣已與太和相合, 其不拘, 於嶺外皐復之地. 而歸從於吾宗汝家者的矣. 汝以爲何如?

最是英透之見, 端懿之行, 不復得以可見. 明日且隔重泉, 曉月薤露, 吾將何抱以堪邪? 已散者氣, 不昧者精, 尚擧此杯而歆我. 嗚呼哀哉!

李衡祥, 『瓶窩集』 권15, 『한국문집총간』 권164, 466쪽

祭長姉文

丙申十二月, 姉氏之訃到嶺, 其弟某方當長子斂葬, 未卽往赴. 翌年正月二十五日, 謹具三籩一爵, 送奠于靈座, 文以侑之曰.

嗚呼! 天降割于吾門, 何其酷邪? 甲午奪仲姉, 乙未奪伯兄, 今日姉氏又胡爲而不淑, 使血淚未乾乎? 八日捐世之訃, 始到於卄七, 至月卄六之書, 又承於廿八. 拳拳措辭, 已有所永訣. 尤以不得相面爲恨, 慟矣慟矣! 此懷何狀?

蓋其毒粘, 自九秋而極裂, 而遠外所聞不悉. 中間痊可之報, 欣我心曲, 豈料其後添重以至於此 而惟我不知乎? 海鮮之欲嘗, 變我之悲鬱, 已悉於弼經之書, 弟書若到, 展之靈座云者, 何等至情, 而又何暹滯, 承訃後乃至乎? 執書以泣, 五內崩灼. 天胡忍是? 天胡忍是?

癸巳, 遷禮之行, 一宵話舊, 乙未仁州之赴, 二日承誨. 忍情分携, 痛哭而別, 其時情境, 天亦變色. 精力雖不甚敗, 我寓方在絶域, 生前更面, 有不可期. 故兩相握訣, 情地抑塞, 潛心所禱, 惟冀百年之在前, 到今思之, 其亦惑也.

凡人友愛, 孰不相勉, 而奉老之下, 同室蓋久, 自幼而長而衰而老也, 何嘗一月相阻, 一日相忘乎? 或斑彩而樂之, 或諧謔而嘲之, 惟以悅親爲意, 其所團聚而歡欣者, 實有所異於人者. 而姊兄之眷我愈篤矣. 磨憂到骨, 坐臥必同, 晷刻相離, 便有晷刻之恨, 姊亦以此爲幸. 撫頂而愛之, 分甘而餉之. 及我落南, 所往復只書尺, 無事不詢, 無言不說. 喪失兄姊之後, 餘存惟姊及我而已. 吉凶相依, 夢寐相想者, 比少年尤倍. 自謂餘年永永若此, 今何冥漠, 棄我如遺邪?

想得神理, 已與父母 娚妹相合, 誠使英氣不泯, 聚萃如平昔, 夜臺怡悅. 雖足相慰, 忍令此身益孤. 獨抱天地間愁痛乎?

姊氏平生, 不可謂厚, 而十數年來, 勢益艱矣. 菽水頻罄, 滋味頓乏, 到此喪葬, 亦無以成㨾. 此當爲兩孤無窮之恨, 而吾獨在世, 生無以相資, 死無以相送, 傷哉傷哉! 奈何奈何?

已以今月廿日, 治埋嬴博, 擬於葬時躬親窆厼, 以盡後死之責, 而筋力益衰矣, 千里行役, 亦何可必也? 然一體相分之氣, 必不遠殊於死生. 況此卵醢魚鱐, 是皆前書所下索而未及者. 靈必惻怛而擧吾盂矣. 嗚呼哀哉!

李衡祥, 『瓶窩集』 권15, 『한국문집총간』 권164, 471쪽

安佐郎令人崔氏墓碣銘

廣州安嶠, 字曰士謙. 遠祖邦傑, 始麗梅鹽, 鎭國將軍, 君號廣陵. 世代綿遠, 譜牒無徵. 其後有綏, 侍御之爵. 九代曰祉, 秩高光祿, 軍器判事, 上護軍銜.

八代曰壽, 亦臻廊巖, 匡靖大夫, 都評議使. 七代曰海, 綽紹芳趾, 階至奉善,
寢園署令. 六代曰器, 奉順嘉命, 典農判事, 奕世華冑. 五代國柱, 閤門祗候,
神虎中郞, 國亡名昭. 高祖諱崗, 始仕聖朝, 召村察訪, 獻陵異數. 曾祖淑良,
典獄主簿. 祖諱普文, 引儀而止. 考諱曰覲, 孝行純至. 佔畢門徒, 通谷幽蘭,
官榮司諫, 號稱莒巒, 繄其蟬聯, 而又揚藻. 妣曰金氏, 系出珍島. 司正諱渚,
是外王考.
弘治甲寅, 公始生世, 庚子, 司馬, 戊申, 登第, 朝散華級, 刑曹佐郞兼春秋館.
大抵韜鋩, 世與心違, 卷懷還鄕, 亭築玩龜, 若將終老, 南冥鵝溪, 互詠其操,
志檃平生, 此足可述. 俄除穀城, 未赴旋歿, 嘉靖癸丑三月之昔.
配以崔氏, 月城其籍, 都事叔强, 寔公妻父. 乙丑子月六日淪娿. 兄子宗慶, 取
以爲嗣. 舊有樂石愼齋攸記, 今皆剝落, 殆不可讀. 雲仍愴心, 要余更錄.
永川菁堤, 厥有酉壙, 勿毁勿傷, 雙玉之藏.

李衡祥, 『瓶窩集』 권16, 『한국문집총간』 권164, 493쪽

김창흡(金昌翕)

姪婦高靈申氏墓誌銘

吾弟大有之長子祐謙婦孺人高靈申氏死於丙子九月, 以其年十一月入地, 距今已五年矣. 其始亡, 大有病阽危, 死生不相知, 而祐謙亦以幽憂疾, 莫克主喪. 余與孺人父灝聚首謀葬, 求地于楊州栗北之先山, 屢易師而後得一小丘卯向者. 叶於人謀, 遂以孺人葬其中, 天寒壙凍, 事多悽酸. 返哭未幾, 厥遺兒在襁者隨化. 余又與申公以朞周往, 瘞于其足, 焚其遺衣服而歸. 蓋踰年而祐謙蘇, 大有起, 視其墓則草宿矣, 返室而又廓然矣, 遂父子相向, 撫其身世而痛可知已.

祐謙之謂余則

"吾以病故, 生未嘗洽夫琴瑟, 死不克忠于含斂, 百歲之後, 無藉以相見. 願從叔父乞一言惠以慰沉魄."

余潸然以應曰:

"惟汝腹悲, 猶我恫也. 惟汝婦懿, 亦我悉也. 我雖頑然, 其愛於文, 尙待得詳而泚筆否?"

曰閨壼之述, 語不在多. 叔父嘗有誄矣, 稍衍焉已矣. 余遂撮其始終而叙之曰.

孺人生五歲, 而喪其母李孺人焉, 嫁纔周歲, 則哭其姑李孺人焉. 死以厄於産, 而孿生二女皆不育. 夫其短於造而嬴於艱, 其死也宜悼. 況其賢哉?

孺人自在其家, 恭爲女職, 至於鑰匙米鹽秤水茶湯, 爲厥祖父母手足, 入吾門而多故. 祭姑以愨, 拊小姑叔以恩. 吾母羅夫人自失李孺人, 有莫養恫, 孺人繼修瀡瀡以追孝. 舅病積月, 一身爲焦, 而羅夫人來視安危, 則迎以色笑, 奉席而安之. 羅夫人嘗覺曉寒逼體, 俄而燠, 問知爲孺人所抱薪, 感刻至深. 於其葬, 臨穴摧叫, 哀動役夫, 可見其所以會者.

孺人端壹有定操, 平居無慢話無散視, 俯首握務, 日孜孜, 遂以勤瘁殞身, 此夫黨之所未忘也.

孺人世系, 其載於挹翠軒亡室狀者盛矣, 厥後顯奕未艾. 大父諱翼相, 官右議
政, 母李孺人, 左議政諱端夏之女. 大有名昌業, 安東金. 考領議政諱壽恒, 母
卽羅夫人, 世安定. 李孺人, 宗室益豐君諱涑之女也. 孺人之葬, 距李孺人墓,
不百步而近. 銘曰:

以爲其短, 憾曰則長. 以爲其淑, 天施如殃. 依姑栗原, 雙孩與將. 其尙曰安,
允固爾堂.

金昌翕, 『三淵集』 권27, 『한국문집총간』 권166, 5쪽

淑人坡平尹氏墓誌銘

吾宗人安東金時保士敬之配曰淑人尹氏. 系出坡平. 祖利川府使諱鴻擧, 考
溫陽郡守諱抗, 妣延安李氏. 生于丙申四月十三日, 十七, 歸于我門, 爲孝子
贈參判諱盛遇贈貞夫人南原尹氏之介婦. 參判公寔偓源文忠公曾孫, 曁其弟
進士公諱盛運, 純明特達, 稱其肯孫. 而伯死於孝, 仲以病廢. 尹夫人與其娣
柳孺人相愛無間, 以持門戶, 人謂鍾郝房下. 爲婦則難, 而淑人自在其家, 負
女士譽. 歸而以所事李淑人者, 處尹夫人側, 尹夫人不知其非己女. 尹夫人沒
矣, 又移所事于柳孺人, 柳孺人不知其非己婦也.
柳孺人所守, 卽文忠公舊第, 世所謂靑楓溪者. 其池臺花石, 付受甚重, 淑人
之所佐爲綜檢, 無纖毫不周. 士敬得以無事於其間, 日與諸賓友洗爵授簡, 窮
晝夜忘寒暑. 而籩豆之辨, 不待謀而足, 往往內困, 士敬或不知也. 其從典邑,
洗手受月俸耳, 所勖臨民之道, 則以當事忘怒爲要. 又謂
"居官不如守墓"
輒以早賦歸來, 爲士敬誦之. 一子癃疾, 不以憂愛弛訓, 嘗授直方二字. 愛看
小學女戒, 以是敎婦女, 申申講繹, 使知無古今之異, 而樂循儀法. 是蓋據士
敬自爲狀而十撮其一, 則淑人之德, 可謂備矣. 而獨不與年者天也. 日遠而悼
長, 士敬焉得不如此.
余於士敬, 譬諸草木則臭味也. 所謂楓溪之賓, 無出余右, 自始周旋, 未覺閨
閫爲限. 迄有存想, 夫珩璜餘韻者. 竊最其莊貞祥順, 篤於倫理, 樂施而去矜.

敏幹而致謹, 乃其壺度如此. 又有高識哲見, 隨事而發. 嘗於己巳時變, 上以明陵失位, 下爲我家覆巢, 洘然悲惋, 遂及於顯晦去就之義, 蓋有鬚眉丈夫所未及者, 於戲其賢矣.

淑人以丁午十二月初一日, 沒于楓溪舊第. 以癸未二月, 葬于楊州栗村巳向之原. 實進士公及柳孺人墓側也. 士敬官郡守, 凡生一男二女. 女長適李敦, 次適李夢彦. 男卽純行, 娶府使魚史衡女, 生一子一女. 淑人之終也, 純行割體未續命, 猶有沒身之思, 思延其德徽. 惟託於文字是圖, 血懇鄭重. 余雖不詞, 以情則非歐陽之聖兪妻已也. 不忍終靳, 乃爲之銘曰:

西山之宅, 窈窕沼沚. 蘋芳藻潔, 淑人之以. 君子作賓, 琴酒于此. 四敎弗立, 邦化日墮. 壯于脫輻, 何限簪岐. 自我婉娩, 乃振柔徽. 恭其仰事, 馨惟內治. 夫有良輔, 兒有碩師. 布惠宗隣, 咸曰可歌. 德有終始, 年何少多. 二南述美, 不以夭壽. 雖無國史, 彤管則有. 考則壺彛, 乃篆銘詩. 匪質幽墟, 罶者之貽.

金昌翕, 『三淵集』 권27, 『한국문집총간』 권166, 7쪽

貞敬夫人尙州黃氏墓誌銘

夫人姓黃氏, 系出尙州. 光廟朝勳臣左贊成商山君諱孝源之七代孫. 曾祖諱佑漢, 大司憲. 祖諱挺英, 考諱埏, 豐川府使. 妣文化柳氏. 而歸于首陽吳氏, 爲刑曹判書贈領議政忠貞公斗寅之繼配. 後公十六年, 以甲申四月十八日, 卒于家, 享年五十九. 夫人英懿邁倫, 施爲有力量. 蓋勤以勵躬, 敏以綜務, 惠以裕人. 始于爲女, 中于爲婦, 終于爲母, 一用是道而不怠. 以故子女斤斤, 閫治井井, 內外屬人, 莫不歸依以爲命. 斯令譽之所廣播, 非一家之私言也.

至於佐治巨邑, 而洗手以處膏腴. 連姻王室, 而正色以杜蹊逕. 遇子之非己出, 與己子無毫髮厚薄意, 尤人所難及. 豈非所謂不忮不求者哉? 然而又有大者. 己巳之變, 公將抗疏, 衆皆洶懼, 而夫人獨毅然不動曰:

"丈夫許身爲國, 寧禍之恤哉?"

及丁大釁, 則曰:

"從殉易矣, 不忍諸孤之殆."

蓋黽勉乎滄桑茶蓼之中, 所爲護弱與居瘠道理兩盡. 終之天日重光, 坤位復
而旌褒行, 公與夫人之天, 於是乎定. 而當初勸公以取義者, 其賢於王章之妻
遠矣. 嗚呼! 豈不哲哉?

公之葬陽城也, 未克與元媲同窆. 夫人預有治命, 俾勿違禮合祔, 故諸子不敢
違, 乃卜廣州月谷午向之原, 以六月六日葬焉. 夫人始膺貞夫人誥, 後因公贈,
加封貞敬夫人. 公凡三娶. 元媲閔氏, 一男觀周生員, 一女適府使南宅夏. 次
媲金氏, 一男鼎周副正. 一女未笄而夭. 夫人三男四女. 男泰周尙顯宗大王女
明安公主, 封海昌尉. 晉周佐郎, 履周. 女壻郡守金昌說, 副提學崔昌大, 司評
金令行, 大司成李縡, 銘曰:

乾有體用, 坤有動靜. 翕而不闢, 德何由廣. 古美鵲巢,立本則然. 末流藉口,
以惰自安. 猗歟夫人,嗜仁勤義. 煦嫗之普, 訓董之備. 近肅疎附, 有裕其懿.
夫子之安, 穆然忘家. 竟贊殉節, 其烈如何. 扙我漣血, 危巢是完. 卉裳蒯屨,
以畢其身. 本末斯全, 嗚呼其賢. 琢辭載實, 以納玄泉. 庶與公烈, 相久而傳.

金昌翕, 『三淵集』 권27, 『한국문집총간』 권166, 8쪽

姪女趙氏婦墓誌銘

孺人安東金氏, 領議政諱壽恒之孫, 而進士昌業大有之女也. 十三失母, 十五,
歸于趙氏. 以都事諱仁壽爲舅, 進士文命叔章爲夫. 嫁十六年而沒, 得年僅三
十. 孺人之育, 値家百罹, 恐懼愁哭, 殆無一日開顔. 兒女所謂樂, 若薜蘭容節
籩豆燕集, 初不知有是也. 旣克從良, 庶綏後祿, 則嗚呼命之短矣.

孺人有秀標儁姿, 軒然男子氣象. 聰辯慷慨, 以義勵君子. 其與人喜盡不留,
往往逆其眉睫, 說出方寸幾微以相悅, 觀其吐露披豁, 若無墻壁. 而然能恭於
接上, 審於臨財, 苟知非可, 一毫不近身, 臨死所裁猶若此. 嘗以損己裕人爲
樂, 眼前釜庾朝盈而暮空, 凡以喜施也. 叔章故有風韻, 喜與諸彦日夜爲文
會, 孺人簪珥半入於茶果之供, 亦無所恠. 以此家益耗, 內困蓋有年矣. 又頻
乳頻哭, 任情不裁, 一朝委身於牀, 醫技告窮, 遂以不起. 此叔章之所爲沈悼
者也.

孺人母完山李氏, 宗室益豐君諱涑之女. 蓋有純德, 而曾不得四十. 又多産少育, 一女則孺人已. 大有之憐也, 其撫摩祈祝, 靡不用極. 豈欲肖其母命也哉. 況又有不及者乎? 嗚呼, 其尤悲矣. 孺人之沒, 以庚寅八月十九日. 其葬以十月某日, 其地長湍某向之原. 所留二子, 大九歲, 小二歲.

大有余弟也. 余不得視孺人猶子, 死生契闊, 結恨於窮山絶壑. 卽無一言以泄哀, 又可忍乎? 於其葬, 瀝淚爲文, 使埋諸壙, 亦大有叔章之所要也. 銘曰:

三十之命, 號咷居多. 以而入地, 怛如之何. 尙有難朽, 焆焆傑氣. 每生焉用, 百男蜍志. 聊爲是言, 塞悲之謂.

金昌翕, 『三淵集』 권27, 『한국문집총간』 권166, 13쪽

淑人淸風金氏墓誌銘

余友太僕判官洪君士益, 喪其配淑人金氏于丁亥七月二十七日, 以九月十一日, 葬于楊州地平丘庚向原, 抱其四遺女, 過時而悼甚, 願得余一言納壙, 以慰存歿. 余則惻然而不忍辭, 按狀.

淑人淸風大姓, 胄于己卯名賢大司成諱湜. 曾祖諱墝, 領議政, 祖諱佑明, 淸風府院君. 考諱錫翼, 漢城府左尹, 母坡平尹氏, 濟用正恔之女. 以丙午七月初九日, 生淑人于京師. 爲人柔淑莊靜, 幼習古訓, 言動不失繩墨. 左尹公常稱以天生學問, 蓋不申戒. 而送于士益, 士益名重衍. 考諱萬容, 官判書. 祖諱柱元, 永安尉, 號無何堂, 判書公爲長胤. 故所謂無何堂, 卽諸子之同宮也. 淑人入門, 日侍于貞明公主, 凡在其側者大小姒娌, 簪珥滿室, 而公主獨稱淑人曰:

"賢哉此婦"

嘗入闕, 拜明聖王后, 后亟稱其德容曰:

"佳哉吾姪"

夫其婉嫟之盎於儀度者, 故自殊倫. 若喜慍罕見於色, 紛華不挂於眼. 勤乎家而敏於學, 約乎己而周於惠. 懷屬人以仁, 待夫子以敬, 凡可爲閨壼所矜式者, 不在盡述. 獨其所勖士益一言甚高, 余實三復而誦德音矣. 士益蓋嘗屢困

公車而示隕穫色, 淑人規之曰:

"夫爲士者讀聖賢書, 當學聖賢之道而已. 豈可以一第得失, 累吾心哉? 況今世道危險, 科第尤不足貴."

卓哉論乎, 斯丈夫之所不及, 乃出婦人口哉.

噫, 今之儒冠, 決性命磨頂踵而奔走者, 徒知有科, 不知此外有事. 父詔子效, 乾沒而風靡者久矣, 況女子之執, 隨所見者小乎. 超乎榮利之圍, 判乎內外之分, 惟淑人有此哲識. 所以警世迷而廣士志, 其視雞鳴相儆之辭. 地步較闊, 是宜播美彤管以勸來者, 而惜乎世無劉向也. 淑人旣嫁而愛父母甚, 居則連墻而宅, 喪則持制于塋, 又有從葬之願而歿如其言. 墓去左尹公塋, 五里而近. 純哉孝也.

余又悲之. 銘曰:

維荷于隰, 泥不滓也, 維蝘于露, 濯斯蛻也, 展如之媛, 獨蘇世也, 無悷於留, 一曙逝也, 若戀乎側, 平丘癠也, 銘以迷芳, 永無翳也.

金昌翕,『三淵集』권27,『한국문집총간』권166, 7쪽

淑夫人靑松沈氏墓誌銘

夫人姓沈氏, 系出靑松. 曾祖諱大亨, 成均進士, 贈兵曹參判, 祖諱演, 咸鏡道觀察使. 父諱瑞肩, 原州牧使. 而歸于金氏, 爲進士贈參判諱盛遇之冡婦. 監司諱時傑字士興之配. 年五十九, 辛卯正月六日, 卒于京師, 以四月十五日, 祔葬于洪州朝暉谷. 凡生二男四女, 男長令行參奉, 次正行. 女縣監趙景命參奉朴弼彦士人趙明遇孟淑舒. 孫履健, 履儉, 令行出, 餘幼. 履禎正行出. 趙景命有子載健.

夫人爲人, 仁慈寬愨. 範度夙成, 哭母黃淑人, 已以善慼聞矣. 及事姑尹夫人, 一意承順. 未嘗有私財, 至其送終. 變出於遐鄕毒癘, 而能使其帷堂附身, 靡有遺悔. 益致愒于蘋藻之事, 終身匪懈. 每以豺獺報本之義, 訓飭蒙稚. 嘗魚軒之湖營, 睹其供奉之豐, 泫然於不洎曰:

"昔常不足而今有餘也. 其篤於孝思如此."

旣瘵致毀, 至眼枯骨立. 三年外, 果不入口, 喪餘之哭, 感動四隣. 監司有弟,
曰杆城宰時保士敬. 夫人待之甚勤, 分其所遺服御, 必先兩子, 一以體皇辟友
愛, 而門內事大小, 輒咨而行. 與其姒尹淑人相得無間, 一如尹夫人之於柳氏
姒者, 人稱兩世鍾郝焉. 士興實偃源文忠公之玄孫, 奕世仁孝, 繩繩不匱, 至
夫人而配美嗣徽又如此.

嗚呼盛哉! 余與士興, 族爲祖免, 而情則膠漆. 所慣於夫人壼範之懿, 便是嫂
叔間相悉, 亦何必累列? 而況士敬記實爲狀頗詳哉, 旣難備載, 裁從簡約而
歸之. 俾埋于墓隧云.

銘曰:

仁孝門第, 爲婦未易. 哲姑在上, 尤難當意. 秉吾順德, 無入不得. 愛均施周,
坤道之協. 裕如其孚, 克諧羣屬. 畢身苦至, 又何其烈. 懿非一二, 余提其略.
列辭幽墟, 後承之飭.

金昌翕,『三淵集』권27,『한국문집총간』권166, 19쪽

伯嫂貞敬夫人朴氏墓誌銘

我伯氏議政公之配貞敬夫人朴氏, 系出潘南. 世所稱潘南先生諱尙衷, 寔其
先祖也. 曾祖諱東彦, 司僕寺正, 贈吏曹參判. 祖諱潢, 司憲府大司憲. 考諱世
楠, 贈吏曹參判. 妣全義李氏, 吏曹參判止菴公諱行進之女, 北兵使贈領議政
淸江公諱濟臣之四世孫也.

夫人以崇禎丙戌五月九日生, 生五歲而孤, 長于外氏. 止菴公常置膝語人曰:
"此兒有異相. 使其男也, 豈不爲上相元帥哉?"

十六, 歸于我金氏. 四德旣該, 六親交賀. 先考簡莊少可, 先妣嚴察難媚, 而終
始以夫人爲甚宜. 先妣積淹牀玆, 開戶日少, 凡所以代蠱視饋, 家婦之職責尤
重. 及遭大禍以來, 未堪多難, 則夫人心力, 於是殫盡, 蓋蹇蹇匪躬, 爲金氏盡
瘁之婦者, 幾五十年. 疾旣殆, 使具含斂, 怡然笑語, 若治任卽路者然. 乃以丙
申十二月六日終堂, 享年七十一.

夫人頎身嵬顔, 雙眼鏡懸, 表裏洞豁, 貌如其心. 有大度泛愛, 無畛域. 常以普

濟爲意, 意有所向,雖傾困倒廩, 無所愛惜, 不爲後日毫髮計留也. 急人婚喪,
副求若飢渴. 前後所賴以辦事者甚多, 然勞而不伐, 施而能忘, 其爲德量如
此. 事舅姑, 服勞盡誠, 尤見於存亡顚沛之際. 在永峽, 荒寒窮酷, 無復生理.
先考下室之饋, 至賣京第以繼絶, 先姊於事不苟, 尤致謹芯芬, 魚肉少不鮮,
卽不用, 又不欲房闈間執爨. 夫人能先意周旋, 雖夏潦多阻, 而市物流通, 得
不後時. 身則徹夜寒廳, 飯不擧匙者數. 然或命令嚴急,加以督責, 亦應以百
順, 一不見於色. 每感先考眷愛, 終身哀慕. 常道
"侍食於先舅, 先舅知所嗜也, 必舍羹與之."
未嘗不嗚咽流涕. 先考在海島, 寄告訣書, 謹藏諸篋. 及喪, 以治命殉身也.
噫! 夫人德懿之備, 斯爲其最. 若其才藝優長, 自縫紉酒漿之能, 與夫强記證
事, 札翰如神, 件件絶人. 至於事在糾窒, 衆所遲回者, 造次揮霍, 如竹破河
決. 而尊章所欲爲, 言出卽行, 不終時而告功. 先姊嘗以爲大快若然者, 百人
分之, 足爲簪珥之傑. 而獨未嘗以己長格物. 與娣姒通融做事, 見有未逮, 常
爲之掩失護拙. 六姓之聚, 室無空虛, 其酸醎緩急, 氣味不齊, 而一皆包納, 泯
然無底蓋齟齬. 以及內外親黨, 莫不輸心竭懽, 無復物我間隔. 闔政寬簡, 不
用猜防苛覈. 使婢僕人人自在, 竊嘗覘氣象範圍, 宏大坦蕩, 非世所可有. 而
其仁厚薰蒸, 充諸堂奧者, 又足導祥培祉, 以垂衍裕于後嗣, 有未艾也.
猗歟盛哉. 我金望於安東. 以高麗太師諱宣平爲始祖. 先考諱壽恒, 官領議
政. 先姊安定羅氏. 伯氏名昌集, 時爲左議政, 夢窩其號也. 夫人產男女凡十
餘, 多不育, 惟二男二女長成. 男濟謙進士僉正, 好謙出爲從叔昌肅之後, 早
歿. 女閔啓洙縣監, 閔昌洙生員參奉. 濟謙五男三女, 男省行. 峻行爲好謙後.
元行亦出後從叔崇謙. 餘幼. 閔啓洙一男二女, 男幼. 女趙謙彬進士, 鄭志翼.
閔昌洙一男二女俱幼. 伯氏以先山兆盡, 使濟謙往卜長湍亭子浦官寺洞卯向
之原, 遂以丁酉二月十七日, 葬夫人. 將窆, 命昌翕爲誌. 銘曰:

潘南之朴, 有此碩人. 歸于我金, 以德持門. 憂樂與人, 不于其身. 旣勤而惕,
于湍之濱. 納銘厚夜, 嗚呼其仁.

金昌翕, 『三淵集』 권28, 『한국문집총간』 권166, 28쪽

孺人豊川任氏墓誌銘

任君由夏字景華, 與余同贅于慶州李氏. 而耿介好古, 未究志業而夭, 余甚惜之. 其女爲金上舍壽鏶婦者. 雖不學書, 行叶矩度, 允矣肖其父. 而又早歿, 嗚呼惜哉. 壽鏶靜者也. 氣味之融, 實在於琴瑟凫鴈, 存則相待如賓, 歿則若失良友, 曰:

"無復箴我闕也. 蓋過時而悼愈甚."

於是纘排其行懿凡數十條, 以求幽誌于余. 余未能悉書, 乃擧其最.

溫而能直, 簡而無傲, 不設畦畛, 不爲粉飾以悅人. 蓋表裏瑩潔, 天然閒靖人也. 早孤, 能致哀如成人. 敬遵母訓, 未嘗作驕騃態, 篤愛一弟, 隨事提誨, 莅蘭之珍貴者. 推與其婦而取其劣. 歸安舅姑之側, 不以甚疾懈定省, 竭忠滫瀡, 深得其懽, 自治壼務則井井如也.

歲庚寅, 洛下騷屑, 孺人能割偏母之愛而從夫于湖中, 遂以疾亡. 未有血胤, 其尤可哀也已. 孺人生甲子六月十九日, 歿于辛卯四月十日, 以其六月, 葬于交河新浦坐巽之原. 景華父鎭元牧使, 大父奎監司, 實爲豊川大姓. 壽鏶父命圭都事, 大父曘縣令. 系出光山云.

銘曰:

性之靖, 克肖其父. 行之醇, 惟順乎其母. 歸不改操, 以孝成婦. 年一何短, 善則具有. 媲美圖史, 竹竿之女.

金昌翕, 『三淵集』 권28, 『한국문집총간』 권166, 36쪽

淑夫人盧氏墓誌銘

夫人姓盧氏, 系出慶州. 曾祖諱銓通德郞, 祖八元進士. 考諱協府使, 母平澤林氏. 以崇禎二十年丁亥九月十二日生. 夫人, 十五, 歸于安東金氏. 爲觀察使諱盛迪之配. 觀察公剛方鮮可, 趣操之協, 獨在伉儷. 至於公私制事, 截然有墻壁, 夫人之佐之也, 無遺德. 公嘗在玉堂, 憤後宮母僭乘轎, 憲官使碎其轎, 吏以此被戮. 公抗疏斥上過曰:

"殿下罪憲吏, 是罪先王之法."

時上怒疾於雷霆, 而公不爲摧壓. 夫人則夷然治遠謫行, 幸免大何矣. 偕歸湖
莊, 欣然以十畝爲樂, 若將終身. 此其配德之大者, 高人數等, 在法可以銘者
也. 所後子時淨來求墓誌于余, 狀是從姪時保所撰. 厥辭煒燁, 事該而懿著,
顧余何所裁哉? 然擧要而最之.

夫人端靖寡言笑, 幼遇親疾, 能煎泣祈天, 仁孝之得天如此. 歸而族大門高,
舅德山公, 上奉大碩人沈氏, 簪珥滿前, 而獨稱夫人爲佳婦. 及舅歿姑老, 盆
致其忠養, 忘身飢寒而爲之. 百里間日之怀, 輒有瀡濿伴書, 姑所待哺, 嬰兒
若也. 姑沒叔幼, 慈覆若母, 至取配, 猶不分産, 旣俱沒矣, 又鞠其子, 擇師擇
婦, 俾有成立. 自餘修睦宗黨, 致慤外祀, 一以體觀察公至心焉. 其視所後子,
恩若己出. 在夫人未爲盛節, 而卽此求誌之勤. 每進泫瞼, 亦知有難報之德,.
其所處於三從之間者, 殆無餘憾矣. 觀察公雅好讀書, 兀然終日, 不以家務
綴意. 而人見其餐潔衣鮮, 緊夫人經紀是賴. 然於本分之外, 一毫無苟. 前後
隨典數邑, 未嘗以脂膏自潤, 斯亦難矣. 若其莊以自持, 穆於接物, 貞淑之致,
不以幼老貳操. 允爲皇辟之彊輔者, 狀文於此, 蓋亦三致意, 而余所欲不一
書者也.

夫人以癸巳正月三十日卒, 享年六十七, 後觀察公十五年矣, 祔葬于公州鷄
谷某向之原. 實同年某月某日也. 德山公諱壽民, 以孝旌閭, 實文忠公偁源先
生之孫. 觀察公兄郡守公諱盛達, 卽時淨本生父也. 時淨凡三娶. 初室宋氏,
次朴氏, 次李氏, 有二女朴李出. 夫人生四女, 長趙緝, 次曺命衡, 次李玄輔,
次進士宋必兼.

銘曰:

閫壼論德, 以順爲至. 觀其所配, 處有難易. 剛以承剛, 不苟於隨. 是謂克順,
夫人以之. 如薑和桂, 若石摩金. 氣味攸入, 相濟者深. 斬斬內外, 一律是守.
約不皺眉, 豐不放手. 文駊匪煒, 素沙匪飾. 氷蓼畢身, 襦不裏帛. 不隕厥徽,
其祔也寧. 琢辭玄石, 匹美是銘.

金昌翕, 『三淵集』 권28, 『한국문집총간』 권166, 37쪽

淑人完山李氏墓誌銘

吾友趙定而喪其繼配李淑人于江西官舍, 年久而悼益深. 旣纘排其行實, 屬諸昌翁, 使誌其墓而申申其督, 又年久而懇益切, 甚矣其篤於牉合之義也. 噫! 人生此苦十居七八, 昌翁亦其一耳, 相體者深. 竊謂定而之所爲悼, 非以奉倩情勝. 抑亦聖兪之於謝氏, 心服其賢者歟! 嗟呼! 世無歐陽子矣, 不文如昌翁, 其何能盡情發揮以不朽李淑人乎? 蓋將待神完筆遒, 圖所副塞焉, 則定而之急切, 若不能於須臾, 及至千里追逐於瑞石竹樹之間. 歌酒笑傲, 萬緣殆空, 而卒發歔欷, 乃在李淑人誦述其懿, 又狀文之所未周, 則賢哉是婦, 足令傑夫心死也. 余不忍復爲淹延, 遂按狀而次之.

淑人籍分璿系. 曾祖諱敬輿, 諡文貞, 官領議政. 王考諱敏章牧使, 贈參判. 父名晉命, 今宗廟令. 定而名正萬, 今官綾州牧使. 趙氏嘉林大姓. 參判號竹陰, 諱希逸, 近水軒諱錫馨, 郡守諱景望, 卽其三世也. 淑人慈良端靖, 濟以敏慧. 自在稚年, 卽事了了, 善體長者之意. 十六, 歸趙氏, 事舅郡守公及姑柳氏, 一以婉嫕, 而曲中其幾微所在, 大得仁明之稱. 淑人一女, 於其親嫁, 猶戀戀. 奉母柳氏及外王母宋氏, 就近舅家, 累年連墻而居, 通融無纖毫齟齬, 益知其得意於二尊人也.

及荐遭二尊人喪, 凡送終居憂, 靡不用極. 又以夫子難保, 竭意奉藥食矣, 間治衣衾, 若爲歲月之制者, 慮無不周. 今定而所加體, 太半是舊篋攸貯也, 每言其積勞崇疾, 輒隕涕. 定而與朋友輸寫任情, 蓋聞其牀笫燕言, 淑人之規警居多. 亦勸定而使息迹公車曰:

"君子妙齡, 以詞翰鳴世藉甚, 名不可多取, 而福亦難全. 曷若早謝榮路, 以冀延筭於沉屈乎?"

其性識之明, 能不囿於閨房如此.

其在江西, 謹守簾闥, 不以一絲累廉政, 臨沒, 以剝民家於喪爲戒, 其言甚悲, 吏民爲之感泣. 訓子有方, 其矯輕警惰, 若隨證發藥. 至論擇交之道, 以爲華而柔, 未若朴而直. 從違之間, 損益可見, 其言後皆驗, 此則男子讀書多者, 有不及矣. 居常莊敬自持, 夙興治事, 不以羸弱弛律, 兒女亦無敢晏起, 其閫政不苟, 斯可知已. 蓋淑人之善, 不可勝書. 余則刪繁掇最, 以爲如是足矣. 然其咨嗟惋惜之意, 實在言外. 定而當自得之, 其於涊思之萬一, 果能少瘳乎哉?
淑人生於癸卯十一月十九日, 歿於甲申八月三十日. 享年四十二. 以十月某
日, 葬于坡州惠陰甲向之原, 從先兆也. 元配洪氏有一女, 適都事李義鎭. 男
明斗進士, 明翼生員, 明奎, 明箕. 女適尹溙, 李德賢, 鄭弘祥, 金尙魯, 皆
淑人出也. 銘曰:

周于四德, 順夫一人. 靡有不宜, 宜勞于神. 室家儼然, 兒女滿中. 胡逝之亟,
結恨無窮? 不揚其徽, 曷以塞恫? 故人之惻, 納詩玄宮.

金昌翕『三淵集』권28,『한국문집총간』권166, 38쪽

孺人咸平李氏墓誌銘

慈敎堂兪公以孝嚴治家, 略見於余文矣. 所嘗上手聽訓於堂下者曰孺人李氏,
卽長子參奉廣基之婦也. 孺人旣秉順德, 而以無年. 未終舅姑之養, 爲臨歿恨,
顧憐四男子毛翮未齊, 撫之而逝. 此參奉君之所永悼, 未忍沉泯于土中者也.
孺人系出咸平, 父華相通德郎, 母坡平尹氏, 郡守弼殷其考也. 通德以恥菴次
子, 出爲族父之鎭後. 卽龍溪處士榮元之孫也. 恥菴諱之濂, 以學行擧幽逸.
坐介特不大顯, 官止靑山縣監. 孺人幼聰慧, 在恥菴膝下, 受內則女誡. 旣歸,
善事尊章, 克遵儀法, 王姑宋夫人甚宜之, 代幹閫政, 不使須臾去側. 慈敎堂
亦得以弭慮淸溫焉.
其佐夫子, 雖壹意卑愼, 而燕私之談, 規箴居多. 諸子旣免懷, 誨束不弛. 敎婦
初來, 亦戒以勿寶珠貝. 嚴訓所未逮也. 其處妯娌, 朘然無底蓋之隙, 而諧和
屬人. 靡不孚悅, 性又喜施. 與人通有無, 或以窘告至, 傾盍篋以副之. 雖資身
之物, 無秋毫顧惜. 蓋旣歿而親疎同涕, 踰時而不衰. 歿之時, 卽庚寅閏七月
二十八日. 距其生甲寅, 得年三十七. 從葬于楊州先塋.
四子曰彥鐸‧彥鎰‧彥銓‧彥鏑. 彥銓爲余孫女婿. 從學于華岳之陰, 持其
家大人所爲狀, 願得一言以誌壙. 余則辭以衰落, 而其懇彌哀. 至擧賤跡之過
車嶺, 所辦雞黍, 出自孺人手, 而汪然涕出. 噫! 昔也張, 范之好, 今則朱陳通
家. 誼分所在, 其不可以再辭矣.

逐爲之銘曰:

媛惟李氏, 逸士之孫. 穆爾素質, 詩禮是聞. 棋栗蘋藻, 會以斯文. 惟慈敎堂,
展也嚴君. 威如之承, 夔夔晨昏. 敬其所尊, 仁孝周全. 忠于佐夫, 古道以敦.
婉婉祔席, 彊輔在焉. 贈來問順, 若忘己貧. 裕乎爲仁, 短乎其年. 雖則無年,
美實斯存. 維昔王姑, 待以安身. 曰是婦賢, 其昌兪門. 失哺煢煢, 勝冠姽姽.
豈容荒茀, 車嶺之原. 維祉在後, 質于幽珉.

金昌翕,『三淵集』권28,『한국문집총간』권166, 39쪽

姪女李氏婦墓誌銘

孺人安東金氏, 寔吾第五弟昌緝敬明之女, 先君領議政諱壽恒之孫. 母曰南
陽洪氏, 縣令處宇之女, 而歸于完山李氏. 爲學生望之之婦. 望之之父觀命官
吏曹參判, 祖敏叙吏曹判書, 世所稱西河公也. 孺人生於庚申, 歿於庚辰, 得
年僅二十一. 以其年五月某日, 葬于抱川雙谷西河公墓趾後. 七年, 其夫沒,
以孺人移祔于高陽城山, 又五年辛卯二月二十三日, 遷窆于交河某向之原,
卽其姑張夫人兆次也.

孺人質厚貌豐, 外遲而內敏, 性又專靜有條理. 凡於女工治鍼縷納酒漿, 皆不
習而利, 其處心應物, 不見畦畛. 事祖父母, 誠意純至, 視父母無少間焉, 始
在孩抱, 先君撫之而稱有意識.

纔齔, 在先妣側, 視出納代筆札, 靡不當意. 十歲, 遭己巳禍變, 能助長者悲
哀, 朔望饋奠, 必隨參無闕. 先妣之在楊山墓下, 積毀阽席, 以血泣爲日. 吾兄
弟念無以寬其意, 各率所生以迭侍, 孺人則隨父在傍之日偏久. 先妣安之曰:
"被呵而色愈和者, 惟此女爲然."

間承指使, 或至命令嚴急, 雖長者亦不免頸赤, 而孺人夷然不改度, 益進其婉
愉. 余嘗心服其量, 以爲可師. 而先妣每稱'以德女福婦', 旣歸而果得舅姑心,
以至內外屬人及媵御婢僕, 靡不諧和. 視其哭死而哀, 過時而猶思, 可徵其純
心所孚也. 以其心德, 宜受百順之報, 而若是其夭促, 實余之所大怪. 而抑先
妣倫鑑不爽於稱德, 而獨不驗諸福何也? 家禍之烈, 乃使神理回舛而然耶?

嗚呼! 其不可推矣.

孺人幼, 受書于其父, 頗知有道理, 恬虛寡求, 不義之求, 視之若浼. 於時尚衣
帔之飾, 不數數也, 世俗事舅姑, 例多夸外厚文. 而獨不欲强心徇俗而爲之.
凡其識守之靖, 豈非有得於庭訓而然哉? 蓋孺人旣歿, 而敬明有所纘述, 以
請幽誌于仲氏. 仲氏旣諾而歿.

嗚呼! 家有劉向而未蒙壺彝之收, 是亦亡者之窮也. 若余承乏而爲之, 無足爲
有無, 又坐淹暹, 文成於敬明身後. 凡其詳略疎密, 亦無由質諸冥冥, 至是而
余腸益裂矣.

孺人生一男未育, 其歿以蓐厄. 所生女今未笄云.

銘曰:

宜壽宜福, 理則旣忒. 父母之願, 歸于安魄. 再遷而固, 萬古其宅.

金昌翕, 『三淵集』 권28, 『한국문집총간』 권166, 41쪽

外孫女李氏壙誌

哀我外孫李氏女, 可惜可悼, 又可念. 秀慧姿性, 洞澈表裏, 豈非以玉映閨房
而兼林下風氣者耶? 雖未讀女誡倣圖史, 而孝友婉嫕之實, 闇與之合矣. 乃
獨從諺記稗說, 覽古人奇節偉行於忠臣烈士之可尙者, 願爲之執鞭, 其視苣
蘭珠貝, 若塵芥焉. 儼然有老成意度, 若在先朝之侍藥也, 憂甚於長者, 日三
問其何如. 及至逌密, 食舍肉者累日, 千古漆室女, 蓋再見矣.

嗚呼, 以如是神明意用, 以如是淑哲性行, 蘊于幽閨, 終戢于一條玄木. 又將
載素舸溯漸灘, 委之於古山荒壟之底, 終古掩抑, 誰憐而誰闡哉? 其尙不甘
與凡骨同腐, 烱烱朗朗, 留神於月宇間耶? 平生愛爾者, 三淵七十翁, 病迫臨
簀, 百不用情. 僅以數行短文, 寄納于掩埏之前, 靈其知耶?其不知耶?

去歲夏, 余自華陰出, 會汝于終南山榭. 老人疲甚. 偃身乎大牀淸簟, 則汝在
我側. 張燈讀古記不倦, 每至其奇聞可擊節處, 輒起而嚼氷瓜吸綠漿以遣鬱
蒸. 時鍾定人闃, 林園淸森, 白雨洒箔, 或散霏於牀頭, 衷意甚快適也. 到今思
之, 非幽明之爲限. 乃儼凡之永隔也. 余嘗欲携汝入華陰洞天, 娛汝以巖泉,

博汝以詩書, 以汝有靈心高韻, 可共幽淡, 非比醒醍簪珥習氣可厭故耳. 蓋累設其約而終莫之諧. 此固汝抱恨之深者. 余豈忍忘之哉? 思及淚落. 又括兩端以續之, 靈乎其不昧不?

金昌翕, 『三淵集』 권28, 『한국문집총간』 권166, 42쪽

淑人寧越辛氏墓表

朴斯文尙甫以其所自述先夫人行實一通, 授余而泣曰:

"弼周不天, 與母生死同日, 負終身之罪, 無一事可贖. 惟平日言行之懿, 掇拾於家人口耳者, 不忍泯沒以重不孝. 願託墓石以圖永."

吾子其有以哀之, 余則大慟, 辭不能固, 乃按事狀而次序之.

辛氏系出寧越. 有諱應時以淸名直節, 爲善類宗, 號白麓, 寔夫人高祖. 曾祖慶晉大司憲, 祖喜業郡守. 考晦縣監, 有名德. 妣曰光州金氏.

而歸于潘南朴氏, 爲高陽郡守諱泰斗之繼室. 郡守公剛峻有氣節, 嘗爲宋文正抗疏斥邪, 見重於士林. 夫人以明識潔行, 配之無遺德. 郡守公實汾西公之冢孫, 儀賓門戶, 旣稱深闊. 同産男妹至十餘人, 夫人坦然持一心, 事有劇易, 人有長短緩急, 莫不順應而適宜. 通融有無, 絶無底蓋之齟齬, 至其析箸也. 勉母以腴膩物自私, 撫育前媵子女, 恩若己出而非强之也. 御婢使, 優養而均勞, 咸得其愛戴.

値享事則必先期致蠲潔, 細大皆親之. 以至賓客酒食婚喪百需, 轉運無匱. 尤急於哀窮恤難. 聞人之喪, 有臥地不收者, 雖非親戚, 輒捐篋中資以襚之. 雖夏炊不再, 冬袴無絮, 猶推飽煖於人, 施之無毫髮顧惜. 蓋其貴義賤財如此. 郡守公以是益重之, 而顧祿之不及也, 則以爲終身恨. 至其沒久, 墓木成拱, 而宗黨之服其仁者, 猶有餘涕, 其賢益可徵已.

夫人沒於庚申六月, 距其生戊子, 得年僅三十三. 夫人始只有一女, 尙甫之在腹也, 常指而語人曰:

"使余有一男子, 而死者無恨矣."

旣免, 而侍者誤曰:

"女也"

夫人遽聞而心驚, 疾遂不可爲. 人以其語爲讖云.

葬在安山先兆. 蓋郡守公所嘗虛右而待後者, 及公之喪, 有術人言, 權就其傍麓而窆焉. 元配趙氏有一男三女, 男弼夏參奉, 女適學生李明晉. 進士兪復基, 郡守尹澤, 弼周與進士兪學基妻, 卽夫人出也.

若稽古昔稱述女德, 莫詳於周詩國風, 大抵以內守幽閒爲貴. 然谷風之自陳, 必達乎匍匐民喪, 雞鳴之相警, 振之以雜佩贈報. 須如是, 方見閨閤運用, 夫坤承乾施, 豈不以相成爲美哉? 世敎衰矣, 凡爲簪珥者, 例皆慳貪以自私, 奢靡以相高, 一膜之外. 恩義不貫, 以至玷家風而累王化者, 不勝其滔滔. 余以是於夫人喜施一節, 樂爲發揮, 豈惟體尙甫怰然之情, 苟以應副爲心哉?

金昌翕, 『三淵集』 권30, 『한국문집총간』 권166, 73쪽

先妣行狀

先妣系出安定, 牧使諱星斗之女, 參議諱萬甲之孫, 輔德諱級之曾孫. 母曰慶州金氏, 考判書諱南重, 嘗爲開城經歷. 以金夫人往而生先妣于官舍, 庚午九月二十八日也. 先有夢鷹之兆, 判書公曰

"是女必有俊聲."

自幼仁慈敏慧, 察於庶物. 甫十歲, 已能佐長者視中饋, 曲當其宜. 祖母鄭夫人, 乃守夢先生之女, 賢而有鑑識, 嘗稱先妣爲轉運才, 期以必貴.

參議公歿于嶺外, 鄭夫人血泣致毀, 無復悰緖, 先妣婉愉在側, 多方以娛之. 又自作羹湯以調病口, 牧使公得減溫淸憂, 每稱孝女.

十六, 歸于我先君. 善事舅同知公, 所供瀡瀡, 件件當意. 常恨未逮事先姑, 語及嗚咽, 終身如是也. 先君少頗淸羸, 又騰顯太早, 先妣常存老成之慮, 所以奉承, 未嘗一日弛心. 先君秉銓幾十年, 門庭如水, 不著雜人一迹, 所資閫治之淸切者爲多. 每榮祿之集, 不欲當賀而憂形於色. 及至昇而不已, 位極台鼎, 則凜乎淵氷之惕, 與先君共之. 天不助順, 乃降己巳大禍, 嗚呼寃哉!

先妣氣仁, 偏於不忍之感. 同知公享年七十餘, 百福具全, 咸慶其善終, 而先妣之哭之也, 裂墻壁, 涕至浹裳而漲于地. 弔者莫不嗟異. 雖先君亦病其過節, 而莫使之裁也. 前後遭同氣慼, 踰年不啓齒, 甚至婢僕物故及凡民有喪,

稍可悼惻者, 聞輒嗚咽廢食, 其善懷之倍常情如此.

先君臨沒, 知其無濡忍之志, 所以丁寧寬譬, 勉以苟全以庇諸子者, 不一而足, 終以一紙書爲訣曰:

"不全諸孤, 莫會黃泉."

先妣蓋搥胸頓顙而受之矣.

凶變之夕, 櫪馬亂跳, 隣巷沸咽, 天又大風發屋, 黑雲蔽塞, 人理之酷, 殆欲擧室赴海而不可得矣. 棺斂之側, 母子方宛轉頓擗, 而先妣忽止哭謂不肖等曰:

"此爲何地而遭斯酷乎? 然若在京矣, 則銀鐺晝地, 鼈蘁十字街, 受困萬端, 顧不使彼凶益張氣乎, 今乃免此而夷然舍命, 彼之凶虐, 亦無可使矣? 不意夫子之恬於處順, 若是其貞也. 吾與爾輩當奉遺命, 姑不滅死而圖所以返櫬已矣."

不肖輩旣遭罔極, 窮無辭以慰先妣, 而遠承理達之誨非念所及, 幸能收聚頑魂, 奉柩出海. 海島紆邈, 千里于畿. 草輿與牛車, 傾側擾攘, 行及半途, 則天怒未已, 凶徒之經營日深, 北來聲息益洶洶, 或云家被籍沒, 或云罰及諸孤. 又有謂朝家旣斷以重律矣. 不合安葬先山, 衆難蝟疑, 不勝其紛然. 故不得已自德坪迻住溫陽, 爲觀變進退計.

凡於倉卒屛營之際, 隨事奉稟, 輒蒙其從長擇宜, 不主偏計而處之有裕, 終獲返葬于楊山, 而掩土未幾, 奉往金化, 轉入永平之鷹巖. 皆絶峽荒寒, 百無一可聊者. 先妣固凜凜澌綴, 而誠力所致, 猶在於饋奠一事及諸孤蔬食之節, 不使有毫髮未盡. 而所以遺日, 則呼冤叫屈, 仰彼蒼蒼, 有足以泣鬼神而感風霜者.

甲戌傾否, 乍見天日, 而俄又晻翳. 蓋九萬當局, 曲貸諸賊奴, 天討用逭, 先妣之所冤鬱, 殆甚於向時矣.

及至辛巳坤宮賓天, 內外巫蠱獄逆節呈露. 杭與希載牽連爲鬼蜮者, 闖發一婦之口, 快張萬人之目, 黥與宗道追施逆律. 凡此三四巨慝, 始嘗謀害我國母, 以及先君者. 而九萬之所護若有神殛, 天則於是乎定矣.

伯兄適以金吾官, 終始按鞫, 目見杭, 希載騈首就戮狀, 亦一天也. 傳食之婢絡繹有報, 則先妣鼓掌而稱快. 顧謂昌翁曰:

"吾與爾輩腐心十餘年, 幸見此日, 汝兄之立朝, 亦不爲無說矣."

自伯兄勉承朝命, 凡典兩邑, 先妣不肯赴曰:

"吾豈當專城養也?"

後被舅氏苦勸, 沁松兩都, 始得奉往. 而素患痰火之疾, 年增月加, 竟以癸未六月二十二日, 棄諸孤于京第. 嗚呼痛哉!

先君訣書所嘗隨身者, 如命著柩中. 自頃禍酷, 以訖一紀, 完延此五箇頑喘, 先妣之用心苦矣. 況如業, 緝兩弟, 則先君之所結念, 謂必莫全, 以其病纏骨髓也, 而乃能終孝, 列於服位. 先妣一腔血所矢自獻於先君者, 於是告畢矣. 先君始葬于楊州之雪谷, 以禍初渴急, 未克擇地也. 方謀遷奉而先妣沒矣. 遂以是年八月某日, 合窆于楊州金村之先兆.

先妣心力絶人, 事事不苟. 尤謹於蘋藻一事, 將祭, 力疾視具, 或至植立徹曉, 宿戒婢使. 皆以明衣服從事, 自溉濯釜錡, 以至執饗, 秩然有序. 所奉之物, 勿令藝呼而加以尊稱. 及夫盛諸籩豆, 則光潔芬芳, 不似人手中造出者, 可知爲誠慤所致也.

訓子以義, 自兒小, 微過無一掩蓋於先君而必使受罰. 雖至長大, 有不當意, 嚴加叱責, 使不得轉面焉. 尋常所冀待, 欲其卓犖樹立, 免爲苟賤之歸. 而普愛諸孫, 亦喜俊而悶騃也. 最惡訾庛厭事者, 常以此勖勵諸婦. 雖沉綿閉戶之日多, 而戶外纖碎了了, 不可欺.

御下雖嚴, 而曲軫飢寒. 觴灑豆羹之惠, 或有未均, 則輒作數日惡, 常曰:

"捶楚與酒食之政, 要當並行."

一被馴使, 雖甚擁腫者, 必底成才. 以至破筐弊帚, 皆令收完以有用, 謹於蓋藏而樂於施濟. 或有口未及言, 而察眉而副欲者矣. 至於酬勞報施, 則不以日久而或忽也.

蓋仁恕體物, 嚴密持家, 固宗黨之所仰. 而然猶爲平居範度耳. 若其遭變制義分外英懿, 則人或未必知也.

抑伏記島中環泣之日, 昌翁以先妣少時事爲請, 則先君乃言曰

"汝慈本以英敏之質, 通曉事理. 事先考, 克盡忠養, 先考甚宜而鍾愛焉. 少時以余羸弱, 若抱終身之憂, 何嘗見一日弛念乎? 於財利脫然不苟, 若論其寡慾等品, 則罕出其上. 中年以後 汝輩所睹, 或似有不簡略者, 然余則知其本心矣."

嗚呼! 先君之所深知見於末命者如此, 只此數語, 金石不刊. 我後承, 欲知閫範之萬一者, 其尙考諸此矣夫.

金昌翕, 『三淵集』 권25, 『한국문집총간』 권166, 80~81쪽

祭外姑淑人金氏文

聘母金淑人, 以癸酉二月十九日, 棄養于京第, 子壻金昌翕迹限于畿, 不得列于服位. 曁靈柩引次于花山, 而始克奔哭, 時四月二十日也. 痛其卽遠無日, 用誠無地, 只得略具酒果, 以隔芝日丙申朝, 敬祭于靈筵, 文以告之曰:

嗚呼哀哉! 余年十六, 忝入甥廬. 內外兩尊, 愛見色笑. 曰我不育, 終鮮膝下. 爾惟當子, 毋自外人. 彼齔孩者, 視等弟妹. 以爾書來, 以我爲塾. 朝方言此, 岳頹于夕. 萬事悲愕, 迨不堪憶. 終南一堅, 堊扉倚城. 空閨掩宼, 月苦霜烈. 相弔惟影, 寬譬其誰. 堇茶非毒, 水漿猶罕. 小子在傍, 間見收淚. 苦語云何, 指玆幼癡. 夫子之憐, 余所濡忍. 將何鞠遂, 以慰逝者. 覆唒則我, 提恤緊汝. 有隙應敎, 何心辭館. 周旋依戀, 屢經抱子. 情以勢別, 恩與年深. 何子何壻, 鳲鳩之均. 推愛 之廣, 取婦賤門. 融通和洽, 無內無外. 阿姨有行, 玉潤其亞. 三房同爨, 有抱爭膝. 借曰暌遠, 無踰一城. 怡愉往來, 其樂只且. 小子不天, 舋遘蓼莪. 泣血竄峽, 大違之始. 花山薄拜, 謂夢猶曖. 呑而莫宣, 限以存沒. 湯秤含斂, 百爾怱焉. 承凶西悲, 淚飛形留. 生而死同, 此何人哉.

惟靈柔範, 終溫且貞. 肶涵詩禮, 嬪協宗壺. 秉是端一, 播厥芳徽. 口不涉囂, 眉不挂貧. 蘋藻明順, 珷瑃敦施. 伶俜一節, 可感頑城. 危巢護雛, 告成皇 辟. 止慈之專, 於世罕覩. 德之孔淑, 命則不偕. 矧伊晚景, 天扤滋至. 任姨肖寡, 從妹貽慽. 悽鳴臨沒, 寂寥食報. 甁罍莫逮, 棘人之恨. 花山之陽, 先黌之側. 天虗吉兆, 年叶合祔. 庶靈之安, 産祉蕃衍. 持慰孝子, 僅有此耳. 平素有敎, 申申身後. 豈汝而在 使我兒毁. 今焉負負, 我罪如何. 持玆短服, 荏苒少變. 待時奔哭, 猶後輴輗. 卜葬斯及, 禮儀畢陳. 寸誠草草, 臨穴而已. 靈帷觸目, 左扉非舊. 容咳若存, 瞻望則虛. 循柩失聲, 淚迸堂筵. 抽腸爲辭, 瀝露情罪. 靈之亮衷, 歆玆訣觴.

金昌翕 『三淵集』 권31, 『한국문집총간』 권166, 90쪽

祭四嫂李氏文

維歲次甲戌二月己巳朔二十七日乙未, 安東金昌翕謹以酒果之奠, 昭祭于亡
嫂孺人完山李氏之靈. 嗚呼! 婦人百行, 本於秉順. 孝謹慈睦, 從此而生. 織
紝籩豆, 亦有能否. 喜怒之用, 降心則難. 苟能此矣, 九族歸仁. 德之在此, 福
亦在此. 坤道之協, 天休攸降. 斯理之爽, 獨於我嫂. 抱善而天, 何以勸悖? 天
之禍我, 鬼神覗惡. 我巢旣覆, 我首猶岔. 嫂爲我嫂, 命則然矣. 哀我百口, 孰
非苟活? 死亦可樂, 惜乎嫂賢. 胡不黽勉, 以畢婚嫁. 呱呱索抱, 惻惻長簞. 日
久悼甚, 滿室餘情. 堂闈臆結, 娣姒涕長. 其有使然? 如何可忘?
歌笑漢第, 菽橡雲莊. 今皆一夢, 奄復新春. 露電斯速, 音容已翳. 筵几哭畢,
兒女何憑. 五家星散, 今以匹會. 顧見我弟, 如缺絃琴. 頑腸於此, 寧可以忍.
用誠單杯, 以告百哀. 嗚呼哀哉! 尙饗.

金昌翕, 『三淵集』 권31, 『한국문집총간』 권166, 91쪽

祭姪婦申氏文

嗚呼孺人. 來而姑沒, 遣日以淚. 逝也舅病, 含憂入地. 何命之短, 楚毒其備.
如言其質, 端惠簡粹. 穆然何言, 所敏者事. 嘗藥之際, 吾有所試. 蓬首露立,
殆廢食寐. 間以甘毳, 忠養我母. 我母曰誠, 罕見諸婦. 庶有神勞, 回憂占喜.
錯莫徵熊, 驚愕脮蛇. 仁而禍足, 神理云何? 心臺返柩, 黑夜三更. 廣室再虛,
中饋誰將? 東郊我出, 吞悲視弟. 喘喘短氣, 問爾安未. 凶音遽呈, 羸骨如摧.
扶而止淚, 我腸軋回. 斯時斯境, 靈應泫腮. 始在含斂, 夫黨無有. 借曰有誘,
我顔則厚. 求山栗北, 效我奔走. 邂逅逢吉, 天虛一丘. 仲冬騭發, 風藏暄留.
生無樂日, 死有安藏. 嗚呼悲矣. 遣以一觴.

金昌翕, 『三淵集』 권31, 『한국문집총간』 권166, 94쪽

祭亡室李氏文

維歲次丙戌十月乙酉朔初六日庚寅, 安東金昌翕謹以家饌酒果, 致奠于亡妻
孺人慶州李氏之靈.

嗚呼! 君之勞生, 可謂到骨. 呻吟囈唫, 積惱成咽. 屬纊以前, 皆其憂日. 今焉溘然, 豈將休歇? 嗟我半生, 蓬累飄瞥. 只坐一迁, 百爲瓦裂. 君誠自苦, 以順爲悅. 非君之順, 我迁安設. 在昔燕爾, 午調琴瑟. 袵席之談, 出入巖穴. 偵君眉睫, 知不相拂. 蓬萊一筇, 狂颷與軼. 有或來傳, 已薙其髮. 穆然其俟, 咸稱靜壹. 余狂稍戢, 偕隱是決. 繁華京輦, 翁嫗閭閈. 綺紈餘戀, 雙刃其割.

穹崇太華, 疊嶂鬼列. 鹿車微蹊, 雲棧詰屈. 三釜畜黛, 毒龍攸窟. 風雷白日, 健夫猶慄. 察君顏色, 處以恬逸. 閒閒桑者, 映蔚松栝. 丁奴斫畬, 蘭婢折蕨. 鶴林長日, 有味其說. 樂莫斯樂, 矢不浪出. 天慳淸福, 午與旋奪. 庚申癸亥, 弟妹殞沒. 慈闈過傷, 痰與腸結. 一出山門, 未離其膝. 京第旣成, 江榭突兀. 三淵之思, 助我嗟咄. 曰此棲止, 所樂則不. 棄峇高風, 君毋愧匹. 己巳滄桑, 擧室播越. 血泣爲日, 生理焉說. 險坪借牛, 君自矻矻. 賣珠牽蘿, 一婢力竭. 寒溪樹屋, 余影欲滅. 君往含春, 履余其發.

聯翩捲入, 擬待冬月. 以歲不易, 値其大屈. 兩家垂白, 拘攣亦切. 楊峽之歸, 於計爲拙. 取近松楸, 迫玆井橘. 慈訓是奉, 苟守涸轍. 鳥飛隕毛, 人徙耗物. 流離歲久, 力微弩末. 朝春鬼麥, 夕嘗其糲. 井臼疎冷, 籬落蕭瑟. 虎以奚去, 委骨嶙峋. 砥婦適至, 絢網四綴. 電睛閃曙, 風牖窣窣. 狼狽失圖, 眞不黔堗. 圖新檗溪, 一紀始閱. 泠水敗堰, 廐牛再失. 事與願乖, 窮與衰迭. 艱憂倍劇, 鴻洞可掇. 迢迢麟峽, 我愛幽密. 失恃以來, 歸思莫遏. 孤棲板屋, 莫共飢渴. 知君方殆, 勢難携挈. 鹿門初願, 豈欲無卒. 往恐相累, 君非自恤. 遲徊悵悢, 遂至決絶. 君實淸羸, 勝衣力劣. 日啀月呻, 病心有疾. 膏肓之外, 奇疹迭發. 自在其室, 咸慮短札. 受恩舅姑, 却又偏別. 辛亥遘癘, 先考撲熱. 丁卯蓐阨, 先妣救絶. 齡如過曆, 神殆冥隲. 若論恩造, 噓枯肉骨. 承以護全, 亦我孝節. 我實相剝, 搜膏浚血. 及其垂絶, 殆若是恝. 冥冥有知, 豈勝呵叱. 痛固無窮, 慚亦非一. 君之入洛, 女病攸掣. 身嬰百痾, 腫潰命折. 留非久計, 死非其室. 捴是逆旅, 可哀存沒.

親舊之助, 賻襚瑣屑. 斜衾得免, 附棺有實. 閣餘脯腒, 市致柿栗. 送終之禮, 可謂無缺. 莫養於生, 重可追怛. 新兆堅城, 卜云其吉. 亦其形局, 龍勢蟠鬱. 燈山祖臨, 金柱旁列. 含飴象著, 產祉可必. 歸安于玆, 君事則畢. 獨此窮鰥, 居世忽忽. 往伴枯禪, 溪雲岳雪. 猶有筋力, 汛掃寧闋. 春露秋霜, 來往趁節.

及其未能, 百歲歸室. 語盡于此, 腸摧淚泄.

金昌翕 『三淵集』 권31, 『한국문집총간』 권166, 99쪽

祭姪女趙氏婦文

簪珥爲身, 傑然男子. 愁哭爲命, 故自意氣. 英談俊辯, 如尙在耳. 荒壟宿草,
豈其潛寐. 餘情不泯, 所以益悲. 勤於成屋, 瘁於鞠兒. 採花營蜜, 辛苦爲誰.
新園有植, 果已登筐. 呼爺有稚, 語不及孃. 雖汝之傑, 魂應盡傷. 賢郎之腹,
慈父之腸. 何理以遣? 悼與日長. 獨此相捐, 嗟余之頑. 負負存沒, 木石于山.
難消者恨, 莫淹者時. 終南哭輟, 我涕遙飛. 寓哀果醪, 靈擧斯巵.

金昌翕, 『三淵集』 권32, 『한국문집총간』 권166, 101쪽

祭孫女尹氏婦文

維歲次戊戌五月己酉朔十二日庚申, 大父自谷雲寓所, 聞孫女尹氏婦靷期在
邇, 而病未往訣, 摧割倍至. 略述悲苦之辭, 遙致柩前, 使尹郎因奠酹酒而讀
之曰.

嗚呼! 余之見孫, 自汝而始. 往視門悅, 道巢之里. 允矣娟好, 瑤環玉珥. 婉孿
抱持, 祝汝遐祉. 檗巢居養, 莧腸藜胃. 壞裳垢面, 甕牖是倚. 苦受甘果, 可徵
來喜. 歸于右族, 夫子良只. 庶偕其老, 克享榮貴. 命不偁身, 豈其神理. 汝之
同胞, 男女各四. 惟振與汝, 居首于次. 精堅端愨, 亦略相似. 並從泡滅, 曷嘗
夢思? 如碎雙璧, 瘞于厚地. 周歲而然, 禍亦酷矣. 非鬼之惡, 殃自我致. 煩冤
摧隕, 老懷何置. 始汝往之, 縶衿而已. 雞犬莫將, 殆無一婢. 自執洴澼, 誰復
助伙? 父母無力, 聞言充耳. 偏心積惱, 虛損有自. 傷哉萬恨, 足貫生死. 余旣
老病, 迹疎城市. 間有來往, 會面非易. 痛瘁欣戚, 大率恝視. 汝在彌月, 迷所
投寄. 芳橋多艱, 若拒爾至. 玉洞偏憂, 念不及爾. 曰旣病殆, 無賴孔邇. 邀醫
覓藥, 夫子是委. 昏昏老眼, 未了人鬼. 屬纊無日, 好言相謂. 哀哀負負, 豈言
可旣? 朽腸蝕肚, 聞哭則悸. 狂奔入峽, 非復人事. 忽忽遠日, 已報穿隧. 猶然
莫動, 是頑無比. 始焉鍾愛, 終則忍愧. 念汝短造, 懽日無幾. 三産不育, 死以
褥祟. 如桂生蠹, 終未結子. 如雲滅空, 無復餘颣. 兀兀尋思, 沉慟在是. 萬山

礙目, 徒有飛淚. 聊攄膈臆, 寫于尺紙. 寄與賢郞, 讀以薦觶. 靈之不昧, 爲余
增愾.

金昌翕『三淵集』권32,『한국문집총간』권166, 112쪽

祭仲婦朴氏文

維歲次己亥八月辛丑朔六日丙午, 本生舅以酒果之奠, 哭祭于仲婦潘南朴氏
之靈.

嗚呼, 婦有四德, 統于一順. 其順如何, 柔嘉婉娩. 口絶誼言, 色不示慢. 闌事
之理, 奚待轉運. 嗚呼我婦, 庶於是近. 原其居養, 煖屋華堂. 于歸冷落, 分甘
糟糠. 低眉下氣, 夔夔有常. 代幹裕蠱, 蘋藻潔芳. 神之罔恫, 宜鍾百祥. 庭蘭
並苗, 霜隕其一. 鳳蒩叫寃, 猿腸迸血. 毒癘乘之, 澌息乃絶.

四旬光景, 太半憂日. 六載苦莖, 才告其訖. 哀哉萬恨, 塞于閨閫. 余滯巖捿,
迹疎京第. 珩璜婉容, 邈矣松桂. 比稍源源, 可知汝喜. 瀨灑盤飱, 忠養則至.
逮遭殤慘, 未忍接面. 惜無一辭, 誘以寬遣. 昧昧其思, 我腸攢刺. 來繞殯堵,
俯仰涕泗. 匪余喪空, 宗饋靡主. 殆不其餒, 戚我先祖. 湫乎正寢, 歲晏婦宇.
兒啼夫呻, 風幔雨廡. 卽事倉卒, 愈久奚處. 怱怱忙忙, 若無頭緒. 所謀何事,
要欲相捐. 王灘開壙, 屢見涌泉. 權安有日, 痛迫終天. 食之哀, 腸絶柩前.

金昌翕,『三淵集』권32,『한국문집총간』권166, 113쪽

告亡室忌日文

維歲次辛卯八月戊午朔十八日乙亥, 夫金昌翕以孺人慶州李氏忌日復臨, 而
身處遠峽, 未親將事. 玆以祭文, 攄申惝懷, 寄子養謙, 使代酌獻而讀之曰:

自我哭君, 木行半周. 憯悽慘慄, 又此素秋. 念君終始, 亦何淪忽. 懸帨蓋棺,
皆於是月. 可哀在世, 逢運孔艱. 坐余迂硬, 受困萬端. 埈不暇黔, 甕不充飱.
惟善委分, 憂不上眉. 龍樞虎穴, 隨所納之. 未從于麟, 乃見示疲.
遂成窮鰥, 嗟我之衰. 先寒授褐, 未餒催炊. 藏于寸心, 惟腹知悲. 家窮依舊,
子姓數足. 三珠在抱, 振也能讀. 徵女于歸, 良士如玉. 獨未供君, 一笑之適.
苦盡生前, 甘屬誰邊. 新悲宿恨, 氣序推遷.

喪餘斯迫, 適在城闉. 悽焄之會, 兒女具臻. 獨涕巖阿, 祼薦莫親. 幽明何間,
兩相缺然. 緘詞寄版, 一涕與傳. 誠在于斯, 靈庶歆焉.

恭人李氏墓誌銘

艮齋李公, 喪季女恭人金氏婦, 謂衰年所情鍾, 慟至而無可寓矣. 遂與其婿金
君台甫, 謀葬恭人于所居芝洞之兩牛鳴地. 是曰伊山, 實靜觀老先生所守東
岡也, 而屢易主歸于台甫. 始恭人之勸郎買占, 不惟取近泉淇之爲便, 亦欲其
氷玉相涵, 觀善日長, 而畢竟以魂魄歸焉, 其事絶悲.

墓亦不可以無誌也. 恭人生而清粹, 若玉雪團成, 性靈瑩潤亦如之. 閑於幼儀,
聰記古事, 琅然誦詩, 宗黨咸稱奇. 歸則得尊章心, 其舅牧使公每稱其泊然寡
嗜好. 及其舅沒姑老, 所以扶護寬慰之者, 多人所不及. 盖能莊靖而慈和, 詳
謹而疏通. 以是持己應物, 若濟辦閫務, 咸中其宜. 裕於捨施, 亦不以德色示
人, 尤爲夫子所悅服. 所規夫子則以去驕恢量爲頂針, 盖沒而有亡鑑之慟焉.
恭人年止二十八. 沒以己亥某月日, 葬于某月日. 延安之李, 赫舄尙矣, 至靜
觀先生, 以高風邃學, 大能蘁世. 承以艮齋, 紹德有曜, 恭人之慧淑, 豈無宿薰
而然哉? 靜觀先生諱某官副提學. 艮齋名某官吏曹參判. 恭人之母, 安東金
氏, 卽我仲父領議政諱某之女. 牧使公諱某. 台甫名東鉉, 系出商山云.

恭人之幼, 余固撫愛之矣. 及其沒也, 深致悼惜于艮齋. 艮齋徒隕涕耳, 乃其
纘述德懿, 出自台甫之手. 至擧其慈堂申夫人哀誄, 則有刺骨知己之語, 令人
感涕, 亦足警世之悍囂焉.

夫才不才, 亦各言, 固父母之常情也. 然而慈愛攸蔽, 往往以不才爲才者有
矣. 故以閨閤言之, 得私家滿室之譽, 不如得舅姑一可字. 如恭人所得乎舅家
者, 知深而譽洽, 殆父母之所未悉. 則沒有餘榮, 其可以獲寧泉局矣. 亦何恨
年促而福嗇乎? 若兩家煩寃猶有未解者則請視余銘.

生于芝洞, 賢父所歸休. 埋于伊山, 名祖所藏修. 哀哉婉婉, 詩禮之魂. 佩玉瑳
笑, 若在晨昏. 慈庇永古, 其室則寧. 助揚其芬, 金叟之銘.

祭亡妹文

維歲次辛酉二月乙酉朔, 初四日戊子, 叔兄昌翕, 含哀忍淚, 告訣于亡妹孺人 李氏婦之靈.

嗚呼! 兄弟之喪, 天下之至痛也. 本於一氣, 連於異體, 肝膽之相附, 枝幹之 相屬, 而一朝割其半而遺其子焉, 則其何痛如之?其何痛如之? 是恒物之大 情, 而凡今之人, 未或有不然者矣. 然而病病者, 非病之至者, 而惟病而冥然 不知其痛者, 乃爲甚病. 若吾於汝之喪, 則其殆不知其痛者乎? 始而隕然, 終 而惝然慌然, 逾久而不自省, 若是而謂之曰慘割而已, 忉怛而已哉.

嗚呼! 乙巳之年, 余年十三, 而汝始呱呱於泥洞之寓舍, 余時雖癡昧, 亦從其 寢地, 心異汝端秀絶特. 無何而汝婉淑彌暢, 朗慧日新, 卽不待姆教而懿嫩柔 嘉, 已能合於閫範矣. 惟其迥然絶塵, 瀏然泥而不滓, 如蓮之在水者, 固天質 自然也. 至若德氣之美, 長益完就, 則又渾是一團美璧, 不見其玷也. 蓋跉通 爽達之性而莊密有之, 高朗瑩徹之姿而豐厚有之. 余嘗窃喜而嘆曰:
"以質若彼, 以德若此, 古所謂淸心玉映, 有林下風氣者, 妹則兼焉."

而若其豐亨榮貴之表, 亦又天賦之申篤也. 夫然後宜其室家之壹, 景命有僕, 從之以孫子也. 就使所料之或差, 要不過失之以錙銖也, 天豈欺我哉? 以是 自語於中, 乃或言之於兄弟間, 亦皆謂然.

嗚呼! 而今乎天果欺我乎, 汝果欺我乎? 非汝之欺我, 汝亦見欺於天矣乎? 汝以我言爲可以徵信, 而終亦爲所欺, 然則我與汝與天, 交相欺焉乎? 嗚呼! 何爲其然也? 何爲其然也? 中身之未 屈而止於中殤乎? 繁衍之是冀而絶其 嗣緒乎? 豈汝德汝相, 固宜止此耶? 且固有非命者耶? 嗚呼! 何爲其然也? 汝之始生, 雖閭里行路之人, 聞之莫不欲羊酒相賀. 其死亦莫不悲其夭促憐 其殘禍, 又爲之唏噓出涕, 若痛之在己也. 然惟一家親好素貫汝平日之性行 者, 則其哀也益加進而其惜也采切, 惟其惜焉, 故哀又甚焉. 在他人固有然 者, 矧惟我骨肉之情理, 尙何以言哉?

而亦其痛恨之至不堪者, 又有五焉. 嗚呼! 惟我兄弟, 六人爲男, 而在女惟汝. 汝又晚生, 父母固奇愛汝.而母氏善病, 未堪家多事, 日趓汝長而委焉. 幸汝 夙慧異常, 甫學語已能觀於酒醬, 稍益任其叢脞, 自苞 苴簡牘, 以至洴澼絖,

靡不執其經紀, 奉而周旋, 所以解憂鐲忿, 慰悅我父母心者, 他兄弟莫敢望
也. 今也則已矣亡矣, 終吾之身, 雖欲得親之一開顏, 不可以得矣. 是痛恨之
至不堪一也.

汝性友愛純至, 兄弟之間, 一視同愛, 樂意無間, 常欲與之相守而毋或離也.
不幸七年以來, 靡室靡家, 兄弟星散而處, 盖未嘗數日具會, 汝每以此爲深恨
矣. 及將合幷於一室, 湛樂於百年, 而汝反舍而長逝, 有若邁邁而不顧者. 是
痛恨之至不堪二也.

世稱顯貴之家, 必曰紈綺膏梁. 汝以父母之獨女, 生於我家, 宜其逸樂溫飽莫
汝若也. 假使年壽夭促, 不得永其所享, 卽其生前所適意則必恣其安便矣. 而
汝則自解事以來, 輒當室家流離之會, 險阻艱難, 經歷殆盡. 其在南方, 常苦
瘴霧蛇蝎, 一未能安寢與食. 乃旣東徙, 又爲風霜寒凜所侵薄. 至面皴手龜則
勞苦困極, 每祝家大人之早宥還也, 賴天之靈, 得復見淸時, 則庶幾哉, 憂事
告終, 昌樂甫始, 而曾未幾何, 汝乃棄平生之居, 而寓死於他家, 天之生死困
苦於汝, 亦又何虐也? 是痛恨之至不堪三也. 以我衆多之兄弟, 又得汝以備
男女之數, 汝又得賢婿, 稱其玉潤, 與之趨庭入室, 襟裾相接也. 一世之人, 皆
歆艶嘆羨, 乃或比之於汾陽家子婿. 今乃零落摧折, 頓使我門闌湫然凄靜, 向
之見羨於人者, 乃反爲所悲吊, 是痛恨之至不堪四也.

 記汝在幼之時, 父母弄戲汝, 必曰

"歸汝佳婿, 備汝六禮, 又娶六親以共之, 以彰汝不世之淑美也."

豈意天不從願?

汝之婚姻, 屬在窮約之時, 白茅之包, 未免殺禮以將之, 一家之所沉恨敗意,
固已深矣. 又豈意兩家多阻, 萬事緯繣, 早晚執笲之事, 竟以魂魄歸焉? 是痛
恨之至不堪五也.

夫以至親篤愛, 有此五不堪之痛恨, 已足以次骨而不解, 歿身而不忘. 而獨吾
則又有兼情於他兄弟, 不啻倍蓰, 嗚呼. 我家之大入於洛也, 余則滯在東峽,
盖將有事於石田. 往來省視, 率不過一月一過. 汝見我來, 必嘻笑而迎, 輒問
其罷歸之期, 余答以卒歲焉, 則汝惛然不樂曰:

"毋久淹也."

八月之來, 始聞汝有身, 訝其早也, 不覺然有驚. 旣已不可奈何, 則默計彌月

之期, 度可在臘月之末今春之初, 於其前臘月旬間, 必來護汝, 入山之後, 每嘗屈指而待也. 豈知未及其期, 而汝遂奄忽於其間乎? 汝病汝死, 我并不知其日, 方且偃臥於衡門, 嘯詠於澗谷, 而忽承哀報於寒山絶壑之中, 蹋地而叫, 腸肉盡裂矣. 踐雪戴星, 奔馳而來, 則汝已束斂矣, 不可以及矣. 已化之顔面, 亦不可得而撫矣. 父親捉余手而叩地曰:

"爾來何遲也?"

遂言汝臨歿屢欲見我一面, 又恨不得我操藥以修之. 盖汝素知余稍習於護人之疾也. 自其未病, 已欲其邀來, 而未有以發言也, 其病也思之故益切, 而終莫致焉, 則盖於邑飮恨而歸矣. 嗚呼痛哉! 嗚呼恨哉!

誠使萬一慮其如此, 余豈忍晷刻捨去, 而自貽此無涯之痛恨耶? 惟是知汝之有身, 而不相守以待, 是余之負神明多矣. 何由言哉? 汝之就木之後, 聞汝兒尙飮乳 無害, 輒收淚而得自寬, 亟欲往視, 而心之不忍, 姑將徐徐也. 數日而往, 則兒病已毒矣, 已無可爲矣. 然惟曰 如天之可憐, 萬分之一得以回活, 則其爲汝之血屬, 若父母之所寬慰, 則在所不論, 而我之未效於汝病者, 亦可以少賞也. 區區之誠, 不能誘貌貌之神, 一縷之命, 終絶於我手, 汝之至窮厄無祿, 於是乎備矣. 天之增益我痛恨, 亦於是乎無窮矣.

嗚呼! 以汝之年, 尙今未笄, 亦未爲晩, 矧其字育, 非余念及, 而終其喪身, 不以他疾而以此, 則斯人斯疾, 殆近於短折而凶焉者也. 然而一塊之見遺, 或者本作乃反若, 天意之少假, 而又輒殤殄. 滅無遺育, 如不我克, 天之於汝, 可謂深矣. 夭促之不足, 殘禍之, 殘禍之不足, 又從而滅絶之, 余將何以置此無涯之痛恨, 而亦將何言寬譬我父母之心乎?

自汝之亡, 父親病臥於南室, 悲咽塡胸, 淚迸於枕, 母氏則日號摽於北堂, 頓而復起, 每朝夕之間, 泣而升堂. 匍匐於膝下, 則如見汝於其側, 擧目則無見也, 退而過汝之西房, 如聞汝語音, 傾耳則無聞也. 嗚呼! 其眞死耶?, 其將不可以復返耶? 行則欻欻然如持半身, 坐則軋軋然腸一日而九回. 芒乎蔥乎!忽不知死者之爲誰, 而嗷嗷者之何爲也. 陡然而驚則汝其死矣, 其不返矣. 日月易得, 汝之骨肉, 將不久淹於此, 汝之精爽, 亦隨而寝遠乎我矣. 顧吾無窮之痛恨, 雖欲以此而寝忘, 終亦安得矣乎? 要之極宇宙無窮而不可化焉也. 古人以生者之別, 尙謂之萬古銷魂, 則今之此別, 余未知其爲何也. 而心非木

石, 乃能以汝爲鬼而非人, 以汝爲往而不返, 忍能綴送汝之文, 忍能酌酹汝之
酒. 又忍思汝之所嗜, 雜進以峽蔬山橡之供, 神嗜飲食, 尙能如平日之相勸而
啜也否? 嗚呼哀哉! 尙饗.

金昌翕,『三淵集』습유 권25,『한국문집총간』권167, 144~147쪽

亡妹生日祭文

維歲次壬戌四月戊寅朔, 十三日庚寅, 第三兄昌翕, 以酒果之奠, 哭于亡妹李
氏婦之靈, 而侑之以文曰.

嗚呼哀哉. 人生有情, 喜怒哀樂. 原於一性, 宜無取別. 哀之爲端, 發斯駛速.
惟其發速, 是以難抑. 抑之未能, 其刻次骨. 雖有他情, 而難掩奪. 始吾於人,
聞而如膜. 於身而驗, 亦孔之切. 昔汝之亡, 余徒惝惚. 旣遠旣久, 我痛彌盡.
此三年, 天道之易. 相憐相捐, 古亦有說. 中心之潛, 靡往不觸. 如薪包火, 忽
焉騰熱. 如繭抽緖, 不可祝裂.

居常行住, 間作哽噎. 驚吁而起, 身如隕落. 寢睡囈唫, 乃或鳴泣. 傍人之喚,
心焉如割. 自余遘痛, 庶瘢以集. 余實自怕, 達遣是力. 而彊笑語, 以迓愉悅.
登山臨水, 駕焉出郭. 終焉忽忽, 怅乎歸復.

升于北堂, 親顔滌滌. 戞戞風扉, 愀愀西閣. 曖曖繐帷, 黯黯塵跡. 朝夕之饋,
與夫望朔. 呑泣而立, 淚與氣結. 若有翩翩, 來接我目. 明明如月, 有盈我室.
縱我將忘? 而豈晷刻. 陽里之疾, 不可暫得. 莊氏之說, 知亦强作.

嗚呼奈何? 汝實我毒. 可哀惟汝, 生日太促. 居其短世, 鮮樂豐慽. 飲食宴飯,
何嘗平昔? 三月徂春, 孟夏之節. 桐生茂豫, 百物滋殖. 躋汝初度, 羞此酒食.
尙歆余衷, 毋以菲薄. 嗚呼哀哉! 尙饗.

金昌翕,『三淵集』습유 권25,『한국문집총간』권167, 147쪽

亡妹大祥祭文

維歲次壬戌十一月甲辰朔, 三十日癸酉, 第三兄昌翕, 以亡妹李氏婦, 再朞在
邇, 惟是酒果之奠, 酹而侑之曰.

嗚呼哀哉!, 汝生之前兮, 去者可知, 汝歿之後兮, 來者如斯. 惟方生豈無方死兮, 然天命於汝兮可疑. 彭乎殤乎, 固不可一槩而等數兮, 曾哀鞠戚兮, 非夫汝而其誰? 蓋謂天故爲椓毒. 胡偏賦汝以淑郵, 胡然而其靜靚乎而? 胡然而其淵懿乎而, 溫其玉兮氷以烱. 紛昭質兮淑儀秀, 秋蓮乎澂霽兮. 苕春蘭兮汎陽暉, 合衆芳而和調兮. 中醇粹兮外自持, 嗟爾幼志之耿介兮. 豈惟曰無儀無非.

父曰揆爾之旣蚤兮. 惟兄弟覃所深知. 允矣閨壼之可像兮, 宜爾景命之祺乎而. 俟汝乎魚軒之躋乎而, 引汝乎黃髮之垂乎而, 曾謂爾止于已斯亡兮, 寧欲在禂而掃跡, 夫旣曰于歸而字之兮, 亦胡寧華殞而不實.

嗟一死則百於常人兮, 獨奈何情長而景促. 是以有慘怛之難沫兮. 窮宇宙兮恨彌積, 選千載實寡汝匹兮. 哀汝魂不其恔, 獨佷佷乎窮者之無歸兮, 子子乎靡所止托. 固淑靈本天而親上兮, 吾不知其乘淸氣兮翔寥廓. 騰雲駕兮溘上征, 周流造乎太微之極, 仍侁女於璜臺之十成兮, 召皇英使奏韶樂, 麾鸞皇以迓織女兮. 散瑛琚兮紫貝闕, 携望舒而同歸兮, 抱瑩魄而爲一, 指三五而爭滿兮. 光皎皎兮顈玉色.

苟汝得其無窮之眞遊兮, 豈不快在其自適? 嗟巫陽不我明告兮, 顧安得以慰釋? 罔芒芒之無儀兮. 默眑眑之不可索, 窺聲光其若玆兮. 存彷彿於耳目. 情不可寄天而埋地兮. 固循環之往復, 背脣牽以若胖兮. 掩此哀而不可得. 初去我若薄言旋兮. 至今三年其不日不月. 父兮母兮糺哀而編苦兮. 昔之厚兮今安薄? 伯兮叔兮矯桂而朶芹兮, 曾不一顧兮與之同樂.

已矣哉眞死之不可爲兮. 吾然後知其萬歲之別. 冬之日兮慘以慄. 嚴肅殺兮短景匿, 堅氷至兮厚土塞. 幽戶重鑰兮不可啓以發, 總帷撤其翩然兮. 愀虛房兮廓落寂, 魂今其焉往而翔集兮. 得無寢遠而銷鑠, 迨凶辰而修薄饋兮. 陳具邇之故室, 庶爲我而一嘗兮. 長與汝兮告絶. 嗚呼哀哉! 尙饗.

金昌翕,『三淵集』습유 권25,『한국문집총간』권167, 148쪽

祭亡妹遷葬文

維歲次乙丑十一月丁巳朔初七日癸亥, 是爲亡妹李氏婦之遷窆前二日. 悼撫

棺之難屢, 若逝者之重沒, 痛迫肝臆, 不自堪忍. 肆以菲薄之饌療草之文, 哭
焉以訣曰.

嗚呼! 始余未信其眞死, 故以傴然而寢, 爲非汝以繡然係纏, 邃然玄木, 爲非
汝身之所在也. 捨是而將求其昭昭琅琅婉婉盈盈者而庶幾一覬, 彷徨四方
曰: "於彼乎於此乎" 若是者久, 日月其闊. 吾旣不可復值矣, 吾竟不得類焉
矣, 於物而無所憑依, 於心焉愴之無涯. 則雖欲一披玄埏, 撫四片之題湊, 申
一痛於平生, 地厚泉深, 嗚呼其末如之何已. 今汝之靈, 豈亦欲一見我父母兄
弟耶? 天若誘衷乎人, 地維協禎乎時. 自西遷東, 與汝體魄, 使得僵側乎我前.
嗚呼! 魄之在玆, 魂亦隨萃耶? 抱棺而呼汝, 汝何爲復此人間耶? 以爲往而
再來乎? 我呼而汝莫之應. 以爲眞有重逢乎? 何我涕之無從, 展轉周視. 終是
一木而已. 而矧此猶不可久淹者耶?

嗚呼痛矣!嗚呼痛矣! 自庚申以迄于今, 無幾星霜? 而以汝臨吾家人? 父母之
病顔衰髮, 何如疇昔? 兄弟之憒憒靡樂, 亦復如何? 嗚呼!若是者非爲汝故而
伊誰使之耶? 中間人事, 匪直爾爾. 季弟之亡, 若躡汝後. 幽明之方, 一離一
卽. 其已相提徊翔, 聊樂其得免孤子耶? 無乃飮泣相顧, 有不能釋然於父母
兄弟者耶? 因汝之重往, 願致丁寧於季也. 而恐死者之無此宛曲, 而徒爾區
區者. 生人之虛揣耳.

嗚呼痛矣!嗚呼痛矣! 啓佳城而見白日, 惟千萬年只此數日耳. 自明日以往,
又復無窮之阻邈矣. 抱棺而號, 曷忍其釋. 皋復而痛其死, 以其魂遊也. 戕棺
而痛其死, 以其體閟也. 歸土而痛其死, 以其魄沈也. 夫其一死而痛有多節,
每節而痛若各一死. 今玆之來, 其殆死中之生者耶? 來而旋返, 又是死中之
死者耶? 若是則其反痛, 甚於前之臨穴也矣. 嗚呼痛矣!嗚呼奈何! 玄宅安穩,
允協成規. 往卽其居, 永襲幽祐. 哭以大送, 一以爲私祈. 嗚呼哀哉!

金昌翕, 『三淵集』 拾遺, 권25, 『한국문집총간』 권166, 149쪽

祭外祖母淑人金氏文

維歲次甲戌二月己巳朔初七日乙亥, 外孫金昌翕, 謹以酒果之奠, 昭祭于外
祖母淑人慶州金氏之靈. 嗚呼! 我生之初, 祖妣劬勞. 留守彌月, 擧而後喜.

曰此可兒, 謇其有意. 昨者之拜, 語猶及玆. 愧此頑質, 虛辱覽揆. 高行偉節, 祖妣所尙. 闒茸苟活, 小子無狀. 惟昔內集, 古烈伊誨. 義形雪涕, 己卯之錄. 孰云如今, 我家之事. 窮溟絶峽, 血泣之身. 未忍將顏, 以近膝下. 舞綵之筵, 愈邈山河. 遲徊五歲, 僅一再拜. 尸離晻晻, 物未蒙燭. 懷情莫訴, 拜輒泫臉. 尙看慈顏, 迎欣違悵. 所冀百年, 以永瞻依. 天降凶變, 酷我母氏. 叫叩索抱, 霜髮兒啼. 扶以匍匐, 日三柩前. 周旋帷戶, 間疑平昔. 卽遠斯迫, 云如之何? 端莊容範, 鬆朗風氣. 歷選閨閫, 誰可彷彿. 承顏無日, 報德何地. 菲薄淺詞, 萬不逮誠. 靈之不昧, 感此聲淚. 嗚呼哀哉! 尙饗.

金昌翕, 『三淵集』 습유 권25, 『한국문집총간』 권167, 152쪽

祭從甥女徐氏婦文

維歲次庚辰二月某朔某日, 安東金昌翕, 以從甥徐氏婦慶州李氏之卽遠在邇, 不勝怛悢, 而病憂所拘, 不得往視靷葬, 以爲終天恨. 自海中遙致一觴, 使子養謙, 替 祭于柩前而告之曰.

嗚呼哀哉, 昔汝之在病, 救者之焦遑禱泣, 必欲挽歸于陽界者. 何謂靡不用極, 而及其就木. 謀者之奔走營辦, 必欲亟納于窮泉者, 乃反若將靡及. 豈前後之異情歟, 可其忍於相捐也.

且昔之所救汝者非他, 惟吾與爾大人. 晝夜其側, 而汝之不欲須臾離捨者, 豈非吾與爾大人乎? 方其滴滴進糜, 匙匙灌藥, 吾兩人之肝同焦也. 而今則一爲斷腸之猿, 一爲行路之人, 豈分殊之使然歟? 何其甚於趍然也? 汝亡後吾之撫柩再矣, 乍進而周章, 若將爲進糜灌藥之事. 而汝則冥冥躑躅, 而旋如聞其痛呻嗚囈之聲, 而衆且噭噭, 吾於是哭未盡情而魂已飄外矣. 自來海中, 苒菂森茫, 若不以幽明爲念, 而時時於曙牕昏燈間, 颯爾驚恍, 繼以潸然, 是盖時移境換, 而悲緖之隨身者, 無往而不然. 況玆藹然而春, 滯思有扣, 尋念汝姊妹從我眷聚於檗溪張家村, 正在此時. 今其濯悅之澗, 摘梨 一作花 之谷莫不森然見在. 他日還山, 悲又有不可避者.

嗚呼! 愛之欲其生而卒未能救其死, 視之無間於吾女而終不得用其情, 誠吾有愧於汝病汝喪者, 顏之厚矣. 獨有結衷而難解, 撫跡而彌惹, 是余無已之痛, 幾何其爾大人之不若哉. 嗚呼哀哉.

金昌翕,『三淵集』습유 권26,『한국문집총간』권167, 160쪽

祭姪女李氏婦文

凡我諸房, 膝有簪珥. 靜躁格殊, 鹹淡味別. 各一性稟, 長短互見. 老成恭愁,
吶言敏事. 汝與吾女, 本作吾女與汝 誠有是夫. 仁之近也, 福攸宜只. 吉願遲
期, 升日滋川. 本有夭札伶俜夢想所隔 方花毒霜, 驟雨脆泡. 祈冀之戾, 乃至
是耶? 而等死, 焉用其存. 逝不復來, 曷忘其面. 惟兹取捨, 忍有訣辭. 于汝父
母, 汝外無餘. 是爲斯 一作愈 酷, 何理可遣?
天老鬼厲, 徒有兔叫. 父兮肺裂, 母兮眼枯. 肺裂何聲, 眼枯何淚. 呻吟散處,
委柩路側. 陳衣寂寞, 餘閤落索. 憑撫時短, 謀葬如渴. 嬌愛何地, 似非人情.
祖載斯迫, 骨肉始湊. 嘈嘈啓殯, 恨恨就擧. 荒山抵壁, 一掩難顯. 仁姿福貌,
可復眼中. 老成亡矣, 吾失兩女. 失聲爲訣, 我肺亦裂.

金昌翕,『三淵集』습유 권26,『한국문집총간』권167, 161쪽

祭姪女吳氏婦文

維歲次辛巳七月丙戌朔十五日庚子, 叔父以酒果之奠, 哭祭于姪女孺人吳氏
婦之靈. 嗚呼, 汝之在日, 與汝團會者常稀. 汝之歿後, 吾不能哭泣以時, 悲憂
靡暇, 自 昔若兹. 存沒忽忽, 萬恨千悲. 吾家禍威, 劇于汝喪, 哭汝者崇, 俄又
隨亡. 人理至酷, 天意冥茫. 汝知不知. 猶有莫詳, 獨無可慰父母之腸.
東郊悰況, 去益悽凉. 瑳笑儺珮, 誰媚其傍. 餘情所寄, 炯炯琅琅. 渼湖雲峽,
山遠水長. 火改楢柞, 新穀人嘗. 晬 盤昨日, 兒欲扶床. 祥辰告及, 久我相忘.
驚瞻日月, 靜尋平昔. 事有莫追, 人尤可惜. 筵几一撤, 豈復留跡. 我哭難屢,
傾淚斯酌. 嗚呼哀哉.

金昌翕,『三淵集』습유 권26,『한국문집총간』권167, 162쪽

祭叔姑宋判書夫人文

日余小子, 三到于此. 癸丑之拜, 欣瀉無比. 敍懷則長, 泉源淇水. 庚辰之拜, 悲不成喜. 萬恨吞吐, 滄桑閱紀, 生逢生別, 來往如是. 今玆云何, 冥漠乃爾. 靈帷觸目, 寢門虛闒. 若將承顏, 竟閟晉旨, 失聲柩前. 嗚呼姑氏! 旋顧庭輀, 壙池迫止. 辦隨二連, 沉慟貫髓. 新阡海曲, 羊角遙峙. 莫挽其緋.

嗚呼姑氏! 閔余釁逆, 不天已已. 昨年何年, 孤露之 一作方 始. 庬然伯父, 魯殿遽毁. 靈根棣萼, 獨枝而已. 山川之故, 每苦思企. 慈覆攸暨, 仰若天只, 今焉已矣.

嗚呼姑氏! 恭惟塞淵, 壹德純美, 穆然鳩止, 無競無累. 劬艱半生, 優適晚齒. 榮妻顯母, 鸞艾金紫. 含飴衎衎, 有蔓來祉. 澹乎若虛, 約不封已. 逮卽床玆, 靡甘瀡瀡. 一曙委順. 嗚呼姑氏! 勞長享短, 委恨孝子, 暫失反面, 尤豈人理? 杯棬餘澤, 蘋藻舊沚. 惟玆後谷, 不忍再履. 慟哭北歸, 將奚依恃. 團圓往日, 屈無多指. 玉洞歌笑, 曖其夢矣. 何懼何憾, 本作戚 曷遠曷邇. 情泯境夷, 畢竟泉裡. 諸父諸姑, 會同在彼. 是頑然者, 不死何俟. 哭泣爲日, 戀世之以. 語及終天, 腸摧臆披. 靈鑑至哀, 歆玆薄酹.

金昌翕, 『三淵集』 拾遺, 권26, 『한국문집총간』 권166, 166쪽

祭仲母文

維歲次丙戌十月乙酉朔二十六日庚戌, 從子昌翕, 謹以酒果之奠, 昭祭于仲母貞敬夫人南原尹氏之靈. 嗚呼! 天降荐禍, 抔我小子. 淚盡血繼, 殆二十禩. 拱極之顙, 弼雲仰止. 庚午閔凶, 仍於己巳. 巋然北堂, 戴二天只. 今玆棄背, 踊於癸未. 霜慘雪虐, 再見萱萎. 眞不憖遺, 尙何依庇. 鮮民之生, 噫非人理? 恭惟柔範, 載稟淵粹. 敏識慧解, 穿貫經史. 寬慈容物, 踈達遣事. 惠訓攸被, 飮和咸醉. 藹若祥雲, 遍覆黨里. 無怨無猜, 協和金氏. 坤簡乾易, 齊德允美. 尊爲命婦, 鸞艾有煒. 視履而言, 福欠圓備. 滄桑晝哭, 茶毒徹髓. 掌有碎珠, 眼未乾淚.

壺音之邵, 晚益揚懿. 雅言詩禮, 足飾蒙稚. 旣享大耋, 胡慳久視. 斑爛在前, 羅列環珥. 接面伊阻, 扶膝而已. 煩紆增疾, 此其爲祟. 床褥靡適, 匙飯失味.

每一趁側, 心焉如燬. 昨歲東遊, 言歸取次. 曰彼麟峽, 吾所幼履. 境幽民淳, 種種佳致. 方秋霜落, 錦石雲水. 一滌煩襟, 安得徜爾. 往彼 本作必 描寫, 撰送遊記. 巖阿板屋, 經冬曠侍. 從弟書往, 燋 本作焦, 燭盈紙. 催我出山, 病思是慰. 獻歲來省, 造床而跪. 金箆百方, 醫已袖技. 仰察神識, 頓與前異. 一二山談, 僅得徹耳. 聞聲喜劇, 殆欲膝置. 奉手寬譬, 先隕我淚. 熇熇長夏, 內火增熾. 飫氷疲扇, 屢換裪祉. 沉淹銷鑠, 痛矣至此.

自余失恃, 注仰無二. 晨昏唱喏, 禮不逮意. 蜻蛚之靈, 蔑誠爲愧. 鳲鳩之均, 報德無地. 違顏如昨, 日暖月閟. 堂宇愀廓, 入則靡至. 埋妻堅城, 奔走呻嚏. 恝若相捐, 久曠服位. 合祔有期, 將破舊隧. 攀輀摧裂, 望之若止. 本作望何止. 尙冀安窆, 以產繁社. 終天拜訣, 言止此矣. 薄具斯陳, 寅誠餠胾. 庶曰昭歆, 小子進觶. 嗚呼哀哉尙饗.

金昌翕, 『三淵集』 拾遺, 권26, 『한국문집총간』 권166, 166쪽

祭仲嫂文

維歲次庚寅十一月辛卯朔二十八日戊午, 安東金昌翕, 謹以酒果之奠, 昭祭于仲嫂貞夫人延安李氏之靈筵. 嗚呼, 婉婉夫人, 展我嫂氏. 秉柔履和, 德有終始. 度叶珩璜, 臭合蘭茝. 東岡之侍, 耳熟詩禮. 白雲之歸, 慮淡敝珮. 氷玉一色, 灑落二從. 淸燈宿火, 佐讀山牕. 自有素講, 同樂高寒. 倘來浮榮, 薄言中間. 窮天禍釁, 偉元守志.

度身計口, 乃亦吾事. 鹿豕黿鼉, 一隨所致. 三洲屋成, 子母燕雀. 斑爛盈眼, 乍有娛適. 何侈於福, 鬼乃肆毒. 嗷嗷夜哭, 碎璋毀璧. 一箇阿崇, 百身曷贖. 如床之剝, 乃及其膚. 若枝之披, 乃撥其株. 斯文山頹, 偕老天裂. 血縷 一作泣 搏胸, 命以是絶. 嗚呼酷矣! 不瞑者魂. 江沙爲筆. 可數其冤.

嗟我兄弟, 曰嫂曰叔. 狼狽覆巢, 呴嚅涸 一作乾 澤. 所遭奇窮, 情理倍篤. 古則推遠, 今視骨肉. 矧有兼誼, 師門門楣. 娟娟絳紗, 一作絳紗娟娟典刑在玆. 曷其不敬, 紳書柔徽. 若言報效, 終 一作誠 愧淺鮮. 獨於凶變, 忍所不忍. 兄方在殯, 嫂乃垂盡. 薑桂自調, 走 一作泣 造苫前. 皇辟之思, 轉圜從權. 允矣通慧, 感至涕迸. 克完襄事, 庶撫 一作勉 壺政. 收華永逝, 曾不俄頃. 窮山承凶, 是我罪負. 後於含斂, 俯仰顏厚. 廓然目中, 世革家圯. 仁慈 一作溫仁 媲德, 胡此報施. 雙排筵几, 下室有 一作寂寥室 饋. 時來奉奠, 若聆噓唏. 日月之速, 誠如隙駟. 後先卽廟, 畢竟同歲. 大鳥徊翔, 哀將何 一作奚寄. 觴豆薦誠, 雖晚猶擧. 情在斯文, 靈應酸楚.

金昌翕, 『三淵集』습유 권26, 『한국문집총간』권167, 166쪽

告亡室忌日文

甲午某月日, 夫金昌翕, 使子養謙, 致告于亡室孺人慶州李氏.

歲序遷易. 亡 本作忌 日復屆, 追念愴悼, 不自勝堪. 昨 本作比 年遠處, 未親祀事, 今焉戾洛. 適以病滯, 阻誠焄蒿, 悲恨倍切. 玆遣子養謙, 替申奠獻. 尙饗.

金昌翕, 『三淵集』습유 권26, 『한국문집총간』권167, 171쪽

홍세태(洪世泰)

鄭恭人墓誌銘

完山李昌義有賢配曰恭人鄭氏. 參議壽期之女. 其大舅禮曹判書諱彦綱, 舅處士泰躋. 恭人胚胎詩禮, 生而端粹穎悟, 年十二三, 則如成人. 十七歸李氏, 大姑權夫人性嚴正少可人, 見恭人喜甚. 時夫人方在判書公憂, 年七十, 過朞尙食素. 至是爲恭人進一滫焉, 一家咸賀得孝婦. 事舅姑有禮, 遇婢僕嚴而有恩. 性貞靜, 未嘗爲閑笑語. 尤於巫禱事, 遠之若浼焉. 凡所以處置箱奩等物, 亦皆井井有序, 歿後家人檢視之果然.

處士公居湖西之牙山, 恭人嘗往覲, 經歲乃歸, 恨不久侍, 常慕思之. 及疾革語其夫曰:

"病今死矣, 此世無可係戀者. 獨念尊舅遠不得訣, 可恨也."

促令人梳髮, 揮夫子出, 顏色無變, 夷然就盡. 年二十三.

哀哉! 恭人平生性行, 動合禮則, 當求之古女士. 而其從容處死, 有類乎知道者, 尤可敬也. 生一女一男, 皆不育. 葬于邵州匏山下本家先壟之側, 盖從其志也. 處士公泣謂余曰:

"此吾賢婦, 子可銘."

余旣詩以哀之.

又爲之銘曰:

怪夫叔季之夭者類多才賢, 匪惟丈夫. 閨秀亦然, 吁嗟恭人, 至孝高行, 生今之故, 不永其命.

洪世泰,『柳下集』권10,『한국문집총간』권167, 494쪽

祭亡女趙氏婦人初期祭文

維歲次乙未四月初三日戊辰, 卽亡女趙氏婦初朞之日也. 其老父寢疾經年,幾死復起. 因其祭奠, 泣涕爲文而侑之曰.

嗚呼吾女! 汝死而吾猶獨生, 忍復見今日耶? 吾自少時, 多哭子女, 肝腸蝕盡, 加之以禍故窮厄, 萬死餘生, 外視之形殼雖存, 其中則消亡久矣. 向汝病篤, 吾心爝煎, 幾廢食飲者數月, 而及哭汝以來, 哀苦慘毒, 痛貫心骨, 疾病乘之, 纏綿沉頓, 以至于今, 則精神氣力無復餘矣. 自念老病如此, 不過爲朝暮人. 而猶且念汝之死, 追哀不已者.

誠以汝生有美質, 蘭之馥如, 玉之溫如, 幽貞之性, 孝順之行, 寔出倫類. 可質神明, 而不克享有年壽, 此爲我痛惜之甚. 而吾家素貧, 自汝墮地, 未嘗爲一完裙以悅其心. 吾常以此憐汝. 而汝見父母之艱食勤苦, 反以爲父母悲, 常願吾之得斗斛之祿, 以少潤其家也, 日夜懸望, 其情可悲. 及其病中有語, 冀見余作郵官, 而其死之數日, 果得松郵.

余於是痛汝之不少留待, 而旣無可奈何? 意謂借得官家一盂飯, 以灑汝墓上之草, 則庶幾慰汝平日之意, 而洩我胸中積哀之萬一矣. 事有不然, 此亦失之. 噫嘻尙何言哉?

顧余爲人父, 不能畜一子, 使之窮困飮恨而死. 言之刺心, 寧不慘痛? 此雖近於兒女之區區, 而父子之情, 自不能已, 鬼神有知, 當亦悲之矣.

嗚呼! 汝之葬也, 反魂吾家, 蓋以汝舅家將赴官于嶺海千里之外, 而亡何郞又出矣. 每於朔望, 汝母必手具酒食, 臨而哭之. 余聞其哭聲, 淚輒應聲而落, 無聲而後已. 歲之冬, 郞自南至, 今年三月又來, 與之共步於西園杏樹之下. 此卽汝夫婦從我遊賞之處也. 感念前事, 相視隕涕, 及其告別而去. 閉關獨臥, 心緒錯莫, 益覺其難堪. 則輒一痛哭, 汝其聞之, 亦作何如懷耶?

嗚呼, 自汝之逝, 俯仰如昨, 而歲已周矣. 禮制有限, 筵几將撤, 自此而後, 哭亦無所. 唯汝之魂, 依我獨住, 而父母未死之前, 每遇夫日, 當以所食而祭汝矣. 過此則亦非我所知. 嗚呼哀哉! 尙饗.

洪世泰, 『柳下集』 권10, 『한국문집총간』 권167, 501쪽

祭亡女李氏婦人文

維歲次戊戌閏八月初八日癸丑, 亡女李氏婦之柩, 將引向楊山舅家之原. 前五日, 其老母手治酒食, 以酹其魂而送之, 老父力疾握筆, 濡淚爲文而告之曰.
嗚呼! 余行己無狀, 獲罪於天, 自少連喪八男一女, 晚得汝兄弟. 卽憐愛之甚,
不知其爲非男也. 余時窮厄困極, 無意於世, 而見汝兄弟在傍, 輒欣然開口而
笑. 及其長成婚嫁之後, 家道粗安, 父子相依, 以爲自此以往, 庶可得以爲生
矣. 奈何天怒弗殄, 重降餘禍, 旣奪汝弟, 今又奪汝而去, 使余無復有一箇骨
肉, 而孑然爲白首窮獨之人? 此何爲哉? 此何爲哉?

嗚呼! 凡人之哭子者, 孰不爲悲, 而余於汝, 其所以哭之, 實有異乎人者焉.
汝生質甚美, 五歲知讀書, 把筆作字, 能寫春帖, 余甚奇之. 而念自古婦人之
能文章者, 類多薄命, 以此止之, 不究學焉. 盖其豐容懿德, 絶出倫類外, 視之
寬厚和平, 絶無乖忤之氣. 而內實明達辨知, 處事酬物, 咸得其宜. 事父母孝,
從夫子順, 御婢僕甚有恩意, 至如女紅中饋之事, 無不能焉.

汝死汝母發汝箱篋, 則凡其所藏衿佩幣帨尺帛寸絲之屬, 悉皆封有書志, 一
一方正, 手若未曾觸者. 此雖細微之事, 而其人之賢可知也. 惜乎! 使汝不爲
丈夫而爲女子之身, 不出閨房之內, 無以表見於世, 而命又不永, 忽然而死,
此豈非可悲之甚者乎?

嗚呼! 余家素貧, 汝自幼備嘗艱難. 及其有歸, 男女滿室, 窮困益甚, 汝乃苦
心拮据, 彌縫塗抹, 能使汝郎與汝兒, 得免飢寒, 而身則不恤焉. 余甚憐之, 思
有以救汝而無力可施, 唯自隱痛于心, 未嘗斯須忘焉.

今年夏五月, 汝兒以痘化去, 吾與汝哭之悲. 及秋七月, 汝分娩得男, 余又喜
甚, 大以爲慰, 而家食告乏, 逋責交至. 余乃爲上游之行, 臨去下堂, 執汝手而
語之曰:

"好在, 吾不久歸矣"

吾行未數十, 汝長兒以病劇走書于藥城之客舍, 余卽借一輕舸, 促櫓而歸,
入門汝已死矣. 嗚呼痛哉! 尙忍言哉? 吾之此行, 汝不我挽, 吾之此歸, 汝不
我待, 則是汝之欺我也? 汝其忍爲此乎? 汝病而吾不得躬視藥餌, 汝死而吾
不得與之面訣, 哀哀此恨, 彼蒼何極?

嗚呼! 吾旣屢經慘戚, 喪心久矣. 及哭汝弟以來, 形枯神瘁, 益復摧敗, 了無
生人意思, 而猶且不死者, 徒以汝在耳. 今又見汝之死, 顧余何心更留於世?
唯當速滅之爲快也.

聞汝母言汝疾革, 嗚咽流涕而語汝母曰:

"不見父而死, 此目不瞑矣. 母見我死則必欲死, 奈彼五稚兒何? 願我母無死".
嗚呼此言, 雖使木心石腸者聞之, 亦且殞絶, 況爲其父母乎? 然而顧念吾夫
妻不勝悲而遽死, 使汝之遺稚無所於歸, 則是負汝臨沒之托也, 又何忍? 吾
且抑哀苟存, 拖得數年餘生, 養成汝男女, 得以婚嫁, 則死無恨矣.

然吾年迫七十, 老病已痼. 至哀內蝕, 百憂外偪, 以此氣力, 其能作幾何人哉?
吾雖欲强存, 而其亦不自知也. 嗚呼! 今汝此去不復還矣, 其且少留, 上奉父
母, 傍挈子女, 嘗此酒食, 歡然顧笑, 一如平昔之爲否? 吾心所欲言者不止於
此, 而病昏哀遽, 書不能盡, 汝當自知之矣. 嗚呼痛哉! 尙饗.

洪世泰, 『柳下集』 권10, 『한국문집총간』 권167, 502쪽

祭琴婢墓文

嗚呼! 汝年十一, 入吾家爲婢役, 奉我慈母, 朝夕于側. 吾年後汝數歲, 相視
生長, 以至于老, 名雖奴主, 情則骨肉. 吾家素貧, 無他臧獲, 而汝獨當門戶井
竈之役, 蓋其勤甚矣. 至於中歲, 家難厄困, 與共死生. 夫以憂傷怵迫之情切
於內, 而飢寒艱苦之患逼於外. 實生人之所不可堪者. 而汝獨食荼如薺, 無一
怨色, 苟非其忠誠出於天者能乎?

公遠天城之行, 汝從之往, 實爲其兒養, 不忍捨故也. 南中瘴毒, 汝不能免, 竟
以枯骨歸, 哀哉! 吾嘗謂;

"汝於吾家, 功多報薄."

思欲一豐其食衣, 以慰其心, 而力未能焉, 常以此爲恨. 及余赴蔚, 而汝亡已
久, 痛莫之追. 時與室人道汝平日事, 未嘗不濟然出涕. 然汝之葬得近於先
隴之下, 想其魂魄, 陪衛使令, 服勤誠恪, 一如平昔, 而四時香火, 需得餕餘,
庶 無餒而之歎. 爲吾家子孫者, 亦必永遵而不敢廢矣. 然則於汝亦不可謂不
幸矣. 今余以一觴告汝, 汝其聞余此言否? 雖汝不知, 吾且盡吾心而已矣. 嗚
呼哀哉!,

洪世泰, 『柳下集』 권10, 『한국문집총간』 권167, 504쪽

박태보(朴泰輔) ─────────────

祭洪氏姉文

嗚呼哀哉! 厚者福之根, 仁者壽之基, 如何此理茫昧難期, 有如吾姉, 亦至
於斯?

嗚呼哀哉! 霜飛豊草, 風攪新英. 非零落之足悲, 悼結子之未成. 山木蒼蒼,
空谷逶迤. 窀穸冥冥, 墳塋巍巍, 將永訣兮人間?

念再起兮何時, 某等居比門閭? 恩深姉弟. 淑質婉儀, 朝夕以對, 一別無幾.
成此幽明, 撫柩長痛, 酸心摧腸. 嗚呼哀哉! 尙饗,

朴泰輔,『定齋集』 권3,『한국문집총간』 권168, 53쪽

권두경(權斗經) ─────────────────

祭內室淑人文

嗚呼哀哉! 我徂關山, 君理我裝. 我北曰歸. 君逝何方? 叫號莫應, 尋求無見.
音容優然, 人事已變. 君德貞靜, 君質和柔. 受教賢父, 爲我好述. 四十七年,
恩義兼盡. 寅畏小心, 事我謙順. 凡厥婦人, 妬妄貪嗔, 各驕媒狎, 不設心身.
我官于京, 君獨守內. 歲荐饑凶, 朝饘暮茶. 失母羣兒, 其多滿家. 免於水火,
君所撫摩.

游宦之故, 君獨勞苦. 南邑數年, 不私毫縷. 追吾賦歸, 守拙安貧. 山蔬晚飯,
此味甚眞. 適庶稗弟, 曰我丘嫂. 衆姪成行, 曰我世母. 塤堂溢室, 笑語嬉怡.
君顧卽喜, 分甘饋飢. 北郵之行, 人疑吾妄. 君曰夫子, 仙區夢想. 一遊償逋,
庶慰暮年. 孰謂玆別, 而訣終天. 死期將臨, 心必先動. 君獨如常, 我恃無恐.
君病不知, 君圽莫聞. 計日趲程, 擁傳馳奔. 稅駕五日, 訃書追踵. 失聲驚號,
其眞其夢. 幽明之判, 一二旬間. 如彼泡沫, 起滅無端. 家弟持平, 又何奄忽.
廈樑其摧, 體折臂骨. 吾家殃禍, 曷至於斯. 天道神理, 漠不可知. 窮塞旅館,
慘報荐至. 老境柔腸, 餘存能幾. 我行之還, 灾疾挺郊. 一哭殯宮, 拘忌未伸.
遷柩營葬, 于此南洞. 披叩號咷, 始洩至痛. 惟玆南洞, 佳致之原. 去家不遠,
密邇山村. 日吉辰良, 明將入地. 我竟同歸, 君豈久俟. 嗚呼哀哉!

權斗經, 『蒼雪齋集』 권13, 『한국문집총간』 권169, 250쪽

祭內室淑人小祥文

明日爲君長逝之周歲, 兒子之脫衰服禫, 宜在是日. 而關郵聞訃, 在今年正月
五日, 吾之除服行祭, 須待月正五日. 故明日之祭, 將使兒子主之. 雖非經禮,
而亦有愚伏禮說之可據, 君其知之.

日月漸久, 音容漸杳. 君家年少, 連日萃止, 而不見君之笑語延款, 惟覺帷房
之寂然. 風氣之泠然, 吾安得不深慟而永傷也. 貞靜柔嘉之質, 溫恭謙愼之

性, 不可得以復見. 而吾年且及七旬, 其抱老鰥之悲, 亦幾何時? 不知他日地下相從之樂, 無異人間偕老之緣耶? 有知乎? 抑其無知乎? 嗚呼哀哉!

權斗經, 『蒼雪齋集』 권13, 『한국문집총간』 권169, 250쪽

端人英陽南氏墓表

徵士瓢隱先生金公諱是楹, 道義風節高一世, 前後兩配, 婦德閨則, 楷式宗族. 後配卽南端人也. 瓢隱公凡有八男七女, 十人爲前配出, 旣族大家鉅, 子女多. 端人入門而遜詳莊愼, 孝以奉姑, 敬以事夫, 慈以撫子, 鳲鳩之均愛, 人不知爲異母. 閨門上下, 雍然和整, 家道之肥, 內助爲多.

瓢隱之終, 端人已老, 衰麻奠哭, 哀至禮備.

壬子五月七日卒. 距其生萬曆癸丑壽六十. 南氏出英陽, 英公之後. 曾祖秉節校尉以寬, 祖贈工曹參議祐. 父處士振維, 母全州柳氏希文之女.

端人二歲失母, 處士自鞠之, 配賢人母多子, 終有譽處. 始葬松石山瓢隱先生墓下, 後從瓢隱遷窆于靑松府東古南山寺後麓, 與瓢隱墓同原異宅. 子女具許文正公所撰瓢隱墓碣. 其後子邦杰官至大司成, 壻金輝世薦除工曹佐郎, 季女歸權斗經, 斗經前爲正言. 四十六年庚子九月日, 女壻永嘉權斗經述.

權斗經, 『蒼雪齋集』 권14, 『한국문집총간』 권169, 261쪽

曾祖妣淑人禮安金氏墓誌

夫人姓金氏, 系出禮安, 吏曹判書文節公諱淡之後. 祖諱士文, 刑曹佐郎贈吏曹判書. 考諱玏, 吏曹參判贈吏曹判書, 忠亮貞白, 爲昭敬朝名臣. 妣貞夫人仁同張氏, 主簿順禧之女. 夫人生於嘉靖庚申十一月日, 及笄擇對, 歸于我曾王考奉正大夫軍資監正權公諱來, 郡守諱東輔之子, 忠定公諱橃之孫.

有二男五女, 以萬曆壬寅正月十四日卒, 葬于安東柰城之松生山某向之原.

夫人生名家嬪令門, 女則婦道, 稱於內外. 男長尙忠次世忠. 壻李榮基, 金榮祖大司憲, 權鼇護軍, 金珌, 金煃別檢. 孫曰霖, 陵署郎, 葦, 泟, 霍學諭, 霈. 軍資公繼聘完山李氏, 有一男碩忠. 孫濡卽我先君. 夫人雖壽不稱德, 而子孫克蕃, 今曾孫十七八人, 斗寅前以徵士拜正郎, 斗元, 斗春, 斗壽, 斗光進士,斗經直長, 斗應, 斗緯, 斗運, 斗望, 斗紀正字, 斗極, 斗建, 斗岳, 斗徽, 斗徵, 斗文. 內外孫三四世, 多不可盡記. 夫人之食報, 或將於是乎在?

權斗經,『蒼雪齋集』권15,『한국문집총간』권169, 272쪽

曾祖妣淑人完山李氏墓誌

夫人完山李氏, 宗室之世. 考諱樞德原正, 祖諱秀芳慶興君, 曾祖諱龜壽永善君, 卽成宗大王之孫. 而茂山君諱悰之子. 妣西原鄭氏, 左相貞簡公諱琢之女. 以萬曆辛巳十一月日生夫人. 及長鄭丞相擇所宜歸, 歸于我曾王考奉正大夫軍資監正權公諱來爲繼室, 於領議政忠定公爲孫婦. 擧一子曰碩忠, 爲我王父.

夫人生盛世貴族, 及享上壽, 往往對諸孫, 擧七八十年世變身親經歷者, 諸孫圜聽若目覩, 不知爲久遠事. 卒以顯宗癸丑九月初八日, 壽九十有三. 葬于安東奈城松生山某向之原.

王父早世, 一男曰濡, 卽吾先人. 兩世宜顯而屈. 始軍資府君元配金夫人有二子, 尙忠, 世忠. 孫霖陵署郎, 蕃, 瀁, 霍學諭, 需. 夫人之喪, 諸子若長孫已先卒, 曾孫斗寅承重持服. 斗寅後以徵士拜正郎. 先人四子, 斗經今爲直長. 斗緯斗紀承文正字, 斗徽. 諸曾孫詳於金夫人誌中.

權斗經,『蒼雪齋集』권15,『한국문집총간』권169, 272쪽

祖妣豐山金氏墓誌

祖妣金夫人, 豐山望族. 世有聞人, 參判楊震, 學士義貞, 世傳淸白直道, 於夫人爲四五世. 考諱延, 祖承文院副正., 祖諱大賢, 山陰縣監贈吏曹參判. 山陰公世所推通儒長德, 有才子八人. 如持平公奉祖, 吏部公榮祖, 大諫公應祖, 注書公崇祖, 以文學立揚光顯.

酒正字公雅稱荀家慈明, 而不幸早世, 士林惜之. 娶聞韶金氏文忠公諱誠一之孫, 而洗馬諱㵢之女, 以萬曆丁未生夫人. 幼嫺女敎, 擇對歸于我皇祖權府君諱碩忠, 軍資正諱來之季子, 而忠定公冲齋先生之曾孫.

助政嬪德, 閨則以修. 旣府君寢疾, 屬大寒, 晝夜沐浴禱天以身代, 不得則幾

欲自盡. 三年之內寒暑一衣, 粒米不以過咽. 服闋而衣素, 年老而食素, 終身
斬然持未亡之戚. 孝宗八年丁酉三月十七日卒, 享年五十一. 從葬于府君兆
次在下, 卽春陽三宜谷枕坎之原. 一子諱濡, 藏器不售. 孫四斗經, 斗緯, 斗
紀, 斗徵. 斗經今爲直長. 斗紀今權知承文副正字. 內外子孫具見府君誌中.

權斗經, 『蒼雪齋集』 권15, 『한국문집총간』 권169, 273쪽

貞夫人朴氏墓誌銘

上之十五年, 思用道德之士以司業, 起李先生南岳山中, 數月四遷至太中大
夫少宗伯. 於是夫人朴氏累贈貞夫人. 甲戌之禍, 先生以前冢宰扞文網, 拘幽
放廢以卒, 則夫人之宰樹拱矣. 諸子梴, 栽等, 屬不佞以幽堂之銘. 且曰:
"閨懿不焯於遠, 不可以累不相悉者, 敢請."
其辭懇, 不敢終辭.
按夫人之先, 新羅之世, 中世仕麗朝. 有封務安君, 遂爲務安人. 大父諱毅長,
三持嶺南東道節, 壬辰之亂, 克復東都, 功烈焯然, 爲中興名將. 卒贈大司徒.
父諱功, 都揚府經歷. 朴氏世用武顯, 顧說禮樂崇儒學. 夫人端謹儉勅, 壺則
修整. 經歷公量才擇對, 以歸先生, 先生諱玄逸字翼昇. 先生旣兄弟多, 又其
父判書公避地累遷, 先生輒從之, 不事生業, 家屢空. 夫人生長富豪, 驟艱婁,
夷然素行, 先生敬之. 視富貴芬華無歆羨意, 於不當得, 去之若浼, 姑張太貞
夫人亟稱其有冰玉操. 處族黨和婉有則, 教諸女習勤苦戒安佚, 先生旣安貧
守道, 而夫人之助於內者又如此, 人稱媲美. 及先生致身通顯, 羽儀王朝, 則
夫人已不及見矣.
夫人生天啓乙丑七月庚午, 卒以顯宗十三年壬子十二月五日. 春秋四十八.
初窆寧海府西甫林山麓, 後用卜人言改葬英陽首比午向之原. 有子男四人,
梴, 檥, 栽, 杺. 檥出後叔父存齋先生, 早卒. 女三人適金以鉉, 洪儱, 金岱. 孫
男十二人, 之燖, 之燦, 之炓, 梴出, 之煜, 之, 檥出. 之烜, 之燔, 之煇, 之熅,
栽出. 杺之三子幼.
銘曰:

夫人之姑張太貞, 女中學者, 發言稱情. 而稱夫人, 玉潔冰淸. 夫人之夫葛庵
先生, 德世爲師, 行世爲程. 而藉內助, 家道以成. 此可見夫人之生平, 是以
爲銘.

權斗經, 『蒼雪齋集』 권15, 『한국문집총간』 권169, 274~275쪽

李烈婦金氏旌門銘

維今王卽位之九年癸亥, 教曰:

"烈婦金氏以死殉夫, 義至高. 其令有司考令格擧旌表, 以風一世."

於是有司卽烈婦夫家李氏之閭而樹棹楔, 瞻者聳過者式, 烈嫩闡矣. 粤二十
有三年乙酉, 烈婦諸孫仁淑等, 以父命鳩材埴瓦, 卽棹楔屋而庇之, 使國家寵
典, 烈婦芳聲, 傳遠不隳, 孝敬章矣. 仁淑又以父命屬斗經銘其門而序之, 則
非其任也, 仁淑作而言曰:

"計吾王母殉節之年, 指已六十屆矣. 門閭之表且二紀, 而無一語以載實詔後,
斯非吾子孫羞乎? 且王父於子之先人, 寔爲表兄, 王母內行, 子所耳稔, 子而
不銘當誰銘者?"

斗經於是義無得辭.

烈婦金氏, 新羅之世, 羅亡貫義城, 後家安東. 父曰太學生諱是杠, 曾王父贈
冢宰文忠公諱誠一, 世所稱鶴峯先生者也. 事退陶先生爲高弟, 以道德文章
致身, 以忠義風節礪世.

烈婦卽淑質天稟, 而家庭之染, 有以成就之矣. 笄而歸李公諱時咸. 太宗之支
也. 烈婦在家著女行, 適人推婦德, 旣李公讀書不勝就寢疾. 歲丙戌興醫龍
宮, 烈婦從, 李公竟不起疾.

烈婦欲自裁, 以路遠難於致兩槥, 强先夫喪歸. 督治葬具, 凡可以附棺者盡誠
信, 獨須槨材則故羸之曰, "置剩將以擇取也." 先葬期一旬, 拜舅姑邀娣姒,
語盡款曲. 夜勅婢使收舂米, 餉葬時役夫者, 盛橐封識. 已沐浴櫛笄, 去喪服
服鮮好衣, 自縊於寢. 人覺而救之則絶矣. 書戒:

"我已澡體篦髮易衣服, 毋令人改襲."

又有書,

"辭訣於舅姑若父母, 惟稱不孝不孝."

語絶哀楚, 聞者歔歔涕下. 遂同穴而窆, 成其志. 或者曰:

"夫人上有舅姑, 有父母矣, 有五男女, 呱呱泣且索乳矣. 乃舍之屣脫而殉逝者, 夫人殆其忍乎?"

君子曰:

"然歟? 否否. 死生大矣. 士君子豈不於事理晰而去就審, 而猶曰從容就死之難, 難於忼慨而殺身者. 其有所驗之矣."

夫捐脰於激切憤慨之際, 懦夫或必致. 而遷就遲徊, 顧瞻生而係戀起則烈丈夫亦或不果, 此所以難也. 況乎閨闥之婉弱, 而乃斟輕酌之重, 素定乎取舍之辨, 必遂於回翔之餘, 從容整暇, 視死如歸, 其志義之烈, 豈不日光而霜凜哉, 以文忠公女孫而有是則世美濟矣.

仁淑之父琇, 方烈婦塲時年七歲, 其弟琦甫及晬, 烈婦之死, 益以烈矣.

銘曰:

死得其所, 仁者斯安. 就義從容, 烈士所難. 烈士所難, 夫人則易. 夫人之行, 厥有所自. 文忠之孫, 法家之教. 曷不錫祉, 以我儀天. 我有父母, 我有舅姑. 我有穉孤, 滿室呱呱. 我死已決, 遑恤其餘. 之葬必偕, 弗亟弗徐. 手書訣親, 顧視乳孩. 豈不潸悲, 寸心莫回. 卓哉夫人, 死而不死. 我銘其閭, 子孫之視.

權斗經, 『蒼雪齋集』 권15, 『한국문집총간』 권169, 287쪽

烈婦至女旌閭銘

至女三溪村女. 父已守, 爲羅介福妻. 二十一喪夫, 塞其門, 只通父家, 人罕見其面. 守節八年, 有慕其賢而求之强. 至女恐其逼, 自梳洗祭夫忌, 已大供具餉親族, 自經而死.

銘曰:

俗賤人卑鮮守節, 嗟爾蚤嫠秉端潔. 畏人見逼勇自決, 志義較然日爭烈.

權斗經, 『蒼雪齋集』 권15, 『한국문집총간』 권169, 288쪽

先妣孺人金氏言行記

先妣金氏系出禮安. 入國朝有諱淡, 以名儒擢集賢殿學士. 惠莊王初, 以吏曹判書徵不起, 卒諡文節公. 先妣其七世孫也. 曾祖諱功, 嘉義大夫吏曹參判贈資憲大夫吏曹判書號柏巖先生. 德學風采, 爲昭敬朝名臣. 祖諱幾善, 安奇道察訪. 考諱鑿, 成均生員. 妣慶州李氏, 益齋先生文忠公齊賢之後, 而弘文館校理贈都承旨諱光胤之女也. 承旨公故家湖西, 幼文學卓絶, 十四擢鄉試壯元, 爲月川趙先生所知, 延譽行媒, 贅居嶺之醴泉, 自號曰瀼西. 生員府君天分甚高, 旣承家庭之學, 又從諸老先生游, 行身持家, 動以法度, 爲士類推重. 二十四中司馬試, 不幸早世.

先妣以天啓乙丑十月二十四日生. 明年丙寅春, 生員府君見背. 自疾革, 李夫人不遑鞠拊, 視可以養者, 獨奴信君妻無子, 忠實可任, 遂擧以畀之. 至秋而李夫人又捐世. 信君妻旣無乳則爲飴醴之屬, 置小紬囊如乳, 與飮之, 日夜不懈. 而信君亦謹愼保護無不至. 數歲而信君妻死, 其後妻奉養之誠又一如其前妻.

九歲而祖母朴夫人始收之. 夫人卽大司諫嘯皐先生諱承任之孫女, 性嚴重. 先妣左右奉承, 毋敢失意, 以此得大夫人懽心. 有二姊二兄, 事兄如父, 事姊如母. 有敎不敢違, 有疾親湯藥, 雖久不敢懈也.

及歸先君子, 事姑及祖姑, 又皆得其懽心. 奉祭祀盡誠敬, 事君子以禮, 睦親戚以和. 御下以恩, 交隣以厚, 內外上下人莫不稱之. 自痛早失怙恃, 每諱日致物助獻, 必親備曰

"吾不孝, 雙親面目皆不能記. 以爲獨此可以少洩余懷耳."

姑金夫人以丁酉下世, 其侍疾居喪之節, 諸子幼不及見, 而終喪之後語往事, 必感涕, 旣久猶然. 祖姑李夫人嘗有不安節, 與先君同侍寢席, 或累日不解衣. 終夜不交睫, 親調嘗藥餌, 未嘗使子女代執也. 李夫人春秋高, 諸姑每歸寧, 所帶婢從稍料外, 必厚加給賜, 以順適其意, 雖儉歲未嘗虞艱乏. 諸姑以故久留而愈安焉, 至婢從亦樂留. 每會食, 長幼滿堂, 指 諸子及諸甥悽然曰:

"先姑每言吾子孫還有充堂時耶? 今不逮矣."

及諸姑歸, 又揮泣不忍別, 諸子亦爲之泣. 念信君夫妻保養之勤, 所以遇之恩

義甚至. 給一婢以供炊, 及旣老則又迎歸致養, 死則爲之治喪送葬極哀.

其於子女敎戒尤嚴, 長女少有過, 輒呵之曰:

"女事父母, 卽所以事舅姑也? 於父母可恃愛, 於舅姑如何?"

旣適人將歸曰:

"凡汝有過, 卽吾之恥. 愼之無辱汝父母爲也."

諸兒有以言語忿爭, 卽正色曰:

"兄當愛弟, 弟當敬兄, 汝曹幼而不戒, 如長而成習何?"

先君子當出外, 不肯與再從兄爲象戲, 先妣召問之曰:

"汝受命讀書耶? 象戲耶?"

某不敢對. 先妣怒曰:

"受命讀書而爲象戲, 廢業之罪小, 違命之罪大. 人子固如是乎?"

又責從兄曰:

"吾謂汝曹將講學也, 乃事牧猪奴戲, 自今毋得相從矣."

其責諸子, 援據古訓, 辭氣整截, 使不敢仰視. 嚴肅而濟之以慈恕, 故婢使受罰, 退無怨言. 一婢嘗有怨言, 人聞之曰:

"汝怨賢主母, 不畏天乎?"

凡遇一家死喪, 必親往哭之, 助治襲斂諸具曰:

"吉事猶可不顧, 凶事不可不致力."

隣里假貸, 視有無無難色, 亦不必責償, 尤矜無告, 每丐者在門, 必有以給之. 有一家婢隣居而性傾黠, 嘗得罪不敢見. 其子忽得病甚危, 先妣敎之方藥及賜食物甚勤. 諸子問曰:

"老物無賴, 何卹之深也?"

先妣曰:

"患難不相卹不祥. 且彼不善, 何與於我?"

先君受學於白雲權學官尙遠, 學官旣亡, 先君取其一女養於家. 先妣視若已出, 敎之以女紅婦道, 資而嫁之, 及先妣下世, 致哀如所生. 人謂

"至恩所感."

嘗謂

"女子賤行, 無過於妬."

每聞俗婦妬悍心恥之, 見人之善, 亹亹稱歎, 自以爲不及, 眉眼朗然, 識慮通遠. 其料事別是非, 實有丈夫所不及者. 辭氣明暢, 祖姑年高重聽, 獨先妣一語便曉, 亦不高聲也. 未嘗讀書, 而時時談說古今, 出入義理, 常取三綱行實, 丁寧爲了女言之.

庚戌二月遘痘于榮川之寓舍, 以閏月初九日, 奄棄諸兒, 壽僅四十. 疾革盡去褻衣, 易著新潔衣, 略言後事, 就枕而終. 嗚呼尙忍言哉? 方其病時, 女奴自本家奔問, 路逢田間饁婦, 一辭言曰:

"聞汝主母遘., 積善必壽, 神明豈無知者耶?"

及以喪歸, 遠近婢僕擧遑遑號哭, 若喪父母. 客護喪者歎曰:

"非平日積恩, 此豈外貌爲者哉?"

行路亦爲之傷嗟.

嗚呼! 先妣質稟淑婉, 德不享報. 生歲未周, 父母見背, 罹難託養, 以長以笄, 或者其延後福矣, 毒疾乘之, 中道摧折, 下世之日, 獨一女嫁矣, 諸子長者甫踰成童. 辛勤撫育, 卒不見其成長而奄至於此, 爲人子者, 其何以爲心耶? 不肖生晩, 夙罹偏罰, 其於先德, 固未詳識. 今茲撰記, 只據所及聞見者如此, 若夫溢美過實, 亦不肖所深病也. 仁人君子, 庶幾諒鑑焉, 男斗經泣血謹記.

權斗經, 『蒼雪齋集』 권16, 『한국문집총간』 권169, 290쪽

최석항(崔錫恒)

祭丘嫂任夫人文

嗚呼! 自我丘嫂歸于我家, 今已五十有一年矣. 小子粤自孩提, 荷吾嫂鞠育之恩, 旣閔其顯蒙而敎誨之. 又軫其飢飽而飮食之, 顧復之慈, 無異所恃. 殆同韓昌黎之事其兄嫂. 凡吾嫂居家事親之大致, 主饋應物之細行, 非小子, 其孰能知之? 古人有言, 婦人之美, 非誄不顯. 顧小子蒙學不才, 素乏鉛槧之工, 不敢爲揚烈垂後之圖, 畧記平日所聞覩而銘佩於心者. 俾 嫂之子若孫, 有所體認而觀感焉.

嗚呼! 吾嫂生于詩禮之名家, 服習衿鞶之昭訓, 以端莊惠哲之姿, 有敏銳明透之識. 事舅姑以孝, 待君子以敬, 撫子姓愛而不廢其敎. 御臧獲嚴而能遂其生, 以至妯娌娣姒之間, 未嘗失其和氣. 性又節儉, 生平不近華美之服. 勤於女紅, 曉夜孜孜不能已, 雖刀尺升斗之微, 措置得宜. 鑿鑿中窾.

自癸丑先妣下世之後, 嫂秉家政, 先君子常語人曰:

"家有賢子婦, 服着飮啖之節, 無不稱意, 使我無憂."

伯氏曾莅畿湖兩縣, 贊助箱篋, 裨益弘多. 又能敎訓諸子, 皆得成就. 夫以吾嫂之德美, 身爲婦人. 言行不出閨門之內, 事業僅止酒食之間, 豈不惜哉?

嗚呼! 伯氏以敏妙之文, 綜核之才, 屈於公車, 未得展布, 壽纔中身, 官止黑綬. 長姪玄度, 以金玉之資, 文藝夙成, 弱冠登上庠, 不幸早歿. 以嫂之淑行懿德, 宜受其福, 而一何險釁之至此. 斯固天道之不可必者也.

然所以爲慰者, 三郎在庭, 恪守先訓. 演, 敏兩姪, 筮仕從窆, 而演也已經兩邑, 薄伸專城之養. 昌億出繼小子, 能飭躬操行, 有志學業, 已作佳士. 玄度之子守哲, 以驕童晩學, 亦知讀書, 功擧子業, 早年高捷解額. 所製詩文, 頗有步驟, 足以應擧決科. 如使敏也, 循序例遷, 得一邑以養, 億與哲也, 得中科甲, 庶幾慰吾嫂晩暮之景, 而吾兄不食之報, 亦可以少伸矣. 奈何天不祚吾家? 嫂自詩山還家屬耳, 偶感微恙, 竟至不起. 家禍之慘, 胡至此極?

嗚呼!板谷之山, 卽我高祖妣南夫人體魄之藏也, 先親與先妣, 繼葬于此. 伯氏之葬, 又卜其前, 虛其左以待後日. 將以是月十三日丙辰, 合窆于前塋. 玄度之墓, 又在前麓下數十步地, 骨肉至親, 聚會於一丘之內, 合堂同室, 宛若平生. 求之神道, 豈遠常情, 沒而有知, 應復懽欣悅豫於冥冥之中, 不若世間死生訣別之悲哀慘悽也. 嗚呼!遠日已卜矣, 丹旐將啓矣. 闃家虛堂, 繐帷空垂. 撫念陳迹, 但有涕洟. 略具菲羞, 薦此哀誠. 靈如不昧, 歆我一觴.

崔錫恒, 『損窩遺稿』 권12, 『한국문집총간』 권169, 554쪽

이희조(李喜朝) ————————————————————

亡女黃氏婦發靷日祭文

維歲次乙酉二月十二日, 父以一盃之奠, 告訣于亡女之靈曰. 嗚呼! 自汝之
亡, 我心如癡, 尤以不得撫棺一慟爲恨. 及至撫棺, 誠有不如不見者, 況於兒
槻, 尤何忍對之耶? 始謂汝喪行, 當直向廣陵, 故汝母之行, 亦等待汝返哭矣.
因彼有故, 停柩於吾家, 吾得相守, 幾至浹月, 此差少慰我心. 而汝母亦趁此
卽遠, 間關來會. 汝弟與其妻, 並皆隨到, 大小團聚, 宛如平日. 而汝獨戢身一
木, 冥然長臥, 無知無覺, 不聞不語, 天乎尙何言哉?
抑汝生於舘洞, 長於芝村, 且嘗往居於叢石, 而今乃死於叢石, 返櫬於芝村,
而所葬廣陵之地. 其名又是舘洞, 何其異哉? 豈此皆有前定, 有不可得以免
者耶? 噫! 佳城卜矣, 窀穸迫矣. 汝今一往, 何日復歸? 一酌永訣, 萬古長辭.
惟汝之靈, 尙克饗之.

李喜朝,『芝村集』권17,『한국문집총간』권170, 377쪽

孝子金上舍內室哀詞

近故孝子進士金公配恭人豊山洪氏, 以歲己丑五月日卒, 及靷而窆也, 孤二
君, 請余一言爲誄語. 噫! 恭人, 余中表姊也. 今年仲春, 余始就候而納拜焉.
時恭人有同氣之喪, 念大夫人年迫九十, 悲毁難支, 爲奉至其第, 左右調護.
盖所以扶持而全安之者, 殆無不用其極, 余旣歎恭人之孝, 老而不衰. 又見其
淑哲之資, 勤儉之德, 實有大過人者, 私心窃自欽服. 俄未數月, 恭人遽以訃
來, 余又匍匐入哭, 則二孤皆斫指致傷, 欒欒之狀, 有不忍見者.
夫進士公之至性純孝, 旣已上徹九重, 表厥宅閭. 今恭人之德, 又足以垂彤管
礪衰俗, 則其有補於世敎者, 當如何也? 然此亦實有所本焉. 盖進士公之曾
王考醒翁公, 有忠孝大節, 爲累朝名臣, 其家法固有異於人者. 恭人考泛翁
公, 以慕堂公及余曾祖月沙文忠公, 爲內外王父. 故世亦咸以法門稱之. 宜乎

進士公及恭人與二孤, 承藉擩染而成就之耳.

噫! 方進士公之歾也, 二孤年甚少. 恭人辛勤敎誨, 以至成立. 伯已登司馬沾
一命, 季又擢高科, 歊顯仕. 意者, 進士公不食之報果如此. 恭人之晚福, 當未
艾也, 孰謂其奄忽乃爾耶? 抑恭人之心, 本欲奉大夫人扶持而全安之, 而今
乃反貽其戚, 有朝夕奄奄之勢. 且有青孀獨女, 挈在膝前, 方撫之憐之, 而一
朝捨去如遺, 使其靡所依歸, 嗟乎此何天道哉? 恭人有靈, 想亦不能瞑目於
冥冥也.

余方杜門屛伏, 一切人事皆廢, 而二孤勤懇之意, 不可不副. 故遂乃略書所感
於中者如右, 仍係以詞. 詞曰:

古人有言, 樹欲停而風不止. 子欲養而親不待. 卽此慟爲人子者之所不可忍.
余尙何辭? 更向二孤而有所慰解.

嗚呼! 臨溫之山, 有丘穹然, 寔惟我進士公衣履之藏. 今者恭人往祔而同穴,
庶幾九原之中樂且無央. 始余有意於臨壙, 終焉並違其更哭, 嗟病懷益增慚
傷. 但有瞻望雪涕之沾臆.

李喜朝, 『芝村集』 권18, 『한국문집총간』 권170, 389쪽

南監司夫人李氏哀詞

故貞夫人月城李氏, 卽觀察使南令公之配也. 旣卒而祔葬于觀察公之墓, 時
蓋甲午四月日也. 孤參奉君寄以輓幅, 索余一言. 噫! 余與觀察公, 爲姓不同
兄弟, 今夫人之喪, 余何忍無言? 況昔觀察公之歾也, 余在峽邑, 欲誄以一文
字, 洩此深哀, 而病故遷就, 竟未能果, 至今以爲恨. 尤安得默然乎?

蓋觀察公之考壺谷公, 夫人之王考冢宰公, 皆與余先君子爲金石交, 世以張,
范稱之, 其世誼可知矣. 況余再從侄世臣, 於夫人爲宅相, 夫人之孫有常, 又
爲余再從孫婿, 其爲姻好亦如何也? 余以此益聞夫人之賢. 其貞淑之行, 勤
儉之德, 固足以享有福祿. 卽壺谷公之文德節行, 觀察公之詞翰才局, 或橫罹
禍網, 位屈公輔, 或進用云始, 中道奄忽, 不食之報, 宜在後人. 是以壺谷公連
數世以獨子相承, 而至參奉君, 始育兩男, 且皆有才. 伯也, 能未弱冠而已高
占司馬, 人謂參奉君父子當次弟通籍, 以繼壺谷公觀察公之業. 夫人亦與有

其榮, 以娛悅於晚景, 今事乃大謬, 一朝至此, 嗚呼! 豈不悲哉?

余少也, 及拜壺谷公先大夫府使公, 亦嘗通書札接談笑, 至壺谷公, 則父事之而受知旣深, 慕德亦至矣. 觀察公固義同骨肉. 參奉君父子, 又不鄙余, 時時相從於寂寞之濱, 此其事不但如韓文公之於馬少監而已. 抑其所謂于人世何如者, 亦正道余今日境界也. 余所居芝村, 去觀察公松楸, 不十里而近, 余每勸觀察公, 早晚歸休, 與余相依而居, 各守先人之弊廬. 然則余當以嫂叔禮. 入拜夫人, 退亦與觀察公同其跌宕, 以長醉賓筵之酒矣, 孰謂此計未成, 而觀察公不幸棄世, 夫人又未篤老而遽逝耶? 從此歲寒之期, 只將托之參奉君父子而已, 其亦戚矣. 詞曰:

嗟哉夫人, 可謂榮身. 尙書之婦, 尙書之孫, 觀察之女, 觀察之配. 吁其盛矣! 碩人何愧? 況有賢子, 克繼家聲, 亦抱兩孫, 于前有光. 六女雖多, 孝養則同. 望七亦壽, 何足深恫? 粤彼松山, 有丘穹然, 四代一岡, 舊隴新阡. 昔隨夫子, 幾醉於此. 今窆夫人, 撫跡增涕. 文欲迷意, 詞以寫悲. 雲愁澗咽, 助我歔欷.

李喜朝, 『芝村集』 권18, 『한국문집총간』 권170, 389쪽

魚監司夫人元氏哀辭

故觀察使魚公配貞夫人元氏卒. 孤副正君授輓幅於延安李喜朝而曰,

"先妣享年九十一歲, 而聰明精力無異少壯. 起居行步未嘗須人, 每日早起盥櫛, 手執女事, 須臾不倦. 疾革, 精神了了不亂. 初喪得遺書一紙於囊篋, 酌定祭物, 一從儉約, 戒諸孫致奠勿豊, 憫念子女年老, 戒以自護, 辭意惓惓. 嗚呼痛哉! 先妣壽考康寧, 福祿全備,. 願賜一言, 以賁旋緋."

噫! 夫人之壽考福祿, 固國人之所共知者. 然其德行之高, 則盖未必知之也. 余小子舊家, 洛陽東村, 得與副正君, 爲比隣從遊甚久. 因竊習聞夫人閫範之美, 母儀之尊, 未嘗不私心歆歎. 自謂知他人之所未知, 而今讀副正君所書別紙, 則亦可謂淺之爲知夫人也. 夫以百歲之高年, 重之以聰明精力, 勤儉好禮, 至於如此. 此曠古之所罕見, 況其遺書中訓戒子孫者, 尤明白纖悉, 曲有條理, 殆類夫有道君子之所爲. 苟非有明見達識, 亦何能乃爾哉? 女子之事, 古稱榮身, 詩頌碩人, 有以也.

觀察公雖位不稱德, 壽猶有憾. 然夫人旣偕老過六旬, 及至副正君之身, 又隨
歷郡邑, 享以專城. 況有貞敬之女, 榮養備至. 所抱諸孫, 亦賢且才, 往往擢高
科而敭顯仕, 古所謂吉祥善事, 盖無不備.

昔老萊子行年七十, 孝奉其親, 人到于今稱之. 想其親年, 亦當近百矣. 然其
康强無疾病, 未必如夫人. 又豈能子女內外, 皆滿七袠, 如夫人之副正子貞敬
女乎? 亦安得膝下琳琅之盛, 簪笏之榮, 如夫人之諸孫乎? 此莫非夫人之德,
副正君之孝, 有以致之.

吁其可貴也已. 抑小子於此, 又竊有傷悼者. 盖余先君子之歿也, 觀察公誄而
哭之, 而其所稱道甚重, 小子嘗感泣焉. 然觀察公與夫人之享年, 其過先君子
與先母, 並幾於二十年之久. 余每聞夫人之安寧, 副正君之怡愉, 輒爲之悲羨.
亦自恨罪大命薄, 使父母俱不得享遐齡而已, 獨冥然不死, 至今苟存於世也.
今夫人之靷而窆也, 小子當匍匐隨喪, 以自盡其心, 而抱病杜門, 無以自力,
其有負於觀察公大矣. 玆謹不揆荒陋, 敢以數行文, 畧抒心中之所蘊. 仍係短
詞, 以更勉副正君之努力自護, 庶幾仰副我夫人之冥念. 噫其悲矣, 詞曰:

昔聞西河有不老仙, 恭惟夫人實相類焉. 禮云七十衰麻在身, 況有遺戒.
墨跡如新, 減性非孝, 違敎害仁, 嗟嗟孝子. 豈敢忘親, 粤彼德水, 有山蜿然,
爰啓舊墓, 同兆共阡. 我病伏枕, 計乖臨穴, 瞻望不及, 但有涕出.

李喜朝, 『芝村集』 권18, 『한국문집총간』 권170, 390쪽

淑人金氏墓誌銘 幷序

潘南朴公斗望, 余三從表兄也. 一日, 抵書言
"吾先姊, 實有令德懿範, 宜不容泯沒. 家季嘗爲狀, 欲徵惠君一言, 以圖不
朽, 而渠不幸死矣. 念吾將朝夕入地, 恐無以瞑目, 君盍爲我銘諸幽?"
仍遺姪夏興, 袖狀以請.
噫! 淑人之祖姑李夫人, 卽我曾王父月沙文忠公之姊也, 同居一洞, 相依以終
身. 先君子與正郎公, 又情如同氣. 余小子, 亦因以習聞淑人之賢雅矣. 今何
敢以不文辭? 謹據狀文而叙之.
淑人姓金氏, 系出慶州, 新羅敬順王之後. 曾祖諱鏡明, 祖諱聲振, 慶安道察

訪贈戶曹參判. 考諱元立, 鍾城府使贈禮曹判書. 妣河東鄭氏, 勵節校尉應
奎女.

淑人以萬曆丙辰九月二十九日生. 幼有異質, 聰慧婉孌, 父母深愛之. 年十
六, 歸于正郎公, 其始入門也, 見者無不慶賀. 旣見舅姑, 又拜廟, 儀容整肅,
靡不中禮. 時李夫人尙在堂, 舅姑進前言曰:

"是婦賢, 可以承我宗事."

李夫人年老齒豁, 嘗思食栗曰:

"此味安得入口."

淑人退取栗, 細剝如雪以進之. 李夫人喜曰:

"吾無齒而爲有齒矣."

淑人事舅判書公姑洪夫人, 一於誠敬. 洪夫人性嚴, 於人少所肯可, 獨稱淑人
爲合意. 盖侍奉幾六十年, 所以承顏順志者, 殆無不至也.

正郎公季氏平康公早喪耦, 有女在襁褓, 被養于洪夫人. 淑人爲之撫愛如己
出, 推以及於接親屬, 御婢僕, 皆適其宜, 一不以忿言怒色相加. 正郎公家世
淸寒, 自入仕路, 亦簡約自守. 雖累典縣邑, 而家用常乏, 往往疏糲不繼, 然淑
人能安之. 其官活署也, 有巫女夤緣下僕, 納一匹紬, 淑人嚴辭却之, 在邑, 未
嘗敢以非義, 溷正郎公. 後隨子之二縣, 亦終無一事干於外, 鈴門之內淡如也.
壬午六月, 感疾, 九月一日, 終于全義城谷之寓舍, 享年八十七. 正郎公先以
顯宗癸丑卒, 葬水原先塋. 庚辰, 移窆燕歧縣北三里許癸坐丁向之原. 及淑人
歿, 祔葬其左, 爲雙穴合墳之制, 乃同年十一月十九日也. 淑人生四男二女,
內外曾玄孫凡六十餘人, 其詳在正郎公誌文中.

嗚呼! 正郎公, 雖位不通顯, 壽未遐享. 然淑人偕老至六旬, 前後專城之奉,
不止一二. 且其春秋幾滿九袠, 子姪又甚蕃, 此豈非淑人平日德善之報耶?
銘曰:

昔山南母, 事見小學, 嗟惟淑人, 一何相若, 小子不揆, 敬識幽堂, 後有晦翁,
同我表章

李喜朝, 『芝村集』 권22, 『한국문집총간』 권170, 446～447쪽

贈貞夫人南原尹氏墓誌銘 幷序

吾從弟子東有賢配, 曰贈貞夫人南原尹氏. 其考郡守諱以健, 祖贈掌令諱柔. 曾祖縣監諱衡甲, 高祖校理贈領議政文烈公諱暹. 妣昌寧成氏, 進士楚逸女. 以孝宗戊戌八月二十一日生, 今上庚午七月初九日卒. 葬龍仁义秀山吾高王考三登府君兆內庚坐甲向原.

二男徵臣, 崇臣, 一女適金時述. 徵臣生三男, 長器輔, 餘幼. 崇臣, 一女, 幼. 今徵臣兄弟泣而請曰:

"願得一言, 爲地下重."

噫! 昔詩人稱美女德, 必先言其族貴. 夫人家世以忠孝節行顯. 文烈公旣殉義於壬辰, 其兩孫薪谷公棨, 林溪公集, 亦並樹大節, 孝宗嘗褒以一家三節. 掌令公有卓行, 尤齋宋先生表其墓曰:

"崇禎進士, 郡守公, 亦以孝名."

宋先生亦待以國士;

夫人生而孺染者, 無非德善. 及歸子東, 吾家自曾王考月沙文忠公, 王考白洲文靖公, 至伯父青湖文肅公, 皆以文章德業, 相繼爲宗臣, 世數名門法家, 指必先屈. 夫人與子東, 旣兩美相媲, 宗黨交賀. 姑柳夫人時在堂, 愛夫人甚至. 夫人亦事之極其誠敬.

子東性峻潔, 於人鮮許可. 然與夫人志同意合, 相得甚懽, 殆如朋友焉. 夫人旣歿, 其所悼惜特深, 再作文以酹, 其文有曰:

"余每覽昔人夫婦相儆戒飭厲之語, 未嘗不喜誦, 君亦欣然慕之. 期共與鹿車歸田, 不欲使孟光少君專美. 余嗜飲, 時或延客, 君輒先治盃勺, 余愛書畫, 時欲買取, 君輒剪裙鬻髢. 余喜賞梅竹, 君輒手自培植, 余好游山水, 君輒理濟勝之具. 旣不以祿仕勸余, 又不以屢空溷余. 是不惟婉孌無違. 務以悅我, 蓋其天品實與我相近, 雖鮑叔之知管仲, 亦無以過之."

觀此亦可以知夫人之賢矣. 子東少有高才, 聲譽藉甚, 人皆謂功名可立致, 然不幸蹇屯, 方夫人生時, 廑占司馬. 逮夫人歿, 始筮仕, 晚又通籍立朝, 颺歷華顯, 遂至典大州, 按雄藩, 高牙大纛, 赫然輝光, 而夫人皆不能享其榮矣, 豈不傷哉?

抑夫人之賢, 旣配子東而無愧. 況子東酹文, 將載其集中, 而傳遠, 則夫人亦
當與之不朽矣. 又何足深恨哉? 子東名海朝, 延安人, 文肅公季子. 以全羅道
觀察使, 得病不起. 於辛卯, 葬于夫人墓東南別崗不數百步而近, 盖因形家言
不得合祔云. 余旣題子東墓石, 今又誌夫人之窆, 其亦悲矣. 銘曰:

人亦有言, 夫婦知己, 昔聞其語, 今見吾弟. 懿哉夫人, 令聞亹亹, 我銘幽堂,
以告無止.

李喜朝, 『芝村集』 권22, 『한국문집총간』 권170, 448쪽

孺人宋氏墓誌銘 幷序

吾友完山李著聖季通, 哭其配孺人宋氏甚悲. 一日袖狀訪余, 請誌其幽堂曰:
"吾不忍使其志行湮沒不傳, 無以慰長逝之魂, 而洩後死者之慟."
噫! 孺人, 卽我老先生之曾孫女也. 余旣出入先生門下者, 且久與季通遊, 其
何敢辭? 按狀宋氏, 系恩津. 鼻祖大原, 高麗判事, 至我朝, 有雙淸堂諱愉. 五
代祖諱龜壽, 號西阜, 高祖諱甲祚, 號睡翁. 曾祖諱時烈, 卽先生, 官左議政諡
文正公. 祖諱基泰, 同敦寧, 考諱茂錫, 郡守. 母兪氏, 正郎命胤女. 市南文忠
公棨之孫也.
今上戊午七月十七日戌時孺人生. 生而淸粹明潔, 瑩徹如玉. 八九歲, 婦道已
成, 擧止端敏. 言語靜愼, 女紅中饋之事, 靡不精通. 性且孝友, 得一味, 必獻
父母, 先生鍾愛特甚. 及長, 又字之. 年二十, 歸季通, 姑朴淑人患腫甚危, 閱
歲未瘳, 孺人至誠奉藥餌, 晝夜不少懈. 舅直齋公定居延豊峽中, 孺人隨侍奉
養, 日入廚, 具甘旨, 烹調飪熟, 無不當其意. 及丁淑人憂, 冡婦病在京, 孺人
替執家事, 凡所以養生送死者, 無復餘憾. 直齋公每歎其誠孝. 直齋公卒, 季
通欲決意廢擧, 從事學問, 孺人喜曰:
"謝絶科臼, 專意讀書, 豈非丈夫美事乎?"
季通性好淡泊, 未嘗以産業經心, 孺人獨斤斤自竭, 故家雖甚空, 季通實不
知也.
郡守公經歷江都, 孺人覲往, 仍留, 翌年春, 因分娩得疾, 旣歸京第, 遂不起.

卽乙未三月十九日也, 享年僅三十八. 四月葬廣州樂生面瓦洞乾坐巽向原.
季通國姓. 考直齋公諱箕洪, 以儒學, 徵爲執義. 祖諱塾, 副司果. 曾祖諱炯
信, 蓬山君. 高祖諱晬, 龜川君, 諡忠肅公. 中宗大王別子德陽君諱岐之後也.
孺人育二男一女, 男長匡濟, 次昌大, 女幼.

嗚呼! 自昔論婦人之行者, 必先叙其家世, 盖詩頌碩人之義也. 今孺人以我老
先生及市南文忠公爲內外曾祖, 又以直齋公爲舅, 而龜川蓬山爲其高曾, 此
足以榮身矣. 况其至誠高識, 能不以科名宦業爲貴, 而勸夫子以專力實地者,
誠古今男子之所難. 夫豈世俗婦女之可及哉? 使其年高德成, 則必當爲世模
範, 大有所助於聖朝之風化, 而不幸短命如此, 惜也. 宜季通之悼亡愈久而愈
切也. 銘曰:

嗟哉孺人, 眞箇女士. 宜載彤史, 以告無止, 世無宗正, 可慨也已. 我銘不愧,
陵谷是俟

李喜朝, 『芝村集』 권23, 『한국문집총간』 권170, 457쪽

亡室貞夫人金氏墓誌文後記

始余哭夫人, 卽請李相述此誌銘, 因適事急, 不及周旋納壙矣.
噫! 今去夫人之歿, 幾已十朔. 天運將周, 時物亦變, 而顧余悼亡之悲, 愈往
愈切. 豈不以此人此德, 終不可忘故耶?
昔余伯姊氏深歎服夫人之賢, 每稱爲正人, 觀於此文, 亦可以知其槩略矣. 抑
內則有云,
"必求其寬裕慈惠溫良恭敬愼而寡言者, 使爲子師."
若以此想象夫人之性行, 殆亦庶幾焉矣.
嗚呼悲夫! 時庚子四月日, 夫嘉善大夫吏曹參判兼世子侍講院贊善成均館祭
酒李喜朝 記.

李喜朝, 『芝村集』 권23, 『한국문집총간』 권170, 465쪽

令人朴氏旌閭碑

故禮賓別提宋公繼商妻令人慶州朴氏, 贈戶曹參判顯龍女, 承旨弘美之妹也. 當丙子之亂, 避兵于加平華岳山, 一日賊大至. 闔家被虜, 賊以令人年老病重, 棄之而去. 令人見別提公暨子鋋, 皆陷賊, 義不欲生, 且賊若更來, 度必不免, 遂自縊而死. 卽丁丑正月十五日, 時年幾六十矣. 賊旣去, 鋋百方哀乞, 請放其父. 辭意悲懇, 賊憐而許之, 別提公及還其地, 令人絶已久矣. 鋋又自賊陣乘夜逃歸. 亂定, 始上言, 乞蒙褒典, 命旌閭. 後幾十年, 令人曾孫之夏, 旣新其棹楔, 且謀立一小石, 請余文以記其事.

噫! 令人之遇賊自決, 其節固卓卓矣. 乃其子能以至誠感動賊心, 使其父脫死得生, 其孝亦無愧於江革矣. 鋋生起門, 之夏, 起門子也. 別提公考遠器, 祖希贇. 曾祖勳, 官咸鏡南道兵使, 墓在楊州接洞面水落洞, 子孫世居其下. 今之夏, 恐令人節行或久而泯沒, 出力建此碑, 亦可謂追遠矣. 余嘉其意, 略書此, 使刻之. 時崇禎紀元後九十三年庚子五月日.

李喜朝, 『芝村集』 권24, 『한국문집총간』 권170, 483쪽

貞敬夫人尹氏行狀

貞敬夫人尹氏, 議政府領議政退憂堂先生金公諱壽興之配也. 尹氏, 系出南原, 高麗按廉使威之曾祖諱民新, 司饔院參奉贈吏曹參判. 祖諱, 承政院左副承旨贈吏曹判書. 考諱衡覺, 星州牧使. 妣坡平尹氏, 漢城府庶尹熻之女也. 夫人生于丙寅十二月十五日, 卒于丙戌九月初六日, 壽八十一. 用其年十二月日, 合窆于公之墓.

夫人姿性聰悟, 識慮通明, 有慈惠之德, 孝順之行, 蓋自弄磚, 絶異凡兒. 牧使公每恨其不爲男子.

十歲, 隨牧使公, 在鴻山衙, 有繡衣直入衙軒, 將以搜探文書者. 夫人先已取一笥, 使女僕別置, 故卒無所得而去, 牧使公大奇之. 十一歲, 奉母夫人, 避虜亂, 路有呼飢者, 輒以行中所資濟之. 十二歲, 牧使公謫靈巖, 旣見宥仍居焉. 夫人於女工之餘, 日隨諸從兄弟後, 聽其講論, 經史子集, 靡不涉獵通曉, 人以女中大儒稱之.

年二十, 始歸于公. 先是, 公之所後考承旨公, 遆綾州, 任光州, 牧使公爲夫人擇對, 往見承旨公, 與之定婚. 未幾, 承旨公卒, 待喪畢始成禮. 還京, 夫人旣入閫, 事姑金夫人, 致其誠禮, 尤善處姒娣娣姒間, 曲盡其道, 門庭之內, 翕然無間言.

金夫人歿, 家事益旁落, 夫人竭力營辦, 使祭奠, 得不廢. 公旣登司馬, 又連中文科重試, 官位日高. 而夫人逾自抑損, 及公進位三事, 夫人尤戚然不樂. 俄因議禮, 公謫配春川, 仍以赦還楊山, 窮居者累年. 夫人皆隨遇任分, 未嘗有嗟勞語. 家貧屢空, 亦不以窶色見. 至己未, 公以近京爲嫌, 欲深入嘉陵峽中, 夫人喜而贊之. 未幾, 朝廷更化, 公以領中樞, 被召還朝. 戊辰, 復爲首相, 己巳禍作, 遂安置長鬐. 夫人亦追赴, 公自居謫中, 宿病火症復作, 日就沈篤. 夫人獨自扶護, 寢食俱廢. 是時, 國家之禍變極矣, 文谷公臨命, 有告訣書. 而夫人諱不直告, 惟務爲好言以慰安其意.

至庚午十月, 公竟卒, 子昌說尋醫上京, 只有庶弟在側, 夫人忍痛, 自力臨視, 襲斂凡百, 使得如禮. 甲戌改紀, 首命公復官, 致祭. 昌說亦除職, 連拜鎭川黃州二邑, 夫人皆隨往. 旣歸, 有筵臣白上, 以公爲先朝大臣, 特賜夫人月廩. 夫人自數年來, 患耳聾甚, 至乙酉, 兩目又失明. 每子孫羅拜, 輒執手涕泣, 蓋自此. 火熱益盛, 病轉劇, 終不起.

嗚呼痛哉! 夫人持己以簡, 接人以寬, 於事務存大體, 不規規於瑣細爲世俗婦人態. 然家政自理, 小大俱擧, 胸中涇渭甚明, 而未嘗言人長短. 記性絶人, 凡史牒所載歷代古今之變, 賢人君子出處之迹, 皆一經耳目, 終身不忘, 於人家世系族派子孫遠近, 尤瞭然如指諸掌. 雖好看書, 而亦不肯作一句詩半行文, 蓋其心有所不屑也.

始連産九女, 最後乃生二男. 其愛之宜特甚, 然其長者纔八歲患痘不救. 公以遷陵捴護在外, 及還慟甚病殆, 而夫人能理遣以相寬. 於季也教督甚嚴, 絶無假借, 逮其爲邑, 亦諄諄訓勑, 必使之無忝先訓焉. 敦睦內外族黨, 待諸姪男女, 各有恩意. 其男也, 必與之討論文字義理, 女又愛護覆燾之故, 皆樂於依歸, 歸之如家. 奉先祀, 極其敬, 雖至大耋, 必盥洗看檢, 亦且躬參焉. 平居不爲營産計, 事涉苟且, 尤不欲有求於人, 然人有所求, 又輒應副無慳也.

噫! 小子之入夫人門, 幾四十年于今矣, 此其平日所親覩而起欽者, 固皆可書

而可傳矣. 抑又有大焉. 當公之自嘉陵赴召也, 夫人請於公曰:

“時事雖云回泰, 恐不如仍處江湖, 以樂餘年. 聖恩雖重, 盍一謝卽歸?”

後公在長髻, 深以當時不克從夫人言爲恨. 及至戊己間, 國事憂危, 禍機日急, 小子嘗拜夫人, 慮公難免, 夫人答曰:

“士君子名節爲重, 禍福何可計乎?”

至於奔哭長髻之日, 晝則扶櫬艱關, 夜又奉陪夫人從容, 其言亦終始如一無片言半辭之近於怨悔者.

夫爵祿之榮, 禍福之慮, 雖號知道君子, 亦難擺脫. 況以婦人而能然者, 誠曠古之所未見也. 苟非明見達識, 曷足以及此? 垂之彤管, 其可以無愧, 而有補於世敎也審矣, 斯不亦賢乎哉? 夫人旣葬, 昌說手錄事實一通, 屬小子爲狀, 蓋以小子亦嘗爲公述行故也. 玆謹第次如右, 仍係以所感於中者, 以竢立言君子之採擇焉.

李喜朝, 『芝村集』 권27, 『한국문집총간』 권170, 557∼558쪽

貞敬夫人蔡氏行狀

夫人姓蔡氏, 輔國崇祿大夫吏曹判書兼兩館大提學壺谷先生南公諱龍翼之配也. 蔡氏, 系出平康, 高麗平章事諱松年, 是其鼻祖. 考諱聖龜, 司憲府持平, 妣東萊鄭氏, 佐郎良佑女. 以崇禎辛未二月二十二日生夫人. 甲申, 歸壺谷公. 以乙酉中司馬, 戊子, 登庭試, 丙申, 陞通政. 辛丑, 超嘉善, 辛亥, 秩資憲, 歷正憲崇政崇祿. 甲子, 進階輔國. 於是夫人自始封, 以至貞敬, 皆從封焉. 壬申, 壺谷公罹世禍, 沒於明川謫所, 後二年甲戌, 上命復官賜祭, 夫人以子觀察君正重在玉堂, 陳情, 蒙食物之賜, 且赴襄陽, 廣州兩邑, 以便其養. 甲申, 哭觀察君, 丁亥九月二十二日卒, 享年七十七, 是年十一月日, 祔窆于公之墓左.

夫人端莊謹嚴, 德器早成. 方七八歲時, 聞持平公訓語, 佩服不敢違. 持平公敎諸子讀書, 夫人從傍竊誦之, 幷解其文義. 得新物, 雖一果一荣, 必進於父母, 不敢先嘗. 侍父母疾, 亦待其進食而後食. 盤饌烹調, 衾裯整頓, 皆必躬親, 父母甚安之. 嘗曰:

"吾爲此兒强食者多矣."

及歸公, 得婦道甚, 事舅贊成公姑申夫人, 極其敬謹, 三十年如一日. 其服前後喪也, 夫人年已五十, 猶執禮罔愆. 愛諸妹以及從妯娌, 禮遇姬媵, 仁恤媰僕, 無一不得其歡心者. 家甚貧窶, 而公素以淸白自礪, 夫人克體其志, 不欲以一事累公. 性儉素, 不喜芬華, 自奉無異寒士家. 然公每好賓客飮酒, 夫人必先意營辦, 賓筵未嘗告乏. 從公牧楊州, 分司松都, 所到皆不許外人交, 尤不通商貨市買之物, 衙門之內肅如也. 記性絶人, 老而不衰. 凡古人嘉言善行, 與內外族派遠近忌日, 一經耳目, 皆終身不忘. 平居卑以自牧, 接人尤主於寬, 以故同閈居者, 亦不知其爲貴家也. 廚人嘗殺雞爲饌, 夫人適聞其鳴聲甚哀, 遂却之, 仍不復食. 敎子觀察君, 必以義方, 每日課讀, 至手自籌筭, 其得有成立有以也. 金相公昌集哭夫人詩曰:

"氷蘖助成夫子美, 瞻蓼敎就一兒賢."

人稱記實云.

噫, 壺谷公以文章名德, 際遇隆顯, 首尾四十餘年, 夫人乃早歲作配, 匹美齊芳, 又崇儉約, 戒盛滿, 用能受天之佑, 久享榮貴之樂, 斯已盛矣, 況其不食雞一事, 尤卓然難及. 盖孟子雖云,

"見其生, 不忍見其死, 聞其聲, 不忍食其肉."

然古人亦未聞有眞能行此者, 而夫人乃能之, 苟非稟質近道, 秉心至仁, 何以若是哉?

抑余於此, 有不能無疑於天道者, 方公之歿也, 夫人承訃於數千里外, 日夕摽擗, 傷毁已甚, 而觀察君又遽先逝, 以其詞翰才局, 旣不得盡究其用於世, 又未能終孝於夫人, 遂使夫人, 銜哀茹痛, 以促其遐筭, 豈所謂福善者, 亦難保其始終耶?

噫, 余先人於壺谷公, 卽姓不同兄弟也. 小子自兒時, 出入通家, 旣父事公, 亦嘗受夫人撫頂之恩矣. 顧小子疾病廢蟄, 不能事夫人如母, 尋常以爲恨. 今觀察君之胤漢紀, 手錄夫人行實一通, 見訪於寂寞之濱, 請余一言以圖不朽. 余固不敢當, 而亦不敢辭, 遂謹綴而錄之, 仍附書余心中所感者如此, 至若公之世系與夫子孫男女, 已具於觀察君所撰家狀中, 故不復贅焉.

李喜朝, 『芝村集』 권27, 『한국문집총간』 권170, 559~560쪽

송상기(宋相琦) ————————————————

思任堂畫帖跋

余有一宗人, 嘗言家有栗谷先生母夫人所寫草虫一幅, 當夏曝庭中, 有雞來啄之, 紙遂穿破, 余聞而奇之, 恨未見眞本. 今觀鄭宗之此帖花苽諸品, 種種精妙, 而虫蝶之屬, 尤入神, 意態生動, 不似毫墨間物. 始知宗人家所藏亦如此, 而余所聞爲不虛也, 雖然, 古之善畫者亦何限, 惟其人有可傳之實, 然後其畫愈貴, 不然則是畫自畫人自人耳, 曷足爲輕重哉?

若夫人淑德懿行, 至今談者稱爲梱範之首, 而况以栗谷先生爲之子? 先生, 卽百世之師也, 世豈有師其人而不敬其師之親者乎? 然則夫人之所可傳者, 固有在矣. 而又有此帖以助之, 後之人必曰, 此栗谷先生之母之手蹟, 由先生而及於夫人, 愛玩寶惜, 不翅如拱璧, 則吾知此帖之傳於後, 將與彤管所載, 並耀於無窮也. 抑余聞畫力可五百年, 今去夫人之世, 殆半其數矣, 宗之其謹藏而世守, 後三百年, 時出而展之, 視其如. 毌令爲雞啄所汚也.

宋相琦,『玉吾齋集』권13,『한국문집총간』권171, 474쪽

端懿嬪誌文

上之四十四年戊戌二月初七日丙戌, 王世子嬪有疾猝劇, 卒于昌德宮之長春軒. 時上在違豫中, 哀悼特深, 力疾臨哭, 命有司治喪, 一遵典禮. 擇卜越四月十六日甲午, 梓室發引, 十九日丁酉, 葬于崇陵左崗枕酉之原. 世子手草行錄, 命臣爲之誌. 臣謹按.

嬪姓沈氏, 系出靑松, 靑城伯德符, 爲我朝開國元勳. 生領議政安孝公靑川府院君溫, 寔我昭憲王后之父也. 五傳而爲領敦寧翼孝公靑陵府院君鋼, 又我仁順王后之父也. 靑陵有孫曰領議政忠靖公悅. 繼子弘文館校理熙世, 於嬪爲高祖. 曾祖權, 觀察使, 祖義禁府都事鳳瑞, 考僉正贈右議政浩. 妣高靈朴氏, 父郡守鑌, 吏曹判書贈領議政長遠之子也.

嬪以崇禎後丙寅五月二十一日甲辰, 誕生于會賢洞寓舍. 先是, 觀察使挈家
移居楊根先壠下, 自忠靖墓至洞外, 夜輒有光, 晃明如白晝, 人皆異之. 朴夫
人自是始有身, 連夢月光雲彩羣鳳飛翔之兆云. 嬪生而夙慧, 未晬而能言, 稍
長, 動止有則, 足不下階庭, 喜怒不形, 言語必愼, 又能知長者氣色, 先意承
奉. 遇新物必先獻於長者, 不命之食則不食. 每朝起, 必適寢問安, 然後始退.
五歲時, 觀察當暑月醉寢, 使把扇揮蠅, 遵命惟謹, 至暮俟醒乃已, 其篤行自
幼已如此. 雅性簡素, 見人鮮衣服, 無歆艷色, 得玩好之物, 不以自累, 輒分施
諸弟, 意泊如也.

丙子, 嬪三入揀選, 以離父母爲憾, 至於出涕. 是歲五月十九日, 行嘉禮, 其在
別宮, 終日端坐, 受讀小學書, 侍女或請游觀, 終不應. 及入內, 奉兩殿事世
子, 婉娩敬愼, 率由禮則, 兩殿甚愛之. 仁顯王后喪, 有疾未克盡制, 終身茹
痛, 哀慕不已. 以上疾久不瘳, 日夜焦憂, 或涕泣廢食, 願以身代, 宮中莫不稱
其孝. 盖其德性純行, 出於天得, 非矯揉勉强而然也. 行錄所記如此.

嗚呼其至矣. 上用廷臣議, 取守禮執義溫柔聖善之義, 贈諡曰'端懿'春秋三
十三. 臣竊惟沈爲大姓, 積德炳靈, 再誕聖女, 嬪鍾英趾美, 早配元良. 雖潛
德不顯, 而令聞靡玷, 是宜永綏天祿. 俾昌俾熾, 而不幸中嬰疾疢, 齡筭遽促,
弓韣之慶, 天竟靳焉. 以致貽慽於兩殿, 結愴於儲宮, 此何理也? 雖然, 孝者,
人倫之本. 而嬪能盡其道, 柔順和敬, 媚于上下, 百世之下, 徽音不沫, 將與
兩朝先聖后, 並耀於無窮矣. 嗚呼, 此豈非天意也耶? 謹拜手稽首而敬誌之
如右.

宋相琦, 『玉吾齋集』 권14, 『한국문집총간』 권171, 483쪽

愍懷嬪 復位 頒敎文

愍幽冤而伸枉獄, 旣循擧國之羣情, 復舊號而備縟儀, 聿修曠世之盛典. 顒玆
明命, 諒予深衷. 言念乙丙年間, 正値百六邦運, 元良喪逝, 懷乎國勢之多虞,
巨猾恣睢, 猘然禍心之潛蓄. 讒言交煽於內外, 釁孽遂起於宮庭. 獄情晻幽,
盟坎之計何異, 天威嚴重, 覆盆之冤難明.

逮有辛生之構誣, 益肆壬人之鍛鍊, 閨門遘禍之慘, 擧世同悲. 聖祖恤孤之

恩, 微意可見, 二三臣進言雖切, 七十載飮恨無窮.

人心久鬱則必通, 事若有待, 天道無往而不復, 理亦可徵. 肆庸集議於羣工, 遂定追復於貳壼. 乃於本月二十一日, 以愍懷嬪姜氏, 合奉昭顯世子廟. 滌丹書之舊案, 爰及父母兄弟, 配靑宮之遺祠, 仍共享祀芬苾. 尊名寔表於行跡, 像設更聯於寢園.

禮數咸登, 奚但邦典之無歉? 泉塗改照, 抑亦神理之獲安. 玆爲稀闊之令章, 豈非吉祥之善事? 於戱! 施仁布澤, 旣無間於存亡, 蕩垢滌瑕, 庶可推於遐邇. 故玆教示, 想宜知悉.

宋相琦,『玉吾齋集』권15,『한국문집총간』권171, 446쪽

王世子嬪 謚册文

承華新喪內助, 悼念方深, 節惠古有彝章, 表揚宜亟. 爰擧顯册, 庸錫休稱. 惟爾嬪, 生稟令姿, 早嬪儲邸. 一門襲兩后之盛, 克嗣徽音, 大婚爲萬福之源, 允稱佳婦. 盖自入宮以後, 益見率禮無違. 推家庭事親之誠, 祗奉兩殿, 體君子造端之道, 謹飭一身.

潛德不形於外人, 懿行自著於平日. 贊慈化而致肅雍之美, 佐陰敎而昭節儉之風. 孝篤承顔, 愛可見於容色, 憂深嘗藥, 誠亦孚於宮庭. 沉痾已歷於歲年, 小心匪懈於夙夜. 恩雖逮下, 未聞私謁之行, 美旣在中, 何難內治之正?

庶宗事之克相, 期福履之終綏, 何意上天之難諶, 遽見淑質之云逝? 蒼黃一夕, 忽隔幽明, 皇復三呼, 怳若夢寐. 脩短有數, 豈緣醫技之無良? 殯殮莫親, 益覺病懷之難抑. 矧惟螽斯之嗇慶, 曷堪鶴禁之纏悲? 司命之權孰尸, 福善之理靡測. 晨昏問寢. 無復繁袞之儀, 日月有時, 奄及窆穸之事. 苟非易名而紀實, 則何賁幽而傳芳? 言其行則以禮義自持, 語其德 則以溫柔爲本. 玆遣臣議政府右參贊申銋云云, 於戱! 雖儀形之已閟, 莫追泉扃, 尙行迹之可徵, 永垂簡策. 精爽未昧, 寵命宜欽. 嗚呼哀哉!

宋相琦,『玉吾齋集』권15,『한국문집총간』권171, 447쪽

愍懷嬪 諡册文

滌九地之銜寃, 追復位號, 揭二字之節惠, 寔遵彛章, 斷自予衷, 慰彼輿望. 惟云云. 親膺妙選, 早配元良. 受名父之訓辭, 擩染有素, 居家人之正信, 內外相成. 懽愉久奉於兩宮, 警戒寧忘於一日? 間值虜氛之凌逼, 奄見國步之蒼黃, 隨廟社於江都, 備經艱險, 作羈質於瀋館, 屢易星霜.

逮鶴駕之言旋, 並象服而無恙, 夫何咷笑之未久, 遽爾倚伏之相仍? 痛身世之未亡, 但有血泣, 怨昊穹之不弔, 若無憑依.

嗟乎邦運之愈屯, 重以宮掖之有變. 孽豈自作? 盖緣讒間之孔深. 事有難言, 終致恩愛之莫保. 哀哉母子之幷命, 慘矣兄弟之何辜? 孤墳久寄於松楸, 已失離祔, 私廟堇延於香火, 曷稱情文? 道路爲之咨嗟, 婦孺莫不傷. 構獄之兇賊肆市, 足徵天道之好還. 訟寃之直臣復官, 可見聖祖之微意.

覽文貞之徽蹟, 世德可占, 瞻永慶之遺祠, 感懷彌切. 全家之枉盡洗, 儷閟之位重光. 儀章一新, 追視震邸之例, 物采咸備, 若在京室之初. 邦禮自此得宜, 神理亦應無憾. 祇告太廟, 詎嫌先朝之未遑, 移奉別宮, 幸睹曠典之克擧. 謹遣臣云云. 於戲, ! 除丹書之舊籍, 庶慰孤魂, 托彤管之新詞, 永垂遐祀. 嗚呼哀哉!,

宋相琦,『玉吾齋集』권15,『한국문집총간』권171, 448쪽

恭人東萊鄭氏墓誌

恭人鄭氏, 籍東萊. 考領議政翼憲公太和, 妣貞敬夫人驪興閔氏, 奉事宣哲之女. 鄭氏自文翼公光弼, 至翼憲公, 五世四相, 名德隆顯, 爲世甲族. 恭人以壬午五月廿三日生, 自幼端莊靚肅. 雖在華盛家, 而能以禮法自飭, 傍及女紅之藝, 亦無不精通, 父母以此特鍾愛焉. 及笄歸于通德郞宋公奎成, 卽平昌郡守國龜之次子也.

宋氏系出恩津. 自判院事大原以下, 有諱司憲執端明誼, 雙淸堂先生愉, 代有聞人, 篤行淸節, 爲世欽服. 恭人入其門, 事舅姑, 克盡誠禮. 推以及於夫黨親屬, 亦無非儀焉.

通德郞不幸早嬰奇疾, 恭人夙夜憂慮, 醫藥飮食, 一適其意, 未嘗有絲毫違忤

事. 只有一子, 而義方甚嚴, 不以昵愛之意. 形諸色辭. 持身御家, 率有儀範,
平居, 笑不至矧, 坐不跂側. 傍無子弟, 雖至親, 亦不相見, 閨門之內肅如也.
不以己事干於人, 而見人有窮急, 必竭誠愛施. 素性儉約, 不樂世俗紛華, 而
又自通德郞病後, 有若窮人之無所歸. 糲食饘緼, 實有人所不堪者, 而處之晏
如, 數十年如一日.

嗚呼! 此豈世間恒婦人之所能及哉? 積瘁致損, 竟以丙寅六月二十八日棄世,
享年四十五. 與通德郞公同年生, 合巹同室者, 三十有一年矣. 以是年八月,
權厝于衿川地, 取近翼憲公兆. 其後九年甲戌十一月二十日, 移窆于楊州淨
土里白蓮山下加佐洞負乾之原, 虛其右, 爲後日地. 盖宋氏先塋, 在懷德地,
地遠山盡, 未克從葬也. 恭人生一男一女, 女夭. 男宅相, 中丙子進士, 娶宣廟
曾孫花山君滾女, 生二男, 皆幼.

宋相琦,『玉吾齋集』권14,『한국문집총간』권171, 484쪽

先妣行狀

先妣姓金氏, 系出安東, 高麗太師宣平之後也. 考同知中樞府事贈領議政諱
光燦, 卽文正公淸陰先生諱尙憲之嗣子. 妣延安金氏, 淸州牧使贈左承旨諱
琭之女. 懿愍公延興府院君諱悌男之孫也.

先妣以皇明崇禎壬申二月初七日辰時, 生于漢師. 議政公有五女三男, 先妣
序居第七. 明年十月, 母妣棄世, 先妣纔二歲. 與第六兄文谷金公, 並就乳于
內舅金公天錫家. 金公育之甚勤, 五歲丙子, 隨往舅氏鴻山衙舍, 避虜難于舒
川海島中. 時大亂甫定, 淸陰先生遜荒于安東, 先妣與諸兄弟從之. 及先生入
瀋, 復還京中, 零丁孤苦, 每自涕泣傷痛. 乙酉, 先生東歸, 一家團聚, 始有陪
侍之樂.

戊子年十七, 在議政公通津縣任所, 歸于我先府君. 先妣性至孝, 以其欲事所
恃之心, 移事我先祖妣. 祖妣素多疾病, 中歲以後, 恒在床褥. 性又嚴, 少有不
愜意, 則輒訶責, 家人擧皆悚懼. 惟先妣溫色柔聲以安之, 則卽怡然融釋. 非
但溫淸抑搔, 無不曲盡其方. 凡飮食起居之節, 必由先妣調護, 然後乃能適其
心. 間値證候添劇, 則烹煎藥餌. 爨熟糜粥, 凡細瑣勞苦之事, 皆躬自服勤, 不

委傍人與婢使. 或入廚竈, 親滌器皿. 或按爐鼎, 自吹薪炭. 間有親執井臼之. 雖炎蒸之夏, 風雪之冬, 不分晝夜, 亦不蹔廢. 以此至於顔貌黧黑, 手腕皴瘃, 而猶不知其勞且病也.

先祖妣未進飯. 則或終日不啜一匙, 未就寢, 則或坐而待明, 如是者一月而累日, 一歲而累月矣.

先府君鄕居累年, 家雖貧, 力辦甘旨. 先妣亦極意供奉, 得一滋味, 以進先祖妣, 祖妣嘗之盡, 則喜而必思繼之. 或不餐則憂歎終夕, 若有所失. 其他承奉之道, 順適之方, 無一時蹔忽, 無一念或間以終. 先祖妣在世之日, 蓋將數十餘年, 及先祖妣見背, 其哀痛號擗, 傍人亦不忍見. 朝夕饋食及朔望殷奠凡盥濯爛熟供辦諸具, 務極精潔, 一如生時所以事者. 號哭之聲, 至撤饌猶不止, 涕淚滿面, 嗚咽移時, 終三年如一日.

嗚呼, 人子之於父母, 乃天屬之親, 而尙難盡其孝, 況婦之事姑? 古今以孝名者, 蓋可指數, 而不過若而人. 然其勞身竭力, 不暇自恤, 至老而誠意愈篤, 未有如先妣之於先祖妣也. 先妣氣質素淸弱, 積瘁致傷, 晩多痼疾, 蓋亦由此, 此豈不重可悲也?

先妣天資絶人, 淸明粹白, 貞靜端莊, 且自幼時, 擩染於家庭禮法之訓, 事我先府君, 克敬克愼, 每事不敢自專, 亦不敢有違, 閨門之內穆如也. 性愛文字, 略通大義, 以千字文, 口授不肖等, 唐音絶句, 亦隨其所解而敎之. 不肖兒時, 在傍讀書, 則輒欣然忘憂, 聽之不倦. 然義方之訓, 亦不以慈愛而或廢, 苟且之念, 褻慢之容, 不令萌于心而設于身.

不肖宰忠州時, 聞有一臺官疵毁之言, 先妣大驚, 抵書于不肖曰:

"汝之居官, 寧有致人言者, 而世道危險至此? 雖三牲之養, 吾不知爲榮. 視去官如棄涕唾, 可也. 何可苟處?"

及不肖褫歸, 其喜又可知也.

丁丑, 不肖以奏請下价猝赴燕, 違膝下遠役, 情理切迫. 而先妣知靡盬不遑之義, 惟以愼行李勉使事爲戒. 往返六七朔, 能以自寬, 不過於憂戚, 其見識明達如此.

娣姒之間, 情義和睦, 同居數十年, 人無間言. 雖同氣至湛樂者, 亦無以過. 人皆感歎, 以爲世所罕有.

御婢僕, 少過則隱忍不洩, 務主恩愛. 而如至有罪難恕, 則嚴加箠楚, 亦不少饒. 平生淡然無欲, 未嘗干求於人, 亦未嘗一言及利. 先府君居官廉約, 例入月俸, 亦多省減, 而先妣恬不爲意. 如世俗所謂由私逕營爲封殖等事, 惟恐浼己, 一切斷除, 衙中肅然淸淨. 歸時裝槖, 與去時無異.

其在家, 亦一任寒素, 酒食縫紝之外, 不以他事自累. 每夜篝燈, 或爇松明, 鄙事細工, 靡所不爲. 糲飯菜羹, 處之晏如, 蓋安樂而不以爲泰. 窮窘而不以爲苦, 其安貧守道, 實有古賢人君子之風焉.

待人接物, 雖極和順, 然簡默剛正, 如翕翕爲熱, 姁姁爲仁之態, 則未嘗見於辭氣之間. 直己任情, 表裏瑩澈, 無一毫矯僞之行, 人皆敬服, 以女士稱之.

嗚呼! 先妣之至行懿德, 已孚于家人, 著于宗黨鄕隣. 是宜康寧佚樂, 兼臻壽考之無彊, 以享天祿. 而擧一生言之, 則人雖以榮貴見謂, 實則窮約之時居多. 筭至稀年, 非不壽矣, 而身抱沉痾, 累經床笫之苦, 終不及於期頤, 此天道之猶有所憾, 而爲不肖等之至痛深恨者也.

先妣以辛巳十二月初二日棄世, 享年七十. 初葬藍浦藍田里, 後因宅兆不利, 庚寅十一月, 與先府君, 並遷于公州三美川艮坐之原, 祔左合墓.

育二男一女, 男長卽不肖相琦, 次相維縣監, 女適郡守李益命. 內外孫曾, 已見于先府君狀中, 此不復著.

夫婦人之行, 不出閨闥. 如古烈女傳記所載, 皆由於聞見稱述. 今我先妣平日行蹟可法可傳者何限, 而不肖無狀, 未能闡揚芳烈, 昭示後人. 今玆撰次之文, 亦未能狀德之萬一, 其何以少洩無窮之悲而贖不孝之罪哉. 嗚呼痛哉! 不肖孤相琦, 泣血敬書.

宋相琦, 『玉吾齋集』 권15, 『한국문집총간』 권171, 514~516쪽

이이명(李頤命) ────────────

姜嬪伸理議

當時之事, 旣係宮掖, 有非外人之所可詳. 而伏見孝廟之所以敎先正臣宋時烈, 故相臣閔鼎重者, 可知其致此之由, 而惻怛之念, 則盖未嘗忘也. 優容言者, 疏理死人, 亦可想聖祖微意, 誠如聖敎矣. 以外間物情言之, 七十年來, 公議不泯, 幽冤莫伸, 尙有傷懕之意. 而特以嚴畏邦禁, 無復有言之者耳.

今者聖明發自睿衷, 思欲追加伸雪, 辭旨懇惻, 天章昭示, 此誠盛德事也. 在庭臣僚, 寧有異議? 然而先朝處分, 事體至嚴, 羣下不敢輕議其當否, 惟在聖明審量裁處, 使大事得宜. 伏惟上裁.

李頤命, 『疎齋集』 권9, 『한국문집총간』 권172, 229쪽

愍懷嬪姜氏移祔 昭顯墓議

臣之首發此議, 入告前席者, 特擧輿人之誦也. 聖上所以終許遷祔者, 正爲其神理人情之所俱安也. 其時聖敎反復惻怛, 已有商量於淵衷者. 今伏見更詢於諸臣之敎, 聖慮所及, 必審必愼, 藹然深誠, 可感神人. 敦親慮患之至意, 眞可謂出尋常萬萬矣. 雖嘗文告新廟, 望切泉壤, 亦豈不感結乎? 軫念之恩, 今又至此也.

夫地中之事, 難以久近測度, 閭巷士夫, 迫於勢而開久遠之塚, 或幸而無事, 亦多有不勝其悔者. 固不可比論於王家之禮. 今因聖旨, 謹稽國家所已行者, 則王后諸陵, 未必盡祔. 獨昭陵之復啓梓宮而移祔先陵. 其後貞思二陵, 但修封築. 俱無移祔之議, 以是論之, 顧此園墓之遙隔. 又何必恨也? 然則臣之未嘗深思却顧, 妄論大事之罪, 實無所逃, 明敎之下更何敢容議. 伏惟上裁.

李頤命, 『疎齋集』 권9, 『한국문집총간』 권172, 229쪽

世子嬪服中陳賀用樂議

古禮, 期大功不聽樂. 聖上旣復古禮服制准期, 與前日三十日除服之時不同矣. 若廟社軍賓之禮, 所重在彼, 金石鐃鼓, 固不可廢. 至於臨殿受賀, 事係聖躬, 懸軒鼓吹, 恐當不作.

昔周景王子喪, 旣葬而宴, 叔向譏之. 晉平公, 卿喪在堂而樂, 杜蕢諷之, 喪而用樂. 古人已議之矣, 禮官之疑而更稟, 實合情禮. 伏惟上裁.

李頤命,『疎齋集』권9,『한국문집총간』권172, 229쪽

外王母貞敬夫人李氏墓誌

嗚呼! 我外王母貞敬夫人全州李氏以壽終, 而舅氏兄弟, 俱已先场. 我先妣悲夫人德美之莫述, 懼無以垂範後昆, 乃手錄平日言行, 以遺諸侄, 仍命頤命纂次文字. 外氏諸兄亦强之, 頤命自以素固陋, 言出卑幼, 又難傳信, 承命周章, 久未敢成. 今者獲戾于神, 奄及大故. 竊恐因循退托, 永負遺意, 肆敢据先妣所錄及諸兄弟族黨之, 謹叙幽堂之誌. 創鉅荒迷, 不能文之, 以辭, 匪惟. 僭猥之是懼, 或者疑我以親戚之私歟, 禮云. "婦人之行, 不出於梱." 且近世彤管之記久廢, 中壼之傳不作, 然則閨門之德, 非其子孫之所睹記者, 孰憑而傳之? 況我先妣, 溫恭淑哲, 其得之於擩染觀感而記之者, 其實錄也. 頤命與諸兄弟, 皆逮事王母者, 省事以來且數十年, 其豈無私識於其心者? 而今敢爲一辭之溢, 以犯誣先之罪也?

謹按外氏家乘, 夫人系出璿源. 我太宗大王第一子讓寧大君諱禔, 有吳太伯仲雍之節云. 傳四世, 有諱璘, 贈判書. 有諱元友, 官至縣監贈贊成. 是爲夫人高曾. 祖諱轂, 官至郡守. 考諱光後, 官縣監. 妣安山金氏, 副護軍諱就鏡之女. 夫人, 十七, 歸于我外王父府尹黃公. 王父諱一皓, 字翼就, 號芝所. 以宗周之義, 被害于淸虜, 實崇禎辛巳也, 仁廟哀其寃而莫之救, 則命廩公大夫人及夫人終身. 夫人已封貞夫人, 其後朝廷追念其義, 褒贈府尹公正卿. 又以長男玧, 錄保社從勳, 加贈貳相. 夫人亦從封貞敬夫人.

夫人育三男三女. 男長玧, 晚闡文科, 官至承旨, 先夫人二年而卒. 次珹, 弱冠夭. 次璡, 以學行薦授齋郎, 銜恤不仕, 三十而夭, 一世悲之. 後贈持平. 女長卽我先妣, 適我先考大司憲李公諱敏廸. 次適參判李選, 次適淸城府院君金錫胄. 玧初娶郡守吳達天女, 生一男一女. 男夏英令, 女郡守趙龜祥. 再娶尹某女. 三娶 缺金聲發女, 生一女, 朴泰達. 琡娶姜某女, 無, 以璡之子夏民爲後. 璡初娶郡守金天錫女, 再娶郡守宋熙業女, 生三男一女. 男夏臣, 夏民, 夏弼進士. 女主簿洪致祥. 我先考生四男三女. 師命及第. 孚命, 頤命判書, 益命. 女長金萬堅, 次未行而夭. 次參奉金道濟. 李選生三男一女. 男聖輝, 昌輝, 長輝, 皆進士. 女副率洪禹寧. 金錫胄生一男, 道淵佐郎. 己巳之禍, 李師命, 道淵, 俱不得其終.

夫人生於萬曆乙巳八月二十三日, 卒於今上庚午十二月十二日, 享年八十有六. 辛未二月, 孫夏英等, 遷王父墓, 合葬于扶餘蒙道村後. 以宅兆不利, 某年又移窆于某地某向之原.

夫人幼有至性, 母夫人金氏, 嘗久疾沈綿, 夫人日夜侍疾, 三年不解衣. 縣監公亟稱之曰

"雖古之以孝聞者, 何以加吾女?"

爲之涕下. 嘗自製一衣, 有妹色欲之, 夫人卽解而衣之無難色. 父母試問之曰: "汝無資可辦他衣, 奈何與之?"

對曰:

"兄弟之身, 一體也. 弟着何異自着?"

金夫人有閫範, 敎諸女以順正. 及夫人歸黃氏, 書贈訓辭, 以寓衿帨之戒, 夫人服膺玆敎, 夙夜儆戒無怠. 以幼事親者, 移事尊姑. 尊姑姜夫人, 早寡多病, 夫人自三日之內, 竭誠保護. 衣被飮食之屬, 必先意預具, 有命卽進, 若相戒約. 姜夫人每歎曰:

"賢婦以此至行, 傳于後嗣, 黃氏其昌大矣."

黃氏固大家, 上奉兩家祀. 王父已仕于朝, 賓客常滿座. 又敦親好義, 輕財喜施, 與宗族之來依者衆, 待而擧火者亦數家. 夫人以弱齡當家, 能治內事馭家衆, 竭力承奉, 未嘗以窘乏爲辭.

辛巳, 姜夫人尙在堂, 夫人猶含痛忍哀, 持形立氣, 左右致養, 不異平日. 及其喪也, 絞紟棺槨, 躬自檢飭, 送終之禮, 無不自盡者. 尤篤於奉先之禮, 每於享祀之日, 親滌器具饌, 達朝不寐. 臨祭素食, 老而猶不廢. 常戒子孫曰:

“祭之夜, 放意睡臥, 若失時之早晚, 如不祭.”
又曰:
“吾觀人家分田產於子孫, 使各房分. 次祭先, 甚非禮意. 又疎遠則祭不如禮者多矣. 吾家奉祀田民, 吾不敢擅動.”
子孫知此意, 凡祭, 宗子主之, 毋令他子孫分行.
姜夫人父母無嗣, 庶孫貧窶無依, 祭不以時, 墓無碑表. 夫人爲之收拾田業, 擇配以娶之, 歲給祭需, 又營治墓石, 鐫刻俾樹之. 自稱未亡以後, 終喪歠粥, 六十以前, 未嘗具盤進食. 被服淡素, 不與人宴婚. 子孫有科慶, 亦不許設聞喜宴, 長男爲養屢奉檄, 不敢以獻壽爲請.
辛亥, 在洪川, 鄰邑倅有欲設酌而壽之者, 夫人使人謝之曰:
“禍釁餘生, 本不喜紛華事. 貽弊隣州, 尤豈敢安? 況歲儉而君撤, 縣亦豈設私宴之時乎?”
其人愧服. 其以禮自守也如此. 前夫人李氏, 有一女, 爲進士申昃之妻. 夫人憐其無母, 加意顧恤, 不間所生. 申公喪室, 猶感恩. 誠禮不衰. 甥侄沈僉樞檍兄弟, 族侄鄭休, 亦慕夫人之義, 愛戴如其母. 王父庶妹二人未歸, 夫人撫養甚至, 見之者皆曰:
“此兒當損其福.”
及其嫁, 資送頗厚, 庶族婦人之幼而無依者, 收養而嫁之. 窮老而無歸者, 迎致於家, 死則葬而祭之.
鰲山君夫人, 卽姜夫人之妹也. 耄期無子. 夫人日間起居, 分甘折小, 奉養如事親. 大禍之後, 寄寓窮鄕, 家業益旁落, 夫人手執麻枲, 身服勤勞. 課僮僕治田農, 以其蘋藻甘旨之餘, 猶軫恤諸族, 恩義有加, 諸族之來歸者, 視若王父在時.
其敎子孫, 諄諄勉之以禮義, 未嘗昵愛而掩過. 有過則至誠開導, 改而後已. 故雖無訶責, 子孫敬畏如嚴父. 季子參奉公幼而孤, 夫人悲其失學, 使之從師遠游, 成就其肄業. 子孫有早顯者, 必憂形於色, 深戒滿盈之懼. 外孫李師命, 以勳名, 一歲中暴貴, 夫人貽書於元勳淸城公, 勉以君子愛人之德, 蓋其意欲其如韓魏公之於蘇文忠也. 淸城以書示客曰:
“婦人豈有如此見識也?”

其任使婢僕, 莊以莅之, 恩以懷之, 使優劣得所. 災眚不問, 飢寒必察. 雖屢經
險艱, 絶無怨叛之心, 多得其忠力, 喪後至有哀慕成疾而死者. 又有容人之
量, 人或有忘我恩而反覆者, 亦不深怨. 急人之困, 若恫在己, 見人之飢窮疾
病者, 無妄罹災者, 必極力救濟. 雖夕炊將闕, 裘葛不具, 亦不之顧也. 夫人神
精內朗, 見識高明. 藻鑑又絶人, 臨事分別是非, 自合於義理. 人或問之以古
今治亂得失, 則聞其始而揣其終. 辨邪正判義利, 了然如目前事. 言子孫之壽
夭窮達, 後多驗, 常曰:

"孩提之兒, 已可識其爲人."

嘗聞一婦人失其珠貝, 搜得於其嫂衣, 夫人疑之, 且曰:

"盜之固非矣. 揚其聲者, 又甚於盜矣."

蓋其婦欲傷其嫂, 暗置珠貝於嫂衣中, 往索而揚其盜, 後果犯悖亂之罪云. 其
料事揣情, 多此類. 故兄弟子孫之當官者, 必稟決疑事. 平生不喜巫覡, 見人
篤信則必敎之曰:

"遊魂冤鬼之鬱結不散而降於巫者, 能啼嘯作人言. 說人禍福不疑, 此只能知
已過事, 不能知未來事. 吾嘗驗之. 手掬沙豆之屬以問之. 我知其數, 則彼能
言. 我不知則彼亦不中. 蓋事之已有跡者, 人之存于中者, 僅能知之. 其他未
可信也."

其精識不惑, 又如此. 夫人耆耋之後, 每日猶早起梳洗, 非疾病, 未嘗欹臥. 居
處蕭然, 飮啗淡泊, 書疏必親, 應接不倦. 眼彩淸瑩不昏, 言語的確簡切, 每祝
黃髮鮐齒且無疆矣. 自喪長男, 神氣日衰, 未久而終.

嗚呼, 天旣賦夫人以明德, 錫夫人以大年, 而獨使其身生逢百罹. 崩城之哭,
冤絶千古. 二甒之賢且孝而不克終養. 兩孫之禍, 又憯於生前, 何賦之豐也而
何命之窮也? 豈氣數之變, 適與之推欹, 而報施之常, 天猶不忘歟? 蓋嘗觀天
人之際, 其所謂報施之理者, 僅若存而若亡. 而說者曰:

"天道福善而禍淫."

又曰:

"天之所助者順."

信斯言也, 若夫人之孝順慈明, 宜並受百祿, 克昌厥後. 而顧乃五十年間, 極
生民之荼毒, 痛冤憂戚, 以終其身, 善順之報, 果何如也? 雖然, 箕疇叙福, 以

壽爲先, 而所重者攸好德. 噫, 夫人之年, 不可謂不壽矣. 夫人之行, 亦罔非惟
德是好, 則夫人之於五福, 亦可謂得其先且重者矣. 今天之嚮用於夫人者, 縱
未全施以五福, 抑又聞之, 夫有德而不食於其身者, 天必報之於其後. 定勝之
理, 終可有待乎. 嗚呼痛矣.

李頤命, 『疎齋集』 권13, 『한국문집총간』 권172, 329~330쪽

貞夫人金氏墓誌銘

己亥重陽, 延安李同甫爲文哭其內, 仍以示余曰:
"覽此, 可悉我夫婦之平生. 將以十月初一日, 葬于龍仁慕賢里先隴傍負辰之
原. 子其爲我銘之, 以慰其魂."
其文曰:
"君初入吾門, 挽鹿車共歸鄕里. 君生長綺紈, 分甘淡泊, 雖流離嶺海之遠, 亦
無難焉. 中年, 余爲親養, 從吏役, 親歿而更不出脚, 則窮竇久愈甚, 而君亦樂
而忘憂. 蓋其性質醇正, 識慮通明, 實非世俗婦人之所可及也. 君晚生一男,
抱三孫而一殤. 三女歸而或孀或夭, 逆理之慘, 漸㵢成疾, 遂至於此. 臨命, 言
語如平日, 無一毫怛化之意, 精神與定力, 亦丈夫之所難能也."
噫!, 夫人以荊釵布裙, 事同甫四十八年, 未嘗以艱苦之色, 累同甫之心. 同甫
固窮力學, 獨守東崗之陂, 樂其齊眉之敬. 今焉白首而失之, 終天告訣之辭.
固宜闡揚其潛光. 況夫人宜人宜家, 百祿是宜. 而子姓多貽其戚, 以傷其生.
此尤同甫之所深悲也.
同甫與夫人俱是名家子. 月沙李文忠公, 文章動海內, 淸陰金文正公, 節義擎
宇宙. 靜觀齋先生諱端相, 以文忠之孫. 從事洛閩之學, 同甫克承其家. 退憂
堂相國諱壽興, 以文正之孫. 世襲韋平之拜. 夫人卽其仲女. 二家早約潘楊之
好, 禮未成而同甫丁外艱, 故夫人年十七, 始歸于同甫. 夫人之母尹氏, 牧使
衡覺之女. 夫人以夫貴封貞夫人. 男亮臣進士. 女長適金鎭岳, 早孀. 次適黃
慶河, 金東鉉, 俱早夭. 夫人以今歲八月八日卒, 享年六十四.
嗚呼! 閨門之行, 外人之所難知也. 而不佞與二家俱有四世之好, 卝角與同甫
遊. 同甫之長女, 又是吾甥婦. 是以深知同甫之哭其內, 無溢辭也. 亦嘗聞夫

人從父兄農巖金仲和之言, 每稱
"吾妹無讓同甫之賢"
同甫名喜朝, 朝廷待以賢士之禮, 累遷官方帶大司憲之銜云. 銘曰:

婦人苦樂, 由他人兮. 夫孰居室, 不患貧兮? 嗟惟夫人, 異恒情兮. 安分無憂,
保幽貞兮. 我謂同甫, 莫傷戚兮. 謙盈之理, 好反覆兮. 雖有一子, 後必熾兮.
願執左契, 慰生死兮.

李頤命,『疎齋集』권13,『한국문집총간』권172, 335쪽

恭人綾城具氏墓誌銘

奕世之鐘鼎兮, 綺紈之非不足兮, 夫子之喜之兮, 荊布以服之兮. 樂子之尙吾
志兮, 雖貧賤亦何傷兮. 殫一心事兩姑兮, 天錫亂奉烝嘗兮, 孝子誌其藏兮,
舊客銘其後兮. 閨門之行未易詳兮, 云余昔聞乎丘嫂兮.

李頤命,『疎齋集』권13,『한국문집총간』권172, 336쪽

恭人靑松沈氏墓誌銘

余內弟昌原黃夏民, 委禽于靑松沈氏. 尤齋宋文正公, 以書賀其伯父曰:
"曾見沈家兄弟, 儘佳士. 新婦必相類. 又是洪忠正外生, 宜歸于貴家."
盖宋文正嘗與沈氏之祖考相國諱之源, 共贊大義於寧陵. 時洪忠正諱翼漢,
痛斥崔鳴吉和虜. 夏民祖考忠烈公諱一皓, 資送崔孝一歸正, 俱被禍於淸虜.
考持平公諱璉, 以讐虜一天, 自廢於世. 師事文正, 講明復讐之義, 不幸短命.
文正悲之, 視其孤如諸孫, 故喜兩家忠義之後相與結親也. 沈氏內外世德旣
如此.
生稟美質, 端粹慈惠, 幼而父母稱其孝. 歸而夫黨嘉其行. 余外王母李夫人,
鑑識明而少許可, 每曰: "此婦女士也"
夏民過房, 爲叔父諱球之子. 所後母姜夫人, 早寡多病. 沈氏服勤如事其母,
余嘗與數年隔墙而居, 多見其至誠. 沈氏父府使諱益善, 嘗遊宦遠方, 沈氏思
戀成疾. 居母憂又毀甚, 沈綿十年, 竟以辛未九月不起. 得年廑三十四. 其年

十二月, 葬于利川元積山負壬之原. 其後夏民官縣監, 從爲恭人. 有二男, 尙中, 娶趙始采女, 生三男二女. 男長箕祚, 餘幼. 尙敬進士, 初娶尹翼瑞女, 生一男, 再娶李喜燁女, 生一女.

靑松之沈, 傳自高麗衛尉丞洪孚, 歷四世入本朝, 有靑城伯德符. 又六世, 有左參贊光彦, 奕世公孤, 又三世, 府使宗忱, 監役官儍. 爲恭人高曾. 黃氏譜系, 具載其先墓誌碣, 故獨詳于沈云. 銘曰:

詩美碩人, 序及姨私. 豈若系出, 忠節名垂. 華陽之喜, 善推世類. 豈若親懿, 躬覿行誼. 芳年可惜, 令名其長. 我銘幽石, 永闡潛光.

李頤命, 『疎齋集』권13, 『한국문집총간』권172, 336쪽

祖妣貞敬夫人任氏墓表

抱川鑄金山下安陽洞負寅之原, 乃我祖考文貞公幽宅, 而夫人豊川任氏祔其左. 前夫人海平尹氏之墓, 在其上十數步. 宋文正, 於公墓隧之碑, 叙公系出生卒, 論公忠孝大節甚詳. 惟是祖妣二夫人之至行厚德, 略而不顯. 其文盖多反復感慨於公君臣之際者, 閨門之懿, 顧不暇言歟.

尹夫人, 領議政諱承勳之女, 兄修撰珙. 光海時謫通川, 大夫人成氏從焉. 夫人往省寓舍. 夜失火, 大夫人不及出, 夫人與其兄奔入烈焰, 抱持大夫人而俱焚. 實萬曆丁巳三月也, 春秋三十四. 仁祖癸亥, 始命旌閭.

任夫人, 別坐諱景莘之女. 寬和順正, 婦德甚備. 弱齡歸于公, 尊舅東皐公, 晚有疾, 奉養無缺. 待媵御以恩, 門內雍穆. 家無甔石, 而貧族多歸哺, 未嘗以井臼之艱見于. 晚年享有榮養, 而紡績之具不離手. 蘋蘩之事必自治. 敎子孫有法. 或見諸孫晏起惰業, 婦女不親酒食者則曰:

"古人以興居早晚, 卜其家之盛衰. 汝祖雖有卯申之勞, 歸必讀書. 吾少時分娩未旬日, 起而供賓客, 冬月, 手爲凍皴. 汝輩怠慢若此, 何以爲人?"

甲寅九月卒, 壽七十一.

呼! 尹夫人平日閫範, 今雖不能盡傳, 以孝捐生, 旣蒙褒顯於盛世. 而今日諸孫, 逮事任夫人, 俱承義訓, 又豈可使幽光不闡, 後人無聞也? 頤命最蒙置膝之愛, 敢於表墓之記, 粗述聞見, 以寓永慕之思, 且補碑文之不備者.

李頤命, 『疎齋集』 권14, 『한국문집총간』 권172, 348쪽

孺人柳氏墓表

高陽郡南幾里元堂村, 有延安李氏世葬之地. 其中負艮面坤者, 爲學生思章, 孺人柳氏合窆之墓也. 思章字晦甫, 靖社元勳延平府院君貴之玄孫, 牧使曼著第四子, 同知中樞韓山李顯英之外孫. 柳氏, 扈聖功臣晉原府院君根之五代孫. 父郡守搏, 母宗室海安君億之女. 兩家俱鐘鼎之世, 而生溫良力學.

孺人淑愼有婦道, 門闌望有慶, 舅姑甚宜之. 丁亥歲, 京師大疫, 夫婦同疾. 生病日危, 孺人斥巫史, 躬自沐浴禱天. 生竟不起. 孺人日夜號擗, 勺水不入口. 而猶能作氣, 手製其附於身者, 旣殯, 席苫其側, 哭不絶聲, 淚盡成血, 衣袖斑爛. 而亦能躬治饋奠, 朝夕拜哭, 哀動傍人. 旣葬, 乃矢死, 尤不食粒粟. 其父泣勸, 則少呷米汁曰:

"薄命不孝, 生亦何爲?"

旣踰年, 乃自歎曰:

"人命之頑, 乃至於此."

始稍進粥飮. 喪畢, 猶置生衣巾書几於故處, 冤號痛毒, 無異初終, 五年如一日. 則形枯骨立, 氣息廑如縷, 雖親屬, 罕見其面. 常曰:

"我是天地間罪人, 豈不知早自裁也? 誠不忍毁父母遺體, 苟延至今耳."

孺人日益柴毁, 不自起動. 辛卯八月, 爲具酒食, 哭生之生日, 匍匐入廟, 聲若嬰兒. 因以病劇. 其父勸以藥物. 則孺人泣辭曰:

"一死尙晩, 病已無可爲矣."

竟以十八日不淑. 生得年三十四, 孺人四十一.

生之歿, 孺人晝夜不離一苫之外, 寒暑不易初喪之服. 及襲斂, 始解其衣, 襤褸百結, 有貼皮膚難去者.

孺人幼有至行. 八歲喪母, 哀毁如成人. 十二歲哭弟, 成疾危而廑甦. 及歸, 移孝于舅姑, 而舅姑未久俱歿. 嘗有子而不育, 以生之弟之子命德爲後.

嗟乎! 不待崩城之哭而命已窮矣. 孺人資性貞明. 嘗讀六臣傳, 至兪應孚 "此

鐵冷更炙來"之語, 或有疵其武夫之悍者, 孺人曰:

"不然. 人之所難辦者此心. 苟辦此心, 雖剝膚推髓, 何懼之有?"

噫! 從古閨門, 豈有此見識耶? 此所以捨命於窮毒之日也. 然世之婦女或有
自決於哀盛之時. 若其辛苦歲月. 以至於枯死, 則中蠱之作與夫他傳記所未
聞也. 惜乎! 使之爲丈夫而値患難, 精忠苦節, 必有卓絶千古者矣.

孺人待婢僕, 又有恩義. 其婢德今, 生同年相長大, 性素純謹. 哀孺人而不忍
離, 乃謝夫屛子, 竭心扶將. 與共寢處寒月, 孺人常却衾裯處冷地, 德今必以
身溫之, 俾無凍傷. 先孺人二年病瘁而死. 辛卯, 從葬孺人墓隔岡之地.

孺人鄕里士大夫五十餘人, 具孺人節行, 告于禮曹, 禮官金公鎭圭據其狀, 乃
啓于筵中曰:

"柳氏貞固之節, 比古忠臣則如文天祥之死燕獄. 宜別加襃奬, 以激頹俗. 且
其婢能忘身徇主, 亦可見柳氏之誠感人之深也. 請並詢大臣而旌表."

大臣俱請依禮官之言, 上特命旌孺人之閭, 又命優給德今子米布. 國家所以
存樹風聲者, 可以大裨世敎矣. 今郡守君以不佞嘗與金公共請褒嘉之恩者,
俾書孺人事于墓石. 不佞雖辭媿黃絹, 義不忍辭. 嗚呼! 過此墓, 讀是記而不
下淚者, 無人心也.

李頤命,『疎齋集』권14,『한국문집총간』권172, 350~351쪽

祭第二女文

維歲次丙子二月日, 父以酒果米食之奠, 告汝第二女之靈. 自汝冥然一瞑,
掩汝面以帽, 戢汝身以柩, 汝形不可得見, 呻吟之聲, 又不可得聞. 或冀汝時
入我夢而亦不可得. 然則不但汝形與聲之不可復接, 汝魂氣亦且離散無復存
者耶?

自汝爲吾女, 多險艱而少歡娛. 流播大嶺之南, 離隔瘴海之外, 水土悲憂之
傷, 病根已痼而余不覺. 遂使汝遭一病而不起, 子生而不免於水火, 父母之過
也. 汝之痛苦焦熬而死也, 何異水火? 此皆我之罪也.

汝自學粧洗深藏, 不窺戶外, 嘗以一日離父母爲大戚. 今者傲屋而殯汝, 惟婢
僕是守. 我不得朝夕守汝, 又將葬汝於地, 祖載已當道矣. 使汝有知, 此恨當

終古矣.

我家先山隔遠, 又有遷厝之議, 今姑借窆汝於汝外氏懷德山足. 汝曾王母尹
夫人在左崗, 汝所嘗逮事, 異於客地, 此可少慰汝心耶? 大遷之計若定, 則當
移汝及貴之之葬, 以近我身後之地矣. 禮當爲汝作主而祭, 以及汝兄弟之了.
而顧我與汝母俱癃病, 無可久之理, 汝一弟稚弱, 人事何可量也? 是以欲葬
畢一虞而不返魂.

每於節日奠汝墳, 亡日設紙牓, 招汝魂而祭之. 若汝弟成立而有子, 必無廢闕
也. 他日移葬也, 我當爲汝作文燒瓷, 記汝至性純行以納壙, 俾後人知汝豐于
德性而嗇其年壽也. 余所以爲汝地者, 止此而已. 嗚呼! 今當與汝訣矣, 我欲
爲汝言者何限, 而抑塞慘裂, 言不可悉矣. 嗚呼! 今將並汝柩而不可得見矣,
容顏笑語, 亦當寖久而不可記. 惟有筆硏書札之蹟, 衣服針線之餘者, 觸目而
心如割. 未死之前, 其何可忘? 陳此肴觴, 哭別汝柩. 汝或不昧, 尙聽我言.

李頤命,『疎齋集』권18,『한국문집총간』권172, 448쪽

祭伯姑文

維歲次丙子十一月日, 姪子頤命, 謹以米食酒果之奠, 敢昭告于伯姑靈筵曰.
昔我王母在堂, 諸父諸姑俱無恙, 門闌煇爀. 子孫衆盛, 會合常多, 睽離則少.
當時小子童騃無知, 不識人世禍福無常, 悲歡迭乘. 粤自己庚以來, 喪威連
仍, 永抱終天之痛, 數十年間. 尊屬殆盡, 獨伯叔父與姑在世, 嗟乎吾親旣不
可得見, 則思見聲容笑語之類吾親, 每拜床前, 獨自銜恤.

叔父又不幸中身, 小子流離嶺海而歸, 伯父又下世, 惟姑臨迎于終南舊宅, 握
手而哭. 仰瞻氣貌, 非復昔日. 未幾, 遽罹崩城之痛. 前春往慰, 又見姑沉綿床
席, 懷憂而歸. 豈謂外喪未期而凶問又至耶? 北望長號, 五內如灼.

嗚呼! 姑有至性柔則, 宜享百祿. 而頃年逆理之哭, 神理已難詰矣. 凶禍荐酷,
又至於此, 靈筵並設, 一孤重衰, 行路聞之, 亦當酸鼻. 今方移啓舊封, 劍合重
泉. 家山隔水, 冢婦在傍, 靈若有知, 必不顧戀於人世也. 惟此孤露之心, 一倍
摧裂. 旌翣復藏, 此別千秋, 拜哭柩前, 一杯永訣.

李頤命,『疎齋集』권18,『한국문집총간』권172, 449쪽

祭第二女墓文

維歲次辛巳五月丁亥朔二十五日辛亥, 父酹酒設果, 告汝第二女之墓. 余葬
汝於他山, 繞墳而去者, 今六年矣. 豈忍一日忘汝? 而顧疾病宦遊, 重以奔走
道路, 不遑一來. 生爲父子, 死若路人, 汝若有知, 其望待我者久愈切矣.

昔余與汝有成言矣, 大遷之地定, 則欲移汝甕以來, 至今山事未決, 而大閫以
今年二月, 奄棄我兄弟, 前月權窆江上, 遍求新山於旁近百里之內, 此計苟
成, 當踐前言也.

惟汝稟天地淑善之氣, 生吾家禍難之會, 不及成人而夭, 此固生民之最可哀
也. 而嘗觀世之婦女, 生不得其所歸, 死亦無所依者多矣. 今汝魂氣永依於父
母, 骨肉將與同壟, 汝何深悲? 余欲以是慰汝者, 正可悲也.

自汝死後, 今日創鉅之外, 家內俱依舊. 每見汝姊弟輩從之團合, 余心何嘗不
如割也? 汝姊已生一子一女, 汝妹歸金氏生女. 汝弟若三妹, 以次漸長, 汝母
戊寅又得一女, 廑晬而失之.

余蒙國恩, 由錦山再擢爲卿. 而余鬚髮已多白, 汝母肉脫齒落, 俱非舊時顔
貌. 神理降罰又如此, 與汝離者, 其且幾時也? 今余與汝季父銜哀, 來過汝墓,
汝其知否? 空山宿草, 一聲長號, 汝其聞否? 幽明茫然, 儀狀寢忘. 苟有相感,
一入我夢. 嗚呼痛矣! 尙汝歆.

李頤命, 『疎齋集』 권18, 『한국문집총간』 권172, 450쪽

祭伯嫂羅氏文

維歲次己丑十月戊戌朔二十一日戊午, 完山李頤命, 略具薄羞, 敬告于先伯
嫂安定羅氏柩前曰.

嗟我丘嫂, 有德無命. 昔我父母, 嘉嫂德性? 余自髫齔, 仰若賢師. 嘗謂順正,
百祿是宜. 芳年夭閼. 身後伶仃. 報施之舛, 此理難明. 禍難之際, 益思嫂賢.
後死之悲, 其何忍言? 二女宜人, 佳壻俱至. 慰我英靈, 惟此一事. 幽堂再移,
龍劍相隨. 哭別柩前, 更拜何時.

李頤命, 『疎齋集』 권18, 『한국문집총간』 권172, 452쪽

祭從母貞敬夫人黃氏文

維歲次己丑十二月癸卯朔日, 姪判中樞府事李頤命, 謹以米食酒果之奠, 敬告于從母貞敬夫人昌原黃氏靈筵. 嗟我從母, 極生民之荼毒, 何壽考之足樂? 惟中歲之榮富, 怳春夢之無跡. 嗟我從母德, 盛于閨門而世莫知, 行出乎古人而神不庇. 況其處患難而持門戶, 定疑亂而篤恩義, 雖古女士, 莫或與比.

嗟我從母報施之舛, 今古之所同疑焉. 在丈夫而亦然, 況於婦人? 然有可待於後者. 尙望其所定於天, 今無可待, 一又何寃? 嗟我從母, 姊妹三人, 俱歸名族, 柔嘉順正, 享有百祿. 夫何垂老, 倂罹窮毒? 昔我王父, 以身殉節, 于天何辜, 禍猶不絶.

嗟我從母, 異姓之親, 多受恩育, 如哭其母. 欲報之德, 凡諸後事, 可無缺闕. 牛崗劍合, 萬古安吉. 嗟我從母, 久厭斯世, 寧復嬋媛, 平生親愛, 多在重泉, 惟我小子, 銜恤十年, 聲音笑貌, 若見吾親. 今焉又失, 痛割如新, 官縛病纒, 葬未臨穴. 龍門歸路, 歲當一謁, 拜哭柩前, 終天告訣.

李頤命, 『疎齋集』 권18, 『한국문집총간』 권172, 452쪽

祭叔母貞夫人元氏文

盖觀婦人之生, 雖享有年壽, 其無可恨於三從者鮮矣. 若我叔母, 生長勳業之家, 幼見其鐘鼎棻戟之盛, 于歸詩禮之門, 夙膺其花誥象服之恩. 晩喜二子之榮, 迭享其專城大府之養. 七十年中, 三入沁都, 此事, 國朝以來, 惟聞洪母之於箕城.

嗚呼! 此豈無因而得, 邂逅而値者也? 毋論我叔母平日懿德, 今見室中之如哭其母者, 卽詩人所謂寔命不同之人. 彼豈無所化而然, 不深感而能哉. 樛木之風, 寥寥千古, 閨門百世之範, 不其在玆, 然則三從之福, 大耋之年, 皆天之所助, 叔母之所宜有也.

今又禮祔新阡, 萬古永宅, 在叔母而又何悲? 顧我小子早孤而依, 我叔父一哭已廿載矣. 又失吾兩慈, 銜恤十年. 每拜我叔母, 如見吾親, 今焉已矣, 此痛終天. 縻官於朝, 葬未臨穴, 拜訣柩前, 一慟腸絶.

李頤命, 『疎齋集』 권18, 『한국문집총간』 권172, 453쪽

祭從子婦兪氏文

維歲次壬辰冬至日癸卯, 蓮洞叔父叔母具酒羞, 使子器之, 告于從子婦兪氏之靈.

我家窮釁, 奚復企祝? 但求賢婦, 望其嗣續. 自汝歸我, 蘋藻有托. 溫恭易直, 孝誠天得. 庶幾方來, 門戶其復. 姑老叔夭, 一身百責. 父母旣遠, 生死永隔. 灾生懷抱, 病結心腹. 命隨胎傾, 死又何酷. 稚女他時, 倘記面目.

寄殯西街, 權葬東郭. 荒凉後事, 行路愴惻. 爾翁高義, 宜庇後祿. 由我門衰, 俾汝斯極. 氷雪滿地, 祖載且迫. 孤魂莫慰, 替薦淸酌. 何辜于天, 備見慘毒.

李頤命, 『疎齋集』 권18, 『한국문집총간』 권172, 454쪽

祭癘死僕婢文

某年月日, 家主某官, 遣某諭于奴某婢某等曰.

嗚呼! 邦運不幸, 疾疫熾行. 一年之內, 爾等相繼死亡, 驚悼慘怛, 久不可忘. 爾等或從患難, 勤勞久服. 或在鄕庄, 流離來托, 或生長廊廡, 或遠離本州. 吾家素貧, 尺布升米. 沾惠不優. 及其遭癘出郊, 醫藥救視, 力有所不及. 不能無憾於終始, 致爾等生無歡趣, 死又倉卒. 永念惻恨, 我心如結. 爾等或無親屬, 孤魂靡托, 尤可傷也.

爾主人一家, 避癘城北, 今閏月還入蓮花坊宅. 門廊依舊, 惟爾等莫覿. 庶事粗安, 愴念逾切. 玆以酒果薄奠, 合祭爾等于郊外淨處, 以表奴主之恩, 爾等其相率來饗.

李頤命, 『疎齋集』 권9, 『한국문집총간』 권172, 457쪽

이재(李栽)

祭亡室恭人金氏文 乙酉

嗚呼哀哉, 吾生險釁, 早罹偏咎, 零丁悲苦, 何所不有? 及與君相遇, 情甚摯而意克順. 苟余所不欲者, 未嘗輒行己志, 曰: "婦人以夫爲天, 天可違乎?" 苟余所欲爲者, 竭心力以濟之, 曰: "吾非夫子之爲聽, 尙誰爲乎?"

君之所以待我者如此其至, 而吾之所資於內助者, 爲不苟然也. 顧余拙於謀生, 使君惟囏惟悴, 旣又母有多子, 辛勤鞠育, 人所不堪, 君處之安. 余有躁迫之病, 君則隨事獻規, 余喜讀古人書, 君則日望其成, 居然濩落, 終作一陳人, 言猶滿耳, 痛實在心.

念昔先子, 荐膺旌招, 余從之往, 或半歲淹. 妻子山中, 窮苦萬狀, 旋遭世禍, 北走南奔, 關山瘴海, 動輒經年. 夏之日冬之夜, 幾灑思邊之淚? 撫羣穉治貧計, 非復昔時之容顔, 及余扶侍還鄕, 依然有杜老北征之感. 而先君子晩營菟裘于錦水之陽, 君則謂余曰: "尊嫜春秋高, 其可後乎." 亟請挈幼少從之, 浮寄他鄕, 計活益旁落, 君終無怨悔色. 性勤以儉, 治家有法, 家累僅三十, 歲入不過儋石, 尙能先寒而衣, 先飢而食. 不使我憂衣食亂心, 殆無愧古所稱良轉運使. 若過數年無事, 庶幾粗成頭緖, 以植根於玆土, 而余罪通天, 奄遭大罰, 血泣號天, 若無所歸. 君於是時, 飮食扶護, 靡不用極, 得延頑喘, 非君其誰? 旣殯而葬, 君偶感疾, 勞悴成病, 憂心實多, 尙恃君精力素完. 豈料其竟以是疾終邪? 此皆緣吾積惡, 感召凶禍, 使君至於此也.

嗚呼! 一疾沉綿, 經夏涉秋, 余方斬焉在疚. 不得亟問而亟見之, 徒日夜憂念煎心, 尋醫合藥, 冀收萬一之效, 實不知積憂盡瘁, 根本已傷, 有非藥力所能及也. 君病惟幾, 余入中門之內, 君泫視我曰:

"吾已自分死矣. 獨夫子纍然持服, 死不瞑目, 旣而曰禮制有限, 恐以箕帚之憂, 爲君子累. 願毋久留爲也."

死生契闊. 嬰情非一, 猶能以理自勝如此, 此意尤可悲也. 嗚呼哀哉! 余與君

爲夫婦於人間三十年. 除憂病死喪分離契闊外, 同居開口而笑, 僅居其半, 而
死生之際, 吞不復宣, 余懷於此痛乎否邪? 百年成說, 一朝奄忽, 非不知人生
此痛, 十常七八. 然情理絶痛, 孰如吾所遭者? 巨創在身, 幼穉滿前, 身世悲
凉, 茫無所託. 死而有知, 亦應飮泣於重泉下矣.

嗚呼哀哉! 維錦之居, 非與君經紀者乎? 屋宇才成, 人事已非, 滿目悲酸, 寧
復有一分世念哉? 而且猶言猶食, 秪爲小兒女無依耳. 惟憂用老, 衰病侵尋,
年才五十, 髮無可白, 悠悠人世, 不過爲數十年客耳. 仍念十年之內, 嫁娶可
以粗畢, 未知人事, 又竟如何耳? 君嘗謂余曰:

"吾死而得夫子葬我幸矣."

嗚呼! 豈其識邪?

生旣迫吾之貧, 死又無以厚之, 感念疇昔, 慟傷尤切. 然附棺附身, 以誠以信,
是猶足以少慰土中之悲也邪? 兜院幽墟, 實惟我王父母兆次. 神道不遠, 人
情庶幾仰庇廕庥, 惟永寧也. 有喪者言不文, 況至情無文. 聊以生前未盡之
恨, 略攄其一二, 有感必通. 魂庶來右. 嗚呼哀哉!

李栽, 『密庵集』, 권15, 『한국문집총간』 권173, 308쪽

洪烈婦傳

烈婦姓洪氏, 南陽人. 前世多顯者. 父爾遠, 有隱德. 寓居鳳城之北峴. 烈婦年
若干而歸鎭川人李命寅. 命寅父世重. 世重先娶趙氏生命寅, 又娶鄭氏生命
麒命麟及女一人. 鄭氏沒, 世重不復娶, 畜一妾, 金其姓. 世重父母以命寅長
孫而又憐其幼失母, 厚分與其土田臧獲.

命寅旣委禽, 未期年病死. 烈婦始而日夜求身代, 不得則慟絶矢心, 欲自裁,
妾爲人所覺救而止. 世重涕泣諭以無死. 烈婦乃强聽食, 而朝夕執饋奠外, 以
供養世重爲事. 世重以爲賢. 鄕里稱孝婦.

始烈婦來, 命麒與其弟妹方羈角, 金遇之多亡狀, 而烈婦相親愛如母子, 然金
乃不善. 世重以金所爲多不謹, 遂委烈婦以家, 使主饋佐烝嘗. 金益恨次骨,
數惡之世重以侵辱之爲故烈婦爲不聞也. 愈益善視之.

已命麒娶同郡朴之泰女, 傾巧善媚人, 常望有二丈夫子, 乃不如烈婦以無兒

得寵, 又以烈婦饒産, 而己獨無以爲資, 心欲乃一子爲後. 間試烈婦曰:

"姒氏家婦, 未有繼嗣, 幸留意."

烈婦素庸駑其子, 欲命麒兄弟俱有子乃擇之, 卽謬爲曰:

"恐以妾薄命故, 累亡辜兒. 且欲俟其長."

朴與命麒揣知烈婦意, 恐一朝取他兒爲後. 於是有傾陷之謀矣.

烈婦素善病, 及命寅死, 稍侵數危死. 命麒言:

"知星氣者云, 嫂今年有厄會, 宜急出避, 讀經禱厄."

烈婦以爲然, 卽出寅隣舍. 金乃喉婢信香陰摘抉微曖, 冀得間以誣罪之.

先一年世重坐事徙湖南, 會赦還. 命麒等相與言世重曰:

"洪氏與人亂, 褒子陰出, 乳子隱不見."

世重驚曰:

"吾婦嘗日三省我. 夜無保姆不下堂. 豈以若人而有此行. 此殆有嘯吾婦, 欲擠之者."

命麒等交交言實然, 金又從房臾之. 世重意不能無動. 旣命麒謂其徒曰:

"今欲指言洪氏所與淫者, 亡兄乳母子好京爲洪氏所信任. 是何如."

金曰:

"好京名有口, 且其母嘗感洪氏煦濡之惠. 今勒加罪名, 置死地, 萬一爲洪氏地, 事危矣. 有辛必揚者鰈而駛. 且以戚故相往來. 今指而言, 渠無以自解. 且信人聽, 固以利啗好京, 事乃有濟"

皆曰:

"善."

時諸人耳目非是烈婦, 固怪之.

世重有妹素賢烈婦, 微知其謀, 具以告烈婦. 烈婦愕然悲憤, 仰天搥胸. 會朴氏來見烈婦, 烈婦泣而言曰:

"未亡人安得罪, 而君等忍爲此. 天道神明, 君等且有殃."

卽解衣示乳腹. 朴面騂無以應. 時有訛言相驚, 中外擾亂. 言南兵且至. 烈婦父母以鎭當孔道, 遣人迎烈婦. 烈婦將行, 留好京及婢貞心守舍而去.

命麒等益自歡幸, 日夜謀所以危烈婦者. 已請世重決意告官. 世重以事無驗, 乃召必揚兄必振語之故曰

"此自關兩家門戶事. 惟爾知之愼語."

必振素佻, 聞之瞿然駭, 不復窮根本. 且曰諾.

世重遂要與爲約書. 旣又脅貞心曰:

"汝知汝主奸事露否. 今直告吾赦汝且有賞. 不者吾殺汝."

貞心仰面譚曰:

"噫冤哉. 誰爲此言者. 吾不忍以吾主也而受此辱, 無庸生. 願早見殺."

世重恚榜笞, 身無完者, 終不復言.

命麒自以意作貞心供辭, 啗世重, 投狀告鎭川守. 守先繫世重獄, 申臬司牒嶺伯, 逮烈婦, 且收必振等. 必揚恐急不敢出. 命麒喜曰:

"洪氏且死不來. 吾事濟矣."

使人宣言必揚伏辠, 貞心首實, 冀烈婦先自裁.

於是烈婦大號天, 亟欲往暴其冤. 父母謂曰:

"聞諸囚旣誣伏, 汝雖刳心腹出腸無益. 祇取辱. 汝往何爲乎."

烈婦泣曰:

"吾親奈何言若是. 今先事自沮, 彼女甘心, 反謂我罪窮惡極, 不能自明死, 誰則知吾冤者. 今地忍之, 雪污辱名, 酒後死. 庶不作冤鬼."

遂從其從父兄萬濟, 翼日上道. 先至鎭之舊居. 命麒與金, 意烈婦必死, 已沒入其貲. 及聞其至, 皆股弁. 世重方食, 失匙箸. 必揚聞烈婦來, 又聞世重所引多不讐, 亦出就囚.

及坐獄擧契, 烈婦對甚辨. 世重多錯亂言. 吏卽具獄論上. 世重知事日急, 乃使命麒詣闕下訟冤曰:

"獄官多受洪氏賕, 事不窮竟治臣父甚急以死論. 請移京獄以救父命."

有旨下本道移獄西原. 世重又辭引信香及里人南斗元知狀, 幷逮訊, 皆直烈婦. 烈婦爲爰書, 具言事所以起曰,

"彼若只誣以有中冓之醜. 妾死無以自明, 至謂之乳子滅跡, 則有乳腹在此, 妾所以日夜腐心, 遲一死以待者也."

是世重嗫無以置對. 一日命麒以計要說烈婦曰:

"嫂若云必揚來欲爲暴, 爲吾堅拒不得入. 獨必揚坐, 嫂與吾父具無事."

烈婦不爲應. 已世重又來言如命麒指. 烈婦曰:

“誣人自免, 之死不爲也.”

後不敢復言.

前是命麒聞士人奴新瘞死胎, 購而夜發之, 名烈婦子, 擬朝日告官, 奴爲主所叱而沮. 至是命麒又多貿雜貨授奴婢, 陽爲業販賣, 周行州界, 爲言所過人多竊言洪氏乳, 至有目睹者. 又陰與官婢約告驗乳腹時 詭言有胎痕. 皆爲萬濟所覺告, 捕治俱服. 世重等謀益敗矣.

方烈婦在理, 得魚采有味美味者, 必先致世重所. 獄卒及他人見者, 嘖嘖稱曰: “是故爲世重所陷, 蹈不測之地, 猶行婦道如此. 其以孝婦稱有以也.”

已又詰囚, 世重變辭, 好京信香後不堅, 貞心終執語不移. 爲言命麒等所爲亡狀. 推官爲設帷屛, 使官婢二人, 同世重婢按驗烈婦乳腹. 按已官婢出曰: “無有.” 世重婢誣言有之.

烈婦大悲咤曰:

“此終非以口舌爭.”

遂挺身立階上. 推官相視而愕. 烈婦前, 於邑悲哀曰:

“妾妾固知露肌體爲醜乎. 今不如此, 事不白.”

因自出乳腹而泣. 泣涕交積下. 推官憐悲其意, 起爲視, 果如官婢等所言, 其言有胎痕者, 匿不見, 捕之不得.

是日見烈婦之爲者, 庭中人無不惕然變容色, 涕交頤. 於是推官申方伯具道本根所以烈婦被誣狀. 方伯乃赦烈婦, 多貞心能死執不貳, 亦出之. 烈婦已出, 爲書謝推官, 反復言命麒等所爲亡狀, 且言舅怵諸奸謀, 非本造意爲此, 乞貰其死,

又爲書上其父母. 乞勿以己從夫葬, 卒叙家人父子千里永訣之情累數百言, 其辭絶酸楚 不忍聞. 夜沐浴理髮, 明燭坐, 俟侍婢睡熟, 卽起更衣, 引刀自刺, 其婢覺而告萬濟. 萬濟至則血流滿室中, 刀在頸沒其柄. 萬濟失聲哭極哀, 大驚一州人, 太守爲出涕, 兵馬使崔橚使來弔, 悉具治喪需, 遣吏護喪事. 傍近大夫士吏下至妓隷, 咸來哭, 各有賻, 及萬濟以喪歸, 相告發卒以送, 還葬比峴東,

命麒金考死, 命麟知事急亡去.

世重亦掠治困篤, 悔曰:

"吾酒爲女曹兒所詐."

世重女聞命麒死, 世重且死, 哭而謂朴氏曰:

"欲誣陷人, 乃反賈禍, 若吾父終死, 吾當手殺汝以報父仇."

蓋獄事羅織, 多出博之泰云. 薦紳大夫多烈婦義, 有貸世重之死之議而世重竟論死.

贊曰: 太史公有言非死之難, 處死者難. 方命麒等搆誣事起, 使烈婦不勝悁悁之忿, 自經以爲諒, 則已不得抒至寃, 以曉當世, 徒死何益. 酒隱忍苟活, 以雪大恥, 從容就死, 無所愧悔於心. 此固烈士所難爲, 況婦人濡忍之性乎. 若烈婦可謂處死能合義矣. 其乞貰世重事, 又何其篤於孝也. 處人倫之變, 而終不失其正, 雖古圖書所載, 何以尙玆. 余悲當世不無善畫者而莫能圖也. 因次其事而列焉. 以竊附弇州王子傳來節婦之義云.

李栽, 『密庵集』, 권16, 『한국문집총간』 권173, 314~316

仲嫂光山金氏夫人壙誌

金氏之先, 出自新羅王子興光, 其在于麗, 有八世平章事, 入國朝又多達官巨人. 至贈參判諱孝盧, 自安東始居于禮安縣之烏川里. 關東按察使諱緣其子也. 是生成均生員諱富儀, 與其兄富弼, 遊陶山最久, 被服儒雅, 以世其家. 其子藝文館檢閱諱垓, 益篤學力行, 以大厥聲. 是於夫人爲曾祖. 大父諱光實, 父諱磝, 雖連世不仕, 世之推名門右族者先焉. 娶晉陽姜氏, 某官某之女, 亦有婦人善行. 克生賢女, 以歸于我仲氏諱橃字仲直.

仲氏實後我仲父存齋先生. 幼賢明有逸才, 先生奇愛之. 且先生出爲季父護軍公後, 深惟繼序之重, 求美對可以承祀者, 時我金氏姑爲夫人從祖叔母, 素賢夫人習典訓茂容德, 爲言若欲求賢婦, 無如夫黨某家女, 媒筮叶吉, 乃卜柔日, 夫人適年若干, 洎入門.

護軍公七十五歲, 黃淑夫人七十七歲, 尙康强無恙. 而我祖考贈太宰府君祖妣張太貞夫人與伯祖姑太孺人, 俱以大耋之年. 會于一堂, 族大多尊, 爲一時成事. 而夫人容止周旋, 淑善有度, 內外上下大小見者, 莫不交口賀. 始先生娶務安朴氏, 卽吾長姨無子, 取仲氏爲後, 甫及其齓而歿. 又娶豐山金氏, 亦無子. 夫人移孝推誠, 婦道用光, 其於本生舅姑, 亦曲全恩義, 翕然無彼此言.
夫人通班姑女敎, 誦詩關雎常棣蓼莪諸篇, 頗知古今事變. 然恥矜能以自見,
人莫知也.

歲壬子存齋先生下世, 金孺人哭泣屢絶. 夫人承意調體, 咸適其宜. 金孺人亦
慈惠有至行, 嘗曰:

"未亡人至今不死, 以新婦故也."

本生姑我先夫人亦以是冬歿. 諸小郎姑多未及成, 夫人念飢寒軫痾痒, 一惟
仲氏之爲, 其得免疹疾水火之虞者, 繫夫人有助云.

護軍公享九耋上壽. 時仲氏已示病委牀笫, 夫人日夜求其良萬方, 旣又佐金
孺人奉養護軍公惟謹, 以無貽病人憂, 護軍公甚安之, 竟以天年棄養. 仲氏處
疾凡六年而歿. 夫人崩號如不能生. 然爲太孺人已老, 諸子姓幼, 乃强聽進匕
箸, 而治家有條, 嫁娶以時, 如是三十年. 太孺人脯無闕, 諸孫亦稍稍成行. 然
涕淚常自色笑中落也. 已長男之煜疾病以死, 夫人積哀悼疢, 懍然若僵, 猶以
太孺人待養故, 强持形立氣而泣曰:

"吾且忍一死, 毋重傷尊懷."

旣而羸瘵之證, 實鍾于身, 葬煜未一月, 奄不起疾, 丙申十一月某日也. 距其
生崇禎甲申, 享年七十三. 明年三月某日, 葬府西仁雅里某向之原. 夫人擧四
男二女, 男長卽之煜, 次之, 其二夭. 女長適士人權榘, 季未笄而夭. 之煜有一
男二女. 男曰宗遠, 方代持重服. 女長適士人申世模, 季幼. 餘男又一人. 之有
四男一女. 男長猷遠, 次期遠, 餘幼. 權榘有三男四女. 男長曰縉, 女長適士人
金申錫, 次適士人李炅, 餘皆幼. 夫以我仲氏之賢, 而得夫人爲之配, 宜其會
于貴大康寧, 以享其祉之厚, 今皆一不有焉, 誰謂之天有知者邪? 之旣葬訖
事, 泣而告余曰:

"吾母自數十年來, 殆無一二好時日, 伸眉開口笑. 甚矣吾母之奇苦也. 也非
不知遺聲餘譽無與已化者毛髮事, 然有媺不傳亦罪也, 惟叔父知吾母平日事,
盍以一言掩諸幽, 又以詔後之人?"

言訖又簌簌泣, 余亦泣曰:

"嗟呼悲夫! 惟我嫂氏, 劬憫我同産, 實無讓韓家鄭嫂. 顧吾等未及酬惠厚萬
一, 撰德記蹟, 又烏可以已? 且自夫人未笄以上, 吾固無得而詳焉, 及其旣饋

以後, 自爲婦以至爲母, 知之詳宜莫如我. 旣爲之次其終始, 而又係之曰."
古之人論閨壼之懿有四. 曰德曰容曰言曰工. 今夫人以言乎其德則孝慈而惠
和也, 以言乎其容則淑嬺而靜閒也. 以言乎其言則明婉而當理也, 以言乎其
工則酒醬飭賓祭修, 服用止完美而已, 其於爲人婦爲人妻爲人母, 壼彝閨範
之懿, 不旣備至已矣乎. 是以爲之銘

李栽,『密庵集』, 권18,『한국문집총간』 권173, 378쪽

洪氏姊墓誌

姊氏諱喜馨字蕙英, 姓李氏. 我先太宰府君諱玄逸先夫人朴氏中女也. 生而
有婉嬺之姿, 長而有貞淑之德. 少聰明强記, 嘗在先公側, 聞所讀書, 輒能闇
記. 或盡一篇不錯一字, 先公異之. 始授小學十九史, 皆不勞而通其義. 如二南
小雅女敎等篇, 皆其居恒所諷誦, 而古今事變人物賢否出處, 亦多所領略矣.
最承順父母顏色, 未嘗少失意爲忤. 立心制行, 發言慮事, 類皆明白通達, 往
往有大男子所難, 先公每稱之曰:
"女中君子也."
年及許嫁, 遭先夫人喪, 頓踊叫號, 哀動傍人. 先公素不治資業, 至是家益落,
姊氏於諸弟妹爲最長, 躬艱苦甚, 未嘗作戚容以重傷親意.
旣外除, 歸于南陽洪君名億字大年, 故刑曹判書諡文莊公封寧原君諱可臣之
五世孫. 水部員外郎諱宇定之曾孫, 員外公於南坡吏書公爲長, 卓犖有奇節
偉行. 是生長興庫直長諱克, 眉叟許文正公嘗薦于朝, 稱其有奇氣者也. 至其
子游道始不仕, 然其族卽世所稱甲乙. 又其家法甚嚴, 素稱難爲婦.
姊氏旣入門, 移所以事父母者而事舅姑, 移所以處兄弟者而處諸娣, 相夫子
以正而順, 誨諸子以義而慈, 時節蘋蘩之薦, 克誠以虔. 我族祖姑貞敬夫人李
氏, 文莊公配也, 媲德毓慶, 垂範後昆. 至是直長公賢姊氏語人曰:
"是婦也殆世濟其美矣."
姊氏善推恕以御下, 甚得婢使心. 洪君嘗近一婢子, 姊氏不一見言面, 遇其婢
如故. 婢亦感其意, 服役惟謹. 洪君歎曰:
"同居數十年, 猶不知其德性如此. 我則淺之爲丈夫也."

明陵甲申四月某甲, 偶感疾以歿, 壽止五十二. 宗姻內外咸涕泗相弔曰:

"賢夫人亡矣"

僕隸號戀, 里閭嗟惜, 久而不能已也. 姊氏旣略通書史, 終隱而不出. 勤於縫補而不喜雕繢, 習於典訓而恥爲辯智. 惟篤倫常謹賓祭, 不乔大家宗事. 是宜會于貴壽, 享有多祉, 而年才免夭, 榮不逮身, 天胡厚是懿美而獨嗇其報施邪? 其亦有待於後耶?

歿之年十一月某甲, 葬某山某向之原. 後十有六年, 以有水泉之虞, 遷某山某向之原, 子男二人, 世全, 尙全. 二女婿士人金鼎三, 金雷錫也. 世全有三男四女. 男梡, 餘幼. 女長適正字李槳, 次適士人李世泰, 餘幼. 尙全有二男二女幼. 內外孫曾男女幷若干人.

吾李氏系出月城, 中移貫載寧. 入國朝副提學諱孟賢, 用經學顯, 於姊氏爲六世祖. 曾祖諱涵, 宜寧縣監贈吏曹參判, 再闡黃甲, 襲美于前, 祖諱時明, 康陵參奉贈吏曹判書, 肥遯傳經, 益大家聲. 至我先大宰, 躬道秉德, 致位上卿. 先夫人籍務安, 例贈貞夫人. 經歷諱玏之女, 節度使諱毅長之孫也. 夙茂容德, 惠于宗黨, 人謂姊氏之賢, 蓋資內敎爲多云. 不肖弟栽, 少姊氏四歲. 知姊氏受笄以前固詳矣, 及出而從人, 觀其所推譽與其所見思, 則其爲妻爲婦若母而賢, 又可知也. 閨懿幽潛, 不志不見. 頑愚獨存, 其忍闕而不著, 終沒賢姊氏名乎? 因世全掩幽之請, 抆淚識于斯石. 以至情無文故, 有叙而無銘.

李栽, 『密庵集』, 권18, 『한국문집총간』 권173, 380쪽

先妣贈貞夫人朴氏家傳

夫人姓朴氏, 其先務安人也. 出自羅祖赫居世, 其在麗國子祭酒進昇其後也. 始載族姓書, 自是奕世昌顯, 代有聞人. 五世而有諱文晤, 封務安君, 因貫以自別. 後世有諱之蒙, 贈官司僕寺正. 少從叔父頥宰野城, 娶寧海朴都事宗文女, 因家焉, 子孫遂爲寧人. 曾祖諱世廉, 知延日縣事, 卒贈兵曹判書. 祖諱毅長, 三以節鎭嶺南東道. 壬辰復東京, 蔚爲中興名將, 卒贈戶曹判書, 推恩三世. 考諱玏, 都總府經歷, 妣淑人李氏, 處士諱瑒之女.

夫人幼貞淑有異姿. 且朴氏雖累世將家, 恂恂有退讓風, 至經歷公棄官家居,益尊儒學尙禮節, 以故夫人姊妹, 皆以端謹自將, 自在室時, 未嘗有閨門之過.
年二十歸于我家君. 名玄逸字翼昇, 姓李氏. 家君累官至資憲大夫吏曹判書,
秩正二品, 夫人於是例贈貞夫人. 夫人始入門, 閒雅有節法, 宗嫡交口賀. 事
舅姑以禮, 奉君子無違志, 事雖微細, 必稟而後行, 未嘗敢自專曰:
"吾平生所爲, 雖夫子所不欲, 不敢不以告也."
與先後族黨處, 尊己者敬之, 敵己者友之, 無不得其歡心.
御婢使, 必稱能而授事, 不强之以其力之所不及. 見人有急困, 惻然若隱痛在
己, 至分餠儲以相資, 隣嫗里媼有至今稱慕之者.
吾李氏世襲淸德, 家君不治資業, 家事益落落, 祖考判書公辟地屢遷居, 家君
輒從之往. 遷移貧困之甚, 蓋有人不堪其憂者, 夫人終無怨悔色. 躬執家苦,
雖米鹽鄙賤事, 不憚爲之曰:
"我爲寒士婦, 其可不安其分乎?"
又曰
"於人無所干, 隨得以自給. 貧家況味亦自好."
每時節歸寧, 絶不爲昵昵窮苦語, 以貽親老感. 經歷公有世業, 家故饒財, 夫
人幼不識貧. 及驟當饎爨, 能安而處之如此, 君子稱之以爲婦人善行也. 勤於
女紅而務簡素, 不爲纂組華靡之習. 嘗爲諸女言曰:
"汝輩幼求稱意, 長當何如."
間試勤苦, 不令之安佚. 以故吾姊妹及長適人, 不以敖惰得過於人者, 蓋資夫
人內敎爲多云.
雅性潔廉, 於其所不當得而得者, 不啻若浼己曰:
"苟非吾有, 雖至天下之寶, 吾滋羞爲之."
從人假貸, 雖錙銖龠合之微, 必籍記而時償之, 不以毫毛差. 祖妣張太貞夫人
亟稱之曰:
"是婦也有冰玉之操, 亦其聰明過人云."
平生無害人利己心, 見人富貴芬華, 以奢麗相高者, 泊然無榮羨意, 閒世之恋
睢趨營, 得一名以自快者, 輒鄙唾之曰:
"縱得一時榮, 獨不內愧於心乎?" 嘗曰:
"婚姻者, 所以重其世也, 當先問其族世家法與其婦婿賢否, 豈可以一時資財

豐約爲心乎?"

又嘗整頓器用, 灑掃室堂, 令內外潔淨, 因歎曰:

"人雖有過, 苟能革其舊以從新, 何以異此?" 又曰:

"木末候春意, 雞尾覺秋生."

其高識善觀物類此.

夫人氣調開爽, 無戚促委瑣意, 常有厭窮陋樂高敞之志. 歲壬子, 判書公欲西遷, 夫人喜曰:

"庶幾得睹夫通衢大都之盛." 且曰:

"公姑年已高, 吾則不可以後."

前數月不幸屬疾, 比遷而夫人已不及見矣, 嗚呼尙忍言哉. 始在首比山中, 寢疾彌留, 時擧家遘癘, 地僻以險. 會大雪道不通. 診視藥物, 無所從得, 乃舁致疾于府西甫林田舍, 爲尋醫合藥計. 未幾疾轉谻, 諸子倉皇叫號, 奄遘大罰. 天乎鬼乎! 有如是邪?

夫人生以天啓乙丑七月庚午, 歿以壬子十二月五日, 壽止四十有八. 得明年二月某日, 葬甫林癸向之原. 後九年辛酉十二月十二日, 用卜人言遷首比午向之原.

有子男四人女三人, 男長梴, 次檥出爲叔父存齋先生后, 後夫人十四年卒. 次栽, 次杺. 女長適金以鉉, 次適洪億, 次適金岱. 梴有三男二女, 男之焞, 之煣, 之炓, 女長夭, 次適琴壽益. 檥有二男二女, 男之熤, 之, 女長適權榘, 次夭. 栽有四男五女, 男之烜, 之燔, 之煇, 之熅, 女長適李泰和, 次適洪侹, 餘幼. 杺有二男二女皆幼. 金以鉉有三男一女, 男夢濂, 挺濂, 象濂, 女適蔡命吉. 洪億有二男二女, 男長應天, 餘幼. 金岱有一男一女亦皆幼.

嗚呼! 夫人窮居三十年, 飽囏厄以終, 不及見家君光顯時, 家君以爲戚, 諸子之不肖如栽, 又甚駭無能, 無一事可以仰酬顧復之恩者, 攀慕號隕, 痛貫心膂. 仍竊伏惟淑德懿行, 有不可終泯者, 乃敢含哀忍痛, 略敍一二, 以備家中故事, 且將請銘於當世立言之君子云. 庚辰七月日, 男栽泣血謹記.

李栽, 『密庵集』, 권23, 『한국문집총간』 권173, 481쪽

祭外姑咸陽朴氏文

嗚呼哀哉, 小子升堂, 已後聘君之沒. 而賢子繼逝於數年之內, 惟有一子若孫, 年幼不經事, 持門戶莅家政. 一惟夫人之爲, 囏難悲苦, 寧有在世之樂? 而念先故愍兒孫, 猶强食息, 以冀其成立也. 孰謂事之不可知者, 乃至於此耶? 夫人不以栽無似, 且以執贄之日久, 每承閨門之敎, 輒以緩急爲托. 酒今人事奄忽, 滿目悲酸, 而拘牽愁疾, 不得奔走以經紀之, 辜負至意, 慚痛曷極? 惟思勉諸郞, 無事終喪, 早有室承家事, 然後庶幾少慰尊靈, 而生者不愧其言矣. 伏哭柩前, 敬薦一盃, 仰惟尊靈, 尙鑒享之. 嗚呼哀哉! 尙饗.

李栽,『密庵集』, 부여 책1,『한국문집총간』권173, 532쪽

祭金氏妹文 庚午八月

嗚呼哀哉, 念昔先妣下世, 吾兄弟姊妹凡七人. 强半未及成立, 惟爾最少, 纕毀龀, 零丁悲苦, 何所不有? 撫髻相成, 百哀是切. 迨玆長各家室, 爾乃奉嬪高門, 每時節歸寧, 輒收悲胥慰曰:

"始吾等失所恃, 不謂得有今日."

且爾姿相豐端, 性又通達以敏, 庶幾承事大家, 克享遐福也, 孰謂其竟止於是而死? 於是而死者不瞑目, 生者含恨無窮也耶? 嗚呼哀哉! 爾旣南下星山, 道阻且長, 無因數寄書問, 拘牽愁疾, 又未得一往相見. 昨歲春間, 爾偶感疾, 心之憂矣. 曷有其已? 尙幸中間, 獲出平途, 有一書來, 辭情悲, 曰:

"爲再生之人, 盍今一者之來?" 孰書驚喜, 載謀宿春, 貧病爲祟. 祗秋之待, 一朝人事至此, 使爾吞不復宣, 死者有知, 必以我爲非人情也.

聞汝喪之數日, 乃余從伯氏而匍匐, 已掩其堲, 有穎其旋. 失聲長號, 莫聞莫知. 余懷於此, 慟乎否耶? 維時大人, 從宦在京師, 千里聞凶, 倍應傷念. 吾旣哭汝, 遂卽趨庭, 旋遘痘疹, 在死以生. 爾之喪以月日歸葬, 而病裡相望, 無計臨穴一慟, 是又余所深悲也.

嗚呼哀哉! 脩短有數, 其如命何. 爾尙有一丈夫子, 擧晬盤屬耳. 瓌然有食牛氣, 安知始雖夭閼汝, 畢竟其存者長也耶? 今日之望, 惟此而已, 光陰倏忽, 重見屬纊之辰, 日遠月忘, 無復影響之可尋. 已矣已矣. 哀哉哀哉! 一盃陳情,尙其顧歆.

李栽, 『密庵集』, 부여 책1, 『한국문집총간』 권173, 533쪽

祭洪氏姊文

維 上之三十年甲申十一月丁酉朔二十四日庚申, 乃吾仲姊入地之日. 而弟
栽斬焉在疚, 方營葬事, 末由往伸臨穴之慟, 前一日, 謹遣男之烜, 以麪餠蔬
果之奠, 往薦柩前, 於其行也, 哭而送之曰.

嗚呼痛哉! 惟弟於姊, 年紀不至甚遠, 自幼及長, 同侍膝下, 悲懽憂樂, 靡不
與共. 情義眷戀, 最兄弟中. 及先妣棄世, 姊尙未行, 諸弟妹或在齠齡, 重傷先
人之意, 而寒衣飢食, 惟姊氏是倚, 飽經艱辛, 孰如吾姊氏者? 迨玆各有家室,
相與感念悲酸, 每以向來榮光不及先妣時, 爲平生一大痛也.

十年南北, 扶侍蒼黃, 未及蒙霈, 伯姊奄忽, 恨結幽明, 懷痛曷. 及夫東還, 姊
亟來覲, 雖切存沒之感. 猶幸舊躅之存. 中間契闊, 奄經四五寒暑, 每得書來,
辭情悲苦. 維暮之春, 弟爲親養不繼, 有事于湖嶺間, 歸程相去, 一舍而遙. 戀
切游方, 便道徑還, 曾未數旬, 訃音隨至.

嗚呼! 人事之不可知者有如是耶? 早知事至此, 弟豈惜數日遲滯, 不迂路以相
就也? 一息未絶, 此恨難忘. 維時先人衰悴已甚, 聞姊喪之十餘日, 五叔父又
不起疾, 驚慟未定, 悲疚日深, 遂致榮衛內凋, 疾病潛滋, 沈綿數朔. 奄棄諸
孤, 攀號莫及, 肝乾肺焦.

嗚呼痛哉! 尙忍言哉? 想吾姊氏與仲兄伯姊季妹, 重奉二親於泉臺, 做融洩
之樂, 獨二三兄弟尙留人世, 孤露伶俜, 靡托靡至. 靈如有知, 倘識此哀否?

嗚呼痛哉! 維我姊氏, 孝順貞淑, 在室無閨門之過, 聰明通達, 頗知古今事變,
先君子每稱之曰:

"若使斯女也而爲丈夫, 必爲君子人矣."

及出從人, 上順下適, 皆得其懽心, 時節蘋藻之薦, 靡不盡其誠敬. 喪出, 上下
大小哭之盡聲曰:

"賢婦人亡矣"

嗚呼! 生而無怨惡於人, 沒而爲人所稱慕如此, 是猶足以少慰生者之悲矣. 幼

稚呼孃, 滿目悲酸, 哀疚在躬, 無路相撫以相成, 是又重可悲已. 親喪未葬, 人
事皇皇, 旣未得往洩一哀. 若無一語以告諸幽, 一朝殘喘溘先朝露. 是終已不
得抒情素, 重爲平生之恨. 聊以不文之言, 替兒告訣. 靈其知也耶? 其不知也
耶? 嗚呼痛哉! 尙饗.

李栽, 『密庵集』, 부여 책1, 『한국문집총간』 권173, 542쪽

告金恭人文

夫李栽, 今以亡室恭人金氏, 再朞隔宵, 而禍孽孔極, 憂虞方殷, 不得備禮行
事. 玆因望奠, 先事告由. 竊以自吾茹茶以來, 庶弟二人, 兄子三哥, 相繼夭
逝, 乃今第四子之熤, 遽爾夭折於本月初八日. 第二子之燔, 又有數月沈綿之
苦, 方在棲遑奔竄中, 人家禍患, 寧復有是, 白首人間, 煢煢憂傷.
恭人平日, 情義過隆, 且愛小子甚, 奈何今日, 冥然莫之顧耶? 卜說人言, 左
右驚恐. 熤旣權殯, 燔亦出避, 前頭人事, 未知所稅. 兒輩卽吉, 一日爲急, 明
將從略行事. 如常年忌祀比, 人情所切, 神道豈遠. 庶賜監歆, 仍垂陰騭, 俾兒
病早瘳. 家宅無虞, 不至有流離失所之患, 則豈但生人之幸? 神亦永有賴焉.

李栽, 『密庵集』, 부여 책1, 『한국문집총간』 권173, 546쪽

告金恭人文 戊子六月十五日

云云. 自去秋來, 家禍荐酷. 二男先逝, 二娘繼夭. 至于春初, 嗣子又亡. 誰無
喪明, 冤莫我如? 白首孤寄, 人世何如. 無間幽明, 理應慘怛. 生旣失所, 神亦
靡安. 爰就村家, 權宜移奉. 僕隷典守, 魂魄孤傷. 重以癘虞, 久闕瞻護. 心焉
潛疚, 食息靡寧. 里閭稍平, 俗節又廹. 式薦時物, 以告厥由. 謹告.

李栽, 『密庵集』, 부여 책1, 『한국문집총간』 권173, 547쪽

殤童女四娘五娘小祥祭文

維歲次戊子十一月癸酉朔二十九日辛丑, 五娘三十日. 汝父具蒭餠酒食, 告
汝殤童女四娘子之靈. 五娘曰五娘

嗚呼哀哉! 汝旣不能久視於人間, 曷爲其稟生而受命, 等不得壽而夭殤? 又何不於其嬰孩無識知之前, 必待其稍長失恃, 飽悲哀寒苦之甚? 又必待諸兄之零落, 使汝父喪情失魄, 流離蕩析, 而不得葬祭汝以禮耶? 汝父固已惡積禍酷, 惟汝命短福薄, 尤可悲而可憐.

嗚呼哀哉! 婉嫟之容, 丁寧之音, 五娘曰晳晳氷玉之相. 琅琅誦讀之音, 如目存而耳語, 竟冥漠其何之. 宛宛在傍, 欲忘不, 徒使我噭噭而靡託. 始也禍變非常, 人事蒼黃, 不得祔汝於汝母氏之傍, 姑從汝外氏之兆. 旋葬而窆, 有棺而無槨, 想魂魄之孤傷, 尤使余而增慟. 如使汝父得保數年無事, 欲擇地葬汝母氏, 因欲祔汝二娘子之骨. 未知前頭人事, 果能如意否耶? 今日明日, 五娘曰昨日今日, 是汝父前年斷腸之日. 推遷逆旅, 縱儀式之不備, 魂氣流通, 諒有感則必應. 設此飮食, 以享以安. 監此哀膣, 尙克饗之.

李栽, 『密庵集』, 부여 책1, 『한국문집총간』 권173, 548쪽

祭小母金氏文

嗚呼哀哉! 昔我同産, 早失慈母. 無母何恃, 零丁悲苦. 小母之來, 寒衣飢食. 以嫁以娶, 小母之力. 式主賓祭, 亦罔或愆. 上承下際, 垂四十年. 中間榮辱, 欲言先噎. 及先人沒, 奇禍相繼. 惟我與母, 所遭偏酷. 相視慘然, 遂分南北, 時節歸來. 滿目悲楚, 我憂母病. 母憐我瘁, 每謂余言:

"請從子居." 豈悟一朝, 萬事歸虛. 惠厚莫酬, 窮艱備嘗. 舊人凋盡, 觸緖增傷. 諸孫滿前, 誰護誰憐? 一子煢獨, 生理蕭然. 存旣摧心, 死豈瞑目? 我滯他鄕, 衰病已劇. 母病思我, 未及來問. 辜負幽明, 采增痛恨. 家貧歲儉, 葬不備禮. 卜兆云吉, 庶安彼此. 前事之朝, 爲月之半. 百里扶服, 陳此酒饌. 感念疇昔, 涕隕心折. 尙蘄來格, 監此哀膣. 嗚呼哀哉! 尙饗.

李栽, 『密庵集』, 부여 책1, 『한국문집총간』 권173, 558쪽

祭姉婦豐山柳氏文

嗚呼哀哉! 惟靈, 相門之裔, 淑善之姿, 來嬪我家, 緊家是宜. 何辜于天, 家少

連凋, 阿宜委禽, 歲未及周, 每聞崩城, 衰腸增割. 兄有諸孫, 命後其一, 無子
而有. 謂再成家, 溘先朝露, 其悲奈何? 邈彼商顔, 道路重阻.

小大奔走, 歸祔先兆. 姪葬在右, 魂庶相從. 嗣兒若成, 當主塋封. 惟爾夫婦,
豈久孤傷. 哭奠告訣, 歆我一觴. 嗚呼哀哉! 尙饗.

李栽, 『密庵集』, 부여 책1, 『한국문집총간』 권173, 558쪽

祭仲母孺人豐山金氏文　丁酉十月二十九日

嗚呼哀哉! 夫人入門六十年, 至行懿德, 茂著宗媊, 雖古圖書所載, 殆無以過
之. 而卅載中間, 哀酷荐疊, 在世無一日之懽, 旣沒有不瞑之痛, 不知天道者
果何如也. 夫人積哀積憂, 惟速化是願, 固知今日廓然長逝, 無復死生之慽.
顧念內外先行, 次第凋盡, 後死孤存, 寧不痛傷?

昔在童年, 久托仲父先生門下, 蒙夫人撫育之恩甚厚. 自頃慘瘁流離, 尤荷悲
憐傷惻, 夫人實視姪猶子, 而姪不得視夫人猶母也. 孤恩負德, 罪實在余. 嗣
姪殘病, 一孫孤弱, 幽明痛悶, 想應無間. 豈以我仲父先生曁夫人積德之世,
而不終有慶於後耶? 歸祔腰山, 平日至願, 庶幾安而歸之. 以庇佑後人於無
窮, 是爲今日所祝望而已. 伏哭柩前, 敬薦一盃. 物雖菲薄, 情實由衷, 伏惟尊
靈, 庶賜顧歆. 嗚呼哀哉! 尙饗.

李栽, 『密庵集』, 부여 책1, 『한국문집총간』 권173, 568쪽

姜氏婦成殯告辭　戊戌十月十四日

嗚呼哀哉, 自爾歸寧, 于今三載. 久苦離憂, 日望其還. 如何一疾, 閱歲沈綿.
每一佇問, 未聞好音. 千里相望, 憂鬱難堪. 扶衰一行, 欲見其面. 中道聞凶,
我懷如何. 蒼黃馳赴, 已後殯殮. 父子相持, 長慟欲絶. 淑質貞姿, 庶幾宜家.
緣吾積惡, 使爾至此. 兩稚一病, 忍聞呼孃. 商山計瓦, 吾兒何托. 白首人間,
傷心非一. 夫家爲歸, 義當返葬. 水浮陸走, 紆委硱磳. 又添霧雨, 備嘗艱危.
一朔過半, 始稅靮緋. 生行死歸, 增我摧酸. 一盃告情, 魂庶來歸.

李栽, 『密庵集』, 부여 책1, 『한국문집총간』 권173, 571쪽

祭仲嫂光山金氏文

維年月日, 夫弟裁, 葬婦悲遑, 病不能前, 謹具時羞之奠, 使男寅煥, 再拜頓首, 敢昭祭于仲嫂光山金氏夫人之靈.

嗚呼! 嫂氏入門, 餘五十年. 淑愼貞敏, 婦道罔愆. 上承下際, 宗姻仰則. 宜福之萃, 胡禍之酷. 早嬰殷憂, 痛哀移天. 積哀縷息, 無意苟延. 姑老子幼, 强進匕箸. 春秋霜露, 薦敬蘋醴. 滑甘旣豐, 嫁娶亦時. 諸孫滿前, 家政克治. 嫂常泣言:

"吾獨享此."

天未悔禍, 主器旋逝. 嫂晝夜哭, 奄忽長終. 仲母繼亡, 煒又告凶. 一室四殯, 行路所怛. 沒如有靈, 寧忍瞑睫.

嗚呼哀哉! 昔在庚戌, 我家遘癘. 上及二親, 屢經危厲. 裁始二七, 弟妹俱稚. 無所於歸, 緊嫂是依. 櫛我哺我, 無飢無痒. 蒙幼何知, 視嫂猶孃. 及先妣沒, 尤荷恩眷. 每一承顔, 辭情繾綣. 嫂養孩叔, 制服伊始. 韓爲鄭期, 情勝攸致. 維嫂於裁, 義實類此. 縱未加服, 當酬惠厚. 不幸中間, 久滯客土. 貧病憂戚, 重以衰劣. 沒未哭柩, 葬不臨穴. 辛恩負德, 有媿先覺. 歲月遷貿, 終祥且迫. 天涯哭婦, 昇櫬返葬. 蒼黃悲瘁, 殘骸難强. 哭奠未能, 禮乖情齡. 地下他年, 將何爲辭? 替兒薦羃, 物薄誠深. 仰惟尊靈, 庶賜顧歆. 尙饗.

李裁, 『密庵集』, 부여 책1, 『한국문집총간』 권173, 572쪽

告金恭人文

維歲次庚子十月甲午朔七日庚子, 夫載寧李裁, 謹告于亡室恭人聞韶金氏. 喪亂漂泊, 靡定厥居. 立廟安神, 草率苟簡. 幽明若負, 寢食靡安. 維玆錦陽, 亦非久計. 顧數年內, 勢難遷移. 爰卽東偏, 營一間屋. 制雖樸略, 地則靜便. 玆涓吉辰, 移安神位. 三子一婦, 與二小娘. 式克相從, 永久無替. 以酒果, 先事告由. 謹告.

李裁, 『密庵集』, 부여 책1, 『한국문집총간』 권173, 576쪽

祭洪氏女文　乙巳九月

嗚呼痛哉! 余久不死, 惡業日積. 四男五女, 已亡其六. 廿載中間, 猿腸斷盡.
今又哭汝, 我懷何極. 念爾之生, 可哀非一. 樂歲啼飢, 靑年喪天. 飽艱與悲,
無一日樂. 疾病乘之, 竟闋其生. 人誰無死, 寃莫汝若. 余莫之救, 愧爲人父.
去秋團會, 病未如約. 恨結幽明, 未死何忘. 尙有多子, 庶有後祉. 兩稚未成,
誰怙誰恃. 衰腸易弱, 觸緖增割. 聞葬有日, 病未往哭. 北望悲號, 生不如死.
不悲無幾, 庸以自慰. 尙安其歸, 以相後人. 寄奠告訣, 尙其來享.

李栽, 『密庵集』, 부여 책1, 『한국문집총간』 권173, 584쪽

祭聞韶金氏婦文

維歲次丁未九月甲寅朔, 十六日己巳, 舅密庵老人, 積傷成疾, 今已五朔, 精
力消亡, 無路自力, 使孫行遠, 以酒果湯炙之具, 哭奠于第三婦聞韶金氏之靈.
哀哀吾婦, 貞淑其姿. 庶終宜家, 以厚其祉. 緣吾積惡, 橫夭芳年. 兒失賢妻,
孫失慈母. 老舅垂死, 悲傷可言. 掩殯經夏, 益疚余懷. 卜兆營窆, 貧愧受厚.
尙安體魄, 陰佑嗣兒. 昏懵不文, 有含不吐. 死如有知, 監此哀情. 嗚呼哀哉!
尙饗.

李栽, 『密庵集』, 부여 책1, 『한국문집총간』 권173, 587쪽

告外孫女黃娘子文　十五日

嗚呼哀哉! 始汝隨母, 來就我居. 氷玉之相, 貞敏之資. 日隨姑姊, 禮貌端莊.
凡百早成, 靡見闕虧. 何意一疾, 如蛾撲燈. 芳資淑質, 烟沉影滅. 如失掌珠,
衰腸欲斷. 矧汝母慈, 摧傷可言. 慘慽繼纆, 汝久餒而. 每一念至, 增我傷割.
俗忌稍定, 適丁冷節. 一杯酹汝, 尙其知否. 嗚呼哀哉! 謹告.

李栽, 『密庵集』, 부여 책1, 『한국문집총간』 권173, 587쪽

祭外孫女黃娘子文 九月十九日

哀汝之生, 玉潔蘭馨. 昨歲冬初, 隨母來寧. 容止雅都, 靡有闕虧. 心乎愛矣,
見輒撫之. 何來伯强, 作我讐虐. 汝忽先遘, 如蛾撲燭. 珠沉璧碎, 烟消影滅.
目擊傷慘, 衷腸欲裂. 刱汝父母, 寧忍慈天. 禍孼非常, 哀酷繼纒. 分離蕩析,
經夏涉秋. 草殯荒原, 山鬼啾啾. 孤魂何托, 增我悲傷. 逢日之吉, 祔家壟傍.
韓瘞層峯, 蘇哭黃坡. 古人所遭, 視今有加. 汝尙安歸, 是憑是依. 汝面在目,
何日忘之. 陳此酒肴, 侑以哀辭. 此意良苦, 汝知不知. 嗚呼哀哉! 尙饗.

李栽, 『密庵集』, 부여 책1, 『한국문집총간』 권173, 587쪽

김진규(金鎭圭) ————————————

題思任堂草虫圖後

右栗谷先生母夫人所畫草虫七幅. 鄭正言宗之宰襄陽時, 得之於邑人. 盖夫人嘗居江陵, 而宗之之所從得之者, 卽夫人戚屬也. 畫本八幅而逸其一. 宗之將作屏, 要余題後以補其數. 余謹受而諦玩, 其所畫只用彩而不以墨描, 如古所謂無骨之法. 而虫蝶花葩之類, 非但狀貌之酷肖, 秀慧之氣, 颯爽如生, 有非俗史舐毫吮墨之所能及.

吁其奇矣! 抑余嘗觀古傳記所稱婦工, 止織紝組紃, 若乃繪事不與焉. 而夫人之技如此者, 豈煩於姆敎哉? 諒由其性悟才敏而旁及之耳.

古人謂畫與詩相通. 詩亦非婦人之事, 而葛覃卷耳, 寔聖妃所作, 化行於苤苢蘩蘋, 而至若喓喓趯趯之詠, 又是此畫所貌者也. 則何可以外於織紝組紃而少之哉? 且余聞夫人明詩習禮. 先生之賢. 實出胎敎, 而其在幼少, 手畫兄弟奉父母同居, 此亦得之於侍奉筆硯間也.

噫! 聖賢之學, 必資天分之高明, 而高明者固多才藝, 然則玆雖數幅小圖, 而苟能從流而泝源. 由枝而尋本, 自可彷想於先生學術之崇深. 益篤其高山景行之慕. 吾知宗之之所以葆藏者, 意在乎此爾.

金鎭圭,『竹泉集』권6,『한국문집총간』권174, 84~85쪽

題祖妣行狀後

嗚呼! 此我祖妣言行, 而叔父所手錄也. 小子遠離, 而遂至于永訣. 時序逳邁, 音容日遠, 今伏讀此編, 怳若瞻慈顔而奉訓誨, 不覺涕泗之交下矣. 仍記祖妣嘗誡小子曰.

"而科名太盛, 辭避榮塗, 謝官養疾, 則將大有益."

及夫南遷, 累賜手札曰:

"毋過憂懼, 毋多思慮. 心在所操, 能鎭定則自定. 萬事當聽天, 何至浪爲憂慮, 以取摧殘乎? 每思汝輩在遠, 我亦豈不悲也? 顧念餘生無幾, 何用戚戚?
是以自寬."

噫! 禍難與榮塗, 人之憂喜存焉. 喜而不至溢, 憂而不至慴者已鮮矣. 惟我祖
妣, 當喜焉誡之, 當憂焉勉之, 其過乎人遠矣. 小子沓貪因循, 初不能遵辭榮
之訓, 不肖之罪已大矣. 唯當安心抑慮, 歸之義命, 庶幾遺訓之萬一耳. 凡今
我子孫之藉以寓哀慕, 在於詮次言行. 玆雖小子所獨承, 實訓辭之較, 最宜勿
墜逸而服膺, 故錄狀左, 復于叔父, 且用自警焉.

金鎭圭, 『竹泉集』 권6, 『한국문집총간』 권174, 85쪽

哀烏壤烈婦辭

烈婦, 巨濟縣烏壤驛卒某之妻, 窮居力作. 歲甲寅秋, 如山田摘木綿, 隣有皮
工, 亦樵于山, 見婦獨在田, 便欲滛之. 抱持誘刦百端, 婦力拒, 衣皆裂破, 終
不從. 皮工旣怒不從滛, 又懼婦歸發其事, 抽刃脅之, 亦不從. 乃亂刺以殺, 抛
屍深壑, 積石掩之. 會山木摘果之嫗在焉, 歸語隣人. 隣人陽言某婦朝出不
還, 隣里當共往尋, 徧召四隣. 皮工恐不往人疑, 脫漬血衣, 易服以往. 則計紿
奪其刃, 共縛之, 告于縣. 令驗問卽輸服, 而下獄自經, 不克決其罪. 令又不爲
奏白, 旌褒故闕焉.

噫! 海島邈遠, 俗類蠻蜑, 而婦匹庶賤陋, 生長田畝之間, 非有傅姆之訓. 而
乃能不敗於强暴, 舍命靡他, 此豈非烈性貞質, 稟乎天者耶? 然而吏惷地僻,
未蒙獎嘉, 可勝歎哉? 余僇人, 力不能顯之世, 而惜其久將湮沒無傳, 姑記得
於士人者, 爲辭以哀之, 仍欲以風厲吒俗. 辭曰:

惟婦于夫, 一而不貳. 子父臣主, 參爲人紀. 孰無秉彝, 或斁以喪? 懿厥烈婦,
獨全乎性. 結髮許身, 窮窶匪患. 冀野之餕, 會稽之案, 裙布可安, 唯念夫寒,
爰搩其綿, 于山之田, 蚩蚩彼蕘, 要我乎谷. 江漢之廣, 謂如淇濮, 偪以强力,
誆用美利, 貞心皭如, 兇號憤詈. 蹈刃莫渝, 節完身殞. 高高監昭, 罪人安遯?
世恒有言, 善惡由敎. 猗嗟烈婦, 焉受焉斆? 跡下處荒, 俗厖業鄙, 學昧詩禮,
觀乏圖史, 辨義與生, 若固講識. 淑靈攸鍾, 信篤而特, 玉産戎土, 珠出于蠻.
德尤無類, 物豈獨然, 行之孔嫩, 褒胡不及? 旣得吾仁, 婦無未慊, 善苟不彰,

陋裔曷刑? 作辭以予, 以告黎甿, 凡百黎甿, 有女有婦, 念爾烈婦, 秉彝人有.

請柳烈婦旌褒面奏

啓曰日昨西部倉洞士夫五十餘人, 聯名呈文, 自漢城府移送本曹. 觀其呈文, 則以爲本洞前縣監柳搏之女, 卽故學生李思章之妻也. 思章於丁亥年得疾濱危, 柳氏沐浴禱天, 願以身代. 思章竟不起, 柳氏晝夜呼擗, 勺水不入口. 而衣衾手自裁縫, 旣殯, 柳氏設苫於殯側廳事, 日夜伏其上哭. 所着喪服寒暑不易, 亦不覆衾. 及其祭奠則親自省視, 旣葬不食十六日而不死. 其父力勸, 乃啜米汁, 勸寢於房而不聽, 欲令易衣而亦不聽. 其父出宰外縣, 又不食二十日, 又不死, 自歎曰:
"吾命之頑. 一至於是."
復進粥飮過三年, 每値思章忌日, 病雖困篤, 必親自營辦祭需. 思章筆硯冠巾之屬, 陳於常所居之室, 一如生時. 今年八月値思章生日, 柴頓已甚, 而猶匍匐哭於思章之神主, 聲氣殆不能接續, 已而竟死. 當襲始解其初喪時所着, 襤褸百結. 盖五年之間, 足不蹋一小廳事. 常曰: "吾天地間罪人. 寧不知卽死之爲快, 而亦不敢自毀遺體."
柳氏有婢德今, 見柳氏之如是, 心憐之, 同居一廳, 擁護不須臾離. 謝遣其夫, 托其子於人, 與柳氏臥起三年如一日, 勞瘁先死.
柳氏平日與人觀六臣傳, 至兪應孚取鐵投地使更炙來之語, 或以爲應孚武人, 其語壯, 柳氏曰: "人之所難判者此心. 苟判此心, 雖斷肢體, 何所懼哉?"
盖其素所定於中者如此云. 而仍言柳氏與德今之不可泯沒, 請卽啓聞. 亟施旋閭之典矣. 其文梗槩如此, 其詳則不敢覼縷. 而盖其聯名者, 聲氣趣舍不同, 而於此同辭, 可見其爲公論.
凡婦人之殉其夫者, 於其喪之初, 不勝悲哀寃酷而決其性命者, 尙以爲可. 今此柳氏始欲不食而死, 及不死則五年之間, 不脫喪服, 不離一廳, 當寒暑而亦不改其居處衣服, 其苦節堅操, 反有難於一時之自決. 雖以其論兪應孚事見之, 其執心之貞確可知也. 其婢之離夫棄子而殉其主者, 誠是下賤中難得之至誠純義. 而於此亦可見柳氏節操感人之深也.

當此氓俗之日媮, 不可不襃獎節義, 以爲激勵之方. 彼下邑遐鄕之以節義啓
聞者, 有難詳知其實狀, 故審愼於覆奏之際, 而今此呈文所陳, 轂下士族之
事, 朝紳耳目之所聞覩, 更無可以審察者. 若報政府, 分等施行則必遲滯, 數
年內, 恐難擧旌表之典, 玆敢面陳筵席. 下詢大臣而特爲襃嘉何如. 上曰: “今
聞禮官所達, 其事誠奇, 不可循例報政府, 特許之似可矣.”

領議政徐宗泰曰: “柳氏節行, 誠甚卓絶矣. 其夫卽延平府院君李貴之後孫,
故牧使曼著之子. 其父卽晉川君柳頔之孫, 皆是名家. 而柳氏事不但其洞里
公論爲然, 旣甚表著, 人多聞知. 如此之類, 朝家雖不循例格, 特賜旌襃, 恐無
不可矣.”

判府事李頤命曰: “自經於溝瀆者或易, 而此則節操誠奇矣.” 又曰: “凡一時
自決者, 亦多有之, 而柳氏之五年苦節, 譬之忠臣則如文天祥之在燕獄矣. 上
曰特施旌閭之典可也.” 又曰: “其婢亦當有襃嘉之典, 而旌閭則似過重. 旣非
居鄕者, 亦不可復戶. 參酌下敎似宜矣.”

上曰: “其婢事何如.”

徐宗泰曰: “雖是下賤, 必出於感動其主, 而致此亦甚奇矣. 渠雖身死, 有子息
云. 或以米布參酌題給, 以示朝家襃嘉之意則似好矣.”

李頤命曰: “比恤典稍優給米布似好矣.” 上曰: “在京人無復戶事, 米布從優
題給可也.”

金鎭圭, 『竹泉集』 권7, 『한국문집총간』 권174, 103쪽

中宮殿上尊號玉册文

基王化於宮闈, 協迓駿命, 頌母儀於琬琰, 對崇鴻名. 鉅典載陳, 徽猷斯稱. 恭
惟王妃殿下, 位尊正內, 文貴在中. 存壹心於相成, 每警齊詩之夙夜, 贊盛烈
於遺義, 深得漢后之春秋. 邦運賴以克昌, 梱範因之益著. 譬凱風之養物, 和
澤入人, 體厚坤之承天, 柔德根性. 旣兩極儷其休美, 故二字共此揄揚. 玆有
祖宗之攸行, 宜副朝野之至望. 臣等不勝大願, 謹奉冊寶, 上尊號曰惠順. 伏
惟王妃殿下, 光膺顯冊, 佐闡弘圖. 敎宣九嬪, 播彤史之炳煥, 慶衍百世, 翼寶

祚之靈長.

金鎭圭, 『竹泉集』 권10, 『한국문집총간』 권174, 123쪽

祭祖母文

惟我祖母尹夫人, 以己巳之十二月甲申棄子孫. 而孫鎭圭遠謫, 翌年庚午正月丙申, 始伏聞哀訃, 無由奔哭, 未洩至痛. 乃二月癸亥朔二十日壬午, 叙哀緘辭, 以寓千里, 使孫婦具薄奠, 姪春澤讀告于靈座曰.

嗚呼天乎! 我祖母雖子孫滿前, 以慰以悅, 以訖餘年而卒, 爲子孫者尙且哀慟. 今乃別子離孫, 睽違窮獨, 而仍至于永訣而長逝. 生未養而終未送, 天乎天乎! 何酷禍之偏降?

嗚呼! 祖母煢寡, 而能教我先考與叔父, 俾並成立而顯揚, 益振其家聲, 人爲祖母榮. 不幸先考先歿, 養未克終, 祖母之悲深矣. 而賴叔父之在側寬譬, 泊叔父頻年遠別, 悲又深矣. 而窃冀母孫之相與依倚, 泊小子兄弟同時分離, 悲又深矣. 而猶恃瑞弟之可以將侍, 瑞亦繼行則堂闈之奉, 唯穉孫若而而已. 祖母之悲謂, 至此極矣. 豈意禍不止窮獨, 終焉斯世之奄棄?

嗚呼! 榮之未竟, 悲之洊臻. 而況所謂悲者, 實人理之所難堪, 人世之所罕聞. 以耆耋之年, 而憂之稠疊, 以慈愛之情, 而念之纏綿, 其所損榮衛而傷神氣盖多矣. 初聞病止舊患痰疾, 而竟以至斯者, 豈非其中之已損傷而然? 小子莫慰而貽罹若此. 而病也不得侍醫藥, 歿也不得奉斂殯, 葬也不得臨壙穴, 此慟此恨, 雖窮天而豈可極? 傾海而詎能測?

嗚呼! 祖母純懿之性, 高遠之識, 貞潔之操, 勤儉之德, 不愧古女士. 宜天錫之祿, 而禍乃孔酷? 此小子所以籲天而痛哭. 嗚呼! 豈天禍祖母, 殆由小子無狀, 神理降罰, 旣違膝下, 而終又其身之不滅, 其所仰庇之是奪. 嗚呼痛哉嗚呼痛哉! 仍念叔父曁兄, 邈處絶域, 罹此茶毒, 是將滅性之不難, 想應憂念於冥冥, 不翅若平昔, 顧惟小子蒙撫愛而承訓誨, 恩盖最篤, 而未果欲報之願, 徒抱終身之戚.

嗚呼! 去歲南來, 握手揮涕而送之, 謂 "此生重逢之難得", 胡前言符踐之斯亟? 前冬病裡, 遠賜手札, 加餐之語, 憂疾之意, 諄諄如面命. 詎知其爲絶筆?

嗚呼! 終年之別, 涉海之遠, 亦嘗愴悢而嗚咽. 幽明一隔, 音容永閟, 可勝茹

哀而銜恤, 北向悲號, 肝腑焚灼, 心往身留. 穹壤錯莫, 雖神思荒耗, 辭不盡
意. 庶俯憐至哀, 少垂監格. 嗚呼痛哉! 尙饗.

金鎭圭, 『竹泉集』 권12, 『한국문집총간』 권174, 141쪽

亡室封贈告祭文

自子之逝, 月已六更. 音容漸邈, 悼念彌縈. 每擬叙辭, 用寓此情. 至哀在心,
焉假文鳴?

屬余進秩, 濫躋貳卿. 推恩齊體, 以淑陞貞. 念子平生, 窮苦備經. 糟糠之食,
嶺海之程. 旣嘗其艱, 未享其亨. 祿位雖加, 誰與俱榮?

紫泥花誥, 忍告于靈. 悠悠慟恨, 貫徹幽明. 因事寫悲, 以侑斯觥. 子必有知,
庶顧余誠.

金鎭圭, 『竹泉集』 권12, 『한국문집총간』 권174, 146쪽

亡室墓節祭文

自子藏此, 久未來省. 屬玆秋中, 恩假是請. 霜露旣降, 塋草向瘁, 感念疇曩,
有隕如水. 塋域之役, 亦有當修. 今因節薦, 並告厥由.

金鎭圭, 『竹泉集』 권12, 『한국문집총간』 권174, 146쪽

亡室祥祭文

嗚呼! 子之違背, 欻已期歲. 而陳此祥事, 日月易得, 悼怛彌切. 念余與子, 合巹
而居室二十有九年, 而其間契闊相與之際, 有不暇殫記. 試擧其最而言之.
先考之喪制甫畢, 世禍大作, 余投海島, 而祖妣曁叔父季弟之喪相續, 余悲哀
內鑠. 瘴癘外侵, 自分其病不能起, 而子以一弱婦人, 再涉鯨波, 相隨鵬舍, 其
所以慰安余而扶護余者備至. 余之不死海島, 繄子是賴, 而子以余之故. 顚連
於途道, 感傷於霧露, 其身之病瘁多矣. 逮夫蒙恩還朝, 雖仕宦內外, 而拙於
生事, 寒衣饑食, 皆託於子, 使不免井臼之苦. 而重以荐哭夭殤, 其潛傷暗毁
於人所不知者又深矣. 前歲之夏, 子有子腫之疾, 頗自憂虞, 而余漫不豫醫

治, 臨蓐之時, 又值入侍, 倉皇歸見, 命已絶矣.

子之生而困苦, 病未救藥, 死之慘惻, 皆由於余. 而又無嫁時之衣, 過期而乃
斂, 無論余貧之特甚. 子之困苦, 至身後猶然, 子則護余於流離顚沛之中, 而
余使子至於如此, 悠悠天地, 此恨何極?

惟子嬺順之性, 端壹之操, 庶追古之賢媛, 而未蒙天之報施, 年未及中身者,
亦豈坐余之奇窮而然歟? 嗚呼! 余畸於世, 其齷齪而違拂者非一端, 而每歸
自外, 見子之婉怡, 輒驪焉相適, 不以憂患貧窶累其心者, 實子之助也. 而今
不可復得矣. 況老親傷戚於上, 兒女號哭於下, 而遺息亦隨而死亡, 余又何以
自抑而自遣哉?

寬谷之原, 密邇先塋, 地高土厚, 宜於幽宅. 爲虛其右, 以擬同穴. 而余以善病,
難久於世, 則違離者不多, 而會合盖將無窮已矣. 此可以少慰幽明之痛哉.

祥後之撤几筵停饋奠, 禮也. 而退陶之論, 不以不停爲非. 親敎亦甚丁寧, 余
雖失於從厚, 其何忍不體親敎而慰逝者之恨乎? 玆移靈座於室, 而仍設朝哺
之食, 以期訖于三年. 子其知耶? 其無知耶? 叙哀侑酌, 以代祝辭. 想子之靈,
庶幾來格. 嗚呼哀哉! 尙饗.

金鎭圭, 『竹泉集』 권12, 『한국문집총간』 권174, 146쪽

亡室再期祭文

嗚呼是日, 子之所逝. 子逝不返, 唯日再屆. 流年易得, 沉痛靡極. 念子平生,
怳然如昨. 婉婉其容, 琅琅其音. 若有所接, 藏我中心. 惟子稟質, 得坤之柔.
終身淑靜, 不見過尤. 事親盡敬, 從夫克順. 娣姒叔妹, 咸接以愼. 矧伊安貧,
雖士亦難.

子能循分, 未嘗恨歎. 是知懿行, 閨梱之最. 誰無伉儷, 我有賢媲. 匪我私子,
宗黨共譽. 方期偕老, 而失中途. 聞昔獻吉, 哭妻有題. 曰妻之亡, 然後知妻.
我知子賢, 自在結髮. 今於旣沒, 追念采切. 家道斯缺, 孰須以成? 女子漸長,
孰戒維行? 饑孰我飡, 寒孰我襦? 我有疾病, 又孰護扶? 況我於世, 未能頻昂.
近困謠諑, 思欲退藏. 內無主饋, 前有兒稚. 旣難挈去, 捨之焉寄. 遲佪未決,
盖亦由玆. 有事輒思, 有思益悲. 悲思旣深, 夢見斯亟. 前夜之覺, 枕席有淚.

三年此訖, 九地逾隔. 饋奠將輟, 靈座永闃. 悠悠我懷, 安所少洩? 摛文抒哀,
侑玆芬苾. 子女在此, 親戚皆與. 子其有知, 寧不我顧.

金鎭圭, 『竹泉集』 권12, 『한국문집총간』 권174, 148쪽

寒食祭亡室墓文

前夏以來, 盖多事故. 今趁冷節, 始展子墓. 俛仰未幾, 時物變更. 壟草萋迷,
山鳥嚶鳴. 春秋迭代, 幽顯永隔. 循省兆域, 愴我肝膈. 念與子訣, 居然四歲.
孤居感傷, 一心相係. 想子泉下, 亦知我悲. 聊奠酒食, 尙冀格思.

金鎭圭, 『竹泉集』 권12, 『한국문집총간』 권174, 149쪽

亡室墓排石儀, 遣子告祭文

子之葬此, 久闕象設. 坐力之綿, 心豈暫忽? 今幸鳩工, 載斲載磨. 涓吉擧設,
妥置不頗. 惟魂所游, 床爐與砌. 次第排列, 儼成墓制. 念我後死, 終當同穴.
庶期千秋, 共此儀物. 後先無幾, 悼愴猶深. 替伸衷情, 冀致假歆.

金鎭圭, 『竹泉集』 권12, 『한국문집총간』 권174, 149쪽

亡室墓埋誌告祭文

子之喪逝, 寢多日月. 子之行事, 將就湮滅. 感念恩義, 恐有所負. 後死之責,
在圖不朽. 昔柳與蘇, 銘婦之藏. 能使讀者, 歎其婦良. 余雖文拙, 情則相類.
乃追平生, 著以爲誌. 寫我肝臆, 納子窀穸. 庶期來世, 知此心戚. 護其幽宅,
毋毁以傷. 玆告有事, 仍奠豆觴.

金鎭圭, 『竹泉集』 권12, 『한국문집총간』 권174, 149~150쪽

謫中祭亡室忌日文

一隔幽明, 屢閱星霜. 年年季秋, 愴我心腸. 今於謫裏, 又値是日. 撫時懷囊,
悼恨彌切. 記在裳郡, 子隨我遷. 同憂共戚, 相慰相憐.

嗟今隻身, 誰復携挈? 所悲木主, 獨留空室. 家貧子孱, 盂飯難具. 我懷之戚,
不特不與. 曷以奠酹, 寓此悲思. 適會仲女, 嫁在近地. 召來我寓, 俾治豆觴.
設位揭牓, 辭以叙情. 想子之靈, 從我如昔. 庶知我悲, 歆此酒食.

金鎭圭, 『竹泉集』 권12, 『한국문집총간』 권174, 150쪽

戊子祭亡室亡日文

去歲玆辰, 余在譴配. 今宥而還, 是日復屆. 重尋舊室, 遺躅依俙. 幸躬其酹,
少紓我思. 流離之餘, 悼念斯倍. 念與子別, 倏已八載. 音容寢遠, 時物如昨.
晨霜滿庭, 菊瘁桑落.
嗟余漸衰, 偕誰以老? 餘生靡樂, 夙約已誤. 悠悠此恨, 可徹九地. 子必有知,
庶饗余觶.

金鎭圭, 『竹泉集』 권12, 『한국문집총간』 권174, 150쪽

烈婦金雲聘妻盧分陽墓表

烈婦淮陽府府內面良人起文之女. 夫雲聘溺死, 烈婦從而投水, 傍人拯出. 烈
婦日夜號哭欲自決. 舅姑相守不捨, 闞其出, 潛往夫藁葬處, 以夫平日所繫之
帶自經而死. 得年僅二十四. 府使上其事於朝廷而請表獎, 命除其戶役給食
物, 其家以賜米買石表其墓.
烈婦生長畎畝, 未嘗有傅姆之訓圖史之敎, 而能捨命於所天, 視死如歸, 是盖
貞心烈性之稟乎天者, 絶類超羣爾. 其節操之可尙如此, 則不宜使湮滅無傳.
玆著其槩於墓石之陰, 以詔于後. 戊寅正月日, 府使金鎭圭述.

金鎭圭, 『竹泉集』 권32, 『한국문집총간』 권174, 483쪽

烈婦柳寬妻池完禮墓表

烈婦淮陽府二北面定虜衛承俊之女. 嘗與夫寬同往其親戚家, 寬中途得病猝
殆, 烈婦身自負行, 未及歸而死. 烈婦不勝哀痛, 仍卽自經而死於其傍. 得年
僅二十一. 府使上其事於朝廷而請表獎. 命蠲其戶役給食物, 其家以賜米買

石表其墓.

烈婦以僻陋匹庶, 非有平日之斅學, 而能決死殉夫, 其貞烈之操, 旣出倫夷.
而又與盧分陽輩出數載之間. 此尤窮峽之所難得, 固不可使底泯沒. 而牧民
之職亦當以崇節義敦風教爲務, 玆撮其行而勒諸墓石, 以諷勵吡俗云. 戊寅
正月日, 府使金鎭圭述.

金鎭圭,『竹泉集』권32,『한국문집총간』권174, 483쪽

弟婦令人張氏墓誌銘 幷序

余弟鎭瑞哭其室令人張氏者十有七年. 而悼念不衰, 欲以寓其思, 要余誌諸
壙曰.

"吾妻年十四嫁于吾, 其儀度已成. 事吾父母如其親, 待吾二嫂如其姊. 此非
世女婦厚私親者之所可及也. 性又不忌妬, 吾昵媵婢, 視之與他婢僕均. 吾從
姊嘗與之燕語, 譏其太寬, 吾妻聞而恬然. 又試勸屛去此婢, 笑曰

'屛此婢, 豈無又如此婢者? 惟當盡吾婦道而已?'

吾多忿懥之失, 其發甚暴, 吾妻徐待氣下色霽, 規諴甚和婉, 能使吾愧謝而納
其言. 是尤人所難也. 平日侍居吾父母, 未及析産, 無以試其內治, 而爲吾所
後考妣祀事, 預具其器用甚悉. 及其歿也, 閱遺篋, 衣裳佩玩布帛之屬, 皆手
籍以置, 秩然不紊, 可見其有婦功也. 凡此非吾私吾妻而云."

盖先考嘗稱其賢, 大夫人亦至今稱之, 夫豈不賢而見稱於尊章如是? 賢而不
壽, 得年止二十五. 吾故思之久而不能忘也. 余與令人同爨以居者十稔, 亦嘗
知其寬裕和順之行, 今聞弟所言, 益信然矣.

抑余於令人, 重有所悲傷. 令人之生, 旣托日月之際, 以右議政新豐府院君諱
維爲祖, 禮曹判書諱善澂爲父, 仁宣大妃實其姑也. 長而歸金氏, 吾先考光城
府院君, 府君方以國舅冊崇勳. 吾兄弟又無故, 兩家門戶可謂隆盛, 而令人並
蒙父母舅姑之愛, 人艶羨之. 未幾喪難相屬, 先考卽世之三年而己巳之禍作,
吾弟所後大父參判公殞於牢狴, 余與先兄流海島. 吾弟奉大夫人屛居先考墓
下, 令人實從之, 共其憂患, 已而遽歿. 弟亦又編管, 令人喪之饋奠無主. 稚兒
靡託, 聞者莫不哀憐.

嗚呼, 此固人家盛衰哀樂之不常. 而及弟之蒙恩釋, 歷仕專城, 男娶女嫁, 以至
有孫子, 令人皆不得見之矣. 爲令人夫者安得不悼念? 而況其賢於人也哉!
令人始稱孺人, 而今所稱以弟初爲士而近爲郡守故也. 其系出德水. 母貞敬
夫人慶州李氏. 吾所考諱與大夫人氏封, 在先考碑誌. 弟所後考生員諱萬墇,
妣漢陽趙氏而參判公諱益勳. 凡擧一男二女. 男堯澤, 女適進士李重之, 士人
崔宗柱. 二孫堯澤出而皆幼. 墓在廣州蘆峙面午之原. 原卽族位之葬, 而先考
墓在最上, 令人墓最下. 銘曰:

其族之貴, 其質之賢, 其室家之甚宜. 其壽命之不延, 惟其藏安於萬年.

金鎭圭, 『竹泉集』 권35, 『한국문집총간』 권174, 508쪽

亡室贈貞夫人完山李氏墓誌銘 幷序

光山金鎭圭之妻李氏卒于辛巳九月二十九日. 以其十二月二十一日, 葬于廣
州蘆峙, 其先舅墓北寬谷向巽之原, 鎭圭誌其墓曰.

君國姓, 胄出英陵之支密城君琛, 領議政文貞公諱敬輿, 於君爲大父. 而父曰
原州牧使諱敏章, 母淑夫人咸平李氏, 以丁酉正月初九日生君. 自幼端潔婉
順, 文貞任夫人特愛於諸孫, 取而育之. 仲父都憲公敏廸, 叔父判書公敏叙視
之亦如其女. 二公卽我先府君暨叔父執友. 君故歸於余, 而都憲公男今參贊
頤命又娶我從姊. 人比於潘楊朱陳云.

君旣歸, 以敬奉舅姑, 以愼接姒娌, 事余和而莊, 余甚宜君. 而君於燕處, 亦
不形狎昵之意, 平居簡默, 婦女之同坐者多談說服玩粧飾之巧拙美惡, 君淡
然無所與. 以至寒裘暑葛之須, 人有問而亦不言其有無難易. 余偶聞而質之,
君曰:

“服飾巧美, 非吾力所及. 裘葛雖難具, 對人言貧, 嫌於欲得. 故不言耳.”

文貞家世淸儉, 而君結褵未久, 原州公遠配, 李夫人又歿, 君挈一婢以居, 無
以爲資. 而能從容拮据, 裁縫澣濯, 必完而潔. 以衣其夫與子女, 又或可惱可
悶有所難堪者, 而不發於色辭. 徐謂余曰:

“吾大父嘗手書忍字賜吾母. 吾雖不肖, 豈敢不體遺訓?”

其才之敏性之靜類此. 己巳禍作, 余安置巨濟, 已而王母見背. 君念余孤居過
戚, 從于謫. 翌年爲嫁女還京, 其翌年又從于謫. 君素淸羸, 病於途道炎瘴. 余
蒙恩釋, 歷官內外而不解生理, 家轉旁落. 君雖安貧, 其困瘁井臼又多矣.

辛巳仁顯王后薨, 上親鞫內裏詛呪狀, 余以承旨掌獄事, 屢日侍鞫, 聞君因産
病革而不敢自言. 筵臣以聞, 命歸見, 歸則絶旣久矣.

君嘗從余職封淑夫人, 後陞秩亦贈貞夫人. 育一男四女, 男曰星澤. 女長適士
人李衡鎭, 次士人李沉, 李道普, 其季幼. 余系出在先府君碑版.

余與君相莊二十有九年, 其恩義固深至, 而尤有所悼念者. 余在謫, 憂患與疾
病交侵, 而君慰譬扶護之, 使得以自寬而善攝. 其還朝蹤迹亦孤危, 每鬱鬱不
自得, 而對君婉容怡聲, 輒欣然忘其窮. 家甚貧而君自經理支吾. 身或冬無襦
晡闕食而不使余知其艱窶. 君歿之後余官雖進, 其寡合不容猶然, 而入室無
與語者, 居恒歎傷而思君, 有時臥病而益思君. 不唯余衣弊食惡, 兒女婢僕號
寒訴飢, 米鹽布絮瑣細之不免關心, 其思君愈益深矣.

抑君以一婦人而病與死, 有與時事相關者. 君於己巳之禍, 出閨閫涉嶺海, 流
離顚踣以病, 及其遺毒釀成 中闈之變, 君又因此不得其夫之視疾, 遂不治而
死. 此豈但私恨之無窮哉? 記君嘗語余曰:

"吾病弱, 必不久存, 死而得子之葬吾幸矣."

今余之誌之亦追其雅志也. 銘曰:

山之空闃兮谷之邃, 露草離離兮霜葉墜, 窀穸幽兮永相隔, 音容優兮猶可憶,
違離兮諒無幾時, 同歸兮終古爲期.

金鎭圭,『竹泉集』권34,『한국문집총간』권174, 509∼510쪽

淑人安東權氏墓誌銘 幷序

澤堂李公之冡孫鴻山縣監諱留有賢配曰淑人權氏. 其系出安東, 其父諱訖,
宗親府典簿. 其祖禮佐郞諱得己, 實吏曹判書諱克禮之子, 而後於繕工監
役諱克寬. 其母原州邊氏, 處士諱好誼之女. 其卒以丁亥七月二十一日, 而去
其生六十六年. 其葬從縣監公於砥平東白鴉谷面丁之原. 其季子衡鎭謁余銘,

余摭其狀, 淑人之爲女爲妻與爲母者, 並可以詔後.

淑人之生, 母夢神人告以兒有異表, 必順父母. 額果有黑痣, 呱聲柔緩, 索乳亦不亟. 甫離齓, 侍邊夫人疾, 晝夜不去側不就寐. 兄姊令休憩, 亦不肯.

曰: "母病吾何忍獨安?"

稍長凡所言動, 不强勉而自然順於父母之心. 其歸李氏, 不及舅司書公之養, 而移其順於父母者以事姑鄭夫人, 溫顔小心, 克承其志. 縣監公御家以嚴, 戒鄴下風俗, 淑人夔夔奉若, 雖閨門微細, 罔或顯行.

公淹奇疾, 淑人雖抱深憂, 在鄭夫人所則勉怡色辭, 以寬其念. 公之卒, 又抑哀忍痛, 務慰譬之. 溫凊之奉, 瀡滫之供, 使皆宜體而可口, 鄭夫人殆忘無子之戚. 至其喪, 自附身以至饋奠諸具, 率手自檢理, 必誠愼, 觀者歎悅之, 其奉蒸嘗甚謹.

縣監公嘗不在家而値先祀, 公季父議政公將攝事, 錄澤堂公定著祭式, 授淑人具饌羞. 薦獻一如式, 而將之以莫莫, 議政公亟稱其情文兩備. 性儉素, 被服恥趨時尙華靡, 及稱未亡, 紬帛亦不喜御. 自製木綿布衾, 俾爲異日斂資. 所食甘淡薄, 每飯雖有肉必取蔬, 常歎曰:

"吾生長寒門, 不知有鮮衣美食."

嫁時無隨身之裝, 而賴夫家喫着無缺. 回思少日艱簍, 心未嘗自安, 況敢求豐侈哉? 勤於農蠶, 飭家衆耕耘以時, 又節用而偫餘, 以備不虞. 手執紡績課婢僕, 一家上下裘葛所資, 悉給於機杼而不市焉. 於貨財廉無所居, 不特事姑時不有私蓄而已. 喜施予窮乏者, 而亦非有意沽惠, 其接遇人一於和. 雖教責子女, 不厲聲色, 於臧獲亦不以惡言詈之.

盖淑人之所以治內旣如此, 及子承家, 又擧家政咸聽於子, 無一事自邃, 必待其言乃行之. 三子泰鎭, 嵩鎭, 衡鎭皆有子. 一女曁孫女亦皆有子. 中歲以後子孫衆多, 而淑人撫育甚均, 有鳲鳩七子之風, 不類世之婦人偏其愛憐.

典簿公有篤行而長於誨人. 淑人幼時受孝經, 服膺終身, 非疾病日必誦. 旣老猶口授兒孫, 其他平日所聞嘉言誼行, 亦細記而語人. 此非惟聰明之過人, 其潛心典訓, 亦可見已. 嘗戒女子若子婦曰:

"婦人有三從之道, 從父固無論已. 在子亦當俯從. 況夫者婦之天也. 尤何敢違而逆之? 吾於婦德, 無一可稱, 而承父母訓, 粗識此義. 旣嫁恒懼有越於饋食之間. 今爲人母, 而亦不敢專制家事者, 以欲無失於三從之道故也. 汝曹戒之哉!"

噫! 以淑人斯言而質諸其所躬行者, 信乎相符矣. 昔朱夫子表揭邵太孺人條約家人之辭, 又記其行事曰:

"夫人之所以敎者, 盖以其身而不專在於言語."

今余於淑人亦云.

抑記余長女之嫁衡鎭, 屬余流海島, 而女仰淑人如在父母之側. 其後見余, 輒頌淑人如在父母之側. 其後見余, 輒頌淑人慈儉. 又其女紅, 化于淑人, 勤於在室時. 逮女亡, 聞淑人深悼之. 女有一子而殤. 又聞淑人護其疾忘勞瘁, 慟念久而不衰, 已而身亦病不起矣. 則余之識淑人懿德, 盖不待見狀, 而亦有愴感于中者. 遂叙而銘之. 銘曰:

女婦有行從于三, 世或冘厲反乘男. 嗟惟淑人稟坤陰, 蚤夜靡解以自箴. 由處而歸曁母臨, 始卒婉婉唯一心. 矧伊勤儉功則深, 有終之美亦內含. 我銘幽宅昭德音, 佇垂千秋續二南.

金鎭圭,『竹泉集』권34,『한국문집총간』권174, 510쪽

長女李氏婦墓誌銘 幷序

余長女嫁李氏而蚤歿. 其夫衡鎭悼之, 手狀求余銘其墓. 夫古人之以夫父而記其妻女之行者, 豈不知言之公不若他人? 而盖爲詳知閨梱, 莫如至親也. 且執贄以後, 夫之所宜知, 而自幼孩至于笄, 亦不如父知之悉, 則余又烏可已. 我金貫光山. 文元公諱長生, 於長女爲五代祖. 曾祖生員壯元諱益兼, 祖光城府院君諱萬基. 余鎭圭曾忝亞卿, 今得罪編謫籍. 其母國姓領議政諱敬輿之孫, 牧使諱敏章之女. 而衡鎭吏曹判書諱植之曾孫, 而其父諱留鴻山縣監.

余以乙卯歲首擧長女. 余叔父判書公名之曰"柔兒", 盖取坤柔之義. 其性果柔, 孩而與羣兒嬉, 不爭競. 於長者言不敢違, 不以果餌服玩强其母. 四歲祖母府夫人入謁仁敬王后, 后要挈來. 明聖太母以其母之爲戚屬, 亦取視. 兩宮皆稱其柔順. 十二患痘疹, 能自愼調治, 已護牧使公疾如成人. 十六其母

從余遷海島, 獨侍府夫人所. 翌年其母歸, 治粧奩嫁之. 旋又從于謫, 旣遠離
父母, 雖强言笑於羣居, 而日夜潛悲隱慽, 疾遂作. 甲戌余蒙恩釋歸, 見其形
色, 殆不可識矣. 久益沉痼, 竟死於己卯四月二十二日. 葬砥平縣東居端里
負庚之原.

長女之歸夫家, 其舅已歿, 事其姑權淑人以誠, 接妯娌以和. 而以其夫伯之爲
家長, 視之如舅, 不特其姑若妯娌之愛而親之. 伯常稱之曰:

"某弟婦甚賢, 可保同居."

其死則歎曰:

"今世安得復見如此婦人."

其初入夫家, 其姑手撷稻穗而取其實. 長女生長京裏, 未嘗稽事, 而卽趨而助
之, 頓無三日新婦之態. 夫族嘉其能識事姑之道. 勤女紅而不慕華侈, 又廉於
財貨. 其夫嘗有所買於賈人而欲試其意, 謂曰:

"此賈吾所熟. 價雖未准, 予亦無妨." 卽正色曰:

"賈人之物, 不可以少價而取."

其夫媿謝之.

盖余家世儒素. 先府君敎子孫以禮法, 長女固有習於耳目者而然, 其天得亦
自可見耳.

衡鎭幼育於庶祖母申, 長女待申甚謹. 及死, 申以篤老, 尸饋奠終不怠, 其所
以感人者如此. 嗚呼! 長女之資性宜若享有壽祿, 而夙罹患難. 積病於憂傷,
遂至短折, 斯莫非世禍所及. 而諒亦其父殃孽之致也. 且其一子聖同聰穎, 類
可成立, 九歲而殤, 斬焉無所遺. 凡今所以使後人知其嘗爲人而生於世者, 惟
藉文字之記述而已. 悲夫! 銘曰:

廿五歲而死, 命之閼也. 一遺息而亡, 禍之烈也. 噫玆數句之銘, 尙可以傳之
久而哀之洩耶.

金鎭圭, 『竹泉集』 권34, 『한국문집총간』 권174, 511쪽

女瘄兒壙誌銘 幷序

瘄兒, 光山金鎭圭之第五女. 生以丙子四月初三日, 死於丁丑閏三月二十日. 其間歲盖未周矣. 鎭圭以言事忤時, 黜補嶺西之淮陽. 深冬挈孥, 入峽赴任. 兒觸冒頓撼者已多. 今春鎭圭爲省覲如京師, 兒日呼父, 如待其歸. 歸則得痘疹, 而地窮僻無醫藥竟死. 死之三日, 藁瘞邑後義館嶺麓, 翌月初三日, 發其瘞, 擔返埋于廣州蘆峙之先塋.

兒未晬而甚慧. 能言笑嬉戲, 類可以長成, 遽死於此. 是豈其命也歟? 殆由其父之窮厄爾. 兒名瘄. 以其生之難也. 生旣難而子母俱全, 初以爲奇. 竟夭扎此疴, 又何也? 兒之返埋, 鎭圭係官, 不得往視. 書誌於板, 送瘞其壙. 非爲計久遠, 祇以識其悲也. 銘曰:

王父季父, 皆近汝藏, 汝其安處, 如父母傍.

金鎭圭,『竹泉集』 권34,『한국문집총간』 권174, 520쪽

外祖妣淑夫人德水李氏行狀

惟我外王母李夫人, 系出豐德之德水. 於靖國功臣海豐君諱菡爲玄孫. 繕工監役諱麟祥爲曾孫, 順川郡守諱通爲孫, 兵曹參判諱景憲爲長女. 而母曰貞夫人坡平尹氏, 忠義衛諱應聘之女. 我外王考諱有良, 淸州人, 仕至沃川郡守, 其世出行治自有狀.

夫人以乙巳十月二十七日生, 生十七年而歸于王考. 歸三十六年而稱未亡, 稱未亡二十九年之八月二十八日卒. 卒之年十月二十日葬, 其葬在果川縣東漠溪坐巽之原. 王考葬南原而遠不克從焉. 夫人初以王考之官, 從爲淑人, 及王考贈參議, 亦陞封淑夫人.

夫人生而婉嫕, 其在室以孝謹聞而勤於女紅, 罔或暇逸, 母夫人之內事以無失時. 其有歸, 事舅姑敬而愛, 相夫子順而正. 其稱未亡, 勉持家政, 寬而不廢, 飭而不擾. 先業不少替, 其奉烝嘗蠲饎庶豆, 以致虔誠. 老矣而猶躬莅不懈. 得時饍美味, 不嘗而藏之, 謹以待享祀. 又以於外氏有養育恩, 而其後嗣弱, 夫人自具祭器祭需, 送外氏以薦之. 其祀賴而不墮. 其畜子孫以慈, 而本

之義. 訓飭甚勤, 常謂諸子曰:

"若等不特勤藝業, 必修行誼, 方可起門戶."

擧曾元曾子養親事詔小孫曰, "爲人子者, 不可不知此"

其接族黨, 恩意款洽. 王考庶弟妹及其子女甚衆, 而撫卹曲至. 至分僮指割田
畝, 以成其生理. 夫人季弟少孤而窮匱甚, 眷念無異己子, 錢粟布帛, 雖少必
共之. 逮乎諸族人視踈如戚, 濟急賙艱, 不彊而誠. 其尤無依者, 置于家, 衣之
食之, 又敎之書, 貧族仰之如母, 歸之如家. 凡與人一主於和, 而泛愛好施. 雖
傾困倒廩, 無有所慳. 平居懇惻忠實之心, 藹然見於容貌, 盎若春陽之襲物,
姻親隣里, 莫不飫其德而頌其仁. 其御婢僕, 必以寬, 軫其飢寒, 而不先以督
責鞭撻. 以至子孫親戚之遣婢起居也, 必召見而勞之, 饋以酒食, 是故婢僕之
愚而亦知其賢, 言淑德必曰某夫人.

王考嘗累爲守宰, 夫人治內肅然, 不使外言聞. 憫邑婢之勞使, 不隨俗例煩以
織紝之事. 及逐仲子赴郡邑, 勖以寬恕平反, 値歲飢, 使省衙廩以賑餓者. 嘗
有邑吏之母以事入衙毁舊令. 夫人曰:

"此媼之敢毁舊令可惡, 而新令之家亦不當與邑人爲舊令是非. 命逐之. 勿
復近."

王考父子循良之治, 多賴內助與母敎云. 又恭謹自將, 未嘗驕人. 仁敬后於夫
人爲外孫. 后旣位長秋, 夫人得通籍中禁. 門闌隆赫, 而尤謙挹小心, 罔藉渥
恩焉. 又近宗嘗求娶孫女, 挾威以廹之, 夫人不爲動. 使其子以匪耦辭, 每責
弟姪之連姻主家者曰:

"而兒女以寒士子服用之汰侈如此, 吾未見其福也."

至疾革而猶諄諄戒子孫, 必擇士族, 而愼毋與貴宗爲婚. 其識慮之高遠, 於此
可知已. 世之女婦有以聰慧有以藝能, 而槩多褊吝妬靡之氣, 惟夫人去其華
而專乎其實, 裕仁愨厚, 溫懿質儉, 凡於婦德之失, 無一近焉, 豈其得陰之正
德者耶?

夫人之德之純如此, 宜其受天之莆祿矣. 當中歲子姪衆多, 令節上壽, 長幼環
侍, 人稱福履之盛. 至臨年而喪三壯子, 又哭仁敬后喪, 唧哀茹痛, 疾病沉淹
者數年而卒. 是何天報施之不卒也? 然而夫人年踰八耋, 可謂壽矣. 其卒也
上歸賵襚賜東園秘器, 又命藩臣發卒護靷起塚. 可謂榮矣. 報施之理, 其亦終

不爽矣.

夫人育四男二女. 男曰泰愈通德郞, 次曰斗愈豐德府使, 次曰濟愈漢城參軍, 皆先夫人歿. 次曰起愈方爲淳昌郡守. 仲叔季中司馬, 女長夭. 次適光城府院君金萬基封西原府夫人. 泰愈生男永熙. 永顯. 女縣監金萬㙜, 士人具鼎明. 斗愈生男永叔, 永徽進士. 女士人申洸, 趙正夏. 濟愈生男永祚進士, 女進士李浹, 士人李命熙. 起愈生男永運. 女士人李命臣, 金萬基長女卽仁敬王后. 男鎭龜前全羅監司, 鎭圭前持平, 次鎭瑞, 鎭符. 次女士人鄭亨晉.

嗚呼! 古昔先王之世, 敎行於閨闈, 有傅姆之訓, 圖史之觀, 其女婦之修身飭行, 蓋習俗不得不然也. 若夫夫人生乎今之世, 德行之淑均, 出於天性, 雖謂之軼古人可也. 然古人懿範, 必有彤管之所記載, 而今則無此矣. 苟不借能言之士, 闡揚而揭諸隧上, 則潛幽之德, 何由以示永久而不泯也? 玆敢裒輯幽事. 以託於執事, 己巳正月, 外孫前持平金鎭圭謹狀.

金鎭圭, 『竹泉集』 권35, 『한국문집총간』 권174, 522쪽

祖妣行狀拾遺錄

我祖妣言行, 叔父編次爲狀. 而以祖妣嘗疾世之銘婦德, 多憑狀溢美, 言不足信. 故於斯狀, 祇著較大而略細者, 以主乎簡. 此非昧於不明之訓, 蓋體遺意也. 然而祖妣德懿之美卓絶閨梱, 雖其細者, 猶足垂範來裔. 苟無記著, 稚昧將安所飭. 若掇拾別錄, 不以謁銘而家藏之, 使來裔觀誦焉, 則其體先範後, 庶乎兩盡.

叔父旣爲狀, 而以此命小子, 又記言行之逸于狀者若而以賜. 小子謹受而益加思撝平昔所承聞, 裒輯以錄云.

祖妣于歸, 家多妯娌小姑, 而莫不宜之. 文元祖考時在鄕廬, 聞而喜曰:

"聞新婦甚賢. 凡子多類母, 是必生賢子. 吾雖未卽見, 實喜家之將興."

後三年先考生. 祖妣常語子孫曰:

"吾恨世之婦女不能以愛父母者, 移之舅姑. 吾少時誓欲自盡此心, 賦命險釁, 先舅先姑皆早背, 欲盡心而不可得矣. 今老而猶以爲痛."

參判公寢疾, 而無子弟可以奉侍. 祖妣獨自扶護坐臥, 調嘗藥餌, 以至炊飯煮粥, 亦不使婢僕間. 又談說異書奇聞, 以娛病懷. 盖其不交睫不解帶甚久.

祖妣少侍文穆公及參判公坐, 或試以時事問焉, 所對皆當理. 又所逆料多不差, 二公每稱其明達識理. 然其平居塞淵, 罔或言外. 至先考兄弟從仕, 亦不問朝政, 家有邸報除目而不取覩. 所對二公者則時先考兄弟幼未悉記, 祖妣不自言, 故未得其詳.

國俗同產不別長衆, 皆輪次祭先. 故藉此而其析產亦無差等. 尹氏之門, 盖亦從俗. 祖妣獨以爲不可, 請勿輪祭. 而析產薄于己而厚於宗子, 以正奉祀之禮. 前史十六國南北朝之類, 學者患不能擧其始末. 而祖妣於其世系族派, 傳世歷年, 得失盛衰之由, 鮮所遺闕. 然只是涉獵展閱, 未嘗讀也. 祖妣母舅洪知樞來訪, 偶及鄕人之有姓木者, 顧問先考曰:

"古有是姓否?"

對曰:

"文選海賦, 是木玄虛所作, 此外未之見."

祖妣笑曰:

"元太祖功臣有木華黎, 而此則胡人三字名, 非姓也."

洪公歎曰:

"今世讀書男子, 知有木華黎者罕矣, 況能辨其爲姓爲名乎?"

先考幼孤, 及習字, 祖妣親敎字畫, 晚年謂孫兒曰:

"若父學書於婦人, 而筆法能如彼?"

祖妣常喜稱歐陽公母守節敎子事, 又歎東坡兄弟之賢曰:

"吾亦有二子, 願其匹美前人."

祖妣晚年謂子孫曰:

"昔遭丁丑罔極之禍, 長兒稚藐, 小兒則產于海船. 而二兒又久未經痘疹, 固難卜其生死. 此人情之所愛惜, 嬌養而不暇敎督也. 而吾以爲吾所以不死, 爲立孤. 若幼而失敎, 終爲不學之人, 則雖長成無異無嗣. 苟盡吾敎而渠或皆短命而夭, 不克樹立, 則吾復何苟生? 是以能勇決而無所顧係, 課督甚嚴. 今見孫兒之不勤讀, 而督之不能如舊, 是時雖不同, 而諒吾亦氣衰. 噫! 汝諸孫知吾昔日苦心, 而成立汝父兄弟也."

祖妣蚤寡, 先考未貴, 家甚貧. 或至斥賣器玩而供節祀. 嘗天寒無薪, 只有一

酒槽, 斫以始爨. 朝晡之資皆稱貸以擧, 未嘗有憂色, 唯以先考業進爲樂. 且
先考肄業, 群從來會, 則祖妣皆不令傳食而自饋之不倦, 如不貧者. 食貧時以
升斗尺幅, 與人貿易, 卽與所言之價, 或不當於意謝遣之, 未嘗與爭多寡.
　祖妣備嘗窮蹇, 而於財産泊然無累, 未嘗有婦女吝嗇之氣. 雖得而非義則却
之, 雖有而欲施則散之, 不爲藏貯居賣而作業計. 且嘗謂諸孫曰:
　"汝輩唯當務文學, 不當憂貧, 以生理經心. 人雖貧, 至於餓死則固鮮矣."
　又笑曰:
　"吾性迂闊, 爲婦女而不喜生産, 唯貴文學, 前身應是男子也."
　祖妣教誨孫兒雖嚴, 亦間於讀書暇, 與之爲童子戲, 而戲皆用文史. 使之游焉
息焉而不離於文, 是以學於祖妣者, 不甚厭倦, 且其誘掖如此. 故諸小孫畏而
愛之, 自來羅列侍坐, 而亦不敢惰慢. 又諸小孫同在側讀書, 咿唔聲雜, 或言
其妨於暮年靜養, 祖妣曰:
　"吾喜此聲."
　聲雖多不以爲鬧.
　祖妣謂諸孫曰:
　"科第之得不得有命. 爲士者當盡在我而已. 雖不得第, 苟能文則亦無愧. 以
男子而不文, 愧莫甚焉."
　祖妣文勉諸孫兒, 而或見傲放者, 輒呵禁曰:
　"無行則焉用文爲? 此兒宜教小學."
　叔父嘗除兵曹判書, 辭之固. 祖妣不以柄用爲喜, 深以不卽解爲憂. 及蒙恩褫
則欣然謂小子曰:
　"見汝叔之連章撕捱, 吾心悶矣. 今得請, 心甚快."
　伯氏嘗按湖南拜辭, 祖妣誡之曰:
　"汝須居官律己, 如水之淸, 無忝汝家世."
　伯氏之按湖南當祖妣生辰, 送獻壽物, 蓋不過若饌需衣資, 而祖妣不喜曰:
　"布紬之屬, 雖少豈敢受用官物?"
　先考以此實遵例, 又甚少, 無害於義, 請勉留, 累懇始許之曰:
　"汝言如此, 今留之. 然令後毋爾也."
　祖妣於諸孫兒, 戒不正之色, 而聞人家婦女之妬忌者則甚非之曰:

"男子固宜以禮飭躬, 而婦女則當以不妬爲德."

祖妣於諸孫女子, 亦欲其稍知古訓. 小子嘗諺解班昭女誡, 祖妣見而甚喜, 手自繕寫一通, 以賜小子之女曰:

"爾宜知此."

時年過七十矣, 敎誨不倦如此.

祖妣旣篤老, 猶執女紅, 時或篝燈而縫, 子孫請無自苦, 答曰:

"男讀書女縫衣職也. 雖老豈可自逸? 且吾性好, 無所苦."

祖妣累經喪戚, 積毁而因多疾. 然其精力絶人, 聰明到老不少耗, 眸子常瞭然如少年, 能於燈下觀細書, 幼時所學句讀皆記憶. 己巳方在憂患, 而日覽書. 未卒前一月猶親授小孫書, 躬事裁縫.

祖妣性慈仁, 嘗見鷄雛而憐之, 遂終身不食鷄. 雖卉木之微, 方春敷榮, 深戒兒輩使毋傷折.

祖妣嘗臨街而寓, 時歲饑餓莩載路, 乞丐之聲每到門. 聞之惻然. 雖無見糧, 不令空返, 或分食而食之.

祖妣生長主第, 而逮其窮居, 屋甚湫隘破坯, 頓無少日華屋之思. 及先考得賜第而奉移, 亦無喜色, 唯以高明爲戒. 又孫男鎭瑞得其婦家所分之屋, 略有改葺, 祖妣聞而歎曰

"成事今無奈何. 然其屋於渠已過, 何必改爲?"

祖妣之在南巷舊居, 已膺一品封誥, 其自奉無異於貧賤時. 臥房紙帳, 乃舊時休紙所爲, 弊汙不堪用, 猶不易. 及移居, 以子孫有居此者, 帳亦留之. 後有婚家入此見之, 大稱歎曰:

"以某夫人之尊貴, 其儉如此, 誠世所罕云."

先考嘗爲祖妣製獻毛襖以禦寒, 祖妣罕服曰:

"體汝之誠, 强爲暫服, 而吾性不喜美服."

旣通籍宮禁, 有貂帽之賜, 亦葆藏而不服. 子孫以爲言則曰:

"恩賜當貴而敬之. 豈敢褻服?"

祖妣平日於飮食衣服, 皆遵古風, 不趍時樣. 及連宮掖, 尤諄諄警飭家人, 以無爲異味奇衮, 其意盖以戚里所尙. 人將謂不止出於私家, 宜尤加儉約故也.

祖妣常以儉勉子孫. 小子嘗衣穴, 使婦補綴, 婦難之而欲其勿着. 小子適於侍

側告之, 祖妣謂孫婦曰:

"婦人當以儉助丈夫, 愼毋效世華侈之習. 彼不知者雖譏丈夫之衣補綴, 何足愧也. 宜卽補衣吾孫."

婦乃承敎. 仍諭小子曰:

"爾無以出身, 被服或踰於布衣時."

祖妣自先考祿厚, 瀡濼之供常豊, 而時或買餠市飴, 啖之之甘, 無異美味. 逮先考歿, 供養之豊, 或不承於前, 而亦恬然安之, 其儉約盖出於性.

世俗婦人之老者, 多以供養豊薄爲喜否, 而祖妣則每見案有美味, 輒咨嗟踧踖, 若不能當者. 且歎曰:

"吾祖考以禁臠之貴, 自奉甚儉. 嘗思牛肝而以價高不設. 今見吾所享, 心甚不安."

又世之婦女, 例欲子婦之專於奉己, 不顧私親, 而祖妣忠恕仁厚, 絶無忌忮之心. 每謂我母親曰:

"吾疾世之薄習. 豈欲婦之專奉我? 況親家母老矣, 而子女唯吾婦貴, 尤宜均養二老. 雖一味之甘, 必分而享之, 無吾以也."

祖妣有疾不服藥. 中年以後雖爲子孫强進, 而如珍劑人蔘之類尤不喜. 丁卯秋疾暴危, 醫言當多服蔘, 而不肯服. 小子憂悶, 乃敢以蔘湯謬稱茶飮而進之, 時病昏不能省而服焉. 及愈聞之, 歎曰:

"吾爲汝所欺, 又苟延命."

且酪粥煎藥醍醐湯皆俗所以養老, 亦不服. 此非獨爲儉約, 其意盖與丁丑後不與宴不聽樂類矣.

祖妣謂子孫曰:

"丁丑之亂, 吾以在浦口, 得不死於城陷時. 而回望城中, 烟焰彌天, 殺聲四聞. 義不欲生, 將蹈海決死, 走入浦漵, 水沒至腰, 適會婢僕呼覓過船, 母親遂扶挽以載. 時孕方及月, 而渾身凍濕, 移時無生氣. 偶爾得甦, 此盖天哀憐而存其遺息. 吾故幸而生也. 凡婦人之能全節而生者, 皆天幸天幸. 何可望人? 若臨難唯有決死."

祖妣嘗言:

"吾祖考昔謂吾曰, '汝當備見兩子榮華而壽不過五十', 豈知薄命到今不死? 以祖考善命數, 猶如此, 數固不可信."

盖文穆公深於五行書, 推人壽夭貴, 賤鮮不中. 而以祖妣聰明欲傳之, 而祖妣辭焉. 晚年博極之餘, 適觀所謂紫微數, 時或戲筭子孫親族之命, 以資消遣, 亦不自信.

己巳春謂伯氏曰:

"吾命盡今年."

已而果驗. 然而平日子孫未曾覰其自筭己命, 此非以術數言爾. 諒其天稟高明, 自量氣力, 參之家運而有所前知也.

己巳家人畏約, 不敢安於本家, 移徙不定居. 叔母奉祖妣於其家, 至冬寢疾日危而欲還本家. 侍者以疾難之, 祖妣謂曰:

"吾疾病, 此亦子家. 而固當還長子家以終."

再三爲言而辭甚嚴, 子孫婦不敢違, 扶擁臥轎而還. 旣還色甚喜, 未幾而卒. 雖在病困, 能以禮自終, 可謂庶幾於易簀矣.

右凡三十五條. 或有親承睹者, 或有記傳聞者, 並萃錄. 而零甚難次其先後, 玆又與狀異體, 故逐條另書. 而略就類而彙之, 以便觀覽. 辛未九月日, 孫男鎭圭謹書于裳郡謫寓.

金鎭圭, 『竹泉集』권35, 『한국문집총간』권174, 523~527쪽

조귀명(趙龜命)

季母淑人李氏墓誌銘

季母淑人李氏, 系出昭敬大王別子慶昌君俒. 祖曰昌城君佖, 考曰贈文川君漼. 妣縣夫人光山金氏, 大司憲益炅女. 季母旣筓而歸季父. 季父姓趙氏, 諱斗壽. 右議政諱相愚之子, 今官善山府使. 同室者卄二年, 以庚子十二月十五日終, 明年二月, 葬于豊壤. 辛亥四月某辰, 遷于其上數十武.

龜命竊惟詩三百篇, 所以詠歎婦人之德者多矣. 其精而要者, 在斯干之末章曰: "無非無儀, 惟酒食是議, 無父母詒罹."

朱子釋之曰:

"女子, 以順爲正, 無非足矣. 有善則亦非其吉祥可願之事也."

若季母上事尊章, 下交諸姒娌姉妹, 未嘗有背後之言及季母長短. 退而理梱政, 語聲不越乎數席, 而夫子宜之. 婢御愛戴竭誠, 靡間於死生. 盖其幽閑莊靜, 體坤德之順, 自中於詩人之訓, 是宜符召吉祥, 享有蕃祿. 而盛年奄忽, 以未克終相夫子. 歿時有三男一女, 越四日, 女夭. 六年, 少子喜福夭, 十一年, 長子鶴命夭, 今獨有其仲夔命. 天理何其舛也? 銘曰:

德之幽, 銘以昭. 理之洄沈, 天難要.

趙龜命, 『東谿集』 3권, 『한국문집총간』 215, 49쪽

淑夫人趙氏墓誌銘

龜命第二姑母淑夫人趙氏, 籍豊壤, 以右議政孝憲公諱相愚爲父. 贈領議政忠貞公諱珩爲大父, 贈左贊成諱希輔爲曾大父. 妣貞敬夫人全州李氏, 牧使諱長英之女, 戶曹判書孝敏公諱景稷之孫. 夫人年若干, 歸于贈參議安東權公諱益文, 五十二而稱未亡, 七十五而卒.

夫人寬和溫重, 宇量恢豁, 於諸姑中最肖孝憲公. 性聰明, 凡前代事蹟, 本朝故

實, 當世臧否, 進退之幾, 盖耳標心會, 靡不嘿記. 與人語, 纚纚可聽. 幼育外氏
牧使公, 輒恨其不爲男子也. 在家事父母孝以敬, 旣歸養舅姑, 禮以勤, 配夫子,
順而有制. 處妯娌娣姒族黨之間, 和愉而不自失. 御婢僕, 寬緩而使之樂爲用.
主權氏壼政者五十年, 一門之內, 融融洽洽, 求其一毫厭斁於上下者, 無有
也. 其生也, 咸歸之以誠, 其歿也, 又咸涕泣被面, 若赤子之失乳. 盖恩愛忠
信, 坦然無畦畛者, 有以不言而服於人而淪於心髓也.

孝憲公家素貧, 初無資裝以爲賴, 而舅家世業中落, 祭祀衣食, 百須艱難. 夫
人紡績勤劇, 拮据營治, 務以盡於意, 而毋替于舊.

參議公早歲淹疾, 夫人斥簪珥, 市藥餌, 親執臼鎔, 適其分劑之宜. 小兒女, 又
滿前, 啼號牽挽, 旁觀者殆不能堪, 而夫人顔色愈和悅, 談笑自如. 及參議公
與舅姑相繼下世, 而二壯子一壻摧隕於十數年間, 夫人撫孤御窮, 以理自寬.
視世俗婦女怨天罵神, 煩冤紾結, 若不可以終日者, 盖趯然不侔. 而夫人之窮
亦至矣. 夫人德性旣甚肖孝憲公, 而容貌亦如之, 內外親戚, 每號曰:

"女宰相."

而其窮乃至此極, 人皆怪之.

年踰六旬, 始見幼子一衡登科, 爲侍從出宰名邑以致養. 歿之歲, 又見季壻登
科, 門戶稍光華矣. 而夫人精力康健, 如五十許人, 壽考可期於無疆, 則人又
謂夫人百祿之萃, 今玆伊始, 而適止於是而已, 豈不痛哉?

凡擧三男二女. 男長保衡, 次舜衡, 季卽一衡. 一衡有子緈, 將以爲保衡後. 女
長適趙重行, 次適兪彦國. 夫人姊妹五人, 吾伯姑恭人, 固閨閤儀表也. 而諸
姑亦皆端莊貞潔, 有士君子之行, 每恨門祚衰薄. 永爲巾幗之所局, 而異時團
圝無故, 姊妹列坐若手指然, 孤露餘生, 尙有依庇, 以爲私心之幸, 而數年之
中, 零落過半, 此樂亦不可得矣. 夫人與伯姑齒一歲差, 事之如母, 念之如嬰
兒, 連巷往來, 暮境怡愉之懽, 可欽也. 今不幸先逝, 伯姑之窮, 又有非夫人之
比者. 嗚呼! 夫人之目, 其不瞑矣. 銘曰:

抱之山, 奧以秀, 抱之水, 淸而源. 厚龍集乙卯, 日躓于壽. 爰啓玄宅, 從夫子
以柩. 旣窆旣安, 以保佑厥後.

趙龜命,『東谿集』3권,『한국문집총간』215, 55쪽

先妣行狀己酉

先妣淑人靑松沈氏, 自靑城伯諱德符之後. 世以勳戚公卿, 爲東方大族. 曾祖諱悅, 領議政忠靖公, 祖諱熙世, 校理贈吏曹判書. 考諱權, 全羅道觀察使贈左贊成, 邃識長德, 爲國藎臣. 配贈貞敬大人全義李氏, 觀察使諱萬雄女, 淑哲淵曠, 號稱'女士' 以戊戌十月八日辛未擧, 先妣襲內外之美, 服姆保之訓, 英明敏達, 莊敬勤飭, 女紅諸事, 過目輒能.

十五, 歸先君. 舅家素寒儉, 先妣生長富厚, 一女憐甚, 而猝當淡苦, 處若固有, 無毫髮厭難意. 先君弱冠, 嬰奇疾, 藥餌之須, 動費厚價. 先妣竭力備辦, 間爲斥賣嫁時裝齋以足之.

祖妣李夫人末疾沉綿, 先妣晝夜侍側扶護, 一年如一日. 及李夫人下世, 嗣泣中饋. 於是祖考孝憲公已貴顯, 家務漸益繁矣, 勤以綜之, 整以理之, 上事旁應, 各盡其宜, 囊篋細瑣, 一無遺漏, 閨閫之內, 蕭然如洗.

凡於孝憲公一餐一衣, 必皆親經其手, 整潔完好. 先君事親至孝, 卽蒸梨微故, 靡不致嚴. 而二紀幹梱, 終無不鮮之見, 則其志養之美, 實先妣有以成之也. 孝憲公上奉高年兄姊, 推甘分煖, 無時設內集, 迎娛喜, 賓客庀酒, 一肉之供, 未嘗闕焉. 一門百口, 巷東西而居, 以待濡呴, 窮鄕寒族, 飢飽望走者, 殆不勝數. 孝憲公一一加恤不少倦, 而其區分條別, 措處應副, 則先妣爲之政. 每晨坐開戶, 賦功婢僕, 仟指書函, 叢沓如蝟毛, 以至於暮. 先妣左右酬酢, 無留滯, 用度艱窘, 而不形其憂惱. 經營浩大, 而不見其勞攘, 精神意度, 常綽然有餘. 孝憲公敦睦之風, 姘懹宗黨者, 亦先妣有以助之也. 孝憲公常曰:
"吾家之興, 賴是婦矣."

先君旣沒, 獨專瀡瀧, 又四歲而孝憲公下世. 前後治喪, 卽附身之具, 月日制者, 悉爲預儲, 親戚弔者, 嗟歎傳誦. 至昨年不天, 呼復窮峽, 自襲而斂, 無一物外庀, 不肖輩但哭歸而已. 其治家勤力, 井井修擧類此. 平生手不釋鍼絲之屬, 以身率先. 婢御勞而無怨. 隨不肖駿命受二邑養, 亦不肯自便曰:
"素性不能强也."

其於不肖兄弟, 愛而能敎, 幼時受學, 執箠課讀於其側. 至孫載福, 親自諺翻所授書以資敎.

督二姒五妹, 齒或相比, 皆以母儀事先妣, 憂患痛痒, 視爲依歸. 嘗捐一婢, 以哺甥女之無乳. 仲父淳昌公, 內外俱逝, 取孤女養之膝下, 卒成婚嫁. 遠近親戚推之以閨閫宗師. 每有婚喪宴會, 小至冠服縫紉之事, 輒就先妣, 禀多少之費. 精粗之數, 以爲繩尺, 凡求冡婦者, 必祝曰:

"得如沈淑人至矣."

後先君十二年丁未閏三月二十四日, 棄不肖孤於淸風府衙. 壽七十.

是時爲延孝憲公諡, 諸姑嫜自京來會, 先妣於淹痾中展闓積甚懼, 親爲指畫宴事. 以板輿馮江樓, 同與眺望良久, 越二日疾革乃逝. 親戚得以助相, 含斂無憾. 嗚呼慟哉! 五月丙寅, 權窆于忠州省洞先君墓前. 十月癸巳, 穿舊壙, 爲將合祔. 壙中不吉, 不克葬, 改卜于水原八灘面負寅之原, 以今五月壬戌, 移奉. 孝憲公姓趙氏, 諱相愚. 議政府右議政. 先君諱泰壽, 司䆃寺僉正. 不肖孤, 長駿命, 次龜命, 俱無子. 載福卽駿命所後, 未冠. 不肖等不孝無狀, 旣不能立揚身名. 又乏子姓以續先人骨血, 窮天極地, 痛無所洩. 惟有乞文於立言君子, 爲不朽來世圖. 伏惟哀其志而惠之銘焉.

趙龜命,『東谿集』4권,『한국문집총간』215, 84쪽

外祖母贈貞敬夫人李氏傳

外祖母贈貞敬夫人全義李氏. 考黃海道觀察使贈吏曹判書諱萬雄, 妣達城徐氏, 貞愼翁主之女. 夫人歸吾外祖父贊成公, 爲閨閫知己者四十年, 而贊成公卒. 時端懿后已嬪于震邸, 家事日艱大矣. 繼而子議政公內外, 孫靑恩公下世. 夫人於贊成公喪, 旣嘗啜粥三年, 疚毀逾制, 又薦遭逆理之戚, 益痛寃, 以生爲讐. 而宮闈之策應, 門戶之經紀, 御悍僕而撫孤孩者, 其責萃於一婦人之身, 每深夜闃寂, 手搥壁而口號天, 兩聲相低仰以達曙. 暇則日擧前世后妃家覆敗之轍及贊成公平日所以謙愼畏約者, 以敎詔婦孺家人, 凜凜若有迫朝夕不測之憂. 卽不肖輩私自甚之, 孰知身後十年之間, 第宅爲墟, 瓦礫荊榛, 慘目而不忍過哉.

夫人器識弘偉, 治家勤力, 其天性也. 贊成公墓道幽誌之埋, 顯碣之刻, 皆親自拮据營之. 又行大舅忠靖公延諡禮, 聞者悲之. 不肖兄弟皆育於外氏, 贊成公之喪, 龜命適五歲. 贊成公所以待夫人者, 蒙駿未有記. 獨念侍夫人, 語於聖賢事業古今治亂之迹及贊成公之世, 朝廷議論之關涉大體者, 無不指陳源委, 劈畫是非, 如親履其境, 痛切而可悟. 然後知贊成公之於外事, 必入而與夫人揚推. 其以國器見推於儕友, 終始其令譽者, 盖資於內助之功爲多. 及見夫人弟吏曹參判徵明, 內兄領議政文重, 弟禮曹判書文裕, 姪領議政宗泰, 贊成公甥吏曹參判李廷謙, 從甥領議政李畬, 姨弟南溪君洪璣, 每過省. 夫人輒歡咤世道, 語更僕移晷, 不但修閨門常儀而已. 然後知贊成公之與爲閨闈知己者, 非私於琴瑟之宴好也.

夫人壽七十六, 以戊戌卒. 惟一女旣吾先妣. 議政公其所後子也.

贊曰, 余以所覩聞, 當世有三女士焉. 安定羅淑人, 吾嫂之母也. 曠襟高韻, 所謂有林下風者. 吾伯姑恭人, 左規右矩, 合乎中庸, 先君子稱之爲聖女. 若夫人博大揮霍, 有詘天下丈夫之氣. 然而夫人與伯姑, 俱無子. 伯姑晚而廢視, 夫人平生禍釁如此. 豈婦人之賢者, 故與命不相會歟? 又皆壽登八袠, 是天所以報施以久成其德, 俾長令聞于世也歟?

趙龜命, 『東谿集』5권, 『한국문집총간』 215, 100쪽

祖妣贈貞敬夫人遷祔時祭文

嗚呼, 小子生四歲而祖妣見背. 小子兹不記祖妣之貌也. 今小子髭鬚長, 如當時之髮矣, 祖妣亦豈能認小子乎? 顧鹵莽無所成就, 惟罪逆深, 重嫉于神天. 旣遭乙未之禍, 猶不足以懲. 今又失我祖考, 而小子之身, 益煢煢無賴于世矣, 祖妣而有知乎? 其必悲小子不暇悲小子而又自悲矣.

嗚呼痛哉! 惟彼永縣卜兹新塋. 行遷祔左之禮, 先深見和之恫, 優然如覩其容, 噫然如聞其聲, 卒無覩而無聞. 一杯敬薦兮. 千行自橫. 尙享.

趙龜命, 『東谿集』9권, 『한국문집총간』 215, 181쪽

祭從妹孺人文

孺人趙氏之柩, 將以己亥十二月乙卯, 從葬于高陽舅家先兆之側. 其從兄駿命, 龜命, 悼芳年之夭嗇, 悲遠期之日迫, 乃以前六日庚戌, 操壺楦之奠, 祭告于靈筵日.

夫家全盛, 慶毓萃矣. 郎君秀雋, 名鬱藹矣, 父母寶愛, 當瑜珥矣. 兄弟森列,
若牙齒矣, 凡世之樂, 搏滿意矣. 如月之望, 圓而邁矣, 云何一朝, 舍如棄矣?
指彼冥漠, 甘自秘矣?

舅亡一婦, 一婦至矣, 郎喪一偶, 一偶備矣, 父母除爾, 豈有爾矣. 由爾號天,
又叩地矣, 號到聲摧, 叩手毀矣. 矧方孌孌, 血爲淚矣, 寧莫之恤, 重其俟矣.
爾貌光艶, 蓮湧水矣, 蓮不待衰, 風折墜矣. 爾德幽馨, 蘭有臭矣. 蘭不需佩,
霜凋委矣. 信爾叔舅, 言有理矣, 異卉奇花, 詎長在矣? 我慰叔父, 叔母曁矣.
爾豈凡人, 儵謫世矣, 倏然而返, 厭塵累矣. 生兒不留, 抱同逝矣, 乃眞眞障.
添一子矣, 爲父母悲, 亦可解矣.

嗚呼果是? 其非是矣? 裳帷風泛, 旌翣翳矣, 翠旗金支, 髣髴止矣. 我玆一酌,
哭將酹矣. 嗚呼不昧, 其昧昧矣. 尙饗.

趙龜命, 『東谿集』 9권, 『한국문집총간』 215, 181쪽

祭從妹孺人文 韓命龍妻與伯氏聯名

嗚呼! 吾母之喪練矣, 吾兄弟不能減死以從於下, 而爲汝先之耶? 汝其奉吾
母與叔父叔母, 團聚歡樂, 一如在世時耶? 吾不慟汝之死, 而慟吾冥頑不如
汝之死也. 數月之間, 失怙失恃, 汝壬寅之禍, 可謂酷矣. 以今視之, 吾亦汝
耳, 而特有早晚也. 汝尙有吾母以復母汝矣, 吾僅托汝爲同氣兄妹, 而汝又決
然棄而去之, 吾尙誰依賴也.

天嶺薄養, 直一夢境耳. 西溪煎花, 東樓燒筍, 汝輒以儺珮, 瑳笑在板輿之傍.
嗚呼! 今欲復爲此得乎? 女子有行自常事, 而汝顧以離吾母膝下爲憾, 至於
哭失聲, 吾尤戀戀不舍汝. 嶺頭之送, 城上之望, 淚殆不能收. 嗚呼! 此其爲
大訣而然耶?

今年汝比有書, 請至京洛, 一見親戚而歸曰:

"失今不圖, 吾不復北矣."

顧汝免乳期近, 待汝免後, 決意取來. 汝豈先知死亡之兆耶? 何爲作書語不
祥, 而卒至於此?

嗚呼! 慶期生育, 而禍祟橫夭. 以兄以弟, 凶變一轍. 慈惠婉嫕之性, 齊莊端麗之容, 謂宜享有莿祿, 以寧室家. 而椓之以喪威, 困之以疾痾, 年纔免殤, 奄忽以歿, 此何命途, 此何天理? 棺汝吾不能憑, 窆汝吾不能臨, 惟有緘辭寄哀, 以抒衷情. 而顦然頑喘, 神識荒迷, 亦未敢自力. 忽念汝頃年漫語: "我死, 得諸兄爲文祭之足矣"

蹴然把筆, 和淚而寫之如此, 汝其謂不負汝意而遠歆否耶?

趙龜命, 『東谿集』 9권, 『한국문집총간』 215, 183쪽

祭庶祖母廉氏文

嗚呼, 先祖考之飭躬嚴整, 閨門朝典. 而執巾櫛二十年, 終始宜之. 先君子之事親至孝, 五十而慕. 而蓋未能無媼乎祖考之側, 而一日安其心, 則媼之賢著矣. 祖考晚歲沉痾, 起居飲食, 以至便溲之節, 必待乎人, 媼實身任, 而忘其瘁. 丁未禍釁, 七朔夜帶, 淸峽攀櫬, 省阡營兆. 鄕廬溽暑, 涕汗相拭, 憂苦慘怛, 媼與不肖孤同之, 則媼之勞多矣. 悲歡盛衰之變, 便一小刦, 尊屬凋零, 廓焉無庇. 瞻依於媼, 無異靈光之巋然. 兩世家行之詳, 一門宗法之懿, 顧能歎息提詔, 以勖後人, 而關曁嶺湖三享百里, 兩郡之養, 諸嫡之致榮於媼者, 亦備矣. 以百年而爲期, 奄一日而溘先.

身遘毒癘, 魂招旅舍. 上遺九裘之親, 下無一塊之肉, 死生之際, 又何其悲也?

龜命不肖, 忝墜先緒. 媼獨推先祖考之慈, 偏辱眷念, 捨疾出避之朝, 連呼龜命曰:

"活我活我."

呻痛之音, 尙如在耳.

沉淹四旬, 日聞其宛轉垂絶之狀, 而不能積誠醫治, 以延大限. 又不能躬自扶護, 以盡吾分, 若有可濟之力, 而抛之於水火之中, 此恨無窮, 沒身難忘. 返葬有期, 靈輀北上, 適當暑潦. 病不隨喪, 又將違於窆穸之役. 一杯告訣, 聲淚俱盡. 嗚呼哀哉! 尙享.

趙龜命, 『東谿集』 9권, 『한국문집총간』 215, 183쪽

민우수(閔遇洙) ————————————————————

姪女尹氏婦新昏屏風銘

衆物之生, 肇自乾坤. 是以聖人, 寔重昏姻. 福祿由基, 義禮由敦. 宜爾兢兢,
於此造端.

祝爾永年, 夫婦偕老. 言笑孔嘉, 瑟琴諧好. 匪德之卲, 曷稱壽考. 敬以聚之,
受天之報.

祝爾厚生, 稼穡乃逸. 甘旨無闕, 黍稷斯潔. 爰推其餘, 族鄰是恤. 不義苟得,
烱戒非一.

祝爾貴顯, 匪黻匪珮. 仁義樂善, 是謂良貴. 求之在我, 奚慕乎外. 儆戒相成,
自底光大.

祝爾衍胤, 天祚厥躬. 吉祥維熊, 衆多如螽. 以身而敎, 旣才且中. 大爾門戶,
澤流無窮.

天有顯道, 大寒陽春. 念爾新昏, 生民大倫. 正始之義, 撥轉之辰. 克敬克勤,
俾德日新.

族大門高, 鮮不驕易. 矧伊婦德, 以順爲貴. 衿鞶之訓, 父母所戒. 夙夜佩服,
毋忘敬畏.

惟壽富貴, 與夫多男. 所畀者厚, 聖猶抑謙. 必以德將, 而克有堪. 申祝寅警,
爾罔不欽.

閔遇洙, 『貞菴集』 9권, 『한국문집총간』 215, 442쪽

先妣貞敬夫人延安李氏墓誌

我先妣貞敬夫人延安李氏棄諸子旣五年. 而先兄錄遺事七十餘條, 以請行狀
于外從兄陶庵李公縡. 李公以方有先誌之役, 未卽撰次, 及先兄歿後始成. 李
公嘗語遇洙曰:

"賢伯之請行狀也, 吾問曰 '誌文則當誰爲之?' 曰: '行狀旣成則誌文欲令吾弟

爲之.' 此後誌文, 君之責也."

遇洙泣而受之, 旣而因循未就, 李公又歿矣. 今遇洙衰病零落, 死亡無日. 而
先妣之墓訖無誌也, 是將重其不孝之罪, 而死無以歸報諸兄矣. 於是力疾泚
筆而叙之曰.

先妣之考曰縣監諱德老. 縣監公觀察使諱天基之子, 而出後察訪諱憬. 察訪
公卽竹窗忠穆公諱時稷之子也. 妣曰豐壤趙氏, 資憲沃之女. 以顯宗甲辰四
月二十五日生, 十九歸于我先君左參贊忠文閔公諱鎭厚爲繼室. 忠文公驪陽
府院君文貞公諱維重之冢子, 而恩城府夫人宋氏出也. 始察訪公之夫人宋氏,
尤庵先生妹, 而恩城夫人, 同春先生女也, 戚屬不遠. 恩城夫人時節歸寧, 輒
與宋夫人相見. 時先妣甫七八歲, 在宋夫人側, 容貌粹潔, 英達夙成, 恩城夫
人見而奇愛之. 將去解香佩佩之曰:

"異日兒母忘我也."

及先妣于歸, 恩城夫人歿已久矣. 語及每嗚咽曰:

"吾於皇姑, 豈曰未逮事也."

文貞公與仲氏文忠公並秉國政, 門闌甚盛, 且戚聯宮掖. 先妣生長鄉村, 服飾
寒素, 而處之裕如, 謙恭自持, 通達事理. 觸處無窒礙, 家衆嗟異之. 文忠公性
嚴少許可, 而獨於先妣甚賢之. 每言前時使燕, 燕人有爲忠文公推命者曰:

"'當得賢妻', 術者之言信矣."

丙寅忠文公登第, 翼年文貞公捐舘. 己巳仁顯聖母遜于私第, 忠文公兄弟被
繫得釋, 屛居城外. 時患難艱厄, 疏糲不給. 而先妣日治紡績爲生業, 上而供
奉廢宮, 下而祭祀賓客之具, 咸無所缺, 忠文公初不知其有無也.

甲戌坤位復正, 忠文公始還舊第. 時門內異爨爲四五家, 而家有豐約之殊, 性
有酸鹹之異, 事多難處者, 先妣虛心順理, 以處其間. 誠意交孚, 則久而莫不
感悅, 雍睦無間言. 嘗於祭後失器, 不推索. 人問其故, 先妣答曰:

"事在婢僕, 而因此輾轉, 或至於傷至親之誼則將奈何? 器則後當備也."

丙子忠文公陞通政爲戶曹參議, 先妣從封淑夫人. 其明年爲忠淸道觀察使則
加貞夫人, 後九年爲判義禁府事則又加貞敬夫人. 始聖母之在廢宮, 先妣遘
疾甚篤, 聖母賜忠文公書曰:

"緣我窮命, 使依賴之賢兄, 將促大限, 此吾所恨也."

忠文公對曰:

"此人終必一享尊榮. 願勿深念也."

已而果瘳. 聖母寢疾, 先妣承命往往入禁內, 一心謹慎. 聖母嘗語之曰:

"吾欲事事師法吾兄而未能也."

及大漸, 又顧謂曰:

"吾兄恩義, 今不可報矣."

忠文公官位逾隆而律己逾嚴, 先妣又謹於辭受之節. 遇洙幼時游戲外堂, 時適忠文公不在家. 有一傔人設盛饌來餉之, 遇洙卽入稟于先妣. 先妣色喜曰:

"小兒幼無知, 而能於此事先稟長者耶?"

亟命侍婢斥退之. 盖先妣仁恕待人, 而明於枉直.

平居門庭肅然, 無敢攀緣請托. 雖異類工訶者, 於忠文公家法之正則不能絲毫指摘也.

庚子忠文公棄世, 翼年士禍大作, 先妣與諸子歸于驪州墓下. 丙午乍入都下, 丁未復還鄉. 戊申逆亂, 不肖等奉先妣入峽, 先妣所以周旋應接於喪亂羈旅之中者, 益安閑靖愻, 憂深而慮遠也. 繼姑豐昌趙夫人, 於先妣長五歲, 豐昌夫人視若兄弟, 而先妣恭執婦道. 或侍宿於側, 躬執灑掃之役. 豐昌夫人簡靜寡言笑, 先妣每先意承奉, 豐昌夫人甚悅之.

癸丑春先妣語諸子曰:

"尊姑年深, 吾年亦滿七十. 今年當一至京師, 省覲而歸."

於是往侍一旬, 及還以五月三日感疾而終. 遠近親屬, 無不驚慟出涕. 豐昌夫人手書遺不肖兄弟曰:

"汝慈之仁且賢至矣. 吾平生吉凶大事, 汝慈無不身自幹當. 吾諸女與外孫男女, 親愛教誨, 無異親子女, 吾心感歎, 不可以言語形容. 而以吾愛用吐紬之絲, 今春來見, 手造見遺. 忘己之老而念我至此, 吾感其至意, 每見此未嘗不流涕也."

以七月某日, 葬于忠文公墓前. 先妣擧二男一女. 男長翼洙司憲府掌令, 有儒林重望, 服承重喪, 不幸遽歿. 一男三女. 男百奮方爲永春縣監, 女爲正郞韓後裕參奉尹一復妻. 次不肖遇洙. 二男二女. 男百瞻生員繕工監奉事, 百兼進士狀元, 皆早夭. 女爲進士金尙默, 士人兪彦鎬妻. 女適進士金光澤. 三男敏材簡材獻材.

嗚呼! 先妣德性寬靜, 義理明白. 度量弘遠, 識慮周通. 又自幼聰明善記誦, 甫十歲聽人讀哀江南賦, 數日便成誦. 尤喜古人嘉言善行, 一聞終身不忘. 兩宋先生喪祭禮節及甲子以後儒林爭辨, 亦多諳悉, 忠文公時或咨問焉. 先妣於孝有至性, 平居每擧縣監公及趙宜人德行之懿, 以語諸子. 其聞父母有疾, 輒閉戶而坐, 不與人笑語. 寢食幾廢, 卽遣急足, 日夜待其歸, 知其良已而後乃復常節. 中年俸祿稍裕, 而自奉甚薄. 子女或諫之則曰:

"吾父母衣食喪葬, 不稱情者何限, 吾何忍侈其自奉耶?"

我伯姑李夫人, 陶庵母也. 嚴正通達, 善於敎誨, 世稱女士. 先妣德義相契, 爲兄弟間知己. 李夫人常曰:

"與君言, 始得豁我胸襟."

忠文公有庶妹, 奇疾沉淹, 先妣甚憐之. 累月扶護, 及死而親爲之櫛浴. 時先妣方有身, 世俗以臨喪爲凶, 而亦不顧也. 奉先祀誠意勤篤, 籩豆整飭, 至元配之祭亦然. 元配靜觀李公之女也. 靜觀夫人之在也, 先妣敬事如己親, 俸入必分, 聞者感歎. 先妣於諸子, 慈育雖勤, 而訓誨甚嚴. 至於出處大致則又欲其自斷於義理而無所苟也.

自丁未以後, 長子屢辭除命, 最後爲文義縣令. 請於先妣曰:

"今家事日窘, 甘旨不具. 且文義與懷德接壤, 親戚叙話, 母氏素所喜也. 母氏欲一往否?"

先妣答曰:

"我本貧家子, 疏素政爾本分. 子母相哺, 樂在其中, 未覺爲苦. 吾父母兄弟, 今皆淪喪, 雖歸故鄉, 徒增悲感. 且吾不欲以吾之故而勞汝之身. 汝義可往則往, 不可往則不往, 勿以我而易汝義也."

竟辭遞其職. 遇洙嘗以廢擧事, 稟于先妣, 先妣正色曰:

"汝只當以義裁之而已. 何必問我?"

壬寅之禍, 女婿金君被收司律, 編管長鬐. 金君以其妻兒歷辭先妣于驪州. 時值忠文公大祥, 而女又有身彌月. 金君因不肖等所請, 許留妻兒, 而欲獨往. 先妣大不可曰:

"夫家有憂厄, 婦人義不敢圖安. 況此何等時耶? 死生猶不足道, 遑恤其他?"

齎送産具而告之曰:

"若中道而挽則婿可先赴謫, 而女則待蘇追往也."

盖先妣見識超詣, 臨事必裁以義, 而不爲世俗牽攣之習, 皆此類也.

先妣嘗與諸子, 論宋伯姬事而嗟歎之. 或曰:

"傅來斯可去矣. 必待姆來, 竟至於死, 無乃過乎?"

先妣曰:

"使平日立心制行能如是, 則雖當危迫之際, 豈有喪身失節之憂哉? 吾以是深歎仰之."

又嘗語婦女輩曰:

"吾於人無所惡. 但見人家婦女臨事不勤, 遇人多言, 聞過而怒, 得讒而疑, 又必自誇己長, 喜說人短者, 不勝其痛嫉也."

於此亦可見素養之正也.

先妣性好儒學, 嘗夢見程朱. 每戒諸子曰:

"吾不願汝曹榮達. 苟能讀書爲知名士則幸矣."

常慕呂滎公家法, 自諸子學語時, 已誦而詔之. 略涉書史, 而家人未嘗一見其看書作文字. 女工敏速精妙, 筆翰又極華美, 婦女輩雖欲倣傚而不能也.

遇洙在先妣膝下四十年, 先妣憐其病弱而憫其不肖, 所以撫育而指導之者至矣. 方十餘歲時, 讀小學也, 每日先妣令其早寢, 而手披謗解於衾被之上, 讀而使聽之. 及其稍長而游惰, 則先妣召而切責之, 往往至於涕泣待其罪, 恐若無容而後已. 家內嘗失火, 遇洙方侍食, 徒跣而出, 火定還坐, 先妣執匕如故. 責之曰:

"何若是輕遽耶?"

又嘗謂遇洙曰:

"吾於事不甚動心. 但見諸子有不肖事, 輒覺火焰發於心肺, 不能制也."

嗚呼! 先妣訓戒之切若此, 而遇洙惷愚不能體行, 卒無所成就, 此私心所痛恨也. 尚記遇洙嘗請錄示縣監公行蹟, 先妣書示若干語, 而仍悽然曰:

"平日言行, 無非可書者, 而及欲詮次, 又難着語形容. 只當抱此悲慕, 寤寐思念, 撫枕流涕而已."

今遇洙於永違慈顔之後, 乃欲追述先妣德美, 則實有如前日所諭者. 而又其疾病深痼, 神識昏昧, 無以自盡其誠於文字間, 以昭示來後, 昊天罔極. 尙何忍言之哉? 崇禎後百十一年甲戌七月日, 不肖男嘉善大夫工曹參判兼世子贊善遇洙泣血謹識.

閔遇洙, 『貞菴集』 10권, 『한국문집총간』 215, 446쪽

姑母孺人閔氏墓誌

我姑母李孺人, 驪興閔氏, 驪陽府院君文貞公諱維重之女, 觀察使諱光勳之孫, 府尹諱機之曾孫. 母豐昌府夫人趙氏, 外祖成均生員貴中. 嫁爲成均進士諱長輝之妻, 參判諱選之第三子, 完南府院君忠貞公諱厚源之孫.

以肅廟戊午十月三日生. 姿性溫恭端靜, 不喜游嬉, 常在長者側, 學諺字習縫紉. 己巳仁顯聖母遜于私第, 至親不敢往來, 窮寂甚. 侍傍者至或涕泣求出, 而孺人獨無倦色, 不發思歸之言, 聖母甚愛之, 親寫女行圖, 又籍記古賢媛姓名以賜之.

及歸李氏, 姻戚皆貴盛, 而孺人性喜儉約, 絶無華麗相高之意. 服飾寒素, 或見嗤笑, 而不以爲恥也.

進士公中年以後奉親居鄕. 姑黃夫人老年無睡, 惟以稗說遣懷. 進士公未嘗須臾離側, 爲之誦讀, 而孺人間代之, 日以爲常. 後偶得黃夫人所欲見之書, 難於久借, 則孺人手自謄書, 以夜繼日, 遂成眼患, 幾至盲廢. 其順適黃夫人意者, 大抵類此.

丁亥進士公歿, 倉卒變故, 親屬又適遠出, 無丈夫治喪者. 孺人獨自經紀, 號擗之中, 親執裁縫, 絶而復甦者數. 而治事有緒, 棺斂不至愆期. 自後不以一身死生爲恤, 暑月單衫仍着, 至秋不事澣濯, 以至體生虫蛆. 朝夕躬行饋奠, 雖有疾而不廢, 因得血證. 每饋奠而退則涕被于面, 血滿衣袖, 見者傷之. 豐昌府夫人年紀篤老, 頻有疾患, 孺人不計筋力之難强, 每年一來覲. 而其在鄕也, 數日不得京信則寢食靡甘. 或遇時物美味. 輒曰:

"何由致吾親乎?"

府夫人嘗大病後胃敗, 苦無可口者. 孺人覓得海物佳品, 專人送獻, 果有扶胃之功. 我先妣方在疾所, 寄書相賀曰: "此何異王祥之鯉魚耶?"

及至辛酉, 國家以府夫人封爵周甲, 將有錫宴之典. 孺人聞之, 跋涉而來. 則
府夫人時已寢疾, 才過數日, 奄至大故. 旣成殯, 孺人對子姪涕泣而言曰:
"向日之來, 吾親無痾, 半夜侍話而退. 以致朝日晏起, 則吾親又慮其有疾, 故
不敢安席, 輒到親傍. 在家多臥少起, 而服勤之際, 粗欲自效其誠. 吾親不知,
稱我以强健, 今焉已矣, 其將安仰? 而吾亦自此病矣, 子弟具車馬請歸, 則曰
親柩在堂, 何可捨而遠去?"
在京諸姪, 引禮經屢以薑桂爲請, 而孺人不肯從. 卒以胃虛感疾而歿, 辛酉五
月十四日也. 二子潤, 潢扶櫬而歸. 以其年七月葬于礪山玉琴洞, 後以乙丑四
月日, 遷于恩津龜在谷巽坐之原, 與進士公合藏. 潤有繼子顯民, 潢有二子二
女. 長女爲宋象休妻, 餘幼.
嗚呼! 孺人溫惠成性, 而執事勤敏. 自少得諸親之譽, 不幸漂泊湖堧, 奄喪所
天. 携抱幼穉於禍患羈寓之中, 身世孤危, 常不欲生, 而蹈履禮法, 未嘗或懈.
足不下庭除, 言笑罵詈之聲, 不聞於外. 旣老猶然曰:
"吾本禮法家人, 苟以衰老自放則其於忝所生何哉?"
窮約已甚, 而視以常分, 無所營求. 鄕隣或以時物相餉, 則雖微薄必有以報
之. 訓子弟以義方, 常擧先世事以勖之. 御下有恩, 平居軫其飢寒, 其有疾病
死亡, 醫藥斂藏, 矜恤備至. 以故家雖貧乏, 而僕輩皆愛戴如父母, 終無離散
之心焉. 孺人自幼至老, 其榮落悲歡, 所經歷多矣, 於婦人之德, 未或違失, 盖
不負聖母圖記之錫.
而女兄李夫人, 陶庵李公縡之母也. 賢而有高識, 嘉孺人之勤於女職曰:
"近世婦人, 無不任便自逸, 而此能如此, 可謂不墜家風也."
斯可以知孺人之平生矣. 我先君忠文公憐孺人孤苦, 分宅而居之. 遇洙奉侍
孺人, 以至中年, 而孺人亦愛之如子, 恩義深至. 今潢托以幽堂之誌, 雖疾病
危綴, 不堪作文字, 而略書所知如此云.

閔遇洙, 『貞菴集』10권, 『한국문집총간』215, 459쪽

孺人完山李氏墓誌銘

吾友金信謙尊甫遭壬寅禍, 編管于北之安邊府, 越三年甲辰, 其妻孺人完山

李氏厄產而沒. 尊甫罹憂患寄海上, 而孺人又沒矣, 弔影彳亍, 作詞以招其魂. 明年乙巳宥還于京, 見其友驪興閔遇洙, 語孺人平日事, 而又以行狀一通, 托爲幽堂之誌. 遇洙辭不敢, 則曰:

"亡妻平生, 知吾兩人爲至交. 則子安忍辭拒, 以孤生死者之望耶?"

遇洙於是未敢終辭, 遂取其狀而讀之. 狀曰:

孺人年十六歸信謙, 先君稼齋公愛之如女. 孺人之愛敬我先君, 亦無間於其父疎齋公. 孺人進衣服瀡滫, 先君甚安焉. 信謙幼失母, 孺人常恨不得逮事. 時從老婢問行蹟, 往往流涕.

辛丑冬, 先君下世, 時家國禍作, 信謙伯父夢窩公與疎齋公同被竄絶島. 孺人成服訖, 出城外送疎齋公於南海. 當此時擧家號哭, 疎齋公不顧. 旣出中閾, 復入而擧孺人顔曰:

"汝必生諦視而去"

及壬寅獄起, 孺人兄士安先被逮, 孺人迎其母金夫人及士安妻兒于家, 慰譬萬端, 獨往本第, 收拾文籍, 尋夢窩公. 疎齋公一時被逮, 信謙走嶺南, 家中更無人. 一夕醉奴傳士安誣服, 金夫人以下將自盡. 孺人亦不欲獨生, 俄而知其有言而訛, 急以書戒勿復開口.

疎齋公到漢江遇禍, 斂具自南海追而不及. 只孺人與其伯姊, 辦之一夜間, 得及時完斂. 時夢窩公遇禍於星州. 信謙自星州爲見疎齋公, 三日而至漢上, 柩已南矣. 孺人哭示士安手書曰:

"阿兄托我夫妻以眷屬矣. 先人血脉, 只有一鳳祥. 此將奈何?"

盖已有李文姬之志, 居一日士安又死, 孥啓發. 金夫人與鳳祥扶櫬先行, 孺人追到白馬江, 則鳳祥已逃. 金夫人方垂盡而傍無一人. 堂宇廓然, 官吏隳突, 村閭亦一日數三驚, 事益無可爲. 而金吾郎且至矣, 孺人密召僮僕立窗外, 告以計. 始皆恇愓不應, 孺人泣乞三日則感而諾. 有一奴兒年貌與鳳祥髣髴, 沉之江, 聲言鳳祥自墓下歸, 投江死, 取其尸襲斂, 至用深衣, 卽孺人所賫來者, 一二老婢僕外, 雖執事者莫有知者. 自官驗尸, 卒無可疑, 事得已, 皆孺人力也.

其年八月, 信謙竄安邊, 孺人旣送金夫人于湖南, 還京斥賣簪珥, 備送終具. 又以疎齋公畵像遺集從信謙踰嶺, 聞凶賊請加禍疎齋公墓, 不食呼天, 幾絶

者數. 遇疎齋公祥日, 具香燭酒羞, 就影前哭, 竟夜不已, 隣里亦感泣. 每得金
夫人書, 泣血數日. 又以信謙遊羿轂中, 內煎憂, 而所居如牢. 日困蟲蚤, 尫毁
日甚, 而猶自力經紀衣食, 臥席不廢鍼績日:

"所以忍死爲此者, 未死必欲一見吾母故耳."

甲辰秋第二兒老甲暴夭, 自此疾漸篤. 未幾而産, 産後二日不起. 實是年十二
月十七日也. 臨纊問所欲言, 曰:

"吾不死於禍初, 來此絶塞, 庶幾見天日而不見. 又不見吾母而死, 此爲恨恨.
奈吾母何?"

信謙諭以不欲再娶, 則曰:

"丈夫何可獨居?"

又曰:

"必善敎雄兒也."

遂絶, 旣絶猶視. 信謙出戶復入曰:

"君慈聞此, 亦必不瞑."

乃瞑而流淚者良久.

明年春, 國家雪兩家之寃, 信謙蒙宥, 以大小三櫬歸. 五月十九日, 葬孺人于長
湍府廣大谷先府君墓左乙坐之原. 孺人之沒, 去其生肅宗壬申七月二十七日,
得年僅三十三. 凡生四男. 長老雄, 旣長名亮行. 娶縣監權定性女. 餘不育.

孺人識慧心公, 忮求自絶, 氣度淸明靜一, 平居無疾言遽色. 待人無貴賤長
幼, 一以恬和, 甚惡作情外事. 幼時誦小學列女傳女誡等書, 又略通詩史, 而
不煩敎誨, 亦不使外人知之. 於女紅鮮不工, 處姒姒間, 若無能, 不敢以一事
先焉. 臨事則敏而安詳, 雖變難急滾之際, 未嘗有遺漏錯誤. 性安勤劬, 常戒
信謙曰:

"輒以微故廢書, 何以訓兒?"

嘗赴宴會, 偶見一士婦竊取珠紛, 至親問之, 孺人曰:

"珠紛易得, 其如傷人何?"

終身不言. 在謫時讀老子, 有會于心, 已而曰:

"古人云得老道可免禍, 吾欲窺其糟粕. 然使此道行則古今無忠臣義士, 其可
乎哉?"

遂廢書不讀云.

遇洙嘗聞閨門之行, 以婉娩聽從爲則, 而事亦有夷險, 若一於柔順而才識之明, 不足以濟之, 則其於緩急, 何所賴焉. 若孺人者平居幽閑靖深, 才美不外見. 及遇事變, 志氣之剛決, 謀慮之明審, 有非丈夫所及. 而卽其所更變故, 乃如是酷烈, 以是德而得是報, 此又何理也? 孺人嘗語尊甫曰:

"我若早死, 子當乞銘於三淵爺, 以不朽我."

豈不幸哉, 今無及矣. 仍言世無彤史, 賢愚同歸曖昧, 若得溢筆於不相信之人, 初不如已. 孺人之志若此, 而尊甫以遇洙辱在朋友之末, 不欲苟相唯諾. 命以紀實之文, 則其於形容徽媺之德, 盖亦兢兢焉爾.

孺人出自璿系, 領議政文貞公諱敬輿號白江, 是生大司憲諱敏廸, 持平諱敏采. 疎齋公以大憲公第三子, 後持平公. 是孺人三世也, 疎齋公官左議政忠文公, 疎齋其號也. 金夫人判書號西浦諱萬重之女. 尊甫安東大姓. 淸陰文正公諱尙憲之玄孫, 領議政文忠公諱壽恒之孫. 稼齋公進士諱昌業, 稼齋其號也. 尊甫仍不復娶, 專心爲己之學, 旣卓然有立. 而又身敎亮行, 文行日就. 古所謂死者復生, 生者不媿者, 尊甫有焉. 銘曰:

在閨門則所事不踰乎羃酒與縫衣, 當危難則所行有烈丈夫之所難爲. 嗟孺人之靜且貞兮, 求古賢媛而孰可以庶幾. 獨其命之備百罹兮, 宜夫子過時而悲.

閔遇洙, 『貞菴集』 10권, 『한국문집총간』 215, 473쪽

孺人鄭氏墓誌銘

吾姊子光山金簡材在心, 以丙寅正月十五日喪其妻孺人迎日鄭氏, 旣久而悼愈甚, 請余爲幽誌, 以慰存歿. 孺人松江文淸公之七世孫. 父橚母江陽李氏, 以肅宗丙申十月三十日巳時生, 十九而嫁在心. 卽沙溪先生之六世孫, 太學士西浦公之曾孫也.

孺人幼而篤孝愛. 及歸金氏, 舅進士公遭家難隱痛, 抱幽憂之疾. 足不出戶庭二十餘年. 姑閔孺人有至德懿行, 不爲毫髮非義. 在心又淸士, 泊然無慾, 未嘗留意生事, 盖其窮窶艱阨極矣. 然孺人樂有舅姑之賢, 而敬夫子之淸素, 常若有欣愉之色, 無所嗟怨, 親戚莫不賢之.

不幸舅姑並時而歿, 夫子又沉疾, 濱危者數. 孺人悲哀焦灼五年而又亡, 年纔三十一, 親戚又莫不悼惜焉. 孺人多産少育. 有一男方十歲, 其歿以蓐勞, 而所生者亦男也. 以二月三十日, 從葬于驪州牛灣進士公兆次卯向原. 前數年, 孺人語人曰:

"疇昔之夢, 先舅姑坐一安宅, 指傍近一屋, 謂我曰'此汝家也, 汝將來會, 故設此以待'"

至是而驗矣.

嗚呼! 孺人生而質清粹無塵俗氣. 自幼愛書籍, 尤好小學, 必欲潛玩而服行, 日必晨起, 候父母寢所. 未十歲已學女事, 盖內則之遺也. 及長則頎然而秀, 淡若清水. 表裏純白, 貌如其心.

平居務以禮持身, 造次不敢忽. 事尊章極其誠敬, 舅姑甚愛而宜之, 每稱其有婦德. 其私親所與, 輒以獻之姑, 其有反賜, 若更受賜. 及舅姑歿, 追慕不已, 遇平日所嗜之物, 輒嗚咽不能下咽. 在心之方在疹, 孺人才經疫癘, 又聞在心病重. 而未知動靜, 夜就婢子背上而出中門, 聽其痛聲. 旣而悔曰:

"女子夜至中門外, 甚違禮. 此吾因病而喪性也."

舅姑墓在家後, 娣姒以月夜偕往. 而孺人以女子夜哭山上爲非禮, 獨不肯, 只因歸寧之行而歷省之. 每誦德業相勸過失相規之語與分門割戶, 患若賊讎之戒, 與其娣共勉焉. 其有娠, 食飮居處, 皆由正道, 類古胎敎之爲. 兒子不讀書則笞責曰:

"人而不學, 奴隷何殊? 學古書而爲賢人, 顧不好耶? 不肖而忝祖先, 生亦何喜?"

御婢使莊而和, 不以惡言罵詈. 盖無非興慕於小學者, 而亦似有聞於上谷郡君之遺風.

噫其賢矣, 獨吾甥之淸, 頗懷鮑子都梁伯鸞之志. 其與孺人燕語, 嘗有鹿車偕隱之約. 孺人又嘗擧擧案齊眉之事, 欲躬執婦道, 爲子孫觀法. 而奄中道而逝矣, 宜吾甥之過時而悲, 欲闡其幽徽也.

吾兄掌令公素有鑑識, 嘗於衆婦女中, 目孺人曰:

"此如雪裏寒梅."

孺人亦嘗曰:

"植物之中, 梅花最可玩."

盖其韻味相似也. 病時欲見而尙早, 未能得及. 其將葬, 在心折取數枝, 貯之
甁, 寘靈座側, 爲文以告之. 其事甚淸而其情甚悲也.

嗚呼! 孺人有如是之淸, 氣淸數局, 亦其理然歟? 銘曰:

淸明兮潔白, 婉娩兮芳芬. 以是而擬之梅花, 夫孰謂之非倫. 嗟玉樹兮著土
中, 委厥美兮江之濆. 作銘辭兮視後人, 尙識其爲松江西浦之孫.

閔遇洙,『貞菴集』10권,『한국문집총간』215, 475쪽

淑人李氏墓誌銘

忠原守洪君季友喪其配淑人咸平李氏. 間嘗過余而言曰:

"吾妻實有婦德, 而不幸早亡, 今將葬矣. 盖其平日孝友有至性, 端慤不妄擧
動. 發言必簡當, 以是諸子女婢僕畏之過於余. 且子與女次第長成, 而隨余數
邑, 未嘗爲毫髮營産計, 此亦有過人者. 夫以牉合之義, 知其懿美之實, 不思
所以闡發幽潛也, 則豈人情也? 請子記之, 以掩諸幽."

余於洪君親戚也, 誼不當辭. 重感淑人有如是之德行, 而不可堙沒也, 遂按狀
而叙之.

淑人之考曰進士諱益壽. 以文行聞, 不勝喪早世. 是爲觀察使培元之玄孫, 母
曰南原尹氏, 斥和臣贈領議政集之曾孫也. 淑人以丁亥四月二十一日生. 生
未百日而進士公歿, 盖零丁孤苦, 僅延其命, 然聰悟異常. 五歲在外大父喪
側, 能參饋奠, 十二歲隨尹夫人于外鄕, 以女兄喪歸, 尹夫人哀甚不省事, 則
淑人治行無所闕. 率婢僕治祭奠事, 無不合宜者. 旣而尹夫人又連喪子女, 悲
瘁廢飮食. 淑人晷刻不離側, 涕泣寬譬, 飢飽寢興, 一視於尹夫人, 未嘗自取
便適. 所以順尹夫人之志者, 雖古巧變之孝子, 亦無以過之. 常悲尹夫人之窮
獨無依, 見人家衆子女娛侍兩親者, 則自不覺涕之承睫也. 盖其篤於孝如此.
及嫁而事其尊姑, 一如尹夫人, 而敬謹有加焉. 疾將革, 尊姑臨見, 輒力疾起
坐, 不以疾病困篤而敢忽於禮. 卽其未病時可知也. 其於妯娌間, 接以和恭,

無不得其歡心. 佐夫子常貞愼自持, 燕居亦無所懈. 遇有過則必從容開諫, 力
治家務, 不使知其有無也. 敎子女不苟以情愛弛其義方焉. 淑人平居有定則,
喜怒不遽.

洪君之登第, 賀者盈門. 而淑人無過喜之色, 晏然應事. 及其爲邑, 慮其周急
者廣, 官用或匱, 嘗告之曰:

"恤人之窮義也, 而公家財不可不節. 如有不得已則寧損吾常供而應之."

其言之有理致, 大抵多類此.

淑人天姿雅潔, 識達古今, 事必裁之於義. 然謙謹未有矜色. 耻爲世俗婦女侈
靡之習, 勤於女功, 遇疾之夕, 亦達宵鍼線.

嗚呼! 若淑人者可謂婦道之備, 而朱子所稱薄於榮利而厚於孝慈, 淑人有之
矣. 洪君名益三, 季友其字也. 南陽大姓, 始祖高麗太師殷悅, 世襲冠冕. 考諱
泰猷, 以孝行贈司憲府持平. 淑人以丙寅四月八日歿于忠原衙舍, 享年纔四
十. 以其年七月某日, 葬于驪州梨浦負某原, 從洪氏先兆也. 子男二人, 相殷
出爲伯父後. 相周未冠. 女爲士人金文柱妻, 一女幼. 銘曰:

以愛母之篤, 事尊姑而尊姑安之. 持己之靖, 佐夫子而夫子宜之. 爰及梱治,
以儉以慈. 斯婦德之懿, 宜百祿是萃. 命之短矣, 何天不惠? 納銘幽窆, 永詔
後裔.

閔遇洙, 『貞菴集』 11권, 『한국문집총간』 215, 505쪽

季母淑人韓山李氏行狀

故正郎驪興閔公諱鎭永之妻淑人韓山李氏, 吏曹判書諡忠貞號蒼谷諱顯英之
玄孫, 坡州牧使諱徽祚之曾孫. 同知中樞府事諱昌齡之孫, 白川郡守諱明升
之女, 咸陽郡守張公世南之外孫也. 以肅宗癸亥十一月十二日生, 十五正郎
公委禽焉. 正郎公考諱維重領敦寧府事驪陽府院君諡文貞公. 祖諱光勳江原
道觀察使. 曾祖諱機慶州府尹. 高祖諱汝健長興庫令, 外祖成均生員趙公貴
中也.

淑人以庚寅十二月初四日, 年二十八而歿. 始葬驪州金橋里, 癸卯改葬驪之

蟾樂里文貞公墓越岡. 甲辰正郎公歿, 穿其穴而合葬, 辛酉九月, 又並移于豊昌府夫人墓左麓負艮原, 龍仁地也. 子男二人, 樂洙曾任縣監, 覺洙. 樂洙有子三人女一人並幼. 覺洙有子二人女一人. 女爲徐退修妻, 餘幼.

嗚呼! 淑人生長閨閣, 又早埘. 雖有淑德懿行, 無得而表見焉, 獨其父母兄弟親戚之言, 有可以識其一二者. 盖淑人之母張夫人嘗曰:

"吾女平日擧止端詳, 絶去浮躁之態."

又曰:

"吾女自幼澹泊, 於服飾玩好, 曾不以留意. 吾嘗買取奇玩之物, 先以與他女, 顧而語曰'汝則且待他日', 其後又有賣此者, 吾適忘之, 而亦不以提醒我也."

又曰:

"吾先考愛此女深至, 及下世旣久, 而吾女思慕不衰. 每於祭祀洗腆之際, 輒悲咽不自勝, 其素性仁孝如此. 世之婦女自夫家歸, 一切夫家事未有不以告其父母者, 而獨吾女歸夫家十數年, 未嘗一言及夫家事, 其簡默識事理又如此."

正郎公伯氏忠文公夫人李氏, 於一家衆婦女中獨賞淑人, 以爲潔淨無瑕垢. 與諸婦女處, 韻味自別, 眞箇士族婦女, 非世俗簪珥之類. 又嘗見淑人舊日侍婢耘草於淑人祠堂之前而泣涕不止, 指而語人曰:

"此亦淑人仁惠逮及賤者, 興感於歿世之後也."

正郎公之哭淑人之文曰:

"君之寢疾於父母之側也, 旣革而囑於傍人, 欲歸死於尊姑之所, 此盖見平日見義之明, 臨死而不亂也.

又嘗語樂洙輩曰:

"汝慈雖在燕私之中, 穆然自將, 未嘗見惰容, 始終如一日也."

淑人弟郡守李公, 讀書人也. 實與淑人爲同氣間知己. 淑人之歿也, 爲文以哭曰:

"平生志度, 豁然不苟, 自與齷齪婦女有不同者. 秉心塞淵, 執德弘正, 發言行事, 務爲直截, 耻作回互婑婀之態."

正郎公從子昌洙之婦金氏, 與淑人年紀相近, 與之周旋者久, 嘗曰:

"淑人儀容雅潔, 擧動安詳. 坐必整齊而無傾仄, 目不散視而必端正. 言笑和悅, 酬酢簡約, 大抵出於自然, 而非作意之爲也."

新婚資裝, 世俗例以華靡相尙, 而淑人則於豐約侈儉之間, 漠然無意. 一門之
內婢僕衆多, 互生脣舌, 聽者不堪其苦, 而淑人處之迫然. 盖其質至淸至粹,
如淸氷之貯玉壺, 無復有査滓塵濁, 使人自生愛敬, 不欲暫離其側也.

正郎公從子翼洙嘗撰正郎公事實記曰:

"季母姿性雅潔, 無一點塵俗氣, 識大義, 有女士風."

又嘗爲子擇婦而語樂洙輩曰:

"汝外氏有處子否? 苟有克類我季母者, 吾欲結婚也."

家間老婢稱淑人女紅之敏速曰:

"持刀尺裁縫, 手勢如飛."

一夜間能成兩件衣, 非他婦女所可幾及也.

嗚呼! 此其爲至親間眞實見聞, 誠心愛好之言, 而人亦無得以間焉? 則淑人
之賢, 斯可知已. 抑淑人之卽世今幾四十年. 而我父兄長上凋謝略盡, 遇洙於
諸兄弟年且少, 其逮事淑人也未爲久. 又其見識愚陋, 不足以闡發幽潛. 而樂
洙輩將謁文於立言君子, 以識諸墓, 托遇洙記述遺行, 藉手以請. 玆据舊聞,
撰次如右云, 崇禎再丙寅二月, 從子遇洙謹狀.

閔遇洙, 『貞菴集』 13권, 『한국문집총간』 216, 23쪽

姊氏行狀

孺人姓閔氏, 系出驪興. 左參贊忠文公諱鎭厚之女, 領敦寧府事驪陽府院君
諱維重之孫. 觀察使諱光勳之曾孫, 府尹諱機之玄孫. 妣貞敬夫人延安李氏,
縣監諱德老之女. 忠穆公竹窓諱時稷之曾孫也. 孺人生于丁卯十二月十八日,
年十六歸于成均進士存齋金君諱光澤字德暉.

金氏光山大姓, 沙溪先生之五世孫, 吏曹參判諱槃, 贈領議政光源府院君諱
益兼, 禮曹判書大提學西浦諱萬重, 進士狀元忠州牧使諱鎭華, 卽其四世也.
孺人始入其門, 夫黨咸稱佳婦. 存齋素淸潔無累, 居家惟書籍琴棋是娛, 出門
則愛看佳山水. 孺人以其爲文苑淸規, 悉力陪奉. 中歲營屋白蓮峰下, 左右長
川白石, 背後松壇. 幽深爽塏, 境界殊絶, 存齋心樂之, 盖將終身於斯焉. 孺人
外從兄陶庵李公往訪之, 歎曰:

"德耀."

存齋初字.

安坐哦詩, 孺人手紡績, 此古詩人女曰雞鳴遺意也. 時存齋以詩鳴場屋, 遂登上庠, 有兩兒玕雪, 人皆艶稱之.

辛丑冬士禍作, 李夫人挈兩子大歸于驪州. 存齋以時勢政艱, 方欲尋山水奧區, 與孺人偕隱. 未幾誣獄大起, 存齋兄龍澤首被逮. 凶徒極意鍛鍊, 獄成而存齋收坐. 編管長鬐, 妻子隨往. 路過驪州, 時孺人有娠滿月. 且忠文公祥期隔旬, 家人皆欲孺人之少留, 存齋亦許之. 而李夫人謂孺人曰:

"雖夫家尋常憂患, 宜不敢自便身圖. 況此何等時耶? 一身死生, 猶不足恤. 祥祭何可論?"

令從者持産具隨後, 爲路中分挽之備, 臨別家中人無不雨泣, 而李夫人獨無幾微見色, 孺人亦體其意, 不敢出涕.

抵謫始免身. 存齋以邑底煩囂, 占得海邊民屋, 編竹爲籬, 開戶海濤渺然, 生事牢落, 見者傷之. 而存齋以宗家傾覆, 移奉祠版, 日必晨謁, 掃灑庭除以致敬. 孺人又蠲潔籩豆, 祀享無愆. 雖在患難艱厄之中, 而所以課子弟御婢僕, 咸得其道. 整然有治朝之象, 人皆歎異之. 越四年乙巳, 存齋始放還, 寓居懷德先墓下. 始存齋當禍初, 痛冤崩隕, 如不欲生. 至是而病大作, 親戚昇載入京, 以就醫藥. 孺人流離羈寓, 拮据抒茶, 僅以爲生, 而重以憂患, 凡其所値, 皆非人所能堪者. 而以理自遣, 從容制事. 已而病良已, 未幾又時事變, 不可以留京, 遂寓驪江. 孺人以驪本閔氏多居之, 而與金氏先山及諸宗所處遠, 常懷不安. 及遭李夫人喪, 益落然無所依.

而至庚申詩獄又起, 存齋姪子遠材被逮流海島. 孺人傷時事之益險艱. 世禍之無終極, 時時遠望, 黯然垂淚而已. 自後榮衛暗鑠, 以至於壬戌之冬而遇疾將殂, 却藥不御遂卒. 十月初三日也, 孺人曾有重病, 夢李夫人手自扶護而言曰:

"今疾則幸全矣. 奈十月初三日何?"

至是果驗云. 孺人纔歿而存齋亦卒, 遂合葬驪江家後. 盖存齋年長孺人二歲, 其卒後二日, 合窆於壬午十二月十六日, 偕葬于壬戌十二月十五日, 亦異事也. 子三人敏材, 簡材, 獻材. 孫男女皆幼.

孺人慈諒溫懿, 謙約恭愼. 自幼少未有一事過差, 深得父母之愛. 而及其事舅姑, 牧使公亟加獎愛, 以爲必能善相良人. 盖其容儀言動之間, 已足以知其賢, 所以得於尊章者如此. 至其處於內外親黨與妯娌娣姒之間, 亦皆誠心相待, 有無共之, 人皆感德, 久愈不能忘也. 其御家治事, 一以安和靜慇, 不費聲氣. 而衆事自理, 凡其禍患窮厄至難堪者, 亦皆處之裕如. 愛諸子固至矣, 每提撕警責, 毋敢怠廢. 諸子亦奉承訓誨, 自力於文學焉.

遇洙爲孺人弟四十有九年, 夙被憐愛. 事之非不久, 愛之非不篤. 而惟其蒙陋不肖, 每爲孺人所憫慮. 則雖欲自效其誠於狀德之文, 實有所不逮者, 用是遷延, 以迄于今. 况其年益老病益深, 而始欲措辭成文, 則其於平日淑德懿行, 誠無以發揮其一二矣. 尚記我先姊嘗語諸子曰:

"世俗婦女, 於其不稱意, 輒有怨尤之言. 而獨吾女無此, 其一生所經歷, 豈無可嗟怨者, 而其安分知足之意, 自不偶然."

陶庵李公學邃識明, 爲當世儒宗, 而於一家衆婦女, 獨深賢孺人. 聞孺人之喪, 自以己意成幽誌一通, 備述平日行誼, 以遺孺人諸子. 且有慰書於吾兄弟曰:

"令姊溫惠之德, 雖古所稱賢媛, 未或是過, 而一生備經險難, 又不克享有晚祉, 天道不可恃也, 今若據是而爲言, 庶可得孺人之大致."

遇洙亦嘗以孺人之德之行, 考論於前聖賢之言, 則張子所謂陽明勝而德性用, 卽其本領. 而聖人所言終身行之之恕, 又其行事節度, 至如素患難行乎患難, 無入不自得, 上不怨天下不尤人, 乃其處乎患難者, 而陶庵擧以稱於幽誌之中, 夫以婦人之性褊識寡, 宜不可與論於君子之盛德, 而孺人能如此, 所謂古賢媛不是過者, 豈過語哉? 後子孫苟欲知孺人事行, 當於此求焉. 壬申仲冬, 弟嘉善大夫司憲府大司憲遇洙涕泣謹狀.

閔遇洙,『貞菴集』13권,『한국문집총간』216, 31쪽

祭從妹金氏婦文

嗟哉我妹, 溫惠端良. 秉是柔嘉, 婦德之臧. 早習女事, 酒漿衣裳. 筆翰之美, 華敏超常. 迺擇其對, 令門賢郎. 贊覲于京, 浮舟返鄉. 登岸一日, 已病在床.

庸醫手生, 余亦昧方. 藥物未具, 證候莫詳. 倉卒多錯, 遺恨曷量.

嗟妹早孤, 辛苦備嘗. 飢食寒衣, 亦多不遑. 旣配君子, 又媚尊章. 嘉事載成,

冀受吉祥. 何命之畸, 卒罹斯殃. 如蕙方秀, 忽賈嚴霜.

去冬之月, 結褵斯堂. 日月幾何, 奄見其喪. 闃若寢門, 環珮餘香. 哀樂互歟,

吉凶相望. 念其可恨, 行路亦傷. 況余視疾, 始終扶將. 疢疾之中, 莫毒痘瘡.

竟以是死, 何異兵荒. 千秋毁璧, 哀怨深長. 淑善淸明, 俾也可忘.

湖山迢遞, 旌翣悠揚. 去依夫家, 先塋之傍. 旣遠兄弟, 又辭阿孃. 弱魂飄颻,

誰與廻翔. 祖載今夕, 沉痛結腸. 一慟與訣, 願擧玆觴.

閔遇洙, 『貞菴集』 14권, 『한국문집총간』 216. 49쪽

祭亡室文

貞夫人尹氏以疾先我而逝, 將以乙亥三月三日, 永歸于眞宅. 二月二十五日
己巳, 驪興閔遇洙, 因寒食別奠, 告于靈筵曰.

嗚呼哀哉! 昔人論夫婦之道曰, 儆戒相成, 夫儆戒相成, 非君與我平日交勉而
欲以盡其餘日者耶? 盖余之長短, 子之所知, 子之長短, 余亦知之. 然余則短
多而長少, 故子之警我也多, 子則長多而短少, 故余之警子也少. 唯其秉心則
欲其正, 行事則欲其義者, 此君我臭味之相似, 而至白首無替者也. 今君亡
矣, 余將誰與而成此志哉?

嗚呼! 自吾與子, 二姓之合, 于今四十有八年矣. 雖其歲月之積已多, 人事之
變屢閱, 而追憶往事, 如隔一昔. 盖余年甫十五, 而未免冲藐, 君則長余一歲,
而已頗夙成. 余雖有癡妄之擧, 君則一心敬順, 此余所以自少重君者也.

辛丑之冬, 余與子方在先府君喪中, 北亭禍作, 聞君號痛幾絶, 以身投地. 余
盡然喪心, 及君之隨侍父母. 追聞其經營屋宇, 扶衛起居, 數年之間, 能使病
親慰懷, 則余又瀄然深服. 斯盖婦人所難, 而君能之也. 及其兩親俱已下世,
則乃復從余, 眷集再圓. 荒郵寄寓之中, 窮峽流離之際, 所以相須者益至.

而癸丑之夏, 余遘重疾, 觀君氣色, 常有身代之願. 仍値大故, 余之病遂輾轉
沉痼, 君於貧約之中, 竭力於救護之方. 君每言其時伯氏之誠心恤念, 而君之
自力於陪奉之節, 亦豈少哉. 若余之丁巳急病, 則夜中猝發, 君與瞻兒在側,

兼兒則時在京裏矣. 君於倉卒間, 能察病勢緩急, 而不失事幾, 又與瞻兒割肉
出血, 以灌口中, 遂得回甦. 其後余偶見君臂上有前日所無之大瘢痕, 怪而問
之則曰:

"此前日病患時所斷割處."

余默然自愧其衛生不謹, 使君創殘之至此也.

余之年紀益衰, 疾病侵尋之後, 則君之憂念常切. 而辛酉壬戌之間, 家中禍故
稠疊, 余之悲哀奔走非一, 則君之焦心, 可謂極矣. 獨其間兒輩小科, 爲俗所
謂悅親者, 而稍寬君懷. 然已憂患繼作, 殆無一日之安, 遂至四年之間, 三見
痛毒, 蓋其形骸雖存, 而心肝已蝕矣. 間以余遊覽之行, 遠在嶺嶠, 實有苟無
飢渴之慮, 而以其爲吾性所喜, 不爲之諫止.

噫! 自今以後, 吾雖欲爲遊覽之行, 顧家無人, 豈易辦此? 雖出而復還, 眞所
謂昔出喜還家, 今還獨傷意者, 寧不悲哉?

嗚呼! 余常以君積哀之爲祟, 自奉之過薄, 憂其生疾, 則君輒以余之善病, 自
恨其無疾. 余亦以君之疾患之不頻, 弛其所慮, 而以今思之, 蓋無非余之疎濶
昧理, 致君之阽於危域而不及救耳, 更誰咎哉?

大凡人之爲人, 不出於性與習. 余早入君家, 竊覷外舅氏, 慈諒過人, 而性直
不能容人之過, 於事通達無滯礙. 而世之機關權數, 初不知有是. 君之形貌與
性情, 有甚相類者, 而君之外王母金夫人, 淑哲之賢婦人也. 雖其愛君之甚,
而訓誨有法, 聞君之平居所誦說, 則蓋無非盛德之言. 而我外姑氏端淑安重,
婦德甚備. 君旣受訓於父母, 略涉書史, 至於稗官雜說, 亦無所不覽, 故知見
克廣, 又於女工凡百, 靡所不通. 君之在家擩染已如此, 故及歸吾家, 深被尊
章之愛, 兼得諸親之歡, 而謹愼之意, 常存乎其中. 其於余則結髮爲夫婦, 以
至於老白首, 而於琴瑟靜好之中, 有裁洋相契之樂. 蓋余於人, 其壅腫者悶
之, 其深險者病之, 而君則開豁而坦平, 與之言則所見甚明, 議論甚不苟, 語
及書史, 皆能解聽, 余得此於閨門之內, 大以爲快. 時以其一二當理之言, 語
于兄弟之間, 則君輒蹴然不自安, 以爲婦女之言, 何可出外, 願勿提及於言辭
間, 余又然其言而不復及焉.

常時每以廉恥爲重, 俞女嘗言: "吾母素性, 眞里諺所謂水亦欲洗飲者. 而特
以主饋責重, 家衆之仰衣食, 不免有無之關心, 傷哉."

吾嘗擧此語而笑之, 若有相知之感. 君又嘗語余曰: "吾家或有以財穀相助者, 則於其前夜輒夢糞穢被衣. 若不知自處, 俄而擧其衣而脫去, 則無一點汚身者. 盖於衣食渴悶之中, 得此而有喜心者, 特爲家中之人耳, 於吾一身則附著者無多故也."

余仍解其夢曰: "古人有言, 得財夢糞, 得官夢棺, 所謂得財夢糞, 於此可驗矣." 君亦笑之.

嗚呼! 近年時俗之弊, 日以侈靡相尙, 嫁女娶婦, 其費不貲. 若余者非唯力所不給, 亦其心所不欲, 故一切不顧. 然苟使君不堪於他人之訛訾, 必欲從俗, 則亦或有難處者. 而君則無是, 盖自任詬耻於一身, 一以安余心爲心, 此余所以常所感歎者. 夫寒士之妻, 安其本分. 程子言之於易傳, 若君者, 庶幾無媿於斯義矣.

嗚呼! 自遭向來慘慽, 君於吾所見處, 未嘗示過哀之色, 有哭而聞吾哭止則卽止, 亦慮吾之聞此而傷懷也. 哭子之悲, 苟非有曠達之識, 人所難堪者, 而君直以吾在, 故未嘗任情悲哀. 言動擧止, 若不異於平日. 而惟其自奉益薄, 噉食益少, 親戚談話, 素性所喜, 而雖丹江牛灣之近, 絶不往來, 盖其不出門外, 爲八年餘矣. 又每語余曰: "吾於近年, 世念都歇, 一心唯在枯淡."

正如女道士修行者也, 盖先妣晩年言語多如此. 是必君之前期不遠, 意思如此, 而余未覺得也.

嗚呼! 君每言:

"吾於一生, 無屋舍可寄身, 只是寓居爾. 安得一區精舍, 以區處一身, 兼以長養兒孫乎?"

余時聞此言, 而顧以才短計拙, 不能爲君料理, 只以延平先生所云衰年不欲爲費心事爲心, 而不曾留意於此, 此爲可恨. 然聞君常有言曰:

"此處非吾屋, 而夢中常不離此, 豈吾將生死於此中耶?"

君又嘗語余曰:

"庶叔母之葬于祖考妣墓後, 豈非至幸歟? 吾每望見而深羡之."

大抵人之一生, 只是寄寓耳, 地下千萬年, 方爲永歸之處. 今余葬君於祖考妣墓右數十步之間, 永爲眞宅, 君於平日以無屋爲恨者, 固不足道, 而其爲樂於地下, 將無窮期矣.

嗚呼! 余之奉承祧廟以來, 粗以所嘗見於父兄者, 自勉於奉先之義. 而君能以吾心爲心, 所以潔其牲酒, 飭其鉶豆者, 克盡其誠, 故吾甚安之. 君若以家貧之故, 有不堪之色, 則其何望祖先之顧歆, 而安於吾心乎? 君之在此, 奉侍祖考妣側, 所以娛心志順敎令, 一如人世事, 而長被祖先之顧愛, 則平居無一瓦之覆, 又何恨乎?

嗚呼! 今日是外姑氏捐世之日也. 記昔甲辰, 余往省外姑氏疾患, 則君請余近視, 及余還出戶外, 則君隨之而出, 問余曰:

"病患輕重何如?"

余心知其危重而不忍顯言, 强答曰:

"大勢雖重, 目前似無切急證情, 須勿驚動也."

君亦認其爲慰解之言, 而悵然入戶. 余於歸路有詩曰, "病妻亦可念, 臨別情悽惋."

此卽其時. 而居然爲三十二年之久, 人事嬗變, 又不勝其多. 而君亦亡矣, 余以是日, 酹君之靈而擧此爲辭, 其亦可謂悲之甚也.

嗚呼! 余旣操筆而作侑告之文, 則始擬悉暴其衷曲所蘊, 而病裏精神昏短, 難於覼縷. 且念余於平日, 雖見君之於我, 有內訓所謂 '聽言若聖經, 寶身若珠瓊之意', 而余或發言有未當, 行事有未善, 則雖不明言, 輒示慨恨之色. 此余以君爲閨門中畏友者也. 今若過爲無益之悲, 辭太繁而不知止, 則以君之明達, 無乃病其不達於死生之理, 而無丈夫之氣乎? 玆以平生所經歷者, 錄出若干文字, 令寅錫書之. 盖念君平日甚愛此孫, 聞其讀書則喜, 見其書字則喜之也. 余之衰病已甚, 幾何不與君同會于此也, 惟是未死之前, 身世益窮獨, 無與爲依, 此可悲也.

嗚呼! 卽遠在近, 言亦不可再矣. 平生之義, 盡於今日, 只有徹地之淚而已. 嗚呼哀哉! 尚饗.

閔遇洙, 『貞菴集』 14권, 『한국문집총간』 216, 69쪽

이천보(李天輔) ──────────────

祭外王母文

維歲次庚子三月十五日癸巳, 外孫李天輔, 謹以淸酌庶羞之奠, 告訣于外王母西原府夫人韓氏靈筵曰. 嗚呼! 孟子論天下有達尊者三, 是三者, 君子之所難得以兼者也. 況於婦人乎? 齒者, 固存乎天, 而婦人之爵, 又從乎人者也. 其所可勉於己者, 惟德而已. 然其德也, 必得其所從, 然後始可以表見於外. 然則其所謂在己者, 又未必不待乎人也.

惟我王母, 誕生聖妃, 母儀一國, 閨門之教, 涵囿萬物. 而我王考, 盛烈宏猷, 著在王室, 諸舅氏又蔚然爲一代名臣. 則王母之德之爵, 始於相夫, 終於訓子, 而濟之以遐齡, 天下之三尊者, 王母擧而兼之矣.

不幸王考, 不享高壽, 而諸舅氏繼而淪喪, 子女之見在者, 獨吾母氏一人. 王母恤然憂苦, 無樂乎其壽. 然諸從兄策名登朝, 駸駸乎進塗方闢, 以諸舅氏之所以事王母者事之. 於是我外氏已更三世, 而王母猶尊臨一世, 國之士大夫, 皆候問王母起居, 以爲國之休慶, 意者王母長享晩塗之福, 而天之報其德者, 其將無窮極矣. 今何奄然棄我子孫, 而不知顧耶?

嗚呼! 自王考之卒, 國運之消長, 門戶之休戚, 王母之備閱於一身者多矣. 每當諸從兄自朝而回, 則王母必問朝廷有事, 若行一善政, 進一善人, 則爲之欣然加一匙, 而或反是, 則輒黯然深傷曰: "吾老而在世, 見國事之日非乎!"

近年以來, 我聖上違豫, 凜然有宗國之憂. 王母之及今時, 翩然而逝者, 益見其福. 古之君子, 其生與死, 爲世治亂之候者有之, 王母以婦人之身, 而關於斯世其如是乎. 小子幼而育於王母, 及長也, 就仲舅氏而受學焉, 小子無祿, 旣失仲舅氏, 又失王母, 是固小子之至痛. 而又何以慰吾母氏之心也? 嗚呼哀哉! 尙饗.

李天輔,『晉菴集』7권,『한국문집총간』218, 264쪽

祭季母文

維歲次乙卯二月壬寅朔二十六日丁卯, 從子天輔, 謹以酒果之奠, 祭于季母
淑人安東金氏之靈曰. 吾母取人, 匪才惟德. 訓戒吾婦, 動引女則. 曰汝季姑,
端一有守. 謙謙孝順, 岡或惰儀. 大家之衰, 婦道先隳. 賢哉其人, 汝可爲師.
處乎娣姒, 人或謂難. 孰如兩母, 相得其歡. 時當內集, 笑言盈室. 何有何無,
亦相與恤. 季父早孤, 家惟四壁. 輕衣潔飯, 自忘貧約. 側聽中閨, 穆然無聒.
及至事擧, 有序有秩. 臨沒之言, 耿猶在耳. 不暇自悲, 所悲夫子. 哀我失恃,
倏過三年. 修善無報, 母氏已然. 無年與子, 季母尤悲. 生不逮養, 豈曰有兒.
小子頑然, 尙有餘淚. 陳辭訴哀, 庶歆玆觶. 嗚呼哀哉! 尙饗.

李天輔,『晉菴集』7권,『한국문집총간』218, 265쪽

祭伯母文

維歲次癸亥十二月庚戌朔十二日辛酉, 從子天輔, 謹具淸酌庶羞之奠, 告訣
于伯母貞夫人南原尹氏之靈筵曰.

嗚呼痛哉! 小子險釁, 失我母氏. 惟我伯母, 是依是庇. 昔我王母, 曒然在堂.
諸父諸母, 環侍于傍. 小子何知, 出入遊嬉. 謂言人世, 有樂無悲. 俯仰穹壤,
孑有餘生. 伯母撫我, 曰“爾孤惸. 爾飢孰呴, 爾病孰噸. 毋曰無母, 爾愛爾身.
爾母訓爾, 冀厥有成. 念焉無怠, 以貽令名. 爾涉世路, 吾爲爾憂. 愼爾言議,
簡爾交遊. 爾性迂濶, 動與世違. 信心冥行, 不躓其希. 惟明與哲, 寔爾家法.
克遵克守, 無墜舊業.”

溫溫德音, 悅承吾母. 拭淚佩服, 庶幾不負. 沉厚其質, 通明其識. 織紝之暇,
早習經籍. 人物賢邪, 國家治亂. 上下古今, 靡不穿貫. 若爲丈夫, 需于王國.
大家宗婦, 實重其職. 伯父簡素, 不問家務. 奉先御衆, 綽乎有裕. 黃髮偕老,
旣樂且康. 兩兒登朝, 接武翶翔. 大府板輿, 養以列鼎. 祿不及親, 獨我窮命.
窮而益窮, 又失瞻仰.

睠彼祈梁, 王父攸葬. 密邇新宮, 若天之設. 婉孌左右, 神道孔吉. 重牢之期,
待以明春. 稱觴獻壽, 可卜良辰. 哀樂嬗變, 微型永閟! 視我如子, 有愧母事.

誠缺就壙, 職事所糜. 終天告訣, 敢陳短辭. 嗚呼痛哉! 尙饗.

李天輔, 『晉菴集』 7권, 『한국문집총간』 218, 268쪽

先妣墓誌

我外曾王母尹夫人, 賢而有婦德, 一世皆稱女師. 仲子西浦公, 述其行狀, 人謂其文章, 可比歐陽公瀧岡表. 先妣嘗命不肖兒讀而聽之曰:

"吾祖母之懿範, 叔父能闡揚之, 傳示後人. 祖母不惟有其德, 又有其子也. 吾兒時, 受訓於祖母, 今且老矣, 夙夜警戒, 庶幾不墜其訓爾. 他日能述吾行, 如叔父之述吾祖母乎?"

嗚呼! 先妣之言, 琅然猶在耳. 而不肖兒永違膝下, 居然二十四年矣.

先妣光州金氏, 沙溪先生四代孫. 曾祖諱槃, 吏曹參判贈領議政. 祖諱益兼, 成均生員, 當丙子虜亂, 立節江都, 贈領議政光原府院君謚忠正. 考諱萬基, 卽肅廟朝國舅光城府院君謚文忠. 妣淸州韓氏, 郡守有良之女, 封府夫人.

先妣自幼少, 聰明夙慧, 尹夫人授以書籍, 略通大義. 古今治亂, 事之成敗, 人之邪正, 靡不透解, 其識慮往往有過人者. 伯氏判書公兄弟, 每以朝廷大事諮問, 先妣一言決之. 判書公兄弟歎曰: "惜乎吾妹之爲女子也."

十七, 歸先府君, 謙恭有法度, 人之見者, 不知其生長於富貴家. 本生舅僉正公與趙夫人, 愛而重之, 諸娣姒莫不敬服而取法也. 時仁敬王后已昇遐, 而宮中有時節宴集, 則府夫人不廢謁見, 先妣或從焉. 仁顯王后及今大妃殿, 甚禮待之. 出而未嘗以宮中事語人, 人有問之者, 則退然若不知也. 先府君喜讀書, 終日不釋卷, 夜以繼晷. 先妣不以家事, 使先府君知之, 惟恐或累其心也. 先府君中年廢擧, 先妣實贊而成之.

而辛丑獄起, 金氏一門酷被其禍, 禍色彌天. 先妣憂憤流涕曰: "吾不爲女子, 則其不免矣. 然吾金氏與國同休戚. 國亂臣死, 何足悲也? 天道好還, 其不出三年乎?"

至乙巳, 世道更化, 先妣之達識明見, 多類此. 先妣以未逮事所後舅姑, 爲至痛, 祭祀盡誠禮. 先府君莅二邑, 先妣慨然曰: "祭需不經吾手, 則吾心如不祭." 滌器造饌, 皆不委官廚而躬檢之, 一如在家時. 先府君抱末疾十年, 鬻田宅以

資醫藥, 家益貧, 不給朝夕. 而先妣安之, 不以憂眉見先府君焉. 常戒不肖兒
曰: "爾大人杜門守靜, 是爾之家法. 而吾竊見爾之所與遊者, 皆是文士. 夫文
士浮薄者多, 謹飭者少, 吾爲爾憂之."

又曰: "爾大人, 自少砥行勤學, 而天不佑善人, 不幸沉疾如此. 門戶之責, 在
爾一身, 吾積瘁羸病, 恐未見爾之成就也."

嗚呼! 先妣棄世之七年, 不肖兒通籍立朝, 致位崇顯, 而先妣未及見矣. 推不
肖兒恩, 贈先府君議政府領議政, 贈先妣貞敬夫人.

先妣生於癸丑, 卒於周甲之歲. 初葬安山馬遊里, 及先府君之喪, 遷祔于同郡
達山艮坐之原. 先妣生一男一女. 男卽不肖兒, 女適府使沈師周. 不肖兒生三
女, 無子, 取族子文源爲後. 女長適士人趙㻐. 次適司評吳載純, 次適士人徐
有防. 沈師周生一女. 適正言吳瓚, 繼子進士載鎭. 不肖兒生男, 輒不育. 先妣
蹙然曰: "爾有文字虛名. 名者造物所忌, 爾之不繁子姓, 安知不祟於是乎?"

嗚呼! 不肖兒未嘗不服先妣之言. 而今又竊據匪分, 無其德而享其祿, 其爲罪
也, 不但薄技之名浮其實而已. 先妣若在世, 則其不以爲榮而以爲憂者, 當如
何哉? 罪在不肖兒, 而天之降罰, 使先府君及先妣積德遺澤, 不得昌厥後人.
不肖兒無以歸拜地下. 乃敢抑哀忍痛, 謹述先妣平日閨範, 埋石于墓, 而其所
表揚. 不能如西浦公之狀其大夫人, 以負先妣遺志, 是又不肖兒之罪也. 嗚呼
痛哉! 先府君世系載於先府君碣石, 故不復錄焉.

李天輔,『晉菴集』8권,『한국문집총간』218, 278쪽

貞夫人李氏墓誌銘

天輔幼時, 從先君子, 每往拜從祖鳴巖公. 公文章聲望傾一世, 而顧不樂仕
宦, 閉門端居. 諸子女環侍左右, 閨門之樂, 雍雍如也, 公喜飲酒, 酒酣, 輒賦
詩. 尹夫人日置佳釀, 以待公需, 從仲姑金夫人, 時未及笄, 眉宇朗瑩欲照人.
而從母夫人佐其政, 笑語之聲, 時聞于簾幃. 公性簡嚴, 子弟鮮當意, 深愛夫
人嘗曰:

"是兒也, 性潔氣淸, 使之爲男子, 從事於文學, 則可繼我家聲."

嗚呼! 追思向時, 如昨日事, 而中間人事之感, 有不勝抆涕.

如夫人未及笄者,旣嫁而歿,今且十七年. 而其子進士致恭, 雅飭有夫人遺範, 持家狀, 乞銘於天輔. 鳴巖公年與位不滿其德, 天之報善人, 必在其後, 而從叔三人, 皆有才無命, 窮而夭死, 至於公之所深愛如夫人者, 又不得其年,天道信可疑也.

夫人生於肅廟甲戌三月十二日,十六, 歸于今平安道觀察使金公. 以戊申九月二十一日卒, 得年三十五. 夫人之歸金氏也, 事舅姑竭誠敬, 相觀察公,莊而無睰, 持己接人, 一以禮. 舅文敬公嘗曰:

"吾婦之美質懿行, 無愧古哲婦."

觀察公旣登第, 夫人以其翌年沒, 累贈夫人進貞夫人爵, 而夫人未及享其祿, 可悲也已. 夫人之歿, 觀察公年未衰, 而不復娶, 蓋不忘夫人之賢也.

我李, 系出延安. 鳴巖公諱海朝, 官止全羅道觀察使. 祖諱一相, 禮曹判書贈議政府右議政文肅公. 曾祖諱明漢, 吏曹判書文靖公. 高祖諱廷龜議政府左議政文忠公. 妣坡平尹氏, 學生炟之女. 觀察公名若魯, 淸風人. 皇考諱楺, 吏曹參判贈議政府左贊成, 卽文敬公也. 祖諱澄, 全羅道觀察使贈議政府領議政.

夫人生三男二女. 男長卽致恭, 娶縣監宋堯和女. 仲致儉夭, 季致恪. 娶士人鄭梅女. 女長夭, 次適潘南朴亨源. 葬在某郡某山某向原. 銘曰:

父曰吾女, 恨不男子. 舅曰吾婦, 行懿質美. 一言之褒, 賢父尊舅. 莫曰無年, 庶幾不朽.

李天輔『晉菴集』권8,『한국문집총간』권218, 280쪽

貞夫人李氏墓誌銘

天輔幼時, 從先君子, 每往拜從祖鳴巖公. 公文章聲望傾一世, 而顧不樂仕宦,閉門端居. 諸子女環侍左右,閨門之樂, 雍雍如也, 公喜飲酒, 酒酣, 輒賦詩. 尹夫人日置佳釀, 以待公需, 從仲姑金夫人, 時未及笄, 眉宇朗瑩欲照人. 而從母夫人佐其政, 笑語之聲, 時聞于簾幃. 公性簡嚴, 子弟鮮當意, 深愛夫人嘗曰:

"是兒也, 性潔氣淸, 使之爲男子, 從事於文學, 則可繼我家聲."

嗚呼! 追思向時, 如昨日事, 而中間人事之感, 有不勝抆涕.

如夫人未及笄者,旣嫁而歿,今且十七年. 而其子進士致恭, 雅飭有夫人遺範, 持家狀, 乞銘於天輔. 嗚巖公年與位不滿其德, 天之報善人, 必在其後, 而從叔三人, 皆有才無命, 窮而夭死, 至於公之所深愛如夫人者, 又不得其年,天道信可疑也.

夫人生於肅廟甲戌三月十二日,十六, 歸于今平安道觀察使金公. 以戊申九月二十一日卒, 得年三十五. 夫人之歸金氏也, 事舅姑竭誠敬, 相觀察公,莊而無暱, 持己接人, 一以禮. 舅文敬公嘗曰:

"吾婦之美質懿行, 無愧古哲婦."

觀察公旣登第, 夫人以其翌年沒, 累贈夫人進貞夫人爵, 而夫人未及享其祿, 可悲也已. 夫人之歿, 觀察公年未衰, 而不復娶, 盖不忘夫人之賢也. .

我李, 系出延安. 嗚巖公諱海朝, 官止全羅道觀察使. 祖諱一相, 禮曹判書贈議政府右議政文蕭公. 曾祖諱明漢, 吏曹判書文靖公. 高祖諱廷龜議政府左議政文忠公. 妣坡平尹氏, 學生烇之女. 觀察公名若魯, 淸風人. 皇考諱橷, 吏曹參判贈議政府左贊成, 卽文敬公也. 祖諱澄, 全羅道觀察使贈議政府領議政.

夫人生三男二女. 男長卽致恭, 娶縣監宋堯和女. 仲致儉夭, 季致恪. 娶士人鄭梅女. 女長夭, 次適潘南朴亨源. 葬在某郡某山某向原. 銘曰:

父曰吾女, 恨不男子. 舅曰吾婦, 行懿質美. 一言之褒, 賢父尊舅. 莫曰無年, 庶幾不朽.

李天輔 『晉菴集』 권8, 『한국문집총간』 권218, 280쪽

유정원(柳正源) ─────────────────────

祭第三子婦金恭人文

舅聞子婦恭人之柩,將以九月癸巳就厚夜, 南望長號, 寄一語爲之訣曰.
嗟乎! 以汝淑哲而終至短折,天也.使我拘縻而不得撫汝一哭, 亦天也. 傷哉傷
哉奈何乎? 天襁裏一塊肉, 是汝生世遺痕. 汝其默佑, 天或在斯. 傷哉傷哉.

柳正源,『三山集』권6,『한국문집총간』219, 469쪽

찾아보기

ㄱ

경주 김씨(김원립의 딸, 정랑공 박씨의
    처) 227
경주 노씨(노협의 딸, 김성적의 처) 71
경주 박씨(박현룡의 딸, 송기상의 처)
    239
경주 이씨(이세장의 딸, 김창흡의 처)
    108, 118, 158
고령 신씨(신숙의 딸, 김우겸의 처) 45
광산 김씨(김만기의 딸, 이주신의 처)
    552
광산 김씨(김진규의 딸, 이형진의 처)
    431
광산 김씨(김초의 딸, 이의의 처) 342,
    375
권래 186, 188
권익문 463
금비(홍세태의 여종) 170
기사의 화 419
김광택 526
김성일 190, 196
김성적 71
김수집 70
김수흥 241, 297
김시걸 61
김시보 48
김시온 184

김씨(유일휴의 처) 563
김씨(이현일의 첩) 369
김오(김진규의 딸) 435
김운빙 415
김집 190
김창업 55
김창집 67
김태보 120

ㄴ

나개복 200
남양 홍씨(홍세태의 딸, 조창희의 처)
    163
남양 홍씨(홍이원의 딸, 이명인의 처)
    331
남영공 220
남용익 246
남원 윤씨(윤이건의 딸, 이해조의 처)
    230
남원 윤씨(윤형각의 딸, 김수흥의 처)
    151, 241
노분양(노기문의 딸, 김운빙의 처) 415
능성 구씨(?, 나석좌의 처) 299

ㄷ

단의빈 심씨(심호의 딸, 경종의 빈)
    258, 262

덕수 이씨(이경헌의 딸, 한유량의 처)
  437
덕수 장씨(장선징의 딸, 김진서의 처)
  418
동래 정씨(정수기의 딸, 이창의의 처)
  161
동래 정씨(정태화의 딸, 송규성의 처)
  267

ㄹ ─────────

류씨(류수단의 딸, 이사장의 처) 305
류열부(류박의 딸, 이사장의 처) 392

ㅁ ─────────

명성왕후 58
무안 박씨(박늑의 딸, 이현일의 처)
  192, 351
문소 김씨(김이용의 딸, 이지휘의 처)
  379
민유중 500
민진영 521
민진후 488
민회빈 강씨(강석기의 딸, 소현세자의
  빈) 259, 264, 279, 281
민회빈 260

ㅂ ─────────

박늑 193
반남 박씨(박세남의 딸, 김창집의 처)
  64
반남 박씨(박태정의 딸, 김치겸의 처)

116

ㅅ ─────────

서하공 82
소현세자 260, 281
소현세자빈 264
송규성 267
송기상 239
송시열 234
숙인 김씨(나성두의 처) 137
숙인 김씨(이세장의 처) 101
신사임당 253, 386

ㅇ ─────────

안동 권씨(권침의 딸, 이유의 처) 426
안동 김씨(김광찬의 딸, 송규렴의 처)
  148, 270
안동 김씨(김수항의 딸, 이섭의 처)
  123, 132, 134, 141
안동 김씨(김수홍의 딸, 이희조의 처)
  296
안동 김씨(김시공의 딸, 이시성의 처)
  195
안동 김씨(김창업의 딸, 조숙장의 처)
  55
안동 김씨(김창집의 딸, 이망지의 처)
  82
안증 41
여산 송씨(송징은의 딸, 이태제의 처)
  26, 27
여흥 민씨(민유중의 딸, 이장휘의 처)

500

여흥 민씨(민진후의 딸, 김광택의 처)
526

연안 이씨(이단상의 딸, 김창협의 처)
155

연안 이씨(이덕로의 딸, 민진후의 처)
487

연안 이씨(이해조의 딸, 김약노의 처)
557

연안 이씨(이희조의 딸, 김동현의 처)
120

연안 이씨(이희조의 딸, 황경하의 처)
215

연일 정씨(정수의 딸, 김재시의 처) 513

염씨(조상우의 측실) 480

영양 남씨(남진유의 딸, 김시온의 처)
184

영월 신씨(신환의 딸, 박태두의 처) 88

예안 김씨(김륵의 딸, 곤래의 처) 186

예안 김씨(김수의 딸, 권유의 처) 201

완산 이씨(이구덕의 딸, 권래의 처) 188

완산 이씨(이만장의 딸, 김진규의 처) 421

완산 이씨(이민서의 딸, 김창립의 처) 104

완산 이씨(이민장의 딸, 김진규의 처)
404, 408, 410, 411, 412, 413, 414

완산 이씨(이이명의 딸, 김신겸의 처)
505

완산 이씨(이진명의 딸, 조정만의 처)
75

월성 최씨(최숙강의 딸, 안증의 처) 42

유관 417

유광기 79

유응부 307, 393

율곡 253, 385

은진 송씨(송무석의 딸, 이기성의 처)
234

의성 김씨(김시온의 딸, 권두경의 처)
179, 182

의성 김씨(김학규의 딸, 이재의 처)
327, 364, 366, 377

이기성 234

이사장 392

이시성 196

이씨(이덕재의 딸) 86

이유 426

이의(李檥) 342

이장휘 500

이창의 161

이현일 347

이형진 431

이희향(이현일의 딸, 홍억의 처) 347

인경왕후 432, 439, 553

인선대비 419

인원왕후 김씨(김주신의 딸, 숙종의 계
비) 398

인정 나씨(나성두의 딸, 김수항의 처)
92

인현왕후 423, 553

임유하 69

ㅈ

자교당 79

장태정 부인 193

재령 이씨(이재의 딸) 367

재령 이씨(이재의 딸, 홍정의 처) 378

재령 이씨(이현일의 딸, 김대의 처) 359
재령 이씨(이현일의 딸, 홍억의 처) 361
전의 이씨(이만웅의 딸, 심권의 처) 472
전주 이씨(이경여의 딸, 이준의 처) 313
전수 이씨(이광후의 딸, 황일호의 처) 285
전주 이씨(이이명의 딸) 310, 315
전주 이씨(이정영의 딸, 송광연의 처) 32
전주 이씨(이최의 딸, 조두수의 처) 461
정명공주 58
정종지 385
조숙장 55
조태수 471
지녀(기수의 딸, 나개복의 처) 200
지완례(지승준의 딸, 유관의 처) 417
진주 강씨(강노성의 딸, 이지휘의 처)
  374

ㅊ

청송 심씨(심권의 딸, 조태수의 처) 467
청송 심씨(심서견의 딸, 김시걸의 처)
  61
청주 한씨(한유량의 딸, 김만기의 처)
  545
청풍 김씨(김석익의 딸, 홍사익의 처)
  57
칠원 윤씨(윤경적의 딸, 민우수의 처)
  534

ㅍ

파평 윤씨(윤지의 딸, 김익겸의 처)
  387, 400, 442

파평 윤씨(윤항의 딸, 김시보의 처) 48
평강 채씨(채성귀의 딸, 남용익의 처)
  246
풍산 김씨(김연의 딸, 권석충의 처) 190
풍산 김씨(김초의 딸, 이융일의 처) 372
풍산 홍씨(진사공 김씨의 처) 217
풍양 조씨(송익휘의 처) 477
풍양 조씨(조상우의 딸, 권익문의 처)
  463
풍천 임씨(임경신의 딸, 이경여의 처)
  303
풍천 임씨(임유하의 딸, 김수집의 처)
  69
풍천 임씨(임한백의 딸, 최석진의 처)
  209

ㅎ

한산 이씨(이명승의 딸, 민진영의 처)
  521
한유량 437
함평 이씨(이익수의 딸, 홍삼익의 처)
  517
함평 이씨(이화상의 딸, 유광기의 처)
  79
홍사익 57
홍씨(홍세태의 딸, 이후로의 처) 166
홍익한 300
황낭자(황염의 딸) 380, 381
황일호 286, 300
황천 27
황하민 300

┃역자 황수연

연세대학교 국문과에서 한문학을 전공하고 「두기 최성대의 민요풍 한시 연구」로 박사학위를 받았다. 저서로 『한국 고전 문학속의 가족과 여성』(공저), 『고서해제』(공저)가 있고 역서로 『17세기 여성생활사 자료집』(공역) 등이 있다. 현재 이화여자대학교 한국문화연구원 전임연구원으로 있다.

이화한국문화연구총서 13

18세기 여성생활사 자료집 ❶

2010년 2월 26일 초판 1쇄 펴냄
2010년 4월 12일 초판 2쇄 펴냄

역 자 황수연
발행인 김흥국
발행처 도서출판 보고사

책임편집 민계연
표지디자인 윤인희

등록 1990년 12월 13일 제6-0429호
주소 서울특별시 성북구 보문동7가 11번지 2층
전화 922-5120~1(편집), 922-2246(영업)
팩스 922-6990
메일 kanapub3@chol.com
http://www.bogosabooks.co.kr

ISBN 978-89-8433-667-4 94810
      978-89-8433-811-1(전8권)
ⓒ황수연, 2010

정가 33,000원